O Círculo
das
Sete Pedras

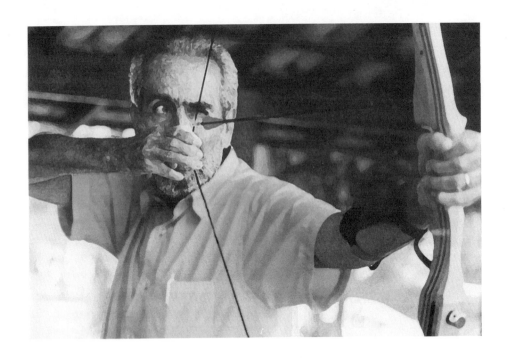

O Arqueiro

GERALDO JORDÃO PEREIRA (1938-2008) começou sua carreira aos 17 anos, quando foi trabalhar com seu pai, o célebre editor José Olympio, publicando obras marcantes como *O menino do dedo verde*, de Maurice Druon, e *Minha vida*, de Charles Chaplin.

Em 1976, fundou a Editora Salamandra com o propósito de formar uma nova geração de leitores e acabou criando um dos catálogos infantis mais premiados do Brasil. Em 1992, fugindo de sua linha editorial, lançou *Muitas vidas, muitos mestres*, de Brian Weiss, livro que deu origem à Editora Sextante.

Fã de histórias de suspense, Geraldo descobriu *O Código Da Vinci* antes mesmo de ele ser lançado nos Estados Unidos. A aposta em ficção, que não era o foco da Sextante, foi certeira: o título se transformou em um dos maiores fenômenos editoriais de todos os tempos.

Mas não foi só aos livros que se dedicou. Com seu desejo de ajudar o próximo, Geraldo desenvolveu diversos projetos sociais que se tornaram sua grande paixão.

Com a missão de publicar histórias empolgantes, tornar os livros cada vez mais acessíveis e despertar o amor pela leitura, a Editora Arqueiro é uma homenagem a esta figura extraordinária, capaz de enxergar mais além, mirar nas coisas verdadeiramente importantes e não perder o idealismo e a esperança diante dos desafios e contratempos da vida.

O Círculo das Sete Pedras

UMA COLETÂNEA DE HISTÓRIAS DE
OUTLANDER

DIANA GABALDON

ARQUEIRO

Título original: *Seven Stones to Stand or Fall*

Copyright © 2017 por Diana Gabaldon
"O costume militar", copyright © 2010 por Diana Gabaldon
"O espaço intermediário", copyright © 2013 por Diana Gabaldon
"Uma praga de zumbis", copyright © 2011 por Diana Gabaldon
"Uma folha ao vento de Todos os Santos", copyright © 2010 por Diana Gabaldon
"Virgens", copyright © 2013 por Diana Gabaldon
Copyright da tradução © 2021 por Editora Arqueiro Ltda.

Publicado mediante acordo com a autora por meio da
Baror International, Inc., Armonk, Nova York.

Todos os direitos reservados. Nenhuma parte deste livro pode ser utilizada ou reproduzida
sob quaisquer meios existentes sem autorização por escrito dos editores.

tradução: Fernanda Abreu

preparo de originais: Victor Almeida

revisão: Hermínia Totti e Midori Hatai

diagramação: Valéria Teixeira

capa: Duat Design

imagens de capa: Swen Stroop | Shutterstock

impressão e acabamento: Associação Religiosa Imprensa da Fé

CIP-BRASIL. CATALOGAÇÃO NA PUBLICAÇÃO
SINDICATO NACIONAL DOS EDITORES DE LIVROS, RJ

G111c
    Gabaldon, Diana, 1952-
       O círculo das sete pedras / Diana Gabaldon ; [tradução Fernanda Abreu]. -
1. ed. - São Paulo : Arqueiro, 2021.
       544 p. ; 23 cm. (Outlander)

       Tradução de: Seven stones to stand or fall
       ISBN 978-85-306-0119-5

       1. Ficção americana. 2. Contos americanos. 3. Novela americana.
4. Literatura americana. I. Abreu, Fernanda. II. Título. III. Série.

21-73426   CDD: 810
                     CDU: 821.111(73)

Camila Donis Hartmann - Bibliotecária - CRB-7/6472

Todos os direitos reservados, no Brasil, por
Editora Arqueiro Ltda.
Rua Funchal, 538 – conjuntos 52 e 54 – Vila Olímpia
04551-060 – São Paulo – SP
Tel.: (11) 3868-4492 – Fax: (11) 3862-5818
E-mail: atendimento@editoraarqueiro.com.br
www.editoraarqueiro.com.br

Este livro é dedicado, com o mais profundo respeito e gratidão, a Karen Henry, Rita Meistrell, Vicki Pack, Sandy Parker e Mandy Tidwell (conhecidas como "as mestras dos incansáveis preciosismos"), por sua inestimável ajuda para detectar erros, incoerências e bobagens variadas.

(Quaisquer erros remanescentes são de pura responsabilidade da autora, que, além de às vezes ignorar as incoerências, também é conhecida por perpetrar outras.)

SUMÁRIO

Introdução, 9

O COSTUME MILITAR, 15
O ESPAÇO INTERMEDIÁRIO, 77
UMA PRAGA DE ZUMBIS, 165
UMA FOLHA AO VENTO DE TODOS OS SANTOS, 235
VIRGENS, 279
UM VERDE FUGIDIO, 349
SITIADOS, 471

Agradecimentos, 541

INTRODUÇÃO
Uma cronologia da série Outlander

Se você escolheu este livro achando que é o nono volume da série Outlander, peço desculpas, pois não é o caso.

Mas, se não é o nono volume da série, o que é? Pois bem, este livro é uma coletânea de sete... bem... sete coisas, de extensão e conteúdo variados, relacionadas ao universo de Outlander. O título, por sua vez, deve-se basicamente ao fato de a minha editora não ter gostado da minha escolha inicial, *Salmagundi*, algo como "barafunda".[1] Até entendo o ponto de vista dela... Não foi à toa que recebi, por intermédio do meu agente, um pedido cortês para trocar o título para algo mais alinhado com o caráter "evocativo e poético" dos títulos da série principal.

Sem entrar muito no processo que resultou no título (ocorrem-me frases do tipo "nem queiram saber como fiz" e "foi um longo processo de lapidação"), eu queria algo que sugerisse certo número de elementos (por isso, *sete*), e *sete pedras* surgiu de modo natural, uma expressão agradável ("pedra" é sempre uma palavra de peso), mas sem chegar a constituir um conceito (ou a ter um ritmo) poético completo. Por fim, cheguei a *O círculo das sete pedras*, que soava adequadamente solene.

Foi necessária certa reflexão *ex post facto* para atinar o que o título *queria dizer*. Afinal, as coisas costumam ter um significado, basta pensarmos o suficiente sobre elas. Neste caso, trata-se das histórias que se conectam e da reação das pessoas à tristeza e à adversidade no ciclo da vida. Cabe a você escolher como vai ser. Você pode resistir, ainda que depauperado e castigado pelo tempo, e seguir firme até fechar seu ciclo... ou você pode apenas tombar, retornando silenciosamente à terra da qual veio, e seus restos irão alimentar aqueles que vierem depois.

Enfim, este livro é uma coletânea com um conto e seis novelas (textos de ficção mais curtos do que um romance, porém mais longos do que um conto) que fazem parte do universo de Outlander e têm uma interseção com os romances principais.

---

[1] Definição de "salmagundi" em inglês: 1. Coletânea de elementos díspares; 2. Prato composto de carnes, frutas, legumes e/ou qualquer outro ingrediente que o cozinheiro tenha à mão, muitas vezes servido como acompanhamento de uma refeição insuficiente.

Cinco desses textos foram originalmente escritos para antologias diversas ao longo dos últimos anos. Dois são novinhos em folha e nunca foram publicados: "Um verde fugidio" e "Sitiados".

Como eles se encaixam na série principal em pontos diferentes (e envolvem personagens distintos), segue adiante uma cronologia geral da série Outlander para explicar quem, o quê e quando.

A série Outlander inclui três tipos de histórias:

Os grandes, imensos livros da série principal, que não se encaixam em nenhum gênero específico (ou se encaixam em todos);

Os romances mais curtos, menos imprescindíveis, que são mais ou menos mistério de época (embora também tratem de batalhas, enguias e práticas sexuais diversas);

As "excrescências", que são obras (mais) curtas que se encaixam em algum ponto das linhas narrativas dos romances, bem parecidas com presas se contorcendo ao serem engolidas por uma cobra grande. Elas tratam com frequência, mas não exclusivamente, de personagens secundários, são *prequels* ou continuações e/ou preenchem alguma lacuna deixada nas linhas narrativas originais.

Os grandes livros da série principal discorrem sobre a vida e a obra de Claire e Jamie Fraser. Os romances mais curtos têm por tema central as aventuras de lorde John Grey, mas apresentam interseções com os livros maiores. Todas as novelas e os contos apresentam personagens da série principal, entre eles Jamie e/ou Claire. A descrição a seguir explica quais personagens aparecem em quais histórias.

A maioria dos romances mais curtos e novelas de lorde John (até agora) se encaixa numa imensa lacuna deixada no meio de *O resgate no mar*, nos anos compreendidos entre 1756 e 1761. Algumas das excrescências também recaem nesse período; outras não.

Para melhor compreensão do leitor, a lista detalhada que se segue mostra a sequência dos diversos elementos em termos de linha narrativa.[2] *Entretanto, é preciso ressaltar que as novelas foram todas concebidas para serem lidas de maneira independente*, sem referências entre si ou aos livros principais. Foram escritas para o caso de você querer um petisco literário, em vez de uma refeição de nove pratos com vinhos harmonizados e carrinho de sobremesas.

(Para facilitar ainda mais a leitura, a descrição de cada história inclui as datas por ela abarcadas. Caso você não tenha lido todos os romances principais, tome cuidado

---

[2] Para fins de síntese, não serão citados os romances mais curtos de lorde John e algumas novelas que não foram publicados no Brasil. (N. E.)

com possíveis *spoilers*. Essas informações serão úteis principalmente para os fãs, mas nosso objetivo é agradar ao máximo de pessoas possível.)

"Virgens" (novela) – Ambientada em 1740, na França. Nela, Jamie Fraser (19 anos) e seu amigo Ian Murray (20 anos) se tornam jovens mercenários.

A viajante do tempo (romance) – Se você ainda não leu nada da série, sugiro começar pelo primeiro volume. Se não tiver certeza, abra o livro ao acaso e leia três páginas. Se conseguir largá-lo depois disso, eu lhe devo 1 dólar (1946/1743).

A libélula no âmbar (romance) – O segundo volume não começa onde você acha que vai começar. E não termina como você acha que vai terminar. Apenas continue a ler; vai ficar tudo bem (1968/1744-1746).

"Um verde fugidio" (novela) – Ambientada entre 1744 e 1745 em Paris, Londres e Amsterdã, é a história de Hal (Harold, conde Melton ou duque de Pardloe), irmão mais velho de lorde John, e de sua (futura) esposa Minnie, na época uma negociante de livros raros de 17 anos que atuava paralelamente como falsária, chantagista e ladra. Jamie Fraser também aparece nessa novela.

O resgate no mar (romance) – Este terceiro volume ganhou o prêmio de "Melhor Trecho de Abertura" da revista *Entertainment Weekly*. (Para poupá-lo de ter que procurar, o início era: "Ele estava morto. No entanto, seu nariz latejava dolorosamente, fato que considerou estranho perante as circunstâncias.") Se você estiver lendo a série na ordem, e não aleatoriamente, sugiro ler este livro antes de começar as novelas (1968/1746-1767).

"O costume militar" (novela) – Ambientada em 1759. Nela, lorde John comparece a uma festa de enguias-elétricas em Londres e acaba indo parar na Batalha de Québec. Ele é o tipo de pessoa a quem coisas desse tipo acontecem.

"Uma praga de zumbis" (novela) – Ambientada em 1761 na Jamaica, quando lorde John é despachado no comando de um batalhão para sufocar uma revolta de escravizados e descobre uma afinidade até então desconhecida por serpentes, baratas e zumbis.

Os tambores do outono (romance) – Quarto volume da série principal, começa em 1767 no Novo Mundo. Neste livro, Jamie e Claire encontram uma base nas montanhas da Carolina do Norte, enquanto sua filha Brianna faz descobertas inesperadas quando um sinistro recorte de jornal a obriga a sair em busca dos pais (1969-1970/1767-1770).

A cruz de fogo (romance) – O contexto histórico deste quinto volume da série principal é a Guerra da Regulação na Carolina do Norte (1767-1771), que funcionou como um ensaio geral para a futura Revolução Americana. Nele, Jamie Fraser se torna um rebelde relutante e sua esposa Claire se torna uma feiticeira. Algo bem pior acontece com Roger, marido de Brianna, mas não vou dizer o quê. Este ganhou vários prêmios de "Melhor Última Frase", mas dessa vez não posso contar qual é (1770-1772).

Um sopro de neve e cinzas (romance) – O sexto volume da série principal ganhou o Prêmio Internacional Corine de Ficção em 2006 e o Prêmio Quill (o livro derrotou romances de George R. R. Martin *e* de Stephen King, o que achei bem divertido; quero dizer, *quantas* vezes na vida é possível acontecer uma coisa assim?). Todos os livros têm um "formato" interno que visualizo enquanto os estou escrevendo. Este tem o aspecto da gravura de Hokusai intitulada *A grande onda de Kanagawa*. Pensem num tsunami… na verdade, dois (1773-1776/1980).

Ecos do futuro (romance) – Ambientado nos Estados Unidos, na Inglaterra, no Canadá e na Escócia, este é o sétimo volume da série principal. A imagem da capa americana do livro reflete o formato interno do romance: um estrepe. Trata-se de um antigo artefato militar que lembra um daqueles brinquedos infantis de montar em formato de estrela, só que com as pontas afiadas. Os romanos o usavam para deter elefantes, e a polícia rodoviária o usa até hoje para impedir a fuga de bandidos de carro. Esse livro tem quatro linhas narrativas principais: Jamie e Claire; Roger e Brianna (e família); lorde John e William; e o Jovem Ian. Todas elas se cruzam no ponto central da Revolução Americana… e todas têm pontas afiadas (1776-1778/1980).

Escrito com o sangue do meu coração (romance) – O oitavo livro da série principal começa no ponto em que *Ecos do futuro* parou, no verão de 1778 (e outono de 1980). A Revolução Americana está no auge e muitas coisas bastante aterrorizantes também estão acontecendo na Escócia da década de 1980.

"Uma folha ao vento de Todos os Santos" (conto – sério, é mesmo!) – Em grande parte ambientado em 1941-1943, é a história do que realmente aconteceu com os pais de Roger MacKenzie.

"O espaço intermediário" (novela) – Ambientada em 1778, em Paris, esta novela trata de Michael Murray (o irmão mais velho do Jovem Ian), Joan MacKimmie (a irmã mais nova de Marsali), o conde de Saint-Germain, madre Hildegarde, entre outras personagens interessantes. Mas espaço intermediário *a quê?* Depende de com quem você estiver falando.

"Sitiados" (novela) – Ambientada em 1762 na Jamaica e em Havana. Prestes a deixar seu cargo de governador militar temporário da Jamaica, lorde John fica sabendo que sua mãe está na capital cubana. Isso não seria um problema, exceto pelo fato de a Marinha Britânica estar a caminho da cidade para sitiá-la. Auxiliado por seu criado pessoal, Tom Byrd, por um ex-zumbi chamado Rodrigo e por Azeel, a esposa de Rodrigo com tendências homicidas, lorde John parte para resgatar a outrora duquesa viúva de Pardloe antes de os navios de guerra chegarem.

Não se esqueça: você pode ler as novelas de maneira independente, na ordem que preferir. Mas eu recomendaria ler na ordem os grandes, imensos livros da série principal. Espero que goste de todos!

O COSTUME MILITAR

INTRODUÇÃO

Um dos prazeres de escrever ficção histórica é que as melhores partes não são inventadas. Esta história, em especial, surgiu porque li *The Knife Man* (O homem da faca), a excelente biografia do dr. John Hunter escrita por Wendy Moore, e, ao mesmo tempo, um curto volume em fac-símile impresso pelo Departamento Nacional de Parques dos Estados Unidos detalhando os regulamentos do Exército Britânico durante a Revolução Americana.

Eu não estava *procurando* nada em especial em nenhum desses dois livros, apenas lendo por causa do contexto histórico, das informações gerais sobre o período e da sempre atraente chance de topar com algo fascinante, como as festas de enguias-elétricas em Londres (há registros históricos delas, assim como do próprio dr. Hunter, que tem uma breve participação nesta história).

Quanto aos regulamentos do Exército Britânico, um pouquinho só já rende muito, mas um escritor deve resistir à tentação de contar coisas às pessoas só porque sabe. Ainda assim, este livro apresenta algumas pequenas pérolas, como a informação de que a palavra *bomb* ("bomba") era corriqueira no século XVIII, referindo-se também a um pacote embrulhado e alcatroado de estilhaços lançados por um canhão (tive que tomar cuidado para não usar a palavra *shrapnel* ("estilhaço"), uma vez que esta tem por origem o sobrenome do tenente Henry Shrapnel, da Real Artilharia Britânica, que pegou o conceito original da bomba e desenvolveu a "bala de estilhaços" (*shrapnel shell*), uma bomba recheada com pedaços de metal e pólvora feita para explodir no ar após ser disparada por um canhão. Infelizmente, ele inventou isso em 1784, o que não foi nada prático para mim, pois *shrapnel* é uma palavra bem boa para se usar quando se está escrevendo sobre guerra).

Em meio a outras trivialidades interessantes, porém, chamou-me a atenção uma breve descrição do funcionamento de uma corte marcial:

> *O costume militar é uma corte marcial presidida por um oficial graduado e quantos outros oficiais ele julgar necessários para formar um conselho, sendo estes em geral quatro, mas podendo ser mais; porém, em geral, não menos de três (...) A pessoa acusada terá o direito de convocar testemunhas para defendê-la e o conselho interrogará essas testemunhas, bem como quaisquer outras pessoas que desejar, a fim de estabelecer as circunstâncias, caso haja uma condenação, da sentença a ser imposta.*

E era isso. Nenhum procedimento complexo para a apresentação de provas, nenhum padrão para as condenações, nenhuma regra para as sentenças, nenhuma exigência para quem podia ou deveria formar o "conselho" de uma corte marcial. Apenas o "costume militar". Essa expressão não me saiu da cabeça.

Esta história é para Karen Henry,
Aedile Curule, chefe Pastora de Mamangabas.

Pensando bem, foi tudo culpa da enguia-elétrica. John Grey também poderia – e por um tempo assim o fez – culpar a Honorável Caroline Woodford. E o médico. E com certeza aquele maldito poeta. Mesmo assim… não, a culpa foi da enguia.

A festa tinha sido na casa de Lucinda Joffrey, e sir Richard estava ausente. Um diplomata como ele não poderia ter apoiado algo tão frívolo. Festas de enguias--elétricas eram uma verdadeira mania em Londres naquela época, mas, devido à escassez dessas criaturas, tornava-se um evento cada vez mais raro. A maioria desses eventos ocorria em teatros públicos, e os poucos felizardos escolhidos para terem contato com a enguia convocados subiam ao palco para levar choques e cambalear feito piões, para deleite da plateia.

– Uma enguia já conseguiu dar choque em 42 homens de uma vez só! – dissera--lhe Caroline com os olhos arregalados e brilhantes, erguendo o rosto bem próximo da criatura dentro do aquário.

– É mesmo?

Aquilo era uma das coisas mais esquisitas (e feias) que ele já vira. Com quase 1 metro de comprimento, tinha um corpo pesado e meio achatado, uma cabeça rombuda que parecia ter sido moldada de modo canhestro em barro e dois olhos minúsculos feito contas de vidro opaco. Poucas eram as semelhanças com as agitadas e ágeis enguias do mercado de peixe… e ela com certeza não parecia capaz de derrubar 42 pessoas ao mesmo tempo.

O animal era desprovido de elegância, com a exceção de uma pequena e fina barbatana franzida que corria pela parte inferior do corpo e ondulava feito uma cortina de gaze ao vento. Lorde John expressou esse comentário para a Honorável Caroline, e foi consequentemente acusado de estar sendo poético.

– Poético? – indagou uma voz atrás dele, no tom de quem acha graça. – Os talentos de nosso galante major não se esgotam nunca?

Lorde John fez uma careta por dentro e sorriu por fora, curvando-se diante de Edwin Nicholls.

– Eu nunca ousaria invadir sua seara, sr. Nicholls – falou, educado.

Nicholls escrevia poemas execráveis, a maioria sobre o amor, e era muito admirado por jovens senhoras de uma determinada disposição. A Honorável Caroline não era uma delas – até escrevera uma paródia muito inteligente do estilo dele. Grey tinha quase certeza de que Nicholls não sabia disso.

– Ah, não?

Nicholls arqueou para ele uma das sobrancelhas cor de mel e lançou um olhar breve porém eloquente para a srta. Woodford. Seu tom era jocoso, ao contrário de sua expressão, e Grey se perguntou quanto o sr. Nicholls teria bebido. Tinha as bochechas coradas e os olhos brilhantes, mas isso talvez se devesse apenas ao calor do recinto e à animação da festa.

– O senhor pensa em compor uma ode para a nossa amiga? – perguntou Grey, ignorando o comentário de Nicholls e indicando com um gesto o grande aquário que abrigava a enguia.

Nicholls riu, alto demais. Sim, ele estava bastante alterado pela bebida. Então acenou com um gesto de quem descarta o assunto.

– Não, major, não. Como poderia pensar em gastar minhas energias com uma criatura tão vulgar e insignificante, quando existem anjos deleitáveis como este aqui para me inspirar?

Ele olhou com cobiça – não era a intenção de Grey censurar o sujeito, mas o homem certamente a olhou com cobiça – para a srta. Woodford, que sorriu, com os lábios contraídos, e lhe desferiu um tapinha reprovador com o leque.

Onde estaria o tio de Caroline?, perguntou-se Grey.

Simon Woodford compartilhava o interesse da sobrinha por história natural e com certeza a teria acompanhado… Ah, ali estava ele! Simon Woodford estava entretido numa conversa com o célebre médico dr. Hunter. *Que bicho havia mordido Lucinda para convidá-lo?* Foi então que notou Lucinda espiando o dr. Hunter por cima do leque com os olhos semicerrados e percebeu que ela *não* o havia convidado.

John Hunter era um médico de renome, além de um anatomista de triste fama. Segundo os boatos, não se deixava deter por nada para conseguir um cadáver – fosse humano ou não. Ele frequentava a sociedade, mas não os mesmos círculos dos Joffreys.

Lucinda Joffrey tinha olhos muito expressivos, único traço seu que poderia ser qualificado de belo. Eram amendoados, de um tom cinza-claro, e capazes de enviar mensagens ameaçadoras mesmo em um recinto lotado.

Venha aqui!, disseram seus olhos. Grey sorriu e ergueu o copo num cumprimento, mas não esboçou qualquer movimento para obedecer. Os olhos dela se estreitaram ainda mais e adquiriram um brilho perigoso. Então voltaram-se de modo abrupto para o médico, que se aproximava do tanque com o rosto iluminado de curiosidade.

Os olhos ricochetearam mais uma vez na direção de Grey.

Livre-se dele!, ordenavam.

Grey olhou para a srta. Woodford. O sr. Nicholls havia segurado a mão dela e parecia estar declamando alguma coisa. Ela parecia querer a mão de volta. Grey tornou a olhar para Lucinda e deu de ombros ao mesmo tempo que fazia um pequeno gesto na direção das costas de veludo ocre do sr. Nicholls, expressando pesar pelo fato de a responsabilidade social o impedir de executar sua ordem.

– Não apenas a face de um anjo, mas a pele também – elogiava Nicholls, apertando os dedos de Caroline a ponto de fazê-la guinchar. Ele lhe acariciou a mão, e o olhar cobiçoso se intensificou. – Que perfume terão os anjos pela manhã?

Grey o avaliou com um ar pensativo. Mais um comentário daqueles e ele talvez fosse obrigado a convidar o sr. Nicholls a se retirar. Alto e corpulento, Nicholls tinha uns 12 quilos a mais do que Grey e fama de ser belicoso. *Melhor tentar quebrar o nariz dele primeiro*, pensou Grey, passando o peso do corpo de uma perna para a outra, *depois arremessá-lo de cabeça numa cerca viva. Se eu deixá-lo um trapo, ele não vai voltar.*

– Está olhando o quê? – indagou Nicholls num tom desagradável ao notar o olhar de Grey.

O lorde foi poupado de responder quando ouviu baterem palmas bem alto; era o dono da enguia assumindo o controle da festa. A srta. Woodford aproveitou a distração para puxar a mão de volta, com as faces em chamas de tanto constrangimento. Grey na mesma hora foi até junto dela e a segurou pelo cotovelo enquanto lançava um olhar gélido para Nicholls.

– Venha comigo, srta. Woodford – falou. – Vamos encontrar um lugar *melhor* para assistir ao espetáculo.

– Assistir? – indagou uma voz ao seu lado. – Ora, o senhor com certeza não pretende *assistir*, pretende? Não está curioso para *experimentar* o fenômeno?

Era o próprio Hunter, que sorria para Grey. O médico tinha os cabelos volumosos presos para trás de modo descuidado, mas estava decentemente vestido com um terno vermelho-arroxeado. Ele tinha os ombros largos e um físico musculoso, mas era um tanto baixo: 1,58 metro apenas contra 1,68 metro de Grey. Ficou claro que ele havia percebido o diálogo mudo de Grey com Lucinda.

– Ah, eu acho que… – começou Grey, mas Hunter já tinha segurado seu braço e o puxava na direção do grupo a se reunir em volta do aquário.

Com uma olhadela alarmada em direção ao contrariado Nicholls, Caroline o seguiu apressada.

– Terei muito interesse em ouvir seu relato – dizia Hunter, tagarela. – Há quem diga sentir uma notável euforia, uma desorientação momentânea… uma falta de ar ou tontura… às vezes uma dor no peito. Espero que o senhor não tenha o coração fraco, major. Nem a senhorita.

– Eu? – Caroline adotou uma expressão espantada.

Hunter lhe fez uma mesura.

– Eu teria particular interesse em ver sua reação, senhorita – disse ele, respeitoso. – Poucas são as mulheres corajosas o bastante para empreender tamanha aventura.

– Ela não quer – apressou-se a responder Grey.

– Bem, talvez eu queira, *sim* – retrucou ela, e franziu de leve a testa para ele antes de olhar para o aquário e para a comprida forma cinzenta em seu interior.

Um breve calafrio percorreu seu corpo. Grey, que conhecia a dama de longa data, reconheceu ali um calafrio de expectativa, e não de repulsa.

O dr. Hunter teve a mesma percepção. Abriu um pouco mais o sorriso e fez outra mesura ao mesmo tempo que estendia o braço para ela.

– Permita-me lhe garantir um lugar, senhorita.

Tanto Grey quanto Nicholls avançaram decididos a impedi-lo, chocaram-se e ficaram apenas se encarando com desagrado enquanto o dr. Hunter acompanhava Caroline até o aquário e a apresentava ao dono da enguia, uma criatura mirrada chamada Horace Suddfield.

Grey afastou Nicholls de lado com um leve empurrão e mergulhou no meio das pessoas, abrindo caminho até a frente com os cotovelos sem piedade. Hunter o viu e sua expressão se animou.

– O senhor ainda tem algum metal no peito, major?

– Se eu… Se eu tenho o quê?

– Metal – repetiu Hunter. – Arthur Longstreet me descreveu a cirurgia na qual removeu do seu peito 37 pedaços de metal… Muito impressionante. Mas, se tiver sobrado algum pedacinho, devo aconselhá-lo a não tentar a enguia. O metal conduz eletricidade, e a chance de se queimar…

Nicholls também tinha conseguido abrir caminho pela multidão. Ao ouvir isso, deu uma risada desagradável.

– Boa desculpa, major – falou, com um tom de zombaria perceptível na voz.

Ele estava de fato muito bêbado, pensou Grey. *Ainda assim…*

– Não tenho, não – respondeu, abrupto.

– Excelente – disse Suddfield com educação. – O senhor é soldado, não é? Percebo que é um cavalheiro audaz… Quem seria mais indicado para ir primeiro?

E, antes de poder protestar, Grey já estava ao lado do aquário, com a mão de Caroline Woodford a apertar a sua enquanto Nicholls a segurava pela outra mão ao mesmo tempo que exibia um olhar malévolo.

– Todos a postos, senhoras e senhores? – gritou Suddfield. – Quantos, Dobbs?

– Quarenta e cinco! – berrou seu assistente do recinto contíguo, pelo qual serpenteava a fila de participantes de mãos dadas a se remexer de tanta animação enquanto o restante da festa se mantinha bem afastado, com a boca escancarada.

– Todo mundo se tocando, todo mundo se tocando? – gritou Suddfield. – Segurem firme os seus amigos, por favor, segurem bem firme! – Ele se virou para Grey com o semblante animado. – Vamos, major! Segure a enguia com força, por favor… Bem aqui, bem aqui, antes do rabo!

Ignorando a própria reticência e as consequências para o punho rendado da roupa, Grey cerrou a mandíbula e mergulhou a mão na água.

Na fração de segundo em que segurou a criatura gosmenta, imaginou que fosse sentir algo semelhante ao tranco que se sente ao tocar uma garrafa de Leyden. Então foi projetado violentamente para trás, com todos os músculos do corpo a se contorcer. Quando tomou consciência de si, estava no chão, debatendo-se feito um peixe fora d'água e arquejando, na vã tentativa de recordar como se respira.

O sr. Hunter se agachou ao seu lado e se pôs a observá-lo com os olhos interessados.

– Como está se sentindo? – indagou. – Alguma tontura?

Grey fez que não com a cabeça enquanto sua boca se abria e se fechava como a de um peixinho dourado. Com algum esforço, deu um soco no próprio peito. Diante desse convite, o sr. Hunter se abaixou na hora, desabotoou o colete de Grey e colou o ouvido na parte da frente da sua camisa. O que quer que tivesse ou não escutado pareceu deixá-lo alarmado, pois ele se levantou de supetão, cerrou ambos os punhos e os baixou sobre o peito de Grey com um baque cuja reverberação foi até a coluna vertebral.

A manobra teve o salutar efeito de forçar o ar para fora dos pulmões. Por reflexo, eles tornaram a se encher. De repente, ele recordou como se fazia para respirar. Seu coração pelo visto também relembrou seu dever e recomeçou a bater. Grey se sentou, defendeu-se de um novo golpe do sr. Hunter e ficou parado, piscando e observando a carnificina à sua volta.

O chão estava repleto de corpos. Alguns ainda se contorciam, outros jaziam inertes, membros jogados em postura de abandono; outros ainda já haviam se recuperado e recebiam ajuda de amigos para se levantar. O ar estava tomado por exclamações animadas. Em pé ao lado de sua enguia, Suddfield aceitava os parabéns com um ar radiante de orgulho. A enguia em si parecia contrariada: nadava em círculos dentro do aquário e, irritada, rabeava o corpo pesado.

Grey viu que Edwin Nicholls, de quatro no chão, se levantava devagar. Então estendeu a mão, segurou os braços de Caroline Woodford e a ajudou a ficar de pé. Ela se ergueu, mas de modo tão desajeitado que perdeu o equilíbrio e caiu com a cara em cima do sr. Nicholls, desequilibrando-o. Ele caiu pesadamente com a Honorável Caroline por cima de si. Quer tivesse sido por causa do choque, da empolgação, da bebida ou por simples falta de educação, ele agarrou a oportunidade e plantou um beijo decidido em seus lábios atarantados.

Depois disso, as coisas ficaram um tanto confusas. Grey tinha a vaga impressão de ter *mesmo* quebrado o nariz de Nicholls... e os ossos feridos e inchados da sua mão direita corroboravam essa suposição. No entanto, estava tudo embaralhado. Ele tinha a desconcertante sensação de não estar contido no próprio corpo. Partes de sua pessoa pareciam flutuar para longe e escapar dos contornos de sua carne.

O que *permanecia* lá dentro estava abalado. A audição, ainda prejudicada pela explosão de um canhão poucos meses antes, havia pifado por completo com a intensidade do choque elétrico. Quer dizer, ele escutava, mas o que ouvia não fazia sentido.

Palavras aleatórias lhe chegavam através de uma névoa de zumbidos e silvos, mas Grey não conseguia conectá-las de modo inteligível às bocas que se moviam ao seu redor. Aliás, nem sequer tinha certeza de que a própria voz pronunciava o que ele queria.

Estava cercado por vozes, rostos... um mar febril de sons e movimentos. Pessoas o tocavam, puxavam-no, empurravam-no. Ele estendeu um braço, tentando tanto descobrir onde o braço estava quanto acertar alguém, mas sentiu um impacto de carne. Mais barulho. Aqui e ali, um rosto que conseguia reconhecer: Lucinda, chocada e furiosa; Caroline, aparvalhada, com os cabelos ruivos soltos desalinhados, já sem qualquer traço de pó de arroz.

O saldo de tudo isso foi que ele não soube ao certo se tinha chamado Nicholls às vias de fato ou vice-versa. Nicholls o havia desafiado? Tinha uma lembrança nítida de Nicholls com um lenço empapado de sangue encostado no nariz e um brilho homicida nos olhos semicerrados. Em seguida, lorde John se viu do lado de fora, em mangas de camisa, em pé no pequeno jardim fronteiriço à casa dos Joffreys, com uma pistola na mão. Não teria optado por duelar com uma pistola desconhecida, teria?

Talvez Nicholls o tivesse ofendido, e ele o tivesse chamado às vias de fato sem se dar conta?

Havia chovido mais cedo, e agora fazia frio; o vento fustigava sua camisa em volta do corpo. Seu olfato estava aguçado; parecia ser a única coisa a funcionar direito. Ele farejou a fumaça das chaminés, a umidade das plantas e o próprio suor, estranhamente metálico. E algo nauseabundo, algo que lembrava lama e gosma. Por reflexo, esfregou a mão que havia tocado a enguia na calça.

Alguém estava lhe explicando alguma coisa. Com dificuldade, ele concentrou a atenção no sr. Hunter, em pé ao seu lado com a mesma expressão penetrante de interesse. *Bom, claro. É preciso um médico*, pensou vagamente. *É preciso haver um médico num duelo.*

– Sim – falou, ao ver as sobrancelhas de Hunter erguidas em algum tipo de pergunta.

Então, tomado por um medo tardio de ter acabado de prometer seu cadáver ao médico caso viesse a morrer, agarrou o casaco de Hunter com a mão livre.

– Não... toque... em mim – balbuciou. – Nada... de facas. Seu mórbido – arrematou, por garantia, encontrando enfim a palavra que queria.

Hunter aquiesceu sem parecer ofendido.

O céu estava nublado. A única luz era aquela emitida pelas tochas distantes na entrada da casa. Nicholls era um borrão esbranquiçado que vinha se aproximando.

Alguém segurou Grey e o obrigou a se virar. Ele se pegou encostado nas costas de Nicholls e ficou espantado com o calor do homem mais alto assim tão próximo.

Merda, pensou de repente. *Será que ele sabe atirar?*

Alguém falou alguma coisa e ele começou a andar (ou pensou estar andando) até um braço estendido o deter e ele se virar em resposta a alguém que apontou com urgência para trás de si.

Ah, que diabos, pensou, cansado, ao ver o braço de Nicholls baixar. *Pouco importa.*

O clarão do cano da arma o fez piscar; o barulho do tiro se perdeu em meio ao arquejo de choque dos espectadores. Ele passou alguns instantes parado se perguntando se tinha sido atingido. Nada lhe pareceu errado, porém, e alguém perto dele o instou a atirar.

Poeta maldito, pensou. *Vou atirar para cima e acabar com isso. Quero ir para casa.*

Ele levantou o braço e mirou o céu, mas seu cérebro falhou por um instante e seu punho baixou. Ele deu um tranco para corrigi-lo e sua mão se retesou no gatilho. Ele mal teve tempo de mover o cano para o lado, e o tiro saiu a esmo.

Para sua surpresa, Nicholls cambaleou de leve, então desabou na grama. Sentou apoiado numa das mãos e apertou o ombro com a outra num gesto exagerado, a cabeça jogada para trás.

Havia começado a chover bem forte. Grey piscou para tirar a água dos cílios e balançou a cabeça. O ar tinha um gosto metálico. Por um instante, ele teve a impressão de que tinha um cheiro… roxo.

– Não pode ser – comentou em voz alta, percebendo que sua capacidade de fala pelo visto tinha voltado.

Virou-se para falar com Hunter, mas o médico tinha corrido para junto de Nicholls e espiava dentro da gola da camisa do poeta. Grey viu que havia sangue na camisa, mas Nicholls se recusava a se deitar e gesticulava com a mão livre. O sangue de seu nariz lhe escorria pelo rosto; talvez fosse isso.

– Vamos embora, major – disse alguém ao seu lado, em voz baixa. – Ou lady Joffrey vai ter problemas.

– O quê? – Ele olhou e se espantou ao dar com Richard Tarleton, que tinha sido seu alferes na Alemanha e agora usava um uniforme de tenente dos Lanceiros. – Ah, vai, sim.

Duelos eram proibidos em Londres. Seria um escândalo se a polícia prendesse os convidados de Lucinda no jardim de sua casa… Sir Richard, seu marido, não ficaria nada contente.

Os espectadores já tinham se dispersado, como se a chuva os houvesse dissolvido. As tochas junto à porta haviam sido apagadas. Nicholls, auxiliado por Hunter e mais alguém, afastava-se cambaleando sob a chuva cada vez mais forte. Grey estremeceu. Só Deus sabia onde estavam seu casaco e sua capa.

– Então vamos – falou.

Grey abriu os olhos.

– Você disse alguma coisa, Tom?

Tom Byrd, seu criado pessoal, acabara de dar uma tossida que parecera uma chaminé sendo limpa a uma distância de 30 centímetros de Grey. Ao ver que conseguira captar a atenção do patrão, tentou lhe entregar o penico.

– Sua Graça está lá embaixo, milorde. Com lady Pardloe.

Grey piscou para a janela atrás de Tom, cujas cortinas abertas deixavam entrever um débil quadrado de luz chuvosa.

– Lady Pardloe? A duquesa, você quer dizer?

O que poderia ter acontecido? Não podiam passar das nove da manhã. Sua cunhada nunca fazia visitas de manhã, e ele nunca a tinha visto ir a lugar algum com seu irmão durante o dia.

– Não, milorde. A pequena.

– A peque…? Ah. Minha afilhada?

Ele se sentou, sentindo-se bem, mas estranho, e pegou o utensílio que Tom lhe estendia.

– Sim, milorde. Sua Graça disse que deseja falar com o senhor sobre "os acontecimentos de ontem à noite".

Tom tinha ido até a janela e observava com um ar de censura os restos da camisa e da calça de Grey, sujas de grama, lama, sangue e pólvora, e penduradas sem cuidado no encosto da cadeira. Lançou um olhar reprovador para Grey, que fechou os olhos, tentando recordar os acontecimentos da noite anterior.

Sentia-se um pouco estranho. Não bêbado. Não, não tinha ficado bêbado. Não estava com dor de cabeça nem com a digestão difícil…

– Ontem à noite – repetiu, sem convicção.

A noite anterior tinha sido confusa, mas ele se lembrava. A festa da enguia. Lucinda Joffrey, Caroline… Por que cargas-d'água estaria Hal preocupado com… com o quê, com o duelo? Por que seu irmão iria se importar com algo tão bobo? E, ainda que se importasse, por que aparecer à porta de Grey assim tão cedo com a filha de 6 meses?

Mais do que a presença da menina, o mais estranho era a hora. Seu irmão muitas vezes tirava a filha de casa, com a débil desculpa de que a criança precisava de ar puro. A esposa o acusava de querer exibir a neném, que era mesmo linda. No entanto, o motivo era bem mais simples na opinião de Grey. Seu feroz, autocrático e ditatorial irmão – coronel do próprio regimento, terror tanto dos próprios soldados quantos dos inimigos – havia sido tomado de amores pela filha. O regimento partiria para sua nova missão dali a um mês. Hal não podia suportar ficar longe da menina.

Assim, Grey encontrou o duque de Pardloe sentado na sala íntima, e lady Dorothea Jacqueline Benedicta Grey aninhada em seu colo mordiscando um biscoito que o pai segurava para ela. Sobre a mesa, junto ao cotovelo do duque, estavam a touca de seda molhada do bebê, sua mantinha feita de pele de coelho e duas cartas, uma aberta, a segunda ainda lacrada.

Hal ergueu os olhos para ele.

– Pedi seu café da manhã. Dottie, diga oi para o tio John.

Ele virou o bebê com cuidado. A menina manteve a atenção no biscoito, mas emitiu um leve trinado.

– Oi, meu amor! – John se inclinou e lhe deu um beijo no alto da cabeça coberta por uma penugem loura macia e levemente úmida. – Passeando com o papai em meio à chuva?

– Trouxemos uma coisa para você.

Erguendo uma sobrancelha para o irmão, Hal lhe entregou a carta aberta. Grey começou a ler.

– O quê?!

Boquiaberto, ele ergueu os olhos do papel.

– Sim, foi o que eu falei quando ela foi entregue na minha porta pouco antes de o sol raiar – disse Hal cordialmente. Equilibrando o bebê com cuidado, estendeu a mão para a carta lacrada. – Tome, esta é a sua. Chegou logo depois de o sol nascer.

Grey largou a primeira carta como se estivesse em chamas e agarrou a segunda, que abriu com um rasgão. Sem preâmbulos, ela dizia:

Ai, John, me perdoe, eu não consegui detê-lo, não consegui mesmo, eu sinto TANTO. Falei para ele, mas ele não quis escutar. Eu queria fugir, mas não sei para onde ir. Por favor, por favor faça alguma coisa!

Não estava assinada, mas não era preciso. Ele havia reconhecido a caligrafia da Honorável Caroline, por mais rabiscada e frenética que estivesse. O papel estava manchado e franzido… Teriam sido lágrimas?

Ele balançou a cabeça, a fim de clarear os pensamentos, então tornou a pegar a primeira carta. Era mesmo o que tinha lido da primeira vez: um pedido formal de Alfred, lorde Enderby, para Sua Graça, o duque de Pardloe, pedindo satisfações em relação ao atentado à honra de sua irmã, Honorável Caroline Woodford, por parte do irmão de Sua Graça, lorde John Grey.

Grey olhou para um documento, depois para o outro, várias vezes, então encarou o irmão.

– O que é isso?

Imagino que a sua noite tenha sido movimentada   disse Hal, dando um leve grunhido ao se abaixar para catar o biscoito que Dottie deixara cair no tapete. – Não, querida, você não vai querer mais isso.

Dottie discordou dessa afirmação, e só se distraiu quando tio John a pegou no colo e soprou sua orelha.

– Movimentada? – repetiu ele. – Foi, sim, bastante. Mas eu não fiz nada com Caroline Woodford a não ser segurar sua mão enquanto levava um choque de uma enguia-elétrica, eu juro. Gugugugugu-ppppssshhhh – acrescentou para Dottie, cuja reação foi guinchar e rir.

Ele então ergueu os olhos e deu com Hal a encará-lo.

– A festa de Lucinda Joffrey – explicou Grey. – Você e Minnie foram convidados, não?

Hal grunhiu.

– Ah, sim, fomos, mas já tínhamos compromisso. Minnie não mencionou a enguia. Mas que história foi essa que escutei sobre você ter travado um duelo por causa da moça?

– O quê? Não foi um... – Ele se calou, tentando pensar. – Bom, pensando melhor, talvez tenha sido. Nicholls... você sabe, aquele nojento que escreveu a ode aos pés de Minnie? Ele beijou a srta. Woodford e ela não queria, então eu dei um soco nele. Quem lhe contou sobre o duelo?

– Richard Tarleton. Ele chegou tarde ontem à noite à sala de carteado de White e disse que tinha acabado de acompanhar você até em casa.

– Bem, nesse caso o senhor sabe tanto a respeito quanto eu. Ah, quer voltar para o papai agora, é?

Ele entregou Dottie ao irmão e limpou um pouco da saliva que havia molhado o ombro de seu casaco.

– Imagino que seja isso que Enderby queira dizer. – Hal meneou a cabeça para a carta do conde. – Que você chamou a atenção para a pobre moça e comprometeu sua virtude travando um duelo escandaloso por causa dela. Suponho que ele tenha certa razão.

Dottie agora mordiscava com a gengiva o dedo do pai enquanto emitia pequenos rosnados. Hal levou a mão ao bolso e retirou um mordedor para bebês em fase de dentição, que ofereceu à filha enquanto lançava para Grey um olhar de viés.

– Você não quer se casar com Caroline Woodford, quer? A pergunta de Enderby na verdade é essa.

– Meu Deus, não!

Caroline era uma boa amiga: inteligente, bonita e com tendência a loucas escapadas... mas se casar? Ele?

Hal aquiesceu.

– Bela moça, mas em um mês você acabaria em Newgate ou Bedlam.

– Ou então morto – completou Grey, tocando com delicadeza a atadura na qual Tom insistira em enrolar seus dedos. – Como está Nicholls, você sabe?

– Ah. – Hal se inclinou um pouco para trás e inspirou fundo. – Bom... para falar a verdade ele está morto. Recebi uma mensagem bem desagradável do pai dele acusando você de assassinato. A carta chegou durante o café. Eu me esqueci de trazer. Você tinha a intenção de matá-lo?

Grey se sentou de modo um tanto abrupto; todo o sangue se esvaíra de sua cabeça.

– Não – sussurrou. Sentiu os lábios rígidos e as mãos dormentes. – Ah, meu Deus, não!

Hal tirou depressa do bolso sua caixa de rapé com apenas uma das mãos, pegou o frasco de sais de cheiro que guardava lá dentro e o passou para o irmão. Grey se sentiu grato. Não estava a ponto de desfalecer, mas o impacto dos vapores de amoníaco lhe proporcionou uma desculpa para os olhos lacrimejantes e a respiração congestionada.

– Meu Deus – repetiu ele, e deu vários espirros explosivos em sequência. – Eu não mirei para matar... Eu juro, Hal! Eu atirei para cima. Ou pelo menos tentei – concluiu, sincero.

A carta de lorde Enderby agora fazia mais sentido, assim como a presença de Hal. O que antes era um acontecimento bobo, que deveria ter desaparecido com o orvalho matinal, havia se transformado. As fofocas iriam se espalhar e o caso se tornaria um escândalo, possivelmente algo pior. Não era impensável que ele *pudesse* ser preso por assassinato. Sem aviso algum, o tapete estampado se abriu sob seus pés, um abismo dentro do qual sua vida poderia desaparecer.

Hal aquiesceu e lhe passou o próprio lenço.

– Eu sei – disse seu irmão em voz baixa. – Às vezes as coisas... acontecem. Coisas que você não pretendia... que daria a vida para desfazer.

Grey enxugou o rosto e aproveitou a proteção do gesto para olhar para o irmão. De repente, Hal lhe pareceu mais velho do que de fato era, com o rosto abatido por mais do que a preocupação com ele.

– Está se referindo a Nathaniel Twelvetrees?

Normalmente ele não teria mencionado esse assunto, mas ambos haviam baixado a guarda. Hal lançou-lhe um olhar incisivo. Em seguida, afastou o rosto.

– Não, Twelvetrees não. Quanto a isso eu não tive escolha. Eu quis matá-lo. Estava me referindo... ao que acarretou esse duelo. – Ele fez uma careta. – Quem se casa com pressa se arrepende aos poucos. – Ele olhou para o bilhete sobre a mesa e balançou a cabeça. Passou a mão pela delicada cabeça de Dottie. – Não vou deixar você repetir meus erros, John – falou, baixinho.

Grey assentiu sem dizer nada. A primeira esposa de Hal tinha sido seduzida por Nathaniel Twelvetrees. Mas Grey não precisava do exemplo do irmão. Havia muito tempo decidira nunca se casar.

Hal franziu o cenho e tamborilou na carta dobrada em cima da mesa, pensativo. Lançou um olhar fugidio para John e suspirou. Levou a mão até dentro do casaco e tirou dois outros documentos. Pelo lacre, um deles era oficial.

– Sua nova missão – falou, entregando-lhe os papéis. – Por causa de Crefeld – acrescentou, e arqueou a sobrancelha ao ver o olhar de pura incompreensão do irmão. – Você foi promovido a tenente-coronel. Não se lembra?

– Eu... bem... não exatamente.

Tinha uma vaga sensação de que alguém, decerto Hal, havia anunciado isso logo depois de Crefeld, mas ele se encontrava ferido na ocasião e não estava em condições de pensar no Exército, muito menos de se importar com uma promoção após uma batalha.

– Não houve uma confusão em relação a isso? – Grey pegou a carta de missão e a abriu com o cenho franzido. – Pensei que eles tivessem mudado de ideia.

– Ah, então você se lembra – disse Hal, ainda com a sobrancelha arqueada. – O general Wiedman o promoveu depois da batalha. Só que a confirmação foi adiada por causa do inquérito sobre a explosão do canhão, e depois do... ahn... da confusão em relação a Adams.

– Ah. – Grey ainda estava abalado com a notícia da morte de Nicholls, mas ouvir o nome de Adams fez seu cérebro voltar a funcionar. – Adams. Ou seja, Twelvetrees segurou a promoção?

Coronel Reginald Twelvetrees, da Real Artilharia Britânica: irmão de Nathaniel e primo de Bernard Adams, o traidor que aguardava julgamento na Torre por causa do que Grey tinha feito no outono anterior.

– Sim. Canalha – acrescentou Hal, sem paixão. – Vou jantar esse sujeito um dia desses.

– Não por minha causa, espero – disse Grey, seco.

– Ah, não – assegurou-lhe Hal, ninando a filha de leve para evitar que ela se chateasse. – Vai ser um prazer puramente pessoal.

Apesar da aflição, o comentário fez Grey sorrir.

– Certo – falou, e olhou para o quarto documento, ainda dobrado sobre a mesa. Era uma carta com aspecto oficial, e já tinha sido aberta. O lacre estava rompido. – Uma proposta de casamento, uma denúncia de assassinato e uma promoção... e esta aqui? O que pode ser? A conta do alfaiate?

– Ah, essa daí. Eu não tinha a intenção de mostrar – respondeu Hal, inclinando-se com cuidado para lhe entregar a carta sem deixar Dottie cair. – Mas, levando em conta as circunstâncias...

Hal aguardou, sem reagir, enquanto Grey abria a carta e lia. Era um pedido... ou melhor, uma ordem para o comparecimento do major lorde John Grey à corte marcial de certo capitão Charles Carruthers, para testemunhar quanto ao seu caráter. No...

– No Canadá? – A exclamação de John assustou Dottie, que franziu o rosto e ameaçou chorar.

– Shh, meu amor. – Hal a ninou mais depressa e se apressou em lhe dar alguns tapinhas nas costas. – Está tudo bem; tio John está só sendo bobo.

Grey ignorou o comentário e acenou com a carta para o irmão.

– Por que Charlie Carruthers está sendo julgado numa corte marcial? E por que estou sendo convocado como testemunha do seu caráter?

– Por não ter conseguido sufocar um motim – respondeu Hal. – Quanto ao motivo, parece que foi ele quem pediu. Um oficial acusado pode convocar as próprias testemunhas, seja para que finalidade for. Você não sabia disso?

Grey supunha que soubesse, de um ponto de vista acadêmico, mas nunca havia participado de uma corte marcial. Não era um procedimento normal, e ele desconhecia seu funcionamento. Olhou de esguelha para Hal.

– Você disse que não pretendia me mostrar?

Hal deu de ombros e soprou de leve por cima da cabeça da filha, fazendo os curtos cabelos louros se encresparem e se eriçarem como trigo ao vento.

– Não teria adiantado nada. Eu pretendia escrever de volta e dizer que, na condição de seu superior, preciso de você aqui. Por que você deveria ser arrastado para as terras selvagens do Canadá? Mas, considerando seu talento para situações constrangedoras… Aliás, qual foi a sensação? – indagou ele, curioso.

– Que sensa…? Ah, a enguia. – Grey estava acostumado às mudanças bruscas de assunto do irmão, e se ajustou com facilidade. – Bom, foi um choque e tanto.

O semblante sério de Hal o fez rir, ainda que fosse um riso trêmulo; Dottie se remexeu no colo do pai e estendeu os bracinhos roliços para o tio num gesto encantador.

– Sua sapeca – disse Grey, e a pegou no colo. – Não, sério, foi incrível. Sabe a sensação de quando se quebra um osso? Aquela espécie de tranco que traspassa o corpo antes de você sentir a dor, e você fica cego por um instante e tem a sensação de que alguém martelou um prego na sua barriga? Foi desse jeito, só que bem mais forte, e durou mais tempo. Fiquei sem ar – admitiu ele. – Literalmente. Acho que meu coração também parou. O dr. Hunter, aquele anatomista, sabe? Ele estava lá e me deu um soco no peito para fazer meu coração recomeçar a bater.

Hal escutava com atenção e fez várias perguntas, às quais Grey respondeu de forma automática, pois sua mente estava ocupada com aquele último e surpreendente comunicado.

Charlie Carruthers. Os dois tinham sido jovens oficiais na mesma época, embora em regimentos diferentes. Haviam lutado lado a lado na Escócia e passeado um pouco juntos por Londres na folga seguinte. Tiveram… bem, não se podia chamar aquilo de caso. Três ou quatro breves encontros… quinze minutos suados e ofegantes em cantos escuros, que podiam ser convenientemente esquecidos à luz do dia ou descartados como consequência do álcool, nunca abordados por qualquer um dos dois.

Isso tinha sido na fase ruim, como ele costumava pensar naquele período de sua vida: os anos após a morte de Hector, quando havia buscado o esquecimento onde podia encontrar, e encontrara com frequência, antes de se recuperar.

Provavelmente não teria sequer se lembrado de Carruthers não fosse um detalhe: ele nascera com uma deformidade. Sua mão direita tinha um aspecto normal, mas havia outra mão atrofiada que brotava do pulso e se aninhava bem encaixadinha junto à companheira maior. *Certamente dr. Hunter teria pagado centenas por aquela mão,* pensou Grey com um leve espasmo no estômago.

A mão atrofiada tinha apenas dois dedos curtos e um toco de polegar, mas Carruthers conseguia abri-la e fechá-la, embora não sem abrir e fechar também a maior.

O choque quando ele as tinha fechado simultaneamente em volta do pau de Grey fora quase tão extraordinário quanto o da enguia-elétrica.

– Nicholls ainda não foi enterrado, foi? – perguntou ele quando a lembrança da festa da enguia e do dr. Hunter interrompeu algum comentário de Hal.

Seu irmão adotou um ar surpreso.

– Certamente não. Por quê? – Ele estreitou os olhos para Grey. – Você não pretende ir ao enterro, pretende?

– Não, não – respondeu o lorde. – Estava só pensando no dr. Hunter. Ele tem, ahn, certa reputação, e Nicholls foi embora com ele. Depois do duelo.

– Que reputação, pelo amor de Deus? – quis saber Hal, impaciente.

– De ladrão de cadáveres – disparou Grey.

Fez-se um silêncio repentino enquanto a compreensão surgia no rosto de Hal. Ele havia empalidecido.

– Você não acha que... Não! Como ele poderia fazer uma coisa dessas?

– Uns... uns 50 quilos de pedras no lugar do corpo pouco antes de o caixão ser fechado é o método costumeiro... ou assim ouvi dizer – explicou Grey da melhor maneira que pôde com o punho de Dottie enfiado no nariz.

Hal engoliu em seco. Grey pôde ver os pelos se eriçarem no seu pulso.

– Vou perguntar para Harry – disse Hal após um curto silêncio. – Não é possível que o enterro já tenha sido organizado, e se...

Os dois irmãos estremeceram por reflexo ao imaginar com excessiva precisão a cena quando um nervoso membro da família insistisse para erguer a tampa do caixão e encontrasse...

– Talvez seja melhor não – retrucou Grey, engolindo em seco também.

Dottie tinha desistido de tentar arrancar o nariz do tio e, enquanto ele falava, dava tapinhas em seus lábios com a mão pequenina. A sensação daquela mão na sua pele...

Ele a afastou e devolveu a menina a Hal.

– Não sei como Charles Carruthers acha que eu vou poder ajudá-lo, mas tudo bem. Eu vou. – Olhou para o bilhete de lorde Enderby e para a carta amassada de Caroline. – Afinal, imagino que existam coisas piores do que ser escalpelado por peles-vermelhas.

Hal aquiesceu, grave.

– Já organizei seu navio. Você zarpa amanhã. – Ele se levantou e pegou Dottie. – Vamos, meu amor. Dê um beijo de despedida no tio John.

Um mês mais tarde, com Tom Byrd ao seu lado, Grey saltava do *Harwood* para um dos botes que os fariam desembarcar numa grande ilha perto da foz do São Lourenço, junto com o batalhão de granadeiros de Louisbourg com quem vinham viajando.

Ele nunca tinha visto nada igual. O rio era maior do que qualquer outro que já tivesse visto, quase 1 quilômetro de margem a margem, largo e profundo, de uma cor escura entre o azul e o negro sob o sol. Imensos despenhadeiros e morros ondulantes se erguiam de ambos os lados do rio, cobertos por uma floresta tão densa que era quase impossível ver do que eram feitos.

Fazia calor, e o céu formava um arco brilhante, muito mais brilhante e mais amplo do que qualquer céu que ele já tivesse visto. Um zumbido forte ecoava da vegetação luxuriante – insetos, pássaros e água corrente –, embora a sensação fosse de que a mata estivesse entoando uma canção que apenas seu sangue escutava. Ao seu lado, Tom vibrava de tanta animação, com os olhos esbugalhados para não perder nada.

– Coronel, aquilo é um pele-vermelha? – sussurrou ele, inclinando-se até junto de Grey na embarcação.

– Imagino que não tenha como ser outra coisa – respondeu Grey, uma vez que o cavalheiro que aguardava junto ao atracadouro estava nu, com exceção de um tapa-sexo, uma coberta listrada pendurada no ombro e, pelo modo como seus membros reluziam, uma camada de algum tipo de graxa no corpo.

– Pensei que eles fossem mais vermelhos – comentou Tom, reproduzindo o pensamento do próprio Grey.

A pele do índio era mais escura do que a de Grey, mas tinha um tom castanho suave bastante agradável, que lembrava um pouco folhas secas de carvalho. O índio parecia achar os dois quase tão interessantes quanto eles o haviam achado. Em especial, fitava Grey com curiosidade.

– São seus cabelos, milorde – sibilou Tom no ouvido de Grey. – Eu avisei que o senhor deveria ter posto uma peruca.

– Que bobagem, Tom.

Ao mesmo tempo, Grey experimentou um estranho arrepio que lhe subiu pela nuca. Vaidoso em relação às madeixas louras e fartas, não gostava de usar peruca. Preferia prender e empoar os próprios cabelos nas ocasiões formais. Aquela ocasião não era nem um pouco formal. Com a chegada de água doce a bordo, Tom insistira para lavar os cabelos do patrão naquela manhã. Embora já tivessem secado havia algum tempo, continuavam soltos, em cima dos ombros.

O barco estalou nos seixos. O índio jogou a manta para o lado e se aproximou para ajudar os homens a subir até a praia. Grey ficou ao seu lado, perto o suficiente para sentir seu cheiro. Era diferente de tudo que ele já havia sentido: um odor de caça, com certeza. Com um arrepio de empolgação, ele se perguntou se a graxa que o homem estava usando poderia ser gordura de urso – mas com um quê de ervas e suor, o que lhe lembrava o cheiro de aparas recentes de cobre.

O índio se endireitou na amurada do barco, cruzou olhares com Grey e sorriu.

– Cuidado, inglês – disse ele numa voz que tinha um sotaque francês perceptível, e estendeu a mão para correr os dedos de modo um tanto casual pelos cabelos soltos de Grey. – Seu escalpo ficaria bonito no cinto de um huroniano.

Todos os soldados a bordo riram ao escutar isso. E o índio, sem parar de sorrir, virou-se para eles.

– Os abenakis que trabalham para os franceses não são tão exigentes. Um escalpo é um escalpo... e os franceses não pagam bem por nenhum, seja qual for a cor. – Simpático, ele meneou a cabeça para os granadeiros, que tinham parado de rir. – Venham comigo.

Já havia um pequeno acampamento na ilha, um destacamento de infantaria sob o comando de um capitão chamado Woodford, cujo nome deixou Grey um pouco ressabiado, mas que, no fim das contas, graças a Deus, não tinha parentesco algum com a família de lorde Enderby.

– Estamos bastante seguros deste lado da ilha – disse ele a Grey ao mesmo tempo que lhe oferecia um cantil de conhaque em frente à sua barraca após o jantar. – Mas os índios atacam o outro lado... Perdi quatro homens na semana passada, três mortos e um raptado.

– Mas o senhor tem seus próprios batedores? – quis saber Grey, dando tapas nos mosquitos que haviam começado a se juntar em enxames com o anoitecer.

Não tornara a ver o índio que os tinha levado até o acampamento, mas havia diversos outros ali. A maioria estava reunida ao redor da própria fogueira, mas alguns, de olhares brilhantes e atentos, estavam agachados entre os granadeiros de Louisbourg que tinham feito a travessia no *Harwood* com Grey.

– Sim, e a maior parte é de confiança – respondeu Woodford. Então riu, embora sem humor. – Pelo menos torcemos para que assim seja.

Woodford lhe serviu o jantar, e eles jogaram uma partida de cartas enquanto Grey trocava notícias de casa por fofocas sobre a atual campanha.

O general Wolfe havia passado bastante tempo em Montmorency, ao sul da cidade de Québec, mas suas tentativas ali não tinham dado em nada a não ser decepção. Portanto, ele havia abandonado o posto e tornado a se unir ao grosso de suas tropas alguns quilômetros rio acima da cidadela de Québec. A fortaleza, até então inexpugnável, encarapitada no alto de colinas íngremes acima do rio, abarcava com seus canhões tanto o curso de água quanto as planícies a oeste, o que obrigava os navios de guerra ingleses a se esgueirarem por ela sob o manto da noite... e nem sempre com sucesso.

– Wolfe deve estar louco de impaciência agora que os seus granadeiros chegaram – pressupôs Woodford. – Ele tem grandes expectativas em relação a esses rapazes. Lutou com eles em Louisbourg. Tome, coronel, o senhor está sendo devorado pelos mosquitos... tente passar um pouco disso nas mãos e no rosto.

Ele enfiou a mão no seu baú de campanha e retirou de lá uma lata de graxa de cheiro forte que empurrou por cima da mesa.

– Gordura de urso com hortelã – explicou. – Os índios usam isso... A alternativa é cobrir o corpo de lama.

Grey se serviu sem comedimento. O cheiro não era o mesmo que sentira mais cedo no batedor, mas era muito parecido. Embora a substância de fato desencorajasse as picadas dos insetos, ele experimentou um incômodo esquisito ao aplicá-la.

Ele não guardara segredo algum em relação à sua presença, e nessa hora perguntou sobre Carruthers.

– O senhor sabe onde ele está preso?

Woodford franziu o cenho e serviu mais conhaque.

– Ele não está preso. Está sob condicional e alojado na cidade de Gareon, onde fica o quartel-general de Wolfe.

– Ah, é? – Grey ficou um pouco surpreso. Entretanto, Carruthers não fora acusado de motim, e sim de não ter conseguido impedir um motim, uma acusação rara.

– O senhor conhece os detalhes do caso?

Woodford abriu a boca para falar, mas então inspirou fundo, balançou a cabeça e tomou um pouco de conhaque. Isso fez Grey deduzir que todo mundo deveria conhecer os detalhes, mas que o caso tinha algo de suspeito. Bem, ele tinha tempo. Carruthers lhe falaria sobre o assunto.

A conversa passou para temas gerais e, após algum tempo, Grey deu um boa-noite. Os granadeiros tinham trabalhado bem: uma nova cidadezinha feita de barracas de lona surgira na borda do acampamento que já existia, e cheiros apetitosos de carne na brasa e de chá se espalhavam pelo ar.

Tom sem dúvida dera um jeito de montar a própria barraca em algum lugar no meio das outras. Mas Grey não estava com a mínima pressa para encontrá-la. Saboreava as recém-descobertas sensações do chão firme e da solidão após semanas de uma vida abarrotada a bordo. Contornou as organizadas fileiras de barracas recém-montadas, caminhando fora da claridade das fogueiras, sentindo-se invisível, embora ainda perto o suficiente para se manter seguro... ou pelo menos assim esperava. A floresta se erguia a poucos metros de distância, e como a escuridão ainda não era completa, os contornos das árvores e dos arbustos ainda eram visíveis.

Uma centelha verde que passou atraiu seu olhar, e ele sentiu a alegria brotar dentro de si. Viu outra centelha... e outra... dez, doze... De uma hora para outra o ar se encheu de vaga-lumes, suaves faíscas verdes acendendo e apagando, brilhando em meio à folhagem escura. Ele já tinha visto vaga-lumes uma ou duas vezes, na Alemanha, mas nunca tantos. Pareciam seres mágicos, puros como o luar.

Perdeu a noção do tempo enquanto os observava, caminhando devagar pela borda do acampamento. Por fim, deu um suspiro e se virou na direção do centro, alimentado, cansado e sem nenhuma responsabilidade imediata. Não tinha soldados sob seu comando nem relatórios para escrever... Na verdade, não tinha nada a fazer antes de chegar a Gareon e encontrar Charles Carruthers.

Com um suspiro de paz, fechou a barraca e se despiu.

Foi despertado de modo abrupto do limiar do sono por clamores e gritos, e se sentou de supetão. Tom, adormecido em seu saco de dormir aos pés do patrão, pôs-se de quatro feito um sapo e começou a tatear feito um louco dentro do baú em busca de pistolas e balas.

Sem esperar, Grey pegou a adaga que tinha pendurado no gancho da barraca antes de se recolher e, afastando a aba, espiou lá fora. Homens corriam de um lado para outro, trombando nas barracas, berrando ordens, gritando por socorro. Havia um brilho no céu, e as nuvens baixas estavam avermelhadas.

– Brulotes! – gritou alguém.

Grey calçou os sapatos e foi se juntar à turba de homens que agora corria na direção da água.

No centro do largo rio escuro se assomava a sombra do *Harwood* ancorado. E, avançando lentamente em sua direção, uma, duas, três embarcações em chamas. Uma jangada repleta de detritos inflamáveis embebidos em óleo e acesos. Um barco pequeno cujo mastro e vela em chamas se destacavam na noite. E alguma outra coisa... uma canoa indígena com uma pilha de grama e folhas queimando? Distante demais para ver, mas estava chegando mais perto.

Ele olhou para o navio e viu movimento no convés. A distância era demasiado grande para distinguir os homens, mas notou que estavam baixando os botes. Não dava tempo de o navio levantar âncora e se afastar. Marinheiros desembarcavam para tentar desviar os brulotes e mantê-los longe do *Harwood*.

Absorto por aquela visão, Grey não tinha percebido os gritos agudos que vinham do outro lado do acampamento. Agora, porém, ao se calarem para observar os brulotes, os homens na praia começaram a se agitar ao perceber com atraso que outra coisa estava acontecendo.

– Índios – disse de repente o homem ao lado de Grey, um guincho alto e ululante que rasgou o ar. – Índios!

O grito se generalizou, e todos começaram a correr na direção oposta.

– Parem! Alto lá! – Grey estendeu o braço, segurou um dos homens pelo pescoço e o derrubou no chão. Levantou a voz na vã esperança de impedir a debandada. – Você! Você e você... venham comigo!

O homem que ele havia derrubado tornou a se levantar na mesma hora. Tinha os olhos muito brancos sob a luz das estrelas.

– Pode ser uma armadilha! – gritou Grey. – Fiquem aqui! Armas a postos!

– A postos! A postos!

Um cavalheiro baixote de camisolão se pôs a repetir o grito num brado ribombante, cujo efeito se potencializou depois que ele catou um galho seco do chão e começou a brandi-lo à sua volta, a fim de impedir a passagem de quem tentasse se aproximar do acampamento.

Outra centelha surgiu mais acima no rio, e depois mais outra: novos brulotes. Os botes agora estavam na água, meros pontinhos na escuridão. Se conseguissem desviar os brulotes, talvez fosse possível salvar o *Hardwood* de uma destruição imediata. O que Grey temia era que o que quer que estivesse acontecendo na parte de trás do acampamento fosse um ardil para fazer os homens se afastarem da praia e deixarem o navio protegido somente pelos marinheiros. Os franceses então poderiam mandar uma balsa carregada de explosivos ou uma embarcação de abordagem, na esperança de não serem detectados enquanto estivessem ocupados com os brulotes e com o ataque.

O primeiro dos brulotes tinha flutuado até a margem oposta sem oferecer qualquer risco, e lá se consumia na areia, destacando-se brilhante e lindo na noite. O cavalheiro baixote dono da voz notável havia conseguido reunir um pequeno grupo de soldados. Apresentou-os a Grey com uma continência rápida.

Um sargento, pensou Grey.

– Eles devem ir buscar seus mosquetes, coronel?

– Devem, sim – respondeu Grey. – E se apressem. Vá com eles, sargento... o senhor é sargento?

– Sargento Aloysius Cutter, coronel – respondeu o cavalheiro baixote com um meneio de cabeça. – É um prazer conhecer um oficial com um cérebro dentro do crânio.

– Obrigado, sargento. E, por gentileza, vá buscar mais homens, tantos quantos consiga reunir. Com armas. Um fuzileiro ou dois, se conseguir encontrá-los.

Tomadas essas providências, ele voltou a atenção outra vez para o rio, onde dois dos botes do *Harwood* conduziam um dos brulotes para longe do navio, movendo-se em volta dele e empurrando água com os remos. Era possível ouvir o chapinhar de seus movimentos e os gritos dos marinheiros.

– Milorde?

A voz junto a seu cotovelo quase o fez engolir a língua. Ele tentou permanecer calmo, pronto para repreender Tom por ter se aventurado a sair para o meio do caos. No entanto, antes de conseguir encontrar as palavras, seu jovem criado se abaixou a seus pés e lhe estendeu alguma coisa.

– Trouxe sua calça, milorde – disse ele com a voz trêmula. – Pensei que pudesse precisar dela se fosse haver luta.

– Muito bem pensado, Tom – comentou ele ao criado, reprimindo uma vontade de rir. Pôs os pés dentro da calça, puxou-a para cima e enfiou a camisa no cós. – Você sabe o que está acontecendo no acampamento?

Tom engoliu em seco.

– Índios, milorde – respondeu o criado. – Eles chegaram aos berros por entre as barracas e puseram fogo em uma ou duas. Mataram um homem e... e o escalpelaram. – Sua voz estava pastosa, como se ele estivesse prestes a vomitar. – Foi medonho!

37

– Imagino.

Embora a noite estivesse amena, Grey sentiu os pelos se eriçarem nos braços e no pescoço. Os gritos de gelar o sangue haviam cessado e, embora ainda pudesse ouvir uma gritaria considerável no acampamento, o tom agora era outro. Nada de berros aleatórios. Apenas o chamado de oficiais, sargentos e cabos dando ordens aos homens e iniciando o processo de reunir, contar as cabeças e avaliar os danos.

Tom, que Deus o abençoasse, havia trazido a pistola, o saco de balas e a pólvora de Grey, bem como seu casaco e suas meias. Consciente da floresta escura e da trilha longa e estreita entre a beira do rio e o acampamento, Grey não mandou Tom voltar. Apenas pediu que se mantivesse afastado enquanto o sargento Cutter, que com bom instinto militar também havia tomado o cuidado de vestir a calça, apareceu com seus recrutas armados.

– Todos presentes, coronel – disse ele com uma continência. – A quem tenho a honra de me dirigir?

– Eu sou o tenente-coronel Grey. Mande seus homens irem vigiar o navio, sargento, por favor, com atenção especial para embarcações escuras que estejam descendo o rio, depois venha me relatar o que sabe sobre a situação no acampamento.

Cutter bateu continência e desapareceu sem demora com o brado:

– Vamos lá, seus bostas! Façam cara de alerta, cara de alerta!

Tom produziu um grito breve e engasgado, e Grey girou nos calcanhares, sacou a adaga por reflexo e deparou com uma forma escura bem atrás dele.

– Não me mate, inglês – disse o índio que o havia conduzido até o acampamento mais cedo. Pela voz, parecia estar achando um pouco de graça. – *Le capitaine* me mandou encontrá-lo.

– Por quê? – perguntou Grey, sucinto.

Seu coração ainda batia por causa do susto. Não gostava de ser surpreendido em situação desvantajosa, muito menos de pensar que aquele homem poderia tê-lo matado antes de ele notar sua presença.

– Os abenakis incendiaram a sua barraca. Ele imaginou que pudessem ter levado o senhor e seu criado para a floresta.

Tom resmungou uma imprecação e fez que ia mergulhar direto no meio das árvores, mas Grey levou a mão ao seu braço e o deteve.

– Fique, Tom. Não tem importância.

– É claro que tem, droga! – retrucou Tom, alterado, tão agitado que se esqueceu dos bons modos habituais. – Acho que consigo encontrar outras roupas de baixo para o senhor, não que vá ser fácil, mas e o quadro da sua prima com o bebê que ela mandou para o capitão Stubbs? E o seu chapéu bom com a renda dourada?!

Grey experimentou um breve instante de alarme: sua jovem prima Olivia tinha mandado uma imagem com o filho recém-nascido e encarregado Grey de entregá-la ao seu marido, o capitão Malcolm Stubbs, que se encontrava com as tropas de Wolfe.

No entanto, bateu com a mão espalmada na lateral do corpo e sentiu, com alívio, o formato oval da moldura envolta em seu embrulho, segura dentro do bolso.

– Está tudo bem, Tom. Estou com ela aqui comigo. Quanto ao chapéu... vamos nos preocupar com isso depois. Escute... como o senhor se chama? – indagou ele ao índio.

– Manoke – respondeu o índio, ainda com uma voz de quem acha graça.

– Certo. Será que o senhor levaria meu criado de volta até o acampamento?

Ele viu a silhueta baixa e determinada do sargento Cutter surgir na entrada da trilha e, ignorando com firmeza os protestos de Tom, enxotou-o sob os cuidados do índio.

Todos os cinco brulotes acabaram flutuando para longe ou foram afastados do *Harwood*. Algo que podia ou não ter sido uma embarcação de abordagem surgiu de fato rio acima, mas foi afugentada pela presença inesperada na margem das tropas de Grey disparando salvas de tiros, embora de curto alcance. Não houve possibilidade de acertar nada.

Apesar disso, o *Harwood* estava seguro, e o acampamento havia se aquietado num estado de vigilância nervosa. Grey estivera com Woodford após a volta deste, já perto do alvorecer, e soubera que o ataque tinha resultado na morte de dois homens e na captura de outros três, arrastados floresta adentro. Três dos atacantes índios foram mortos e um quarto estava ferido. Woodford pretendia interrogá-lo antes de ele morrer, mas duvidava que fosse obter qualquer informação útil.

– Eles nunca falam – dissera Woodford, esfregando os olhos vermelhos devido à fumaça. Estava com olheiras e o rosto cinzento de cansaço. – Simplesmente fecham os olhos e começam a entoar suas malditas canções de morte. Não importa o que fizer... eles continuam cantando.

Grey tinha escutado o canto, ou pensado escutá-lo, ao engatinhar exausto para dentro de seu abrigo emprestado, já quase ao raiar do dia. Um cântico débil e agudo, que subia e descia como o sussurro do vento nas árvores mais acima. Durou certo tempo, depois cessou de forma abrupta, apenas para recomeçar, débil e ininterrupto, enquanto ele estava suspenso no limiar do sono.

O que aquele homem estaria dizendo?, pensou. Teria importância o fato de que nenhum dos homens que o escutavam sabia o que ele dizia? Talvez o batedor estivesse lá... Manoke era o nome dele. Talvez ele soubesse.

Tom havia encontrado uma pequena barraca para Grey no extremo de uma fileira. Provavelmente tinha expulsado algum subalterno, mas Grey não teve inclinação para se opor. Mal havia espaço para o saco de dormir de lona no chão. Uma caixa servia de mesa, e sobre ela fora posto um castiçal vazio. Mas não deixava de ser um abrigo. Começara a chover fino enquanto ele percorria a trilha até o acampamento, e a chuva agora tamborilava com força na lona acima de sua cabeça e produzia um aroma doce e almiscarado. Se a canção de morte ainda soava, já não era mais audível com o barulho da chuva.

Grey se virou uma vez, e o recheio de capim do saco de dormir farfalhou embaixo dele. Pegou no sono na mesma hora.

Acordou cara a cara com um índio. Sua movimentação por reflexo foi recebida com uma risadinha baixa e um leve recuo, mas não com uma faca no pescoço, e ele rompeu a névoa do sono a tempo de evitar causar algum dano sério ao batedor Manoke.

– O quê? – murmurou, e esfregou a base da mão nos olhos. – O que foi?

E o que você está fazendo deitado na minha cama?

Em resposta, o índio pegou sua cabeça por trás, puxou-o para si e o beijou. Sua língua correu de leve pelo lábio inferior de Grey, penetrou sua boca feito um camaleão, então sumiu.

Levando o resto do índio consigo.

Grey rolou de costas, piscando. Um sonho. Continuava a chover, agora mais forte. Ele inspirou profundamente. Sentiu cheiro de banha de urso, claro, na própria pele, e de hortelã... será que havia algum indício de metal? A luz estava mais forte; já devia ser dia. Ele ouviu o tambor passar pelos corredores entre as barracas para despertar os homens, ouviu o rufar de suas baquetas se misturando com o chacoalhar da chuva, os gritos de cabos e sargentos... mas tudo ainda débil e cinzento. Não podia ter dormido mais de meia hora.

– Meu Deus – resmungou.

Virando-se com o corpo encarquilhado, puxou o casaco por cima da cabeça e tentou dormir outra vez.

O *Harwood* subiu o rio virando de bordo devagar, de olho para ver se apareciam saqueadores franceses. Houve alguns alarmes, entre eles um novo ataque de índios hostis enquanto eles estavam acampados na margem. Esse segundo ataque teve um final mais feliz: quatro saqueadores mortos e apenas um cozinheiro ferido, sem gravidade. Eles foram obrigados a adiar a partida da embarcação por algum tempo e aguardar uma noite nublada para poderem passar despercebidos pela fortaleza de Québec, ameaçadora no alto de seus morros. De fato, foram detectados. Um ou dois canhões dispararam na sua direção, mas sem acertar. Por fim, adentraram o porto de Gareon, onde ficava o quartel-general do general Wolfe.

A cidade em si fora quase engolida pelo acampamento militar cada vez mais extenso, vários hectares de barracas a se espalhar encosta acima a partir do assentamento na margem do rio, com uma pequena missão católica francesa a presidir todo o conjunto. Sua cruz diminuta mal se podia distinguir no alto do morro situado atrás da cidade. Os habitantes franceses, com a indiferença política dos mercadores de qualquer lugar, tinham dado de ombros com uma impassibilidade gaulesa e começado a cobrar preços extorsivos das forças de ocupação.

Grey fora informado de que o general estava ausente, lutando no interior, mas sem dúvida voltaria antes do fim do mês. Um tenente-coronel sem missão nem afiliação regimental era um estorvo. Ele foi provido com aposentos adequados e, em seguida, enxotado com educação. Sem nenhum dever imediato a cumprir, também deu de ombros e se dedicou à tarefa de descobrir o paradeiro do capitão Carruthers.

Não foi difícil encontrá-lo. O *patron* da primeira taverna que Grey visitou lhe indicou o caminho até a morada do *capitaine*, um quarto na casa de uma viúva chamada Lambert, perto da igreja da missão. Grey pensou se poderia ter recebido a informação com a mesma rapidez de qualquer outro taberneiro do vilarejo. Quando Grey o conhecera, Charlie gostava de beber. Era óbvio que continuava gostando, a julgar pela simpatia do *patron* ao ouvir mencionar o nome Carruthers. Não que Grey pudesse culpá-lo, consideradas as circunstâncias.

A jovem viúva, de cabelos ruivos e bastante atraente, encarou com profunda desconfiança o oficial inglês diante de sua porta, mas quando ele acompanhou seu pedido para falar com o capitão Carruthers com a menção de que era um velho amigo seu, o semblante dela relaxou.

– *Bon* – disse a moça, abrindo a porta. – Ele precisa de amigos.

Grey subiu dois andares de uma escada estreita até o sótão de Carruthers, sentindo o ar à sua volta ficar mais quente. O ambiente estava agradável àquela hora do dia, mas no meio da tarde devia ficar sufocante. Ele bateu à porta e sentiu um pequeno choque de reconhecimento satisfeito ao escutar a voz de Carruthers mandá-lo entrar.

O capitão estava sentado diante de uma mesa bamba, em mangas de camisa e calça, escrevendo, com um tinteiro feito de cabaça junto a um dos cotovelos e uma jarra de cerveja junto ao outro. Olhou para Grey por um instante com o semblante desprovido de expressão. Seus traços então foram tomados pela alegria e ele se levantou, quase derrubando os dois objetos.

– John!

Antes de poder estender a mão, Grey se viu engolido por um abraço, que retribuiu de forma sincera enquanto uma enxurrada de lembranças o engolfava ao sentir o cheiro dos cabelos de Carruthers e, na bochecha, a textura áspera de sua barba por fazer. Mesmo em meio a essa sensação, porém, pôde sentir a magreza de Carruthers.

– Nunca pensei que você viria – repetiu Carruthers pelo que talvez fosse a quarta vez. Soltou Grey e deu um passo para trás, sorrindo, enquanto passava as costas da mão pelos olhos úmidos.

– Bem, você deve agradecer a uma enguia-elétrica pela minha presença – disse Grey, também sorrindo.

– Uma o quê? – Carruthers o encarou, sem entender.

– É uma longa história… mais tarde eu conto. Por enquanto, apenas me responda: o que andou fazendo, Charlie?

A felicidade se apagou um pouco do rosto magro de Carruthers, mas sem desaparecer por completo.

– Ah, bem, é uma longa história também. Deixe-me pedir mais cerveja a Martine.

Com um gesto, ele indicou a Grey o único banquinho do aposento e se retirou antes que ele pudesse protestar. Grey se sentou com cuidado, para o caso de o banquinho desabar, mas ele sustentou seu peso. Além do banquinho e da mesa, o sótão estava mobiliado de maneira simples: uma cama de campanha estreita, um penico e uma pia antiga com cuba de barro e moringa completavam o conjunto. O cômodo estava muito limpo, mas havia no ar um leve odor de algo… algo doce e enjoativo, que Grey identificou como vindo de uma garrafa arrolhada pousada na parte de trás da pia.

Não que ele precisasse do láudano. Uma olhada para o rosto emaciado de Carruthers já tinha lhe dito tudo. Olhou para os papéis com os quais Carruthers estava entretido. Pareciam ser anotações de preparação para a corte marcial. A de cima era o relato de uma expedição empreendida pelas tropas sob seu comando sob as ordens de um major chamado Gerald Siverly.

Nossas ordens eram de marchar até um vilarejo chamado Beaulieu para saquear, incendiar as casas e expulsar os animais que encontrássemos. Assim fizemos. Alguns dos homens do vilarejo resistiram, armados com foices e outros implementos. Dois deles foram mortos a tiros, e os outros fugiram. Voltamos com duas carroças cheias de farinha, queijos e pequenos artigos domésticos, três vacas e duas boas mulas.

Grey não conseguiu ler mais nada antes de a porta se abrir. Carruthers entrou, sentou-se na cama e meneou a cabeça para os papéis.

– Achei melhor anotar tudo. Só para o caso de não viver o suficiente para chegar à corte marcial. – Ele falou num tom casual e, ao ver a expressão de Grey, abriu um sorriso fraco. – Não se preocupe, John. Eu sempre soube que não iria viver muito. Isto aqui não é a única coisa…

Ele virou a mão direita para cima até deixar o punho folgado da camisa escorregar para trás. Então bateu de leve no peito com a esquerda.

– Mais de um médico me disse que eu tenho um problema grave no coração. Não sei bem se tenho dois corações também – falou, e sorriu, o sorriso repentino e encantador de que Grey tão bem se lembrava. – Ou se tenho apenas metade de um. Antigamente eu só desmaiava de vez em quando, mas está piorando. Às vezes sinto que ele para de bater e fica tremendo dentro do peito, e tudo começa a ficar preto e sem ar. Até agora ele sempre voltou a bater… mas um dia desses não vai mais voltar.

Os olhos de Grey se fixaram na mão de Charlie, a pequena mão anã curvada junto da companheira maior, fazendo parecer que Charlie estava segurando uma estranha flor dentro da palma. Enquanto Grey olhava, ambas as mãos se abriram devagar, os dedos se movendo numa estranha e bela sincronicidade.

– Está bem – disse ele baixinho. – Me conte.

Não impedir um motim era uma acusação rara, difícil de provar. Portanto, improvável de ser feita, a menos que houvesse outros fatores envolvidos – algo que, naquele caso, sem dúvida havia.

– Você conhece Siverly? – perguntou Carruthers, pegando os papéis e pondo sobre o joelho.

– Não. Imagino que seja um canalha. – Grey gesticulou na direção dos papéis. – Mas que tipo de canalha?

– Do tipo corrupto. – Carruthers arrumou as páginas alinhando com cuidado os cantos, com os olhos pregados nelas. – Isso... isso que você leu... não foi Siverly. Foi uma ordem do general Wolfe. Não sei bem se o objetivo é deixar a fortaleza sem aprovisionamento na esperança de fazê-los morrer de fome ou pressionar Montcalm a enviar tropas para defender o interior, onde Wolfe poderia atacá-las... talvez as duas coisas. Mas a intenção dele é aterrorizar os assentamentos em ambas as margens do rio. Não, nós fizemos isso sob ordens do general. – O rosto dele se contorceu um pouco. De repente, ele ergueu os olhos para Grey. – Você se lembra das Terras Altas, John?

– Você sabe que sim.

Ninguém que houvesse participado da limpeza das Terras Altas por Cumberland iria se esquecer. Ele tinha visto muitas aldeias escocesas como Beaulieu.

Carruthers encheu o peito de ar.

– Sim. Bem. O problema foi que Siverly começou a se apropriar dos saques que nós fazíamos no interior... sob o pretexto de vendê-los para fazer uma distribuição justa entre os soldados.

– O quê? – Isso ia contra o costume militar, segundo o qual cada soldado tinha direito aos saques que conseguisse obter. – Quem ele acha que é, um almirante?

A Marinha, sim, dividia cotas de pilhagem entre a tripulação de acordo com uma fórmula, mas a Marinha era a Marinha. As tripulações agiam muito mais como entidades únicas do que as companhias militares, e havia tribunais do almirantado destinados a administrar a venda dos navios importantes que fossem capturados.

A pergunta fez Carruthers rir.

– O irmão dele é comodoro. Talvez por isso ele se considere almirante. Enfim, ele nunca chegou a distribuir o dinheiro – acrescentou ele, voltando a ficar sério. – E o pior: começou a reter o soldo das tropas. Passou a pagar cada vez mais tarde, deixava de pagar por causa de ofensas bobas ou alegava que o baú de fundos não tinha sido entregue... quando vários homens o tinham visto ser descarregado da carroça. Isso por si só já era ruim... mas, pelo menos, os soldados continuavam alimentados e vestidos adequadamente. Até que um dia ele passou dos limites.

Siverly começara a roubar do intendente, desviando grandes quantidades de suprimentos, que, então, vendia de modo privado.

– Eu tinha minhas suspeitas, mas não tinha provas – explicou Carruthers. – Mas havia começado a observá-lo... e ele sabia que eu o estava observando, de modo que tomou cuidado por um tempo. Mas não conseguiu resistir aos fuzis.

Um carregamento com uma dúzia de fuzis novos, muito superiores ao mosquete Brown Bess comum, era raro no Exército.

– Eles devem ter sido mandados para nós por um erro administrativo. Não tínhamos nenhum fuzileiro. Para ser sincero, os fuzis não eram necessários. Provavelmente foi isso que fez Siverly pensar que poderia se safar.

Só que ele não se safou. Dois soldados rasos haviam descarregado o caixote e, curiosos com o peso, levantaram a tampa. A notícia havia se espalhado... e a animação se transformara numa surpresa contrariada quando, em vez de fuzis, mosquetes com marcas de uso consideráveis foram distribuídos. A falação, já irada, ficara ainda mais exaltada.

– Essa raiva foi impulsionada por um barril de rum que confiscamos de uma taverna em Levi – disse Carruthers com um suspiro. – Os homens passaram a noite inteira bebendo... As noites de janeiro aqui são intermináveis. Então decidiram achar os fuzis. E acharam... debaixo do piso dos aposentos de Siverly.

– E onde estava Siverly?

– Lá mesmo. Ele foi bastante agredido, infelizmente. – Um músculo junto à boca de Carruthers teve um espasmo. – Mas fugiu por uma janela e conseguiu atravessar a neve até a guarnição seguinte. Mais de 30 quilômetros. Perdeu dois dedos do pé por causa da gangrena, mas sobreviveu.

– Que pena.

– É, foi mesmo. – O músculo teve outro espasmo.

– E o que aconteceu com os amotinados?

Carruthers expeliu o ar com força e balançou a cabeça.

– A maioria desertou. Dois foram capturados e enforcados sem muitas delongas; três outros apareceram depois e estão presos aqui.

– E você...

– E eu... – Carruthers aquiesceu. – Eu era o administrador da companhia de Siverly. Não sabia sobre o motim. Um dos alferes correu para me buscar quando os homens começaram a avançar rumo aos aposentos de Siverly. Mas cheguei antes de eles terminarem.

– Não havia grande coisa que você pudesse fazer nas circunstâncias, havia?

– Eu não tentei – respondeu Carruthers, direto.

– Compreendo – falou Grey.

– Compreende mesmo? – Carruthers lhe abriu um sorriso torto.

– Com certeza. Suponho que Siverly ainda esteja no Exército e num cargo de comando? Sim, claro. Ele talvez tenha ficado furioso o bastante para proferir a acusação original contra você, mas você sabe tão bem quanto eu que, em circunstâncias normais, é provável que a questão houvesse sido abandonada assim que os fatos gerais tivessem vindo à tona. Foi você quem insistiu na corte marcial, não foi? Para poder tornar público o que sabe.

Dado o estado de saúde de Carruthers, saber que ele corria o risco de uma longa pena de prisão caso fosse condenado não parecia incomodá-lo.

O sorriso de Carruthers se tornou genuíno.

– Eu sabia que tinha escolhido o homem certo – disse ele.

– Estou lisonjeado – retrucou Grey, seco. – Mas por que eu?

Carruthers pôs os papéis de lado e se balançou um pouco para trás sobre a cama, as mãos unidas ao redor do joelho.

– Por que você, John? – O sorriso havia sumido, e os olhos cinzentos de Carruthers o encaravam. – Você sabe o que nós fazemos. Nosso ofício é o caos, a morte e a destruição. Mas você sabe também por que fazemos isso.

– Ah, é? Nesse caso talvez você possa ter a bondade de me dizer. Eu sempre quis saber.

O bom humor acendeu os olhos de Charlie, mas ele falou num tom sério.

– Alguém precisa manter a ordem, John. Soldados lutam por toda espécie de motivo, a maioria ignóbil. Mas você e seu irmão…

Ele se interrompeu e balançou a cabeça. Grey viu que tinha os cabelos riscados de fios grisalhos, embora soubesse que Carruthers não era mais velho do que ele.

– O mundo é caos, morte e destruição. Mas pessoas como vocês… Vocês não defendem isso. Se existe alguma ordem no mundo, alguma paz… é por causa de vocês, John, e dos muito poucos iguais a vocês.

Grey sentiu que deveria dizer alguma coisa, mas não soube o quê. Carruthers se levantou e foi até ele. Colocou a mão esquerda em seu ombro. Com a direita, tocou o seu rosto.

– O que é mesmo que a Bíblia diz? – indagou baixinho. – Bem-aventurados os que têm fome e sede de justiça, pois serão satisfeitos? Eu estou faminto, John – sussurrou ele. – E você está sedento. Não vai me decepcionar.

Os dedos do segredo de Charlie se moveram sobre a sua pele, uma súplica, uma carícia.

...

O costume militar é uma corte marcial presidida por um oficial graduado e quantos outros oficiais ele julgar necessários para formar um conselho, sendo estes em geral quatro, mas podendo ser mais; porém, em geral, não menos de três (...) A pessoa acusada terá o direito de convocar testemunhas para defendê-la e o conselho interrogará essas testemunhas, bem como quaisquer outras pessoas que desejar, a fim de estabelecer as circunstâncias, caso haja uma condenação, da sentença a ser imposta.

Esta afirmação, um tanto vaga, era tudo que existia em matéria de uma definição escrita e diretrizes em relação ao funcionamento de uma corte marcial... ou era tudo que Hal conseguira encontrar para lorde John no breve período anterior à sua partida. Nenhuma lei formal regia esses tribunais, tampouco as leis do país se aplicavam a eles. *Em suma, o Exército era a lei, como sempre*, pensou Grey.

Assim, ele poderia ter uma considerável margem de manobra para conseguir o que Charlie Carruthers queria, ou não, dependendo das personalidades e alianças profissionais dos oficiais que constituíam o tribunal. Cabia a ele descobrir quanto antes quem eram esses homens.

Enquanto isso, tinha outro pequeno dever a cumprir.

– Tom – chamou, enquanto remexia dentro de seu baú. – Você descobriu onde está lotado o capitão Stubbs?

– Sim, milorde. E, se o senhor desistir de estragar suas camisas, posso contar. – Com um olhar de censura para o patrão, Tom o empurrou de lado com destreza. – O que está procurando, afinal?

– O retrato da minha prima com o filho.

Grey recuou de modo a permitir que Tom se curvasse acima do baú aberto e alisasse as camisas maltratadas com carinho até deixá-las bem dobradas outra vez. O baú em si estava um tanto chamuscado, mas, para alívio de Tom, os soldados tinham conseguido resgatar o guarda-roupa de Grey.

– Aqui está, milorde. – Tom puxou o embrulho e o entregou com delicadeza a Grey. – Transmita meus melhores votos ao capitão Stubbs. Acho que ele vai ficar feliz em receber isso. O pequeno se parece bastante com ele, não?

Mesmo com as instruções de Tom, foi preciso algum tempo para descobrir o paradeiro de Malcolm Stubbs. O endereço, até onde se podia chamar assim, ficava na parte mais pobre da cidade, em algum lugar no fim de uma rua lamacenta que dava abruptamente no rio. Grey se espantou. Stubbs era um homem dos mais sociáveis, além de oficial zeloso. Por que não estava morando numa hospedaria ou numa boa casa particular, perto de seus soldados?

Grey já estava com um mau pressentimento ao encontrar a rua. Essa sensação só aumentou conforme ele foi passando pelos casebres caindo aos pedaços e por crianças imundas e poliglotas que paravam de brincar para observar radiantes a novidade. Elas o seguiram, sibilando especulações ininteligíveis umas para as outras, mas o encararam com uma expressão vazia e a boca escancarada quando ele perguntou sobre o capitão Stubbs, e apontou para o próprio uniforme à guisa de ilustração enquanto indicava o espaço em volta com um aceno inquisitivo.

Teve que descer a rua até o fim e ficar com as botas cobertas por uma crosta de lama, esterco e uma grossa camada das folhas que caíam das árvores gigantescas, antes de encontrar alguém disposto a sanar sua dúvida. Foi um índio muito velho, pescando sentado numa pedra na beira do rio, enrolado num cobertor listrado daqueles que os britânicos costumavam trocar. O homem falava uma mistura de três ou quatro idiomas, dos quais Grey compreendia apenas dois, mas isso bastou.

– *Un, deux, trois*, nos fundos – informou o velho, apontando com o polegar para mais acima na rua e, em seguida, fazendo um movimento de lado com o dedo.

Falou então alguma coisa numa língua aborígine em que Grey pensou detectar uma referência a uma mulher, sem dúvida a dona da casa onde Stubbs estava. Uma referência a *"le bon capitaine"* em conclusão pareceu reforçar essa impressão e, após agradecer ao cavalheiro tanto em francês quanto em inglês, Grey tornou a subir até a terceira casa da rua, ainda arrastando atrás de si uma fila de crianças curiosas.

Ninguém veio atender quando Grey bateu à porta, mas ele deu a volta na casa, seguido pelas crianças, e descobriu nos fundos uma pequena cabana cuja chaminé de pedra cinza liberava fumaça.

O dia estava lindo, com um céu cor de safira e o ar tomado pela plenitude do fim de verão. A porta da cabana estava aberta para deixar entrar o ar puro, mas ele não a empurrou para abri-la. O que fez foi sacar a adaga do cinto e bater com o cabo, tudo isso acompanhado por arquejos de admiração de seus espectadores ao verem a faca. Ele reprimiu o impulso de lhes fazer uma mesura.

Não ouviu passos lá dentro, mas a porta se abriu de repente e revelou uma índia jovem, cujo rosto se iluminou de alegria ao vê-lo.

Ele piscou, espantado, e nesse piscar a alegria desapareceu e a jovem segurou o batente da porta para se equilibrar enquanto levava a outra mão fechada ao peito.

– *Batinse!?* – arquejou ela, apavorada. – *Qu'est-ce qui s'passe?*

– *Rien* – respondeu ele, espantado. – *Ne vous inquiétez pas, madame. Est-ce que capitaine Stubbs habite ici?* – "Não se preocupe, senhora. O capitão Stubbs mora aqui?"

Os olhos dela, já imensos, se reviraram nas órbitas. Ele a segurou pelo braço com medo de ela desfalecer a seus pés. A maior das crianças que o seguia se adiantou depressa e abriu a porta com um empurrão. Grey passou o braço pela cintura da mulher e meio que a carregou para dentro.

Lendo nisso um convite, as outras crianças entraram atrás dele, murmurando palavras que pareciam ser de empatia enquanto ele levava a jovem até a cama e a depositava ali. Uma menina pequena, vestida com pouco mais do que uma calçola presa em volta da diminuta cintura por um pedaço de barbante, se espremeu ao seu lado e disse alguma coisa para a mulher. Diante do silêncio da outra, a garotinha se comportou como se tivesse recebido uma resposta e saiu correndo pela porta.

Grey hesitou, sem saber ao certo o que fazer. Embora pálida, a mulher estava respirando, e suas pálpebras tremeram.

– *Voulez-vous un petit eau?* – indagou ele, à procura de água.

Viu um balde cheio perto do fogo, mas sua atenção foi distraída por um objeto apoiado ao lado deste: uma tábua de ninar indígena. Preso a ela havia um bebê envolto num pano que piscava dois olhos grandes e curiosos.

Ele já sabia, claro. Mesmo assim, ajoelhou-se na frente do bebê e agitou diante dele um indicador hesitante. A criança tinha olhos grandes e escuros, como os da mãe, e a pele de um tom mais claro do que a dela. Os cabelos, contudo, não eram lisos, grossos e negros. Eram cor de canela, num emaranhado dos mesmos cachos que Malcolm Stubbs mantinha cortados rente ao couro cabeludo e escondidos debaixo da peruca.

– O que aconteceu com *le capitaine*? – quis saber uma voz peremptória atrás dele.

Grey girou nos calcanhares e, ao deparar com uma mulher um tanto robusta em pé ao seu lado, levantou-se e fez uma mesura.

– Absolutamente nada, madame – garantiu-lhe. *Quero dizer, ainda não.* – Eu só estava procurando o capitão Stubbs para lhe dar um recado.

– Ah. – A mulher, que era francesa e mãe ou tia da mais jovem, parou de encará-lo com um olhar hostil e pareceu se desarmar um pouco, adotando então uma postura menos ameaçadora. – Bem, nesse caso... *D'un urgence*, esse recado?

Ela o encarava. Era óbvio que outros oficiais britânicos não tinham o hábito de visitar Stubbs em casa. O mais provável era que estivesse hospedado em outro lugar, onde desempenhava suas funções regimentais. Não era de espantar que elas achassem que ele tinha vindo avisar que o capitão estava morto ou ferido.

Ainda não, acrescentou para si mesmo, sombrio.

– Não – respondeu, sentindo o peso da miniatura no bolso. – Importante, mas não urgente.

Ele então foi embora. Nenhuma das crianças o seguiu.

Em geral não era difícil descobrir o paradeiro de um soldado específico, mas Malcolm Stubbs parecia ter evaporado. Ao longo da semana seguinte, Grey passou o pente-fino no quartel-general, no acampamento militar e no vilarejo, mas não conseguiu encontrar nem sinal de seu desgraçado primo por casamento. Mais estranho ainda, ninguém parecia ter dado falta do capitão. Os homens da companhia imediata de Stubbs apenas deram de ombros, sem entender, e seu oficial superior tinha subido o rio para inspecionar a condição de diversos postos avançados. Frustrado, Grey se recolheu à beira do rio para pensar.

Duas possibilidades lógicas se apresentavam... ou melhor, três. A primeira era que Stubbs ficara sabendo de sua chegada, imaginara que ele fosse descobrir o que havia descoberto, entrara em pânico e desertara. A segunda era que ele se envolvera numa briga com alguém numa taverna ou num beco, fora morto e estava agora se decompondo em silêncio sob uma camada de folhas na floresta. Ou a terceira: ele fora discretamente despachado para algum lugar para fazer algo.

Grey duvidava muito da primeira possibilidade. Stubbs não era dado a entrar em pânico. Caso soubesse de sua chegada, a primeira atitude de Malcolm teria sido ir ao seu encontro, impedindo assim que ele investigasse o vilarejo e descobrisse tudo. Portanto, descartou essa possibilidade.

Descartou a segunda ainda mais depressa. Se Stubbs tivesse sido morto, quer de modo deliberado ou por acidente, o alarme teria sido dado. O Exército em geral conhecia o paradeiro de seus soldados e, se eles não estivessem onde deveriam estar, providências eram tomadas. Isso também valia para a deserção.

Certo, então. Se Stubbs tinha sumido e ninguém estava à sua procura, a conclusão natural era que o Exército o havia despachado para outro local. Como ninguém parecia saber onde era isso, sua missão era presumivelmente secreta. E, considerando a situação de Wolfe e sua atual obsessão, isso quase com certeza significava que Malcolm Stubbs havia descido o rio em busca de algum modo de atacar Québec. Satisfeito com suas deduções, Grey deu um suspiro. O que, por sua vez, significava que, excluindo a possibilidade de ter sido capturado pelos franceses, escalpelado ou raptado por índios hostis ou ainda devorado por um urso, Stubbs acabaria voltando. Não havia nada a fazer exceto esperar.

Ele se recostou numa árvore enquanto observava duas canoas de pesca descerem vagarosamente a correnteza rente à margem. O céu estava encoberto e o ar tocava sua pele com leveza, uma mudança agradável em relação ao calor de mais cedo. Céus nublados eram bons para pescar; quem lhe dissera isso fora o guarda-caça de seu pai. Perguntou-se por que seria. Será que os peixes ficavam ofuscados pelo sol e buscavam, portanto, esconderijos turvos nas profundezas, mas com a luz mais fraca subiam em direção à superfície?

Pensou de repente na enguia-elétrica, cuja morada, segundo Suddfield, eram as águas repletas de sedimentos da Amazônia. O bicho tinha olhos pequenos e, de acordo com seu dono, era capaz de usar suas capacidades elétricas de alguma forma para localizar sua presa, além de eletrocutá-la.

Ele não poderia ter dito o que o fez levantar a cabeça naquele exato instante, mas quando o fez viu uma das canoas parada na água rasa a poucos metros de onde estava. O índio que manejava o remo lhe abriu um sorriso radiante.

– Inglês! – gritou ele. – Quer pescar comigo?

Um pequeno choque percorreu seu corpo, e ele se empertigou. Os olhos de Manoke o encaravam. Ele sentiu na memória o contato dos lábios e da língua do índio, além do cheiro de cobre recém-aparado. Seu coração tinha disparado. Ir embora com um índio que mal conhecia? Aquilo podia facilmente ser uma armadilha. Ele poderia acabar escalpelado ou coisa pior. Mas as enguias-elétricas não eram as únicas capazes de discernir coisas graças a um sexto sentido.

– Quero! – gritou de volta. – Encontro você no atracadouro!

Duas semanas mais tarde, ele desembarcou da canoa de Manoke no atracadouro, magro, queimado de sol, contente e ainda com todos os cabelos. Tom Byrd devia estar louco de preocupação. Ele mandara avisar o que estava fazendo, mas não pudera dar nenhuma estimativa de quando iria voltar. Sem dúvida o pobre Tom devia estar pensando que ele fora capturado e arrastado para ser escravizado ou perder o escalpo, e ter os cabelos vendidos para os franceses.

Na verdade, eles tinham flutuado rio abaixo, parando para pescar sempre que dava vontade. Acamparam em bancos de areia e pequenas ilhas e jantaram o peixe que haviam pescado numa paz perfumada de fumaça, debaixo das folhas dos carvalhos e amieiros. Viam de vez em quando outras embarcações, não apenas canoas, mas muitos paquetes e brigues franceses, bem como dois navios de guerra ingleses virando de bordo rio acima devagar, velas enfunadas, os gritos distantes dos marinheiros tão estrangeiros para ele naquele momento quanto a língua dos iroqueses.

E sob o crepúsculo tardio de verão do primeiro dia, Manoke havia limpado os dedos após comer, levantando-se, desamarrado casualmente o tapa-sexo e o deixado cair. Então havia esperado, sorrindo, enquanto Grey se livrava da camisa e da calça.

Eles nadaram no rio para se refrescar antes de comer. O índio estava limpo, com a pele não mais engordurada. Apesar disso, tinha um gosto que lembrava a carne de caça selvagem, o travo forte e inquieto de um cervo. Grey ficara pensando se isso se devia à sua raça ou apenas à sua dieta.

– Que gosto tenho eu? – indagara, por curiosidade.

Manoke, entretido com suas ocupações, respondera algo que poderia ter sido "pau", mas que também poderia ter sido uma expressão de leve repulsa, de modo que Grey desistiu de prosseguir nessa linha de perguntas. Além disso, se ele tinha *mesmo* gosto de carne de boi e biscoitos ou de pudim, será que o índio saberia reconhecer? Aliás, será que ele queria mesmo saber se tinha esse gosto? Não, decidiu, e os dois aproveitaram o restante da noite sem mais conversas.

Ele coçou a base das costas no ponto em que a calça roçava, desconfortável com as picadas de mosquito e com a pele descascada. Tentara se vestir à maneira dos nativos, entendendo sua praticidade, mas queimara o traseiro após passar tempo demais deitado no sol um dia à tarde. Depois disso, começou a usar calça, sem querer ouvir mais nenhum comentário jocoso sobre a brancura da sua bunda.

Enquanto tinha esses pensamentos agradáveis, porém desconexos, percorreu metade da cidade antes de reparar que havia muito mais soldados circulando do que antes da sua partida. Tambores rufavam pelas ruas inclinadas e lamacentas para chamar os homens para suas casas, e era possível sentir o ritmo do dia militar. Seus próprios passos se adequaram à batida dos tambores. Ele se empertigou e sentiu o Exército estender de repente a mão e agarrá-lo, sacudindo-o para fazê-lo despertar da sua felicidade queimada de sol.

Involuntariamente, ele dirigiu o olhar para o alto do morro e viu as bandeiras a tremular acima da grande hospedaria que servia de quartel-general da campanha. Wolfe tinha voltado.

Grey foi até seus aposentos, tranquilizou Tom quanto ao seu bem-estar, prestou-se, à força, a ter os cabelos desembaraçados, penteados, perfumados e presos num rabo de cavalo formal e bem apertado. Com o uniforme limpo a assar sua pele queimada de sol, foi se apresentar ao general como demandava a cortesia. Conhecia James Wolfe de vista: o general tinha mais ou menos a mesma idade que ele, havia lutado em Culloden e fora oficial júnior sob Cumberland durante a campanha das Terras Altas. Não o conhecia pessoalmente, porém. Mas tinha ouvido falar muito nele.

– Grey, pois não? Irmão de Pardloe, é isso?

Wolfe ergueu o nariz comprido na direção de Grey como se o estivesse farejando, à moda de um cão que examina o traseiro do outro. Grey se limitou a inclinar a cabeça de maneira educada.

– Meu irmão manda seus respeitos, general.

Na verdade, o que seu irmão dissera não havia sido nem de longe respeitoso. "Um imbecil melodramático" era do que Hal o chamara durante a curta conversa informativa que tivera com ele antes da sua partida. "Exibido, ruim de avaliação, péssimo estrategista. Mas tem sorte para diabo, isso eu reconheço. *Não* o siga em nada estúpido que ele fizer."

Wolfe meneou a cabeça com razoável afabilidade.

– E o senhor veio ser testemunha de quem mesmo…? Do capitão Carruthers?

– Sim, general. A corte marcial já tem data marcada?

– Não sei. Já? – perguntou Wolfe a seu administrador, sujeito alto e magro de olhos pequenos.

– Não, meu general. Mas agora que o coronel chegou podemos dar prosseguimento. Vou avisar ao brigadeiro Lethbridge-Stewart. Ele é quem vai presidir o tribunal.

Wolfe fez um gesto com a mão.

– Não, espere um pouco. O brigadeiro deve estar com outras preocupações na cabeça. Até depois de…

O administrador aquiesceu e fez uma anotação.

– Sim, meu general.

Wolfe examinava Grey à maneira de um menino louco para compartilhar um segredo.

– O senhor entende os homens das Terras Altas, coronel?

Surpreso, Grey piscou.

– Até onde tal coisa é possível – respondeu, educado, e Wolfe zurrou de rir.

– Excelente. – O general inclinou a cabeça de lado e avaliou Grey. – Tenho mais ou menos uma centena deles. Estive pensando que serventia poderiam ter. Creio ter achado: uma pequena aventura.

Sem conseguir se controlar, o administrador sorriu. Em seguida, escondeu depressa o sorriso.

– É mesmo, general? – indagou Grey com cautela.

– Um pouco perigosa – prosseguiu Wolfe, descuidado. – Mas, afinal, são homens das Terras Altas… não fará tanto mal se caírem. Gostaria de se juntar a nós?

"Não o siga em nada estúpido que ele fizer." *Hal estava certo*, pensou Grey. Alguma sugestão sobre como recusar uma oferta dessas do seu superior formal?

– Seria uma satisfação, general – falou, sentindo na espinha um leve tremor de apreensão. – Quando?

– Daqui a duas semanas… na lua nova. – Wolfe só faltava abanar o rabo de tanto entusiasmo.

– Posso saber a natureza dessa… ahn… dessa expedição?

Wolfe trocou com seu administrador um olhar cheio de expectativa, então se virou para Grey com os olhos brilhantes de animação.

– Nós vamos tomar Québec, coronel.

Wolfe pensava então que tinha achado seu *point d'appui*. Ou melhor, seu batedor de confiança, Malcolm Stubbs, o havia encontrado para ele. Grey voltou aos seus aposentos, pôs no bolso o retrato de Olivia com o pequeno Cromwell e saiu à procura de Stubbs.

Não se importou em pensar no que dizer a Stubbs. *Era até melhor não ter encontrado Malcolm logo após descobrir sua amante índia e seu filho*, pensou. Ele poderia ter apenas derrubado o capitão sem se dar ao trabalho de explicar nada. Mas o tempo havia passado, e seu sangue agora tinha esfriado. Ele havia se distanciado da questão.

Ou assim pensava até adentrar uma próspera taverna. Malcolm tinha um gosto apurado em matéria de vinhos. Encontrou o primo por casamento diante de uma mesa, relaxado e jovial entre amigos. Stubbs, cujo sobrenome significava "cotoco", carregava um nome adequado, uma vez que media cerca de 1,63 metro em ambas as dimensões, um sujeito de cabelos claros com tendência a ficar com o rosto vermelho quando estava se divertindo muito ou quando ficava embriagado.

No momento, as duas coisas pareciam estar acontecendo: ele ria de algo que algum dos companheiros dissera enquanto agitava o copo vazio na direção da garçonete. Stubbs viu Grey se aproximando e abriu um sorriso. Grey notou que ele vinha passando bastante tempo ao ar livre: estava quase tão queimado de sol quanto ele próprio.

– Grey! – exclamou Stubbs. – Ora, mas que visão! O que trouxe você aqui a este lugar selvagem?

Ele então notou a expressão de Grey, e sua jovialidade arrefeceu um pouco, ao mesmo tempo que um franzido intrigado surgia entre as grossas sobrancelhas.

O franzido não teve tempo de crescer muito. Grey se jogou por sobre a mesa, fazendo os copos se espalharem e agarrou Stubbs pela frente da camisa.

– Venha comigo, seu porco maldito – sussurrou ele com o rosto grudado no do rapaz. – Senão eu juro que mato você aqui mesmo.

Então soltou Stubbs e ficou ali parado, com o sangue a latejar nas têmporas. O capitão esfregou o peito, afrontado, espantado... e assustado. Grey pôde ver isso nos olhos azuis arregalados. Bem devagar, o capitão se levantou, acenando para os companheiros ficarem onde estavam.

– Não se incomodem, amigos – falou, numa boa tentativa de soar casual. – É o meu primo... uma emergência de família ou algo assim.

Grey viu dois dos homens trocarem olhares cúmplices e, em seguida, o encararem, ressabiados. Com certeza eles sabiam.

Com um gesto tenso, indicou a Stubbs que fosse na sua frente, e os dois cruzaram a porta com um semblante de dignidade. Uma vez lá fora, porém, agarrou o outro homem pelo braço e o arrastou pela esquina até um pequeno beco. Empurrou-o com força, fazendo com que perdesse o equilíbrio e caísse contra a parede. Depois, chutou-lhe as pernas para derrubá-lo e se ajoelhou na sua coxa, pressionando o joelho com crueldade no músculo denso. Stubbs emitiu um som estrangulado que não chegou a ser um grito.

Grey enfiou no bolso a mão trêmula de fúria e pegou o retrato, que mostrou por um breve instante a Stubbs antes de esfregá-lo na sua bochecha. Stubbs ganiu, tentou pegar o objeto, e Grey permitiu que ele o fizesse, levantando-se, cambaleante.

– Como se atreve? – falou, numa voz baixa e cruel. – Como se atreve a desonrar sua esposa e seu filho?

Stubbs respirava com dificuldade enquanto apertava com uma das mãos a coxa machucada, mas estava recuperando a compostura.

– Não é nada – disse ele. – Não tem nada a ver com Olivia. – Ele engoliu em seco, passou a mão pela boca e lançou um olhar cauteloso para a miniatura que segurava. – É esse o moleque? Mas... mas que rapaz bonito. Parece comigo, não?

Grey lhe deu um chute violento na barriga.

– Sim, assim como seu *outro* filho – sibilou ele. – Como pôde fazer uma coisa dessas?

A boca de Stubbs se abriu, sem emitir qualquer som. Ele se esforçava para respirar como um peixe fora d'água. Grey ficou observando sem pena. Por ele, mandaria esquartejar o sujeito e o assaria na brasa. Abaixou-se, pegou a miniatura da mão de Stubbs, que não resistiu, e tornou a guardá-la no bolso.

Após vários instantes, Stubbs soltou um arquejo acompanhado de um ganido, e seu rosto, que havia ficado roxo, recobrou o tom vermelho habitual. A saliva tinha se acumulado nos cantos da boca. Ele umedeceu os lábios, cuspiu, então se sentou, ofegante.

– Vai me bater de novo?

– Ainda não.

– Que bom.

Ele estendeu uma das mãos. O lorde a segurou e grunhiu ao ajudá-lo a se levantar. Malcolm se encostou na parede, ainda ofegante, e o encarou.

– Então, Grey, quem transformou você em Deus? Quem é você para me julgar, hein?

Grey quase lhe bateu outra vez, mas desistiu.

– Quem eu *sou*? – repetiu. – Eu sou a porra do primo de Olivia, é isso que eu sou! O parente homem mais próximo que ela tem neste continente! E você, se é que preciso lhe lembrar, é a porra do marido dela. Julgar? O que você quer dizer com isso, seu depravado imundo?

Stubbs tossiu e tornou a cuspir.

– Sim. Bem. Como eu disse, não tem nada a ver com Olivia… Portanto, nada a ver com você. – Ele falava com aparente calma, mas Grey podia ver a pulsação martelar em sua jugular, e notou seu olhar esquivo e nervoso. – Não é nada fora do comum… é o maldito costume, pelo amor de Deus. Todo mundo…

Grey deu uma joelhada no saco de Stubbs.

– Tente outra vez – aconselhou ao capitão, que havia caído no chão e gemia em posição fetal. – Não tenha pressa. Não tenho nada para fazer.

Consciente dos olhos voltados para ele, Grey se virou e deu com vários soldados reunidos na entrada do beco, sem saber ao certo como agir. Ainda estava usando seu uniforme de gala, porém um pouco surrado, mas que exibia com clareza a sua patente, e, quando lhes lançou um olhar mau, eles se dispersaram depressa.

– Eu deveria matar você aqui e agora, sabe – disse ele a Stubbs após alguns instantes. No entanto, a raiva que o havia impulsionado começou a se esvair conforme via o capitão se engasgar e vomitar no chão a seus pés, e quando ele falou foi num tom cansado. – Melhor para Olivia ter um marido morto, e quaisquer bens que você lhe deixe, do que um canalha vivo que vai traí-la com as amigas… e provavelmente com a sua criada.

Stubbs murmurou algo ininteligível e Grey se abaixou, agarrou-o pelos cabelos e puxou sua cabeça para cima.

– O que foi que você disse?

– Não foi… não foi assim.

Grunhindo e segurando o próprio corpo, Stubbs se moveu com cuidado até uma posição sentada, joelhos dobrados para cima. Passou algum tempo arquejando, com a cabeça sobre os joelhos, antes de continuar:

– Você não sabe, não é? – indagou em voz baixa, sem levantar a cabeça. – Não viu as coisas que eu vi. Nem… fez o que eu tive que fazer.

– Como assim?

– As… Os massacres. Não foram… não foram batalhas. Não foram honrados. Fazendeiros. Mulheres… – Grey viu o pomo de adão de Stubbs se mover quando ele engoliu a saliva. – Eu… nós… já há muitos meses agora. Saqueando o interior, incendiando fazendas e aldeias. – Ele suspirou e seus ombros largos relaxaram. – Os homens não se importam. De toda forma, metade deles são uns brutos. Eles não acham nada de mais matar um homem a tiros na frente de casa e possuir sua esposa ao lado do cadáver. – Ele engoliu em seco. – Não é só Montcalm que paga por escalpos – relatou, em voz baixa.

Grey não pôde evitar ouvir a crueza no seu tom de voz, uma dor que não era física.

– Todo soldado viu coisas assim, Malcolm – disse ele quase com delicadeza após um curto silêncio. – Você é um oficial. É seu dever conter os homens.

E você sabe muito bem que nem sempre é possível, pensou.

– Eu sei – concordou Stubbs, e começou a chorar. – Eu não consegui.

Grey esperou enquanto ele soluçava, sentindo-se cada vez mais tolo e desconfortável. Por fim, os largos ombros subiram, desceram e pararam de se mover. Após alguns instantes, Stubbs falou, com uma voz que tremia só um pouco:

– Todo mundo encontra um jeito, não é? E não existem tantos jeitos assim. Bebida, carteado ou então mulheres. – Ele ergueu a cabeça e mudou de posição, fazendo uma careta ao encontrar uma mais confortável. – Mas você não é muito chegado a mulheres, não é?

Grey sentiu um peso no fundo do estômago, mas percebeu a tempo que o outro mencionara isso em tom casual, sem qualquer viés acusatório.

– Não – respondeu, e inspirou fundo. – Bebida, principalmente.

Stubbs aquiesceu e limpou o nariz na manga.

– A bebida não me ajuda – disse ele. – Eu durmo, mas não esqueço. Apenas sonho com… com as coisas. E as putas… Bom, eu não queria pegar sífilis e talvez… bom, Olivia – murmurou ele, baixando os olhos. – Não sou bom no carteado – falou, e pigarreou. – Mas dormir nos braços de uma mulher… assim eu consigo dormir.

Grey se apoiou na parede. Sentia-se quase tão moído de pancada quanto Malcolm Stubbs. Folhas de álamo verde-claras flutuaram no ar e rodopiaram ao seu redor antes de caírem na lama.

– Está bem – falou, por fim. – O que você pretende fazer?

– Não sei – respondeu Stubbs num tom chapado de resignação. – Pensar em alguma coisa, imagino.

Grey estendeu o braço e lhe ofereceu a mão. Stubbs se levantou com cuidado e, após menear a cabeça para Grey, afastou-se em direção à entrada do beco arrastando os pés, curvado e se segurando como se as suas entranhas pudessem cair para fora. No meio do caminho, porém, parou e tornou a olhar para trás por cima do ombro. Seu rosto exibia uma expressão aflita e meio constrangida.

– Será que eu poderia… ficar com o retrato? Eles ainda são meus, Olivia e o… meu filho.

Grey deu um suspiro que penetrou até a medula. Sentiu-se com mil anos de idade.

– São – disse ele, tirando o retrato do bolso e o colocando com cuidado dentro do casaco de Stubbs. – Lembre-se disso, sim?

Dois dias mais tarde, um comboio de navios com tropas comandadas pelo almirante Holmes chegou. A cidade foi mais uma vez invadida por homens ávidos por carne não salgada, pão recém-assado, álcool e mulheres. E um mensageiro apareceu nos aposentos de Grey lhe trazendo um embrulho do irmão, com os cumprimentos do almirante Holmes.

Era um pacote pequeno, mas feito com esmero, embrulhado num oleado e amarrado com sisal, e o nó lacrado com o brasão de seu irmão. Aquilo era pouco típico de Hal, cujos comunicados habituais consistiam em bilhetes rabiscados às pressas, utilizando um pouco menos do que o número mínimo de palavras necessário para transmitir o recado. Raramente vinham assinados, quanto mais com lacre.

Tom Byrd também pareceu considerar aquele embrulho um pouco ameaçador. Tinha-o posto de lado, separado das outras correspondências, e colocado em cima como peso uma grande garrafa de conhaque, para evitar que o embrulho fugisse. Ou isso ou desconfiava que Grey fosse precisar do conhaque para ampará-lo no árduo esforço de ler uma carta de mais de uma página.

– Muito bem pensado, Tom – murmurou ele, sorrindo para si mesmo e estendendo a mão para pegar o abridor de cartas.

Na verdade, a missiva ocupava menos de uma página, não trazia nem saudação nem assinatura, e era típica de Hal.

> *Minnie deseja saber se você está morrendo de fome, embora eu não saiba o que fazer se a resposta for sim. Os meninos querem saber se tirou algum escalpo – eles têm certeza de que nenhum pele-vermelha vai conseguir tirar o seu; também sou dessa opinião. É melhor você trazer três tacapes quando voltar.*
>
> *Aí está seu peso de papel. O joalheiro ficou muito impressionado com a qualidade da pedra. A outra coisa é uma cópia da confissão de Adam. Ele foi enforcado ontem.*

O embrulho ainda continha uma pequena bolsinha de camurça e um documento de aspecto oficial escrito em várias folhas de pergaminho de boa qualidade, dobradas e lacradas, desta vez com a insígnia de Jorge II. Grey o deixou sobre a mesa, foi buscar um dos copos de estanho dentro de seu baú de campanha e o encheu de conhaque até a borda, refletindo mais uma vez sobre a perspicácia de seu criado pessoal.

Restabelecido, ele se sentou e pegou a bolsinha de camurça, da qual despejou na palma da mão um peso de papel pequenino e denso no formato de uma meia-lua entre ondas do mar. Nele estava incrustada uma enorme safira lapidada, que reluzia no engaste como a estrela vespertina. Onde James Fraser teria conseguido uma coisa assim?

Ele virou o objeto na mão, admirando seus detalhes, mas então o deixou de lado. Passou um tempo bebericando o conhaque e fitando o documento oficial como se este pudesse explodir. Estava razoavelmente certo de que o faria.

Sopesou o documento na mão e sentiu a brisa da janela levantar um pouco as páginas, como o pano de uma vela pouco antes de enfunar e ser preenchido com um estalo.

Esperar não ajudaria. E Hal, de toda forma, já sabia o que dizia o documento. Acabaria contando a Grey, quer seu irmão quisesse escutar ou não. Com um suspiro, largou o conhaque na mesa e rompeu o lacre.

Eu, Bernard Donald Adams, faço esta confissão por livre e espontânea vontade...

Seria mesmo?, perguntou-se. Não conhecia a caligrafia de Adams, e não sabia dizer se o documento fora escrito ou ditado... Não, espere. Virou as páginas e examinou a assinatura no verso. A mesma caligrafia. Certo, Adams tinha escrito a confissão.

Semicerrou os olhos para a letra. Esta lhe pareceu firme. A carta, portanto, não fora extraída sob tortura. Talvez fosse a verdade.

– Seu idiota – falou entre dentes. – Leia a maldita carta e acabe logo com isso!

Ele bebeu o resto do conhaque de uma golada só, alisou as páginas sobre a pedra do parapeito e leu, enfim, a história da morte de seu pai.

O duque já desconfiava havia algum tempo da existência de um círculo de jacobitas, e tinha identificado três homens que pensava estarem envolvidos. Apesar disso, não fez qualquer movimento para denunciá-los até ser emitido o mandado de sua prisão, sob a acusação de alta traição. Ao saber disso, mandara chamar Adams na mesma hora e o convocara à sua residência de campo em Earlingden.

Adams desconhecia até que ponto o duque sabia sobre seu envolvimento, mas não se atreveu a deixar de ir por receio de que o duque, uma vez preso, o denunciasse.

Assim, armou-se com uma pistola e cavalgou durante a noite até Earlingden, aonde chegou pouco antes de o dia nascer.

Chegara até as portas externas do jardim de inverno, e o duque o mandara entrar. Depois disso, seguira-se "alguma conversa".

Eu tinha ficado sabendo naquele dia da emissão de um mandado de prisão, sob a acusação de alta traição, para a pessoa do duque de Pardloe. Isso me deixara preocupado, pois o duque já havia interrogado anteriormente tanto a mim quanto alguns colegas de um modo que me sugeria desconfiar da existência de um movimento secreto para restaurar o trono dos Stuarts.

Argumentei contra a prisão do duque, uma vez que ignorava a extensão de seu conhecimento ou desconfiança, e temia que, caso ele fosse posto numa posição de perigo iminente, talvez pudesse apontar o dedo para mim ou para meus principais colegas, a saber Victor Arbuthnot, lorde Creemore e sir Edwin Bellman. Sir Edwin, porém, insistiu na prisão, dizendo que mal não faria; quaisquer acusações feitas por Pardloe poderiam ser descartadas como simples tentativas de salvar a si próprio, sem qualquer embasamento na verdade, enquanto o fato da sua prisão causaria uma suposição generalizada de culpa e desviaria qualquer atenção que pudesse na ocasião estar direcionada a nós.

O duque, ao tomar conhecimento do mandado, ordenou que me procurassem nos meus aposentos naquela noite e me convocou a falar com ele em sua casa de campo. Não me atrevi a recusar a convocação, sem saber que provas ele poderia ter. Portanto, cavalguei durante a noite até a sua propriedade e lá cheguei pouco antes de o dia raiar.

Adams havia encontrado o duque ali, no jardim de inverno. Qualquer que tivesse sido o teor da conversa, seu resultado fora radical.

Eu tinha levado comigo uma pistola, que carregara em frente à casa. Minha intenção era apenas me proteger, uma vez que eu não sabia qual poderia ser o comportamento do duque.

Perigoso, pelo visto. Gerard Grey, duque de Pardloe, também comparecera armado ao encontro. Segundo Adams, o duque tirara a pistola de dentro do casaco, embora não tivesse ficado claro se era para atacar ou somente para ameaçar. Diante disso, Adams, em pânico, também sacara a pistola. Ambos dispararam. Adams achava que a pistola do duque tinha falhado, uma vez que este não poderia ter errado o tiro a tão curta distância.

O tiro de Adams não falhou. Tampouco errou o alvo. Ao ver o sangue no peito do duque, Adams entrou em pânico e fugiu. Ao olhar para trás, vira o duque, mortalmente atingido, agarrar-se ao galho do pessegueiro ao seu lado para se sustentar, e nessa hora Pardloe tinha usado o que lhe restava de forças para arremessar a própria e inútil pistola em cima de Adams antes de cair.

John Grey ficou sentado sem se mexer, esfregando as folhas de pergaminho entre os dedos. Não estava enxergando os traços bem-feitos com os quais Adams havia registrado seu frio relato. Estava vendo o sangue. Vermelho-escuro, belo como uma joia iluminada pelo sol. Os cabelos do pai, despenteados como poderiam estar após a caça. E o pêssego, caído sobre aquelas mesmas lajotas, estragado e destruído em sua perfeição.

Largou os papéis sobre a mesa. O vento os moveu e, por reflexo, ele estendeu a mão para seu novo peso de papel de modo a segurá-los.

Como Carruthers o havia chamado mesmo? Alguém que mantém a ordem. "Mas você e seu irmão... Se existe alguma ordem no mundo, alguma paz... é por causa de vocês, John, e dos muito poucos iguais a vocês."

Podia ser. Ele se perguntou se Carruthers conhecia o preço da paz e da ordem... mas então recordou seu rosto emaciado, sem qualquer indício da beleza da juventude, sem mais nada a não ser os ossos e a determinação obstinada que o mantinha respirando.

Sim, ele sabia.

Quase duas semanas mais tarde, pouco depois de a noite cair por completo, eles embarcaram nos navios. O comboio era formado pela nau capitânia do almirante Holmes, o *Lowestoff*; por três fragatas, o *Squirrel*, o *Sea Horse* e o *Hunter*; por várias chalupas de guerra; por outras carregadas com artilharia, pólvora e munição; e por várias embarcações de transporte para as tropas, 1.800 homens no total. O *Sutherland* fora deixado para trás, ancorado fora do raio de alcance das armas da fortaleza, para vigiar a movimentação do inimigo. Aquela parte do rio estava repleta de baterias de canhões flutuantes e pequenas embarcações francesas à espreita.

Grey viajou com Wolfe e os homens das Terras Altas a bordo do *Sea Horse* e passou o dia no convés, agitado demais para suportar permanecer lá embaixo.

O alerta de seu irmão não parava de se repetir em sua mente: "*Não* o siga em nada estúpido que ele fizer." Mas já era tarde e, de modo a bloquear o pensamento, ele desafiou um dos outros oficiais para uma competição de assobios. Cada adversário tinha que assobiar do início ao fim a canção "O rosbife da Velha Inglaterra". O perdedor seria quem risse primeiro. Ele perdeu, mas não voltou a pensar no irmão.

Logo depois da meia-noite, os navios baixaram discretamente as velas e as âncoras, e ali ficaram estacionados, como gaivotas a dormitar sobre o rio escuro. Anse au Foulon, o ponto no qual Malcolm Stubbs e seus batedores tinham recomendado ao general Wolfe atracar, ficava 11 quilômetros correnteza abaixo, no sopé de colinas de ardósia abruptas e pedregosas que subiam em direção às planícies de Abraão.

– Você acha que elas foram batizadas em homenagem ao Abraão da Bíblia? – perguntara Grey, curioso, ao escutar o nome, mas fora informado de que, no alto da colina, havia uma fazenda pertencente a um ex-prático chamado Abraham Martin.

Pensando bem, ele achou essa origem igualmente prosaica. Era provável que uma quantidade razoável de drama viesse a ocorrer naquele terreno sem o envolvimento de profetas antigos, conversas com Deus ou qualquer estimativa de quantos justos poderia haver dentro da fortaleza de Québec.

Com um mínimo de agitação, os homens das Terras Altas e seus oficiais, Wolfe e os soldados por ele escolhidos, entre os quais Grey, desembarcaram nos pequenos *bateaux* que os levariam em silêncio correnteza abaixo até o ponto de desembarque.

O barulho dos remos era quase abafado pelo murmúrio do rio. Conversava-se pouco nos barcos. Sentado na proa da embarcação da ponta, de frente para seus homens, Wolfe olhava de vez em quando por cima do ombro para a margem. Sem qualquer aviso, começou a falar. Não levantou a voz, mas a noite estava tão calma que os homens no barco não tiveram dificuldade alguma para escutá-lo. Para espanto de Grey, o general começou a recitar "Elegia escrita num cemitério rural".

Imbecil melodramático, pensou Grey. Mesmo assim, não pôde negar que a declamação era estranhamente comovente. Wolfe não fez alarde. Era como se estivesse apenas falando consigo mesmo, e um arrepio percorreu Grey ao ouvi-lo entoar:

> *A jactância da nobreza, a pompa do poder*
> *E tudo que a beleza, tudo que a riqueza jamais proporcionou,*
> *Esperam igualmente a hora inevitável.*

– Os caminhos da glória conduzem apenas à sepultura – concluiu Wolfe, numa voz tão baixa que apenas os três ou quatro homens mais próximos escutaram.

Grey estava perto o suficiente para ouvi-lo pigarrear, e viu seus ombros se empertigarem.

– Cavalheiros – disse o general, erguendo também a voz. – Eu preferiria ter escrito essas linhas a ter que tomar Québec.

Houve um débil alvoroço e um sopro de riso entre os homens.

Eu também, pensou Grey. *O poeta que as escreveu com certeza está sentado junto à sua aconchegante lareira em Cambridge, comendo bolinhos com manteiga, não se preparando para cair de uma grande altura ou ter o traseiro estraçalhado por um tiro.*

Não sabia se aquilo era apenas outro exemplo da dramaticidade típica de Wolfe. Talvez sim, talvez não. Havia encontrado o coronel Walsing perto das latrinas naquela manhã, e ele mencionara que Wolfe tinha lhe confiado na noite anterior um pingente com instruções para que o entregasse à srta. Landringham, de quem o general era noivo.

Não era nada incomum soldados confiarem seus objetos pessoais de valor a um amigo antes de uma batalha. Se você morresse, ou ficasse gravemente ferido, seu cadáver podia ser saqueado antes de os seus companheiros conseguirem recuperá-lo, e nem todo mundo tinha um criado de confiança com quem deixar esse tipo de objeto. O próprio Grey muitas vezes já carregara caixas de rapé, relógios de bolso ou anéis para amigos durante batalhas, pois antes de Crefeld tinha fama de sortudo. Nessa noite ninguém tinha lhe pedido para carregar nada.

Ele mudou de posição por instinto ao sentir a correnteza mudar. Simon Fraser, ao seu lado, tombou para o lado oposto e trombou nele.

– *Pardon* – murmurou Fraser.

Wolfe tinha feito todos eles recitarem poemas em francês à mesa do jantar na noite anterior, e todos concordaram que Fraser tinha o sotaque mais autêntico, pois havia lutado na Holanda com os franceses alguns anos antes. Se eles fossem abordados por um sentinela, caberia a ele responder. Agora Fraser sem dúvida devia estar pensando em francês, tentando saturar a mente com aquele idioma para o caso de uma palavra solta em inglês lhe escapar devido ao pânico.

– *De rien* – murmurou Grey em resposta, e Fraser deu uma risadinha discreta no fundo da garganta.

Estava nublado, e o céu estava riscado pelos resquícios esgarçados de nuvens de chuva que se afastavam. Isso era bom. A superfície do rio estava irregular, iluminada aqui e ali por uma luz fraca, com algumas pedras e galhos de árvore à deriva. Mesmo assim, um sentinela decente não poderia ter deixado de notar um comboio de navios.

O frio anestesiava seu rosto, mas as palmas de suas mãos suavam. Ele tornou a tocar a adaga no cinto; tinha consciência de tocá-la a cada poucos minutos, como se precisasse verificar sua presença, mas não conseguia evitar nem se preocupou com isso. Estava forçando a vista à procura de qualquer coisa: o brilho de uma fogueira descuidada, o movimento de uma pedra que não era uma pedra… Nada.

Quanto faltaria?, perguntou-se. Uns 3 ou 5 *quilômetros*? Ainda não tinha visto as colinas. Não sabia ao certo quão abaixo de Gareon elas ficavam.

O som da água e o movimento suave da embarcação começou a lhe dar sono apesar da tensão, e ele balançou a cabeça e deu um bocejo exagerado para espantá-lo.

– *Quel est ce bateau?* – Que barco é esse?

O grito da margem, ao ser ouvido, soou anticlimático, quase tão pouco notável quanto o canto de uma ave noturna. No instante seguinte, porém, a mão de Simon Fraser esmagou a sua e apertou os ossos uns contra os outros enquanto engolia uma inspiração e gritava:

– *Celui de la reine!!*

Grey cerrou os dentes para não deixar escapar nenhuma reação blasfema. Se o sentinela pedisse uma senha, era provável que sua mão ficasse aleijada para sempre. Um segundo depois, contudo, o sentinela gritou “*Passez!*” e o aperto mortal de Fraser relaxou. A respiração de Simon parecia um fole, mas ele o cutucou e repetiu num sussurro:

– *Pardon.*

– *De rien*, porra – murmurou Grey, esfregando a mão e dobrando com cuidado os dedos.

Eles estavam chegando perto. Homens se preparavam, movendo-se de lá para cá, ainda mais do que Grey. Verificavam armas, ajeitavam casacos, tossiam e cuspiam por sobre a amurada. No entanto, ainda foram precisos mais quinze minutos de aflição até que começassem a se aproximar da margem – e outro sentinela gritou na escuridão.

O coração de Grey se apertou como um punho fechado, e a pontada de dor de seus antigos ferimentos quase o fez arquejar.

– *Qui êtes-vous? Que sont ces bateaux?* – indagou uma voz desconfiada em francês. *Quem são vocês? Que embarcações são essas?*

Desta vez Grey estava pronto, e ele próprio agarrou a mão de Fraser. Simon segurou firme e, inclinando-se na direção da margem, respondeu com uma voz rouca:

– *Des bateaux de provisions! Taisez-vous... les anglais sont proches!* – "Embarcações de mantimentos! Calem a boca... os ingleses estão próximos!"

Grey sentiu um impulso insano de rir, mas não o fez. Na verdade, o *Sutherland* estava *mesmo* ali perto, à espreita correnteza abaixo, fora do alcance dos canhões, e sem dúvida os franceses deviam saber disso. Fosse como fosse, o guarda respondeu mais baixo ainda: "*Passez!*"

O comboio de embarcações passou deslizando sem ruído e fez a última curva.

O fundo da embarcação arranhou a areia e metade dos homens desembarcou na mesma hora. De tão ansioso, Wolfe meio que pulou, meio que caiu por cima da amurada, já sem qualquer vestígio de pessimismo. Eles haviam atracado num pequeno banco de areia a uma curta distância da margem, e os outros barcos agora também encalhavam enquanto um enxame de figuras negras se adensava como formigas.

O combinado era que 24 dos homens das Terras Altas tentassem subir a colina primeiro, encontrassem uma trilha para os outros, e até onde fosse possível, a desimpedissem. A colina era defendida não apenas pelo acentuado aclive, mas por abatises ou ninhos de toras afiadas. A forma avantajada de Simon se dissolveu na escuridão, e seu sotaque francês mudou na mesma hora para um gaélico sibilante quando ele silvou para posicionar seus homens. Grey sentiu certa falta da sua presença.

Não tinha certeza se Wolfe havia escolhido os homens das Terras Altas por suas habilidades como escaladores ou porque preferia arriscar a pele deles à de seus outros soldados. Seu palpite estava mais inclinado à segunda opção. O general considerava esses homens com desconfiança e certo desprezo, como a maioria dos oficiais ingleses. Pelo menos os oficiais que nunca tinham combatido ao seu lado... ou contra eles.

Da posição em que estava, no sopé do morro, Grey não podia vê-los, mas conseguia escutá-los: o arrastar dos pés, o barulho de alguém tentando se equilibrar e o chacoalhar de pequenas pedras caindo, grunhidos altos de esforço, e o que ele reconhecia como invocações em gaélico a Deus, Maria e santos variados. Um homem perto dele sacou da gola da camisa uma fieira de contas, beijou a diminuta cruz presa na ponta e tornou a guardá-la. Então, agarrando-se a uma pequena árvore que brotava da pedra, deu um salto para cima, fazendo o kilt flutuar e a espada de fio duplo se balançar no cinto numa breve silhueta antes de ser engolido pela escuridão. Grey tornou a levar a mão ao cabo da adaga, seu próprio amuleto contra o mal.

Foi uma longa espera no escuro. Em parte, ele sentiu inveja dos homens das Terras Altas que, fossem quais fossem as outras coisas que estivessem enfrentando – e a subida era tão difícil quanto parecia –, não precisavam lidar com o tédio.

Um ronco e um estrondo súbitos se fizeram ouvir lá de cima, e o grupo reunido na beira do rio se espalhou, em pânico, enquanto várias toras afiadas mergulhavam da escuridão após se soltarem de um abatis. Uma delas caiu com a ponta para baixo a menos de 2 metros de Grey e ficou estremecendo na areia. Sem discussão alguma, o grupo reunido na margem recuou para cima do banco de areia.

Os farfalhares e grunhidos foram se tornando mais débeis até cessarem abruptamente. Wolfe, que estava sentado numa pedra grande, levantou-se e estreitou os olhos para cima.

– Eles conseguiram – sussurrou, e seus punhos se cerraram numa animação compartilhada por Grey. – Por Deus, eles conseguiram!

Quase, e os homens no sopé do morro prenderam a respiração: havia um posto de sentinela lá no alto. Silêncio, a não ser pelo ruído constante das árvores e do rio. Então um tiro.

Um só. Os homens lá embaixo se mexeram e pegaram as armas, prontos para o que viesse.

Havia ruídos lá em cima? Grey não soube dizer. Por puro nervosismo, virou-se de lado para urinar na encosta do morro. Estava fechando a braguilha quando ouviu a voz de Simon Fraser lá em cima.

– Nós os pegamos, por Deus! – exclamou ele. – Venham, rapazes… A noite é curta!

As poucas horas seguintes transcorreram num borrão em meio à empreitada mais árdua que Grey havia encarado desde a travessia das Terras Altas da Escócia com o regimento do irmão, levando canhões para o general Cope. *Não*, pensou ele parado no escuro, com uma perna escorada entre uma árvore e a face de pedra, com 10 metros de espaço invisível abaixo de si e uma corda queimando a palma das mãos com um peso morto de 100 quilos na outra ponta.

Aquilo era *pior*.

Os homens das Terras Altas haviam pegado o sentinela de surpresa, dado um tiro no calcanhar do capitão que tentara fugir e feito todos prisioneiros. Essa era a parte fácil. A próxima coisa a fazer era o restante do grupo que havia desembarcado subir até o alto do morro. Agora a trilha – se é que podia ser chamada assim – tinha sido liberada. Lá eles fariam os preparativos para içar não apenas o restante das tropas que agora desciam o rio a bordo de seus transportes, mas também dezessete canhões para serem usados como aríetes, doze obuses, três morteiros e todos os fardos em matéria de munição, pólvora, tábuas e carretas necessários para tornar essa artilharia eficaz. Pelo menos, refletiu Grey, quando eles terminassem, a trilha vertical que subia pelo flanco do morro provavelmente já estaria tão pisoteada que teria se transformado num simples caminho de bois.

À medida que o céu clareava, Grey ergueu os olhos por um instante de sua posição no alto da colina, de onde agora supervisionava o içamento das últimas peças de artilharia pela borda do morro, e viu os *bateaux* descendo o rio outra vez qual um bando de andorinhas após o terem cruzado para buscar 1.200 soldados suplementares a quem Wolfe dera a ordem de marchar até Levi, na margem oposta, para lá ficarem escondidos na floresta até que o sucesso do estratagema dos homens das Terras Altas ficasse provado.

Uma cabeça surgiu pela borda do morro, praguejando em profusão. O corpo que a acompanhava se esticou até se tornar visível, tropeçou e se esparramou aos pés de Grey.

– Sargento Cutter! – exclamou Grey, sorrindo, enquanto se abaixava para puxar o sargento até ele ficar de pé. – Veio participar da festa?

– Porra, meu Deus! – respondeu o sargento, limpando a sujeira do casaco. – É melhor nós vencermos, é tudo que tenho a dizer. – E, sem esperar resposta, berrou morro abaixo: – Vamos LÁ, seus malditos pilantras! Vocês comeram chumbo de manhã, por acaso? Pois podem cagar e apressar o passo! SUBAM, seus malditos!

O resultado desse esforço monstruoso foi que, quando a aurora espalhou seu brilho dourado pelas planícies de Abraão, os sentinelas franceses nas muralhas da cidadela de Québec depararam, boquiabertos e incrédulos, com a visão de mais de quatro mil soldados britânicos dispostos em formação de batalha na sua frente.

Por seu telescópio, Grey podia ver os sentinelas. A distância era grande demais para discernir sua expressão facial, mas o alarme e a consternação eram visíveis. Ele sorriu ao ver um oficial francês segurar a cabeça por um breve instante, então agitar os braços como quem enxota um bando de galinhas e fazer seus subordinados saírem correndo em todas as direções.

Em pé sobre um pequeno promontório, Wolfe tinha o nariz comprido erguido como quem fareja o ar matinal. Grey pensou que ele devia considerar essa pose nobre e cheia de autoridade. Para ele, o general lembrava um cão dachshund farejando um texugo; ambos tinham o mesmo ar alerta e animado.

Wolfe não era o único. Apesar das agruras da noite, das mãos esfoladas, das canelas batidas, dos joelhos e tornozelos torcidos e da falta de comida e da privação de sono, um contentamento cheio de empolgação corria no sangue das tropas feito vinho. Estavam todos embriagados de exaustão.

O vento lhe trouxe um som fraco de tambores: os franceses se recolhendo às pressas aos seus alojamentos. Dali a minutos, viu cavalheiros partirem da fortaleza e se distanciarem, e deu um sorriso de pesar. Eles estavam indo reunir quaisquer soldados que Montcalm tivesse a uma distância possível de serem chamados, e essa visão fez a barriga de Grey se contrair.

Na verdade, não havia dúvida em relação a isso: era o mês de setembro, e o inverno estava chegando. Devido às políticas de terra arrasada de Wolfe, a cidade e a fortaleza não tinham provisões para um longo cerco. Era simples: os franceses iriam morrer de fome bem antes dos ingleses. Montcalm teria que lutar. Não havia escolha.

Muitos dos homens haviam levado cantis de água, alguns um pouco de comida. Eles tiveram permissão para relaxar o suficiente a ponto de comer e aliviar os músculos, embora nenhum deles desviasse a atenção dos franceses que se reuniam em frente à fortaleza. Ainda pelo telescópio, Grey pôde ver que, embora a massa de homens reunidos crescesse, não eram nem de longe soldados treinados: Montcalm havia chamado suas milícias do interior – fazendeiros, pescadores e *coureurs du bois* –, além de seus índios. Grey observou com cautela os rostos pintados e os coques besuntados, mas a sua experiência com Manoke havia privado os índios de boa parte de seu aspecto aterrorizante. Além disso, eles não seriam tão eficientes em terreno aberto e contra canhões quanto eram se esgueirando pela floresta.

Foi preciso pouco tempo para Montcalm aprontar suas tropas, ainda que improvisadas. O sol estava apenas na metade de sua trajetória no céu quando as fileiras francesas começaram a avançar.

– SEGUREM esse fogo, seus patifes! Se dispararem antes da ordem, eu vou dar essas suas malditas cabeças para os artilheiros usarem como bala de canhão!

Ele ouviu a voz inconfundível do sargento Aloysius Cutter atrás de si, a distância. A mesma ordem se repetia, ainda que de forma menos pitoresca, pelas fileiras dos britânicos, e se todo oficial do campo de batalha tinha um olho pregado nos franceses, o outro encarava o general Wolfe, de pé sobre o seu promontório, inflamado de expectativa.

Grey sentiu o sangue pulsar e passou o peso do corpo de uma perna para a outra, inquieto, tentando aliviar a câimbra numa delas. A fileira de franceses que avançava parou. Eles se ajoelharam e dispararam uma salva de tiros. Outra foi disparada pela fileira de trás. Longe, demasiado longe para surtir qualquer efeito. Um ronco grave ecoou pelas tropas britânicas – algo visceral e faminto.

A mão de Grey estava na adaga havia tanto tempo que o cabo envolto em arame havia deixado sua impressão nos dedos. Sua outra mão segurava firme um sabre. Ele não tinha voz de comando ali, mas a ânsia de erguer a espada, de atrair o olhar de seus homens, de controlá-los, de lhes mostrar o exemplo, era avassaladora. Sacudiu os ombros para relaxá-los e olhou para Wolfe.

Mais uma salva, desta vez perto o suficiente para que vários soldados britânicos posicionados nas fileiras da frente caíssem, derrubados pelos tiros de mosquete.

– Segurem o fogo, segurem! – A ordem pipocou pelas fileiras como tiros.

O cheiro de enxofre pairava espesso e pungente por sobre o da fumaça de pólvora; os artilheiros também estavam segurando o fogo.

Os canhões franceses dispararam. Balas assassinas quicaram pelo campo de batalha, mas, apesar dos danos que causavam, pareciam pequenas e ineficazes. *Quantos franceses devem ser?*, perguntou-se Grey. Talvez o dobro, mas pouco importava. Isso não seria relevante.

O suor escorreu por seu rosto, e ele o esfregou com a manga para limpar os olhos.

– Segurem!

Mais perto, mais perto. Muitos dos índios vinham montados. Ele conseguia vê-los se movendo à esquerda, reunindo-se. Seria bom ficar de olho neles...

– *Segurem!*

O braço de Wolfe se ergueu devagar, espada em riste, e o exército inspirou fundo. Os amados granadeiros do general estavam ao seu lado, companhias sólidas, envoltos na fumaça sulfurosa dos tubos de mecha em seus cintos.

– Vamos lá, seus putos – murmurava o homem ao lado de Grey. – Vamos lá, vamos lá!

A fumaça pairava sobre o campo de batalha, nuvens brancas e baixas. Quarenta passos. Alcance eficaz.

– Não atirar, não atirar, não atirar... – entoava alguém para si mesmo, lutando contra o pânico.

Pelas fileiras inglesas, o sol cintilava nas espadas erguidas, e os oficiais repetiam a ordem de Wolfe.

– *Segurem... segurem...*

As espadas se abaixaram todas ao mesmo tempo.

– FOGO! – E o chão tremeu.

Um grito subiu pela garganta de Grey, parte do rugido proferido pelo exército, e ele então atacou junto com os homens próximos, brandindo o sabre com toda a força e encontrando carne.

A salva fora devastadora. O chão estava repleto de corpos. Ele pulou um francês caído, desferiu o sabre em outro que estava a meio caminho de recarregar sua arma, acertou-o entre o ombro e o pescoço, arrancou o sabre enquanto ele caía e seguiu em frente.

A Real Artilharia Britânica atirava na maior velocidade com que as peças podiam ser carregadas. Cada estrondo fazia sua carne tremer. Ele cerrou os dentes, esquivou-se de lado da ponta de uma baioneta que entreviu e se descobriu em pé sozinho, com a respiração ofegante e os olhos lacrimejando por causa da fumaça.

Com o peito arfando, girou em círculo ao redor do próprio eixo, desorientado.

A fumaça em volta era tanta que ele não saberia de modo algum dizer onde estava. Não importava.

Um imenso borrão de alguma coisa passou por ele, guinchando. Ele se esquivou por instinto e caiu no chão ao mesmo tempo que as patas do cavalo passavam arrancando torrões de terra do chão. Grey ouviu num eco o grunhido do índio e o silvo do golpe de tacape que por pouco não lhe acertara a cabeça.

– Merda – murmurou ele, levantando-se de forma atrapalhada.

Os granadeiros trabalhavam duro à sua volta. Ele podia ouvir os gritos dos oficiais, os estouros e os estalos das explosões conforme elas avançavam impassíveis por entre os franceses como as pequenas baterias móveis que de fato eram.

Uma granada acertou o chão a poucos metros, e ele sentiu na coxa uma dor aguda; um fragmento de metal havia lhe perfurado a calça e tirado sangue.

– Meu Deus! – exclamou, percebendo tarde demais que não era uma boa ideia estar perto de uma companhia de granadeiros.

Balançou a cabeça para clarear os pensamentos e se afastou deles. Escutou um som familiar que o fez se retrair por um segundo devido à força da memória: eram gritos selvagens das Terras Altas, cheios de raiva e alegria ensandecida. Os homens das Terras Altas davam duro com suas espadas de fio duplo: ele viu dois surgirem da fumaça, as pernas nuas a se mover vigorosas debaixo dos kilts atrás de um grupo de franceses em fuga. Grey sentiu o riso subir borbulhando de seu peito arfante.

De repente, bateu o pé em algo pesado e caiu, esparramando-se por cima de um corpo. O homem gritou, e Grey saiu depressa de cima dele.

– Desculpe. Você está...? Meu Deus, Malcolm!

Ele estava ajoelhado, curvado para evitar a fumaça. Stubbs arquejava e tentava agarrar desesperadamente o seu casaco.

– Meu Deus do céu!

A perna direita de Stubbs tinha sumido abaixo do joelho, a pele estraçalhada e o osso branco rachado, manchado com o sangue que esguichava como num açougue. Ou melhor... a perna não tinha sumido. Estava, pelo menos o pé, jogada a uma curta distância dali, ainda calçada com o sapato e a meia em frangalhos.

Grey virou a cabeça e vomitou.

Sentindo a bile arder por trás do nariz, engasgou e cuspiu. Depois soltou o cinto, que arrancou com um puxão.

– Não... – arquejou Stubbs, estendendo a mão ao mesmo tempo que Grey começava a prender o cinto em volta da sua coxa. Tinha o rosto mais branco do que o osso da perna. – Não. É melhor... é melhor se eu morrer.

– Morrer, uma ova! – retrucou Grey, sucinto.

Suas mãos escorregadias de sangue tremiam. Foram necessárias três tentativas para passar a ponta do cinto pela fivela, mas, quando conseguiu, ele o apertou com um puxão que fez Stubbs dar um berro.

– Aqui – disse junto ao seu ouvido uma voz que ele não reconheceu. – Vamos tirá-lo daqui. Eu vou... Merda!

Grey olhou para cima, espantado, e viu um oficial britânico alto se esticar e interceptar o mosquete que teria esfacelado seu cérebro. Sem pensar, sacou a adaga e apunhalou o francês na perna. O homem deu um grito e sua perna cedeu. Aproveitando-se disso, o oficial desconhecido o empurrou de lado, deu-lhe um chute no rosto e esmagou seu pescoço com um pisão.

– Eu ajudo – disse o homem com calma, abaixando-se para segurar o braço de Stubbs e levantá-lo. – Segure o outro lado. Vamos levá-lo lá para trás.

Os dois levantaram Stubbs, com os braços dele em volta dos ombros, e o arrastaram, sem dar atenção ao francês que se debatia e gorgolejava no chão atrás deles.

Stubbs viveu tempo suficiente para chegar à retaguarda do exército, onde os médicos militares já trabalhavam. Quando Grey e o outro oficial o entregaram, a batalha havia terminado.

Grey viu os franceses espalhados e desmoralizados, fugindo em direção à fortaleza. Soldados britânicos acorriam pelo campo pisoteado, comemorando e derrubando os canhões franceses abandonados.

A batalha inteira havia durado menos de dez minutos.

Ele se pegou sentado no chão, sem conseguir pensar em nada, sem qualquer noção de quanto tempo havia passado ali, embora imaginasse que não podia ter sido muito.

Reparou num oficial em pé perto dele e pensou que o conhecia. Quem... Ah, sim. O administrador de Wolfe. Nunca chegara a saber o nome do sujeito.

Levantou-se devagar.

O administrador estava em pé, parado. Tinha os olhos voltados na direção da fortaleza e dos franceses em fuga, mas Grey pôde perceber que na verdade não estava vendo nem uma coisa nem outra. Olhou por cima do ombro em direção ao pequeno morro sobre o qual Wolfe estava em pé mais cedo, mas não viu o general em lugar nenhum.

– E o general Wolfe? – indagou.

– O general... – respondeu o administrador, e engoliu em seco. – Ele foi atingido.

É claro que foi, aquele idiota, pensou Grey. *Em pé lá em cima feito uma porcaria de um alvo, o que ele esperava?* Então viu as lágrimas nos olhos do administrador e entendeu.

– Ele está morto? – questionou, uma pergunta estúpida, e o administrador (mas por que raio ele nunca pensara em indagar seu nome?) aquiesceu e passou a manga suja de fumaça pelo rosto sujo de fumaça.

– Ele... Primeiro no pulso. Depois no corpo. Ele caiu e rastejou... depois tornou a cair. Eu o virei... contei que a batalha estava ganha, que os franceses tinham debandado.

– Ele entendeu?

O administrador aquiesceu e suspirou profundamente.

– Ele disse... – Parou e tossiu, então retomou com mais firmeza. – Ele disse que não se importava em morrer sabendo que tinha vencido.

– Ele falou isso? – retrucou Grey, sem entender.

Já tinha visto muitos homens morrerem, e achava bem mais provável que, se James Wolfe tivesse conseguido proferir algo além de um grunhido desarticulado, suas últimas palavras certamente teriam sido "merda" ou "ah, meu Deus", dependendo das inclinações religiosas do general, em relação às quais Grey não fazia a menor ideia.

– Sim, ótimo – comentou o administrador, uma frase que não significava nada, e se virou na direção da fortaleza.

Trilhas de homens parecendo formigas avançavam rumo a ela, e, no meio de uma dessas filas, ele viu as cores de Montcalm a tremular ao vento. Abaixo das bandeiras, pequeninas ao longe, um homem de uniforme de general seguia montado, sem chapéu, curvado e oscilando na sela, com seus oficiais a ladeá-lo bem próximos, com medo de ele cair.

As fileiras britânicas estavam se reorganizando, embora estivesse claro que não seria preciso mais nenhum combate. Não naquele dia. Ali perto, mancando de volta para junto de seus soldados, ele viu o oficial que tinha lhe salvado a vida e o ajudado a arrastar Malcolm Stubbs até um lugar seguro.

– Aquele major ali – falou, cutucando o administrador do general e meneando a cabeça. – Sabe como ele se chama?

O administrador piscou. Em seguida, estreitou os olhos.

– Sim, claro. Aquele é o major Siverly.

– Ah. Bem, não tinha como não ser, não é mesmo?

Cinco dias depois, o almirante Holmes, terceiro depois de Wolfe na linha de comando, aceitou a rendição de Québec, já que tanto Wolfe quanto seu segundo na linha de comando, o brigadeiro Monckton, tinham morrido em combate. Montcalm também estava morto. Falecera na manhã seguinte à batalha. Não havia saída para os franceses exceto a rendição. O exército estava chegando, e a fortaleza e sua cidade morreriam de fome muito antes de seus sitiadores.

Duas semanas depois da batalha, John Grey voltou para Gareon e descobriu que a varíola tinha varrido a cidade como o vento do outono. A mãe do filho de Malcolm Stubbs tinha morrido; a mãe da jovem lhe propôs vender a criança. Ele pediu educadamente que ela esperasse.

Charlie Carruthers também estava morto. A varíola não esperara que ele fosse derrotado pela fraqueza do próprio corpo. Grey mandou incinerar o cadáver, pois não queria que a mão extra de Carruthers fosse roubada; tanto os índios quanto os *habitants* do lugar eram supersticiosos em relação a esse tipo de coisa. Ele embarcou sozinho numa canoa e, numa ilha deserta do São Lourenço, espalhou as cinzas do amigo ao vento.

Ao voltar de sua expedição, descobriu uma carta do médico e anatomista dr. John Hunter encaminhada por Hal. Verificou o nível de conhaque no decânter e a abriu com um suspiro.

Meu caro lorde John,

Ouvi algumas conversas recentes sobre a desafortunada morte do sr. Nicholls, inclusive comentários indicando a suposição pública de que o responsável pela morte dele teria sido o senhor. Caso compartilhe dessa suposição, pensei que talvez pudesse lhe tranquilizar a mente saber que não foi o caso.

Com os olhos grudados no papel, Grey se deixou afundar num banquinho.

Sua bala acertou o sr. Nicholls, é verdade, mas esse acidente pouco ou nada contribuiu para a morte dele. Eu vi o senhor disparar para cima em direção ao céu; contei isso aos que estavam presentes na ocasião, embora a maioria não tenha parecido reparar muito. A bala aparentemente subiu num leve ângulo. Em seguida, caiu em cima do sr. Nicholls. A essa altura sua potência já estava bastante reduzida, e como o projétil em si tinha tamanho e peso desprezíveis, mal penetrou a pele acima da clavícula, onde se alojou junto ao osso sem causar mais danos.

A verdadeira causa de seu colapso e morte foi um aneurisma da aorta, uma fraqueza na parede de um dos grandes vasos que saem do coração; tais fraquezas muitas vezes são congênitas. O estresse provocado pelo choque elétrico, seguido pela emoção do duelo, pelo visto provocou o rompimento do aneurisma. Infelizmente, trata-se de uma ocorrência impossível de tratar e quase sempre fatal. Nada o poderia ter salvado.

Seu criado,
Dr. John Hunter

Grey teve consciência de um conjunto de sensações deveras extraordinário. Alívio… sim, uma sensação de profundo alívio, como a de quem acorda de um pesadelo. Havia também um sentimento de injustiça matizado pelo início de uma indignação. Por Deus, ele quase tinha sido obrigado a se casar! É claro que também poderia ter sido aleijado ou morto em consequência daquela confusão, mas isso parecia relativamente inconsequente. Afinal de contas, ele era um soldado – esse tipo de coisa acontecia.

Sua mão tremia de leve quando ele largou a carta. Além de alívio, gratidão e indignação, havia uma sensação crescente de horror.

Pensei que talvez pudesse lhe tranquilizar a mente... Podia ver a expressão de Hunter ao escrever isso: plena de empatia, inteligente e alegre. Era um comentário direto, porém consciente da própria ironia.

Sim, ele estava satisfeito por saber que não causara a morte de Edwin Nicholls. Mas o modo como ficara sabendo... A pele de seus braços se arrepiou, e ele teve um calafrio involuntário ao imaginar...

– Ah, meu Deus! – lamentou ele.

Já fora à casa de Hunter uma vez para assistir a uma declamação de poesia organizada pela sra. Hunter, famosa por seus salões. O dr. Hunter não costumava participar, mas às vezes aparecia para cumprimentar os convidados. Um dia, após entabular uma conversa com Grey e dois outros cavalheiros igualmente interessados em ciências, convidara-os a subir para ver alguns dos itens mais interessantes de sua célebre coleção: o galo com um dente humano transplantado brotando da crista, a criança de duas cabeças, o feto com um pé a se projetar da barriga.

Hunter não tinha mencionado a parede de jarros dentro dos quais boiavam órbitas oculares, dedos, pedaços de fígado... nem os dois ou três esqueletos humanos completos pendurados no teto, inteiramente articulados e presos por um rebite no alto do crânio. Na época não ocorrera a Grey se perguntar onde ou como Hunter os havia adquirido.

Nicholls tinha um dos caninos faltando, e o incisivo ao lado desse espaço vazio muito lascado. Se ele algum dia tornasse a visitar a casa de Hunter, será que iria deparar com um crânio faltando um dente?

Pegou o decânter de conhaque, tirou a rolha e bebeu no gargalo, deglutindo lenta e repetidamente até a visão desaparecer.

Sua pequena mesa estava repleta de papéis. Entre eles, sob o peso de safira, estava o embrulho bem-feito que a viúva Lambert tinha lhe entregado com o rosto manchado pelo pranto. Ele passou a mão pelo papel e sentiu o toque duplo de Charlie suave no rosto, delicado em volta do coração.

Você não vai me decepcionar.

– Não – falou baixinho. – Não vou, não, Charlie.

Com a ajuda de Manoke como tradutor, após uma negociação demorada, Grey comprou a criança por 2 guinéus, um cobertor de cores vivas, meio quilo de açúcar e um pequeno barril de rum. O rosto da avó estava emaciado, não de tristeza, mas de insatisfação e cansaço. Com a filha morta por varíola, sua vida seria mais difícil. Os ingleses, comentou ela a Grey por intermédio de Manoke, eram uns patifes pães-duros. Os franceses eram bem mais generosos. Ele resistiu ao impulso de lhe dar um terceiro guinéu.

O outono agora estava no auge, e todas as folhas haviam caído. Os galhos nus das árvores espalhavam arabescos negros contra um céu azul-claro quando ele subiu a cidade até chegar à missão francesa. Várias pequenas construções rodeavam a pequena igreja, e crianças brincavam do lado de fora. Algumas pararam para observá-lo, mas a maioria o ignorou. Os soldados britânicos não eram nenhuma novidade.

O padre LeCarré pegou com delicadeza a trouxa que ele segurava, e afastou o cobertor para olhar o rosto do bebê. O menino estava acordado. Agitava as mãos no ar, e o padre estendeu um dedo para ele segurar.

– Ah – disse ele ao ver os sinais claros de sangue mestiço, e Grey soube que ele pensava que o menino fosse seu. Começou a explicar, mas, no fim das contas, que importância tinha?

– Vamos batizá-lo no catolicismo, é claro – determinou o padre LeCarré, erguendo os olhos para Grey. O religioso era um homem jovem, um tanto roliço, moreno e com a barba bem-feita, mas com um rosto bondoso. – O senhor não se importa?

– Não. – Grey sacou uma bolsa de dinheiro. – Para o sustento dele. Mandarei mais 5 libras anualmente, se o senhor me informar uma vez por ano que ele continua passando bem. Tome… o endereço para o qual escrever. – Uma súbita inspiração lhe ocorreu. Não que ele não confiasse no padre, mas… – Mande-me uma mecha dos cabelos dele. Todo ano.

Estava prestes a ir embora quando o padre o chamou de volta com um sorriso.

– O bebê tem nome, senhor?

– *Nom…*

Ele se deteve. A mãe do menino com certeza o chamava por algum nome, mas não ocorrera a Malcolm Stubbs dizer a Grey qual era antes de ele ser embarcado de volta para a Inglaterra. Como deveria chamar a criança? Malcolm, em homenagem ao pai que o havia abandonado? Não.

Charles, talvez, em homenagem a Carruthers…

"… um dia desses não vai mais voltar."

– O nome dele é John – falou, abruptamente, e pigarreou. – John Cinammon.

– *Mais oui* – concordou o padre, e aquiesceu. – *Bon voyage, monsieur… et voyez avec le bon Dieu.*

– Obrigado – disse Grey com educação, e se afastou sem olhar para trás, descendo a margem do rio até onde Manoke aguardava para se despedir dele.

NOTAS DA AUTORA

A Batalha de Québec tem a justa fama de ser um dos grandes triunfos militares do Exército Britânico, no século XVIII. Se você for visitar hoje o campo de batalha nas planícies de Abraão (apesar de parecer poético, o nome era apenas por causa de um fazendeiro dono das terras, um tal Abraham Martin; imagino que "planícies de Martin" não soasse tão bem), verá uma placa no sopé do morro que existe lá homenageando o heroico feito dos soldados das Terras Altas que escalaram aquele íngreme despenhadeiro desde o rio lá embaixo, abrindo caminho para o exército inteiro – e para seus canhões, morteiros, obuses e equipamentos ancilares – empreender uma árdua subida noturna e confrontar o general Montcalm com um espetáculo de cair o queixo à primeira luz da manhã.

Se subir até o campo de batalha em si, você encontrará outra placa, posta pelos franceses, explicando (em francês) que truque sujo e pouco honrado foi pregado pelos dissimulados britânicos nas nobres tropas que defendiam a cidadela. Ah, os pontos de vista...

...

O general James Wolfe, bem como Montcalm, foi um personagem histórico, assim como o brigadeiro Simon Fraser (que você já encontrou em *Ecos do futuro*). Minha regra pessoal ao lidar com figuras históricas num contexto ficcional é tentar não retratá-las como tendo feito algo pior do que aquilo que eu *sei* que fizeram de acordo com os registros históricos.

No caso do general Wolfe, a opinião de Hal sobre seu caráter e suas habilidades é comum, e foi registrada por vários comentadores militares contemporâneos a ele. Além disso, existem provas documentais de sua atitude em relação aos nativos das Terras Altas, usados por ele nessa empreitada, sob a forma da carta citada na história: "...não fará tanto mal se caírem." (Permitam-me recomendar um magnífico romance escrito por Alistair MacLeod intitulado *No Great Mischief*. Não é um romance sobre Wolfe. É a história romanceada de uma família de escoceses que fixa residência na Nova Escócia a partir do século XVIII e ao longo de muitas décadas, mas é da carta de Wolfe que o livro tira seu título, e o general é mencionado.)

A política de Wolfe com relação aos vilarejos de *habitants* ao redor da cidadela (saquear, incendiar, aterrorizar a população de modo geral) é uma questão de registro histórico. Não se tratava de uma atitude incomum para um exército invasor.

As últimas palavras do general Wolfe também têm registro histórico, mas, assim como lorde John, permito-me duvidar que tenha sido isso mesmo que ele disse. Ele é, *de fato*, citado por várias fontes como tendo recitado a "Elegia escrita num cemitério rural", de Thomas Gray, na embarcação a caminho da batalha, e acho isso algo suficientemente estranho a ponto de considerar os relatos provavelmente verídicos.

...

Quanto a Simon Fraser, há muitos relatos de que ele foi o oficial britânico que enganou os sentinelas franceses quando as embarcações passaram no escuro. Sem dúvida ele falava um excelente francês, uma vez que tinha feito campanha na França anos antes. Com relação aos detalhes do que ele disse exatamente, os relatos variam. Como não se trata de um detalhe importante, eu inventei.

...

Aliás, com relação ao francês... o brigadeiro Fraser tinha grande fluência. Eu não. Sei ler o idioma, mas não o falo nem escrevo, não tenho domínio nenhum da gramática e tenho baixa tolerância em relação a acentos. Sendo assim, para os fins desta história, fiz como sempre faço nesses casos: solicitei a opinião de vários francófonos nativos para os trechos de diálogo que ocorrem nessa língua. O que você vê nesta história se deve ao auxílio desses gentis e prestativos nativos.

Imagino que vou receber e-mails indignados de falantes de francês criticando os diálogos nessa língua, pois isso acontece toda vez que incluo o francês numa história. Se tiver sido um parisiense que me ajudou, alguém de Montréal vai me dizer que *aquilo* não está certo. Se a fonte original for um quebequense, gritos de ultraje emanarão do país de origem. E se o diálogo tiver provindo de um livro-texto ou (*quelle horreur*) de uma fonte acadêmica... Bem, nesse caso, *bonne chance*. Há de se considerar também que é muito difícil identificar erros de tipografia num idioma que não se fala. Mas nós fazemos o nosso melhor. Peço desculpas por qualquer erro crasso.

...

Você talvez tenha reparado que o texto se refere a John Hunter em diversos lugares ou como "sr. Hunter" ou como "dr. Hunter". Segundo uma tradição antiga, os médicos ingleses são (e eram) tratados como "senhor", não "doutor", numa referência às suas origens de barbeiros com uma atividade secundária sanguinolenta. John Hunter, porém, assim como seu irmão William, era também um médico de formação oficial, além de eminente cientista e anatomista, portanto também fazia jus ao honorífico "dr.".

O ESPAÇO INTERMEDIÁRIO

INTRODUÇÃO

Houve uma figura histórica (possivelmente mais de uma) com o nome de conde de Saint-Germain. Há também diversos relatos (a maioria não confirmada) de uma pessoa com esse nome que aparece em várias localidades da Europa ao longo de certos períodos de dois séculos. Essas observações levaram alguns a especular que o conde (ou *um* conde assim chamado) era praticante do ocultismo, místico ou mesmo viajante do tempo.

Vamos colocar as coisas da seguinte forma: o conde de Saint-Germain desta história não pretende retratar a figura histórica homônima.

Paris, março de 1778

Ele ainda não sabia por que o sapo não o havia matado. Paul Rakoczy, conde de Saint-Germain, pegou o frasco, retirou a rolha e o cheirou com cautela pela terceira vez. Em seguida, recolocou a rolha, ainda insatisfeito. Podia ser que sim. Podia ser que não. O cheiro do pó cinza-escuro dentro do frasco tinha um leve quê de algo conhecido – mas já fazia trinta anos.

Ficou sentado por alguns instantes com o cenho franzido para a fileira de jarros, garrafas, frascos e pelicanos sobre sua bancada de trabalho. Era fim de tarde e o sol do início da primavera em Paris parecia mel: dourado, morno e pegajoso sobre o seu rosto. Os globos redondos de vidro lançavam sobre a madeira poças vermelhas, marrons e verdes por causa dos líquidos neles contidos. A única nota dissonante nessa tranquila sinfonia de luz era o cadáver de um rato graúdo deitado de bruços no centro da bancada, com um relógio de bolso aberto ao seu lado.

O *comte* colocou dois dedos delicadamente sobre o peito do roedor e aguardou com paciência. Desta vez não demorou tanto. Estava acostumado ao frio enquanto sua mente penetrava o cadáver. Nada. Nenhum indício de luz no seu pensamento, nada do vermelho-vivo de um coração pulsante. Ele olhou para o relógio: meia hora.

Removeu os dedos e balançou a cabeça.

– Mélisande, sua vadia malvada – murmurou, não sem certo afeto. – Não achou que eu fosse tentar alguma coisa enviada por *você* em mim mesmo, achou?

Ainda assim, ele havia ficado morto por bem mais de meia hora quando o sapo tinha lhe dado o sangue do dragão. Era quase noite quando ele adentrara a Câmara da Estrela de Louis trinta anos antes, com o coração batendo animado ao pensar no confronto iminente – um duelo de feiticeiros valendo o favor de um rei , confronto que acreditava que fosse vencer. Recordava a pureza do céu, a beleza das estrelas praticamente invisíveis, com Vênus a brilhar no horizonte, e a alegria que aquilo despertava em seu sangue. Tudo sempre era mais intenso quando você sabia que a vida poderia cessar em poucos minutos.

Uma hora mais tarde, ele pensou que a sua vida tivesse *mesmo* cessado. O copo caindo de sua mão anestesiada, o frio correndo por seus membros a uma velocidade incrível, congelando as palavras "eu perdi", um núcleo gélido de incredulidade na sua mente. Ele não estava olhando para o sapo. A última coisa que vira enquanto sua visão escurecia fora a mulher. La Dame Blanche. Seu rosto, branco feito osso, acima do cálice que ela havia lhe entregado. Mas o que ele recordava, com espanto e avidez, era o enorme clarão azul, intenso como a cor do céu vespertino para lá de Vênus, que tinha se irradiado da cabeça e dos ombros dela no instante da sua morte.

Não recordava qualquer sensação de arrependimento ou medo. Isso, porém, não era nada em comparação com o espanto que sentira ao recuperar os sentidos, nu, em cima de uma laje de pedra, numa repugnante câmara subterrânea ao lado de um cadáver afogado. Por sorte não tinha ninguém vivo naquela caverna imunda e ele conseguira sair – cambaleando e semimorto, vestido com a camisa molhada e fétida do afogado – para uma aurora mais linda do que qualquer crepúsculo poderia ser. Dez a doze horas haviam se passado desde o instante da sua morte aparente até ele reviver.

Olhou para o rato, então esticou o dedo e ergueu uma das patas pequeninas e bem-feitas. Quase doze horas. Flácido. O *rigor mortis* já havia passado. Estava quente ali na parte alta da casa. Ele então se voltou para a bancada que margeava a parede dos fundos do laboratório, sobre a qual jazia uma fileira de ratos. Percorreu a fila devagar, cutucando cada corpo. Flácido, flácido, rígido. Rígido. Rígido. Todos mortos, sem dúvida alguma. Cada um tinha recebido uma dose menor que a do último, mas todos haviam morrido, embora ele ainda não tivesse certeza quanto ao último. Precisava esperar mais um pouco, então.

Ele precisava saber. Porque a Corte dos Milagres estava falando. E estava dizendo que o sapo tinha voltado.

O Canal da Mancha

Diziam que cabelos ruivos eram a marca do diabo. Joan avaliou pensativamente os cachos de fogo de seu acompanhante. O vento no convés estava forte o suficiente para deixar seus olhos lacrimejantes, e fazia os cabelos presos de Michael Murray dançarem ao redor de sua cabeça como se fossem labaredas. Era de esperar, contudo, que o rosto dele fosse feio como o pecado caso pertencesse ao diabo, só que não era.

Para sua sorte, Michael tem o rosto parecido com o da mãe, pensou ela.

Ian, seu irmão mais novo, não tinha a mesma sorte, e isso sem levar em conta as tatuagens pagãs. O rosto de Michael era bastante agradável, embora manchado por queimaduras causadas pelo vento e pela tristeza, o que não era de espantar, uma vez que ele acabara de perder o pai. Além disso, sua esposa tinha morrido na França havia não mais de um mês.

Mas ela não estava enfrentando aquela tormenta para ficar observando Michael Murray, ainda que ele pudesse irromper em prantos ou se transformar no capeta bem na sua frente. Só por garantia, ela tocou o crucifixo para se tranquilizar. A cruz fora abençoada pelo padre e sua mãe a tinha levado até a Fonte de São Niniano e a mergulhado na água para pedir a proteção do santo. E era sua mãe que ela queria ver, até quando conseguisse.

Joan sacou o lenço e acenou com ele, segurando-o firme para que o vento não o levasse embora. Sua mãe ia ficando cada vez menor no cais e também acenava loucamente, com Joey a segurá-la pela cintura para impedir que caísse na água.

Joan bufou um pouco ao ver o padrasto, mas pensou melhor e tornou a tocar o crucifixo enquanto murmurava um rápido ato de contrição como penitência. Afinal de contas, fora ela mesma quem havia feito aquele casamento acontecer. E ainda bem. Caso contrário, ainda estaria presa em Balriggan, e não a caminho de ser uma Noiva de Cristo na França.

Um cutucão no cotovelo a fez olhar para o lado, e ela viu Michael lhe oferecendo um lenço. Bem, e daí? Com o vento forte como estava, não era de espantar que seus olhos vertessem água – sim, seus olhos *e* seu nariz. Ela pegou o pedaço de pano com um meneio curto de agradecimento, esfregou-o rapidamente nas faces e acenou mais forte com o próprio lenço.

Ninguém da família de Michael fora se despedir dele, nem mesmo Janet, sua irmã gêmea. Mas eles estavam ocupados com tudo que havia a fazer após a morte do velho Ian Murray, e não era para menos. Tampouco era preciso acompanhar Michael até o navio. Michael Murray era um comerciante de vinhos em Paris, e um cavalheiro esplendidamente viajado.

Ela se reconfortou um pouco pensando que ele sabia o que fazer e para onde ir. Michael prometeu que a entregaria em segurança ao Couvent des Anges, já que era complicado imaginá-la atravessando Paris sozinha com as ruas cheias de gente e todos falando francês – ainda que ela soubesse falar bem o francês, é claro. Passara o inverno inteiro estudando, e a mãe de Michael a ajudara –, embora talvez fosse melhor ela não contar à madre superiora que tipo de romance francês Jenny Murray tinha na estante, porque...

– *Voulez-vous descendre, mademoiselle?*

– Ahn?

Ela olhou para Michael e o viu fazendo um gesto em direção ao alçapão que conduzia ao piso inferior. Virou-se de volta, mas o cais tinha sumido e, junto com ele, a mãe.

– Não – respondeu. – Ainda não. Vou só...

Queria ver a terra firme pelo máximo de tempo possível. Aquela seria sua última visão da Escócia na vida, e pensar nisso fez seu ventre se encolher. Ela acenou para o alçapão com um gesto vago.

– Mas pode descer. Eu ficarei bem sozinha.

Ele não desceu, mas foi se postar ao seu lado e segurou a amurada. Ela se virou um pouco para o outro lado, para que ele não a visse chorar, mas de modo geral não achou ruim ele ter ficado.

Nenhum dos dois disse nada. E a terra firme foi sumindo devagar, como se o mar a estivesse engolindo. Agora já não havia nada ao seu redor a não ser o mar aberto, de um cinza vítreo e encrespado sob uma tampa movente de nuvens. A visão a deixou tonta, e ela fechou os olhos e engoliu em seco.

Querido Senhor Jesus, não permita que eu passe mal!

Um leve ruído arrastado ao seu lado a fez abrir os olhos e deparar com Michael Murray a encará-la com certa preocupação.

– Está tudo bem, srta. Joan? – Ele sorriu um pouco. – Ou será que eu deveria chamá-la de "irmã"?

– Não – respondeu ela, controlando os nervos e o estômago. – Ainda não sou freira.

Ele a olhou de cima a baixo do jeito franco que tinham os homens das Terras Altas, e seu sorriso se alargou um pouco mais.

– A senhorita já *viu* uma freira? – indagou.

– Não – retrucou ela, no tom mais duro de que foi capaz. – Também nunca vi Deus nem a Santa Virgem, mas acredito neles mesmo assim.

Para sua irritação, ele irrompeu numa gargalhada. Ao ver seu incômodo, porém, parou na mesma hora, embora ela pudesse ver sua vontade de rir por trás da seriedade forçada.

– Queira me perdoar, srta. MacKimmie – disse ele. – Não estava questionando a existência das freiras. Já vi com meus próprios olhos uma quantidade razoável dessas criaturas.

Os lábios dele tremiam, e ela o encarou com fúria.

– Criaturas, é?

– É modo de dizer, só isso, eu juro! Me perdoe, irmã… eu não sei o que estou fazendo!

Ele ergueu a mão e se encolheu num terror fingido. A ânsia de rir a deixou mais irritada ainda, mas ela se contentou com um simples "humpf" de reprovação.

No entanto, a curiosidade levou a melhor e, depois de alguns instantes inspecionando a esteira de espuma do navio, ela perguntou, sem olhar para ele:

– Mas onde o senhor viu as freiras, então? O que elas estavam fazendo?

Ele agora já tinha conseguido se controlar e lhe respondeu com seriedade:

– Bem, vejo o tempo todo pelas ruas as irmãs de Notre-Dame, que trabalham com os pobres. Elas sempre andam em pares, sabe, e as duas costumam carregar enormes cestos, cheios de comida… ou remédios, talvez? Só que eles ficam cobertos, os cestos, então não sei dizer ao certo o que contêm. Talvez elas estejam contrabandeando conhaque e rendas até o cais…

Aos risos, ele se esquivou da mão que ela levantou.

– Ah, a senhorita vai ser uma freira e tanto, irmã Joan! *Terror daemonum, solatium miserorum…*

Ela pressionou os lábios um contra o outro para não rir. O terror dos demônios…
Que petulância a dele!

– Irmã Joan, não – disse ela. – No convento eles provavelmente vão me dar um
novo nome.

– Ah, é? – Ele afastou os cabelos dos olhos, interessado. – A senhorita mesma vai
poder escolher?

– Não sei – admitiu ela.

– Bem, mas… que nome escolheria, se pudesse?

– Ahn… bem… – Ela não tinha contado a ninguém, mas, afinal, que mal poderia
haver? Não tornaria a ver Michael Murray depois que eles chegassem a Paris. – Irmã
Gregória.

Para seu alívio, ele não riu.

– Ah, é um bom nome – disse ele. – Em homenagem a São Gregório, o Grande?

– Bem… sim. Acha presunçoso? – indagou ela com certa ansiedade.

– Ah, não! – exclamou ele, espantado. – Quero dizer, quantas freiras se chamam
Maria? Se não é presunção ser batizada em homenagem à mãe de Deus, como pode
ser pretensioso ser batizada em homenagem a um simples papa?

Isso o fez sorrir com tanta alegria que ela retribuiu.

– E *quantas* freiras se chamam Maria? – indagou ela, curiosa. – É um nome comum?

– Ah, sim, a senhorita disse que nunca viu uma freira. – Mas ele havia parado de
zombar dela, e respondeu a sério: – Cerca de metade das freiras que eu conheci parecia se chamar irmã Maria Alguma Coisa. Irmã Maria Policarpo, irmã Maria José…
desse jeito.

– E o senhor encontra muitas freiras no desempenho do seu ofício?

Michael Murray era comerciante de vinhos, o sócio minoritário da Fraser et Cie.
A julgar pelo corte das roupas, era bastante bem-sucedido.

Sua boca estremeceu, mas ele respondeu, compenetrado:

– Bem, na verdade, sim. Quero dizer, não diariamente, mas as irmãs aparecem
com bastante frequência no meu escritório… ou então eu vou até elas. A Fraser et
Cie. fornece vinho para a maioria dos monastérios e conventos de Paris, e alguns
têm o costume de enviar uma dupla de freiras para fazer a encomenda ou levar algo
especial. Caso contrário, nós entregamos. E até mesmo as ordens que não bebem vinho, e a maioria das casas de Paris bebe, uma vez que são francesas, sabe, até mesmo
elas precisam de vinho para suas capelas. E as ordens mendicantes aparecem como
reloginhos para pedir esmolas.

– É mesmo? – Ela estava fascinada o suficiente para deixar de lado a relutância em
parecer ignorante. – Eu não sabia… Quero dizer… Então as diferentes ordens fazem
coisas diferentes, é isso que o senhor está contando? Que outros tipos existem?

Ele lhe lançou um olhar breve, então estreitou os olhos para o vento enquanto
refletia.

– Bom… há o tipo de freira que reza o tempo todo… Acho que chamam de "contemplativas". Eu as vejo na catedral em todos os horários possíveis. Mas acho que existe mais de uma ordem desse tipo: uma veste hábito cinza e reza na capela de São José, a outra usa preto. São vistas principalmente na capela de Nossa Senhora do Mar. – Ele a encarou, curioso. – É esse tipo de freira que a senhorita vai ser?

Ela balançou a cabeça, grata pelo fato de a vermelhidão causada pelo vento esconder seu rubor.

– Não – respondeu, com certo pesar. – Esse talvez seja o tipo de freira mais sagrado, mas eu passei boa parte da vida sendo contemplativa nas charnecas e não gostei muito. Acho que não tenho a alma talhada para fazer isso, nem mesmo numa capela.

– É – concordou ele, e afastou do rosto fios de cabelo esvoaçantes. – Eu conheço as charnecas. Depois de um tempo, o vento entra na sua cabeça. – Ele hesitou por um instante. – Quando meu tio Jamie… quero dizer, seu pai… A senhorita sabe que ele ficou escondido numa caverna depois de Culloden?

– Por sete anos – emendou ela, um pouco impaciente. – Sim, todo mundo conhece essa história. Por quê?

Ele deu de ombros.

– Estava só pensando. Eu era apenas um menino na época, mas de vez em quando ia com minha mãe levar comida para ele lá. Ele ficava feliz em nos ver, mas não falava muito. E eu sentia medo ao encará-lo nos olhos.

Joan sentiu um arrepio na espinha que nada tinha a ver com a brisa forte. Ela viu, de repente *viu*, na mente, um homem magro e sujo, com os ossos do rosto saltados, agachado nas sombras escuras e gélidas da caverna.

– Meu pai? – desdenhou ela, para esconder o arrepio que lhe subia pelos braços. – Como alguém poderia ter medo dele? Ele é um homem querido, gentil.

A boca larga de Michael estremeceu nos cantos.

– Acho que isso depende de, se algum dia, você o viu lutando. Mas…

– E o senhor viu? – interrompeu ela, curiosa. – Já o viu lutando?

– Já, sim. Mas… – disse ele, sem querer se deixar distrair. – Não quis dizer que *ele* tenha me deixado com medo. É que eu pensava que ele estivesse assombrado. Pelas vozes no vento.

Isso, sim, deixou Joan com a boca seca, e ela moveu um pouco a língua na esperança de Michael não notar. Não precisava ter se preocupado; ele não estava olhando para ela.

– Meu pai falou que é porque Jamie passou muito tempo sozinho, que as vozes entraram na cabeça dele e ele não conseguia parar de ouvi-las. Quando ele se sentia seguro o suficiente para ir até a casa, às vezes levava horas para começar a *nos* ouvir outra vez… Mamãe não nos deixava falar com ele antes de ele ter comido alguma coisa e se aquecido. – Ele sorriu com certa tristeza. – Segundo dizia, antes disso ele não era humano… e hoje, pensando bem, acho que ela não dizia isso em linguagem figurada.

– Bem… – disse Joan, mas se deteve, sem saber como prosseguir.

Desejou com fervor ter sabido disso antes. Seu pai e a irmã dele iriam para a França mais tarde, mas ela talvez não o visse. Talvez pudesse ter conversado com o pai, perguntado a ele como eram as vozes na sua cabeça… e o que diziam. Se tinham alguma semelhança com as que ela escutava.

Quase crepúsculo… e os ratos continuavam mortos. O *comte* ouviu os sinos de Notre-Dame baterem as *sept* e olhou para o relógio de bolso. Os sinos estavam dois minutos adiantados, e ele franziu o cenho. Não gostava de trabalho malfeito. Levantou-se e se espreguiçou, grunhindo quando sua coluna estalou como a saraivada entrecortada de um pelotão de tiro. Não havia dúvida, ele estava *mesmo* envelhecendo, e pensar nisso o fez ter um calafrio.

Se. Se ele conseguisse encontrar o caminho, então talvez… mas o problema era que nunca se sabia. Durante algum tempo, havia pensado e esperado que voltar no tempo pudesse deter o processo de envelhecimento. Isso no início parecera algo lógico, como reverter os ponteiros de um relógio. Pensando melhor, no entanto, *não era* lógico, porque ele sempre tinha voltado para uma época anterior à de sua vida. Somente uma vez tentara voltar apenas alguns anos, para os seus 20 e poucos. *Isso, sim,* tinha sido um erro, e a lembrança ainda lhe dava arrepios.

Ele foi até a alta janela de beiral que dava para o Sena.

Essa vista específica do rio não mudara muito nos últimos duzentos anos. Ele a tinha visto em vários momentos distintos. Nem sempre fora o dono daquela casa, mas ela existia naquela rua desde 1620, e ele sempre dera um jeito de entrar rapidamente, nem que fosse apenas para restabelecer sua própria noção de realidade após uma passagem.

Naquela vista do rio, somente as árvores mudavam. Às vezes aparecia uma embarcação de aspecto estranho. Mas o resto era sempre o mesmo e, sem dúvida, sempre seria: os velhos pescadores capturando o jantar nas docas num silêncio teimoso, cada qual protegendo o próprio espaço com os cotovelos abertos, os mais jovens pondo as redes para secar, descalços e com os ombros curvados de exaustão, meninos nus mergulhando do cais. Observar o rio lhe proporcionava uma tranquilizadora sensação de eternidade. Talvez não tivesse tanta importância se ele um dia precisasse morrer?

– Uma ova que não tem – murmurou para si mesmo, e ergueu os olhos para o céu. Vênus brilhava com força. Ele precisava ir.

Após a devida pausa para pôr os dedos no cadáver de cada rato e se assegurar de que não restava qualquer centelha de vida, ele percorreu a fileira e recolheu todos eles dentro de um saco de aniagem. Se estava indo para a Corte dos Milagres, pelo menos não chegaria com as mãos abanando.

Joan continuava relutando em ir abaixo do convés, mas a luz diminuía e o vento ficava mais forte. Uma rajada particularmente violenta fez suas saias subirem e segurou seu traseiro com uma mão gelada que a fez ganir de um modo pouco digno. Ela alisou rapidamente as saias e partiu em direção ao alçapão, seguida por Michael Murray.

Vê-lo tossir e esfregar as mãos no pé da escada lhe deu pena. Ela o mantivera congelando no convés, educado demais para descer e deixá-la sozinha, e fora egoísta demais para ver que o coitado estava com frio. Deu um nó apressado no lenço para lembrar a si mesma de rezar mais uma dezena do terço a fim de se penitenciar quando chegasse a hora.

Ele a acompanhou até um banco e disse algumas palavras em francês para a mulher sentada ao seu lado. Obviamente a estava apresentando. Isso era fácil de compreender. Mas, quando a mulher aquiesceu e disse algo em resposta, tudo que pôde fazer foi ficar sentada ali com a boca escancarada. Não entendeu patavina. Nem uma palavra sequer!

Michael pelo visto entendeu o que estava acontecendo, pois disse algo ao marido da mulher. Isso desviou sua atenção de Joan, o que permitiu à jovem se recostar em silêncio na parede de madeira do navio, suando de tanta vergonha.

Bem, ela acabaria aprendendo, tranquilizou a si mesma. Tinha que aprender. Acomodou-se com determinação para escutar e conseguiu pescar aqui e ali uma ou outra palavra da conversa. Michael era mais fácil de entender: ele falava mais devagar, sem engolir a segunda metade das palavras.

Ela estava tentando desvendar uma palavra que *soava* como "pufguirmiarnière", mas que certamente não podia ser, quando seu olhar detectou um leve movimento no banco em frente, e as vogais gorgolejantes entalaram na garganta.

Havia um homem sentado ali, talvez tivesse uns 25 anos, como ela. Era bonito, ainda que um pouco magro de rosto, estava vestido decentemente… e iria morrer.

Uma mortalha cinza se estendia por cima dele, como se estivesse envolto em bruma. Ela já tinha visto algo parecido duas vezes – um cinza a pairar sobre o rosto de alguém feito uma névoa. Sabia reconhecer na hora a sombra da morte. Uma vez fora sobre um homem de idade avançada, e talvez tivesse sido apenas o que qualquer um podia ver, pois Angus MacWheen estava *de fato* doente, mas depois, poucas semanas mais tarde, ela vira a mesma coisa no segundo dos menininhos de Vhairi Fraser, uma criança pequenina de rosto rosado e adoráveis pernocas gordinhas.

Não quisera acreditar. Nem no que estava vendo, nem no que aquilo significava. Quatro dias depois, porém, o menino fora esmagado na estrada por um boi enlouquecido pela picada de um marimbondo. Ela chegou a vomitar quando lhe contaram. Em seguida, passou dias sem conseguir comer de tanta tristeza e pavor. Será que ela poderia ter impedido aquilo se tivesse dito alguma coisa? E se acontecesse outra vez?

Agora tinha acontecido, e ela sentiu um frio na barriga. Levantou-se de um salto e avançou aos tropeços na direção da escada, interrompendo de modo prematuro algum discurso enunciado pelo francês.

De novo não, de novo não!, pensou, agoniada. *Por que me mostrar essas coisas? O que eu posso fazer?*

Agarrou a escada com frenesi e subiu o mais depressa que pôde, arquejando em busca de ar, precisando se afastar do homem que iria morrer. Meu Deus, quanto tempo faltava para ela chegar à segurança do convento?

A lua nascia por sobre a *île de la cité*, reluzindo através da bruma. Ele a olhou e fez uma estimativa da hora. De nada adiantava chegar à casa de madame Fabienne antes de as meninas terem tirado dos cabelos os papéis de enrolar e calçado suas meias vermelhas. Mas havia outros lugares para ir: os locais obscuros onde se bebia e onde os profissionais da corte se preparavam para a noite que viria. Fora num desses locais que ouvira pela primeira vez os boatos – veria quanto eles tinham se espalhado, e avaliaria a segurança de perguntar abertamente sobre maître Raymond.

Essa era uma das vantagens de se esconder no passado em vez de ir para a Hungria ou para a Suécia. A vida naquela corte tendia a ser curta, e não havia tanta gente assim que conhecesse seu rosto ou sua história, embora pudesse haver boatos. Paris se agarrava com firmeza às suas *histoires*. Ele encontrou o portão de ferro, agora mais enferrujado do que antes. Manchando a palma da mão de vermelho, ele o abriu com um empurrão cujo rangido iria alertar o que quer que agora vivesse no final do beco.

Precisava *ver* o sapo. Não o encontrar, talvez – fez um breve sinal para afastar o mal –, mas vê-lo. Acima de tudo, precisava saber: o homem, se é que ele era um homem, tinha envelhecido?

– Com certeza ele é um homem – resmungou consigo mesmo, impaciente. – O que mais poderia ser, pelo amor de Deus?

Poderia ser algo como você, respondeu seu pensamento, e um arrepio lhe subiu pela espinha. *Seria medo?*, foi o que se perguntou. *Expectativa ante um intrigante mistério filosófico? Ou quem sabe... esperança?*

– Que desperdício de uma bunda esplêndida – comentou monsieur Brechin, em francês, ao observar a subida de Joan da outra ponta do compartimento. – E *mon*

Dieu, que pernas! Imagine só essas pernas entrelaçadas ao seu corpo, hein? Você teria feito ela deixar as meias listradas? Eu, sim.

Não havia ocorrido a Michael imaginar tal coisa, mas ele agora estava tendo dificuldade para descartar a imagem. Tossiu dentro do lenço para esconder o rosto vermelho.

Madame Brechin deu uma cotovelada com força nas costelas do marido. Ele grunhiu, mas não pareceu nada perturbado com o que obviamente era uma forma normal de comunicação marital.

– Seu animal – disse a mulher, sem exaltação aparente. – Falar assim de uma Noiva de Cristo. Você vai ter sorte se Deus em pessoa não o fulminar com um raio.

– Bom, ela ainda não é noiva – protestou o monsieur. – E quem você acha que criou essa bunda, para começo de conversa? Com certeza Deus iria ficar lisonjeado em ouvir um elogio sincero à sua obra. De alguém que, afinal de contas, é conhecedor da matéria.

Ele encarou a mulher com um olhar afetuoso e lascivo, e ela deu um muxoxo.

Uma leve risadinha abafada do rapaz à sua frente indicou que o monsieur não estava sozinho na sua opinião, e a madame encarou o rapaz com uma expressão reprovadora.

Michael limpou o nariz com cuidado, tentando não cruzar olhares com o monsieur. Suas entranhas tremiam, não apenas por estar achando graça nem devido ao choque da luxúria inesperada. Estava se sentindo muito esquisito.

Monsieur deu um suspiro ao mesmo tempo que as meias listradas de Joan desapareciam pelo alçapão.

– Cristo não vai esquentar a cama dela – falou, balançando a cabeça.

– Cristo também não vai peidar na cama dela – disse a madame, tirando o tricô da bolsa.

– *Pardonnez-moi...* – interveio Michael, com uma voz engasgada.

E, tapando a boca com o lenço, como se a náusea estivesse prestes a dominá-lo, afastou-se depressa em direção à escada.

Mas não era o *mal de mer* que lhe subia do ventre. À luz do fim do dia, ele viu a silhueta de Joan junto à amurada. Foi para o outro lado, onde se agarrou ao guarda-corpo como se fosse um bote salva-vidas e se deixou encobrir pelas avassaladoras ondas de tristeza. Era a única maneira que tinha lhe permitido sobreviver às últimas semanas. Segurar-se o máximo que podia, mantendo o semblante alegre, até algo pequeno e inesperado, algum tipo de destroço emocional, varar-lhe o coração feito a flecha de um caçador, e então correr para algum lugar onde pudesse se esconder e controlar aquela indescritível dor.

Desta vez tinha sido o comentário da madame que saíra do nada, e ele fez uma careta dolorosa e riu, apesar das lágrimas que lhe escorriam pelo rosto ao recordar Lillie. Uma lembrança em específico. Lillie havia jantado enguias ao molho de alho, e isso sempre a fazia soltar peidos silenciosos e mortais. Enquanto o ar nauseabundo se erguia em volta de Michael, ele havia se sentado na cama e dera com ela a encará-lo com uma expressão de horror indignado no rosto.

– Como *ousa?* – dissera ela num tom de majestade ofendida. – *Francamente*, Michael!

– Você *sabe* que não fui eu!

A boca de Lillie tinha se escancarado. Além do horror e da repulsa, surgira a indignação.

– Ah! – fizera ela com um arquejo, puxando seu cão pug para junto do peito. – Você não só peida feito uma baleia em putrefação, como tenta pôr a culpa no meu pobre filhotinho! *Cochon!*

E então se pusera a sacudir delicadamente os lençóis enquanto usava a mão livre para deslocar os odores fétidos na sua direção e fazia comentários de censura para Plonplon, que lançou para Michael um olhar superior antes de se pôr a lamber com entusiasmo o rosto da dona.

– Ah, meu Deus – sussurrou ele, encostando o rosto no guarda-corpo. – Ah, Deus, eu amo você!

Ficou balançando a cabeça, consciente dos marinheiros que passavam de vez em quando mais atrás, mas nenhum tomou conhecimento dele no escuro. Por fim, a agonia arrefeceu um pouco, e ele inspirou.

Está bem, então. Agora ficaria bem por um tempo. E agradeceu a Deus, tardiamente, pelo fato de ter Joan – ou irmã Gregória, se ela preferia assim – para cuidar por um tempo. Não sabia como seria capaz de percorrer sozinho as ruas de Paris em direção à sua casa. Entrar, cumprimentar os criados – será que Jared estaria lá? –, encarar a tristeza do lugar, aceitar as condolências deles pela morte de seu pai, pedir uma refeição e se sentar… o tempo inteiro querendo apenas se jogar no chão do quarto de dormir vazio do casal e uivar feito uma alma penada. Mais cedo ou mais tarde, teria que encarar aquilo. Mas ainda não. E no presente momento aceitaria a misericórdia de qualquer alento que lhe fosse oferecido.

Assoou o nariz, resignado. Guardou o lenço amarfanhado e desceu para pegar o cesto que sua mãe tinha mandado. Ele não conseguia engolir nada, mas alimentar Joan talvez ajudasse a manter seus pensamentos afastados das coisas por pelo menos mais um minuto.

– É assim que se faz – dissera-lhe o irmão Ian quando estavam os dois apoiados na cerca do curral de ovelhas da mãe, sentindo no rosto o vento frio do inverno, esperando o pai encontrar o caminho para terminar de morrer. – Você encontra um jeito de viver por mais aquele minuto. Depois outro. E mais outro.

Ian o compreendia. Também tinha perdido uma esposa. Michael havia enxugado o rosto – na frente de Ian podia chorar, ao passo que com os irmãos mais velhos e as irmãs não, e com certeza não na frente da mãe – e perguntado:

– E depois de um tempo melhora, é isso que você está me dizendo?

Seu irmão o havia encarado, com a tranquilidade do olhar a transparecer por entre as exóticas tatuagens mohawks.

– Não – respondera ele, suave. – Mas depois de um tempo você constata que está num lugar diferente de onde estava antes. Que é uma pessoa diferente da que era antes. E então você olha em volta e vê o que está do seu lado. Talvez encontre uma função para si mesmo. *Isso* ajuda.

– Sim, está bem – concordara Michael baixinho, e empertigado os ombros. – Veremos, então.

Para surpresa de Rakoczy, atrás do bar grosseiro estava um rosto conhecido. Se Maximiliano, o Grande ficou surpreso ao vê-lo, o anão espanhol não deu mostra alguma disso. Os outros que ali bebiam – dois malabaristas, cada qual com um braço faltando (embora de lados opostos), uma bruxa desdentada que estalava os lábios e resmungava acima de sua caneca de *arak*, e algo que parecia uma menina de 10 anos, mas quase com certeza não era – o encararam. Como não viram nada de notável em suas roupas maltrapilhas e em seu saco de aniagem, tornaram a se dedicar à tarefa de ficar embriagados o suficiente para fazer o que precisava ser feito naquela noite.

Ele meneou a cabeça para Max e puxou um dos barris cheios de farpas para se sentar.

– O que deseja, *señor*?

Rakoczy estreitou os olhos; Max nunca tinha servido outra coisa que não fosse *arak*. Mas os tempos eram outros: ao lado do barril de conhaque grosseiro havia uma garrafa de pedra com algo que talvez fosse cerveja e outra de vidro escuro com algo rabiscado em giz na superfície.

– *Arak*, Max, por gentileza – respondeu.

Melhor o diabo conhecido. E ficou surpreso ao ver os olhos do anão semicerrarem.

– Estou vendo que conhecia meu honrado pai, *señor* – disse o anão ao colocar o cálice sobre a tábua. – Já faz algum tempo que esteve em Paris?

– *Pardonnez* – respondeu Rakoczy, aceitando a bebida e tomando tudo de uma golada só. Quem podia pagar mais de um cálice não deixava aquilo se demorar sobre a língua. – Seu honrado... falecido pai? Max?

– Maximiliano el Maximo – corrigiu o anão com firmeza.

– Claro. – Rakoczy indicou com um gesto querer mais uma bebida. – E com quem tenho a honra de estar falando?

O espanhol, ainda que seu sotaque talvez não fosse tão forte quanto o de Max costumava ser, empertigou-se com orgulho.

– Maxim le Grand, *a su servicio*!

Rakoczy bateu uma continência grave e virou o segundo cálice, acenou para pedir um terceiro e, com um gesto, convidou Maxim a se juntar a ele.

– Já faz algum tempo que estive aqui pela última vez – falou. Nisso não havia mentira. – Fico me perguntando se algum outro velho conhecido ainda poderia estar vivo… talvez maître Raymond, também chamado de sapo?

Um leve tremor atravessou o ar, um estremecimento quase imperceptível de atenção, que desapareceu praticamente assim que ele o sentiu… Teria sido em algum lugar atrás dele?

– Um sapo – disse Maxim, com um ar pensativo, servindo-se uma bebida. – Eu não conheço nenhum sapo, mas, se ouvir falar em algum, quem devo dizer que está procurando por ele?

Será que ele deveria dar seu nome? Não, ainda não.

– Isso não importa – respondeu. – Mas é possível deixar recado com madame Fabienne. O senhor sabe onde fica? Na rue Antoine?

As sobrancelhas falhadas do anão se arquearam e sua boca se ergueu num dos cantos.

– Sei onde fica.

Sem dúvida que sabe, pensou Rakoczy. "El Maximo" não se referia à estatura de Max, tampouco "Le Grand". Deus tinha noção de justiça, além do senso de humor.

– *Bon.* – Ele limpou a boca na manga e pôs sobre a mesa uma moeda que teria pagado pelo barril inteiro. – *Merci.*

Ao se levantar, o sabor quente do conhaque borbulhou no fundo de sua garganta, e ele deu um arroto. Mais dois lugares para visitar, talvez, antes de ir para a casa de Fabienne. Não podia visitar mais do que isso e permanecer de pé. Estava *mesmo* ficando velho.

– Boa noite!

Ele se curvou diante dos presentes e abriu a porta de madeira rachada com um empurrão cuidadoso. Apenas uma dobradiça de couro a prendia, e parecia estar prestes a ceder.

– *Brop* – coaxou alguém bem baixinho pouco antes de a porta se fechar atrás dele.

O rosto de Madeleine se iluminou quando ela o viu, e isso lhe aqueceu o coração. Ela não era muito inteligente, pobrezinha, mas era bonita, amável, e já era puta havia tempo suficiente para sentir gratidão por pequenas gentilezas.

– Monsieur Rakoczy!

Ela o enlaçou pelo pescoço com os dois braços e afundou o rosto afetuosamente em seu pescoço.

– Madeleine, querida.

Ele segurou seu queixo e a beijou com delicadeza nos lábios, puxando-a para perto de modo a pressionar a barriga dela contra a sua. Abraçou-a por tempo suficiente enquanto lhe beijava as pálpebras, a testa e as orelhas – arrancando-lhe gritinhos agudos de prazer – até sentir que a penetrava, avaliando quanto ela estava madura.

Sentiu que seu útero estava morno, da cor do coração de uma escura rosa carmim da espécie chamada *sang du dragon*. Uma semana antes, sentira-o sólido, compacto como um punho fechado. Agora ele havia começado a amolecer e ficar ligeiramente oco à medida que ela ficava pronta.

Mais três dias?, perguntou-se. *Quatro?*

Ele a soltou. Quando ela fez um adorável biquinho, ele riu e ergueu sua mão até os lábios, sentindo a mesma pequena emoção que sentira ao encontrá-la pela primeira vez, quando a débil luz azul tinha surgido entre os dedos dela em reação ao seu toque. Ela não conseguia ver – ele já tinha erguido suas mãos unidas até o rosto dela, e ela apenas fizera cara de quem não entendia – mas a luz estava lá.

– Vá buscar um pouco de vinho, *ma belle* – disse ele, apertando de leve a sua mão. – Preciso falar com Madame.

Madame Fabienne não era anã, mas era baixa, marrom e sarapintada feito um sapo-cururu – além de atenta feito um batráquio, com olhos amarelos e redondos que quase nunca piscavam e jamais se fechavam.

– *Monsieur le comte* – disse ela, cortês, indicando-lhe com a cabeça uma cadeira de adamascado em seu *salon*.

O ar recendia a cera de vela e carne – carne de uma qualidade bem melhor do que aquela oferecida na corte. Mesmo assim, a madame tinha vindo daquela corte e mantido vivas as conexões que tinha por lá. Não fazia qualquer segredo disso. Nem sequer piscou ao ver suas roupas, mas inflou as narinas para ele como se estivesse sentindo o cheiro dos antros e becos aonde ele tinha ido.

– Boa noite, madame! – cumprimentou ele com um sorriso, e ergueu o saco de aniagem. – Eu trouxe um presentinho para Leopold. Se ele estiver acordado.

– Acordado e de mau humor – respondeu ela, olhando interessada para o saco. – Ele acabou de trocar a pele... É melhor não fazer nenhum movimento brusco.

Leopold era um belíssimo e imenso píton albino, bastante raro. As opiniões se dividiam quanto à sua origem: metade da clientela de madame Fabienne sustentava que ela havia ganhado a cobra de um cliente nobre – as fofocas incluíam até o finado rei – que havia curado da impotência. Outros diziam que a cobra *costumava ser* um cliente nobre, que havia se recusado a lhe pagar pelos serviços prestados. Rakoczy tinha uma opinião própria em relação a isso, mas gostava de Leopold, que geralmente era manso como um gato e às vezes vinha quando chamado – contanto que você tivesse na mão algo que ele considerasse comida quando o chamasse.

– Leopold! *Monsieur le comte* trouxe um petisco para você!

Fabienne estendeu a mão para uma imensa gaiola de vime, abriu a porta e retirou a mão com velocidade suficiente para indicar exatamente o que quisera dizer com "de mau humor".

Quase na mesma hora, uma cabeçorra amarela se espichou para a luz. Cobras tinham pálpebras transparentes, mas Rakoczy pôde jurar que o píton piscou, irritado, encolhendo por um instante um segmento do corpo monstruoso antes de mergulhar gaiola afora e avançar pelo chão com rapidez notável para uma criatura tão grande, com a língua a entrar e sair da boca feito a agulha de uma costureira.

Foi direto para cima de Rakoczy, abrindo a boca conforme avançava. Rakoczy pegou o saco do chão pouco antes de Leopold tentar devorá-lo – ou ao próprio Rakoczy – inteiro. Saltou de banda, pegou um rato depressa e o lançou. Leopold jogou um pedaço do corpo em cima do rato com um baque forte o suficiente para fazer a colher da madame chacoalhar na tigela e, antes que os presentes conseguissem piscar, já tinha arrebanhado o rato para dentro de um nó meia-volta formado pelas próprias curvas.

– Mal-humorado e faminto, pelo que vejo – observou Rakoczy, tentando soar casual.

Na verdade, tinha os pelos do pescoço e do braço eriçados. Leopold em geral se alimentava devagar, e a violência do apetite do píton o deixara abalado. Fabienne ria, quase em silêncio, com os pequenos ombros caídos a tremer debaixo da túnica verde de seda chinesa que usava.

– Por um instante pensei que ele fosse devorar você – comentou ela por fim, enxugando os olhos. – Se tivesse devorado, eu não precisaria dar comida a ele por um mês!

Rakoczy mostrou os dentes numa expressão que poderia ter sido interpretada como um sorriso.

– Não podemos deixar Leopold ficar com fome – ponderou. – Desejo fazer uma combinação especial por Madeleine… Um acordo que vai encher o cu desse animal de ratos por um bom tempo.

Fabienne largou o lenço e o encarou com interesse.

– Leopold tem dois paus, mas não posso dizer que algum dia tenha reparado em seu cu. Vinte *écus* por dia. Mais dois se ela precisar de roupas.

Ele abanou a mão, descartando a sugestão.

– Estava pensando em algo mais a longo prazo.

Explicou o que tinha em mente e teve a satisfação de ver a expressão de Fabienne ficar inteiramente vazia, tamanha sua estupefação. Não ficou assim por mais de alguns segundos, quando ele terminou, ela já estava expondo suas exigências iniciais.

Quando os dois enfim chegaram a um acordo, já tinham bebido meia garrafa de um vinho decente, e Leopold havia engolido o rato. Este formava uma pequena protuberância no musculoso tubo que era o corpo da cobra, mas não tinha diminuído de modo perceptível sua velocidade: as curvas deslizavam inquietas pela lona pintada que cobria o chão, reluzindo feito ouro, e Rakoczy podia ver as padronagens da pele do animal feito nuvens presas sob as escamas.

– Ele é *mesmo* lindo, não é? – Fabienne notou sua admiração e a saboreou um pouco. – Já lhe contei onde o arrumei?

– Sim, mais de uma vez. E mais de uma versão também.

Ela pareceu surpresa, e ele comprimiu os lábios. Vinha frequentando seu estabelecimento por não mais do que poucas semanas. Conhecera-a havia quinze anos, embora daquela vez apenas por dois meses. Rakoczy não dissera seu nome nessa ocasião, e uma cafetina via tantos homens que as chances de ela se lembrar dele eram poucas. Por outro lado, ele também achava improvável a madame se dar ao trabalho de recordar para quem havia contado qual história, e pareceu ser esse o caso, pois ela ergueu o ombro num movimento surpreendentemente gracioso e riu.

– Sim, mas esta é verdade.

– Ah, nesse caso…

Ele sorriu, enfiou a mão no saco e lançou outro rato para Leopold. A cobra desta vez se moveu mais devagar e não se deu ao trabalho de sufocar a presa imóvel, simplesmente escancarou a mandíbula e a engolfou com decisão.

– Leopold é um velho amigo – disse ela, fitando a cobra com afeto. – Eu o trouxe comigo das Índias Ocidentais muitos anos atrás. Ele é um *Mystère*, sabe.

– Não, eu não sabia. – Rakoczy bebeu mais vinho; estava sentado havia tanto tempo que já quase começava a se sentir sóbrio outra vez. – E o que é isso?

Estava interessado, nem tanto na cobra, mas no fato de Fabienne ter mencionado as Índias Ocidentais. Tinha se esquecido de que ela alegava ter vindo de lá, havia muitos anos, bem antes de ele a conhecer.

O pó de *afile* estava à sua espera em seu laboratório quando ele tinha voltado. Não havia como dizer quantos anos tinha passado ali – os criados não conseguiam se lembrar. O curto bilhete de Mélisande – *Experimente isso. Talvez seja o que o sapo usou* – não estava datado, mas no alto da folha havia um breve garrancho que dizia: *Rose Hall, Jamaica*. Se Fabienne houvesse mantido algum contato nas Índias Ocidentais, quem sabe…

– Alguns os chamam de *loa*. – Seus lábios enrugados se franziram quando ela pronunciou a palavra. – Mas esses são os africanos. Um *Mystère* é um espírito, um intermediário entre Bondye e nós. Bondye é *le bon Dieu*, claro – explicou ela. – Os escravos africanos falam um francês muito ruim. Dê outro rato para Leopold. Ele continua com fome, e as meninas ficam com medo se eu o deixo caçar dentro de casa.

Mais dois ratos, e a cobra começou a ficar parecida com uma gorda fieira de pérolas. Exibia uma tendência a ficar parada, digerindo. A língua continuava a se mover para sentir o sabor do ar, mas agora de modo preguiçoso.

Rakoczy tornou a pegar o saco enquanto avaliava os riscos – afinal, se chegassem notícias da Corte dos Milagres, seu nome de todo modo seria conhecido.

– Eu estava pensando, madame, já que conhece todo mundo em Paris… – Ele lhe fez uma pequena mesura, que ela retribuiu graciosamente. – Já ouviu falar de um homem conhecido como maître Raymond? Alguns o chamam de sapo – acrescentou.

Ela piscou. Em seguida, adotou um ar de quem acha graça.

– O senhor está procurando o sapo?

– Sim. É engraçado? – Ele enfiou a mão no saco para pegar mais um rato.

– Um pouco. Talvez eu não devesse contar isso, mas como o senhor está sendo tão compreensivo… – Ela lançou um olhar complacente para a bolsa de moedas que ele tinha posto ao lado de sua tigela de chá, um generoso depósito antecipado. – Maître Grenouille está procurando o senhor.

Ele se imobilizou com a mão agarrada num corpo peludo.

– O quê? A senhora esteve com ele?

Ela balançou a cabeça e, após farejar com desagrado seu chá frio, tocou a sineta para chamar a criada.

– Não, mas ouvi a mesma coisa de duas pessoas.

– Procurando por mim nominalmente? – O coração de Rakoczy se acelerou.

– *Monsieur le comte Saint-Germain*. É o senhor? – perguntou ela com um interesse apenas moderado; nomes falsos eram frequentes no seu ramo.

Ele aquiesceu, com a boca subitamente seca demais para falar, então sacou o rato do saco. Este se contorceu de repente dentro da sua mão, e uma dor aguda no polegar o fez arremessar o roedor longe.

– *Sacrebleu!* Ele me mordeu!

Atordoado pelo impacto, o rato cambaleou feito um bêbado pelo chão em direção a Leopold, cuja língua começou a se mover mais depressa. Fabienne, porém, proferiu um som de repulsa e lançou sobre o rato uma escova de cabelos de prata. Espantado com o barulho, o rato deu um salto, aterrissou e correu bem por cima da cabeça atônita da cobra, desaparecendo então pela porta que ia dar no vestíbulo onde, pelo grito que se sucedeu, obviamente topou com a criada antes de finalmente fugir para a rua.

– *Jésus Marie!* – exclamou madame Fabienne, fazendo beatamente o sinal da cruz. – Que ressurreição milagrosa. E logo duas semanas antes da Páscoa.

Foi uma travessia sem sobressaltos. O litoral da França surgiu logo após o alvorecer do dia seguinte. Joan o viu, um borrão baixo e verde-escuro no horizonte. Apesar do cansaço, aquela visão lhe provocou um pequeno arrepio de empolgação.

Ela não havia dormido, embora houvesse relutantemente descido após o anoitecer e se enrolado em sua capa e em seu xale, tentando não olhar para o rapaz com a sombra no rosto. Passara a noite inteira deitada, escutando os grunhidos e roncos dos outros passageiros, rezando, perguntando-se, em desespero, se rezar era tudo que podia fazer.

Muitas vezes se perguntava se era por causa do seu nome. Quando pequena, sentia orgulho de se chamar assim. Joan, Joana, um nome heroico, nome de santa, mas também um nome de guerreira. Sua mãe lhe dissera isso vezes sem conta. Não achava que a mãe houvesse cogitado a possibilidade de o nome ser também assombrado.

Com certeza aquilo não acontecia com todo mundo chamado Joan ou acontecia? Ela desejava conhecer outra Joan para poder perguntar. *Se* era algo comum a todas, as outras também devem estar guardando silêncio. Afinal, ninguém sai por aí dizendo para os outros que ouve vozes. Menos ainda que vê coisas que não existem. Simplesmente *não se fala sobre isso.*

Ela já tinha ouvido falar em videntes, claro. Todo mundo nas Terras Altas tinha. E quase todas as pessoas que ela conhecia pelo menos alegavam ter visto algum truque estranho ou tido uma premonição de que Angus MacWheen estava morto quando ele não voltou para casa no inverno passado. O fato de Angus MacWheen ser um velho pinguço imundo e tantã, além de estar frio o suficiente para congelar o *loch*, não vinha ao caso.

Mas ela nunca tinha *conhecido* nenhum vidente. O problema era esse. Como se fazia isso? Simplesmente dizendo às pessoas: "É o seguinte: eu sou vidente." Ao que elas aquiesceriam e diriam: "Ah, sim, claro; o que vai acontecer comigo na terça-feira que vem?" Mais importante, porém, como diabos...?

– Ai! – Ela havia mordido a língua com força como penitência pela blasfêmia involuntária, e levou a mão espalmada à boca.

– O que foi? – indagou atrás dela uma voz preocupada. – Machucou-se, srta. Mac-Kimmie? Ahn... quero dizer, irmã Gregória?

– Humm! Não. Não, eu *chó...* mordi a íngua.

Ela se virou para Michael Murray enquanto tocava com cuidado o céu da boca com a língua machucada.

– Bem, isso acontece com quem fala sozinho. – Ele sacou a rolha de uma garrafa que estava carregando e lhe estendeu. – Tome, lave a boca com isso; vai melhorar.

Ela sorveu uma golada e bochechou. O líquido fez arder o local machucado, mas não muito, e ela engoliu, o mais devagar possível, para fazer durar a sensação.

– Jesus, Maria e Santa Brígida – suspirou ela. – Isso é *vinho*?

O gosto em sua boca tinha um leve parentesco com o líquido que ela conhecia como vinho... do mesmo modo que as maçãs se pareciam com cagalhões de cavalo.

– Sim, é *mesmo* bastante bom – disse ele com modéstia. – Alemão. Humm... quer mais um golinho?

Ela não discutiu e bebeu alegremente enquanto mal prestava atenção na conversa dele, que se pôs a discorrer sobre o vinho. Como se chamava, como era fabricado na Alemanha, onde ele o conseguira... e não terminava nunca. Por fim, ela voltou a si o suficiente para se lembrar dos bons modos e, com relutância, lhe devolveu a garrafa agora pela metade.

– Agradecida, senhor – falou, formal. – Foi muita gentileza sua. Mas não precisa perder tempo me fazendo companhia. Ficarei bem sozinha.

– Sim, bem… Na verdade, não é por sua causa – disse Michael, dando ele também um gole razoável. – É por minha causa.

Joan piscou por causa do vento. Ele estava corado, mas não devido à bebida nem ao vento.

– Ahn…?

– Bem, o que eu queria pedir – disse ele depressa, e desviou o olhar, com as faces muito vermelhas. – A senhorita poderia rezar por mim, irmã? E pela… pela minha esposa? Pelo descanso da… da…

– Ah! – fez Joan, consternada por ter se deixado absorver tanto pelas próprias preocupações que não notou como ele estava abalado.

E você se diz vidente, meu Deus do céu! Não viu o que estava bem debaixo do seu nariz. Não passa de uma tola, e ainda por cima uma tola egoísta.

Ela colocou a mão sobre a dele por cima do guarda-corpo e apertou com força, tentando instilar para dentro da sua carne um pouco da bondade de Deus.

– Mas é claro que sim! – afirmou. – Vou me lembrar do senhor a cada missa, eu juro! – Pensou por um instante se era adequado jurar algo assim, mas afinal de contas… – E na alma da sua pobre esposa, é claro que sim! Como… ahn… como ela se chamava? Para eu saber o que dizer quando rezar por ela – explicou depressa ao ver os olhos dele se estreitarem de dor.

– Lilliane – respondeu ele, tão baixinho que o vento quase a impediu de escutar. – Eu a chamava de Lillie.

– Lilliane – repetiu ela com cuidado, tentando formar as sílabas do mesmo jeito que ele. – Eu vou me lembrar.

Era um nome suave e bonito, pensou, que escorregava como água por cima das pedras na nascente de um regato escocês. *Você nunca mais vai ver um regato escocês*, pensou ela com uma pontada, mas descartou o pensamento e virou o rosto para o litoral francês que se avultava ao longe.

Ele aquiesceu num agradecimento silencioso, e os dois passaram algum tempo ali, até ela se dar conta de que ainda estava com a mão em cima da dele e retirá-la com um gesto brusco. Ele pareceu espantado e ela disparou, pois era aquilo em que mais estava pensando:

Como ela era? Sua esposa?

Uma mistura de emoções das mais extraordinárias tomou conta do rosto dele. Joan não teria sabido dizer qual era a mais forte, se tristeza, bom humor ou simples espanto, e se deu conta de repente de quão pouco tinha visto daquilo que ele realmente sentia.

– Ela era… – Ele deu de ombros e engoliu em seco. – Era a minha esposa – falou, bem baixinho. – Era a minha vida.

Joan devia conhecer algo reconfortante para lhe dizer, mas não conhecia.

Ela está com Deus? Torcia para que fosse verdade. Apesar disso, era óbvio que, para aquele rapaz, a única coisa que importava era que a sua esposa não estava com *ele*.

– O que houve com ela? – indagou de chofre, só porque parecia necessário dizer alguma coisa.

Ele inspirou fundo e pareceu cambalear um pouco. Ela notou que havia terminado o que restava do vinho e tirou da mão dele a garrafa, lançando-a por sobre a amurada.

– Gripe. Disseram que foi rápido. Para mim não pareceu rápido... mas na verdade foi, eu acho que foi. Levou dois dias, e Deus bem sabe que eu recordo cada segundo desses dias... mas a minha impressão é que eu a perdi entre uma e outra batida do coração. E eu... eu até hoje continuo a procurá-la ali, nesse espaço intermediário.

Ele engoliu em seco e continuou:

– Ela... ela estava... – As palavras "esperando um bebê" soaram tão débeis que ela mal as escutou.

– Ah – fez Joan baixinho, muito comovida. – Ah, *a chuisle.*

A expressão queria dizer "sangue do coração", e o que *ela* quisera dizer era que a esposa de Michael tinha sido isso para ele... Santo Deus, tomara que ele não tivesse interpretado errado... Não. A tensão dela se dissipou quando viu a expressão de gratidão no rosto dele. Ele compreendera o que ela queria dizer, e parecia grato.

Piscando, ela olhou para o outro lado. Seu olhar se voltou para o rapaz com a sombra, que estava debruçado no guarda-corpo um pouco mais adiante. Sentiu a respiração entalar na garganta quando o viu.

A sombra estava mais escura à luz da manhã. O sol começava a aquecer o convés, frágeis nuvens brancas nadavam no azul do claro céu francês. Ainda assim, a névoa agora se movia e rodopiava, escurecendo o rosto do rapaz e envolvendo os ombros dele como um xale.

Santo Deus, diga-me o que fazer!

Seu corpo deu um tranco, querendo ir até o rapaz e falar com ele. Mas para dizer o quê? "Cuidado, você está correndo perigo"? Ele iria achá-la uma louca. E se o perigo fosse algo que ele não tinha como controlar, como no caso do pequeno Ronnie e do boi? Que diferença faria?

Teve uma leve consciência de que Michael a encarava com um ar curioso. Ele lhe disse alguma coisa, mas ela não estava escutando, esforçando-se para ouvir, isso sim, dentro da própria cabeça. Onde estavam as malditas vozes quando ela *precisava* delas?

Mas as vozes se mantiveram caladas, e ela se virou para Michael. Estava segurando o guarda-corpo do navio com tanta força que os músculos de seu braço saltaram.

– Desculpe – falou. – Eu não estava ouvindo direito. É que... acabei de pensar numa coisa.

– Se for uma coisa com a qual eu possa ajudá-la, irmã, é só pedir – disse ele com um sorriso fraco. – Ah! Falando nisso… eu disse à sua mãe que, se ela desejasse, poderia escrever uma carta aos cuidados da Fraser et Cie. que eu a entregaria para a senhorita. – Ele deu de ombros. – Não sei quais são as regras no convento quanto a receber cartas de fora.

Joan tampouco sabia, e já havia se preocupado com isso. Ficou tão aliviada ao escutar aquilo que um largo sorriso se abriu em seu rosto.

– Ah, que gentileza a sua! – exclamou. – E se eu pudesse talvez… escrever de volta…?

O sorriso dele se alargou, e as marcas da tristeza se amenizaram com o prazer de lhe ser útil.

– Quando quiser – garantiu-lhe ele. – Eu cuido disso. Quem sabe eu poderia…

Um grito entrecortado rasgou o ar e Joan ergueu os olhos, assustada, pensando que uma das aves marinhas tivesse vindo da praia para rodear o navio, mas não. O jovem rapaz estava em pé sobre o guarda-corpo, com uma das mãos no cordame. Antes de ela conseguir sequer respirar, ele o soltou e desapareceu.

Paris

Michael estava preocupado com Joan. Afundada na carruagem, ela nem se deu ao trabalho de olhar pela janela até um leve sopro da brisa fria tocar seu rosto. O cheiro foi tão espantoso que a tirou da concha de infelicidade e choque na qual estivera fechada desde o cais.

– Santa Mãe de Deus! – exclamou ela, levando a mão ao nariz. – Que cheiro é esse?

Michael levou a mão ao bolso e sacou o trapo imundo que era seu lenço, encarando-o com ar de dúvida.

– São os cemitérios públicos. Eu sinto muito, não achei…

– *Moran taing.* – Ela arrancou de sua mão o pano úmido e o segurou junto ao rosto sem se importar. – Os franceses por acaso não *enterram* as pessoas nos cemitérios?

A julgar pelo cheiro, uns mil cadáveres tinham sido jogados no chão molhado e deixados ali para apodrecer, e a visão de bandos de corvos negros a mergulhar e se estranhar ao longe não ajudava muito a desfazer essa impressão.

– Enterram, sim. – A manhã tinha sido terrível e Michael estava se sentindo exausto, mas fez um esforço para se controlar. – Só que aquilo lá é tudo um pântano. Até mesmo os caixões enterrados bem fundo, e a maioria não é, dão um jeito de vir à tona depois de alguns meses. Quando há uma enchente, e toda vez que chove há enchente, o que sobra dos caixões se desmancha e…

Ele engoliu em seco, satisfeito por não ter tomado o café da manhã.

– Há quem fale em transferir pelo menos as ossadas e colocá-las num ossuário, como eles dizem. Do lado de fora da cidade existem escavações de minas muito antigas... por ali... – Ele apontou com o queixo. – E talvez... Mas eles ainda não fizeram nada em relação a isso – acrescentou depressa, tapando o nariz rapidamente de modo a inspirar pela boca.

Não fazia diferença respirar pelo nariz ou pela boca: o cheiro era tão forte que chegava a ter gosto.

Joan parecia tão enjoada quanto de fato se sentia, ou talvez mais. Seu rosto estava branco como creme azedo. Tinha vomitado quando a tripulação finalmente trouxera o suicida de volta para o navio, escorrendo uma água cinza e envolto em algas, que haviam se enroscado em suas pernas e o afogado. Ainda havia restos de vômito na frente da sua roupa, e seus cabelos escuros, lambidos e molhados, escapavam de baixo da touca. Ela não tinha dormido nada, claro.

Michael também não. E não podia levá-la para o convento naquele estado. As freiras talvez não se importassem, mas ela, sim. Ele se empertigou e bateu no teto da carruagem.

– Monsieur?

– *Au château, vite!*

Iria levá-la primeiro à sua casa. Não era muito fora de mão, e o convento não a aguardava em nenhum dia ou horário específico. Ela poderia se limpar, comer alguma coisa e se recuperar. E se isso lhe poupasse de precisar andar sozinho até em casa, bem, já dizia o ditado que toda gentileza trazia embutida a própria recompensa.

Quando eles chegaram à rue Trémoulins, Joan já havia esquecido, em parte, os motivos para estar abalada, tamanha a empolgação de estar em Paris. Nunca tinha visto tanta gente num lugar só – e aquilo eram apenas as pessoas saindo da missa numa igreja de bairro! Virando a esquina havia uma calçada de pedras mais larga do que todo o rio Ness, e as pedras estavam cobertas dos dois lados por barris, carroças e barracas repletas de frutas, legumes, flores, peixe, carne... Ela havia devolvido a Michael seu lenço imundo e arquejava, virando o rosto de um lado para outro, tentando sorver para dentro de si todos aqueles aromas maravilhosos.

– A senhorita parece um pouco melhor – comentou Michael, sorrindo. Ele continuava pálido, mas também tinha um ar mais feliz. – Já está com fome?

– Faminta! – Ela dirigiu um olhar esfomeado para a beira do mercado. – Será que não podemos parar e comprar uma maçã? Tenho algum dinheiro...

Ela tateou para pegar as moedas guardadas no alto da meia, mas ele a deteve.

– Não, vai ter bastante comida em casa. Eles estão me esperando esta semana, então vai estar tudo pronto.

Ela ainda se demorou um breve instante encarando o mercado com uma expressão desejosa, então se virou, obediente, na direção para a qual ele apontava, e esticou o pescoço pela janela da carruagem de modo a ver sua casa conforme eles se aproximavam.

– É a maior casa que eu já vi na vida! – exclamou.

– Ah, não é, não – corrigiu ele, rindo. – Lallybroch é maior.

– Bom… essa é *mais alta* – retrucou ela.

E era mesmo: tinha uns bons quatro andares e um imenso telhado de chumbo com rejunte verde de cobre, além do que devia haver mais de vinte janelas na fachada e…

Ela ainda estava tentando contar as janelas quando Michael a ajudou a descer da carruagem e lhe ofereceu o braço para subir até a porta. Estava observando com olhos arregalados os teixos plantados em vasos de latão e se perguntando quanto trabalho deveria dar manter aqueles vasos polidos quando sentiu o braço dele de repente ficar duro feito madeira.

Olhou para Michael, espantada, então mirou na direção em que ele olhava: a porta de sua casa. A porta estava aberta e três pessoas desciam os degraus de mármore, sorrindo, acenando e dando as boas-vindas.

– Quem são? – sussurrou Joan, inclinando-se mais para perto dele.

O sujeito baixote de avental listrado devia ser um mordomo; ela já tinha lido sobre mordomos. O outro homem, porém, era um cavalheiro: esguio feito um pé de salgueiro, vestido com casaco e colete riscados de verde-limão e cor-de-rosa, e com um chapéu decorado por… bem, ela supôs que devesse ser uma pluma, mas pagaria para ver a ave da qual ela fora tirada. Em comparação, mal havia reparado na mulher, toda vestida de preto. Mas então viu que Michael só tinha olhos para a mulher.

– Lé… – começou ele, e engoliu a sílaba. – Lé… Léonie. O nome dela é Léonie. É irmã da minha mulher.

Joan então olhou com atenção, pois, pela expressão de Michael Murray, ele tinha acabado de ver o fantasma da esposa. Mas Léonie parecia feita de carne e osso, esbelta e bonita, embora o seu semblante exibisse as mesmas marcas de tristeza de Michael, um rosto pálido sob um tricorno preto pequeno e bem-feito enfeitado por uma minúscula pena azul encurvada.

– Michael – exclamou ela. – Ah, Michael! – E com os olhos amendoados marejados ela se jogou nos braços dele.

Sentindo-se intrusa, Joan recuou um pouco e olhou para o cavalheiro do colete verde-limão. Discretamente, o mordomo havia se retirado para dentro da casa.

– Charles Pépin, mademoiselle – disse ele, tirando o chapéu. Segurou-lhe a mão e se curvou por cima dela, e Joan então viu a braçadeira negra de luto que ele usava em volta da manga de cores vivas. – *À votre service.*

– Ah! – fez ela, um pouco confusa. – Ahn. Joan MacKimmie. *Je suis…* ahn… humm…

“Diga a ele para não fazer isso”, disse uma súbita vozinha calma dentro da sua cabeça, e ela retirou a mão com um gesto brusco, como se ele a houvesse mordido.

– Prazer em conhecê-lo – arquejou. – Com licença.

E vomitou dentro de um dos vasos de bronze com os teixos.

Joan teve medo de que chegar à casa enlutada e vazia de Michael fosse ser esquisito, mas tinha se preparado para oferecer reconforto e apoio, como condizia a uma parente distante e filha de Deus. Poderia ter ficado ofendida, portanto, ao se ver suplantada nesse departamento. Na verdade, praticamente relegada à posição desimportante de hóspede, servida com educação e indagada se desejava mais vinho, uma fatia de presunto, um picles... mas, fora isso, ignorada, enquanto os criados, a cunhada e o sr. Pépin não tinha certeza da posição dele em relação a Michael, embora ele parecesse ter algo de pessoal a ver com Léonie; talvez alguém tivesse dito que era um primo? – rodopiavam em volta de Michael, como a água perfumada de um banho morno. Tocando-o, beijando-o... Bem, sim, ouvira dizer que na França os homens se beijavam, mas não pôde evitar encará-los quando o sr. Pépin deu dois belos beijos molhados em cada uma das bochechas de Michael.

Ficou mais do que aliviada, porém, por não ter que manter uma conversa em francês além de um simples *merci* ou *s'il vous plaît* de vez em quando. Isso lhe deu a chance de acalmar os nervos – e a barriga, e diria que o vinho para isso era maravilhoso – e de manter um olho atento em monsieur Charles Pépin.

"Diga a ele para não fazer isso." *E o que exatamente significa isso?*, indagou para a voz. Não obteve resposta, o que não a surpreendeu. As vozes não tinham muito talento para detalhes.

Não sabia dizer se as vozes eram masculinas ou femininas. Não pareciam nem uma coisa nem outra, e ela se perguntou se talvez pudessem ser anjos. Anjos não tinham sexo, o que sem dúvida lhes poupava muitos problemas. As vozes de Joana d'Arc tinham tido a decência de se apresentar, mas as suas, ah, as suas não. Por outro lado, se fossem *mesmo* anjos e lhe dissessem seu nome, ela de toda forma não iria reconhecê-los, de modo que talvez fosse por isso que eles não se davam ao trabalho de fazê-lo.

Será que aquela voz específica queria dizer que Charles Pépin era um malfeitor? Ela o estudou com o cenho franzido. Não parecia. Ele tinha um rosto forte e bonito, e Michael parecia gostar dele – afinal de contas, Michael devia ser um juiz de caráter razoável, uma vez que trabalhava no comércio de vinhos.

O que, portanto, monsieur Charles Pépin não deveria fazer? Teria ele algum crime perverso em mente? Ou estaria planejando acabar com a própria vida, como aquele pobrezinho no navio? Ainda havia um rastro pegajoso em sua mão por causa das algas.

Frustrada, ela esfregou a mão discretamente na saia do vestido. Torceu para as vozes pararem quando ela chegasse ao convento. Essa era sua prece de todas as noites. Se não parassem, entretanto, pelo menos ela talvez pudesse falar sobre elas com alguém do convento, sem medo de ser despachada para um hospício ou ser apedrejada na rua. Teria um confessor, disso ela sabia. Talvez ele pudesse ajudá-la a descobrir qual fora a intenção de Deus ao lhe atribuir um dom como aquele, e sem qualquer explicação sobre como usá-lo.

Enquanto isso, seria bom ficar de olho em monsieur Pépin. Talvez devesse comentar alguma coisa com Michael antes de ir embora. *Sim, mas o quê?*, pensou, impotente.

Apesar disso, ficou satisfeita ao ver Michael ir ficando menos pálido à medida que todos continuavam a competir para lhe dar algum bocado para comer, encher seu copo ou lhe contar alguma fofoca. Ficou satisfeita também ao constatar que, depois de relaxar, conseguia entender quase tudo que eles estavam falando. Segundo diziam, Jared Fraser, o primo idoso de Michael que havia fundado a companhia de comércio de vinho e a quem aquela casa pertencia, ainda estava na Alemanha, mas era esperado a qualquer momento. Ele também havia mandado uma carta para Michael; onde estava? Pouco importava, acabaria aparecendo… e madame Nesle de La Tourelle dera um ataque na corte na quarta-feira anterior, um ataque *de verdade*, ao dar de cara com mademoiselle de Perpignan usando uma roupa no mesmo tom de verde-oliva que pertencia exclusivamente a La Tourelle, e só Deus sabia por quê, já que ela sempre ficava horrível com ele, e tinha dado um tapa tão forte na própria criada por fazer esse comentário que a pobre moça saíra voando por cima dos arbustos e quebrara a cabeça numa das paredes de espelhos. A criada também tinha quebrado o espelho, um baita azar, mas ninguém conseguia decidir se o azar era de madame de La Tourelle, da criada ou de mademoiselle de Perpignan.

Passarinhos, pensou Joan sonhadora, bebericando seu vinho. *Eles parecem uns alegres passarinhos numa árvore, todos tagarelando ao mesmo tempo.*

– O azar é da costureira que fez o vestido para Perpignan – disse Michael, com um leve sorriso nos lábios. – Isso quando La Tourelle descobrir quem é.

Seu olhar então recaiu sobre Joan, sentada ali com um garfo na mão, um garfo de verdade, e de prata ainda por cima, com a boca meio aberta devido ao esforço de concentração exigido para acompanhar a conversa.

– Irmã Joan… quero dizer, irmã Gregória… eu sinto muito, ia me esquecendo. Se já tiver comido o bastante, talvez a senhorita queira se refrescar um pouco antes de eu deixá-la no convento?

Ele se levantou e estendeu a mão para uma sineta. Pouco depois, uma criada já tinha conduzido Joan até o andar de cima, despindo-a com destreza e, franzindo o nariz diante do cheiro das roupas usadas, a enrolado num robe de uma seda verde esplendorosa, leve como o ar, e a levado até um pequeno cômodo de pedra equipado com uma banheira de cobre, em seguida desaparecido e dito algo em que Joan conseguira captar a palavra *"eau"*.

Ela se sentou no banquinho de madeira que havia ali, segurando o roupão para cobrir sua nudez, com a cabeça girando, e não só por causa do vinho. Fechou os olhos e inspirou fundo várias vezes para tentar provocar um estado propício à oração. Deus estava em toda parte, garantiu a si mesma, por mais constrangedor que fosse pensar que Ele estava com ela num banheiro em Paris. Joan fechou os olhos com mais força e se pôs a rezar com firmeza o terço, a começar pelos Mistérios Gozosos.

Foi só ao terminar a Visitação que passou a se sentir firme outra vez. Não era assim que havia imaginado seu primeiro dia em Paris. Mas, enfim, com certeza teria assunto para contar à mãe. Isso caso a deixassem escrever cartas no convento.

A criada apareceu com dois enormes latões de água fumegante, que despejou dentro da banheira com um barulho tremendo. Uma segunda criada surgiu em seu encalço, igualmente equipada, e as duas fizeram Joan se levantar, tirar o robe e entrar na banheira antes mesmo de ela conseguir dizer a primeira palavra do pai-nosso da terceira dezena.

Disseram-lhe coisas em francês que ela não entendeu e lhe estenderam instrumentos de aspecto estranho com uma expressão convidativa. Ela reconheceu o pequeno pote de sabão e apontou para ele, e na mesma hora uma das criadas despejou água na sua cabeça e começou a lavar seus cabelos!

Fazia meses que ela vinha se despedindo de seus cabelos toda vez que os penteava, bastante resignada a perdê-los. Quer devesse sacrificá-los como postulante ou, mais tarde, como noviça, era óbvio que eles teriam que partir. O choque daqueles dedos hábeis esfregando seu couro cabeludo, o puro deleite sensual da água morna a escorrer por seus cabelos, o peso suave e molhado daqueles fios estendidos por cima dos seios... Aquilo tudo seria Deus perguntando se ela realmente havia considerado sua decisão? Sabia do que estava abrindo mão?

Bem, nessa hora ela soube. *Sim.* Por outro lado, não podia impedir aquilo. Não seria educado. A temperatura morna da água estava fazendo o vinho que ela bebera correr mais depressa por seu sangue, e ela teve a sensação de estar sendo sovada como um caramelo, esticada e puxada, toda lustrosa e se esgarçando em lânguidas tiras. Fechou os olhos e desistiu de tentar se lembrar quantas ave-marias ainda faltavam na terceira dezena.

Foi só quando as criadas a puxaram para fora da banheira, toda rosada e fumegante, e a enrolaram numa espécie de espantosa e imensa toalha felpuda que ela emergiu de seu transe sensual. O ar frio se adensou em seu estômago e a fez se lembrar de que todo aquele luxo era de fato uma tentação do diabo. Perdida na glutonia e naquele banho pecaminoso, ela havia se esquecido completamente do rapaz no navio, o pobre e desesperado pecador que tinha se jogado no mar.

As criadas por enquanto tinham desaparecido. Na mesma hora, ela caiu de joelhos no chão de pedra e se livrou das toalhas aconchegantes, expondo a pele nua em penitência a todo o frio do ar.

– *Mea culpa, mea culpa, mea maxima culpa* – sussurrou, socando o peito, num paroxismo de tristeza e arrependimento.

A visão do rapaz afogado surgiu em sua mente, os macios cabelos castanhos espalhados pela bochecha, os olhos semicerrados sem nada ver... E que coisa terrível fora aquela que ele tinha visto, ou na qual tinha pensado ter visto, para ter gritado tanto antes de pular?

Pensou por um breve instante em Michael, na expressão de seu rosto ao falar na pobre esposa. Talvez o jovem de cabelos castanhos tivesse perdido alguém querido e não conseguisse encarar a vida sozinho?

Ela deveria ter falado com ele. Essa era a inegável e terrível verdade. Pouco importava que não soubesse o que dizer. Deveria ter confiado em Deus para lhe dar palavras, como havia feito ao falar com Michael.

– Me perdoe, Pai! – rogou com urgência. – Por favor... me perdoe, me dê forças.

Ela havia traído aquele pobre rapaz. E traído a si mesma. *E* a Deus, que, por algum motivo, lhe dera o terrível dom da visão. E as vozes...

– Por que vocês não me avisaram? – gritou ela. – Não têm nada a dizer para se justificar?

Havia pensado que as vozes fossem vozes de anjos, mas não... Eram apenas fragmentos de névoa do charco a flutuar, a entrar na sua cabeça, supérfluas, inúteis... tão inúteis quanto ela. Ah, Deus...

Não soube dizer quanto tempo passou ali ajoelhada, nua, semiembriagada e aos prantos. Ouviu os guinchos abafados de consternação das criadas francesas, que espicharam a cabeça para dentro do banheiro e com a mesma rapidez a retiraram, mas não lhes deu atenção.

Não sabia se era certo rezar pelo pobre rapaz... pois o suicídio era um pecado mortal, e ele com certeza tinha ido direto para o inferno. Mas ela não podia desistir dele; não podia. De certa forma, sentia que ele estava sob a sua responsabilidade, e que ela o deixara cair. Com certeza Deus não iria considerar o rapaz inteiramente responsável quando era ela quem o deveria ter protegido.

Assim, ela rezou, com toda a energia do corpo, da mente e do espírito, e pediu misericórdia. Misericórdia para o rapaz, para o pequeno Ronnie e para o velho e miserável Angus – misericórdia para o pobre Michael, e para a alma de Lillie, sua amada esposa, e de seu filho que não chegara a nascer. E misericórdia para si mesma, aquele veículo indigno do serviço de Deus.

– Eu serei melhor! – prometeu ela, fungando e enxugando o nariz na toalha felpuda. – É verdade, vou, sim. Vou ser mais corajosa. Vou, sim!

Michael pegou o castiçal da mão do lacaio, disse "boa noite" e fechou a porta. Esperava que a irmã Gregória estivesse confortável e dormindo bem. Tinha dito à criadagem para colocá-la no quarto de hóspedes principal.

Sorriu para si mesmo. Desacostumada ao vinho e obviamente nervosa por estar na companhia deles, ela havia bebido quase um decânter inteiro de xerez antes de ele perceber, e estava sentada no canto com o olhar desfocado e um pequeno sorriso interior que o fez pensar num quadro que vira em Versalhes, algo que o intendente havia chamado de *La Gioconda*.

Não podia entregá-la no convento naquela condição. Com certo cuidado, ele a acompanhara até o andar de cima e a deixara a cargo das criadas. Ambas a encararam com alguma desconfiança, como se uma freira de pileque fosse um artigo particularmente perigoso.

Ele também havia bebido uma quantidade razoável ao longo da tarde, e mais ainda no jantar. Charles e ele tinham ficado sentados até tarde conversando e tomando ponche de rum. Não tinham falado sobre nenhum assunto específico. Michael só não queria ficar sozinho. Charles, apostador inveterado, convidara-o a ir ao salão de jogos, mas fora gentil o bastante para aceitar sua recusa e lhe fazer companhia.

A chama da vela se embaçou por um instante quando ele pensou na gentileza de Charles. Ele balançou a cabeça, o que se revelou um erro. Seu estômago se manifestou num protesto diante do movimento repentino. Ele mal conseguiu chegar ao penico a tempo e, uma vez esvaziado, ficou deitado no chão sem conseguir se mexer, com a bochecha encostada nas tábuas frias.

Não que fosse incapaz de se levantar e ir para a cama. Era incapaz, isso sim, de encarar a ideia dos frios lençóis brancos, dos travesseiros lisos e redondos, como se a cabeça de Lillie nunca houvesse descansado ali, como se a cama jamais houvesse conhecido o calor de seu corpo.

Lágrimas escorreram de lado por sobre a ponta do nariz e pingaram no chão. Ouviu-se um barulho de animal farejando. Plonplon saiu se remexendo de baixo da cama e lambeu seu rosto enquanto gania ansioso. Após um curto intervalo, ele se sentou e, recostando-se na lateral da cama com o cachorro no braço, estendeu a mão para o decânter de Porto que o mordomo havia deixado na mesa ao lado.

O cheiro era insuportável. Rakoczy havia enrolado um lenço de lã na parte inferior do rosto. Mesmo assim, o odor penetrava suas narinas, pútrido e persistente, prendendo-se ao fundo da garganta, de modo que nem mesmo respirar pela boca permitia se proteger do fedor. Ele foi respirando o mais superficialmente que conseguiu enquanto avançava com cautela pelos fundos do cemitério à luz do facho estreito de um lampião escuro. A mina ficava bem depois do cemitério, mas o fedor abria caminho quando o vento soprava do leste.

A mina de giz estava abandonada havia anos. Os boatos diziam que era assombrada. E era mesmo. Rakoczy sabia o que a assombrava. Ele, que nunca fora religioso, que era um filósofo e cientista natural, um racionalista, fez o sinal da cruz por reflexo no alto da escada de madeira que descia pelo duto da mina abaixo rumo às profundezas espectrais.

Ao menos os boatos sobre fantasmas, demônios subterrâneos e mortos-vivos impediriam qualquer um de ir investigar uma luminosidade estranha dentro dos túneis da mina, isso se a luz chegasse a ser notada. Mas só por garantia... ele abriu o saco de aniagem que ainda recendia a ratos e pescou lá dentro um feixe de tochas de uraninita e o embrulho de oleado contendo vários pedaços de tecido embebidos em *salpêtre*, sais de potássio, vitríolo azul, verdete, manteiga de antimônio e alguns outros compostos interessantes saídos de seu laboratório.

Encontrou o vitríolo azul pelo olfato e enrolou o tecido bem apertado na ponta de uma das tochas, e então – assobiando baixinho – fabricou três outras, cada qual impregnada com um sal diferente. Adorava essa parte. Era tão simples, e tão bonito.

Parou por alguns instantes para escutar, mas já anoitecera fazia tempo e os únicos barulhos eram da noite em si: sapos coaxando nos pântanos próximos ao cemitério, o vento movendo as folhas de primavera. A quase 1 quilômetro de distância havia alguns casebres, mas apenas um com a luz do fogo a emitir seu brilho opaco por um buraco no telhado feito para escoar a fumaça.

É quase uma pena não haver ninguém para ver além de mim.

Ele desembrulhou o pequeno fogareiro de barro e encostou um carvão aceso na tocha envolta em tecido. Uma pequenina chama verde tremeluziu feito a língua de uma serpente, para então ganhar vida e se transformar num globo brilhante de cor fantasmagórica.

A visão o fez sorrir, mas não havia tempo a perder. As tochas não iriam durar para sempre e ele tinha um trabalho a fazer. Rakoczy amarrou o saco no cinto e, com o fogo verde a crepitar suavemente numa das mãos, desceu para a escuridão.

No pé da escada, parou e respirou fundo. O ar estava limpo, a poeira já baixada havia tempos. Ninguém descera ali recentemente. As paredes brancas opacas refletiam de modo suave e espectral a luz verde e o corredor se abria na sua frente, negro como a alma de um assassino. Mesmo conhecendo aquele lugar tão bem, e com a tocha na mão, entrar ali o deixava apreensivo.

Será essa a sensação da morte?, pensou. *Um vazio dentro de nós levando nas mãos apenas uma débil centelha de fé?* Seus lábios se comprimiram. Bem, *isso* ele já tinha feito, ainda que de forma menos permanente. Mas lhe desagradava o modo como o conceito de morte parecia estar sempre à espreita no fundo de seus pensamentos.

O túnel principal era grande e largo. Dois homens poderiam caminhar lado a lado por ele, e o teto era alto o bastante para que o giz grosseiramente escavado permanecesse nas sombras, e a luz de sua tocha mal o alcançasse. No entanto, os túneis laterais eram menores. Ele contou os da esquerda e, contra a vontade, apressou um pouco o passo ao passar pelo quarto. Era lá que *aquilo* ficava, dentro do túnel lateral, após uma curva à esquerda, uma segunda curva à esquerda – não era *widdershins* que os ingleses diziam para se referir àquele sentido anti-horário, a direção contrária à do sol? Ele achava que era isso que Mélisande tinha dito quando o levara até ali…

O sexto. Sua tocha já havia começado a falhar, e ele tirou outra do saco e a acendeu com os restos da primeira, que largou no chão junto à entrada do túnel lateral, deixando-a pegar fogo e se consumir atrás dele, sentindo a fumaça arder na garganta. Conhecia o caminho. Mesmo assim, era bom deixar marcas ali, naquele reino de noite eterna. A mina tinha compartimentos profundos, um deles com estranhas pinturas na parede retratando animais que não existiam, mas que eram espantosamente detalhados, como se fossem pular da parede e sair em debandada pelos corredores. Às vezes ele descia até as entranhas da Terra só para vê-los.

A tocha nova ardeu com a luz quente do fogo natural, e as paredes brancas adquiririam um tom rosado. O mesmo aconteceu com a pintura no fim do corredor, essa de outra natureza: uma representação grosseira, porém eficaz da Anunciação. Ele não sabia quem tinha feito as pinturas que surgiam aqui e ali dentro das minas – a maioria sobre temas religiosos, outras muito enfaticamente *não* –, mas eram úteis. Na parede junto à Anunciação havia um anel de ferro, e ele apoiou ali sua tocha.

Virar de costas para a Anunciação, depois de dar três passos… Ele bateu com o pé no chão, ouvidos apurados para detectar o débil eco, e achou. Trouxera dentro do saco uma pá de pedreiro, e foi um trabalho de poucos minutos desenterrar a folha de latão que protegia seu esconderijo.

O esconderijo em si tinha 1 metro de profundidade e 1 metro de largura e comprimento. Saber que era um cubo perfeito toda vez que o via lhe dava satisfação. Afinal, qualquer alquimista era por profissão também numerólogo. O espaço estava ocupado até a metade, o conteúdo envolto em aniagem ou lona, uma vez que não eram coisas que ele desejasse transportar abertamente pelas ruas. Foi preciso cutucar e desembrulhar um pouco até encontrar as peças que queria. Madame Fabienne tinha feito uma negociação pesada, mas justa: 200 *écus* por mês durante quatro meses para o uso garantido e exclusivo dos serviços de Madeleine.

Quatro meses com certeza iriam bastar, pensou ele, sentindo um formato arredondado através do material que o envolvia. Na verdade, pensava que uma noite bastaria, mas seu orgulho masculino era contido pela prudência de um cientista. Além disso, sempre havia a possibilidade de um aborto espontâneo. Ele queria ter certeza quanto à criança antes de empreender qualquer experimento mais pessoal com o intervalo entre duas épocas. Se ele pudesse garantir que uma parte de si, uma parte de alguém dotado de suas peculiares habilidades, continuasse, caso *desta vez*…

Podia sentir *aquilo* ali, em algum lugar na escuridão sufocada atrás de si. Sabia que agora não podia escutá-lo. Ele era silencioso a não ser nos dias do solstício e do equinócio ou quando você de fato o adentrava… mas podia sentir seu som nos próprios ossos, o que fez suas mãos tremerem ao remover os invólucros.

O brilho da prata, do ouro. Escolheu duas caixas de rapé de ouro, um colar de filigrana e – com alguma hesitação – uma pequena salva de prata. *Por que o vazio não afetava o metal?*, perguntou-se pela milésima vez. Na verdade, levar consigo objetos de ouro ou prata facilitava a passagem... ou pelo menos assim ele pensava. Mélisande tinha lhe dito que sim. No entanto, embora as joias proporcionassem o máximo de controle e proteção, elas eram sempre destruídas pela passagem.

Fazia sentido. Todos sabiam que as pedras preciosas possuíam uma vibração específica que correspondia às esferas celestiais, e as próprias esferas naturalmente afetavam a terra. *O que está no alto é como o que está embaixo.* Ainda não fazia ideia de *como* exatamente as vibrações afetariam o espaço, o portal... *aquilo.* No entanto, pensar a respeito lhe deu uma necessidade de tocá-las, para se tranquilizar, e ele afastou do caminho trouxas embrulhadas e escavou até o fundo do canto esquerdo do esconderijo revestido de madeira, onde apertar a cabeça de um prego específico fez uma das tábuas se soltar e se virar de lado, girando azeitadamente num eixo. Ele estendeu a mão para dentro do espaço escuro assim revelado, encontrou a pequena bolsa de camurça e sentiu sua inquietação se dissipar no instante em que a tocou.

Abriu-a e despejou na mão o conteúdo, que reluziu e cintilou. Vermelhos, azuis e verdes, o branco fulgurante dos diamantes, o lilás e o violeta das ametistas, e o brilho dourado de topázios e citrinos. Seria o suficiente?

O suficiente para andar para trás, com certeza. O suficiente para se guiar com alguma precisão, para escolher quão longe ir. Mas o suficiente para andar para a frente?

Ele sopesou por alguns instantes aquele punhado cintilante. Em seguida, despejou-o de volta com cuidado. Ainda não. Mas tinha tempo para descobrir mais. Não iria a lugar algum por pelo menos quatro meses. Não até ter certeza de que Madeleine estava de fato esperando um filho.

– Joan. – Michael tocou seu braço para impedi-la de saltar da carruagem – Tem *certeza?* Quero dizer, se não estiver se sentindo pronta, pode ficar na minha casa até...

– Eu estou pronta. – Ela não o encarou. Seu rosto estava pálido. – Por favor, me solte.

Com relutância, ele soltou seu braço, mas insistiu em descer com ela. Michael tocou a sineta do portão e informou à porteira o que desejava. Durante todo o tempo, contudo, pôde sentir Joan tremer feito um pudim. Seria medo ou apenas um compreensível nervosismo? Ele mesmo se sentiria meio abalado se estivesse realizando uma mudança assim, iniciando uma nova vida tão diferente do que a que tivera até então.

A porteira se retirou para ir chamar a mestra das postulantes e os deixou no pequeno espaço cercado junto à guarita do portão. Dali ele podia ver um pátio ensolarado com um claustro do lado mais distante, e o que parecia uma grande horta à direita. À esquerda ficava a massa imponente do hospital administrado pela ordem e, mais além, os outros prédios pertencentes ao convento. *Era um lugar lindo*, pensou. E torceu para que a sua visão tranquilizasse os temores de Joan.

Ela produziu um ruído desarticulado, e Michael a olhou e se alarmou ao ver o que pareciam lágrimas escorrendo por suas faces.

– Joan – sussurrou, e lhe ofereceu seu lenço limpo. – Não tenha medo. Se precisar de mim, mande me chamar, seja a que hora for. E falei sério em relação às cartas.

Teria dito mais, porém a porteira surgiu com irmã Eustacia, a mestra das postulantes, que cumprimentou Joan num tom bondoso e maternal que pareceu reconfortá-la, pois a moça fungou, endireitou as costas e, enfiando a mão no bolso, sacou um pequeno quadrado dobrado, evidentemente guardado com cuidado durante as suas viagens.

– *J'ai une lettre* – falou, num francês hesitante. – *Pour madame le... pour...* a madre superiora? – disse ela em voz baixa. – Madre Hildegarde?

– *Oui?* – Irmã Eustacia pegou o bilhete com o mesmo cuidado com que este foi proferido.

– A carta é... dela – disse Joan a Michael, pois pelo visto seu francês tinha se esgotado. Continuou sem olhar para ele. – Da... ahn... esposa de papai. O senhor sabe. Claire.

– Meu Deus! – exclamou Michael, fazendo tanto a porteira quanto a mestra das postulantes o encararem com reprovação.

– Ela disse que era amiga de madre Hildegarde. E se ela ainda estivesse viva... – Joan olhou de relance para irmã Eustacia, que parecia ter entendido o diálogo.

– Ah, madre Hildegarde sem dúvida está viva – garantiu ela a Joan em inglês. – E tenho certeza de que vai ficar muitíssimo interessada em falar com você. – Após guardar o bilhete dentro do bolso espaçoso, ela estendeu a mão. – E agora, minha cara menina, se estiver pronta...

– *Je suis prête* – disse Joan, trêmula, porém digna.

Assim, Joan MacKimmie de Balriggan atravessou o portão do Couvent des Anges, ainda segurando o lenço de Michael Murray e exalando um forte odor do sabonete perfumado de sua finada esposa.

Michael havia dispensado sua carruagem e percorrido a cidade sem destino após deixar Joan no convento, pois não queria ir para casa. Torceu para que a tratassem com bondade, torceu para ela ter tomado a decisão certa.

É claro que ela ainda *deve demorar um pouco para virar freira*, pensou ele para se reconfortar.

Não sabia exatamente quanto tempo demorava desde que se entrava como postulante até virar noviça e fazer os votos definitivos de pobreza, castidade e obediência, mas no mínimo alguns anos. Com certeza ela ainda tinha tempo. E pelo menos estava num lugar seguro. A expressão de terror e apreensão em seu rosto ao passar pelos portões do convento ainda o assombrava. Ele foi caminhando em direção ao rio, onde o entardecer cintilava na água como um espelho de bronze. Os ajudantes de convés estavam cansados, e a gritaria diurna havia silenciado. Sob aquela luz, os reflexos das embarcações que deslizavam a caminho de casa pareciam mais substanciais do que as embarcações em si.

Ele tinha ficado surpreso com a carta e se perguntado se esta teria alguma coisa a ver com a apreensão de Joan. Não fazia a menor ideia de que a esposa do tio tinha alguma coisa a ver com o Couvent des Anges – embora agora, puxando pela memória, recordasse Jared mencionando que tio Jamie havia trabalhado no comércio de vinhos durante um curto tempo, antes do Levante. Supunha que Claire pudesse ter conhecido madre Hildegarde nessa época... mas aquilo tudo fora antes de ele nascer.

Sentiu um calor estranho ao pensar em Claire. Não conseguia pensar nela como uma tia, embora ela o fosse. Não havia passado muito tempo sozinho com ela em Lallybroch, mas não conseguia se esquecer do instante em que ela o recebera sozinha na porta. Em que o cumprimentara rapidamente e lhe dera um abraço por impulso. E ele tinha experimentado uma sensação instantânea de alívio, como se ela houvesse tirado um fardo pesado de seu coração. Ou talvez lancetado um abscesso em seu espírito, como poderia ter feito com um que estivesse no seu traseiro.

Pensar nisso o fez sorrir. Não sabia o que ela era. Os boatos perto de Lallybroch a pintavam como várias coisas, de bruxa a anjo, com a maior parte das opiniões pairando cautelosamente em torno do conceito de "fada". Mas ele gostava dela. Seu pai e o Jovem Ian também gostavam, o que contava muito. E tio Jamie, claro, embora todos dissessem que ele estava enfeitiçado. Isso o fez sorrir com ironia. Sim, como se o fato de ser loucamente apaixonado pela esposa fosse um feitiço.

Se alguém de fora da família soubesse o que ela havia lhes contado... Não era algo que fosse esquecer, tampouco algo em que desejasse pensar. Sangue escorrendo pelas sarjetas de Paris... Involuntariamente, ele olhou para o chão, mas as sarjetas estavam cheias da variedade habitual de dejetos animais e humanos, ratos mortos, e pedaços de lixo podres demais para serem resgatados como alimento até mesmo pelos mendigos.

Seguiu andando devagar pelas ruas cheias de gente, passando por La Chapelle e pelas Tulherias. Se caminhasse o suficiente, às vezes conseguia pegar no sono sem vinho.

Suspirando, abriu caminho com os cotovelos por um grupo de músicos de rua em frente a uma taverna e deu meia-volta em direção à rue Trémoulins. Havia dias em que a sua cabeça parecia um terreno cheio de arbustos espinhosos: para onde quer que se virasse, os espinhos o arranhavam, e não havia como se desvencilhar do emaranhado.

Apesar de não ser uma cidade grande, Paris era complexa; sempre havia outro caminho a percorrer. Ele atravessou a Place de la Concorde pensando no que

Claire tinha lhes contado, e vendo na imaginação a sombra de algo terrível que se aproximava.

Joan havia jantado com madre Hildegarde, uma senhora tão velha e tão sagrada que temera até respirar com força excessiva, com medo de ela se fragmentar feito um croissant seco e partir direto para o céu bem ali na sua frente. Mas madre Hildegarde tinha ficado encantada com a carta entregue por Joan; esta havia provocado um leve rubor em seu rosto.

– Da minha... ahn... – Por Marta, Maria e Lázaro, como era mesmo "madrasta" em francês? – Ahn... a esposa do meu... – Puxa, também não sabia como dizer "padrasto"! – Da esposa do meu pai – concluiu, com uma voz fraca.

– A senhorita é filha da minha querida amiga Claire! – exclamara a madre. – E como ela vai?

– Vai bem, ahn... *bon*, quero dizer, da última vez que a vi – respondeu Joan, então desistiu e aceitou o copo de vinho que madre Hildegarde lhe oferecia.

Iria virar uma pinguça bem antes de fazer seus votos. Tentou esconder o rosto corado se abaixando para acariciar o cachorrinho da madre, uma criatura peluda e simpática cor de açúcar queimado chamada Bouton.

Quer tivesse sido o vinho ou a gentileza da madre, sua mente inquieta se acalmou. A madre havia lhe dado as boas-vindas à comunidade e beijado sua testa no fim do jantar antes de entregá-la aos cuidados de irmã Eustacia para conhecer o convento.

Ela agora estava deitada em seu catre estreito no dormitório, ouvindo a respiração de uma dúzia de outras postulantes. O lugar soava como um curral cheio de vacas e tinha o mesmo cheiro morno e úmido. Só faltava o esterco. Seus olhos se encheram de lágrimas quando a visão do conhecido curral de pedra de Balriggan surgiu de maneira vívida em suas memórias. Ela as engoliu, porém. Algumas das meninas soluçavam baixinho, com saudades de casa e da família, mas ela não seria assim. Era mais velha do que a maioria – algumas não tinham mais de 14 anos – e havia prometido a Deus ser corajosa.

A tarde não fora ruim. Irmã Eustacia tinha sido muito gentil, e levado ela e duas outras postulantes para conhecer a propriedade murada, mostrando-lhes os grandes jardins onde o convento cultivava ervas medicinais e frutas e legumes para comer, a capela onde eram feitas as devoções seis vezes ao dia e rezada a Santa Missa pela manhã, os estábulos e as cozinhas onde elas se revezariam no trabalho – e o grande Hôpital des Anges, a principal obra da ordem. Mas elas só tinham visto o *hôpital* pelo lado de fora. No dia seguinte visitariam o interior, quando a irmã Marie-Amadeus lhes explicaria suas tarefas.

Era tudo estranho, claro, e ela só compreendia metade do que as pessoas lhe diziam. Também tinha certeza, pela expressão do rosto delas, de que entendiam menos ainda do que *ela* tentava lhes dizer. *Tudo bem.* Ela amava a disciplina espiritual e as horas de devoção, com a sensação de paz e unidade que tomava conta das irmãs quando cantavam e rezavam juntas. Amava a beleza simples da capela, assombrosa em seu asseio elegante, as linhas sólidas de granito e a graça da madeira entalhada, com um leve aroma de incenso a pairar no ar como o hálito dos anjos.

As postulantes rezavam junto com as outras, mas ainda sem cantar. Iriam receber instrução musical. Que empolgante! Segundo os boatos, madre Hildegarde havia sido uma musicista famosa quando jovem e considerava a música uma das formas mais importantes de devoção.

Pensar nas coisas novas que tinha visto, além das que estavam por vir, distraía seus pensamentos das lembranças da voz de sua mãe, do vento nos charcos, do... Ela as afastou depressa e estendeu a mão para seu terço novo, objeto de tamanho respeitável feito em contas lisas de madeira, belo e reconfortante entre os dedos.

Acima de tudo, havia paz. Ela não tinha ouvido uma palavra sequer das vozes, nem visto nada de estranho ou alarmante. Não era tola para pensar ter conseguido fugir de seu perigoso dom, mas pelo menos talvez houvesse ajuda caso retornassem.

E pelo menos ela já sabia latim suficiente para rezar o terço direito. Seu pai tinha lhe ensinado.

– *Ave Maria* – sussurrou. – *Gratia plena, Dominus tecum.*

Fechou os olhos, e os soluços das saudosas foram morrendo em seus ouvidos conforme as contas se moviam lentas e silenciosas entre seus dedos.

No dia seguinte

Em pé no corredor do barracão vetusto, Michael Murray se sentiu pequeno e irreal. Havia acordado com uma terrível dor de cabeça, resultado de ter bebido de barriga vazia tantos destilados misturados. Embora a dor houvesse arrefecido, até virar um latejar difuso na parte de trás de seu crânio, deixara-o com a sensação de ter sido atropelado e abandonado para morrer. Seu primo Jared, dono da Fraser et Cie., encarou-o com os olhos frios da longa experiência, balançou a cabeça, deu um profundo suspiro, mas não reclamou. Apenas pegou a lista de seus dedos entorpecidos e iniciou a contagem sozinho.

Ele desejou que Jared o tivesse repreendido. Todos ainda estavam cheios de dedos com ele. E, qual um curativo úmido sobre uma ferida, o seu cuidado mantinha a perda de Lillie aberta e purgando. Ver Léonie também não ajudava – tão parecida com Lillie fisicamente, tão diferente no temperamento. Ela dizia que os dois deviam se ajudar e se reconfortar e, para tanto, ia visitá-lo dia sim, dia não. Ele desejava que ela simplesmente fosse embora, mas pensar nisso lhe causava vergonha.

– Como vai a freirinha? – A voz de Jared, seca e direta como sempre, o arrancou de seus pensamentos sofridos e pastosos. – Deu a ela um bom presente de despedida antes do convento?

– Sim. Bem… sim. Mais ou menos.

Michael conseguiu abrir um sorriso fraco. Na verdade, tampouco queria pensar em irmã Gregória naquela manhã.

– O que deu para ela? – Jared entregou a lista a Humberto, o mestre italiano do barracão, e examinou Michael com um olhar avaliador. – Espero que não tenha sido o Rioja que deixou você assim.

– Ah… não. – Michael se esforçou para concentrar sua atenção. A atmosfera carregada do barracão, tomado pelas emanações frutadas dos barris em repouso, o estava deixando tonto. – Foi um Mosela. Em grande parte. E um pouco de ponche de rum.

– Ah, entendo. – A boca muito velha de Jared se ergueu num dos cantos. – Eu nunca lhe disse para não misturar vinho com rum?

– Só umas duzentas vezes.

Jared havia começado a se mover, e Michael foi obrigado a segui-lo pelo corredor estreito, com as fileiras de barris bem próximas umas das outras e de ambos os lados.

– O rum é um demônio. Mas o uísque é uma bebida virtuosa – disse Jared, detendo-se diante de um suporte com pequenos barris enegrecidos. – Contanto que seja de boa fabricação, ele nunca se vira contra quem bebe. Falando nisso… – Bateu na extremidade de um dos barris, que produziu o *tum* grave e ressonante de um tonel cheio. – O que é isto aqui? Chegou das docas hoje de manhã.

– Ah, sim. – Michael conteve um arroto e deu um sorriso dolorido. – Isso, primo, é o *uisge baugh* em homenagem a Ian Alastair Robert MacLeod Murray. Meu pai e tio Jamie o fabricaram durante o inverno. Acharam que você poderia gostar de um barrilzinho para seu uso pessoal.

Jared arqueou as sobrancelhas e lançou um olhar de viés para Michael. Então examinou o barril, inclinando-se mais para perto a fim de cheirar a costura entre a tampa e as ripas.

– Eu provei – garantiu-lhe Michael. – Não acho que vá envenená-lo. Mas talvez você deva deixá-lo envelhecer alguns anos.

Jared produziu um ruído gutural e sua mão se curvou delicadamente por cima da concavidade das ripas. Ele passou alguns instantes assim, como quem concede uma bênção, então deu um abraço em Michael. Tinha a respiração rouca, congestionada de tristeza. Era anos mais velho do que seu pai e tio Jamie, mas havia conhecido ambos durante toda a vida.

– Eu sinto muito pelo seu pai, rapaz – falou.

Após alguns instantes, ele soltou-o do abraço e deu uns tapinhas no ombro de Michael. Olhou para o barril e farejou profundamente.

– Posso sentir que vai ficar bom. – Ele fez uma pausa, respirando devagar, então meneou a cabeça uma vez só, como se houvesse tomado uma decisão.

– Andei pensando uma coisa, *a charaid*. Estava pensando... como você foi à Escócia, e agora que temos uma parente na igreja, por assim dizer... Venha até o escritório comigo.

Fazia frio na rua, mas a sala dos fundos do ourives era aconchegante como um útero, com um forno de porcelana latejando de tão quente e tapeçarias de lã nas paredes. Rakoczy desatou o lenço de lã do pescoço. Não era de bom-tom suar dentro de casa. O suor esfriava assim que a pessoa tornava a sair. Quando ela se dava conta, transformava-se, no melhor dos casos, em *la grippe*, ou, no pior, em pleurisia ou pneumonia.

O próprio Rosenwald estava à vontade de camisa e colete, sem peruca, apenas com um turbante cor de ameixa para manter aquecido seu couro cabeludo pelado. Os dedos socados do ourives traçaram o contorno da salva oitavada, viraram-na de cabeça para baixo... e estacaram. Rakoczy sentiu um formigamento de alerta na base da coluna e deliberadamente relaxou, fingindo uma segurança casual.

– Onde conseguiu isto aqui, monsieur, se me permite a pergunta?

Rosenwald ergueu os olhos para ele, mas não havia acusação no rosto envelhecido do ourives, apenas uma animação cautelosa.

– Foi uma herança – respondeu Rakoczy, irradiando uma inocência animada. – Uma tia idosa me deixou junto com algumas outras peças. Ela vale alguma coisa a mais do que o valor da prata?

Olhando para Rakoczy, o ourives abriu a boca e, logo em seguida, a fechou. *Seria ele honesto?*, pensou Rakoczy. *Ele já me falou que é algo especial. Será que vai me dizer por quê, na esperança de conseguir outras peças? Ou será que vai mentir para conseguir esta daqui a um bom preço?*

Rosenwald tinha boa reputação, mas era judeu.

– Paul de Lamerie – disse o ourives num tom reverente, acompanhando a marca com o indicador. – Isto aqui foi fabricado por Paul de Lamerie.

Um choque percorreu a espinha de Rakoczy. *Merde!* Ele tinha trazido a salva errada!

– É mesmo? – indagou, tentando soar apenas curioso. – Isso significa alguma coisa?

Significa que eu sou um tonto, pensou, e cogitou se deveria arrancar a salva da mão do ourives e ir embora dali na mesma hora. O ourives, porém, a havia levado embora para examiná-la mais de perto sob a lamparina.

– De Lamerie foi um dos melhores ourives de Londres... talvez do mundo inteiro – disse Rosenwald, praticamente com seus botões.

– É mesmo? – repetiu Rakoczy com educação.

Estava suando em bicas. *Nom d'une pipe!* Mas esperem... Rosenwald tinha dito "foi". Então De Lamerie já tinha morrido, graças a Deus. Talvez o duque de Sandringham, de quem ele havia roubado a salva, também já tivesse morrido? Começou a respirar mais aliviado.

Nunca vendia nada que pudesse ser identificado num intervalo menor que cem anos da sua aquisição; esse era o seu princípio. Tinha ganhado outra salva de um comerciante rico numa partida de carteado nos Países Baixos em 1630. Aquela dali ele havia roubado em 1745 – uma data próxima demais para ser confortável. Mesmo assim...

Seus pensamentos foram interrompidos pelo toque da sineta de prata acima da porta. Ao se virar, ele viu um rapaz entrar e retirar o chapéu para revelar uma surpreendente cabeleira ruivo-escura. Estava vestido *à la mode* e se dirigiu ao ourives num francês parisiense perfeito, mas não parecia francês. Um rosto de nariz comprido e olhos levemente puxados. Aquele rosto lhe parecia familiar. No entanto, Rakoczy tinha certeza de nunca ter visto aquele homem antes.

– Por favor, continue o que estava fazendo, senhor – disse o rapaz com uma mesura cortês. – Não foi minha intenção interromper.

– Não, não – disse Rakoczy, dando um passo à frente. Com um gesto, chamou o rapaz para se aproximar da bancada. – Por favor, vá em frente. Monsieur Rosenwald e eu estamos apenas debatendo o valor desta peça. Vai ser preciso pensar um pouco.

Ele estendeu um braço depressa e pegou a salva, sentindo-se um pouco melhor com ela apertada junto ao peito. Não estava bem certo. Caso decidisse que vender era arriscado demais, poderia ir embora discretamente enquanto Rosenwald estava entretido com o rapaz ruivo.

O judeu fez uma cara espantada, mas, após hesitar alguns instantes, aquiesceu e se virou para o rapaz, que se apresentou como certo Michael Murray, sócio da Fraser et Cie., negociantes de vinho.

– Creio que o senhor conhece meu primo, Jared Fraser?

O rosto redondo de Rosenwald se animou na mesma hora.

– Ah, mas claro, senhor! Um homem de gosto e juízo apuradíssimos. Fabriquei para ele uma cisterna de vinho com motivo de girassóis não faz nem um ano!

– Eu sei. – O rapaz deu um sorriso bem aberto, estreitando os olhos, e a sineta de reconhecimento tornou a soar. Mas o nome não tinha qualquer familiaridade para Rakoczy... somente o semblante. Mesmo assim, apenas de modo vago.

– Meu tio tem outra encomenda para o senhor, se for do seu agrado.

– Eu nunca recuso um trabalho honesto, monsieur.

Pelo prazer patente no rosto rubicundo do ourives, um trabalho honesto muito bem-remunerado era ainda mais bem-vindo.

– Bem, nesse caso... se me permite.

O rapaz sacou do bolso um papel dobrado, mas virou-se parcialmente para Rakoczy com o cenho erguido numa expressão interrogativa. Rakoczy lhe indicou com um gesto que prosseguisse e foi examinar uma caixa de música sobre a bancada, uma coisa imensa, do tamanho da cabeça de uma vaca, coroada por uma ninfa quase nua enfeitada com as mais diáfanas vestes de ouro e dançando em cima de cogumelos e flores na companhia de um grande sapo.

– Um cálice – disse Murray com o papel desdobrado sobre a bancada. Com o rabo do olho, Rakoczy pôde ver que o papel continha uma lista de nomes. – É um presente para a capela do Couvent des Anges em homenagem ao meu finado pai. Uma jovem prima minha acaba de ingressar como postulante – explicou ele. – Então monsieur Fraser julgou que era o melhor lugar.

– Excelente escolha. – Rosenwald pegou a lista. – E o senhor deseja que todos esses nomes sejam inscritos?

– Sim, se possível.

– Monsieur! – Profissionalmente ofendido, Rosenwald indicou com a mão. – São os filhos do seu pai?

– Sim, esses de baixo. – Murray se curvou por cima da bancada e foi correndo os dedos pelas linhas conforme pronunciava cuidadosamente os nomes exóticos. – Aqui no alto estão os nomes dos meus pais: Ian Alastair Robert MacLeod Murray e Janet Flora Arabella Fraser Murray. Mas eu também, quero dizer, nós também queremos estes dois nomes: James Alexander Malcolm MacKenzie Fraser e Claire Elizabeth Beauchamp Fraser. São meu tio e minha tia. Meu tio era muito próximo do meu pai – explicou ele. – Quase um irmão.

Ele prosseguiu dizendo alguma outra coisa, mas Rakoczy não estava mais escutando. Agarrou a borda da bancada e teve a impressão de que a ninfa o encarava com lascívia quando sua visão estremeceu.

Claire Fraser. Era esse o nome da mulher, e o marido se chamava James, um senhor de terras escocês das Terras Altas. Era com ele que o rapaz se parecia, embora não fosse tão imponente… Mas La Dame Blanche! Era ela, tinha que ser.

E no instante seguinte o ourives confirmou isso, endireitando o corpo curvado acima da lista com uma expressão de súbita cautela, como se um dos nomes pudesse pular do papel e mordê-lo.

– Esse nome… a sua tia, não é? Seu tio e ela já moraram aqui em Paris?

– Sim – respondeu Murray, parecendo levemente surpreso. – Talvez há uns trinta anos… mas só por um tempo curto. O senhor a conheceu?

– Ah. Não cheguei a conhecê-la – disse Rosenwald com um sorriso torto. – Mas ela era… famosa. As pessoas a chamavam de La Dame Blanche.

Murray piscou, claramente surpreso ao escutar isso.

– É mesmo? – Pela expressão, ele estava um tanto consternado.

– Sim, mas tudo isso já faz muito tempo – retrucou Rosenwald, obviamente julgando que havia falado demais. Ele acenou a mão em direção à sala dos fundos. – Se me der um instantinho, monsieur, eu tenho um cálice aqui, se quiser olhar… e uma pátena também. Se o senhor levar os dois, talvez possamos fazer um ajuste no preço. Eles foram fabricados para um cliente que morreu de repente, antes de o cálice ficar pronto, de modo que quase não há decorações... e há espaço de sobra para gravar os nomes, e quem sabe nós possamos colocar a, ahn, a tia e o tio na pátena?

Ao gesto de Rosenwald, Murray aquiesceu, interessado. Deu a volta na bancada e seguiu o velho até a sala dos fundos. Rakoczy pôs debaixo do braço a salva oitavada e se retirou, o mais silenciosamente possível, com a cabeça zumbindo de tantas perguntas.

Jared espiou Michael por sobre a mesa de jantar, balançou a cabeça e se curvou em direção ao prato.

– Eu não estou bêbado! – disparou Michael e, em seguida, abaixou a cabeça também, com o rosto em chamas.

Pôde sentir os olhos de Jared fulminarem seu cocuruto.

– Não, no momento não. – Jared não falou num tom de acusação. Na verdade, seu tom foi tranquilo, quase bondoso. – Mas já esteve. Não tocou seu jantar, e está com a mesma cor da cera podre.

– Eu...

As palavras ficaram entaladas na sua garganta do mesmo jeito que a comida acabara de fazer. Enguias ao molho de alho. O cheiro se ergueu do prato e ele se levantou de repente, com medo de vomitar ou então cair no choro.

– Estou sem fome, primo – conseguiu dizer antes de virar as costas. – Com licença.

Teria ido embora, mas hesitou um segundo além da conta, sem querer subir para o quarto onde Lillie já não estava, mas tampouco querendo parecer petulante saindo às carreiras para a rua. Jared se levantou e deu a volta até ele com um passo decidido.

– Também não estou com muita fome, *a charaid* – falou, segurando Michael pelo braço. – Venha sentar comigo um pouco e tomar um uísque. Vai aliviar seu estômago.

Não era bem isso que Michael queria fazer, mas não conseguiu pensar em mais nada, e poucos segundos depois se viu diante de uma lareira onde ardia um fogo perfumado por lenha de macieira com um copo do uísque do pai na mão, e o calor de ambos aliviou a tensão de seu peito e de sua garganta. Sabia que aquilo não iria curar sua infelicidade, mas tornava possível respirar.

– Da melhor qualidade – elogiou Jared, farejando com cautela, mas com aprovação. – Mesmo jovem assim. Depois de envelhecer alguns anos vai ficar maravilhoso.

– Sim. Tio Jamie sabe o que faz. Ele contou que já fabricou uísque muitas vezes na América.

Jared deu uma risadinha.

– Seu tio Jamie em geral sabe o que faz – falou. – Não que o fato de saber o proteja dos problemas. – Ele mudou de posição para ficar mais à vontade na poltrona gasta de couro. – Não fosse o Levante, ele provavelmente teria ficado aqui comigo. É, bem...

O velho deu um suspiro de nostalgia e ergueu o copo para examinar a bebida. Como fazia poucos meses que estava no barril, o líquido ainda era quase tão cristalino quanto a água, mas tinha o aspecto levemente viscoso de um destilado de boa qualidade, como se fosse capaz de subir pelo copo e fugir se você despregasse o olho.

– Se ele tivesse ficado, imagino que eu não estaria aqui – disse Michael, seco.

Jared o encarou com surpresa.

– Ora, rapaz! Não foi minha intenção dizer que você é um mau substituto para Jamie. – Ele deu um sorriso torto, e seus olhos de sobrancelhas frondosas umedeceram. – De forma alguma. Você foi a melhor coisa que já me aconteceu. Você e a pequena e querida Lillie, e... – Ele pigarreou. – Eu... bem, não posso dizer nada que vá ajudar, sei disso. Mas... nem sempre vai ser assim.

– Não? – indagou Michael, desanimado. – Sim, se você está dizendo eu vou acreditar.

Um silêncio se abateu sobre os dois, rompido apenas pelos sibilos e estalos da lareira. A menção do nome de Lillie foi como uma sovela a perfurar seu esterno, e ele bebeu um gole generoso do uísque para conter a dor. Talvez Jared tivesse razão em comentar com ele sobre a bebida. Beber ajudava, mas não era o bastante. E a ajuda não durava. Estava cansado de acordar triste e com dor de cabeça.

Para evitar pensar em Lillie, sua mente se agarrou a tio Jamie. Ele também havia perdido a esposa, e isso partira sua alma ao meio. Então sua esposa tinha voltado, e ele se transformara em outro homem. Mas entre uma coisa e outra... tio Jamie tinha se virado, havia arrumado um jeito de viver.

Pensar em tia Claire lhe proporcionou uma leve sensação de conforto: contanto que ele não pensasse muito no que havia contado à família, em quem – ou no quê – ela era e em onde estivera quando passara aqueles vinte anos desaparecida. Os irmãos e as irmãs tinham conversado posteriormente sobre o assunto: o Jovem Jamie e Kitty não acreditavam numa só palavra, enquanto Maggie e Janet não tinham certeza. Mas o Jovem Ian acreditava, e isso para Michael contava muito. E ela havia olhado para ele, diretamente para ele, ao falar sobre o que iria acontecer em Paris. A lembrança lhe provocou o mesmo leve calafrio de horror.

O Terror. É assim que vai se chamar, e é isso que vai ser. Pessoas serão presas sem motivo e decapitadas na Place de la Concorde. O sangue vai correr pelas ruas. Ninguém, ninguém mesmo, estará seguro.

Olhou para o primo: embora ainda bastante vigoroso, Jared era um homem velho. Michael sabia que não havia como convencê-lo a ir embora de Paris e abandonar seu comércio de vinhos. Mas, se tia Claire tivesse razão, ainda iria demorar um pouco. Não era preciso pensar nisso agora. Mas ela parecera tão certa, como uma vidente, falando de um ponto de vista após tudo já ter acontecido, de uma época mais segura.

Mesmo assim, ela havia voltado dessa época segura para ficar com tio Jamie.

Por alguns instantes, Michael acalentou a fantasia de que Lillie não tinha morrido, apenas sido levada embora para uma época distante. Não podia vê-la nem tocá-la, mas saber que ela estava fazendo coisas, que estava viva... Talvez o fato de saber disso é que manteve tio Jamie inteiro. Ele engoliu em seco.

– Jared – falou, após pigarrear também. – O que você achava de tia Claire? Quando ela morava aqui?

Jared pareceu surpreso, mas baixou o copo até o joelho e franziu os lábios enquanto refletia.

– Era uma moça bonita, isso eu posso dizer – respondeu ele. – Muito bonita. Mas com uma língua que parecia o lado áspero de uma lixa quando cismava com alguma coisa... e dona de opiniões decididas. – Ele aquiesceu duas vezes, como se estivesse recordando algumas dessas opiniões, e de repente sorriu. – Muito decidida mesmo!

– Ah, é? O ourives... Rosenwald, sabe quem é? Ele a mencionou quando fui encomendar o cálice e ele viu o nome dela na lista. Chamou-a de La Dame Blanche.

A última frase não foi pronunciada em tom de pergunta, mas Michael imprimiu nela uma leve inflexão ascendente, e Jared aquiesceu e alargou o sorriso até mostrar os dentes.

– Ah, sim, eu me lembro disso! Foi uma invenção de Jamie. De vez em quando ela ia parar em lugares perigosos sem ele... Você sabe como tem gente com quem esse tipo de coisa simplesmente acontece. Então ele começou a espalhar que ela era La Dame Blanche. Você sabe o que é uma Dama Branca, não sabe?

Michael se benzeu. Jared fez o mesmo e aquiesceu.

– Sim, isso mesmo. De fazer pensar duas vezes qualquer patife malvado com intenção de cometer alguma vilania. Uma Dama Branca tem o poder de cegar ou de fazer as bolas de um homem secarem, mais algumas coisinhas caso lhe apeteça. E eu seria o último a dizer que Claire Fraser não seria capaz dessas coisas caso decidisse. – Jared ergueu o copo até a boca com um ar ausente, sorveu um gole maior do que pretendia da bebida forte e tossiu, cuspindo gotículas do uísque comemorativo até o meio do recinto.

Para seu espanto, Michael deu uma risada.

Ainda tossindo, Jared limpou a boca, mas então endireitou as costas e ergueu o copo, que ainda continha algumas gotas.

– Ao seu pai! *Slàinte mhath!*

– *Slàinte!* – repetiu Michael, e secou o que restava no próprio copo. Então o colocou sobre a mesa com um ar decidido e se levantou. Não iria mais beber naquela noite.

– *Oidhche mhath, mo bràthair-athar no mathar.*

– Boa noite, rapaz – disse Jared. O fogo da lareira, agora baixo, ainda lançava sobre o rosto do velho uma luz quente e avermelhada. – Durma bem.

Na noite seguinte

Michael deixou cair a chave várias vezes antes de finalmente conseguir girá-la na antiquada fechadura. Não era bebida. Não havia bebido uma gota desde o vinho no jantar. O que tinha feito, isso sim, fora percorrer a cidade inteira a pé, ida e volta, acompanhado apenas pelos próprios pensamentos. Seu corpo inteiro tremia e ele estava atarantado de cansaço, mas tinha certeza de que conseguiria dormir. Segundo ordens suas, Jean-Baptiste não havia travado a porta com a barra, mas um dos lacaios roncava esparramado num divã no hall de entrada. Ele sorriu de leve, ainda que precisasse se esforçar para erguer os cantos da boca.

– Tranque a porta e vá para a cama, Alphonse – sussurrou, curvando-se para sacudir o homem de leve pelo ombro.

O lacaio se mexeu e roncou, mas Michael não esperou para ver se havia despertado por completo. No patamar da escada havia um minúsculo lampião a óleo aceso, um pequeno globo de vidro redondo com as cores vivas de Murano. Estava ali desde o primeiro dia em que ele havia chegado da Escócia para morar com Jared, anos antes, e ver o lampião o tranquilizou e impeliu seu corpo dolorido a subir os degraus largos e escuros.

À noite, a casa rangia e falava sozinha; todas as casas velhas faziam isso. Nessa noite, porém, ela estava silenciosa, o grande telhado com juntas de cobre frio e as imensas vigas entregues à sonolência.

Ele jogou as roupas longe e entrou na cama nu, com a cabeça girando. Cansado como estava, sentiu a carne tremer e pulsar, as pernas chutarem como as de um sapo no espeto, antes de finalmente relaxar o suficiente para mergulhar de cabeça no caldeirão fumegante de sonhos que o aguardava.

Ela estava lá, claro. Rindo para ele, brincando com seu ridículo pug. Correndo a mão cheia de desejo por seu rosto, descendo pelo pescoço, aproximando o corpo mais e mais. Então eles de alguma forma estavam na cama, com o vento a soprar fresco por entre cortinas de gaze, fresco demais. Ele sentiu frio, mas então o calor dela se aproximou, encostado nele. Ele sentiu um desejo imenso, mas, ao mesmo tempo, teve medo dela. Ela lhe pareceu conhecida e desconhecida – e essa mistura o empolgou.

Estendeu as mãos para tocá-la e descobriu que não conseguia levantar os braços, não conseguia se mexer. Mas ela estava ali, encostada nele, contorcendo-se num lento remelexo de desejo, ávida e provocante. Como acontece nos sonhos, ele estava ao mesmo tempo na sua frente, atrás dela, tocando-a e olhando de longe. Luz de velas sobre seios nus, o peso de nádegas sólidas ocultadas por sombra, dobras de tecido branco se abrindo ao cair, uma perna roliça e firme estendida, um dedo do pé pontudo explorando delicadamente suas pernas. Urgência.

Ela então estava aconchegada atrás dele, beijando a parte de trás de seu pescoço, e ele estendeu as mãos para trás, tentando agarrá-la, mas suas mãos estavam pesadas, suspensas. Escorregaram por cima dela, impotentes. As dela no seu corpo estavam firmes, mais do que firmes. Ela o segurava pelo pau, masturbando-o. Masturbando-o com força, com força e rapidez. Ele arqueou as costas e deu um suspiro, subitamente liberto da imobilidade pantanosa do sonho. Ela afrouxou os dedos e tentou soltar, mas ele fechou as mãos ao redor da sua e a incentivou a continuar com mais força, para cima e para baixo, com uma ferocidade repleta de alegria. Por fim, derramou-se convulsivamente em jatos quentes e molhados contra a própria barriga, o líquido espesso escorrendo por entre as suas mãos fechadas.

Ela produziu um som de repulsa horrorizada, e ele abriu os olhos depressa. Um par de olhos imensos e esbugalhados o encarava por cima de uma boca de gárgula cheia de dentes pequeninos e afiados. Ele gritou.

Plonplon pulou da cama e começou a correr de um lado para outro enquanto dava latidos histéricos. Havia um corpo atrás dele. Michael pulou da cama, emaranhado num bolo úmido e pegajoso de lençóis, então caiu no chão e rolou, em pânico.

– Meu Deus, meu Deus, meu Deus!

De joelhos, escancarou a boca, esfregou as mãos no rosto e balançou a cabeça. *Não conseguia* entender aquilo, não conseguia.

– Lillie – falou, num arquejo. – Lillie!

Mas a mulher na sua cama, com lágrimas a escorrer pelo rosto, aquela mulher não era Lillie. Ele percebeu isso com uma contração das entranhas que o fez grunhir e dobrar o corpo com a consternação de uma nova perda.

– Ah, meu Deus!

– Michael, Michael, por favor, me perdoe!

– Você… O quê… *pelo amor* de Deus…!

Léonie chorava histericamente, com os braços estendidos na sua direção.

– Eu não consegui evitar. Estou me sentindo tão sozinha, desejava tanto você!

Plonplon havia parado de latir, e nesse instante se aproximou por trás de Michael e começou a farejar seu traseiro com uma lufada de hálito quente e úmido.

– *Va-t'en!*

O pug recuou e começou a latir outra vez, com os olhos esbugalhados de indignação.

Incapaz de encontrar qualquer palavra adequada àquela situação, Michael agarrou o cachorro e o fez calar com um pedaço embolado de lençol. Sem soltar o pug que se contorcia, levantou-se, cambaleante.

– Eu… Você… quero dizer… Ah, meu Deus!

Ele se inclinou e colocou o cãozinho sobre a cama com cuidado. Plonplon se desvencilhou na mesma hora do lençol e correu em direção a Léonie, a quem começou a lamber com afã. Michael havia cogitado lhe dar o cachorro após a morte de Lillie, mas por algum motivo isso lhe parecera uma traição à antiga dona do pug e quase o fizera chorar.

– Eu não posso – disse ele apenas. – Eu simplesmente não posso. Vá dormir agora, menina. Falamos sobre isso depois, sim?

Ele saiu, caminhando com cuidado como se estivesse bêbado, e fechou a porta com delicadeza atrás de si. Desceu a escada principal até a metade antes de perceber que estava nu. Ficou ali parado, sem pensar em nada, observando as cores do lampião de Murano se apagarem conforme a luz do dia se intensificava lá fora, até Paul o ver, correr para enrolá-lo numa capa e conduzi-lo até a cama num dos quartos de hóspedes.

O clube de carteado preferido de Rakoczy era o Galo de Ouro, e a parede do salão principal era coberta por uma tapeçaria retratando esse animal em fio de ouro, com as asas abertas e o papo inchado num canto de triunfo diante da mão vencedora disposta na sua frente. Era um lugar alegre, que recebia uma mistura de comerciantes ricos e membros da pequena nobreza, e o ar recendia a especiarias com os aromas misturados de cera de vela, pólvora, perfume e dinheiro.

Ele havia cogitado ir ao escritório da Fraser et Cie., inventar alguma desculpa para falar com Michael Murray e dar um jeito de perguntar sobre o paradeiro da tia do rapaz. Pensando bem, contudo, achou que essa atitude poderia deixar Murray desconfiado – e possivelmente fazer com que a mulher ficasse sabendo, caso ela estivesse em algum lugar de Paris. Essa era a última coisa que ele desejava ver acontecer.

Talvez fosse melhor conduzir suas investigações de uma distância mais segura. Ficara sabendo que Murray de vez em quando ia ao Galo, embora ele nunca o tivesse visto ali. Mas se ele era conhecido…

Foram necessárias várias noites de jogo, vinho e conversas antes de ele encontrar Charles Pépin. Pépin era um exibido, um apostador descuidado e um homem que gostava de falar. E de beber. Era também um bom amigo do jovem comerciante de vinho.

– Ah, a freira! – exclamou ele depois de ouvir Rakoczy mencionar, após a segunda garrafa, que Murray tinha uma jovem parente que havia entrado recentemente para o convento. Pépin riu, com o rosto bonito corado.

– A freira menos provável que eu já vi… Uma bunda capaz de fazer o arcebispo de Paris esquecer os votos, e ele deve ter uns 86 anos. Não fala nada de francês… a moça, não o arcebispo. Não que eu, por minha parte, fosse querer entabular muita conversa caso a tivesse só para mim, se é que o senhor me entende… Ela é escocesa; um sotaque horroroso…

– Escocesa, o senhor diz. – Rakoczy segurou uma carta com um ar pensativo. Em seguida, ele a pôs na mesa. – Ela é prima de Murray… Será que poderia ser filha do tio dele chamado James?

Por alguns instantes, Pépin pareceu não entender.

– Eu na verdade não… Ah, sim, eu sei sim! – Ele deu uma sonora risada, e jogou sobre a mesa sua mão perdedora. – Pobre de mim. Sim, ela disse que o pai se chamava Jay-mee, daquele jeito que os escoceses falam; deve ser esse tal de James.

Rakoczy sentiu um arrepio de expectativa subir por sua espinha. *Sim!* A sensação de triunfo foi logo seguida por uma conclusão que o deixou sem ar. A moça era filha de La Dame Blanche.

– Entendo – falou, casual. – E para qual convento o senhor disse que a moça entrou?

Para sua surpresa, Pépin lhe lançou um súbito olhar incisivo.

– Por que o senhor quer saber?

Rakoczy deu de ombros enquanto raciocinava depressa.

– Uma aposta – falou, com um sorriso. – Se ela for mesmo tão apetitosa quanto o senhor diz… aposto 500 *louis* que consigo levá-la para a cama antes de ela fazer os primeiros votos.

Pépin deu um muxoxo.

– Ah, nunca! Ela é uma delícia, mas não sabe que é. E é virtuosa, eu poderia jurar. O senhor acha que pode seduzi-la dentro do convento?

Rakoczy se recostou na cadeira e pediu com um gesto mais uma garrafa.

– Nesse caso… o que o senhor tem a perder?

No dia seguinte

Ela sentiu o cheiro do *hôpital* antes de o pequeno grupo de novas postulantes chegar à porta. Elas andavam em pares, treinando a guarda das vistas, mas ela não pôde evitar erguer os olhos para o prédio, um château de três andares, na origem uma residência nobre que – segundo os boatos – fora dada a madre Hildegarde por seu pai como parte de um dote quando ela havia entrado para a igreja. O lugar tinha se transformado numa casa conventual, e então, aos poucos, fora se dedicando cada vez mais ao cuidado dos doentes, e as freiras tinham se mudado para o novo château construído no mesmo terreno.

Era uma linda casa antiga… por fora. No entanto, o cheiro de doença, urina, fezes e vômito pairava sobre ela feito um véu. Joan torceu para não vomitar. A pequena postulante ao seu lado, irmã Miséricorde de Dieu (conhecida por todas apenas como Misericórdia), estava pálida e tinha os olhos fixos no chão, mas obviamente não o estava vendo. Pisou em cheio numa lesma e deu um pequeno grito de horror quando o molusco foi esmagado pelo seu calçado.

Joan desviou o olhar depressa. Tinha certeza de que nunca iria dominar a guarda das vistas. Nem a guarda do pensamento.

O que a perturbava não era pensar nos doentes. Já tinha visto pessoas doentes, e elas não esperariam dela mais do que asseá-las e lhes dar de comer; disso ela poderia dar conta sem dificuldade. Era o medo de ver os que estavam prestes a morrer – pois com certeza devia haver muitos assim num hospital – e do que as vozes poderiam dizer sobre *eles*.

No fim das contas, as vozes não tinham nada a dizer. Nenhuma palavra, e em pouco tempo ela começou a perder o nervosismo. *Podia* fazer aquilo. Para sua surpresa, agradou-lhe bastante a sensação de competência, a gratificação de poder aliviar a dor dos outros, de lhes dedicar pelo menos um pouco de atenção – e se o seu francês os fizesse rir (e fazia), pelo menos isso os distraía por alguns instantes da dor e do medo.

Havia os que estavam sob o véu da morte. Somente uns poucos, porém, e de certa forma isso lhe pareceu bem menos chocante ali do que quando tinha visto o véu sobre o menino de Vhairi ou o rapaz do navio. Talvez fosse resignação, talvez influência dos anjos em homenagem aos quais o *hôpital* fora batizado… Joan não sabia dizer, mas constatou que não tinha medo de falar ou de tocar aqueles que sabia que iriam morrer. Aliás, observou que as outras irmãs, e até mesmo as serventes, tratavam essas pessoas com bondade, e lhe ocorreu que não era preciso nenhum dom de vidência específico para saber que o homem com a doença degenerativa cujos ossos despontavam através da pele não tinha mais muito tempo neste mundo.

Toque nele, disse uma voz dentro da sua cabeça. *Reconforte-o.*

– Está bem – disse ela, e respirou fundo.

Não tinha a menor ideia de como reconfortar alguém, mas deu um banho no homem, com a maior delicadeza de que foi capaz, e o convenceu a comer algumas colheradas de mingau. Então o acomodou na cama, ajeitou seu camisolão de dormir e o fino cobertor por cima dele.

– Obrigado, irmã – disse o homem, então pegou sua mão e a beijou. – Obrigado pelo seu toque encantador.

Nessa noite, Joan voltou para o dormitório das postulantes um tanto pensativa, mas com uma estranha sensação de estar à beira de uma descoberta importante.

À noite

Rakoczy estava deitado com a cabeça no peito de Madeleine, de olhos fechados, inalando o perfume do corpo dela, sentindo-a inteira entre as palmas das mãos, uma entidade de luz a pulsar lentamente. Sua cor era um suave dourado entremeado por veios de um azul incandescente, o coração escuro como lápis-lazúli debaixo da sua orelha, uma pedra viva. E bem lá no fundo seu útero vermelho, aberto e mole. Refúgio e socorro. Promessa.

Mélisande havia lhe mostrado os rudimentos da magia sexual, e ele tinha lido a respeito com grande interesse em alguns dos textos alquímicos mais antigos. No entanto, nunca havia experimentado com uma puta – na verdade, não estava tentando fazê-lo. Porém acontecera. Ele podia ver o milagre se desdobrando devagar na sua frente, sob as suas mãos.

Que estranho, pensou, sonhadoramente, enquanto observava as minúsculas partículas de energia verde se espalharem para cima pelo útero dela, de forma lenta, porém inexorável. Pensava que fosse instantâneo, que a semente masculina se enraizasse na mulher e pronto. Mas não era nada disso que estava acontecendo. Ele via agora que havia *dois* tipos de semente. Madeleine tinha um dos tipos; podia senti-lo de forma clara, um pontinho brilhante que irradiava luz feito um potente e minúsculo sol. E as suas – os minúsculos *animalcula* verdes – estavam sendo atraídas para ela, decididas a se imolar.

– Está feliz, *chéri?* – sussurrou ela enquanto acariciava seus cabelos. – Divertiu-se?

– Estou muito feliz, meu amor.

Rakoczy desejou que ela não falasse, mas um sentimento inesperado de ternura em relação a ela o fez se sentar e sorrir. Madeleine também começou a se sentar estendendo a mão para o pano limpo e a seringa de lavagem, e ele pôs a mão no seu ombro e a incentivou a se deitar outra vez.

– Não faça lavagem hoje, *ma belle* – pediu. – Como um favor para mim.

– Mas... – Ela não entendeu. Ele em geral se mostrava insistente em relação à limpeza. – Você *quer* que eu engravide?

Pois ele a havia impedido também de usar a esponja embebida em vinho antes.

– Sim, claro – disse ele, surpreso. – Madame Fabienne não avisou?

A boca de Madeleine se escancarou.

– *Não*, ela não falou. Por quê, pelo amor de Deus? – Nervosa, ela se desvencilhou da mão dele, dependurou as pernas para fora da cama e estendeu a mão para o robe. – Você não vai... O que pretende fazer com a criança?

– Fazer com a criança? – repetiu ele, piscando. – Como assim, fazer com a criança?

Já vestida com o robe, que havia puxado de qualquer maneira em volta dos ombros, Madeleine tinha recuado até a parede e estava com as mãos espalmadas sobre a barriga, encarando-o com um medo patente.

– Você é um *magicien*; todo mundo sabe disso. Pega bebês recém-nascidos e usa o sangue deles nos seus feitiços!

– O quê? – indagou ele, um tanto estupidamente.

Rakoczy estendeu a mão para a calça, mas mudou de ideia. Em vez disso, levantou-se, foi até ela e levou as mãos aos seus ombros.

– Não – falou, curvando-se para encará-la. – Não, eu não faço nada disso. Nunca fiz.

Usou toda a sinceridade que foi capaz de reunir, empurrando-a para dentro dela, e a sentiu titubear um pouco, ainda temerosa, porém menos convicta. Sorriu para ela.

– Quem disse que eu era um *magicien*, pelo amor dos céus? Eu sou um *philosophe*, *chérie*... um investigador dos mistérios da natureza, só isso. E posso jurar a você, pela fé que tenho no paraíso, que eu nunca usei nada além da água de um filhote de homem nas minhas experiências.

Sua fé no paraíso era mais ou menos nula, mas para que polemizar?

– O quê, xixi de menino? – disse ela, distraída.

Ele deixou a mão relaxar, mas a manteve em seu ombro.

– Com certeza. É a água mais pura que se pode encontrar. Coletá-la é um pouco trabalhoso, veja bem… – Isso a fez sorrir. Ótimo. – Mas o processo não faz mal algum ao bebê, que vai expelir a água quer alguém tenha uma utilidade para ela ou não.

– Ah!

Ela estava começando a relaxar, mas suas mãos continuavam pressionadas de forma protetora sobre a barriga, como se já pudesse sentir a semente do filho. *Ainda não*, pensou ele, puxando-a contra si. *Mas em breve!* Pensou se deveria ficar com ela até acontecer. Sentir aquilo se desenvolvendo dentro dela, ser uma testemunha íntima da criação da própria vida! Mas não havia como saber quanto tempo poderia levar. A julgar pela progressão de seus *animalcula*, poderia ser um dia, dois até.

Magia, de fato.

Por que os homens nunca pensam nisso?, perguntou-se. A maioria dos homens, incluindo ele próprio, considerava o ato de gerar bebês uma necessidade, no caso de uma herança, ou então um estorvo, mas *aquilo…* Pensando bem, contudo, a maioria dos homens nus não saberia o que ele agora sabia nem veria o que ele tinha visto.

Madeleine havia começado a relaxar junto dele e finalmente tirou as mãos da barriga. Ele a beijou com um sentimento genuíno de afeto.

– Vai ser um lindo bebê – sussurrou-lhe. – E quando você estiver de fato grávida eu vou comprar seu contrato de Fabienne e levar você embora. Vou comprar uma casa para você.

– Uma *casa*?

Os olhos dela se arregalaram. Eram verdes, um verde-esmeralda escuro e límpido, e ele tornou a lhe sorrir e deu um passo para trás.

– Claro. Agora vá dormir, querida. Voltarei amanhã.

Ela o abraçou, e ele teve alguma dificuldade para se desvencilhar do abraço, aos risos. Em geral saía da cama de uma puta sem qualquer sentimento a não ser o alívio físico. Mas o que ele acabara de fazer tinha formado uma conexão com Madeleine que ele não experimentara com mulher alguma exceto Mélisande.

Mélisande. Um pensamento súbito o varou como a centelha de uma garrafa de Leyden. *Mélisande.*

Ele olhou com atenção para Madeleine, que agora engatinhava de volta para a cama com o traseiro branco alegremente despido após ter jogado o robe para o lado. Aquele traseiro… os olhos, os cabelos louros macios do mesmo tom esbranquiçado de um creme fresco.

– *Chérie* – disse ele o mais casualmente que conseguiu enquanto vestia a calça. – Quantos anos você tem?

– Dezoito – respondeu ela sem hesitar. – Por quê, monsieur?

– Ah! Uma idade maravilhosa para ser mãe.

Ele vestiu a camisa pela cabeça e lhe soprou um beijo com a mão, aliviado. Tinha conhecido Mélisande Robicheaux em 1744. Não acabara de cometer incesto com a própria filha.

Só quando passou pela saleta de madame Fabienne, a caminho da saída, foi que lhe ocorreu que Madeleine *talvez* ainda pudesse ser sua neta. Esse pensamento o fez estacar, mas Rakoczy não teve tempo de se dedicar a ele, pois a cafetina apareceu no vão da porta e lhe acenou.

– Um recado, monsieur – disse ela, e algo no tom de sua voz fez um dedo frio lhe tocar a nuca.

– Pois não?

– Maître Grenouille pede que o encontre amanhã à meia-noite. Na praça em frente à Notre-Dame de Paris.

Elas não precisavam treinar a guarda das vistas no mercado. Na verdade, irmã George, a freira robusta que supervisionava essas expedições, alertou-as em termos bem claros para ficarem de olhos atentos a mercadorias pesadas em balanças viciadas e preços incivilizados, isso sem falar nos batedores de carteira.

– Batedores de carteira, irmã? – indagara Misericórdia, com as sobrancelhas louras quase desaparecendo dentro do véu. – Mas nós somos freiras… mais ou menos – apressou-se em acrescentar. – Não temos nada para roubar!

O rosto grande e vermelho de irmã George ficou mais vermelho ainda, mas ela manteve a paciência.

– Normalmente isso seria verdade – concordou. – Mas nós temos… Bem, *eu* tenho o dinheiro para comprar nossa comida e, uma vez comprada, vocês irão carregá-la. Um batedor de carteira rouba para comer, *n'est-ce pas?* Eles não ligam se você tem dinheiro ou comida, e a maioria é tão depravada que não hesitaria em roubar do próprio Deus, quanto mais de umas postulantes avoadas.

Joan, por sua vez, queria ver *tudo*, inclusive os batedores de carteira. Para seu deleite, o mercado era o mesmo pelo qual ela havia passado com Michael em seu primeiro dia em Paris. Bem verdade que vê-lo também fez ressurgirem os horrores e as dúvidas daquele primeiro dia… mas, por enquanto, ela os deixou de lado e seguiu irmã George para dentro do fascinante turbilhão de cores, cheiros e gritos.

Após arquivar uma expressão particularmente divertida que planejava pedir que irmã Philomène lhe explicasse – irmã Philomène era um pouco mais velha do que Joan, mas dolorosamente tímida, e com a pele tão delicada que enrubescia feito uma maçã ao menor pretexto –, seguiu irmã George e irmã Mathilde pelo setor das peixarias, onde irmã George pechinchou ferozmente para comprar uma grande quantidade de solhas, vieiras, minúsculos camarões cinzentos e translúcidos e um imenso salmão, sobre cujas escamas o fraco sol de primavera se movia em cores que cambiavam de maneira tão sutil do rosa ao azul, ao prateado e de volta ao rosa, pois algumas delas sequer tinham cor; o peixe era tão lindo, mesmo morto, que fez Joan arquejar de alegria diante do assombro da Criação.

– Ah, hoje à noite vai ter *bouillabaisse!* – sussurrou Misericórdia. – *Délicieuse!*

– O que é *bouillabaisse?* – sussurrou Joan de volta.

– Um ensopado de peixe… Você vai gostar, eu garanto!

Joan não tinha a menor dúvida. Criada nas Terras Altas durante os anos assolados pela miséria seguintes ao Levante, ficara embasbacada com a novidade, o delicioso sabor e a simples fartura da comida do convento. Mesmo às sextas-feiras, quando a comunidade jejuava durante o dia, o jantar era simples, mas de dar água na boca: um queijo forte derretido sobre pão preto de castanhas com fatias de maçã.

Por sorte, o salmão era tão imenso que irmã George providenciou que o peixeiro o entregasse no convento junto com os outros pescados. Assim, sobrou espaço em seus cestos para as frutas e os legumes frescos, e elas passaram do reino de Netuno para o de Deméter. Joan torceu para não ser sacrilégio pensar nos deuses gregos, mas não conseguia se esquecer do livro de mitologia que seu pai costumava ler para Marsali e ela quando as duas eram pequenas, ilustrado por maravilhosos desenhos coloridos à mão.

Afinal, disse para si mesma, quem estudava medicina precisava conhecer os gregos. Estava um pouco ansiosa com a perspectiva de trabalhar no hospital, mas Deus chamava as pessoas para fazerem coisas. Se aquela era a Sua vontade, então…

O pensamento foi interrompido quando ela viu um tricorno preto bem-feito com uma pena azul encurvada flutuando devagar pelo mar de gente. Seria…? Sim! Era Léonie, irmã da falecida esposa de Michael Murray. Movida pela curiosidade, Joan olhou para irmã George, agora entretida com um enorme sortimento de cogumelos – *Meu Deus, as pessoas comiam aquilo?* – e se escondeu atrás de um carrinho abarrotado de ervas verdes para salada.

Pretendia abordar Léonie e lhe pedir que avisasse Michael que ela precisava falar com ele. Talvez Michael conseguisse encontrar um jeito de visitar o convento… Mas, antes de Joan conseguir se aproximar o suficiente, Léonie lançou um olhar furtivo por cima do ombro, como quem teme ser descoberta. Em seguida, abaixou-se e sumiu atrás de uma cortina pendurada na parte traseira de uma pequena carroça coberta.

Joan já tinha visto ciganos, embora não com frequência. Um homem de pele escura parado por perto conversava com um grupo de outros. Seus olhos passearam sem se deter pelo hábito que ela usava, e ela suspirou de alívio. Na maioria das circunstâncias, ser freira era como estar vestida com uma capa de invisibilidade.

Olhou em volta à procura das companheiras e viu que a irmã Mathilde fora convocada para uma consulta em relação a um grande pedaço disforme de algo que parecia o excremento de um porco seriamente doente. Que bom, ela poderia aguardar mais um minuto.

Na verdade, foi preciso muito pouco tempo mais para Léonie aparecer de trás da cortina guardando alguma coisa dentro do pequeno cesto que levava no braço. Pela primeira vez, ocorreu a Joan que era incomum alguém como Léonie estar fazendo compras sem um criado para abrir caminho na multidão e carregar os volumes – ou mesmo estar num mercado público. Michael tinha lhe falado sobre o funcionamento de sua casa durante a travessia – e contado como madame Hortense, a cozinheira, ia aos mercados antes mesmo de o sol nascer para ter certeza de encontrar as mercadorias mais frescas. O que uma dama como Léonie estaria comprando sozinha?

Joan se esgueirou da melhor maneira que pôde atrás da pena azul balouçante por entre as fileiras de barracas e carroças. Uma súbita parada lhe permitiu chegar logo atrás de Léonie, que havia parado numa barraca de flores e estava tocando um buquê de jonquilhos brancos.

Ocorreu subitamente a Joan que ela não fazia ideia do sobrenome de Léonie, mas não podia se preocupar com boas maneiras agora.

– Ahn... madame? – chamou, hesitante. – Quero dizer, mademoiselle?

Léonie se virou, com os olhos imensos e o rosto pálido. Ao deparar com uma freira, piscou, sem entender.

– Humm... sou eu – confirmou Joan, tímida, resistindo ao impulso de tirar o véu. – Joan MacKimmie?

Foi estranho dizer isso, como se "Joan MacKimmie" fosse mesmo outra pessoa. Foi preciso alguns instantes para o nome ser registrado, mas então os ombros de Léonie relaxaram um pouco.

– Ah! – Ela levou a mão ao peito e conseguiu abrir um breve sorriso. – A prima de Michael. Claro. Eu não... Ahn... Prazer em vê-la! – Um pequeno vinco enrugou a pele entre as suas sobrancelhas. – A senhorita está... está sozinha?

– Não – respondeu Joan. – E não posso parar. Mas eu vi a senhorita e queria lhe pedir... – Aquilo lhe parecia ainda mais estúpido do que segundos antes, mas não tinha jeito. – Poderia avisar a monsieur Murray que estou precisando falar com ele? Eu sei uma coisa, uma coisa importante que preciso contar a ele.

– *Sœur Gregória?*

A voz potente de irmã George ribombou mais alta do que o alarido agudo do mercado e fez Joan se sobressaltar. Ela pôde ver o alto da cabeça de irmã Mathilde se virando de lá para cá numa busca vã com sua imensa touca branca.

– Preciso ir – disse ela a uma Léonie espantada. – Por favor. Por favor, avise a ele!

Seu coração batia com força, e não era apenas devido ao encontro repentino. Ela estivera olhando para o cesto de Léonie, onde havia vislumbrado o reflexo de uma garrafa de vidro marrom meio escondida debaixo de um grosso feixe do que até mesmo Joan soubera reconhecer como heléboros-negros. Lindas flores em formato de cálice de um branco esverdeado fantasmagórico – e mortalmente venenosas.

Ela voltou depressa pelo mercado e chegou ofegante e se desculpando ao lado de irmã Mathilde, ao mesmo tempo que se perguntava se... Na verdade não havia passado muito tempo com a esposa do pai, mas *tinha* escutado ela conversar com seu pai enquanto anotava receitas num livro, e a ouvira mencionar o heléboro-negro como algo que as mulheres usavam para provocar abortos. Se Léonie estava grávida... Santa Mãe de Deus, estaria ela grávida de *Michael*? O pensamento a atingiu como um soco no estômago.

Não. Não, ela não podia acreditar. Michael ainda era apaixonado pela esposa, qualquer um podia ver, e ainda que não fosse ela poderia jurar que não era do tipo que... Mas o que ela sabia sobre os homens, afinal de contas?

Bem, iria perguntar a ele quando o visse, decidiu, fechando a boca com força. Até lá... Sua mão foi até o terço na sua cintura e ela rezou uma prece rápida e silenciosa por Léonie. Só para garantir.

Quando estava pechinchando acirradamente em seu francês execrável por seis berinjelas (ao mesmo tempo que se perguntava para que iriam servir, remédio ou comida?), tomou consciência de alguém em pé junto ao seu cotovelo. Era um belo homem de meia-idade, mais alto do que ela, trajando um bem-cortado casaco cinza-claro. Ele lhe sorriu e, tocando um dos legumes esquisitos, disse num francês arrastado e simples:

– Não escolha as grandes. São duras. Compre as pequenas como esta aqui.

Um dedo comprido cutucou uma berinjela com metade do tamanho das que o vendedor estava tentando lhe empurrar, e este irrompeu numa fieira de insultos que fez Joan recuar um passo, piscando freneticamente.

Não foi nem tanto por causa das expressões proferidas contra ela, das quais ela não compreendia sequer uma palavra em cada dez, mas porque uma voz num inglês castiço acabara de lhe dizer claramente: "Diga a ele para não fazer isso."

Ela sentiu calor e frio ao mesmo tempo.

– Eu... ahn... *Je suis...* ahn... *Merci beaucoup, monsieur!* – proferiu depressa.

Então se virou e saiu correndo, passando atabalhoada por entre as pilhas de bulbos de narcisos-de-inverno e compridos jacintos perfumados, sentindo os sapatos escorregarem no limo das folhas pisoteadas.

– *Sœur Gregória!* – A irmã Mathilde se materializou tão de repente na sua frente que ela quase trombou com a portentosa freira. – O que está fazendo? Onde está irmã Miséricorde?

– Eu... ah! – Joan engoliu em seco e se controlou. – Ela... está ali – falou aliviada, pois acabara de detectar a cabeça pequenina de Misericórdia à frente de uma multidão junto à carroça de empadões de carne. – Vou buscá-la! – exclamou e se afastou depressa, antes que irmã Mathilde pudesse dizer qualquer outra coisa.

Diga a ele para não fazer isso. Era o que a voz tinha dito sobre Charles Pépin. *O que estava acontecendo?*, pensou ela, atarantada. Estaria monsieur Pépin envolvido em algo terrível junto com o homem de casaco cinza-claro?

Como se pensar no homem tivesse feito a voz se lembrar, esta se manifestou outra vez.

Diga a ele para não fazer isso, repetiu a voz na sua cabeça com o que lhe pareceu uma urgência especial. *Diga a ele para não fazer!*

– Ave Maria, cheia de graça, o Senhor é convosco, bendita sois vós entre as mulheres...

Joan apertou o terço e foi balbuciando as palavras conforme sentia o sangue se esvair do rosto. Ali estava ele, o homem do casaco cinza-claro, observando-a curioso por cima de uma barraca de tulipas holandesas e maços de forsítias amarelas.

Ela não conseguia sentir o calçamento debaixo dos pés, mas estava andando em direção a ele. *Eu preciso,* pensou. *Pouco importa se ele me achar louca...*

– Não faça isso – disparou ao ficar cara a cara com o cavalheiro atônito. – O senhor não deve fazer isso!

Então virou-se e saiu correndo, com o terço na mão, o avental e o véu a esvoaçar feito asas.

Ele não conseguia evitar pensar na catedral como uma entidade. Uma imensa versão de uma de suas gárgulas agachada acima da cidade. Para proteger ou para ameaçar?

A Notre-Dame de Paris se erguia acima dele, negra e sólida, ocultando a luz das estrelas e a beleza da noite. Muito adequado. Ele sempre havia pensado que a igreja impedia de ver Deus. Mesmo assim, a visão da monstruosa criatura de pedra o fez estremecer ao passar pela sua sombra, apesar da capa que o aquecia.

Talvez fossem as próprias pedras da catedral que lhe provocavam aquela sensação de ameaça. Será? Ele parou, esperou um segundo, então foi até a parede da igreja e encostou a palma aberta no calcário. Não teve qualquer sensação imediata, apenas a aspereza fria da pedra. Por impulso, fechou os olhos e tentou penetrar a pedra com a mente. No início, nada. Mas ele aguardou, insistindo com a mente e repetindo uma pergunta: *você está aí?*

Teria ficado apavorado caso recebesse uma resposta. Em vez disso, ficou decepcionado quando não recebeu. Mesmo assim, quando finalmente abriu os olhos e afastou as mãos, viu um vestígio de luz azul, quase imperceptível, acender-se por um instante entre seus dedos. Aquilo o assustou e ele se afastou depressa, escondendo as mãos sob o abrigo da capa.

Com certeza não podia ser, garantiu a si mesmo. Já tinha feito aquilo, feito a luz acontecer quando estava segurando as pedras que usava para viajar e dizia as palavras acima delas – supunha que fosse a sua versão de uma consagração. Não sabia se as palavras eram necessárias, mas Mélisande as usava. Ele tinha medo de não fazê-lo. Mesmo assim, havia sentido *alguma coisa* ali. A sensação de algo pesado, inerte. Nada que se assemelhasse ao pensamento, muito menos à palavra, graças a Deus. Por reflexo, fez o sinal da cruz, então balançou a cabeça, abalado e irritado.

Mas alguma coisa. Algo imenso e muito antigo. Será que Deus tinha a voz de uma pedra? Pensar nisso o deixou ainda mais abalado. As pedras lá na mina de giz, o ruído que elas faziam... No fim das contas, seria Deus que ele tinha visto naquele espaço intermediário?

Um movimento nas sombras espantou num instante qualquer pensamento do tipo. *O sapo!* O coração de Rakoczy se contraiu feito um punho fechado.

– *Monsieur le comte* – disse uma voz jocosa e rascante. – Vejo que os anos foram clementes com o senhor.

Raymond apareceu sob a luz das estrelas com um sorriso. Vê-lo foi desconcertante. Rakoczy havia passado tanto tempo imaginando aquele encontro que a realidade lhe pareceu estranhamente anticlimática. Baixo, ombros largos, com cabelos compridos e soltos que caíam de uma testa muito grande. Uma boca larga, quase sem lábios. Raymond, o sapo.

– Por que está aqui? – disparou Rakoczy.

As sobrancelhas de maître Raymond eram pretas... Mas eram brancas trinta anos antes, não eram? Uma delas se ergueu, intrigada.

– Fiquei sabendo que estava à minha procura, monsieur. – Ele abriu as mãos num gesto gracioso. – Eu vim!

– Obrigado – disse Rakoczy, seco, começando a recuperar um pouco a compostura. – Quero dizer... por que está aqui em Paris?

– Todo mundo precisa estar em algum lugar, não é?

Isso devia ter soado como uma brincadeira, mas não. Soou sério, como a afirmação de um princípio científico, e Rakoczy achou aquilo perturbador.

– Veio me procurar? – acrescentou, ousado.

Mudou um pouco de posição para tentar ver melhor o outro homem. Tinha quase certeza de que o sapo estava com um aspecto *mais jovem* do que na última vez em que o vira. Seus cabelos esvoaçantes estavam mais escuros, um andar mais desenvolto. Um jorro de animação borbulhou em seu peito.

– O senhor? – O sapo pareceu achar graça por alguns instantes, mas a expressão logo desapareceu. – Não. Estou procurando uma filha perdida.

Rakoczy ficou surpreso e desconcertado.

– Sua?

– Mais ou menos. – Raymond não pareceu interessado em explicar mais. Moveu-se um pouco para o lado, e estreitou os olhos quando ele tentou distinguir o rosto de Rakoczy no escuro. – Quer dizer que o senhor escuta pedras?

– Eu… o quê?

Raymond meneou a cabeça para a fachada da catedral.

– Elas falam… se movem também, só que muito devagar.

Um arrepio gelado subiu pela espinha de Rakoczy ao pensar nas gárgulas sorridentes empoleiradas acima dele, e na sugestão de que uma delas poderia decidir a qualquer momento abrir as asas silenciosas e se abater sobre ele, com os dentes ainda expostos numa hilaridade carnívora. Contra a vontade, ergueu os olhos por cima do ombro.

– Não tão depressa. – O viés bem-humorado havia ressurgido na voz do sapo. – O senhor jamais as veria. Elas levam milênios para se mover a mais leve fração de centímetro… a menos, é claro, que sejam lançadas ou derretidas. Mas o senhor não quer vê-las fazer isso, claro. É por demais perigoso.

Aquele tipo de conversa lhe parecia frívolo, e Rakoczy ficou incomodado com ela, mas por algum motivo não se irritou. Ficou abalado, com a sensação de haver ali algo de subjacente, algo que ele, ao mesmo tempo, queria e evitava saber. Foi uma sensação nova e desagradável.

Ele jogou longe a cautela e perguntou, ousado:

– Por que o senhor não me matou?

Raymond sorriu. Rakoczy pôde ver o brilho dos dentes dele e sentiu outro choque: teve certeza, quase certeza, de que o sapo não tinha dentes da última vez que o vira.

– Se eu o quisesse morto, filho, o senhor não estaria aqui falando comigo – respondeu ele. – Eu o queria fora do caminho, só isso; o senhor entendeu a indireta e fez a minha vontade.

– E por que exatamente o senhor me queria "fora do caminho"?

Se não precisasse saber, Rakoczy teria se ofendido com o tom do outro homem.

O sapo ergueu um dos ombros.

– Você representava certa ameaça à dama.

Um puro espanto fez Rakoczy se empertigar todo.

– A dama? Está se referindo à mulher… La Dame Blanche?

– Era assim que a chamavam. – O sapo pareceu achar graça nisso.

Rakoczy por um triz não contou a Raymond que La Dame Blanche ainda estava viva, mas não teria vivido tanto deixando escapar tudo que sabia – e não queria Raymond pensando que talvez ainda pudesse representar uma ameaça para ela.

– Qual é o objetivo de um alquimista? – indagou o sapo, muito sério.

– Transformar a matéria – respondeu Rakoczy de imediato.

O rosto do sapo se fendeu num largo sorriso anfíbio.

– Exato! – disse ele. E sumiu.

Tinha sumido *mesmo*. Sem nuvem de fumaça, sem truque de ilusionista, sem cheiro de enxofre. O sapo simplesmente tinha desaparecido. A praça se estendia vazia sob o céu estrelado; a única coisa a se mover foi um gato, que irrompeu miando das sombras e roçou a perna de Rakoczy ao passar.

Exaurido pelas constantes caminhadas, Michael dormia como um defunto nos últimos dias, sem sonhos nem movimentos, e acordava com o nascer do sol. Robert, seu criado pessoal, escutou-o se mexer e entrou na mesma hora, com uma das *femmes de chambre* em seu encalço trazendo um bule de café e algum artigo de pastelaria.

Ele comeu devagar, e suportou ser escovado, barbeado e vestido com roupas limpas. Robert manteve um murmúrio constante do tipo de conversa que não exige resposta, e sorriu de modo encorajador ao lhe estender o espelho. Para seu razoável espanto, a imagem no espelho pareceu bastante normal. Cabelos bem emplastrados – ele usava os próprios, sem empoar – e um traje de corte modesto, porém da mais alta qualidade.

Robert não tinha perguntado o que ele queria, mas o vestira para um dia de trabalho normal. Ele supunha que estivesse bom assim. Enfim, que importância tinham as roupas? Não havia, afinal, nenhum traje a rigor para visitar a irmã da finada esposa que tinha aparecido em sua cama no meio da noite sem ser convidada.

Ele havia passado os dois dias anteriores tentando pensar em algum jeito de nunca mais ver Léonie nem falar com ela. Mas não tinha como evitá-la. Teria que encontrá-la.

Mas o que lhe diria?, perguntou-se, enquanto percorria as ruas em direção à casa onde Léonie morava com uma tia idosa, Eugénie Galantine. Desejava poder conversar sobre a situação com irmã Joan, mas isso não seria adequado mesmo que ela estivesse disponível.

Torceu para a caminhada lhe dar tempo de pensar pelo menos num *point d'appui*, quando não uma declaração de princípios completa. Em vez disso, Michael se pegou contando de modo obsessivo as pedras do calçamento do mercado ao atravessá-lo, as batidas do relógio público marcando as três e, por falta de coisa melhor, os próprios passos conforme se aproximavam da porta. *São 637, 638…*

Ao entrar na rua, porém, parou de contar. Parou também de caminhar, por um instante – então começou a correr. Havia algo errado na casa de madame Galantine.

Abriu caminho aos empurrões pela multidão de vizinhos e vendedores aglomerada junto aos degraus da frente e agarrou pela manga o mordomo, que conhecia.

– O que foi? – vociferou. – O que aconteceu?

O mordomo, um homem alto e cadavérico chamado Hubert, estava nervoso, mas se acalmou um pouco ao ver Michael.

– Eu não sei, senhor – respondeu, embora um olhar de esguelha tivesse deixado claro que sabia, sim. – Mademoiselle Léonie… está doente. O médico…

Pôde sentir o cheiro de sangue. Sem esperar mais detalhes, empurrou Hubert para o lado e subiu correndo a escada chamando por madame Eugénie, tia de Léonie.

Madame Eugénie surgiu de um dos quartos de dormir, com a touca e o robe impecáveis apesar da agitação.

– Monsieur Michael! – exclamou, impedindo-o de entrar no quarto. – Está tudo bem, mas o senhor não deve entrar aí.

– Devo, sim. – O coração dele trovejava em seus ouvidos, e suas mãos estavam frias.

– Não deve, *não* – insistiu ela, firme. – Léonie está doente. Não condiz.

– Não condiz? Uma jovem tenta acabar com a própria vida, e a senhora vem me dizer que não *condiz*?

Uma criada apareceu na porta carregando nos braços um cesto com uma pilha de roupa de cama suja de sangue dentro, mas a expressão de choque no rosto largo de madame Eugénie foi mais impressionante.

– Acabar com a própria vida? – A boca da velha senhora permaneceu aberta por alguns instantes, depois se fechou como a de uma tartaruga. – Por que o senhor iria pensar uma coisa dessas? – Ela o encarava com uma desconfiança considerável. – E o que está fazendo aqui, aliás? Quem lhe disse que ela estava doente?

Um lampejo de um homem vestido de preto, que devia ser o médico, fez Michael concluir que de nada adiantava seguir confrontando madame Eugénie. Segurou-a pelos cotovelos de modo delicado, porém firme, fazendo-a emitir um gritinho de surpresa, e a pôs de lado.

Entrou e fechou a porta do quarto atrás de si.

– Quem é o senhor?

O médico ergueu os olhos, surpreso. Estava limpando uma tigela de sangria recém-utilizada, e sua maleta jazia aberta sobre o pufe do *boudoir*. O quarto de Léonie devia ficar logo depois. Pela porta aberta, Michael pôde entrever o pé da cama, mas não quem a ocupava.

– Não importa. Como ela está?

O médico o examinou com atenção, mas após alguns segundos aquiesceu.

– Vai viver. Quanto à criança… – Ele fez um gesto vago com a mão. – Eu fiz o melhor que pude. Ela tomou uma quantidade grande de…

– A *criança*?

O chão se moveu sob seus pés, e o sonho da noite anterior o submergiu, aquela sensação esquisita de algo meio errado, meio conhecido. Era a sensação de uma pequena protuberância dura encostada na sua bunda. Era isso. Lillie estava grávida de pouco tempo ao morrer, mas ele se lembrava muito bem da sensação de um corpo de mulher no início da gestação.

– O filho é seu? Me perdoe, eu não deveria perguntar.

O médico guardou a tigela e a lanceta e sacudiu seu turbante de veludo preto.

– Eu quero… Eu preciso falar com ela. Agora.

O médico abriu a boca para um protesto, mas então espiou pensativamente por cima do ombro.

– Bem... o senhor precisa tomar cuidado para não...

Mas Michael já estava dentro do quarto, em pé ao lado da cama.

Ela estava pálida. As duas sempre tinham sido pálidas, Lillie e Léonie, com a luminosidade suave do creme e do mármore. Aquela era a palidez do ventre de um sapo, de um peixe podre descorado na praia.

Os olhos estavam rodeados de preto e afundados nas órbitas. Seu rosto sem expressão se voltou para ele. Suas mãos sem anéis repousavam flácidas sobre a colcha da cama.

– Quem? – perguntou ele em voz baixa. – Charles?

– Sim. – A voz dela estava tão sem vida quanto os olhos, e ele se perguntou se o médico a havia drogado.

– Foi ideia dele... tentar fazer a criança passar por minha? Ou sua ideia?

Ela então desviou os olhos, engolindo em seco.

– Dele. – Os olhos tornaram a encará-lo. – Eu não queria, Michael. Não... não que eu ache você repulsivo, não é isso...

– *Merci* – balbuciou ele, mas ela continuou falando sem lhe dar atenção.

– Você era marido de Lillie. Eu não a invejava por sua causa, mas invejava o que vocês dois tinham – disse ela com franqueza. – Não poderia ser desse jeito entre mim e você, e eu não gostei de traí-la. Mas... – Seus lábios, já descorados, se contraíram quase a ponto de ficarem invisíveis. – Mas eu não tive muita escolha.

Ele foi obrigado a reconhecer que não. Charles não podia se casar com ela; ele já era casado. Ter um filho ilegítimo não era um escândalo fatal nos altos círculos da corte, mas os Galantines pertenciam à burguesia ascendente, na qual a respeitabilidade valia quase tanto quanto o dinheiro. Grávida, Léonie teria tido duas alternativas: encontrar um marido complacente sem demora ou então...

Ele tentou não ver que uma das mãos dela ainda repousava de leve sobre a tênue protuberância da barriga. *A criança...* Ele se perguntou o que teria feito caso ela o houvesse procurado e dito a verdade, pedido que a desposasse pelo bem da criança. Mas ela não pedira. Nem estava pedindo agora.

Seria melhor, ou no mínimo mais fácil, se ela perdesse a criança. E talvez isso ainda viesse a acontecer.

– Eu não podia esperar, entende? – disse ela, como quem continua uma conversa. – Teria tentado encontrar outra pessoa, mas achei que ela soubesse. Ela iria contar para você assim que conseguisse encontrá-lo. Então eu fui obrigada, entende, antes que você descobrisse.

– Ela? Ela quem? Me contar o quê?

– A freira – disse Léonie, e suspirou fundo, como se estivesse perdendo o interesse. – Ela me viu no mercado e veio correndo. Disse que precisava falar com você... que tinha uma coisa importante para contar. Mas eu a vi olhar dentro do meu cesto, e a expressão que fez... Pensei que ela devia ter entendido...

As pálpebras dela tremeram, mas ele não soube dizer se era por causa das drogas ou do cansaço. Ela sorriu debilmente, mas não para ele. Parecia estar olhando para algo muito distante.

– Que engraçado – murmurou. – Charles disse que isso resolveria tudo... que o conde lhe pagaria tanto dinheiro por ela que tudo ficaria resolvido. Mas como é possível resolver um bebê?

Michael sentiu um tranco como se as palavras dela o tivessem apunhalado.

– Como assim? Pagar por quem?

– Pela freira.

Ele a agarrou pelos ombros.

– Irmã Joan? Como assim, pagar por ela? O que Charles disse?

Léonie emitiu um choramingo de protesto. Michael quis sacudi-la com força suficiente para quebrar seu pescoço, mas se forçou a retirar a mão. Ela se acomodou no travesseiro como uma bexiga esvaziada, esparramando-se sob as cobertas. Tinha os olhos fechados, mas ele se abaixou e falou diretamente no seu ouvido.

– O conde, Léonie. Como ele se chama? Me diga o nome dele.

Um leve franzido enrugou a pele de sua testa, então sumiu.

– Saint-Germain – murmurou ela numa voz quase inaudível. – O conde de Saint-Germain.

Na mesma hora, ele foi procurar Rosenwald e, à custa de muito insistir e prometer dinheiro extra, conseguiu que ele concluísse a gravação do cálice. Impaciente, esperou o trabalho ser feito e, quase sem esperar que o cálice e a pátena fossem embrulhados em papel pardo, jogou o dinheiro para o ourives e tomou o rumo do Couvent des Anges quase às carreiras.

Com muita dificuldade, controlou-se enquanto fazia a apresentação do cálice e perguntou, com extrema humildade, se poderia pedir o grande favor de falar com irmã Gregória para poder lhe transmitir um recado de sua família nas Terras Altas. Irmã Eustacia fez uma cara surpresa e pareceu reprovar um pouco daquilo – as postulantes em geral não podiam receber visitas. Mas, afinal de contas, diante da grande generosidade de monsieur Murray e de monsieur Fraser para com o convento... quem sabe só alguns instantes, no parlatório dos visitantes, e com a presença da própria irmã...

Ele se virou e piscou uma vez, abrindo um pouco a boca. Parecia em choque. Ela estava mesmo tão diferente assim com o hábito e o véu?

– Sou eu – disse Joan, e ele soltou um grande suspiro e sorriu, como se ela houvesse se perdido e ele a tivesse encontrado outra vez.

– Sim, é mesmo – confirmou ele baixinho. – Tive medo de que fosse a irmã Gregória. Quero dizer, a… ahn…

Ele fez um gesto genérico e canhestro para indicar o hábito cinza e o véu branco de postulante que ela estava usando.

– São apenas roupas – disse ela, e levou a mão ao peito, na defensiva.

– Bem, não – retrucou ele, observando-a com cuidado. – Na verdade, eu não acho que sejam só roupas. É mais como o uniforme de um soldado, não? Você está fazendo o seu trabalho quando o usa, e todo mundo que o vê sabe quem você é e o que faz.

Saber o que eu sou. Suponho que eu deva me sentir grata por isso não ser aparente, pensou ela, um tanto desatinada.

– Bem… é, acho que sim. – Ela tocou o terço no cinto. Tossiu. – De certa forma, pelo menos.

Preciso contar a ele. Não era uma das vozes, somente a voz da própria consciência, mas esta já se mostrava exigente o bastante. Ela podia ouvir seu coração bater com tanta força que pensou que as batidas podiam ser vistas através do hábito.

Ele lhe sorriu de modo encorajador.

– Léonie me disse que você queria falar comigo.

– Michael… posso contar uma coisa? – perguntou ela de chofre.

Ele pareceu surpreso.

– Bem, claro que pode – respondeu. – Por que não poderia?

– Por que não poderia? – repetiu ela, meio entre dentes.

Olhou por cima do ombro dele, mas irmã Eustacia estava do outro lado do recinto, conversando com uma moça francesa muito jovem de ar assustado e seus pais.

– Bem, é o seguinte – disse ela, com uma voz determinada. – Eu ouço vozes.

Olhou-o de relance, mas ele não pareceu chocado. Não ainda.

– Dentro da minha cabeça, quero dizer.

– É mesmo? – Ele soou cauteloso. – Ahn… e o que elas dizem?

Ela se deu conta de que estava prendendo a respiração, e soltou um pouco de ar.

– Bem… dizem várias coisas. Mas de vez em quando me avisam que algo vai acontecer. Na maioria das vezes, insistem em que eu deveria dizer alguma coisa a alguém.

– Alguma coisa – repetiu ele com atenção, examinando o rosto dela. – Que… que *tipo* de coisa?

– Eu não estava esperando a Inquisição espanhola – comentou ela, um pouco atrevida. – Isso tem importância?

A boca de Michael estremeceu.

– Bom, eu não tenho como saber, não é? – assinalou ele. – Isso poderia dar uma pista de quem está falando com a senhorita, não? Ou a senhorita já sabe quem é?

– Não, eu não sei – admitiu ela, e de repente sentiu a tensão diminuir. – Eu… tinha medo… tinha um pouco de medo que fossem demônios. Mas não… Bom, elas não me dizem coisas *más*. Só... só dizem mais quando alguma coisa vai acontecer com alguém. E às vezes não é uma coisa boa... mas outras vezes é. Teve a pequena Annie MacLaren, que aos 3 meses estava com um barrigão e aos 6 parecia que ia explodir, com medo de morrer quando chegasse a hora, como a mãe tinha morrido, com um bebê grande demais para nascer... Quero dizer, ela estava com medo *mesmo*, não como todas as mulheres ficam. E um dia eu a encontrei perto da Fonte de São Niniano e uma das vozes me falou: "Diga a ela que vai ser como Deus quiser e que ela vai dar à luz um filho saudável."

– E você disse isso a ela?

– Sim. Não revelei como eu sabia, mas deve ter soado como se *soubesse*, porque o pobre rostinho dela se iluminou inteiro de repente. Ela agarrou minhas mãos e disse: "Ah! Que Deus a ouça!"

– E ela deu à luz um filho saudável?

– Sim... e uma filha também.

Joan sorriu ao recordar o brilho no rosto de Annie. Michael olhou rapidamente para irmã Eustacia, que estava se despedindo da família da nova postulante. A moça estava muito branca e lágrimas corriam por suas faces, mas ela se agarrava à manga de irmã Eustacia como se aquilo fosse uma boia salva-vidas.

– Entendo – disse ele devagar, e tornou a olhar para Joan. – É por isso que... Foram as vozes que lhe disseram para virar freira?

Ela piscou, surpresa com aquela aparente aceitação do que acabara de lhe contar, mas ainda mais com a pergunta.

– Bem... não. Elas nunca disseram isso. Seria de esperar que sim, não é?

Ele abriu um leve sorriso.

– Pode ser. – Ele tossiu, então ergueu os olhos, um pouco tímido. – Não é da minha conta, mas *o que* a fez querer ser freira?

Ela hesitou, mas por que não? Já tinha lhe contado o mais difícil.

– Foi por causa das vozes. Eu achei que talvez... que talvez não fosse ouvi-las aqui. Ou então que... mesmo que as ouvisse, talvez alguém, um padre, quem sabe, pudesse me dizer o que são e o que devo fazer em relação a elas.

Irmã Eustacia agora reconfortava a recém-chegada, agachada sobre um dos joelhos de modo a aproximar seu rosto grande, feioso e simpático do da moça. Michael olhou para elas, em seguida para Joan, com a sobrancelha erguida.

– Imagino que ainda não tenha contado a ninguém – falou. – Achou que poderia testar comigo antes?

Foi a vez de a boca de Joan estremecer.

– Talvez. – Os olhos dele, apesar de escuros, tinham uma espécie de calidez, como se a estivessem sugando do calor de seus cabelos. Ela baixou os olhos; estava franzindo com as mãos a borda da blusa, que havia se soltado. – Mas não é só isso.

Ele produziu na garganta o tipo de ruído que significava "Sim, continue, então".

142

Por que os franceses não faziam assim?, perguntou-se ela. Era tão mais fácil. Mas afastou o pensamento. Tinha decidido lhe contar, e estava na hora.

– Eu contei para o senhor porque… aquele homem – disse ela depressa. – O conde.

Michael franziu o cenho para ela.

– O conde de Saint-Germain?

– Bom, eu não sabia o nome dele, não é? – retrucou ela, ríspida. – Mas quando o vi uma das vozes apareceu e me disse: "Diga a ele para não fazer isso."

– Foi mesmo?

– Sim, e a voz foi muito firme. Quero dizer… elas em geral são muito firmes. Não é apenas uma opinião que se pode acatar ou não. Mas desta vez a voz falou sério mesmo.

Ela abriu as mãos, impotente para explicar a sensação de apreensão e urgência. Engoliu em seco.

– Além disso… o seu amigo. Monsieur Pépin. Na primeira vez em que o vi, uma das vozes disse: "Diga a ele para não fazer isso."

As grossas sobrancelhas ruivas de Michael se aproximaram uma da outra.

– A senhorita acha que é a mesma coisa que eles dois não devem fazer? – Sua voz soou surpresa.

– Bom, eu não tenho como saber – respondeu ela, um pouco irritada. – As vozes não disseram. Mas eu vi que o homem no navio ia morrer, e não falei nada porque não consegui pensar no que dizer. E aí ele morreu *mesmo*, e talvez não tivesse morrido se eu tivesse falado… Então eu… Bem, achei que fosse melhor dizer alguma coisa para *alguém*.

Ele pensou a respeito por alguns instantes, então aquiesceu sem muita certeza.

– Sim. Está bem. Eu vou… Bem, também não sei o que fazer em relação a isso, para ser sincero. Mas vou falar com ambos e terei isso em mente, então quem sabe penso em alguma coisa. Quer que eu lhes diga: "Não faça isso"?

Ela fez uma careta e olhou para irmã Eustacia. Não restava muito tempo.

– Eu já disse para o conde. Só que… pode ser. Se o senhor achar que pode ajudar. Olhe aqui… – Ela enfiou a mão rapidamente debaixo do avental e lhe passou depressa o pedaço de papel. – Nós só temos autorização para escrever para nossa família duas vezes por ano – falou, baixando a voz. – Mas eu queria avisar mamãe de que estou bem. O senhor poderia, por favor, fazer isso chegar a ela? E… e quem sabe lhe contar um pouco o senhor mesmo que eu estou bem e que estou… feliz. Diga a ela que estou feliz – repetiu, com mais firmeza.

Irmã Eustacia estava agora em pé junto à porta, irradiando a intenção de se aproximar e lhes informar que estava na hora de Michael ir embora.

– Farei isso – disse ele.

Não podia tocá-la, sabia que não, de modo que apenas se curvou e fez uma profunda mesura para irmã Eustacia, que vinha agora em sua direção com uma expressão benevolente.

– Virei à Santa Missa na capela aos domingos, que tal? – disse ele depressa. – Se eu receber uma carta da sua mãe ou se a senhorita precisar falar comigo, revire rapidamente os olhos para mim ou algo assim... eu darei um jeito.

Vinte e quatro horas mais tarde, irmã Gregória, postulante do Couvent des Anges, encarava o traseiro de uma vaca grande. A vaca em questão se chamava Mirabeau e tinha um temperamento instável, conforme demonstrado pelo rabo a se mexer nervosamente.

– Esta semana ela chutou três de nós – disse irmã Anne-Joseph, divisando ressentida a vaca. – *E* derramou o leite duas vezes. Irmã Jeanne-Marie ficou muito contrariada.

– Bem, não podemos permitir isso, não é? – murmurou Joan em inglês. – *N'inquiétez-vous pas* – acrescentou em francês, torcendo para a gramática estar ao menos parcialmente correta. – Deixe que eu faço.

– Melhor você do que eu – disse irmã Anne-Joseph fazendo o sinal da cruz, e desapareceu antes que irmã Joan mudasse de ideia em relação à oferta.

Uma semana de trabalho no curral das vacas era uma pretensa punição por seu comportamento esquivo na praça do mercado, mas Joan estava grata por isso. Não havia nada melhor do que vacas para acalmar os nervos.

Bem verdade que as vacas do convento não eram exatamente iguais às mansas e peludas Hieland ruivas de sua mãe. Mas uma vaca era uma vaca, e nem mesmo uma fulaninha que falava francês como aquela Mirabeau era páreo para Joan MacKimmie, que havia passado anos levando e trazendo vacas nos pastos e alimentando com feno doce e os restos do jantar os animais de sua mãe no curral ao lado de casa.

Com isso em mente, deu a volta em Mirabeau com um ar pensativo, considerando as mandíbulas em constante movimento e o longo fiapo de baba negro-esverdeada que pendia dos flácidos lábios rosados. Meneou a cabeça uma vez, saiu do curral, foi até a *allée* atrás deste e catou o que conseguiu encontrar.

Quando apresentou a Mirabeau um buquê de capim fresco, margaridas miúdas e – iguaria das iguarias – folhas frescas de azedinha, os olhos da vaca se esbugalharam quase a ponto de saltar das órbitas, e ela abriu a imensa boca para farejar aquelas delícias. O rabo ameaçador parou de se mexer, e a criatura ficou parada como se houvesse se transformado em pedra, com exceção das mandíbulas a mastigar em êxtase.

Satisfeita, Joan deu um suspiro e se sentou. Repousando a cabeça no flanco monstruoso de Mirabeau, ela pôs mãos à obra. Agora livres, seus pensamentos passaram à preocupação seguinte do dia.

Teria Michael falado com seu amigo Pépin? Teria lhe transmitido o que ela dissera ou apenas perguntado se ele conhecia o conde de Saint-Germain? Porque, se "diga a ele para não fazer isso" se referisse à mesma coisa, então obviamente os dois deviam se conhecer.

Tinha chegado a esse ponto de suas ruminações quando o rabo de Mirabeau começou a se mexer outra vez. Apressou-se em remover o que restava de leite das tetas da vaca, puxou o balde para longe e se levantou às pressas. Então viu o que havia perturbado o animal.

Em pé no vão da porta do curral, o homem do casaco cinza-claro a observava. Ela não havia reparado antes, no mercado, mas ele tinha um belo rosto moreno, ainda que um pouco duro ao redor dos olhos, e com um queixo que não dava margem a ser contrariado. Sorriu-lhe de modo agradável, porém, e fez-lhe uma mesura.

– Mademoiselle. Devo lhe pedir que venha comigo, por favor.

Michael estava no armazém, em mangas de camisa e suando no ambiente quente e carregado com o cheiro do vinho, quando Jared apareceu com um ar abalado.

– O que foi, primo?

Michael enxugou o rosto numa toalha, que deixou riscada de preto: os homens estavam limpando as prateleiras da parede sudoeste, e havia anos de sujeira e teias de aranha atrás dos barris mais antigos.

– Você dormiu com a freirinha, Michael?

Jared ergueu para ele uma sobrancelha cinza peluda.

– Se eu o quê?

– Acabo de receber um recado da madre superiora do Couvent des Anges dizendo que certa irmã Gregória parece ter sido raptada do seu curral de vacas, e querendo saber se você talvez poderia ter algo a ver com isso.

Michael passou alguns segundos encarando o primo, sem conseguir absorver a informação.

– Raptada? – repetiu, estupidamente. – Quem iria raptar uma freira? Para quê?

– Bem, nessa você me pegou. – Jared estava com o casaco de Michael pendurado no braço, e nessa hora lhe entregou a roupa. – Mas talvez seja melhor você ir ao convento descobrir.

– Me perdoe, madre – disse Michael com cuidado.

Madre Hildegarde tinha um aspecto ressequido como o de uma maçã no inverno, como se qualquer sopro pudesse fazê-la rolar pelo chão.

– As senhoras já pensaram… é possível que a irmã Jo… irmã Gregória tenha… ido embora por vontade própria?

A velha freira o encarou com um olhar que o fez rever na hora a opinião quanto ao seu estado de saúde.

– Já pensamos nisso – respondeu ela, seca. – Isso acontece. No entanto, um: havia no curral sinais de luta. Um balde inteiro de leite não apenas derramado, mas *arremessado* em cima de alguma coisa, a manjedoura virada de cabeça para baixo, a porta aberta e duas das vacas fugidas para a horta. Dois: se irmã Gregória tivesse tido dúvidas a respeito de sua vocação, tinha total liberdade para deixar o convento após falar comigo, e sabia disso.

Os olhos negros da velha freira se cravaram nos dele.

– E três: se ela tivesse sentido a necessidade de ir embora de repente e sem nos informar, para onde teria ido? Procurar o senhor, monsieur Murray. Ela não conhece mais ninguém em Paris, conhece?

– Eu... bem, não. Na verdade, não.

Michael quase gaguejou de tanta agitação, pois a confusão e um alarme crescente por causa de Joan tornavam difícil raciocinar.

– Mas o senhor não a vê desde que veio nos trazer o cálice e a pátena... e, monsieur, obrigada ao senhor e a seu primo com meus mais profundos sentimentos de gratidão... ontem à tarde, não é?

– Sim. – Ele balançou a cabeça para tentar clarear os pensamentos. – Não a vi depois disso, madre.

Madre Hildegarde aquiesceu com os lábios comprimidos em meio às rugas do rosto.

– Ela mencionou alguma coisa nessa ocasião? Algo que possa nos ajudar a encontrá-la?

– Eu... bem...

Por Deus, será que deveria revelar o que Joan tinha lhe dito sobre as vozes? Com certeza esse fato não podia ter nada a ver com aquilo, e não cabia a ele compartilhar o segredo. Por outro lado, Joan *tinha* dito que pretendia contar a madre Hildegarde sobre as vozes...

– É melhor me contar, meu filho. – A voz da reverenda madre tinha um tom entre a resignação e a ordem. – Estou vendo que ela disse *alguma coisa*.

– Bem, madre, ela disse, sim – confessou Michael, esfregando a mão no rosto de tão abalado. – Mas não vejo o que pode ter a ver... Ela ouve vozes.

Os olhos de madre Hildegarde se arregalaram.

– Ela o quê?

– Vozes – repetiu ele, impotente. – Elas aparecem e lhe dizem coisas. Joan, digo, irmã Gregória acha que podem ser anjos, mas não sabe muito bem. E ela vê quando as pessoas vão morrer. Às vezes – acrescentou ele em tom de dúvida. – Não sei se ela vê sempre.

– *Par le sang sacré de Jésus Christ!* – exclamou a velha freira, empinando-se feito um carvalho jovem. – Por que ela não...? Bem, deixe isso para lá. Alguém mais sabe disso?

Ele balançou a cabeça.

– Ela teve medo de contar. Foi por isso que... bem, esse foi um dos motivos... pelos quais ela entrou para o convento. Pensou que talvez vocês fossem acreditar nela.

– Talvez eu acredite – disse madre Hildegarde, seca. Balançou a cabeça depressa, fazendo estalar o véu. – *Nom de Dieu!* Por que a mãe dela não me contou isso?

– A mãe dela? – repetiu Michael feito um bobo.

– Sim! Ela me trouxe uma carta da mãe, muito gentil, perguntando sobre a minha saúde e me recomendando Joan… mas com certeza a mãe dela deveria saber!

– Não acho que ela… Espere. – Ele se lembrou de Joan pescando no bolso a carta cuidadosamente dobrada. – A carta que ela trouxe… era de Claire Fraser. É a ela que a senhora está se referindo?

– Claro!

Ele inspirou fundo enquanto uma dezena de peças desconexas de repente se encaixavam. Pigarreou e ergueu um dedo hesitante.

– Primeiro, madre: Claire Fraser é a esposa do padrasto de Joan. Não é a mãe dela.

Os argutos olhos negros piscaram uma vez.

– E segundo: meu primo Jared me contou que Claire Fraser era conhecida como… como uma Dama Branca, quando viveu em Paris muitos anos atrás.

Madre Hildegarde estalou a língua, zangada.

– Ela não era nada disso. Que bobagem! Mas é verdade que circulava um boato desse tipo – reconheceu ela a contragosto.

A madre tamborilou na mesa. Apesar das articulações aumentadas pela idade, as mãos eram surpreendentemente ágeis, e ele se lembrou que madre Hildegarde era musicista.

– Madre…

– Sim?

– Não sei se tem alguma coisa a ver… A senhora já ouviu falar num homem chamado conde de Saint-Germain?

A velha freira já estava da cor de um pergaminho. Ao ouvir isso, ficou branca feito osso, e seus dedos agarraram a borda da mesa.

– Já – respondeu ela. – Me diga… e me diga depressa… o que ele tem a ver com irmã Gregória?

Joan deu um último chute na porta sólida, um chute protocolar, então se virou e se deixou cair com as costas apoiadas nela, ofegante. O quarto era imenso e ocupava todo o andar de cima da casa, embora pilastras e vigas aqui e ali indicassem onde as paredes haviam sido derrubadas. Tinha um cheiro estranho e um aspecto mais estranho ainda.

– Bendito Miguel, me proteja – sussurrou ela para si mesma, voltando a falar gaélico de tão abalada.

Num dos cantos havia uma cama muito elegante, repleta de travesseiros e rolos de pena, com quatro colunas espiraladas nos cantos e pesadas guirlandas e cortinas de tecido bordado com o que pareciam ser fios de ouro e prata.

Será que o conde – ele tinha lhe dito seu nome, ou pelo menos seu título, quando ela lhe perguntara – arrastava as jovens ali para cima com finalidades maldosas? Pois com certeza não havia preparado o recinto apenas para a sua chegada. A área junto à cama estava equipada com todo tipo de mobília sólida e lustrosa, com tampos de mármore e alarmantes pés folheados a ouro que pareciam ter saído de algum tipo de animal ou ave dotado de imensas garras recurvas.

De modo casual, ele também confessara que era um feiticeiro, e para que não tocasse em nada. Ela se benzeu e desviou os olhos da mesa com os pés de aspecto mais desagradável; talvez ele tivesse enfeitiçado a mobília, e esta ganhasse vida e saísse andando ao anoitecer. Pensar nisso a fez se afastar depressa até a extremidade oposta do recinto, com o terço bem apertado na mão.

Aquele lado do quarto não era menos alarmante, mas pelo menos não parecia que nenhum dos grandes globos, jarros e tubos de vidro colorido pudessem se mover sozinhos. Era *dali* que vinham os piores cheiros, porém: algo que recendia a cabelo queimado e melado, e alguma outra coisa muito forte que eriçava os pelos do nariz, como quando alguém escavava um sanitário para obter salitre. *Havia*, porém, uma janela perto da mesa comprida sobre a qual estavam dispostas todas essas coisas sinistras, e ela se dirigiu para lá na mesma hora.

O grande rio – o Sena, como Michael o havia chamado – estava bem ali embaixo, e a visão de embarcações e pessoas a fez se sentir um pouco mais calma. Ela pôs a mão sobre a mesa para chegar mais perto, mas a colocou sobre algo pegajoso e a tirou depressa. Engoliu em seco e se inclinou com mais cuidado. A janela tinha barras pelo lado de dentro. Ela olhou em volta e viu que todas as outras também tinham.

Pela Santa Virgem Abençoada, o que aquele homem imaginava que fosse tentar entrar? Um arrepio subiu-lhe pela espinha e se espalhou pelos braços ao imaginar demônios alados pairando sobre a rua à noite, batendo asas de couro contra a janela. *Ou seria, Senhor do céu, para não deixar* sair *a mobília?*

Havia um banquinho com um aspecto razoavelmente normal. Ela se sentou nele, fechou os olhos e começou a rezar com grande fervor. Após um breve tempo, lembrou-se de respirar, e logo depois começou a ser capaz de pensar outra vez, estremecendo só de vez em quando.

Ele não a havia ameaçado. Tampouco a havia machucado, não de verdade. Apenas tapou sua boca e pôs o outro braço em volta do seu corpo, puxando-a consigo, obrigando-a a subir na carruagem. Sua mão chocantemente familiar debaixo do traseiro, embora não houvesse feito isso com nenhum intuito de que estava querendo molestá-la.

Na carruagem, havia se apresentado e se desculpado pelo incômodo – *incômodo, que atrevimento!* –, então segurado as duas mãos dela com as suas e encarado seus olhos fixamente enquanto as apertava cada vez mais forte. Havia levado as mãos dela

148

ao rosto, tão próximas que ela pensara que sua intenção fosse cheirá-las ou beijá-las, mas depois as havia soltado, com o cenho muito franzido.

Tinha ignorado as perguntas dela e sua insistência para ser devolvida ao convento. Na verdade, quase parecera se esquecer de que ela estava ali, e a deixara encolhida no canto enquanto se concentrava em alguma coisa, dobrando os lábios para dentro e para fora da boca. Então a tinha feito subir até ali, dito rapidamente que ela não seria machucada, acrescentado a frase sobre ser um feiticeiro de modo muito casual e a trancado lá dentro.

Ela estava apavorada... e indignada. No entanto, agora que havia se acalmado um pouco, achava que na verdade não estava com medo *dele*, o que lhe parecia estranho. Com certeza deveria estar, não?

Mas tinha acreditado quando ele dissera não ter a intenção de machucá-la. Se isso fosse verdade... o que ele queria com ela?

Talvez queira saber o que você quis dizer quando correu até ele no mercado e falou para não fazer isso, comentou seu bom senso, até então lamentavelmente ausente.

– Ah – murmurou ela em voz alta.

Fazia sentido. Naturalmente ele devia estar curioso em relação a isso. Tornou a se levantar e explorou o recinto enquanto refletia. Porém, não podia dizer a ele mais do que já dissera. Esse era o problema. Será que ele acreditaria nela com relação às vozes? Mesmo que acreditasse, tentaria descobrir mais, e não havia muito mais a descobrir. O que aconteceria então?

Não espere para ver, aconselhou seu bom senso.

Já havendo chegado a essa conclusão, ela não se deu ao trabalho de responder. Havia encontrado um almofariz e um pilão pesados. Eles deveriam servir. Enrolou o almofariz no avental e foi até a janela que dava para a rua. Iria quebrar a vidraça e gritar até atrair a atenção de alguém. Mesmo tão alto, alguém iria escutar. Pena que era uma rua tranquila. Mas...

Ela se retesou feito um cão caçador de aves. Havia uma carruagem parada em frente a uma das casas do outro lado da rua, e dela estava saltando Michael Murray! Ele estava no meio do ato de colocar o chapéu – aqueles cabelos ruivos flamejantes eram inconfundíveis.

– Michael! – gritou ela a plenos pulmões.

Mas ele não olhou para cima. O som não atravessava o vidro. Ela desferiu o almofariz envolto em tecido contra a janela, mas este ricocheteou nas barras com um *tlém!* metálico. Ela inspirou fundo e mirou melhor. Desta vez conseguiu acertar uma das folhas. Animada, tentou outra vez com toda a força de seus braços e ombros musculosos, e foi recompensada com um pequeno barulho de algo se quebrando, uma chuva de cacos, e uma lufada de ar lamacento do rio.

– *Michael!*

Mas ele havia desaparecido. O rosto de um criado surgiu por um breve instante na porta aberta da casa em frente. Em seguida, desapareceu quando a porta se fechou. Através de uma névoa vermelha de frustração, ela reparou no pedaço de crepe preto pendurado na maçaneta. Quem teria morrido?

Eulalie, esposa de Charles, estava na saleta menor cercada por uma roda de mulheres. Todas elas se viraram para ver quem havia entrado, muitas erguendo os lenços em preparação para um novo acesso de choro. Todas piscaram para Michael, em seguida se viraram para Eulalie como quem espera uma explicação.

Apesar de vermelhos, os olhos de Eulalie estavam secos. Parecia que toda a umidade e toda a cor dela tinham sido sugadas para dentro de si. O rosto se encontrava branco feito papel e muito esticado por cima dos ossos. Também olhou para Michael, mas sem grande interesse. Ele supôs que estivesse chocada demais para que qualquer coisa importasse muito. Sabia como ela se sentia.

– Monsieur Murray – disse ela, numa voz monocórdia, quando ele se curvou acima da sua mão. – Quanta gentileza sua vir aqui.

– Eu… queira aceitar minhas condolências, madame, minhas e do meu primo. Eu não tinha… Eu não sabia da sua triste perda.

Ele estava quase gaguejando enquanto tentava absorver a realidade da situação. O que teria acontecido com Charles?

A boca de Eulalie se retorceu.

– Triste perda – repetiu ela. – Sim. Obrigada.

Então sua alienação anestesiada se rompeu um instante, e ela o encarou com um olhar mais incisivo.

– O senhor não tinha ouvido. Quer dizer… que não sabia? Veio *ver* Charles?

– Ah, sim, madame – respondeu ele, sem graça. Duas das mulheres arquejaram, mas Eulalie já tinha se levantado.

– Bem, nesse caso, pode vir vê-lo – falou e saiu do recinto, deixando-o sem outra escolha além de segui-la.

– Eles o limparam – observou ela ao abrir a porta para a saleta maior do outro lado do corredor. Poderia estar se referindo a um incidente doméstico que houvesse bagunçado a cozinha.

Michael pensou que de fato devia ter sido uma grande bagunça. Charles jazia deitado sobre a mesa de jantar, enfeitada com uma toalha e coroas de folhagens e flores. Uma mulher vestida de cinza sentada ao lado da mesa tecia outras coroas usando folhas e capins retirados de um cesto. Ela ergueu o rosto e seu olhar se fixou em Eulalie, depois em Michael, depois de novo em Eulalie.

– Saia – ordenou Eulalie com um gesto da mão, e a mulher na mesma hora se levantou e saiu.

Michael viu que ela estava fabricando uma coroa de folhas de louro, e teve o súbito e absurdo pensamento de que pretendia usá-la para coroar Charles à maneira de um herói grego.

– Ele cortou a própria garganta – disse Eulalie. – Covarde.

Ela falava com uma calma perturbadora, e Michael se perguntou o que aconteceria quando o choque começasse a se dissipar. Produziu uma espécie de gemido gutural e, tocando o braço da mulher com delicadeza, passou por ela para olhar o amigo.

Diga a ele para não fazer isso.

O homem morto não parecia em paz. Algumas rugas de estresse no seu semblante ainda não tinham se apagado, e ele parecia ter o cenho franzido. Os funcionários da funerária haviam limpado o corpo e vestido nele um traje azul-escuro meio surrado. Devia ser o único traje adequado que ele possuía. De repente, sentiu falta da frivolidade do amigo com uma onda que fez brotar em seus olhos lágrimas inesperadas.

Diga a ele para não fazer isso. Não chegara a tempo. *Se eu tivesse vindo na hora, assim que ela me disse… será que o teria impedido?*

Podia sentir o cheiro de sangue, um odor enjoativo de ferrugem que se sobressaía em meio ao frescor das flores e das folhagens. O agente funerário tinha amarrado um lenço de pescoço branco em Charles – e feito um nó antiquado, que o próprio Charles não teria usado de jeito nenhum. Mas os fios pretos dos pontos apareciam acima do lenço, e o ferimento se destacava contra a pele lívida do morto.

O choque de Michael estava começando a se amenizar, e punhaladas de culpa e raiva o penetravam como agulhas.

– Covarde? – sussurrou ele.

Não era sua intenção fazer uma pergunta, mas pareceu-lhe mais cortês falar assim. Eulalie deu um muxoxo. Ao erguer o rosto, Michael deparou com toda a intensidade do seu olhar. Não, ela não estava mais chocada.

– Você sabia, não sabia? – indagou ela, e o modo como falou não foi de modo algum uma pergunta. – Sabia sobre aquela vadia da sua cunhada, não é? E sobre Babette? – Os lábios dela se dobraram num esgar ao pronunciar o nome. – A *outra* amante dele?

– Eu… não. Quero dizer… Léonie me contou ontem. Foi por isso que vim falar com Charles.

Bem, ele com certeza teria mencionado Léonie. E não iria chegar nem perto de mencionar Babette, sobre quem já sabia fazia algum tempo. Mas, por Deus, o que a mulher achava que ele poderia ter feito em relação a isso?

– Covarde – repetiu ela, baixando os olhos com desprezo para o corpo de Charles. – Ele arrumou uma confusão *tremenda*… e depois não conseguiu lidar com ela, então fugiu e me deixou sozinha, com filhos, sem um tostão!

Diga a ele para não fazer isso.

Michael a encarou para ver se ela estava exagerando, mas não. Eulalie agora estava exaltada, tanto de raiva quanto de medo, e sua calma gélida havia desaparecido.

– A… A casa…? – começou ele, dando um aceno um tanto vago para indicar o cômodo caro e estiloso. Sabia que era a casa da família dela; fora ela quem trouxera o imóvel ao se casar.

Eulalie bufou.

– Ele perdeu numa partida de cartas semana passada – falou, amargurada. – Se eu tiver sorte, o novo proprietário vai me deixar enterrá-lo antes de sermos obrigados a sair.

– Ah. – A menção de partidas de cartas o sacudiu de novo para uma consciência do motivo que o levara até ali. – Madame, eu estava pensando se a senhora saberia quem é um conhecido de Charles… o conde de Saint-Germain?

Foi direto, mas não tinha tempo de pensar numa forma graciosa de abordar o assunto. Eulalie piscou, atônita.

– O conde? Por que quer saber sobre *ele?* – Sua expressão se aguçou e se tornou ávida. – O senhor acha que ele deve dinheiro a Charles?

– Não sei, mas com certeza vou descobrir isso para a senhora – prometeu-lhe Michael. – Se puder me dizer onde encontrar *monsieur le comte.*

Ela não riu, mas sua boca estremeceu de um jeito que, em outra ocasião, poderia ter sido bom humor.

– Ele mora do outro lado da rua. – Ela apontou para a janela. – Naquela grande pilha de… Aonde o senhor está indo?

Mas Michael já tinha saído para o corredor, e a pressa fez os calcanhares de suas botas estalarem no piso.

Passos vinham subindo a escada. Joan se afastou da janela com um tranco, mas então esticou outra vez o pescoço, querendo desesperadamente que a porta do outro lado da rua se abrisse e Michael aparecesse. *O que ele estava fazendo ali?*

Aquela porta não se abriu, mas uma chave chacoalhou na fechadura da porta do cômodo em que ela se encontrava. Desesperada, ela arrancou o terço do cinto e o jogou pelo buraco da janela, então atravessou correndo o recinto e se atirou sobre uma das cadeiras repulsivas.

Era o conde. Preocupado por um instante, ele olhou em volta, e então, quando a viu, seu rosto relaxou. Andou na direção dela com a mão estendida.

– Sinto muito tê-la feito esperar, mademoiselle – desculpou-se, muito cortês. – Venha, por favor. Tenho uma coisa para lhe mostrar.

– Eu não quero ver.

Ela se retesou um pouco e encolheu os pés sob o corpo para tentar impedi-lo de levantá-la. Se ao menos conseguisse atrasá-lo até Michael sair! Mas ele poderia muito bem não ver o terço, ou então, mesmo que visse, não saber que era dela. Por que saberia? Os terços das freiras são todos iguais!

Apurou os ouvidos na esperança de escutar os ruídos de uma partida do outro lado da rua – gritaria até estourar os pulmões. Na verdade...

O conde suspirou um pouco, mas se abaixou. Segurou-a pelos cotovelos e a levantou de uma vez só, com os joelhos ainda absurdamente dobrados. Era mesmo muito forte. Ela baixou os pés e ficou ali, com a mão imprensada no vão do cotovelo dele, sendo conduzida pelo recinto em direção à porta, dócil feito uma vaca a caminho da ordenha! Decidiu-se num instante, desvencilhou-se com um tranco e correu até a janela quebrada.

– SOCORRO! – berrou pela vidraça quebrada. – Alguém me ajude, alguém me ajude! Quero dizer, *au secours! AU SECOU...* – A mão do conde tapou sua boca, e ele disse algo em francês que ela teve certeza de que devia ser um palavrão.

Recolheu-a do chão tão depressa que a deixou sem ar e, antes que ela pudesse proferir qualquer outro som, já a tinha carregado porta afora.

Michael não parou para pegar o chapéu nem a capa, mas saiu para a rua tão depressa que o condutor da sua carruagem despertou sobressaltado de um cochilo e os cavalos se assustaram e protestaram com um relincho. Ele também não se deteve nisso, mas atravessou o calçamento correndo e começou a esmurrar a porta, uma coisa maciça revestida de bronze que ribombou sob seus punhos.

Não pode ter demorado muito, mas pareceu uma eternidade. Com raiva, ele tornou a bater e, ao parar para tomar fôlego, viu o terço na calçada. Correu para pegá-lo, arranhou a mão, e viu que o objeto estava rodeado por cacos de vidro. Na mesma hora olhou para cima e viu a janela quebrada bem na hora em que a grande porta se abriu.

Jogou-se em cima do mordomo feito um gato selvagem e o agarrou pelos braços.

– Onde ela está? Onde, seu maldito?

– Ela? Aqui não tem nenhuma "ela", *monsieur... monsieur le comte* mora sozinho. O senhor...

– Onde está *monsieur le comte*?

A urgência de Michael era tão grande que ele sentiu que poderia bater naquele homem. O mordomo também pareceu sentir isso, pois empalideceu e, desvencilhando-se com um tranco, fugiu rumo às profundezas da casa. Sem hesitar mais de um segundo, Michael foi atrás.

Com os pés impulsionados pelo medo, o mordomo fugiu pelo corredor com Michael bem no seu encalço. O homem irrompeu pela porta da cozinha; Michael teve uma vaga consciência do rosto chocado de cozinheiras e criadas, e então eles saíram para a horta. O mordomo diminuiu a velocidade por um instante ao descer a escada, e Michael se jogou em cima dele, derrubando-o.

Os dois rolaram juntos pelo caminho de cascalho, e Michael então ficou por cima dele. Agarrou-o pela frente da camisa e, sacudindo-o, gritou:

– ONDE ELA ESTÁ?

Completamente subjugado, o mordomo cobriu o rosto com o braço e apontou às cegas para um portão no muro.

Michael saiu de cima do corpo deitado no chão e correu. Pôde ouvir o barulho das rodas, o estalo de cascos – abriu o portão a tempo de ver a traseira de uma carruagem sacolejando pela *allée* e um criado boquiaberto imobilizado no ato de fazer deslizar as portas de uma garagem. Continuou a correr, mas estava claro que nunca conseguiria alcançar a carruagem a pé.

– JOAN! – gritou para o veículo que desaparecia. – Estou indo!

Não perdeu tempo interrogando o criado, mas correu de volta, abrindo caminho aos empurrões por criadas e lacaios reunidos em volta do mordomo encolhido, e explodiu pela porta da casa afora, dando um novo susto no seu condutor.

– Por ali! – gritou, e apontou para a distante interseção da rua com a *allée*, de onde a carruagem do conde emergia nesse mesmo instante. – Atrás daquela carruagem! *Vite!*

– *Vite!* – instou o conde a seu condutor, então se recostou, deixando o alçapão do teto se fechar.

O sol se punha. Suas obrigações tinham levado mais tempo do que imaginara, e ele queria estar fora da cidade antes do anoitecer. As ruas eram perigosas à noite.

Sua prisioneira o encarava com uns olhos imensos sob a luz fraca. Perdera o véu de postulante e seus cabelos escuros estavam soltos sobre os ombros. Estava encantadora, mas muito assustada. Ele estendeu a mão para a bolsa no chão e pegou um cantil de conhaque.

– Beba um pouco disto aqui, *chérie*.

Removeu a rolha e lhe passou o cantil. Ela o pegou, mas pareceu não saber ao certo o que fazer com aquilo, e o cheiro forte a fez torcer o nariz.

– Sério – garantiu ele. – Vai fazê-la se sentir melhor.

– É o que todos dizem – retrucou ela no seu francês lento e canhestro.

– Todos quem? – indagou ele, espantado.

– Todos os Antigos. Não sei exatamente como vocês os chamam em francês. O povo que mora nas montanhas… *souterrain?* – acrescentou ela num tom de dúvida. – No subterrâneo?

– No subterrâneo? E eles lhe dão conhaque?

Ele sorriu, mas seu coração deu um súbito pulo de animação. Talvez ela fosse *mesmo*. Duvidara de seus instintos quando não conseguira avivá-la com seu toque, mas estava claro que ela era *alguma coisa*.

– Eles dão de comer e de beber – explicou ela, colocando o cantil entre o assento estofado e a parede. – Mas quem aceita perde tempo.

A onda de animação se repetiu, mais forte.

– Perde tempo? – repetiu ele, incentivando-a. – Como assim?

Ela fez força para encontrar as palavras, e sua testa lisa se franziu com o esforço.

– Eles... você... a pessoa que é enfeitiçada por eles... por ele? Sim, por ele... ela vai para dentro do morro, e há música, comida e dança. Mas de manhã, quando ele volta, duzentos anos se passaram desde que ele foi se banquetear com... com o Povo. Todo mundo que ele conhecia virou pó.

– Que interessante – comentou o conde.

Era mesmo. Perguntou-se também, com um novo espasmo de animação, se os antigos desenhos, aqueles lá no fundo das entranhas da mina de giz, poderiam ter sido feitos por esse Povo, fosse quem fosse.

Ela o observava com atenção, aparentemente em busca de alguma indicação de que o conde fosse um ser encantado. Ele lhe sorriu, embora seu coração agora batesse com uma força audível. *Duzentos anos!* Pois esse, segundo Mélisande – *maldita seja ela*, pensou ele por um breve instante com uma pontada ao se lembrar de Madeleine –, esse era o período usual quando se viajava através da pedra. Podia ser modificado pelo uso de pedras preciosas ou sangue, mas era o habitual. E tinha sido da primeira vez que ele voltara.

– Não se preocupe – disse ele à moça na esperança de tranquilizá-la. – Eu só quero que a senhorita veja uma coisa. Depois a levarei de volta para o convento... supondo que ainda queira ir para lá?

Ele arqueou a sobrancelha, provocando-a um pouco. Na verdade, não era sua intenção amedrontá-la, embora já o tivesse feito. O medo era inevitável. Perguntou-se o que exatamente ela poderia fazer ao se dar conta de que ele tinha planos de levá-la para debaixo da terra.

Michael se ajoelhou no assento com a cabeça para fora da janela da carruagem, instando-a a ir mais depressa pela força da vontade e dos músculos. A escuridão agora era completa, e só era possível ver a carruagem do conde como um borrão distante a se mover. Mas eles estavam fora da cidade. Não havia outro veículo grande na estrada, nem era provável que houvesse – e eram muito poucas as saídas que uma viatura daquele porte poderia usar para se desviar da estrada principal.

O vento soprava no seu rosto, soltando fios de cabelos que lhe batiam na face. Trazia também um leve cheiro de podre. Eles passariam pelo cemitério dali a poucos minutos.

Desejou ardentemente ter levado uma pistola ou um espadim! Mas não havia nada ali com ele na carruagem, e ele nada carregava consigo a não ser as roupas e o que possuía no bolso: um punhado de moedas, o lenço que Joan usara, uma caixa de material inflamável para acender fogo, um pedaço de papel amassado, um toco de cera de lacre e uma pequena pedra que ele havia recolhido na rua, rosada com uma listra amarela. Talvez ele pudesse improvisar uma funda com o lenço, pensou, desatinado, e acertar o conde na cabeça com a pedra, à moda de Davi e Golias. E depois cortar a cabeça do conde com o canivete encontrado no bolso da frente do casaco.

O terço de Joan estava dentro desse mesmo bolso. Ele o pegou e o enrolou na mão esquerda, segurando as contas para se reconfortar. Estava abalado demais para rezar algo além das palavras que repetia em silêncio vezes sem conta, mal reparando no que dizia.

Permita que eu a encontre a tempo!

– Diga-me, por que falou comigo naquele dia, no mercado? – perguntou o conde, curioso.

– Queria não ter falado – respondeu Joan apenas.

Não confiava nem um pouco nele... menos ainda depois de ele ter oferecido o conhaque. Até então não lhe ocorrera que ele talvez fosse *mesmo* um dos Antigos. Eles podiam andar por aí como se fossem pessoas normais. Sua mãe passara anos convencida de que Claire fosse um deles. Alguns dos Murrays também acreditavam nisso. Ela mesma não tinha certeza. Claire tinha sido boa com ela, mas ninguém dizia que o Povo *não podia* ser gentil, se quisesse.

A esposa de seu pai. Um pensamento súbito a paralisou: a lembrança de seu primeiro encontro com madre Hildegarde, quando ela havia entregado à madre superiora a carta de Claire. Tinha dito *"ma mère"*, sem conseguir pensar numa palavra que pudesse significar "madrasta". Não parecera ter importância. Por que alguém deveria se importar com isso?

– Claire Fraser – falou em voz alta, observando o conde com atenção. – O senhor a conhece?

Os olhos dele se arregalaram, e a parte branca se destacou no escuro. Ah, sim, ele a conhecia!

– Conheço – confirmou ele, inclinando-se para a frente. – Sua mãe, não é?

– Não! – exclamou Joan com veemência, e repetiu em francês, várias vezes para dar mais ênfase. – Não, ela não é!

Observou, porém, com desânimo no coração, que sua força fora mal utilizada. Ele não estava acreditando. Pôde ver isso pela expressão ávida em seu rosto. O conde achava que ela estivesse mentindo para dissuadi-lo.

– Eu disse o que disse no mercado porque as vozes me mandaram dizer! – explicou sem pensar, desesperada para encontrar algo que o pudesse distrair da ideia aterrorizante de que ela era um dos Antigos.

Embora, se *ele* fosse, assinalou seu bom senso, deveria ser capaz de reconhecê-la.

Ah, Cristo, cordeiro de Deus! Era isso que ele havia tentado fazer ao segurar suas mãos com tanta força e ao encarar seu rosto.

– Vozes? – indagou ele, parecendo não entender. – Que vozes?

– As da minha cabeça – respondeu ela, dando um suspiro interno de irritação. – Elas me dizem coisas de vez em quando. Sobre outras pessoas. O senhor sabe... – continuou, incentivando-o. – Eu sou uma... uma... – São Jerônimo do céu, qual era mesmo a *palavra*?!? – Alguém que vê o futuro – concluiu, sem conseguir achar coisa melhor. – Ahn... parte do futuro. Às vezes. Não sempre.

O conde estava esfregando um dedo no lábio superior. Ela não soube dizer se estava expressando uma dúvida ou tentando não rir, mas de toda forma aquilo a deixou zangada.

– Então uma delas me mandou dizer aquilo ao senhor, e eu disse! – exclamou ela, voltando ao sotaque escocês. – Não sei o que o senhor não deve fazer, mas eu o aconselharia a não fazê-lo!

Ocorreu-lhe tardiamente que talvez matá-la fosse a coisa que ele não devesse fazer, e estava prestes a lhe sugerir essa ideia, mas quando conseguiu por fim desenredar gramática suficiente para tentar, a carruagem já estava diminuindo a velocidade e se sacudindo de um lado para outro conforme saía da estrada principal. Um cheiro enjoativo permeou o ar e ela se sentou ereta, com o coração na garganta.

– Por Maria, José e Santa Brígida – balbuciou, com uma voz que parecia mais um chiado. – *Onde* nós estamos?

Michael pulou da carruagem pouco antes de ela parar de se mover. Não se atrevia a deixá-los ganhar muita dianteira; seu condutor quase passara da entrada, e a carruagem do conde tinha parado minutos antes de a sua alcançá-la.

– Fale com o outro condutor – gritou ele para o dele, parcialmente visível dentro da boleia. – Descubra por que o conde veio para cá! Descubra o que ele está fazendo!

Nada de bom. Disso tinha certeza. Embora não conseguisse imaginar por que alguém fosse raptar uma freira e arrastá-la para fora de Paris no escuro, apenas para parar na beira de um cemitério público. A menos que... Havia boatos sobre homens depravados que assassinavam e esquartejavam suas vítimas, e mesmo sobre alguns que *comiam*... Sua barriga se contraiu e ele quase vomitou, mas não era possível vomitar e correr ao mesmo tempo, e ele podia ver uma mancha pálida na escuridão que pensava – esperava, temia – ser Joan.

De repente, a noite desabrochou numa explosão. Uma imensa nuvem de fogo verde brotou no escuro, e à sua luz fantasmagórica ele a viu com clareza, os cabelos esvoaçando ao vento.

Abriu a boca para gritar, para chamá-la, mas não teve ar, e antes de conseguir se recuperar ela desapareceu terra adentro com o conde logo atrás, a tocha na mão.

Michael chegou ao duto instantes depois, e viu lá embaixo um levíssimo clarão verde que desaparecia dentro de um túnel. Sem hesitar, jogou-se escada abaixo.

– Está escutando alguma coisa?

O conde não parava de lhe fazer a mesma pergunta conforme os dois seguiam cambaleando pelos túneis de parede branca, segurando-a pelo braço com tanta força que, com certeza, iria deixar hematomas na pele.

– Não – arquejou ela. – O que... o que eu deveria escutar?

Ele apenas balançou a cabeça de um modo descontente, como se estivesse ouvindo alguma coisa, mais do que por estar zangado que ela não ouvisse.

Joan queria acreditar que ele tinha falado a verdade e que ia levá-la de volta. Ele pretendia voltar: acendera várias tochas e as deixara acesas pelo caminho. De modo que não estava prestes a sumir totalmente dentro do morro e levá-la consigo para o salão de baile iluminado em que as pessoas dançavam a noite inteira com o Belo Povo, sem saber que o seu próprio mundo ia passando do outro lado das pedras do morro.

O conde parou abruptamente e apertou com mais força o braço dela.

– Fique parada – ordenou, bem baixinho, embora ela não estivesse fazendo barulho algum. – Escute.

Ela apurou ao máximo os ouvidos... e pensou ter escutado mesmo alguma coisa. O que pensava estar ouvindo, porém, eram passos ao longe. Atrás deles. Sentiu o coração se contrair por um instante.

– O que... o que *o senhor* está escutando?

Ele a encarou, mas não como se a estivesse realmente vendo.

– Elas – respondeu ele. – As pedras. Na maior parte do tempo elas emitem um zumbido. Mas, quando um festival do fogo ou do sol se aproxima, elas começam a cantar.

– É mesmo? – indagou ela com uma voz débil.

Podia ouvir *alguma coisa*, e não eram os passos que ouvira antes. Os passos agora tinham parado, como se quem quer que os seguisse estivesse aguardando, quem sabe avançando devagar, pé ante pé, tomando cuidado para não fazer nenhum ruído.

– Sim – respondeu ele com uma expressão concentrada. Tornou a encará-la com atenção, e desta vez a viu. – Você não as ouve – falou, num tom de certeza, e ela balançou a cabeça.

Ele apertou os lábios, mas, após alguns instantes, ergueu o queixo e fez um gesto em direção a outro túnel, onde parecia haver algo pintado no giz.

Ali parou para acender outra tocha, de um amarelo vivo e com fedor de enxofre. E ela viu nessa luz o formato tremeluzente da Virgem com Menino. A visão lhe alegrou o coração, pois com certeza seres encantados não teriam algo assim no seu antro.

– Venha – disse ele, e desta vez a segurou pela mão. A dele estava fria.

Michael os viu de relance quando eles entraram num túnel lateral. O conde havia acendido outra tocha, desta vez vermelha – como ele fazia isso? –, e era fácil seguir sua luz.

Quão profundamente eles haviam penetrado nas entranhas da terra? Ele já perdera havia muito a noção de onde tinha virado, embora talvez conseguisse voltar seguindo as tochas – supondo que já não houvessem todas se consumido.

Ainda não tinha nenhum plano em mente a não ser segui-los até eles pararem. Nessa hora iria se mostrar e... bem, levar Joan embora dali, de qualquer modo que julgasse necessário.

Engoliu em seco. Com o terço ainda enrolado na mão esquerda e o canivete empunhado na direita, Michael adentrou as sombras.

A câmara era redonda e bastante grande. Grande o suficiente para a tocha não alcançar todos os cantos, mas iluminar o pentagrama gravado no centro do piso.

O barulho estava fazendo os ossos de Rakoczy doerem e, por mais frequentemente que o houvesse escutado, ele nunca deixava de fazer seu coração se acelerar e suas mãos suarem. Soltou a mão da freira por um instante para secar a palma na barra do casaco, pois não queria lhe causar repulsa. Ela parecia assustada, mas não aterrorizada, e se estivesse escutando com certeza iria...

Os olhos dela tinham se arregalado de repente.

– Quem é *esse?* – indagou ela.

Ele girou nos calcanhares e deparou com Raymond em pé no centro do pentagrama, com toda a tranquilidade.

– *Bonsoir, mademoiselle* – disse o sapo, e se curvou com educação.

– Ahn... *bonsoir* – respondeu a jovem com uma voz fraca.

– O que está fazendo aqui? – Rakoczy interpôs o corpo entre Raymond e a freira.

– Provavelmente a mesma coisa que o senhor – respondeu o sapo. – Não quer me apresentar sua *petite amie?*

Choque, raiva e pura incompreensão deixaram Rakoczy sem conseguir falar por alguns instantes. O que aquela criatura infernal estava fazendo *ali?* Espere – a moça! A filha perdida que ele havia mencionado: a filha era a freira! Ele tinha descoberto seu paradeiro e dera um jeito de segui-los até ali. Rakoczy tornou a segurar com firmeza o braço dela.

– Ela é escocesa – falou. – E, como pode ver, é freira. Não é assunto seu.

Calmo e composto, o sapo parecia estar achando graça. Rakoczy suava. Ele podia sentir dentro do bolso a pequena bolsa de pedras, um bolo duro junto ao coração. Elas pareciam quentes, mais quentes até do que a sua pele.

– Duvido que seja mesmo – retrucou Raymond. – Mas por que ela é assunto seu?

– Isso tampouco é assunto seu.

Ele estava tentando pensar. Não podia posicionar as pedras, não com o maldito sapo ali em pé. Será que conseguiria simplesmente ir embora com a moça? E se o sapo pretendesse lhe fazer algum mal? E se a moça de fato não fosse…?

Raymond ignorou a incivilidade e tornou a se curvar para a jovem.

– Sou mestre Raymond, minha cara – apresentou-se. – E a senhorita?

– Joan Mac… – começou ela. – Ahn… Quero dizer, irmã Gregória. – Ela tentou se desvencilhar da mão de Rakoczy. – Humm. Se eu não sou assunto de nenhum de vocês, cavalheiros…

– Ela é assunto meu.

Apesar do nervosismo, a voz foi firme. Rakoczy olhou em volta e ficou chocado ao ver o jovem comerciante de vinhos entrar na câmara, desarrumado e sujo, mas com os olhos fixos na moça. Ao seu lado, a freira deu um arquejo.

– Irmã. – O comerciante se curvou. Tinha o rosto branco, mas não estava suando. O frio da caverna parecia ter penetrado seus ossos, mas ele estendeu a mão, e dela pendiam as contas de um rosário de madeira. – Deixou cair seu terço.

Joan pensou que fosse desmaiar de tanto alívio. Seus joelhos tremiam de terror e de exaustão, mas ela conseguiu reunir forças suficientes para se soltar do conde com um puxão e correr, cambaleante, para os braços de Michael. Ele a segurou e a puxou para longe de Saint-Germain, quase a arrastando.

O conde produziu um ruído zangado e deu um passo na direção de Joan, mas Michael falou "Pare onde está, seu canalha!" bem na hora em que o homenzinho com cara de sapo disse: "Pare!"

O conde se virou primeiro na direção de um, depois na do outro. Parecia… ensandecido. Joan cutucou Michael para incentivá-lo a ir em direção à porta da câmara, e só então reparou no canivete na mão dele.

– O que ia fazer com *isso*? – sussurrou. – A barba dele?

– Deixá-lo sem ar – resmungou Michael. Abaixou a mão, mas não guardou a lâmina, e manteve os olhos fixos nos dois homens.

– Sua filha – disse o conde com uma voz rouca para o homem que se chamava mestre Raymond. – O senhor estava procurando uma filha perdida. Eu a encontrei.

As sobrancelhas de Raymond se ergueram depressa, e ele olhou para Joan.

– Minha? – indagou ele, atônito. – Ela não é minha filha. O senhor não percebe?

– Perceber? Mas…

O sapo aparentou impaciência.

– Não consegue ver auras, o fluido elétrico que rodeia as pessoas? – perguntou ele, rodeando a própria cabeça com uma das mãos.

O conde esfregou a mão com força no rosto.

– Eu não consigo…

– Tenha a santa paciência, entre aqui!

Raymond foi até a borda da estrela, estendeu a mão para o outro lado e segurou a do conde.

O toque fez Rakoczy se retesar. Uma luz azul explodiu das suas mãos unidas, e ele deu um arquejo, sentindo uma onda de energia que nunca havia experimentado antes. Raymond o puxou com força, e Rakoczy passou por cima da linha e pisou dentro do pentagrama.

Silêncio. O zumbido havia cessado. O alívio foi tanto que ele quase chorou.

– Eu… o senhor… – gaguejou ele, olhando para as mãos unidas.

– O senhor não sabia? – Raymond exibia uma expressão de surpresa.

– Que o senhor era um…? – Rakoczy acenou para o pentagrama. – Achei que talvez fosse.

– Isso não – disse Raymond, quase com suavidade. – Que o senhor era um dos meus.

– Um dos seus?

Rakoczy olhou para baixo outra vez: a luz azul agora pulsava suavemente ao redor de seus dedos.

– Todo mundo tem algum tipo de aura – comentou Raymond. – Mas só… somente os meus têm… *isto aqui.*

No silêncio abençoado, foi possível voltar a pensar. E a primeira coisa que lhe veio à mente foi a Câmara da Estrela, e o rei assistindo enquanto eles se encaravam por sobre um cálice envenenado. E agora ele sabia por que o sapo não o havia matado.

Sua mente borbulhava de tantas perguntas. La Dame Blanche, luz azul, Mélisande e Madeleine… Pensar em Madeleine e no que crescia em seu útero quase o deteve, mas a ânsia de descobrir, de finalmente *saber,* foi forte demais.

– O senhor… nós… nós podemos viajar para a frente?

Raymond hesitou por um instante, depois aquiesceu.

– Sim. Mas não é seguro. Nem um pouco seguro.

– Pode me mostrar?

– Estou falando sério. – O sapo apertou mais sua mão. – Não é algo seguro de se saber, quanto mais de se fazer.

Rakoczy riu, e na mesma hora se sentiu animado e cheio de alegria. Por que deveria temer o conhecimento? A passagem talvez até o matasse, mas ele estava com o bolso cheio de pedras preciosas; além do mais, de que adiantava esperar para morrer devagar?

– Me diga! – insistiu, apertando a mão do outro. – Em nome do sangue que nós compartilhamos!

Impressionada, Joan não movia um músculo. O braço de Michael ainda a enlaçava, mas ela mal percebia.

– Ele *é!* – sussurrou ela. – Ele é mesmo! Os dois são!

– São o quê? – Michael a encarava boquiaberto.

– Antigos! Seres encantados!

Atordoado, ele tornou a encarar a cena à sua frente. Os dois homens estavam em pé, cara a cara, com as mãos unidas, a boca a se mover numa conversa animada – em total silêncio. Era como assistir a dois mímicos, mas ainda menos interessante.

– Estou pouco me importando com *o que* eles são. Loucos, criminosos, demônios ou anjos... Vamos!

Ele baixou o braço e a segurou pela mão, mas ela estava plantada com a mesma firmeza de um jovem carvalho, os olhos cada vez mais arregalados. Joan apertou a mão dele com força suficiente para esmigalhar os ossos e gritou, um grito agudo, a plenos pulmões:

– *Não façam isso!*

Michael girou nos calcanhares bem a tempo de vê-los sumir.

Os dois avançaram juntos aos tropeços pelos corredores compridos e pálidos, banhados pela luz tremeluzente das tochas já quase apagadas, vermelho, amarelo, azul, verde e um roxo horroroso que fez o rosto de Joan parecer o de uma afogada.

– *Des feux d'artifice* – disse Michael. Sua voz ecoou pelos túneis vazios e soou estranha. – Um truque de mágico.

– O quê? – Joan parecia drogada, e tinha os olhos negros de choque.

– Os fogos. As... As cores. A senhorita nunca ouviu falar em fogos de artifício?

– Não.

– Ah.

Pareceu-lhe trabalhoso demais explicar, e eles prosseguiram em silêncio, apressando-se quanto podiam para chegar à saída antes de a luz se extinguir por completo.

No pé da escada, ele parou para deixá-la subir primeiro, e concluiu tarde demais que deveria ter ido na frente – talvez ela pensasse que ele queria olhar por baixo da sua roupa... Virou-se para o outro lado depressa, com o rosto em chamas.

– Acha que ele era? Que *eles* eram? – Joan segurava a escada alguns metros acima dele. Mais além, ele podia ver as estrelas, serenas num céu de veludo.

– Eram o quê? – Ele ficou encarando seu rosto, de modo a não correr o risco de atentar ao seu pudor. Ela agora estava com um ânimo melhor, embora muito séria.

– Antigos? Seres encantados?

– Imagino que devessem ser.

O raciocínio dele processava muito devagar. Não queria ter que pensar. Fez um gesto para que ela subisse e a seguiu escada acima com os olhos bem fechados. Se eles fossem Antigos, então provavelmente tia Claire também era. *Nisso* ele realmente não queria pensar.

Sorveu com gratidão o ar puro para dentro dos pulmões. O vento agora soprava dos campos em direção à cidade, trazendo o cheiro fresco e resinoso dos pinheiros e um aroma de capim e de animais. Sentiu Joan respirar o mesmo ar e dar um profundo suspiro, e ela então se virou para ele, abraçou-o e encostou a testa em seu peito. Ele a envolveu nos braços, e os dois ficaram parados por algum tempo, em paz.

Por fim, ela se mexeu e endireitou o corpo.

– É melhor me levar de volta, então – falou. – As irmãs devem estar loucas de preocupação.

Embora consciente de uma aguda sensação de desapontamento, ele se virou obediente para a carruagem que aguardava ao longe.

– Tem certeza? – perguntou ele. – Suas vozes estão lhe dizendo para voltar?

Ela produziu um som que não chegou a ser uma risada triste.

– Não preciso de voz nenhuma para me dizer isso. – Passou a mão pelos cabelos, afastando-os do rosto. – Nas Terras Altas, quando um homem se torna viúvo, ele arruma outra esposa o mais rápido possível. Precisa de alguém para consertar sua camisa e criar seus filhos. Mas irmã Philomène diz que em Paris é diferente. Aqui um homem pode passar um ano de luto.

– Pode, sim – confirmou ele após um curto silêncio.

Será que um ano bastaria para curar a grande ferida deixada por Lillie? Sabia que jamais a esqueceria, que jamais pararia de procurá-la, mas tampouco esquecia o que Ian tinha lhe dito.

Mas depois de um tempo você constata que está num lugar diferente de onde estava antes. Que é uma pessoa diferente da que era antes. E então você olha em volta e vê o que está do seu lado. Talvez encontre uma função para si mesmo.

O rosto de Joan estava pálido e sério ao luar, a boca suave.

Demora um ano para uma postulante se decidir. Se fica e vira noviça ou se... vai embora. Leva tempo. Para saber.

– Sim – concordou ele suavemente. – Leva, sim.

Ele se virou para ir embora, mas ela o deteve com a mão em seu braço.

– Michael – falou. – Me beije, sim? Acho que talvez eu deva conhecer *isso* antes de me decidir.

UMA PRAGA
DE ZUMBIS

INTRODUÇÃO

A situação e a carreira de lorde John – solteiro, sem residência fixa, com conexões políticas discretas e uma patente razoavelmente alta de oficial – permitem-lhe participar com facilidade de aventuras distantes, em vez de estar amarrado a uma vida cotidiana tacanha. Para ser sincera, quando comecei a escrever as "excrescências" (ou seja, as obras de ficção mais curtas) envolvendo esse personagem, simplesmente observava em que ano ele se encontrava e então consultava uma das referências da minha cronologia histórica para ver que tipo de acontecimento interessante havia ocorrido. Foi assim que ele acabou indo parar em Québec para a batalha que ocorreu ali.

No caso desta história, contudo, há duas fontes distintas, ambas partindo do principal livro da série – neste caso, *O resgate no mar*. São elas: eu sabia que lorde John tinha sido governador da Jamaica em 1766, quando Claire o conheceu a bordo do *Porpoise*. Não era impossível um homem com contatos e sem experiência ser nomeado para um cargo desses, mas isso se tornava ainda mais provável se ele *tivesse experiência* no território para o qual foi nomeado.

"Uma praga de zumbis" é ambientada em 1761, e é a história de como lorde John ganhou essa experiência. Eu sabia também que Geillis Duncan não estava morta, e sabia onde ela estava. Com uma história ambientada na Jamaica, eu não pude resistir aos zumbis.

Spanish Town, Jamaica
Junho de 1761

Havia uma cobra em cima da mesa do salão. Uma cobra pequena, é verdade. Ainda assim, uma cobra. Lorde John Grey ponderou se deveria mencionar algo a respeito.

Parecendo um tanto alheio à presença do réptil enrodilhado, o governador pegou um decantador de cristal bisotado posicionado a menos de 15 centímetros da serpente. Talvez aquele fosse um animal de estimação ou quem sabe os residentes da Jamaica estivessem acostumados a criar cobras mansas dentro de casa, para matar ratos. A julgar pela quantidade de ratos que Grey tinha visto desde que desembarcara do navio, era algo sensato a se fazer – embora aquela cobra em especial não parecesse ter tamanho suficiente para enfrentar sequer um camundongo doméstico.

O vinho estava decente, mas foi servido na temperatura do corpo e pareceu atravessar diretamente o esôfago de Grey e entrar no seu sangue. Ele não havia comido nada desde antes do amanhecer e sentiu os músculos da região lombar começarem a formigar e a relaxar. Largou o copo na mesa; queria estar com o raciocínio claro.

– O senhor não calcula como estou feliz em recebê-lo – disse o governador, também soltando na mesa o próprio copo vazio. – A situação é grave.

– Foi o que o senhor disse na carta para lorde North. Não houve mudanças significativas desde então? – Fazia quase três meses que a tal carta fora escrita; muita coisa podia mudar em três meses.

Apesar da temperatura da sala, ele pensou ter visto o governador Warren estremecer.

– A situação piorou – disse o governador, pegando outra vez o decantador. – Piorou muito.

Grey sentiu os ombros se retesarem, mas falou com calma:

– Piorou como? Houve novos... – Ele hesitou enquanto buscava a palavra certa. – Novas ocorrências?

Era uma palavra branda para descrever o incêndio de canaviais, o saque de fazendas e a libertação coletiva de escravos.

Warren deu uma risada gutural. Gotículas de suor cobriam seu belo rosto. Sobre o braço da cadeira havia um lenço amarfanhado e ele o pegou para secar a pele. Não tinha feito a barba naquela manhã ou mesmo na manhã anterior. Grey pôde ouvir o leve ruído quando suas suíças escuras arranharam o tecido.

– Sim. Mais destruição. Mês passado incendiaram uma moenda de cana, embora tenha sido nas regiões mais remotas da ilha. Mas agora...

Ele fez uma pausa e passou a língua pelos lábios ressecados enquanto servia mais vinho. Fez um gesto protocolar em direção ao copo de Grey, mas este apenas balançou a cabeça.

– Eles começaram a avançar em direção a Kingston – disse Warren. – É proposital. Dá para ver que é. Uma fazenda após outra, numa linha que desce direto da montanha. – Ele suspirou. – Eu não deveria dizer direto. Nada neste maldito lugar é direto, a começar pela paisagem.

Era verdade. Grey já havia admirado os vívidos cumes verdes que se erguiam da parte central da ilha, formando um fundo recortado para a lagoa incrivelmente azul e a praia de areias brancas.

– As pessoas estão apavoradas – continuou Warren, tentando manter o controle, embora seu rosto estivesse outra vez pegajoso de suor e sua mão tremesse no decantador. – Todos os dias recebo no gabinete comerciantes e esposas de comerciantes, suplicando e exigindo proteção dos negros.

As pessoas estão apavoradas? O governador está apavorado!, pensou Grey.

– Bem, o senhor pode lhes garantir que eles receberão proteção – disse Grey, soando o mais tranquilizador possível.

Tinha com ele metade de um batalhão, trezentos soldados de infantaria e uma companhia de artilharia equipada com pequenos canhões. O bastante para defender Kingston se necessário fosse. Mas sua incumbência para com lorde North não era apenas tranquilizar os comerciantes e defender o transporte marítimo de Kingston e Spanish Town, nem mesmo dar proteção aos engenhos maiores. Grey estava encarregado de sufocar por completo a revolta de escravos. De prender os líderes e fazer cessar de vez a violência.

A cobra sobre a mesa se moveu de repente, desenrolando-se de modo lânguido. Aquilo deu um susto em Grey, que havia começado a tomar o animal por uma escultura decorativa. Era um belo espécime: apenas 18 a 20 centímetros de comprimento, de um lindo amarelo-claro rajado de marrom, com uma leve iridescência nas escamas que lembrava o brilho de um bom vinho renano.

– Só que agora a coisa foi mais longe – prosseguia Warren. – Não são mais só incêndios e bens destruídos. Agora é um caso de assassinato.

Isso trouxe Grey de volta com um tranco.

– Quem foi assassinado? – quis saber ele.

– Um senhor de engenho chamado Abernathy. Assassinado na própria casa semana passada. Com a garganta cortada.

– A casa foi incendiada?

– Não, não foi. Os quilombolas a saquearam, mas foram afugentados pelos escravos do próprio Abernathy antes de conseguirem tocar fogo na casa. A esposa sobreviveu mergulhando numa fonte atrás da casa e se escondendo numa touceira de juncos.

– Entendo. – Pôde imaginar a cena com clareza. – Onde fica a fazenda?

– A uns 16 quilômetros de Kingston. Chama-se Rose Hall. Por quê?

Um olho vermelho se virou na direção de Grey, e ele se deu conta de que o cálice de vinho que o governador o convidara a compartilhar não fora o seu primeiro do dia. Nem *o quinto*, provavelmente.

Seria o homem um pinguço?, pensou. Ou seria apenas a pressão da atual situação que o levara a recorrer à bebida de modo tão descarado? Observou discretamente o governador: o homem devia estar beirando os 40 anos, talvez. Embora no presente momento estivesse embriagado, não exibia nenhum dos sinais de um abuso habitual. Era robusto e atraente. Não estava inchado, nem tinha uma barriga mole que forçasse o colete de seda ou veias aparentes nas faces ou no nariz...

– O senhor tem um mapa do distrito?

Com certeza, se de fato os quilombolas estivessem incendiando um caminho que conduzia a Kingston, não devia ter escapado a Warren que seria possível prever onde estaria situado seu próximo alvo, de modo a montar uma tocaia e aguardá-los com várias companhias de infantaria armada.

Warren esvaziou o copo e ficou sentado ofegando de leve durante alguns instantes, com os olhos fixos na toalha de mesa, antes de se recompor.

– Mapa – repetiu. – Sim, claro. Dawes, meu secretário, ele pode... conseguir um.

Um movimento chamou a atenção de Grey. Para sua surpresa, a diminuta serpente, após olhar para um lado e para outro enquanto sentia o ar com a língua, havia começado a avançar pela mesa de modo decidido, ainda que ondulante, em sua direção. Por reflexo, ele estendeu a mão para pegar o animalzinho antes que este caísse no chão.

O governador viu isso, deu um grito agudo e se afastou da mesa com um movimento brusco. Surpreso, Grey olhou para ele com a pequena cobra a se enroscar nos dedos.

– Ela não é venenosa – falou, no tom mais brando de que foi capaz.

Pelo menos ele não achava que fosse. Seu amigo Oliver Gwynne era filósofo naturalista e louco por cobras. Ele havia lhe mostrado todas as joias da sua coleção ao longo de uma tarde de arrepiar os cabelos, e Grey parecia se lembrar de Gwynne explicando que não havia nenhum réptil venenoso em toda a ilha da Jamaica. Além do mais, os perigosos tinham a cabeça triangular, enquanto os inofensivos tinham a cabeça arredondada como aquele dali.

Warren não estava com disposição para ouvir uma palestra sobre a anatomia das cobras. Tremendo de pavor, recuou até a parede.

– Onde? – arfou ele. – De onde saiu isso?

– Ela estava em cima da mesa desde que eu entrei. Eu... ahn... pensei que ela fosse...

Bem, obviamente não se tratava de um animal de estimação, quanto mais um elemento proposital da decoração da mesa. Ele tossiu e se levantou, com a intenção de pôr a cobra para fora pelas portas que davam para o terraço.

Warren, porém, interpretou mal sua intenção. Ao ver Grey se aproximar com a cobra se contorcendo entre os dedos, irrompeu porta afora, atravessou o terraço num pulo enlouquecido e saiu correndo pelo caminho de pedras, com as caudas do casaco a esvoaçar como se o diabo em pessoa estivesse no seu encalço.

Grey ainda o encarava incrédulo quando uma tossidela vinda da porta interna o fez se virar.

– Gideon Dawes, senhor. – O secretário do governador era um homem baixo e rotundo, dono de um rosto redondo e rosado que por natureza devia ser um tanto alegre. No momento, o rosto exibia uma expressão de profunda desconfiança. – O senhor é o tenente-coronel Grey?

Grey considerou improvável haver uma profusão de homens vestidos com o uniforme e as insígnias de um tenente-coronel naquele momento dentro de King's House. Mesmo assim, murmurou:

– Ao seu dispor, sr. Dawes. Infelizmente o sr. Warren teve... ahn... – Ele meneou a cabeça em direção às portas-janelas abertas. – Talvez alguém devesse ir atrás dele?

O sr. Dawes fechou os olhos com uma expressão de dor, então deu um suspiro, tornou a abri-los e balançou a cabeça.

– Ele vai ficar bem – falou, embora faltasse ao seu tom qualquer convicção genuína. – Acabo de conversar com o major Fettes sobre as necessidades em matéria de provisões e alojamento. Ele deseja que o senhor saiba que todas as providências estão sendo tomadas.

– Ah, muito grato, sr. Dawes!

Apesar da natureza perturbadora da partida do governador, Grey experimentou uma sensação de prazer. Ele tinha sido major durante anos. Era estranhamente agradável saber que agora outra pessoa carregava o fardo da administração física das tropas. Tudo que *ele* precisava fazer era dar ordens.

Assim, deu uma, embora fosse formulada como um pedido cortês, e o sr. Dawes prontamente o conduziu pelos corredores da extensa casa até um pequeno cubículo de escrevente perto do gabinete do governador, onde mapas foram colocados à sua disposição.

Pôde ver na mesma hora que Warren tinha razão tanto em relação à natureza traiçoeira do terreno quanto à trajetória dos ataques. Os nomes das fazendas estavam indicados num dos mapas, e pequenas anotações mostravam onde haviam acontecido os ataques de quilombolas. O traçado estava longe de ser reto. Mesmo assim, um senso distinto de direção era evidente.

A sala estava quente, e ele pôde sentir o suor escorrer pelas costas. Entretanto, um dedo frio lhe tocou de leve a base do pescoço quando viu no mapa o nome *Twelvetrees*.

– De quem é esta fazenda? – perguntou, mantendo a voz sob controle ao apontar para o papel.

– O quê?

Dawes estava olhando pela janela para o verde da mata, parecendo ter sucumbido a uma espécie de transe onírico, mas piscou, empurrou os óculos para cima do nariz e se curvou para observar o mapa.

– Ah, Twelvetrees. O dono é Philip Twelvetrees… um jovem rapaz. Herdou a fazenda de um primo recentemente. O primo morreu num duelo, parece… – explicou ele, solícito.

– Ah, que pena! – O peito de Grey se contraiu de modo desagradável. *Essa* complicação ele bem que teria dispensado. Se… – Esse primo… Por acaso, ele se chamava Edward Twelvetrees?

Dawes pareceu levemente espantado.

– Sim, acredito que era esse o nome. Eu não o conhecia. Ninguém aqui conheceu. Ele era um dono absenteísta, que administrava a fazenda por meio de um capataz.

– Entendo.

Grey quis perguntar se Philip Twelvetrees tinha vindo de Londres para assumir sua herança, mas não o fez. Não queria chamar a atenção destacando a família Twelvetrees. Haveria tempo de sobra para isso.

Fez mais algumas perguntas relacionadas à data dos ataques, prontamente respondidas pelo sr. Dawes. Quando se chegou a uma explicação das causas que haviam incitado a revolta, o secretário se mostrou subitamente incapaz de ajudar, fato que Grey julgou interessante.

– Eu não sei quase nada sobre essas questões, coronel – protestou o secretário quando Grey insistiu. – O melhor seria o senhor conversar com o capitão Cresswell. É ele o superintendente responsável pelos quilombolas.

A informação deixou Grey surpreso.

– Escravos fugidos? Eles têm um superintendente?

– Ah, não, coronel. – Dawes pareceu aliviado por ter uma pergunta mais direta com a qual lidar. – Os quilombolas não são escravos fugidos. Ou melhor, são *tecnicamente*, mas é uma distinção inútil – corrigiu-se. – Esses quilombolas são descendentes de escravos que fugiram ao longo do século passado e se refugiaram nas montanhas do interior. Eles têm assentamentos lá. Mas já que não há como identificar o proprietário atual…

E como o governo não tinha condições de encontrá-los e trazê-los de volta à força, a Coroa havia se contentado em nomear um superintendente branco, como era o costume na hora de lidar com as populações autóctones. A responsabilidade do superintendente era manter contato com os quilombolas e lidar com qualquer assunto relacionado a eles que pudesse surgir.

O que suscitava uma pergunta na mente de Grey: *Por que aquele tal de capitão Cresswell não fora trazido logo para encontrá-lo?* Ele mandara avisar sobre a sua chegada assim que o navio tinha atracado, ao raiar do dia, pois não queria pegar Derwent Warren desprevenido.

– Onde está o capitão Cresswell agora? – indagou, ainda educado.

O sr. Dawes fez uma cara infeliz.

– Eu, ahn, eu infelizmente não sei, coronel – respondeu ele, baixando os olhos por trás dos óculos.

Fez-se um silêncio momentâneo, durante o qual Grey pôde escutar o canto de algum pássaro na mata próxima.

– Onde ele está *normalmente*? – perguntou Grey, deixando de lado a formalidade.

Dawes piscou.

– Eu não sei, coronel. Acredito que ele tenha uma casa perto do sopé do desfiladeiro de Guthrie... Há um vilarejo lá. Mas é claro que ele deve ir aos quilombos de tempos em tempos, para encontrar os... – Ele acenou com a mão pequena e gorda, sem conseguir encontrar uma palavra adequada. – Os líderes. Sei que ele comprou um chapéu novo em Spanish Town no começo do mês – acrescentou Dawes no tom de quem faz uma observação útil.

– Um *chapéu?*

– Sim. Ah... mas é claro, o senhor não tem como saber. É costume entre os quilombolas. Quando algum acordo importante é feito, as pessoas selam o combinado trocando chapéus. De modo que o senhor entende...

– Entendo, sim – disse Grey, tentando não deixar a irritação transparecer na voz. – O senhor poderia então fazer a gentileza de mandar avisar no desfiladeiro de Guthrie... e em qualquer outro lugar no qual acha que o capitão Cresswell poderia se encontrar? Está claro que eu devo falar com ele quanto antes.

Dawes aquiesceu com vigor, mas, antes que conseguisse responder, o som potente de um pequeno gongo ecoou em algum lugar da casa lá embaixo. Como se houvesse sido sinalizado, o estômago de Grey emitiu um ronco alto.

– Almoço daqui a uma hora – informou o sr. Dawes, parecendo contente de uma maneira que Grey nunca vira. Ele saiu quase correndo pela porta, com Grey no seu encalço.

– Sr. Dawes – chamou ele, alcançando o secretário no alto da escada. – O governador Warren. O senhor acha que...?

– Ah, ele estará presente no almoço – garantiu Dawes. – Tenho certeza de que está bastante recuperado agora. Esses pequenos ataques de pânico nunca duram muito tempo.

– O que os provoca? – Um cheiro salgado e encorpado de passas, cebolas e especiarias subiu pela escada, fazendo Grey apressar o passo.

– Ah... – Apressando-se também, Dawes olhou de esguelha para ele. – Não é nada. É só que Sua Excelência tem um, ahn, uma disposição um pouco mórbida em relação aos répteis. Ele viu alguma cobra no salão ou ouviu algo relacionado a uma?

– Sim, viu… embora tenha sido uma pequena e inofensiva.

Grey se perguntou vagamente o que teria acontecido com a pequena cobra amarela. Devia tê-la deixado cair na confusão da partida abrupta do governador, e torceu para que ela não houvesse se machucado.

O sr. Dawes pareceu perturbado, e murmurou algo que soou como: "Ai, ai… ai, ai…", mas então simplesmente balançou a cabeça e deu um suspiro.

Grey se encaminhou até o quarto com a intenção de se refrescar um pouco antes do almoço: o dia estava quente e ele exalava um forte fedor de navio – cheiro este composto em partes iguais por suor, vômito e esgoto, tudo bem marinado em água salgada – e cavalo, já que fora do porto até Spanish Town no lombo de um. Com sorte, àquela altura seu criado já teria roupas limpas arejadas para ele vestir.

King's House, como eram conhecidas todas as residências de governadores, era uma velha e imensa mansão meio em ruínas, encarapitada num ponto elevado bem no final de Spanish Town. Havia planos em curso para um novo edifício palladiano a ser construído no centro da cidade, mas ainda demoraria pelo menos mais um ano para a obra começar.

Enquanto isso, esforços tinham sido feitos para preservar a dignidade de Sua Majestade à custa de cera de abelha, prataria e tecidos imaculados, mas o papel de parede estampado encardido estava descascando nos cantos dos quartos, e a madeira tingida de escuro mais embaixo exalava um cheiro de mofo que fazia Grey querer prender a respiração toda vez que entrava.

Contudo, uma característica boa da casa era ser rodeada em todos os quatro lados por uma larga varanda e protegida por grandes e frondosas árvores que lançavam sombras rendadas sobre as pedras do calçamento. Vários dos quartos davam diretamente para essa varanda, entre eles o de Grey. Era, portanto, possível sair e respirar um ar puro perfumado pelo mar distante ou pelas igualmente distantes florestas do interior. Ele não viu sinal de seu criado, mas *havia* uma camisa limpa sobre a cama. Jogou o casaco de lado, trocou a camisa e escancarou as portas-janelas.

Passou alguns instantes parado no meio do quarto, desfrutando do sol do meio da tarde, que entrava pelas portas abertas, e a sensação de ter uma superfície sólida sob os pés, após sete semanas no mar e sete horas no lombo de um cavalo. Saboreou ainda mais a sensação transitória de estar sozinho. O comando tinha seu preço, e um deles era a perda quase total da solidão. Assim, ele a aproveitava sempre que podia, sabendo que não duraria mais do que uns poucos instantes.

Dito e feito, desta vez não durou mais do que dois minutos. Ele respondeu com um "Pode entrar" à batida à porta e, ao se virar, foi fulminado por uma sensação de atração visceral que não experimentava havia meses.

O homem era jovem, uns 20 anos talvez, e apesar do corpo esbelto dentro do libré azul tinha uma envergadura de ombros que prometia força e uma cabeça e um pescoço que poderiam ter pertencido a uma estátua grega. Talvez por causa do calor, não usava peruca e seus cabelos muito encaracolados estavam cortados tão rente que era possível perceber o belo formato do crânio.

– Ao seu dispor, coronel – disse ele respeitosamente a Grey. – Com os cumprimentos do governador, o almoço será servido daqui a dez minutos. Posso acompanhá-lo até a sala de jantar?

– Pode – respondeu Grey, estendendo a mão depressa para pegar o casaco.

Não duvidava que conseguiria encontrar sozinho a sala de jantar, mas a oportunidade de observar aquele rapaz andando...

– *Pode...* – corrigiu Tom Byrd, adentrando o quarto com as mãos cheias de implementos de higiene pessoal – ... depois que eu tiver ajeitado seus cabelos, milorde. – Ele encarou Grey com um olhar ameaçador. – O senhor não pode almoçar assim! Sente-se aqui.

Ele apontou com um ar sério para um banquinho, e o tenente-coronel Grey, comandante das Forças de Sua Majestade na Jamaica, acatou com docilidade as ordens de seu criado pessoal de 21 anos. Não era *sempre* que ele dava tanta liberdade assim a Tom, mas na atual circunstância ficou até satisfeito por ter uma desculpa para se sentar e ficar parado na companhia do jovem criado negro.

Organizado, Tom dispôs todos os seus instrumentos sobre a penteadeira, de um par de escovas de cabelo de prata a uma caixa de pó de empoar e um par de ferros de frisar, com o mesmo cuidado e atenção de um cirurgião alinhando suas facas e serras. Selecionou uma das escovas, chegou mais perto para examinar a cabeça de Grey e deu um arquejo.

– Milorde! Tem uma grande, uma imensa aranha... subindo bem pela sua têmpora!

Grey deu um tapa na própria têmpora por reflexo, e a aranha em questão – uma criatura marrom claramente visível com quase 1 centímetro de comprimento – saiu voando e bateu no espelho com um estalo audível antes de aterrissar na superfície da penteadeira e sair correndo para se salvar.

Tom e o criado negro emitiram gritos de horror idênticos e tentaram capturar o bicho, colidindo em frente à penteadeira e caindo embolados numa confusão de pernas e braços. Grey, sufocando um impulso quase irresistível de rir, passou por cima deles e despachou a aranha fujona de modo certeiro com as costas de sua outra escova.

Ajudou Tom a se levantar e a limpar as roupas, e deixou o escravo negro se levantar sozinho. Ele dispensou os pedidos de desculpas, questionando-se se a aranha era venenosa.

– Ah, era, sim, senhor – garantiu o criado com fervor. – A mordida de uma dessas causa uma imediata dor lancinante. A pele ao redor da ferida apodrece, a pessoa começa a ter febre em uma hora e, muito provavelmente, morre antes de o dia nascer.

– Ah, entendo – disse Grey num tom brando enquanto sua pele se arrepiava toda. – Bem, nesse caso, será que você não se importaria em dar uma olhada no quarto enquanto Tom trabalha? Caso essas aranhas costumem andar em bando?

Grey se sentou e deixou Tom escovar e trançar seus cabelos enquanto observava o jovem fazer uma busca diligente debaixo da cama e da penteadeira, puxar o baú de Grey e suspender e sacudir as cortinas que pendiam até o chão.

– Como você se chama? – perguntou ele ao rapaz, reparando que os dedos de Tom tremiam muito e torcendo para conseguir distraí-lo de pensar na vida selvagem hostil que sem dúvida abundava na Jamaica.

Nas ruas de Londres, Tom era destemido e não hesitava em encarar cães ferozes ou cavalos espumando pela boca. Aranhas, porém, eram outra história.

– Rodrigo, senhor – respondeu o rapaz, parando de sacudir as cortinas para se curvar. – Ao seu dispor.

Rodrigo parecia bastante à vontade na sua companhia, e conversou com ambos sobre a cidade e o clima – previu uma chuva para aquela noite, por volta das dez –, levando Grey a pensar que havia trabalhado como criado para famílias de bom nível durante algum tempo. *Seria ele escravo ou um negro liberto?*

Garantiu a si mesmo que sua admiração por Rodrigo era a mesma que ele poderia ter tido por uma escultura maravilhosa ou um quadro elegante. E um de seus amigos, de fato, possuía uma coleção de ânforas gregas decoradas com cenas que lhe proporcionavam um tipo de sensação bem semelhante. Ele se remexeu de leve na cadeira e cruzou as pernas. Em breve iria seguir para o almoço. Decidiu pensar em grandes aranhas peludas, e estava fazendo algum progresso com esse tema quando algo imenso e preto caiu pela chaminé e saiu correndo da lareira em desuso.

Todos os três homens gritaram, levantaram-se com um pulo e começaram a bater os pés no chão feito loucos. Desta vez quem abateu o intruso foi Rodrigo, esmagando-o com seu sapato.

– O que era isso? – perguntou Grey, curvando-se para examinar a coisa.

A criatura tinha uns bons 7 centímetros de comprimento, era preta e lustrosa, e tinha um formato aproximadamente oval com horrendas antenas compridas que ainda se mexiam.

– Apenas uma barata, senhor – garantiu-lhe Rodrigo, passando a mão na testa suada cor de ébano. – São inofensivas, mas *muito* desagradáveis. Se entram na sua cama, ficam comendo as suas sobrancelhas.

Tom deu um pequeno grito estrangulado. A barata, longe de ter sido destruída, fora apenas incomodada pelo sapato de Rodrigo. Estendeu as patas e fugiu, ainda que a um ritmo um pouco mais lento. Grey, com os pelos dos braços eriçados, pegou a pá de cinzas entre os implementos da lareira e, recolhendo o inseto ali, abriu a porta com um tranco e jogou a criatura nojenta o mais longe que foi capaz – o que, levando em conta seu estado de espírito, foi uma distância considerável.

Apesar de pálido como um pudim quando Grey entrou de novo no quarto, Tom pegou o casaco do patrão com as mãos trêmulas. Deixou-o cair, porém. Ao mesmo tempo que murmurava um pedido de desculpas, abaixou-se para tornar a pegá-lo, apenas para emitir um grito agudo e engasgado, deixá-lo cair mais uma vez e recuar depressa até bater na parede com tanta força que Grey ouviu as ripas e o gesso se racharem.

– O quê?

Ele se abaixou, estendendo a mão com cautela para o casaco caído.

– Não toque nele, milorde! – gritou Tom, mas Grey já tinha visto qual era o problema: uma minúscula cobra amarela rastejou para fora das dobras de veludo escarlate, movendo a cabeça com curiosidade para a frente e para trás.

– Ora, ora… olá!

Ele estendeu o braço e a pequena cobra sentiu o sabor de sua pele com a língua trêmula, então subiu pela palma da mão. Grey se levantou, segurando-a com cuidado.

Tom e Rodrigo o encaravam como se estivessem petrificados.

– Ela é inofensiva – assegurou ele. – Pelo menos eu acho que é. Deve ter caído dentro do meu bolso mais cedo.

Rodrigo estava recuperando um pouco da calma. Adiantou-se e espiou a cobra, mas recusou a oferta para tocá-la e levou as duas mãos às costas com firmeza.

– Essa cobra gosta do senhor – falou, olhando curioso do réptil para o rosto de Grey, como quem tenta identificar um motivo para tão estranha particularidade.

– É possível. – A cobra agora tinha subido e estava enroscada em dois dos dedos de Grey, que apertava com uma força notável. – Por outro lado, acredito que ela esteja tentando me matar e me devorar. Sabe qual pode ser seu alimento natural?

A pergunta fez Rodrigo rir, deixando à mostra dentes brancos muito bonitos, e Grey teve uma visão daqueles dentes, daqueles lábios escuros e macios encostados em seu…

Ele tossiu com força e olhou para o outro lado.

– Ela comeria qualquer coisa que não tentasse comê-la primeiro, senhor – garantiu Rodrigo. – Deve ter sido o barulho da barata que a fez sair. Ela caça baratas.

– Que cobra mais impressionante. Acha que poderíamos encontrar algo para ela comer? Para incentivá-la a ficar, digo?

O rosto de Tom sugeria que, se a cobra ficasse, ele sairia dali. Por outro lado… ele olhou na direção da porta, por onde a barata havia fugido, e estremeceu. Com grande relutância, levou a mão ao bolso e retirou um brioche um tanto amassado, recheado de presunto e picles.

A cobra foi posta no chão com o alimento à sua frente. Inspecionou o brioche com cuidado, ignorou o pão e o picles, mas foi se enroscando num pedaço de presunto que apertou com ferocidade até deixá-lo flácido e submisso. Então, abrindo a mandíbula até uma extensão impressionante, devorou a presa, para vivas gerais. Até Tom bateu palmas e, embora não estivesse encantado com a sugestão de Grey para que o réptil fosse acomodado no espaço escuro sob a cama com o intuito de preservar suas sobrancelhas, tampouco fez qualquer objeção a esse plano.

Com a cobra cerimoniosamente acomodada e deixada em paz para digerir a refeição, Grey estava a ponto de fazer mais perguntas a Rodrigo em relação à fauna natural da ilha, mas foi impedido pelo débil som de um gongo distante.

– O almoço! – exclamou, estendendo a mão para seu casaco agora sem cobra.

– Milorde! Eu ainda nem empoei seus cabelos!

Para consternação ainda maior de Tom, Grey se recusou a usar peruca, mas nessa ocasião teve que aceitar o pó. Uma vez concluída às pressas sua toalete, espremeu-se para dentro do casaco e saiu antes de Tom poder sugerir qualquer outro refinamento na sua aparência.

Conforme previra o sr. Dawes, o governador apareceu à mesa do jantar, calmo e digno. Qualquer sinal de suor, histeria e embriaguez havia desaparecido. Com exceção de um breve pedido de desculpas pelo desaparecimento abrupto, nenhuma referência foi feita à sua partida anterior.

O major Fettes e o capitão Cherry, ajudante de Grey, também apareceram à mesa. Um rápido olhar para eles garantiu a Grey que estava tudo bem com as tropas. Fettes e Cherry não poderiam ser mais diferentes fisicamente. O primeiro era um bloco de madeira. O segundo parecia um furão. Ambos, no entanto, eram extremamente competentes e queridos pelos homens.

No início as conversas foram poucas; os três soldados haviam passado semanas no navio comendo biscoitos e carne salgada. Acomodaram-se para consumir o banquete à sua frente com a mesma atenção de formigas diante de um pão: a magnitude do desafio em nada impactou sua ávida disposição. À medida que os pratos foram se sucedendo cada vez mais devagar, contudo, Grey começou a instigar a conversa, sendo essa sua prerrogativa como hóspede mais importante e oficial mais graduado.

– O sr. Dawes me explicou o cargo do superintendente – disse ele, mantendo uma atitude agradável. – Quanto tempo faz, governador, que o capitão Cresswell está no cargo?

– Uns seis meses, coronel – respondeu o governador enquanto limpava migalhas da boca com um guardanapo de linho.

Manteve-se bastante tranquilo, mas Grey, que observava Dawes com o rabo do olho, pensou ter visto o secretário se retesar um pouco. *Interessante.* Precisava ficar sozinho com Dawes outra vez e investigar melhor aquela questão do superintendente.

– E houve outro superintendente antes do capitão Cresswell?

– Sim. Na verdade, dois. Não foi, sr. Dawes?

– Sim, governador. O capitão Ludgate e o capitão Perriman.

Dawes cuidou para não cruzar olhares com Grey.

– Eu gostaria muito de falar com esses cavalheiros – disse Grey, agradável.

Dawes deu um pinote como se alguém tivesse espetado um alfinete de chapéu na sua nádega. O governador, que estava mastigando uma uva, engoliu e disse:

– Sinto muitíssimo, coronel. Tanto Ludgate quanto Perriman deixaram seus cargos.

– Por quê? – indagou John Fettes abruptamente.

O governador não esperava por isso, e piscou.

– Imagino que o major Fettes deseje saber se eles foram substituídos no cargo por causa de algum peculato ou corrupção – acrescentou Bob Cherry num tom amigável.

– E, se for o caso, se foram autorizados a sair da ilha em vez de serem indiciados. E nesse caso...

– Por quê? – repetiu Fettes, conciso.

Grey reprimiu um sorriso. Se a paz fosse selada em larga escala e eles não pudessem mais seguir a carreira militar, Fettes e Cherry poderiam ganhar a vida facilmente com um número cômico de cabaré. Como interrogadores, poderiam reduzir quase qualquer suspeito a um estado de incoerência, confusão e confissão em pouquíssimo tempo.

Mas o governador Warren parecia feito de uma fibra mais resistente do que o malfeitor regimental de costume. *Ou isso, ou não tinha nada a esconder*, pensou Grey enquanto o ouvia explicar com uma paciência cansada que Ludgate tinha se aposentado por motivo de saúde, e Perriman, herdado um dinheiro e voltado para a Inglaterra.

Não. Ele observou a mão do governador se mover e pairar indecisa acima da fruteira. *Ele está escondendo alguma coisa. Dawes também. Mas será a mesma coisa? E terá algo a ver com os problemas atuais?*

O governador poderia estar escondendo algum peculato ou corrupção próprios. *E decerto estava*, pensou Grey com frieza, considerando a luxuosa prataria sobre o aparador. Tal corrupção, dentro de certos limites, era considerada mais ou menos um pré-requisito do cargo. Se fosse esse o caso, contudo, não era da alçada de Grey – a menos que estivesse de alguma forma relacionado aos quilombolas e sua rebelião.

Por mais divertido que fosse observar Fettes e Cherry em ação, ele os interrompeu com um breve meneio de cabeça e tornou a dirigir a conversa com firmeza para o assunto da rebelião.

– Que comunicações o senhor recebeu dos rebeldes, governador? – indagou. – Pois creio que, nesses casos, uma rebelião em geral advém de alguma fonte distinta de insatisfação. Qual é essa fonte?

Warren o encarou com a boca escancarada. Fechou-a devagar e hesitou alguns instantes antes de responder. Grey calculou que estivesse considerando quanto ele poderia descobrir por outros meios de investigação.

Tudo que eu puder, pensou. E adotou uma expressão de interesse neutro.

– Ora, coronel, quanto a isso... o incidente que iniciou as... as dificuldades... foi a prisão de dois jovens quilombolas acusados de roubarem um armazém em Kingston. Os dois tinham sido açoitados na praça da cidade e postos na prisão, e depois...

– Após serem julgados? – interrompeu Grey.

O olhar do governador se deteve nele, avermelhado, porém calmo.

– Não, coronel. Eles não tiveram direito a um julgamento.

– O senhor mandou açoitá-los e prendê-los com base na palavra de... de quem? Do comerciante lesado?

Warren se empertigou um pouco e empinou o queixo. Grey viu que ele havia feito a barba, mas um pedaço de suíça negra fora esquecido e parecia uma pinta, uma verruga peluda na concavidade da bochecha.

– Não fui *eu*, coronel – disse ele, frio. – A sentença foi aplicada pelo magistrado de Kingston.

– Ou seja?

Dawes havia fechado os olhos com um pequeno esgar.

– O juiz Samuel Peters.

Grey meneou a cabeça em agradecimento.

– O capitão Cherry irá visitar o juiz Peters amanhã – falou, afável. – E os prisioneiros também. Suponho que continuem detidos?

– Não, não continuam – interveio o sr. Dawes, emergindo subitamente de sua interpretação de um camundongo. – Eles fugiram uma semana depois da captura.

O governador lançou para o secretário um olhar breve e irritado, mas com relutância assentiu. Após mais algumas insistências, admitiu que os quilombolas tinham encaminhado, por intermédio do capitão Cresswell, um protesto em relação ao tratamento dos prisioneiros. Como estes haviam fugido antes de o protesto ser recebido, porém, não parecera necessário fazer nada a respeito.

Grey se perguntou por um instante qual apadrinhamento teria valido a Warren aquele cargo, mas descartou esse pensamento em prol de mais informações. A primeira violência tinha acontecido sem aviso, informaram-lhe, com o incêndio de canaviais de uma fazenda distante. A notícia havia chegado a Spanish Town vários dias depois, e a essa altura uma segunda fazenda já tinha sido igualmente depredada.

– O capitão Cresswell partiu imediatamente a cavalo para investigar a questão, claro – disse Warren, com os lábios contraídos.

– E?

– Ele não voltou. Os quilombolas não pediram resgate, tampouco mandaram avisar que ele morreu. Pode ser que o capitão ainda esteja com eles, pode ser que não. Nós simplesmente não sabemos.

Grey não pôde evitar olhar para Dawes, que, apesar do ar infeliz, deu de ombros muito de leve. Não cabia a ele dizer mais do que o governador desejava que fosse dito, não é?

– Deixe-me entender o que o senhor está dizendo – insistiu Grey, sem se importar em esconder a irritação na voz. – O senhor não teve *nenhuma* comunicação com os rebeldes desde o primeiro protesto deles? E não fez nada para obter isso?

Warren pareceu inchar ligeiramente, mas respondeu num tom calmo.

– Na verdade, coronel, eu fiz. Eu mandei chamar o senhor.

Ele sorriu muito de leve e estendeu a mão para o decantador.

O ar da noite pairava úmido e viscoso, estremecendo com trovoadas distantes. Incapaz de suportar por mais tempo o aperto sufocante do uniforme, Grey o despiu e jogou longe as roupas sem esperar pela ajuda de Tom. Postou-se nu no meio do quarto, com os olhos fechados, saboreando o contato do ar da varanda sobre a pele nua.

Havia algo de notável naquele ar. Por mais que fosse quente, tinha um toque sedoso que fazia pensar no mar e em límpidas águas azuis, mesmo dentro de casa. Ele não conseguia ver a água ali do quarto. Ainda que o mar fosse visível de Spanish Town, seu quarto dava para uma encosta de morro coberta de vegetação. Mas podia senti-lo, e teve uma súbita ânsia de nadar no meio das ondas e de submergir no frescor limpo do oceano. O sol já havia quase se posto, e o canto das maritacas e de outros pássaros se tornava intermitente.

Ele espiou debaixo da cama, mas não viu a cobra. Talvez ela estivesse mais no fundo, nas sombras; talvez tivesse ido embora em busca de mais presunto. Ele se endireitou, espreguiçou-se com luxúria, então se sacudiu e ficou parado, sentindo-se aparvalhado de tanto vinho, comida e falta de sono. Mal tinha dormido três horas nas últimas 24, entretido com a chegada, o desembarque e a viagem até King's House.

Sua mente por ora parecia ter tirado uma licença não autorizada. Pouco importava, ela logo retornaria. Enquanto isso, porém, essa abdicação havia deixado seu corpo no comando – uma linha de ação nada responsável.

Estava exausto, mas inquieto, e coçou o peito distraidamente. Os ferimentos ali estavam bem cicatrizados, leves marcas rosadas saltadas sob seus dedos, ziguezagueando entre os pelos louros. Uma delas tinha passado a 2 centímetros do mamilo esquerdo. Ele tivera sorte de não perdê-lo.

Sobre sua cama estava uma imensa pilha de tecido de gaze. Devia ser o mosquiteiro que o sr. Dawes lhe descrevera durante o jantar: um aparato em tecido feito para envolver a cama inteira, protegendo assim seu ocupante das agressões de insetos sedentos de sangue.

Depois do jantar, ele havia passado algum tempo com Fettes e Cherry fazendo planos para o dia seguinte. Cherry iria procurar o juiz Peters e obter detalhes sobre os quilombolas que tinham sido capturados. Fettes mandaria homens até Kingston em busca do paradeiro do aposentado sr. Ludgate, o antigo superintendente.

Caso Ludgate pudesse ser localizado, Grey gostaria de saber a opinião do cavalheiro em relação ao seu sucessor. Quanto a esse sucessor, caso Dawes não desse um jeito de desencavar o capitão Cresswell até o fim do dia seguinte…

Grey deu um bocejo, então balançou a cabeça e piscou. Chega.

As tropas a essa altura já deviam estar todas alojadas, algumas gozando das primeiras folgas em meses. Ele olhou de relance para a pequena pilha de mapas e relatórios que extraíra do sr. Dawes mais cedo, mas isso podia esperar até o dia seguinte. Ele iria pensar com mais clareza depois de uma boa noite de sono.

Após constatar, com um breve relance, que os quartos próximos pareciam desocupados, ele se encostou no batente da porta aberta. Nuvens começavam a se reunir sobre o mar, e ele se lembrou do que Rodrigo tinha dito sobre a chuva à noite. Sentiu um leve frescor no ar, fosse por causa da chuva ou da noite que se aproximava, e os pelos de seu corpo se eriçaram.

De onde estava, não conseguia ver nada além do verde profundo de um morro coberto de mata, a luzir no crepúsculo feito uma esmeralda escura. Do outro lado da casa, porém, ao sair do jantar, tinha visto Spanish Town esparramada mais abaixo, um quebra-cabeça de ruas estreitas e perfumadas. As tavernas e bordéis deviam estar a todo vapor naquela noite, imaginou.

Esse pensamento trouxe consigo uma rara sensação de algo que não chegava a ser ressentimento. Qualquer um dos homens que ele havia trazido, do mais reles soldado raso ao próprio Fettes, podia entrar em qualquer bordel de Spanish Town e aliviar os estresses causados por uma longa viagem sem o menor comentário ou a menor atenção. Ele não.

Sua mão fora baixando conforme ele observava a luz cair, e massageava a própria carne de modo distraído. Em Londres havia lugares para homens como ele, mas já fazia muitos anos que ele não recorria a um lugar assim.

Havia perdido um amante para a morte, outro para a traição. O terceiro… Seus lábios se contraíram. Seria possível chamar um homem que nunca tocava em você, que se encolhia diante da simples ideia de tocar em você, de amante? Não. Ao mesmo tempo, entretanto, de que chamar um homem cuja *mente* tocava a sua, cuja áspera amizade era um presente, cujo caráter, cuja própria existência ajudava a definir a sua?

Não pela primeira vez – e com certeza não pela última – desejou por um breve instante que Jamie Fraser estivesse morto. Mas foi um desejo passageiro, logo descartado. A cor da mata havia se apagado até ficar cinza, e insetos começavam a passar zumbindo junto às suas orelhas.

Ele entrou e começou a mexer na gaze dobrada sobre a cama, até Tom aparecer, tirá-la da sua mão, pendurar o mosquiteiro e prepará-lo para a noite.

. . .

Não conseguiu dormir. Quer tivesse sido a refeição pesada, o lugar ao qual não estava acostumado ou apenas a preocupação de sua nova e até ali desconhecida missão, sua mente se recusou a se acalmar, e o mesmo aconteceu com seu corpo. Mas ele não perdeu tempo se remexendo inutilmente: tinha trazido consigo vários livros. Ler um pouco de *A história de Tom Jones* iria distrair sua mente e permitir que o sono o surpreendesse.

As portas-janelas eram protegidas por cortinas de musselina translúcidas, mas a lua estava quase cheia, e havia luz suficiente para ele encontrar sua caixa de materiais inflamáveis, sua pedra de acender e seu castiçal. A vela era de cera de abelha de boa qualidade e a chama se ergueu pura e forte, atraindo na mesma hora um pequeno enxame de curiosos mosquitos, pernilongos e minúsculas mariposas. Ele a segurou na intenção de levá-la para a cama consigo, mas mudou de ideia.

Era preferível ser devorado por insetos ou morrer incinerado? Grey refletiu a respeito por, no máximo, três segundos, então tornou a colocar o castiçal aceso sobre a escrivaninha. O mosquiteiro de gaze pegaria fogo num instante caso a vela caísse na cama.

Ainda assim, não precisava encarar uma morte exangue nem ficar coberto por picadas apenas porque o seu criado pessoal não gostava do cheiro de banha de urso. De todo modo, não deixaria a substância encostar nas roupas.

Despiu o camisolão e se ajoelhou para vasculhar dentro do baú, lançando um olhar culpado por cima do ombro. Mas Tom estava abrigado na segurança de algum lugar entre os sótãos e anexos de King's House, e quase certamente aferrado ao sono. Tom enjoava muito no mar, e a viagem tinha sido difícil para ele.

O calor das Índias também não tinha feito muito bem para a surrada latinha de banha de urso: a gordura rançosa quase se sobressaía ao cheiro da hortelã e de outras ervas misturadas a ela. *Bem, se a banha me repele, que dirá um mosquito!* Assim, ele a esfregou em todas as partes do corpo que conseguiu alcançar. Apesar do odor fétido, não achou desagradável. Ainda restava o suficiente do cheiro original para lhe lembrar de quando havia usado o unguento no Canadá. O suficiente para lhe lembrar de Manoke, que tinha lhe dado a banha de presente. E besuntado seu corpo com ela numa fria noite azul numa ilha deserta no meio do rio São Lourenço.

Depois de acabar, largou a latinha e tocou o pau que endurecia. Ele não pensava que algum dia fosse tornar a ver Manoke. Mas se lembrava. Lembrava-se vividamente.

Um pouco mais tarde, estava deitado ofegante na cama debaixo do mosquiteiro, com o coração acelerado em contraponto aos espasmos de sua carne. Abriu os olhos, sentindo-se agradavelmente relaxado, e com o pensamento enfim clareado. O quarto estava abafado: os criados, é claro, tinham fechado as janelas para impedir que o perigoso ar da noite entrasse, e uma película de suor cobria seu corpo. Mas ele teve preguiça de se levantar e abrir as portas-janelas que davam para a varanda. Faria isso dali a alguns instantes.

Tornou a fechar os olhos. Então os abriu de chofre, pulou da cama e estendeu a mão para a adaga que havia colocado sobre a mesa. O criado chamado Rodrigo estava encostado na porta, com o branco dos olhos a se destacar no rosto negro.

– O que você quer?

Grey baixou a adaga, mas continuou a segurá-la, com o coração ainda disparado.

– Tenho um recado para o senhor – disse o rapaz, engolindo em seco.

– É? Venha para a luz, onde eu possa vê-lo.

Grey estendeu a mão para a ceroula e a vestiu, sem desgrudar os olhos do outro homem. Rodrigo se afastou da porta com relutância evidente, mas tinha ido dizer alguma coisa e iria dizê-la. Avançou para o círculo de luz fraca criado pela vela com as mãos junto às laterais do corpo, abrindo-as e fechando-as de tão nervoso.

– O senhor sabe o que é um *obeah*?

– Não.

A resposta desconcertou Rodrigo. Ele piscou e franziu os lábios, obviamente sem saber como descrever tal entidade. Por fim, deu de ombros em sinal de impotência e desistiu.

– Ele disse para o senhor tomar cuidado.

– É mesmo? – retrucou Grey, seco. – Com especificamente o quê?

Isso pareceu ajudar; Rodrigo aquiesceu vigorosamente.

– Não fique perto do governador. Fique bem longe dele, o máximo que puder. Ele vai… quero dizer… algo ruim pode acontecer. Em breve. Ele…

O criado não completou a frase, percebendo que poderia ser demitido ou coisa pior por se referir ao governador daquele jeito leviano. Mas Grey estava mais do que curioso, e se sentou ao mesmo tempo que acenou para Rodrigo se acomodar no banquinho, coisa que o rapaz fez com evidente relutância.

Fosse lá o que fosse um *obeah*, estava claro que tinha um poder considerável, para forçar Rodrigo a fazer algo que ele tão claramente não queria. O rosto do rapaz brilhava de suor, e suas mãos agarravam de maneira involuntária o pano do casaco.

– Me diga o que o *obeah* falou – pediu Grey, inclinando-se para a frente com interesse. – Prometo não contar a ninguém.

Rodrigo aquiesceu. Abaixou a cabeça e olhou para a mesa como se fosse talvez encontrar as palavras certas escritas no grão da madeira.

– Zumbis – murmurou ele de modo quase inaudível. – Os zumbis virão pegá-lo. O governador.

Grey não fazia ideia do que poderia ser um zumbi, mas a palavra foi dita num tom que fez um arrepio percorrer sua pele, súbito como um relâmpago distante.

– Zumbis? – repetiu ele com cuidado. – Um zumbi por acaso é algum tipo de cobra?

Rodrigo deu um arquejo, então pareceu relaxar um pouco.

– Não, senhor – respondeu, sério. – Zumbis são gente morta.

Então, com o recado dado, ele se levantou, fez uma mesura abrupta e se retirou.

De modo nem um pouco surpreendente, Grey não pegou no sono imediatamente após a visita.

Já tendo encontrado bruxas alemãs, fantasmas indígenas e passado um ano ou dois nas Terras Altas da Escócia, ele tinha mais conhecimento sobrenatural do que a maioria das pessoas. Embora não costumasse dar crédito imediato a costumes e crenças locais, tampouco era propenso a descartá-las. Crenças levavam as pessoas a fazer coisas que, de outro modo, não fariam. E, quer a crença tivesse fundamento ou não, as ações que dela advinham com certeza tinham.

Independentemente de *obeahs* e zumbis, estava óbvio que algum tipo de ameaça partia do governador Warren. E Grey desconfiava que o governador soubesse qual era.

Mas quão grave seria essa ameaça? Ele apagou a chama da vela com um beliscão e passou alguns instantes sentado no escuro para permitir que os olhos se acostumassem, então se levantou e foi, pé ante pé, até as portas pelas quais Rodrigo havia desaparecido.

Os quartos de hóspedes de King's House eram apenas uma fileira de cubículos, todos virados para a varanda comprida e se abrindo diretamente para ela por um par de portas. Grey parou por um instante, com a mão na cortina de musselina. Se alguém estivesse vigiando seu quarto, veria a cortina sendo aberta.

Em vez disso, ele se virou e foi até a porta do aposento. Esta dava para um estreito corredor de serviço, no momento inteiramente às escuras e vazio. Fechou-a sem fazer barulho e olhou por cima do ombro para as portas-janelas. *Interessante que Rodrigo tenha chegado pela porta da frente, quando poderia ter ido falar com Grey sem ser visto.*

Mas Rodrigo contara que fora mandado pelo *obeah*. Obviamente queria que vissem que havia obedecido à sua ordem. O que, por sua vez, significava que alguém estava olhando para ver se ele o fizera.

A conclusão lógica seria que esse mesmo alguém, ou alguéns, estava observando para ver o que Grey poderia fazer a seguir.

Seu corpo já havia chegado às próprias conclusões, e estava pegando a calça e a camisa antes mesmo de ele decidir que, se algo estava prestes a acontecer com Warren, claramente era seu dever impedir, com ou sem zumbis. Ele saiu pelas portas-janelas para a varanda, movendo-se de forma bastante visível.

Como imaginava, havia um soldado de infantaria em cada extremidade da varanda; Robert Cherry era um homem meticuloso. Por outro lado, os malditos sentinelas obviamente não tinham visto Rodrigo entrar no seu quarto, e isso não lhe agradava nem um pouco. Mas recriminações podiam esperar; o sentinela mais próximo o viu e o abordou com um incisivo:

– Quem vai lá?

– Sou eu – respondeu Grey, sucinto.

Sem qualquer cerimônia, ele despachou o sentinela com ordens para alertar os outros soldados postados ao redor da casa e mandar dois homens entrarem na residência, onde deveriam ficar aguardando no hall de entrada até serem chamados.

Então voltou para o quarto pela porta interna e desceu o escuro corredor de serviço. No final deste, encontrou um criado negro cochilando atrás de uma porta, vigiando o fogo sob a fileira de imensos caldeirões de cobre que forneciam água quente para a casa.

O homem o encarou fixamente quando ele o sacudiu para acordá-lo, mas depois de algum tempo assentiu em resposta ao pedido de Grey para ser levado ao quarto de dormir do governador. Conduziu-o até a ala principal da casa e o fez subir uma escada iluminada apenas pelo luar entre os batentes altos. O andar de cima estava quase todo silencioso, a não ser pelos roncos lentos e regulares vindos do que o escravo disse ser o quarto do governador.

O homem oscilava de tão cansado. Grey o dispensou com ordens para deixar entrar e mandar subir os soldados que agora deviam estar na porta. Ele deu um enorme bocejo e Grey o observou descer cambaleando a escada até o breu do hall lá embaixo, torcendo para ele não cair e quebrar o pescoço. A casa estava muito silenciosa. Ele estava começando a se sentir um pouco bobo. Ainda assim…

A casa parecia respirar à sua volta, quase como se fosse um ser animado e consciente da sua presença. Ele achou essa ideia perturbadora.

Será que devo acordar Warren?, pensou. *Alertá-lo? Interrogá-lo?* Decidiu que não. De nada adiantava atrapalhar seu descanso. As perguntas podiam esperar até de manhã.

O barulho de pés subindo a escada dissipou a sensação de inquietude, e ele deu suas ordens em voz baixa. Os sentinelas deveriam ficar de guarda na porta do seu quarto até serem rendidos pela manhã.

– Fiquem alertas. Se virem ou ouvirem *qualquer coisa*, desejo ser informado.

Ele fez uma pausa, mas, como Warren seguiu roncando, deu de ombros, desceu a escada, saiu para a noite sedosa e tornou a entrar no seu quarto.

A primeira coisa que sentiu foi o cheiro. Por um instante, pensou que tinha deixado aberta a latinha de unguento feito com banha de urso. Então o fedor adocicado de podre o atingiu, seguido por duas mãos que saíram do escuro e agarraram sua garganta.

Ele se debateu num pânico cego, golpeando a esmo com os braços e as pernas, mas a pressão em sua traqueia não diminuiu, e luzinhas brilhantes começaram a tremeluzir na periferia do que teria sido sua visão caso ele possuísse alguma. À custa de um tremendo esforço mental, obrigou-se a soltar o próprio corpo. O peso repentino surpreendeu seu agressor e fez Grey se desvencilhar das mãos que o sufocavam ao cair no chão. Ele aterrissou no piso e rolou.

Pelos infernos, onde estava o homem? Se é que de fato era um homem. Pois, enquanto sua mente recuperava a capacidade de raciocinar, suas faculdades mais viscerais recordavam a frase de Rodrigo pouco antes de sair. *Zumbis são gente morta.* E aquilo que estava ali com ele no escuro, fosse o que fosse, parecia estar morto havia vários dias, a julgar pelo cheiro.

Pôde ouvir o farfalhar de algo se movendo em silêncio na sua direção. Seria uma respiração? O som rascante de sua própria respiração, que lhe arranhava a garganta, e o martelar pulsante do coração nas orelhas não lhe permitiram saber.

Estava caído ao pé de uma parede, com metade das pernas sob a banqueta da penteadeira. Agora que seus olhos tinham se acostumado, o quarto tinha alguma luz: as portas-janelas eram retângulos mais claros na escuridão, e ele pôde distinguir a forma da coisa que o perseguia. Tinha o formato de um homem, mas era estranhamente corcunda e balançava a cabeça e os ombros de um lado para outro, quase como se quisesse farejá-lo. O que não iria levar mais de dois segundos, no máximo.

Sentou-se de súbito, agarrou a pequena banqueta estofada e a atirou, com toda a força, nas pernas da coisa. Esta emitiu um *pff!* espantado que foi inconfundivelmente humano, então cambaleou e agitou os braços para tentar se equilibrar. O barulho tranquilizou Grey. Ele se levantou rolando sobre o joelho e se jogou em cima da criatura ao mesmo tempo que berrava insultos incoerentes.

Acertou-a mais ou menos na altura do peito, sentiu quando ela caiu para trás, então se esticou na direção da escrivaninha. Tateou freneticamente a superfície e encontrou sua adaga ainda no mesmo lugar em que a deixara. Pegou-a e se virou bem a tempo de ficar cara a cara com a coisa, que na mesma hora chegou junto dele fedendo e produzindo um gorgolejar desagradável. Ele a golpeou, mas sentiu a faca bater no antebraço da criatura e ricochetear no osso. A criatura gritou, soltando uma lufada de hálito podre bem na sua cara, então correu em direção às portas-janelas e se precipitou por elas em meio a uma chuva de vidro e musselina esvoaçante.

Grey saiu correndo para a varanda atrás da coisa enquanto gritava pelos sentinelas. Mas estes estavam na casa principal vigiando o governador, para o caso de o seu excelso descanso ser perturbado por... o que quer que fosse aquilo. Um zumbi?

Fosse o que fosse, tinha ido embora.

Ele se sentou nas pedras da varanda, tremendo com a reação ao ocorrido. Ninguém tinha aparecido atraído pelo barulho. Com certeza ninguém poderia ter continuado a dormir com aquilo tudo; talvez ninguém mais estivesse alojado daquele lado da mansão.

Sentindo-se enjoado e ofegante, encostou a cabeça nos joelhos por alguns instantes antes de erguê-la com um tranco para olhar em volta, por medo de que alguma outra coisa estivesse se aproximando sem ser vista. Mas a noite estava parada e amena.

O único ruído era um farfalhar agitado de folhas numa árvore próxima, que por um segundo de choque ele cogitou ser a criatura, pulando de galho em galho em busca de refúgio. Então ouviu chiados sibilantes. *Morcegos*, concluiu o que restava da parte calma e racional de sua mente.

Ele engoliu em seco e inspirou, tentando fazer o ar puro entrar em seus pulmões para substituir o fedor nojento da criatura. Tinha sido soldado a maior parte da vida e vira mortos nos campos de batalha. Tinha enterrado companheiros em trincheiras e queimado os cadáveres dos inimigos. Conhecia o cheiro dos túmulos e da carne em decomposição. E a coisa que o havia agarrado pelo pescoço quase com certeza saíra de uma cova recente.

Apesar do calor da noite, ele tremia com violência. Esfregou a mão no braço esquerdo, dolorido por causa da luta. Em Crefeld, três anos antes, fora ferido gravemente e quase perdera aquele braço. O membro funcionava, mas era bem mais fraco do que ele gostaria. Ao olhar para o braço, porém, levou um susto. Manchas escuras marcavam a manga clara do seu roupão. Quando ele virou a mão direita, viu que estava úmida e pegajosa.

– Meu Deus! – murmurou, e levou a mão ao nariz com cuidado.

Aquele cheiro era inconfundível, mesmo sobrepujado como estava pelo fedor de túmulo e pelo aroma incongruente de dama-da-noite vindo das trepadeiras plantadas em vasos rente à varanda. Uma chuva começava a cair, pungente e perfumada... mas nem mesmo seu frescor conseguiu ocultar aquele cheiro.

Sangue. Sangue fresco. E não era o seu.

Ele limpou o resto de sangue da mão com a barra do roupão, e o horror frio dos últimos minutos se dissipou até virar uma brasa ardente de raiva, quente no fundo do seu estômago.

Ele já tinha matado antes. Além disso, viu alguns cadáveres em campos de batalha. E uma coisa ele sabia: mortos não sangram.

Fettes e Cherry precisavam saber, claro. Tom também, uma vez que a destruição do quarto não podia ser explicada como o resultado de um pesadelo. Os quatro se reuniram no quarto de Grey e debateram o acontecido à luz de velas enquanto Tom, branco até os lábios, cuidava de arrumar o estrago.

– Vocês nunca ouviram falar em zumbi... ou zumbis? Não faço ideia se a palavra é no plural ou não.

Todas as cabeças fizeram que não. Uma grande garrafa quadrada de um excelente uísque escocês havia sobrevivido aos rigores da viagem no fundo de seu baú, e ele serviu generosas doses da bebida, inclusive para Tom.

– Tom... pode perguntar na criadagem amanhã? Com cuidado, claro. Beba isto.

– Ah, vou tomar cuidado, milorde – garantiu Tom com fervor.

Obediente, Tomou um gole do uísque antes de Grey poder lhe avisar. Seus olhos se esbugalharam e ele emitiu o mesmo ruído de um touro que senta em cima de uma abelha, mas deu um jeito de engolir a bebida e então ficou parado, abrindo e fechando a boca com uma expressão atordoada.

Um espasmo contraiu a boca de Bob Cherry, mas Fettes manteve a calma e a imperturbabilidade que lhe eram características.

– Por que acha que foi atacado, coronel?

– Se o criado que me alertou sobre o *obeah* estava certo, posso apenas supor que tenha sido consequência do fato de eu ter posicionado sentinelas para protegerem o governador. Mas você tem razão. – Ele aquiesceu diante do que Fettes estava sugerindo. – Isso significa que quem quer que tenha sido o responsável... – Ele indicou com a mão a desordem do quarto que ainda conservava o cheiro do intruso recente, apesar do vento perfumado de chuva que entrava pelas portas quebradas e do cheiro de mel queimado do uísque. – ... ou estava observando atentamente a casa ou então...

– Ou mora aqui – completou Fettes, e sorveu um gole com uma expressão meditativa. – Dawes, talvez?

Grey arqueou as sobrancelhas. Aquele baixote rotundo e afável? Mas já havia conhecido vários homens maus de baixa estatura.

– Bem – falou, devagar. – Não foi ele quem me atacou; isso eu posso afirmar. Quem quer que tenha sido, era mais alto do que eu e tinha uma constituição magra... Não era corpulento.

Tom produziu um ruído hesitante para indicar que havia pensado em alguma coisa, e Grey meneou a cabeça, autorizando-o a falar.

– Tem certeza absoluta, milorde, de que o homem que o atacou... ahn... que ele *não estava* morto? Porque, pelo cheiro, ele parece ter sido enterrado no mínimo há uma semana.

Todos os quatro estremeceram por reflexo, mas Grey balançou a cabeça.

– Tenho certeza – respondeu, com a maior firmeza de que foi capaz. – Era um homem vivo... embora, sem dúvida, estranho – arrematou, franzindo o cenho.

– Será que deveríamos vasculhar a casa, coronel? – sugeriu Cherry.

Com relutância, Grey fez que não com a cabeça.

– O homem ou a coisa fugiu para o jardim. Deixou pegadas claras.

Não acrescentou que houvera tempo suficiente para os criados, caso estivessem envolvidos, já terem escondido àquela altura qualquer indício da criatura. Se tivesse algum envolvimento, o jovem Rodrigo era sua melhor linha de investigação. Mas não era do seu interesse alarmar a casa e concentrar a atenção no rapaz antes do devido tempo.

– Tom, Rodrigo parece acessível?

– Ah, sim, milorde. Ele foi simpático comigo durante o almoço – garantiu Tom, com uma escova na mão. – Quer que eu fale com ele?

– Sim, se você puder. Fora isso... – Ele esfregou a mão no rosto e sentiu no maxilar a barba que já despontava. – Acho que vamos manter os planos para amanhã. Mas, capitão Cherry, pode também arrumar um tempo para interrogar o sr. Dawes? Pode contar o que aconteceu aqui hoje. Tenho muito interesse em saber qual vai ser a reação dele.

– Sim, coronel. – Cherry terminou seu uísque, tossiu, passou alguns segundos sentado piscando, então pigarreou. – Coronel, e o... e o governador?

– Eu mesmo falo com ele – respondeu Grey. – E depois proponho que subamos os morros para visitar uma ou duas fazendas e identificar posições defensivas. Pois é preciso que vejam que nós estamos agindo de modo pronto e decisivo. Se for necessária alguma ação ofensiva contra os quilombolas, ela terá que esperar até sabermos o que estamos enfrentando.

Fettes e Cherry assentiram. Soldados a vida inteira, nenhum dos dois tinha qualquer desejo urgente de entrar num combate antes da hora.

Uma vez terminada a reunião, Grey se sentou com outro copo de uísque e ficou bebericando enquanto Tom concluía em silêncio o seu trabalho.

– Tem certeza de que quer dormir neste quarto hoje, milorde? – indagou o criado enquanto punha a banqueta da penteadeira de volta no lugar com precisão. – Eu poderia arrumar outro.

Grey sorriu para ele com afeto.

– Tenho certeza de que poderia, Tom. Mas o nosso amigo recente também, imagino. Não; o capitão Cherry vai dobrar a guarda na varanda e dentro da casa. Estarei perfeitamente seguro.

E, mesmo que não estivesse, a ideia de se esconder, de fugir com o rabo entre as pernas... Não. Fosse o que fosse, não iria dar essa satisfação.

Tom deu um suspiro e balançou a cabeça, mas pôs a mão dentro da camisa e de lá tirou uma pequena cruz feita de caules de trigo entrelaçados e um pouco surrada, pendurada num pedaço de barbante de couro.

– Está certo, milorde. Mas pelo menos use isto aqui.

– O que é?

– Um amuleto. Quem me deu foi Ilsa, lá na Alemanha. Ela disse que me protegeria do mal... e protegeu mesmo.

– Ah, Tom, não... Com certeza você deve ficar com...

Com a boca imobilizada numa expressão de obstinação que Grey conhecia bem, Tom se inclinou para a frente e passou o barbante de couro pela cabeça dele. A boca relaxou.

– Pronto, milorde. Assim pelo menos *eu* consigo dormir.

O plano de Grey de falar com o governador durante o desjejum foi prejudicado, já que o cavalheiro mandou avisar que se encontrava indisposto. Grey, Cherry e Fettes se entreolharam por cima da mesa, mas Grey disse apenas:

– Fettes? E o senhor *também*, capitão Cherry, por favor.

Eles aquiesceram enquanto trocavam um olhar de discreta satisfação. Grey escondeu um sorriso; aqueles dois adoravam um interrogatório.

Apesar de presente no desjejum, Dawes falou pouco e dedicou toda a atenção aos ovos com torradas em seu prato. Grey o inspecionou com cuidado, mas ele não deu sinal de excursões noturnas nem de conhecimento clandestino. Grey lançou um olhar para Cherry. Os dois capitães ficaram perceptivelmente mais animados.

Por ora, contudo, seu curso de ação era claro: ele precisava fazer uma aparição pública quanto antes, e tomar as atitudes necessárias de modo a assegurar ao público que a situação estava sob controle – e deixar evidente para os quilombolas que havia gente prestando atenção e que suas atividades destrutivas não conseguiriam mais passar despercebidas.

Convocou um de seus outros capitães após o desjejum e organizou uma escolta. Decidiu que doze homens deveriam constituir um grupo suficientemente impressionante.

– E para onde o senhor está indo, coronel? – perguntou o capitão Lossey, estruturando os olhos conforme fazia os cálculos mentais de cavalos, mulas de carga e mantimentos.

Grey inspirou fundo e encarou o desafio.

– Até uma fazenda chamada Twelvetrees – respondeu. – Uns 30 quilômetros a partir de Kingston em direção às montanhas do interior.

Philip Twelvetrees era jovem, devia ter uns 20 e poucos anos, e era também atraente de um jeito meio parrudo. Grey pessoalmente não sentia atração por ele. Mesmo assim, um retesamento lhe varou o corpo quando ele apertou a mão do rapaz, examinando seu rosto com cuidado em busca de qualquer indício de que Twelvetrees houvesse reconhecido seu nome ou atribuído qualquer importância à sua presença além do que demandava a situação política.

Nenhum indício de incômodo ou desconfiança cruzou o semblante de Twelvetrees, e Grey relaxou um pouco e aceitou a oferta de uma bebida gelada. Esta, na realidade, era um misto de suco de frutas e vinho, azedinha, porém refrescante.

– Chama-se sangria – comentou Twelvetrees, erguendo o copo de modo a fazer a luz suave brilhar através do vidro. – Significa sangue em espanhol.

Apesar de não falar muito espanhol, Grey sabia disso. No entanto, o sangue parecia ser um *point d'appui* tão bom quanto outro qualquer no que tangia ao motivo da sua presença.

– O senhor acha então que podemos ser os próximos? – Twelvetrees empalideceu de modo perceptível por sob o bronzeado. No entanto, deglutiu apressadamente um gole de sangria e endireitou os ombros. – Não, não. Estou certo de que nada vai nos acontecer. Nossos escravos são leais, isso eu sou capaz de jurar.

– Quantos escravos tem? E o senhor lhes confia armas?

– Tenho 116 – Twelvetrees respondeu de pronto.

Pelo menos metade de seus escravos era composta por mulheres ou crianças. Assim, ele estava ponderando os custos e o risco de armar cerca de cinquenta homens, deixando-os praticamente soltos pela propriedade. Sem falar na visão de um número desconhecido de quilombolas, igualmente armados, emergindo de repente da noite com tochas na mão. Ele bebeu um pouco mais de sangria.

– Talvez… O que o senhor tem em mente? – perguntou ele, largando o copo na mesa.

Grey havia acabado de expor os planos que tinha a sugerir, planos esses que exigiam postar duas companhias de infantaria na fazenda, quando um movimento de musselina junto à porta o fez erguer os olhos.

– Ah, Nan! – Philip colocou a mão sobre os papéis que Grey havia espalhado sobre a mesa e lhe lançou um olhar de alerta. – O coronel Grey veio fazer uma visita. Coronel, esta é minha irmã Nancy.

– Srta. Twelvetrees.

Grey, que se levantara na hora, deu dois ou três passos em direção à moça e beijou sua mão. Atrás de si, escutou o farfalhar de Twelvetrees juntando apressadamente mapas e diagramas.

Nancy Twelvetrees compartilhava a solidez afável do irmão. Não era nem um pouco bonita, mas tinha olhos escuros inteligentes. E estes se aguçaram de modo perceptível quando ela ouviu a apresentação do irmão.

– Coronel Grey – disse ela, acenando para ele se sentar novamente enquanto ela própria se acomodava. – O senhor por acaso é parente dos Greys de Ilford, em Sussex? Ou talvez a sua família seja do ramo londrino…?

– Meu irmão tem uma propriedade em Sussex, sim – comentou ele depressa.

No entanto, omitiu que se tratava de seu meio-irmão Paul, que na verdade não era um Grey, uma vez que nascera do primeiro casamento de sua mãe. Também evitou mencionar que seu irmão mais velho era o duque de Pardloe, o mesmo que vinte anos antes matara a tiros certo Nathaniel Twelvetrees. O que logicamente iria revelar o fato de que o próprio Grey…

Era bastante óbvio que Philip Twelvetrees não queria a irmã se alarmando com qualquer menção à situação atual. Grey meneou a cabeça para ela de modo quase imperceptível a fim de informar que havia entendido isso, e Twelvetrees relaxou visivelmente e se acomodou para uma conversa social educada.

– E o que o traz à Jamaica, coronel Grey? – quis saber a srta. Twelvetrees algum tempo depois.

Sabendo que aquela pergunta seria feita em algum momento, Grey já havia bolado uma resposta cuidadosamente vaga, relacionada à preocupação da Coroa com o transporte marítimo. Na metade da sua lorota, porém, a srta. Twelvetrees o encarou com um olhar muito direto.

– O senhor está aqui por causa do governador? – perguntou ela.

– Nan! – exclamou seu irmão, chocado.

– Está? – repetiu ela, ignorando o irmão. Tinha os olhos muito brilhantes e as faces coradas.

Grey sorriu para ela.

– O que a faz pensar que esse poderia ser o caso, se me permite a pergunta?

– Porque, se o senhor não veio tirar Derwent Warren do cargo, então *alguém* deveria fazer isso!

– Nancy! – Philip estava quase tão corado quanto a irmã. Inclinou-se para a frente e a segurou pelo pulso. – Nancy, por favor!

Ela fez que ia se desvencilhar, mas então, ao ver a expressão de súplica no rosto dele, contentou-se com um mero "Humpf!" e se recostou na cadeira com os lábios contraídos.

Grey teria gostado muito de saber o que havia por trás da animosidade da srta. Twelvetrees em relação ao governador, mas não podia perguntar isso diretamente. Em vez disso, conduziu a conversa com habilidade para outro assunto, dirigindo a Twelvetrees perguntas sobre as operações da fazenda e à srta. Twelvetrees sobre a história natural da Jamaica, pela qual ela parecia ter algum apreço, a julgar pelas aquarelas bastante precisas de plantas e animais penduradas pelo recinto, todas assinadas de modo bem legível com as iniciais *N. T.*

Aos poucos, o clima de tensão na sala se atenuou, e Grey reparou que a srta. Twelvetrees havia concentrado sua atenção nele. Não estava propriamente flertando, pois não era uma moça feita para flertar. Mas com certeza estava se esforçando bastante para que ele a notasse como mulher. Ele não sabia muito bem o que Nancy Twelvetrees tinha em mente. Grey era um homem razoavelmente apresentável, mas não achava que ela estivesse atraída por ele de verdade. Apesar disso, nada fez para detê-la. Se Philip os deixasse sozinhos juntos, talvez conseguisse descobrir o que a levara a dizer o que dissera sobre o governador Warren.

Quinze minutos mais tarde, um mulato trajando um terno bem-cortado espichou a cabeça para dentro da sala e perguntou se poderia falar com Philip. Lançou um olhar curioso na direção de Grey, mas Twelvetrees não esboçou qualquer movimento para apresentá-los. Em vez disso, pediu licença e conduziu o visitante – que Grey supôs ser um tipo de capataz – até o outro extremo do cômodo amplo e arejado, onde os dois passaram a confabular em voz baixa.

Ele imediatamente aproveitou a oportunidade para fixar sua atenção na srta. Nancy, na esperança de conduzir a conversa em direção aos próprios objetivos.

– Concluo que conhece o governador, srta. Twelvetrees? – começou ele, o que arrancou dela uma risada curta.

– Melhor do que eu gostaria, coronel.

– Mesmo? – indagou ele, no tom mais convidativo possível.

– Mesmo – respondeu ela, e abriu um sorriso desagradável. – Mas não vamos perder tempo falando sobre uma... pessoa de índole tão rasteira. – O sorriso se alterou, e ela se inclinou mais para perto dele e tocou sua mão, o que o deixou espantado. – Diga-me, coronel, sua esposa veio com o senhor? Ou ficou em Londres por temer as febres e as revoltas de escravos?

– Infelizmente eu não sou casado, senhorita – disse ele, pensando que ela sabia muito mais do que o irmão desejava que soubesse.

– Mesmo? – foi a vez dela de perguntar.

Continuou com a mão sobre a dele, uma fração de segundo a mais. Não tempo suficiente a ponto de ser descarada, mas o bastante para um homem normal perceber. E os reflexos de Grey com relação a tais assuntos eram muito mais desenvolvidos do que os de um homem normal, por motivo de necessidade.

Sem quase pensar de modo consciente, ele sorriu para ela. Em seguida, olhou para seu irmão e tornou a olhar para ela enquanto dava de ombros com pesar de modo quase imperceptível. Evitou acrescentar o sorriso demorado que teria significado "Mais tarde".

Ela mordeu o lábio inferior por um instante, então o soltou, molhado e vermelho, e por baixo de pálpebras semicerradas lhe lançou um olhar que significava "Mais tarde" e muito mais. Ele tossiu e, por pura necessidade de dizer *alguma coisa* inteiramente isenta de qualquer sugestão, perguntou num tom abrupto:

– Por acaso sabe o que é um *obeah*, srta. Twelvetrees?

Os olhos dela se arregalaram, e ela tirou a mão do seu braço. Grey conseguiu se mover para fora do seu alcance sem de fato parecer estar empurrando a cadeira para trás, e embora ela não tivesse percebido, continuou a encará-lo com muita atenção, mas a natureza dessa atenção tinha mudado. Ela franziu o cenho.

– Onde o senhor ouviu esse termo, coronel, se me permite a pergunta? – Sua voz soou bastante normal, seu tom foi leve... mas ela também olhou de relance para as costas do irmão e falou baixo.

– Um dos criados do governador a mencionou. Vejo que a senhorita conhece o termo... Imagino que tenha a ver com africanos?

– Sim. – Ela agora estava mordendo o lábio superior, mas sem conotação sexual. – Os escravos coromantis... o senhor sabe quem são?

– Não.

– Negros da Costa do Ouro – respondeu ela e, pondo a mão outra vez na sua manga, puxou-o para que se levantasse e o conduziu um pouco mais para longe, em direção ao outro extremo da sala. – Os senhores de engenho os querem porque são grandes, fortes e, em geral, muito bem-constituídos.

Será que... Não, *não* tinha sido a sua imaginação: a ponta da língua dela havia saído por entre os lábios e os tocado por uma fração de segundo antes de ela dizer "bem-constituídos". Ele pensou que Philip Twelvetrees precisava arrumar um marido para a irmã, e rápido.

– Vocês têm escravos coromantis aqui?

– Alguns. Mas os coromantis tendem a ser intratáveis. Muito agressivos e difíceis de controlar.

– Um traço nem um pouco desejável num escravo, imagino – disse ele, esforçando-se para manter a voz neutra.

– Bem, às vezes pode ser – respondeu ela, surpreendendo-o. Deu um breve sorriso. – Se os seus escravos forem leais, e os nossos são, nesse caso não importa que sejam um pouco sanguinários em relação a... a qualquer um que queira vir aqui causar problemas.

Grey ficou um pouco chocado com a linguagem dela, a ponto de levar alguns instantes para processar o que ela estava dizendo. A ponta da língua tornou a aparecer por entre os lábios. Caso ela tivesse covinhas, com certeza as teria usado.

– Entendo – falou, cuidadoso. – Mas a senhorita estava a ponto de me dizer o que é um *obeah*. Alguma figura de autoridade, imagino, para os coromantis?

A atitude de flerte desapareceu de forma abrupta, e ela tornou a franzir o cenho.

– Sim. *Obi* é como eles chamam a sua... religião, como imagino que deva ser chamada. Embora, pelo pouco que eu conheço dela, nenhum pastor ou padre permitiria que fosse chamada assim.

Gritos vieram do jardim mais abaixo, e Grey olhou para fora e viu um bando de pequenas maritacas de cores vivas voando para dentro e para fora de uma grande árvore frondosa de frutos amarelados. Num movimento coordenado, duas pequenas crianças negras e nuas irromperam da vegetação baixa e miraram tiros de funda nos pássaros. Pedras estalaram de modo inofensivo entre os galhos, mas as aves levantaram voo num agitado vórtice de plumas e foram embora, reclamando aos guinchos.

A srta. Twelvetrees ignorou a interrupção e retomou sua explicação assim que o barulho cessou.

– Um *obeah* fala com os espíritos. Ele ou ela... é a pessoa que se procura quando se quer... quando se quer... organizar coisas.

– Que tipo de coisas?

Uma leve sugestão do flerte anterior tornou a surgir.

– Ah... para fazer uma pessoa se apaixonar por você. Para gerar um filho. Para *não* gerar um filho... – Nesse ponto ela olhou para ver se o havia deixado chocado outra vez, mas ele apenas aquiesceu. – Ou para amaldiçoar alguém. Para causar má sorte ou má saúde. Ou a morte.

Aquilo era promissor.

– E como isso é feito, se me permite a pergunta? Causar doença ou morte?

Nesse ponto, contudo, ela balançou a cabeça.

– Eu não sei. Na verdade, não é seguro perguntar – acrescentou, baixando a voz mais ainda, e seus olhos agora estavam sérios. – O que disse o criado que falou com o senhor?

Consciente da rapidez com que as fofocas se espalhavam nas regiões rurais, Grey não estava disposto a revelar as supostas ameaças do governador Warren. Em vez disso, perguntou:

– A senhorita já ouviu falar em zumbis?

Ela ficou inteiramente branca.

– Não – respondeu, abrupta.

Foi um risco, mas ele segurou sua mão para impedir que ela se virasse.

– Não posso revelar por que preciso saber – falou, numa voz bem baixa. – Mas, por favor, acredite em mim, srta. Twelvetrees… Nancy. – Insensível, ele apertou a mão dela. – É extremamente importante. Qualquer ajuda… bem, eu ficaria grato.

A mão dela estava quente; os dedos se moveram um pouco dentro dos seus, e não foi numa tentativa de se desvencilhar. A cor de seu rosto estava voltando.

– Eu não sei muita coisa – comentou ela, numa voz igualmente baixa. – Só que zumbis são pessoas mortas que foram despertadas por magia para cumprir as ordens de quem que as criou.

– A pessoa que as criou… seria um *obeah*?

– Ah, não! – exclamou ela, surpresa. – Os coromantis não criam zumbis. Eles acham isso uma prática um tanto suja.

– Concordo inteiramente com eles – garantiu-lhe Grey. – Mas então *quem* cria os zumbis?

– Nancy! – Philip havia concluído a conversa com o capataz e vinha em sua direção com um sorriso hospitaleiro no rosto largo e suado. – Não podemos comer alguma coisa? Tenho certeza de que o coronel deve estar faminto, e eu mesmo estou esfomeado.

– Sim, claro – disse a srta. Twelvetrees, lançando um rápido olhar de alerta para Grey. – Vou avisar a cozinheira.

Grey aumentou momentaneamente a pressão em seus dedos, e ela lhe sorriu.

– Como eu estava dizendo, coronel, o senhor precisa visitar a sra. Abernathy em Rose Hall. Ela seria a pessoa mais indicada para lhe dar informações.

– Informações? – Twelvetrees, o maldito, escolheu esse momento para ser curioso. – Sobre o quê?

– Costumes e crenças entre os ashantis, querido irmão – respondeu sua irmã, de maneira cordial. – O coronel Grey tem um interesse especial por essas coisas.

Twelvetrees deu um breve muxoxo.

– Ashantis, uma ova! Ibos, fulanis, coromantis… batizem todos como cristãos decentes e nunca mais vamos falar sobre quais crenças profanas eles podem ter trazido consigo. Pelo pouco que sei, o senhor não vai querer ouvir sobre esse tipo de coisa, coronel. Embora, é claro, *se* quiser… – acrescentou ele depressa, lembrando que não cabia a ele dizer o que fazer ao tenente-coronel encarregado de proteger sua vida e sua propriedade. – Nesse caso, minha irmã está bastante certa: a sra. Abernathy seria a melhor pessoa para aconselhá-lo. Quase todos os escravos dela são ashantis. Ela... ahn... dizem que ela... humm... se interessa.

Para interesse do próprio Grey, o rosto de Twelvetrees ficou muito vermelho, e ele mudou depressa de assunto e começou a lhe fazer perguntas minuciosas sobre a disposição de suas tropas. Grey se esquivou de respostas diretas, garantindo-lhe apenas que duas companhias de infantaria seriam despachadas para o seu engenho assim que o recado pudesse chegar a Spanish Town.

Desejava ir embora quanto antes, por diversos motivos, mas foi obrigado a ficar para o chá, refeição desconfortável composta por uma comida pesada e sem graça consumida sob o olhar afogueado da srta. Twelvetrees. Ele julgava tê-la tratado a maior parte do tempo com tato e delicadeza, mas lá pelo fim da refeição ela começou a lhe dar pequenas alfinetadas com os lábios contraídos. Nada que ninguém pudesse ou devesse notar, mas ele viu Philip piscar para a irmã uma ou duas vezes com o cenho franzido de incompreensão.

– É claro que eu não poderia me erigir em autoridade com relação a nenhum aspecto da vida na Jamaica – disse ela, encarando Grey com um olhar indecifrável. – Mal faz seis meses que estamos morando aqui.

– De fato – concordou ele, educado, sentindo uma fatia de bolo não digerida assentar pesadamente no estômago. – A senhorita parece estar em casa... e uma linda casa, aliás, srta. Twelvetrees. Posso notar seu toque harmonioso em toda ela.

Essa tentativa tardia de lisonja foi recebida com o desprezo que merecia.

– Meu irmão herdou o engenho do primo, Edward Twelvetrees. Edward morava em Londres também. – Ela mirou nele um olhar que parecia o cano de um mosquete. – O senhor o conhecia, coronel?

O que exatamente a maldita mulher faria caso ele lhe contasse a verdade?, perguntou-se Grey. Ela claramente sabia alguma coisa, mas... *Não*, ponderou após examiná-la com atenção. Não podia saber a verdade, mas tinha escutado algum boato. Então aquela provocação era uma tentativa canhestra de fazê-lo revelar mais.

– Conheço de modo casual vários Twelvetrees – respondeu ele, muito afável. – Mas, se encontrei seu primo, não acho que tenha tido o prazer de manter com ele qualquer conversa mais prolongada.

Tê-lo chamado de "maldito assassino" e "sodomita de merda", na opinião de Grey, não configurava uma conversa de verdade.

A srta. Twelvetrees piscou para ele, surpresa, e ele percebeu o que deveria ter visto bem mais cedo. Ela estava bêbada. Achara a sangria leve e refrescante, mas ele só bebera um copo. Não notara quando ela havia tornado a encher o seu, mas a jarra estava quase vazia.

– Minha querida – disse Philip com muita gentileza. – Está quente, não? Você parece um tantinho pálida e indisposta.

Na verdade, ela estava corada. Seus cabelos começavam a desabar por trás das orelhas um tanto grandes... mas de fato parecia indisposta. Philip tocou a sineta, levantou-se e meneou a cabeça para a criada negra que entrou.

– Eu não estou indisposta – disse Nancy Twelvetrees com alguma dignidade. – Eu só estou... quero dizer...

Mas a criada, evidentemente acostumada àquela incumbência, já a estava arrastando em direção à porta, embora com habilidade suficiente para fazer parecer que estava apenas ajudando a patroa.

Grey se levantou, segurou a mão da srta. Nancy e se curvou por cima dela.

– Ao seu dispor, srta. Twelvetrees – falou. – Espero que...

– Nós sabemos – interveio ela, encarando-o com grandes olhos marejados. – Está me ouvindo? *Nós sabemos.*

Então saiu, e seus passos vacilantes produziram nas tábuas do piso o som de um tambor irregular. Um silêncio breve e constrangido se fez entre os dois homens. Grey pigarreou no exato instante em que Philip Twelvetrees tossiu.

– Para ser sincero, eu não gostava do primo Edward – disse ele.

Os dois caminharam juntos até o pátio, onde o cavalo de Grey estava ocupado comendo folhas debaixo de uma árvore, com os flancos riscados de fezes de maritaca.

– Não ligue para Nancy, sim? – pediu Twelvetrees baixinho, sem encará-lo. – Ela teve uma... decepção, em Londres. Pensei que talvez pudesse superá-la com mais facilidade aqui, mas... bem, eu cometi um erro, e não é fácil revertê-lo.

Ele suspirou e Grey teve um forte impulso de lhe dar uns tapinhas nas costas de apoio. Em vez disso, produziu um som gutural indistinto, aquiesceu e montou no cavalo.

– Os soldados estarão aqui depois de amanhã – afirmou. – O senhor tem a minha palavra.

Grey pretendia voltar para Spanish Town. Em vez disso, parou no meio da estrada, pegou o mapa que Dawes tinha lhe dado e calculou a distância até Rose Hall. A viagem significaria acampar nos morros para o pernoite, mas eles estavam preparados para isso. Além de ser desejável escutar em primeira mão os detalhes de um ataque de quilombolas, ele estava agora mais do que curioso para conversar com a sra. Abernathy sobre os zumbis.

Escreveu instruções relativas ao envio de tropas para Twelvetrees, então mandou dois homens de volta a Spanish Town com o recado e dois outros na frente para identificarem um bom local de acampamento. Chegaram lá quando o sol estava começando a baixar, reluzindo como uma pérola flamejante no céu rosado.

– O que é isso? – perguntou ele, erguendo o rosto da caneca de chá chinês que o cabo Sansom tinha lhe passado.

Sansom também pareceu espantado, e olhou para cima da encosta de onde tinha vindo o som.

– Não sei, coronel – falou. – Parece um tipo de corneta.

E parecia mesmo. Não um trompete nem nada de natureza militar padrão. Definitivamente, porém, um som de origem humana. Os homens ficaram parados, à espera. Um ou dois segundos depois, o som tornou a ecoar.

– Esse foi diferente – comentou Sansom, com uma voz alarmada. – Veio dali… – Ele apontou para cima da encosta. – Não veio?

– Sim, veio – respondeu Grey, distraído. – Shh!

A primeira corneta tornou a soar, um lamento pungente que quase se perdeu em meio aos barulhos dos pássaros que se acomodavam para a noite, então silenciou.

A pele de Grey formigou e seus sentidos entraram em alerta. Eles estavam sozinhos na mata. Alguém estava lá fora, dentro da noite que caía, lançando sinais para outros. Em voz baixa, deu ordens para a construção de uma fortificação apressada, e o acampamento se mobilizou na mesma hora com a tarefa de organizar defesas. Os homens que o acompanhavam eram em sua maioria veteranos e, embora tivessem se mostrado cautelosos, não entraram em pânico. Em muito pouco tempo, um reduto de pedras e vegetação havia sido montado, sentinelas dispostos em pares pelo acampamento, e as armas de todos os homens estavam carregadas e com as travas puxadas, prontas para um ataque.

No entanto, nada aconteceu. Embora os homens passassem a noite inteira deitados em cima de suas armas, não houve outro sinal de presença humana. Mas Grey podia senti-la à espreita.

Ele jantou e ficou sentado com as costas apoiadas numa protuberância de rocha, com a adaga no cinto e o mosquete carregado ao alcance da mão. À espera.

Mas nada aconteceu e o sol raiou. Eles levantaram acampamento de modo organizado e, se alguma corneta soou na mata, o som se perdeu em meio aos gorjeios dos pássaros.

Ele nunca havia estado na presença de ninguém que lhe causasse tamanha repugnância. Perguntou-se por que seria. Não havia nada de desfavorável ou feio nela. Pelo contrário, era uma atraente escocesa de meia-idade, loura e robusta. No entanto, apesar do ar quente na varanda em que ela decidira recebê-lo em Rose Hall, a viúva Abernathy lhe causou calafrios.

Constatou que ela não trajava luto, tampouco fez qualquer referência à morte recente do marido. Usava uma roupa de musselina branca bordada de azul na barra e nos punhos.

– Entendo que devo parabenizá-la pela sua sobrevivência, minha senhora – disse ele, tomando o assento que ela lhe indicou com um gesto.

Foi um comentário um tanto insensível, mas ele não achou que aquilo fosse perturbá-la. E tinha razão.

– Obrigada – disse ela, recostando-se em sua cadeira de vime, avaliando-o de cima a baixo com um olhar que ele achou perturbador. – Uma coisa eu posso dizer: fazia um frio danado dentro daquela fonte. Pensei que fosse morrer congelada.

Ele inclinou a cabeça de modo cortês.

– A experiência não lhe causou nenhum efeito negativo duradouro? Tirando, é claro, a lamentável morte do seu marido – apressou-se em acrescentar.

Ela deu uma risada vulgar.

– Estou feliz por ter me livrado daquele imbecil.

Sem saber como retrucar o comentário, Grey tossiu e mudou de assunto.

– Fiquei sabendo que a senhora se interessa por alguns dos rituais praticados pelos escravos.

Quando ela ouviu isso, seu olhar verde meio opaco se aguçou.

– Quem disse isso?

– A srta. Nancy Twelvetrees. – Afinal, não havia motivo para manter segredo quanto à identidade da sua informante.

– Ah, a pequena Nancy, foi? – Ela pareceu achar graça nesse fato, e lhe lançou um olhar de viés. – Imagino que ela tenha gostado *do senhor*, não?

Ele não via em que a opinião da srta. Twelvetrees a seu respeito poderia ter a ver com o assunto, e disse isso com educação.

A sra. Abernathy apenas abriu um sorriso irônico e abanou a mão.

– Sim, bem. O que o senhor quer saber, então?

– Quero saber como são criados os zumbis.

O choque varreu o sorriso do seu rosto, e ela ficou piscando estupidamente por alguns instantes antes de pegar seu copo e bebericar.

– Zumbis – repetiu, e o encarou com certo interesse ressabiado. – Por quê?

Ele contou. De uma diversão casual, sua atitude mudou quando seu interesse foi instigado. Ela o fez repetir a história do encontro com a coisa no quarto e fez perguntas específicas relacionadas ao cheiro.

– Carne podre – falou. – Quer dizer que o senhor conhece esse cheiro?

Deve ter sido o sotaque dela que trouxe de volta o campo de batalha de Culloden e o fedor dos cadáveres sendo queimados. Ele não conseguiu conter um calafrio.

– Sim – respondeu, abrupto. – Por quê?

Ela contraiu os lábios enquanto refletia.

– Existem diferentes modos de proceder, sabe? Um deles é dar o pó de *afile* à pessoa, esperar ela cair, em seguida enterrá-la por cima de um cadáver recente. Uma cova rasa basta – explicou ela, interceptando seu olhar. – E não se esquecer de pôr folhas e gravetos por cima do rosto antes de jogar a terra, para a pessoa ainda poder respirar. Uma vez que o veneno é dissipado o suficiente para elas voltarem a se mexer e a sentir as coisas, elas veem que estão enterradas, sentem o fedor e concluem que devem estar mortas.

Ela falou num tom casual, como se estivesse informando sua receita pessoal de pudim de maçã ou bolo de melado. Estranhamente, porém, isso o acalmou. E ele conseguiu superar a repulsa e falar tranquilamente.

– Veneno. Seria isso o pó de *afile*? Que tipo de veneno é esse, a senhora sabe?

Ao ver a centelha no seu olhar, ele agradeceu pelo impulso que o levara a acrescentar "a senhora sabe?" à pergunta. Não fosse pelo orgulho, ela talvez não tivesse lhe contado tudo. No caso, deu de ombros e respondeu com indiferença:

– Ah… ervas. Ossos moídos… pedaços de outras coisas. Mas o ingrediente principal, a única coisa *obrigatória*, é fígado de peixe *fugu*.

Ele balançou a cabeça, sem reconhecer o nome.

– Descreva o peixe, por obséquio.

E ela o fez. Pela descrição, ele pensou que devia ser um daqueles estranhos baiacus que inchavam qual bexigas quando incomodados. Tomou a silenciosa decisão de nunca mais comer um. Durante a conversa, porém, algo estava ficando evidente para ele.

– O que a senhora está me dizendo, se me permite, é que, na verdade, um zumbi *não é* de forma alguma uma pessoa morta? Que a pessoa está apenas drogada?

Os lábios dela se curvaram. Eram grossos e vermelhos, mais jovens do que o seu rosto poderia ter sugerido.

– De que serviria uma pessoa morta para quem quer que fosse?

– Obviamente a crença geral é de que os zumbis *estão* mortos.

– Sim, claro. Os zumbis acham que estão mortos, e todo mundo pensa assim também. Não é verdade, mas é eficaz. As pessoas ficam apavoradas. Mas quanto a "apenas drogadas"… – Ela balançou a cabeça. – Elas não voltam, sabe? O veneno danifica o cérebro e o sistema nervoso delas. Elas podem seguir instruções simples, mas não têm mais capacidade real de raciocínio… e a maioria se move de modo rígido e lento.

– É mesmo? – murmurou ele.

A criatura que o havia atacado… Bem, o homem que o havia atacado, como ele agora tinha certeza, não era nem de longe rígido e lento. Ou seja…

– Ouvi dizer, minha senhora, que a maioria dos seus escravos é ashanti. Algum deles saberia mais sobre esse processo?

– Não – respondeu ela, abrupta, sentando-se um pouco mais ereta. – Aprendi o que sei com um *houngan*… uma espécie de… de praticante, por assim dizer. Mas ele não era um dos meus escravos.

– Um praticante *de quê*, exatamente?

A língua dela passou devagar pelas pontas de seus dentes afiados, amarelados, mas ainda sólidos.

– De magia – respondeu ela, e riu baixinho, como consigo mesma. – Sim, de magia. De magia africana. Magia escrava.

– A senhora acredita em magia? – perguntou ele, tanto por curiosidade quanto por qualquer outro motivo.

– O senhor não?

As sobrancelhas dela se arquearam, mas ele balançou a cabeça.

– Não. E, pelo que a senhora mesma acaba de me contar, o processo de criação de um zumbi *não consiste* em magia, mas na simples administração de um veneno durante certo tempo, somada ao poder de sugestão. – Outra ideia lhe ocorreu. – Uma pessoa pode se recuperar de um envenenamento desses? A senhora disse que o veneno não mata.

Ela balançou a cabeça.

– O veneno não, mas as pessoas sempre morrem. De fome, para começar. Elas perdem qualquer vontade própria, e não conseguem fazer nada a não ser o que o *houngan* manda. Aos poucos vão definhando e… – Ela estalou os dedos. – Mesmo que sobrevivessem, os outros as matariam. Depois que alguém vira zumbi, não há retorno.

Ao longo de toda a conversa, Grey notara que a sra. Abernathy falava com um conhecimento de causa pelo visto bem maior do que aquele passível de ser obtido por meio de um interesse casual pela filosofia natural. Quis se afastar dela, mas se obrigou a ficar sentado e fazer mais uma pergunta.

– A senhora conhece algum significado especial atribuído às cobras? Na magia africana, digo.

Ela piscou, um pouco espantada com a pergunta.

– Cobras – repetiu devagar. – Sim. Bem… eles dizem que as cobras sabem coisas. E alguns dos *loas* são cobras.

– *Loas?*

Ela esfregou a testa de modo distraído, e ele viu, com um leve arrepio de repulsa, que a pele estava sarapintada com uma débil lesão. Já tinha visto aquilo antes: era o sinal de uma infecção sifilítica em estágio avançado.

– Acho que podemos chamá-los de espíritos – disse ela, e o encarou com um olhar perscrutador. – O senhor vê cobras nos seus sonhos, coronel?

– Se eu… Não. Não vejo. – Não via mesmo, mas a sugestão foi perturbadora. Ela sorriu.

– Um *loa* encarna na pessoa, sabe? Ele fala através da pessoa. E eu estou vendo uma cobra imensa enroscada nos seus ombros, coronel Grey. – Ela se levantou abruptamente. – Eu tomaria cuidado com o que o senhor come.

• • •

Eles retornaram a Spanish Town dois dias depois. A viagem de volta deu a Grey tempo para pensar, e lhe permitiu chegar a determinadas conclusões. Uma delas era a convicção de que, na verdade, os quilombolas não tinham atacado Rose Hall. Ele havia falado com o capataz da sra. Abernathy, que lhe parecera relutante e esquivo, e muito vago em relação aos detalhes do suposto ataque. E mais tarde...

Após conversar com o capataz e vários escravos, tinha voltado à casa para se despedir oficialmente da sra. Abernathy. Ninguém atendera quando batera à porta, e ele dera a volta na casa em busca de um criado. O que encontrara, isso sim, fora um caminho que se afastava da casa com um lampejo de água no final.

Por curiosidade, fora seguindo esse caminho e encontrara a fonte de triste fama na qual a sra. Abernathy supostamente havia se escondido dos intrusos assassinos. A dona da casa estava dentro da fonte, nua, nadando devagar e com calma de um lado para outro, arrastando atrás de si os cabelos louros matizados de branco.

A água era cristalina. Ele pôde ver os movimentos de suas nádegas carnudas na água e vislumbrou a concavidade arroxeada de seu sexo exposto pela flexão das pernas. Não havia margem alguma com juncos ou outras plantas para ocultá-la. Ninguém poderia ter deixado de ver a mulher se ela estivesse na fonte. E obviamente a temperatura da água não a dissuadia em absoluto.

Portanto, ela havia mentido em relação aos quilombolas. Ele teve a fria certeza de que a sra. Abernathy tinha assassinado o marido ou mandado assassiná-lo. Mas o que poderia fazer com essa conclusão, prendê-la? Não havia testemunhas nem pelo menos ninguém que pudesse legalmente depor contra ela. Nenhum dos seus escravos faria isso. Aqueles com os quais ele conversara tinham se referido à patroa com extrema reticência. Quer isso fosse decorrência de lealdade ou de medo, o efeito seria o mesmo.

O que essa conclusão *de fato* significava para ele era que os quilombolas na verdade não eram culpados de assassinato, e isso era importante. Até então, todos os relatos de maldades envolviam apenas danos à propriedade. Mesmo assim, apenas a lavouras e equipamentos. Nenhuma casa tinha sido incendiada, e embora vários senhores de engenho tivessem alegado que escravos seus haviam sido subtraídos, não havia prova disso. Os escravos em questão poderiam ter tirado vantagem da confusão de um ataque para fugir.

Isso o levava a supor certa dose de cautela por parte de quem liderava os quilombolas, fosse quem fosse. *Quem poderia ser?*, pensou. *Que tipo de homem?* A impressão que estava formando não era a de uma rebelião, mas de uma frustração que vinha se acumulando havia muito tempo. Ele *precisava* falar com o capitão Cresswell. E torceu para aquele maldito secretário já ter conseguido localizar o superintendente quando ele chegasse a King's House.

...

No fim das contas, chegou a King's House bem depois de escurecer e foi informado pelo mordomo do governador – que apareceu como um fantasma negro de camisolão – que todos na casa já estavam dormindo.

– Está bem – falou, cansado. – Chame meu lacaio, por favor. E amanhã de manhã diga ao criado do governador que precisarei falar com Sua Excelência após o desjejum, seja qual for seu estado de saúde.

Tom ficou satisfeito ao ver Grey voltar inteiro. Por isso, não protestou por ter sido acordado. Antes de os sinos da igreja de Spanish Town badalarem a meia-noite, ele já havia feito a toalete do patrão, vestido seu camisolão e o acomodado sob seu mosquiteiro. As portas do quarto tinham sido consertadas, mas Grey fez Tom deixar a janela aberta e adormeceu com um vento sedoso acariciando suas faces e sem qualquer pensamento em relação ao que a manhã seguinte poderia trazer.

Foi despertado de um vívido sonho erótico por batidas agitadas. Puxou a cabeça de baixo do travesseiro ainda com a sensação de pelos ruivos ásperos nos lábios, e sacudiu a cabeça com violência para tentar se reorientar no espaço e no tempo. Pam, pam, pam, pam, *pam!* O que seria…? Ah! A porta.

– O que houve? Entre, pelo amor de Deus! O que está…? Ah, espere um instante.

Ele se debateu para se livrar do emaranhado de roupa de cama e jogou o camisolão… *Por Deus, será que estava mesmo fazendo o que sonhara estar fazendo?…* Jogou o roupão por cima da carne que murchava rapidamente.

– O que foi? – perguntou quando por fim abriu a porta.

Para sua surpresa, deu com Tom ali, olhos esbugalhados e trêmulo, ao lado do major Fettes.

– O senhor está bem, milorde? – disparou Tom, interrompendo as primeiras palavras do major.

– Por acaso pareço estar jorrando sangue? – retrucou Grey, um tanto irritado. – O que houve, Fettes?

Agora que estava com os olhos devidamente abertos, viu que Fettes parecia quase tão perturbado quanto Tom. O major, veterano de uma dezena de campanhas importantes, condecorado por conduta valorosa e conhecido pela frieza, engoliu em seco de modo visível e retesou os ombros.

– É o governador, coronel. Acho melhor o senhor vir ver.

– Onde estão os homens incumbidos de protegê-lo? – indagou Grey com calma ao sair do quarto do governador e fechar a porta atrás de si.

A maçaneta, escorregadia na sua mão, deslizou para longe de seus dedos. Ele sabia que não era por causa de sangue, e sim pelo suor. Mesmo assim, seu estômago deu um pinote e ele esfregou os dedos convulsivamente na perna da calça.

– Sumiram, coronel. – Fettes havia recuperado o controle da voz, ainda que não totalmente do rosto. – Mandei homens vasculharem a propriedade.

– Ótimo. Por favor, pode reunir os criados? Vou precisar interrogá-los.

Fettes inspirou fundo.

– Eles também sumiram.

– Como assim? Todos?

– Sim, coronel.

Ele também sorveu uma funda inspiração... e tornou a soltar o ar depressa. Mesmo do lado de fora do quarto, o fedor era nauseabundo. Podia sentir o cheiro espesso sobre a pele e mais uma vez esfregou os dedos na calça com força.

Engoliu em seco e, prendendo a respiração, deu um tranco da cabeça na direção de Fettes e Cherry, que havia se juntado a eles e balançado a cabeça sem dizer nada diante das sobrancelhas erguidas de Grey. Nenhum sinal dos sentinelas desaparecidos. Maldição! Seria preciso conduzir uma busca por seus corpos. Pensar nisso o deixou com frio, apesar do calor cada vez mais forte da manhã.

Ele desceu a escada e seus oficiais o seguiram de muito bom grado. Chegando ao pé dos degraus, já tinha pelo menos decidido por onde começar. Parou e se virou para Fettes e Cherry.

– Certo. A partir deste momento a ilha está sob lei marcial. Notifiquem os oficiais, mas informem que ainda não deve haver nenhum anúncio público. E *não* expliquem por quê.

Dada a fuga dos criados, era mais do que provável que a notícia sobre a morte do governador alcançasse os moradores de Spanish Town em poucas horas... se já não tivesse alcançado. No entanto, se tivesse a mais ínfima chance de o povo continuar ignorando o fato de o governador Warren ter sido morto e parcialmente devorado na própria residência enquanto se encontrava sob a guarda do Exército de Sua Majestade, Grey iria agarrá-la.

– E o secretário? – perguntou abruptamente, lembrando-se de repente. – Dawes. Ele também sumiu? Ou morreu?

Fettes e Cherry trocaram um olhar culpado.

– Não sei, coronel – respondeu Cherry, taciturno. – Vou olhar.

– Faça isso, por favor.

Ele meneou a cabeça para as continências dos oficiais e entrou, estremecendo de alívio ao sentir o sol no rosto e seu calor através do tecido fino da camisa. Contornou a varanda devagar em direção ao seu quarto, onde Tom sem dúvida já devia ter dado um jeito de montar e limpar seu uniforme.

E agora? Grey pediu a Deus que Dawes ainda estivesse... Uma golfada de saliva o fez engasgar, e ele cuspiu várias vezes na varanda, sem conseguir engolir devido à lembrança daquele cheiro forte.

– Tom – chamou, com urgência, ao entrar no quarto. – Você teve oportunidade de falar com os outros criados? Com Rodrigo?

– Sim, milorde. – Tom acenou para ele se sentar na banqueta e se ajoelhou para ajudá-lo a calçar as meias. – Todos já ouviram falar em zumbis... disseram que são gente morta, como Rodrigo explicou. Um *houngan*... que é um... bem, eu não sei direito, mas as pessoas morrem de medo deles. Enfim, um daqueles que atacam alguém... ou são pagos para atacar, acho eu, que pegam essa pessoa e a matam, depois a fazem reviver para ser sua criada, e isso é um zumbi. Todos eles morriam de medo desse conceito, milorde – disse ele com ênfase, erguendo os olhos.

– Não os culpo de modo algum. Algum deles sabia sobre o meu visitante?

Tom balançou a cabeça.

– Eles disseram que não, mas acho que sabiam, milorde. Só não queriam dizer. Consegui falar com Rodrigo sozinho e ele admitiu que sabia, mas disse que não achava que fosse um zumbi que tinha vindo atrás do senhor, porque eu contei a ele como o senhor lutou contra o intruso e a bagunça que seu quarto ficou.

Ele estreitou os olhos para a penteadeira com seu espelho rachado.

– É mesmo? E o que ele achava que fosse?

– Ele não chegou a dizer, mas eu insisti um pouco, e ele finalmente deu a entender que talvez tenha sido um *houngan* fingindo ser um zumbi.

Grey passou alguns instantes digerindo essa possibilidade. A criatura que o havia atacado pretendia matá-lo? Caso sim, por quê? Mas, caso não, o ataque poderia ter tido como simples objetivo preparar o terreno para o que havia acontecido agora, fazendo parecer que havia certa profusão de zumbis rondando King's House. Isso tinha certo sentido, a não ser pelo fato de...

– Me disseram que os zumbis têm os movimentos lentos e rígidos. Será que um deles poderia ter feito... o que fizeram com o governador? – Ele engoliu em seco.

– Não sei, milorde. Nunca encontrei nenhum. – Tom lhe deu um sorriso breve e se levantou após fechar as fivelas em seus joelhos. Foi um sorriso nervoso, mas Grey se sentiu reconfortado e sorriu de volta.

– Acho que precisarei olhar o cadáver outra vez – afirmou, e se levantou. – Pode vir comigo, Tom? – Seu criado pessoal era muito observador, sobretudo em questões relacionadas ao corpo, e já o tinha ajudado antes a interpretar fenômenos post-mortem.

Tom empalideceu, aquiesceu e, empertigando os ombros, acompanhou lorde John até a varanda lá fora.

A caminho do quarto do governador, eles cruzaram com o major Fettes, que comia desanimado uma fatia de abacaxi surrupiada na cozinha.

– Major, venha comigo – ordenou Grey. – Assim pode me contar quais descobertas o senhor e Cherry fizeram na minha ausência.

– Posso desde já contar uma delas, coronel – retrucou Fettes, largando o abacaxi e limpando as mãos no colete. – O juiz Peters foi para Eleuthera.

– Por quê?

Que estorvo! Ele tinha a esperança de saber mais sobre o incidente original que havia incitado a rebelião, e obviamente não iria descobrir nada por Warren... Fez um gesto para Fettes com a mão. Pouco importava por que Peters fora embora.

– Certo. Bem, então...

Respirando pela boca o máximo possível, Grey empurrou a porta e a abriu. Atrás dele, Tom emitiu um ruído involuntário, mas então entrou com cuidado e se agachou junto ao corpo.

Grey se agachou ao seu lado. Podia ouvir uma respiração elaborada atrás de si.

– Major – falou, sem se virar. – Se o capitão Cherry tiver encontrado o sr. Dawes, pode fazer a gentileza de trazê-lo até aqui?

Eles estavam muito entretidos quando Dawes entrou acompanhado tanto por Fettes quanto por Cherry, e Grey ignorou todos os três.

– As marcas de mordida *são* humanas? – indagou, virando com cuidado uma das canelas de Warren na direção da luz que vinha da janela.

Tom assentiu, e passou as costas da mão pela boca.

– Tenho certeza, milorde. Já fui mordido por cães... Não tem nada a ver com isso. Além do mais... – Ele pôs o antebraço na boca e mordeu com vontade, então apresentou o resultado a Grey. – Está vendo, milorde? Os dentes são circulares.

– Não resta dúvida. – Grey se levantou e olhou para Dawes, cujos joelhos estavam tão bambos que o capitão Cherry era obrigado a sustentá-lo. – Sente-se, por favor, sr. Dawes, e dê sua opinião em relação a essa questão.

– Eu não sei nada, coronel – arquejou ele. – Nada mesmo. Por favor, posso ir? Eu, eu... Coronel, estou falando sério, estou quase desmaiando!

– Não tem problema – disse Grey, afável. – Pode se deitar na cama se não conseguir ficar em pé.

Dawes olhou para a cama, ficou branco e se sentou no chão. Então viu o que havia no chão ao seu lado. Levantou-se de maneira atabalhoada e ficou parado, oscilando e engolindo a saliva.

Grey meneou a cabeça para um banquinho e Cherry empurrou o secretário baixote até lá, não sem certa delicadeza.

– O que ele lhe contou, Fettes? – perguntou Grey, tornando a se virar para a cama.

– Tom, vamos enrolar o sr. Warren na colcha da cama, depois colocá-lo no chão e enrolá-lo no tapete. Para evitar vazamentos.

– Certo, milorde.

Tom e o capitão Cherry deram início a esse processo, enquanto Grey se aproximava e ficava parado olhando para Dawes.

– Alegou ignorância, em grande parte – respondeu Fettes, juntando-se a Grey e encarando Dawes com um olhar especulativo. – Ele contou que Derwent Warren havia seduzido uma mulher chamada Nancy Twelvetrees, em Londres. Mas que a havia abandonado e se casado com a herdeira da fortuna dos Athertons.

– Que teve o bom senso de não acompanhar o marido às Índias Ocidentais, suponho? Sim. Ele sabia que a srta. Twelvetrees e o irmão tinham herdado uma fazenda na Jamaica e estavam planejando emigrar para cá?

– Não, coronel. – A voz de Dawes mal passou de um grasnado. Ele pigarreou e falou num tom mais firme. – Ficou surpreso ao encontrar os Twelvetrees aqui na sua primeira reunião.

– Posso imaginar. A surpresa foi recíproca?

– Foi. A srta. Twelvetrees ficou branca, depois vermelha, então tirou o sapato e partiu para cima do governador com o salto.

– Queria ter visto isso – disse Grey com um arrependimento genuíno. – Certo. Bem, como o senhor pode ver, o governador não necessita mais da sua discrição. Eu, por minha parte, necessito da sua loquacidade. Pode começar me contando por que ele tinha medo de cobras.

– Ah. – Dawes mordeu o lábio inferior. – Eu não tenho certeza, o senhor compreende…

– Fale logo, seu balofo – rosnou Fettes, inclinando-se de modo ameaçador acima de Dawes, que se encolheu.

– Eu… eu… – gaguejou ele. – Eu não sei os detalhes, de verdade. Mas… mas teve a ver com uma jovem. Uma jovem negra. Ele… digo, o governador… tinha certo fraco por mulheres…

– E? – pressionou Grey.

A jovem, ao que parecia, era uma das escravas da casa. E não se mostrou disposta a aceitar as atenções de Warren. O governador não estava acostumado a aceitar um "não" como resposta… e não aceitou. A jovem desaparecera no dia seguinte e fugira, e ainda não fora recapturada. Mas nesse mesmo dia um homem negro de turbante e tapa-sexo havia aparecido em King's House e requisitado uma audiência.

– Ele não foi recebido, claro. Mas também não quis ir embora. – Dawes deu de ombros. – Agachou-se diante dos degraus da frente e esperou.

Quando Warren finalmente apareceu, o homem se levantou, deu um passo à frente e, num tom formal, informou ao governador que, a partir dali, ele se encontrava amaldiçoado.

– Amaldiçoado? – repetiu Grey, com interesse. – Como?

– Bem, coronel, nesse ponto o meu conhecimento alcança o seu limite – respondeu Dawes. Ele havia recuperado parte da segurança, e endireitou um pouco as costas. – Pois, após pronunciar esse fato, começou a falar numa língua desconhecida… Acho que parte pode ter sido espanhol. Devo supor que ele estava, ahn, que estava lançando a maldição, por assim dizer?

– Eu com certeza não sei. – A essa altura, Tom e o capitão Cherry já haviam completado sua desagradável tarefa, e o governador repousava dentro de um casulo inócuo de tapeçaria. – Desculpe, cavalheiros, mas não há criados para nos ajudar. Vamos levá-lo para o barracão do jardim. Venha, sr. Dawes. O senhor pode ajudar a carregar o caixão. E no caminho contar onde entram as cobras.

Ofegando e grunhindo, e quase deixando cair aquela trouxa difícil de manejar, eles conseguiram arrastá-la escada abaixo. O sr. Dawes, enquanto tentava segurar o tapete de modo ineficaz, foi pressionado pelo capitão Cherry a continuar sua história.

– Bem, eu *pensei* ter escutado a palavra "cobra" no discurso do homem – disse ele. – E então… as cobras começaram a aparecer.

Cobras pequenas, cobras grandes. Uma foi encontrada na banheira do governador. Outra apareceu debaixo da mesa, para horror da esposa de um comerciante que tinha ido jantar e teve um ataque histérico na sala antes de perder os sentidos e cair pesadamente por cima da mesa. O sr. Dawes pareceu achar algo engraçado nesse fato, e Grey, suando muito, lançou-lhe um olhar de ira que o fez retomar o relato com mais sobriedade.

– Pareciam surgir cobras todos os dias e em lugares diferentes. Mandamos vasculhar a casa várias vezes. Mas ninguém conseguia, ou talvez ninguém quisesse, detectar a origem dos répteis. E ainda que ninguém tenha sido picado, a aflição de não saber se você iria abrir a colcha e encontrar algo rastejando no meio da sua roupa de cama…

– De fato. Argh! – Eles pararam e largaram seu fardo. Grey enxugou a testa na manga. – E como o senhor fez a ligação entre essa praga de cobras e o abuso da escrava por parte do sr. Warren?

Dawes pareceu surpreso, e empurrou os óculos para cima do nariz suado.

– Ah, eu não falei? Me contaram depois que o homem era um *obeah*, seja lá o que isso for… Ele pronunciou o nome dela no meio da acusação. Era Azeel.

– Entendo. Certo, todos prontos? Um, dois, três… para cima!

Dawes tinha desistido de fingir que estava ajudando, mas correu pelo caminho do jardim na sua frente para abrir a porta do barracão. Perdera por completo qualquer reticência restante e parecia ansioso para dar toda informação que pudesse.

– Ele não me disse diretamente, mas acho que tinha começado a sonhar com cobras e com a moça.

– Como… como o senhor sabe? – grunhiu Grey. – Isso é o meu pé, major!

– Eu o ouvi… ahn… falando sozinho. Ele começou a beber muito, entende? Muito compreensível nas circunstâncias, o senhor não acha?

Grey desejava poder beber muito, mas não tinha mais fôlego para dizer isso.

De repente, ouviu-se um grito de susto de Tom, que tinha entrado para liberar um espaço no barracão. Todos os três oficiais largaram o tapete com um baque e levaram as mãos a armas inexistentes.

– Milorde, milorde! Veja quem eu encontrei escondido no barracão!

Tom vinha subindo saltitante o caminho em direção a Grey, com o rosto radiante de alegria e o jovem Rodrigo a segui-lo desconfiado. O coração de Grey se alegrou quando viu aquilo, e ele sentiu um raro sorriso se formar em seu rosto.

– Ao seu dispor, senhor.

Muito tímido, Rodrigo fez uma profunda mesura.

– Estou muito satisfeito em encontrá-lo, Rodrigo. Diga-me… você viu alguma coisa do que aconteceu aqui ontem à noite?

O jovem estremeceu e virou o rosto para o outro lado.

– Não, senhor – respondeu ele, numa voz tão baixa que Grey mal conseguiu escutar. – Foram zumbis. Eles… eles comem pessoas. Eu os ouvi, mas não fui bobo de olhar. Desci correndo para o jardim e me escondi.

– Você os ouviu? – indagou Grey, incisivo. – O que escutou exatamente?

Rodrigo engoliu em seco. Se fosse possível um tom esverdeado transparecer numa pele como a sua, sem dúvida teria ficado da cor de uma tartaruga-marinha.

– Pés, senhor – disse ele. – Pés descalços. Só que eles não faziam *tlec-tlec* como os de uma pessoa. Apenas se arrastavam, *sh-sh*, *sh-sh*. – Ele ilustrou o que dizia com pequenos empurrões das mãos, e Grey sentiu os pelos da nuca se eriçarem.

– Conseguiu saber quantos… quantos homens havia?

Rodrigo balançou a cabeça.

– Pelo barulho, mais de dois.

Com o rosto redondo concentrado, Tom insistiu mais um pouco.

– Havia mais alguém com eles, você acha? Alguém com um passo normal, digo?

Rodrigo pareceu espantado, horrorizado.

– Um *houngan*, o senhor quer dizer? Eu não sei. – Ele deu de ombros. – Pode ser. Não ouvi sapatos. Mas…

– Ah, porque… – Tom se deteve abruptamente, olhou para Grey e tossiu. – Ah.

Apesar de outras perguntas, a contribuição de Rodrigo se resumiu a isso, de modo que o carpete foi mais uma vez suspenso do chão, desta vez com a ajuda do criado, e posto em seu local de descanso temporário.

Fettes e Cherry ainda pressionaram Dawes mais um pouco, mas o secretário não conseguiu dar nenhuma outra informação quanto às atividades do governador, e menos ainda especular qual força maligna fora responsável pelo seu fim.

– Já tinha ouvido falar em zumbis, sr. Dawes? – Grey quis saber, limpando o rosto com o que lhe restava do lenço.

– Ahn… sim – respondeu o secretário com cautela. – Mas o senhor com certeza não acha que o criado… Ah, certamente não!

Ele lançou um olhar horrorizado para o barracão.

– Os zumbis de fato têm a reputação de comer carne humana?

A palidez doentia de Dawes retornou.

– Bem, sim. Mas… ai, ai!

– Isso resume bem a questão – resmungou Cherry entre dentes. – Suponho então que o senhor não pretenda fazer um pronunciamento público sobre a morte do governador, coronel?

– O senhor está certo, capitão. Não quero que o público entre em pânico achando que há uma praga de zumbis à solta em Spanish Town, seja esse o caso ou não. Sr. Dawes, creio que não precisamos mais incomodá-lo por ora. Pode se retirar.

Ele observou o secretário se afastar aos tropeços antes de pedir que seus oficiais se aproximassem. Tom, discreto como sempre, afastou-se um pouco e levou Rodrigo consigo.

– Descobriram mais alguma coisa que possa ter influenciado as atuais circunstâncias?

Os oficiais se entreolharam. Fettes, com a respiração um pouco chiada, meneou a cabeça para Cherry. Este tinha uma forte semelhança com a fruta à qual devia seu sobrenome, a cereja, mas, por ser mais jovem e mais magro do que Fettes, seu fôlego era maior do que o de seu superior.

– Sim, coronel. Eu fui procurar Ludgate, o antigo superintendente. Não o encontrei... disseram que ele foi embora para o Canadá... mas ouvi muitas coisas em relação ao superintendente atual.

Grey se esforçou durante alguns instantes para recordar o nome.

– Cresswell?

– Ele mesmo.

"Peculato ou corrupção" pareciam resumir muito bem o tema do mandato do capitão Cresswell como superintendente, segundo os informantes de Cherry em Spanish Town e Kingston. Entre outros abusos, ele havia organizado o comércio entre os quilombolas do interior e os comerciantes do litoral na forma de peles de aves, cobra e outros artigos exóticos, madeira das florestas do interior e assim por diante. Segundo os relatos, tinha recolhido pagamentos em nome dos quilombolas, mas nunca os havia entregado.

– Ele teve alguma participação na prisão dos dois quilombolas acusados de roubo?

Cherry exibiu os dentes num sorriso por um breve instante.

– Estranho o senhor perguntar isso, coronel. Sim, eles disseram... alguns deles disseram... que os dois jovens tinham vindo reclamar do comportamento de Cresswell, mas que o governador se recusou a recebê-los. Houve quem os tivesse escutado declarar que iriam recuperar suas mercadorias à força... de modo que, quando uma parte significativa do conteúdo do armazém sumiu, imaginou-se que fosse o que tinham feito. Eles, os quilombolas, insistiram que não haviam tocado em nada, mas Cresswell aproveitou a oportunidade e mandou prendê-los por roubo.

Grey fechou os olhos e saboreou o frescor momentâneo de uma brisa do mar.

– O governador se recusou a receber os rapazes, você diz. Existe alguma sugestão de vínculo impróprio entre o governador e o capitão Cresswell?

– Ah, existe sim – respondeu Fettes, revirando os olhos. – Ainda não temos provas... mas também não faz muito tempo que estamos procurando.

– Entendo. E ainda não sabemos o paradeiro do capitão Cresswell?

Cherry e Fettes balançaram a cabeça ao mesmo tempo.

– A conclusão geral é que Accompong teria dado fim nele – disse Cherry.

– Quem?

– Ah, perdão, coronel – desculpou-se Cherry. – É assim que se chama o líder dos quilombolas, segundo dizem. *Capitão* Accompong, é como ele gosta de ser chamado, faça o favor.

Os lábios de Cherry se franziram um pouco. Grey deu um suspiro.

– Está bem. Não houve mais relatos de novas depredações pelos quilombolas, seja lá como se chamem?

– Não, a menos que se conte o assassinato do governador – respondeu Fettes.

– Na verdade – disse Grey devagar –, eu não acho que os quilombolas sejam os responsáveis por essa morte específica. – Ficou um pouco surpreso ao se ouvir dizer isso, na verdade... mas constatou que era *mesmo* o que pensava.

Fettes piscou, a coisa mais próxima de uma expressão de espanto que havia exibido. Cherry fez uma cara cética. Grey decidiu não entrar na questão da sra. Abernathy nem explicar ainda suas conclusões em relação à pouca inclinação dos quilombolas para a violência.

Estranho, pensou. Fazia poucos instantes que tinha escutado o nome do capitão Accompong, mas com esse nome seus pensamentos começaram a se concentrar em torno de uma figura nebulosa. De repente havia uma mente lá fora, alguém com quem ele poderia interagir.

Numa batalha, a personalidade e o temperamento do oficial no comando eram quase tão importantes quanto o número de homens que ele comandava. Então. Ele precisava saber mais sobre o capitão Accompong, mas isso por enquanto podia esperar.

Aquiesceu para Tom, que se aproximou com Rodrigo logo atrás.

– Diga a eles o que descobriu, Tom.

Tom pigarreou e uniu as mãos na cintura.

– Bem, nós... ahn... nós despimos o governador... – Fettes se encolheu, e Tom tornou a pigarrear antes de prosseguir – ... e demos uma olhada de perto. E a verdade, capitão, e capitão – acrescentou, com um meneio da cabeça para Cherry. – A verdade é que o governador Warren foi apunhalado pelas costas.

Os dois oficiais pareceram não entender.

– Mas... o quarto está repleto de sangue, sujeira e imundície – protestou Cherry. – O cheiro daquilo lá é como o lugar em que se deixa os afogados pescados no Tâmisa!

– Pegadas – disse Fettes, lançando para Tom um olhar acusador. – Havia pegadas. Pegadas grandes, ensanguentadas e de pés *descalços*.

– Não nego que algo objetável tenha estado presente naquele quarto – disse Grey, seco. – Mas quem ou o que quer que tenha mordido o governador provavelmente não o matou. Ele já estava quase morto quando o… ahn… quando o dano subsequente ocorreu.

Rodrigo exibia uns olhos imensos. Deu para ouvir Fettes observar que não era possível, mas tanto ele quanto Cherry eram bons oficiais e não questionaram as conclusões de Grey, assim como não haviam resistido à sua ordem para esconder o corpo de Warren. Podiam perceber quão desejável era suprimir um boato sobre uma praga de zumbis.

– O importante, cavalheiros, é que após vários meses de incidentes não houve ocorrência alguma no último mês. Talvez a morte do sr. Warren tenha por objetivo ser um incitamento, mas ela não foi obra dos quilombolas, então a pergunta é… o que os quilombolas estão esperando?

Tom levantou a cabeça, com os olhos arregalados.

– Ora, milorde, eu diria que… eles estão esperando *o senhor*. O que mais?

O que mais, de fato. Por que não tinha pensado nisso? É claro que Tom tinha razão. O protesto dos quilombolas não tivera resposta e sua reclamação não fora solucionada. Então eles começaram a tentar atrair atenção de forma mais explícita. O tempo havia passado, nada fora feito em resposta, e então eles tinham ficado sabendo sobre a chegada de soldados. O tenente-coronel Grey agora tinha aparecido. Eles naturalmente estavam esperando para ver o que ele iria fazer.

O que ele tinha feito até então? Despachado tropas para proteger as fazendas que eram os possíveis alvos de um novo ataque. Não era provável que isso incentivasse os quilombolas a abandonar seu plano de ação atual, embora pudesse fazê-los direcionar seus esforços para outro lugar.

Ele ficou andando de um lado para outro pela exuberância do jardim de King's House, pensando, mas as alternativas eram poucas.

Convocou Fettes e informou que, até segunda ordem, ele, Fettes, era o governador interino da ilha da Jamaica.

Fettes fez uma cara mais parecida com um bloco de madeira do que de costume.

– Sim, coronel – concordou. – Se me permite a pergunta, aonde o senhor vai?

– Vou falar com o capitão Accompong.

– Sozinho, coronel? – Fettes estava consternado. – Com certeza o senhor não tem a intenção de subir lá sozinho!

– Não estarei sozinho – garantiu Grey. – Vou levar meu criado pessoal e o criado da casa do governador. Precisarei de alguém capaz de traduzir para mim, se necessário.

Ao ver uma expressão teimosa se imprimir no cenho de Fettes, ele suspirou.

– Ir até lá num grupo grande é um convite à batalha, major, e não é isso que eu quero.

– Não, coronel – disse Fettes em tom de dúvida. – Mas uma escolta adequada...

– Não, major. – Grey foi cortês, mas firme. – Desejo deixar claro que estou indo *falar* com o capitão Accompong, nada mais. Eu vou sozinho.

– Sim, coronel. – Fettes estava começando a parecer um bloco de madeira sendo atacado com um martelo e um cinzel. – Como quiser.

Grey meneou a cabeça e se virou para entrar em casa, mas então parou e tornou a se virar.

– Ah, tem uma coisa que o senhor talvez possa fazer por mim, major.

Fettes se animou um pouco.

– Pois não?

– Encontre para mim um bom chapéu, sim? Com renda dourada, se possível.

Andaram quase dois dias a cavalo antes de ouvirem as primeiras cornetas. Um som alto e melancólico sob o crepúsculo, aparentemente distante, e somente uma espécie de nota metálica deu a Grey a certeza de que na verdade não se tratava do canto de algum pássaro grande e exótico.

– Quilombolas – murmurou Rodrigo e se agachou um pouco, como se estivesse tentando passar despercebido, mesmo em cima da sela. – É assim que eles falam uns com os outros. Cada grupo tem uma corneta. Todas com um som diferente umas das outras.

Mais uma nota comprida e plangente. *Seria a mesma corneta?*, perguntou-se Grey. *Ou uma segunda respondendo à primeira?*

– Falam uns com os outros, você diz. Consegue saber o que estão dizendo?

Rodrigo havia se endireitado um pouco na sela e involuntariamente levou uma das mãos até atrás de si para firmar a caixa de couro que continha o chapéu mais chamativo disponível em Spanish Town.

– Sim, senhor. Estão dizendo uns aos outros que estamos aqui.

Tom murmurou algo entre dentes que soou como: "Eu mesmo poderia ter respondido isso de graça", mas, quando convidado a fazê-lo, recusou se a repetir o que dissera.

Eles acamparam para o pernoite sob a proteção de uma árvore, tão cansados que simplesmente ficaram sentados em silêncio enquanto comiam, observando a chuva que caía todas as noites se aproximar por sobre o mar, então engatinharam para dentro da barraca de lona que Grey havia levado. Os jovens pegaram no sono na mesma hora com o tamborilar da chuva acima deles.

Grey ficou acordado ainda um pouco, lutando contra o cansaço, a mente se agarrando à consciência. Vinha usando seu uniforme, embora não o de gala, para que sua identidade ficasse aparente. E até ali seu estratagema havia sido aceito: eles não tinham sido abordados, muito menos atacados. Pelo visto, o capitão Accompong iria recebê-lo.

E depois? Não sabia ao certo. Esperava talvez conseguir recuperar seus homens, os dois sentinelas desaparecidos na noite do assassinato do governador Warren. Seus corpos não tinham sido encontrados, assim como nenhuma peça de seus uniformes ou equipamentos. O capitão Cherry havia revirado Spanish Town e Kingston inteiras na busca.

Se eles tivessem sido levados vivos, porém, isso reforçava a impressão que ele tinha de Accompong e lhe dava alguma esperança de que aquela rebelião pudesse ser resolvida de alguma forma que não envolvesse uma campanha militar prolongada conduzida em matas e pedras e terminando em correntes e execuções. Mas e se...? O sono o subjugou, e ele mergulhou em sonhos incongruentes com pássaros vistosos cujas penas roçavam seu rosto quando eles passavam voando silenciosamente.

Acordou de manhã com a sensação do sol no rosto. Piscou alguns instantes, confuso, então se sentou. Estava sozinho. Verdadeiramente sozinho.

Levantou-se depressa, com o coração aos pulos, e foi pegar a adaga. Encontrou-a no cinto, mas era a única coisa que estava onde deveria estar. Todos os cavalos tinham sumido. A barraca também. O mesmo valia para a mula de carga e suas cestas, bem como para Tom e Rodrigo.

Ele viu isso na hora. Apenas os cobertores continuavam ali, embolados no meio dos arbustos. Mesmo assim, chamou-os várias vezes, até ficar com a garganta dolorida.

De algum lugar bem acima dele, ouviu uma das cornetas, um chamado prolongado que, aos seus ouvidos, soou como uma zombaria.

Entendeu na hora aquela mensagem. *Vocês pegaram dois dos nossos. Nós pegamos dois dos seus.*

– E vocês não acham que eu irei buscá-los? – gritou ele para cima em direção ao mar de verde ondulante que causava vertigem. – Digam ao capitão Accompong que eu estou chegando! Vou pegar meus rapazes de volta *sãos e salvos...* ou então arranco a cabeça dele!

O sangue lhe subiu às faces. Grey achou que fosse explodir, mas pensou melhor antes de socar alguma coisa. Estava sozinho. Não podia se dar ao luxo de se machucar. Tinha que chegar entre os quilombolas com tudo que ainda lhe restava, caso quisesse resgatar Tom e solucionar a rebelião – e pretendia resgatar Tom, acontecesse o que acontecesse. Pouco importava que aquilo talvez fosse uma armadilha; ele iria.

Acalmou-se à custa de um esforço, e andou em círculos com os pés calçados com meias até ter liberado a maior parte da raiva. Foi então que as viu, dispostas com cuidado lado a lado sob um arbusto espinhoso.

Eles haviam deixado suas botas. Estavam de fato esperando que ele fosse.

...

Ele passou três dias caminhando. Não se deu ao trabalho de seguir nenhuma trilha. Não era particularmente habilidoso para fazer trilhas, e de toda forma encontrar algum indício entre as pedras e a densa vegetação era uma esperança vã. Simplesmente foi subindo e ficou atento às cornetas.

Os quilombolas não tinham lhe deixado nada em matéria de mantimentos, mas isso não teve importância. Havia muitos pequenos regatos e poços, e embora ele tivesse sentido fome, não ficou faminto. Aqui e ali, encontrou árvores do tipo que tinha visto na fazenda de Twelvetrees, repletas de pequenos frutos amarelados. Se as maritacas os comiam, raciocinou, aqueles frutos deviam ser pelo menos minimamente comestíveis. Eram amargos a ponto de fazê-lo franzir os lábios, mas não o envenenaram.

A frequência das cornetas havia aumentado desde o raiar do sol. Eram agora umas três ou quatro, enviando sinais umas para as outras. Ele claramente estava chegando perto. De quê, não sabia.

Parou e olhou para cima. O terreno ali tinha começado a ficar plano. Havia espaços abertos na mata e, em uma dessas pequenas clareiras, ele viu lavouras: montes de trepadeiras sinuosas que deviam ser inhames, feijões em estacas, as grandes flores amarelas de abóboras ou cabaças. E, no extremo oposto dessa plantação, uma fina espiral de fumaça subia em contraste com o verde. Perto.

Ele tirou o chapéu grosseiro que havia tecido usando folhas de palmeira para se proteger do sol forte e limpou o rosto no pano da camisa. Era o máximo de preparação que era possível fazer. O vistoso chapéu de renda dourada que havia comprado ainda devia estar na caixa, onde quer que esta se encontrasse. Ele tornou a colocar seu chapéu de palmeira e avançou mancando em direção à espiral de fumaça.

Conforme caminhava, foi tomando consciência de pessoas se materializando dentro do seu campo de visão. Pessoas de pele escura vestidas em andrajos, que saíam da mata para observá-lo com grandes olhos curiosos. Tinha encontrado os quilombolas.

Um pequeno grupo de homens o conduziu ainda mais para cima. Faltava pouco para o sol se pôr, e a luz caía enviesada por entre as árvores, dourada e lilás, quando eles o conduziram até uma ampla clareira onde havia um complexo formado por certo número de palhoças. Um dos homens que acompanhava Grey gritou, e da maior das palhoças emergiu outro homem que se apresentou sem nenhuma cerimônia especial como o capitão Accompong.

O capitão Accompong foi uma surpresa. Era muito baixo, muito gordo e corcunda, com um corpo tão deformado que não chegava propriamente a caminhar. Ele se arrastava de lado. Trajava os restos de um esplêndido casaco, agora sem botões e com metade da renda dourada faltando, os punhos imundos de tanto uso.

Ele o espiou por baixo da aba caída de um chapéu de feltro surrado, com olhos que brilhavam nessa sombra. Tinha o rosto redondo e muito enrugado, e faltavam-lhe muitos dentes, mas ele irradiava uma impressão de grande astúcia e talvez de bom humor. Grey torceu para que assim fosse.

– Quem é o senhor? – perguntou Accompong, espiando Grey feito um sapo debaixo de uma pedra.

Todos na clareira conheciam a sua identidade. Todos se remexeram sem sair do lugar e se cutucaram, sorrindo. Ele não lhes deu atenção, porém, e fez para Accompong uma mesura muito correta.

– Sou o responsável pelos dois rapazes que foram capturados na montanha. Vim buscá-los... junto com meus soldados.

Seguiu-se um coro de vaias desdenhosas, e Accompong deixou que prosseguissem por alguns segundos antes de levantar a mão. Sentou-se com cuidado, suspirando ao se acomodar.

– É mesmo? Por que acha que eu tenho alguma coisa a ver com esses rapazes?

– Não falei que o senhor tinha. Mas sei identificar um grande líder quando o vejo... e sei que o senhor pode me ajudar a localizar meus rapazes. Se quiser.

– Pff! – O rosto de Accompong se vincou num sorriso banguela. – Acha que vai me bajular para que eu o ajude?

Grey pôde sentir algumas das crianças menores se aproximando por trás dele sem fazer barulho. Ouviu risadinhas abafadas, mas não se virou.

– Estou pedindo a sua ajuda. Mas em troca não lhe ofereço apenas a minha opinião favorável.

Uma pequena mão se enfiou por baixo do seu casaco e beliscou sua nádega. Atrás dele se ouviu uma explosão de gargalhadas e o ruído de uma fuga desabalada. Ele não se moveu.

Com um dos olhos fechados, Accompong chupou devagar algo no fundo de sua espaçosa boca.

– Sim? O que está oferecendo, então? Ouro?

Um dos cantos de sua boca de lábios grossos se ergueu.

– O senhor tem alguma necessidade de ouro? – indagou Grey.

Atrás dele, as crianças estavam cochichando e dando risadinhas outra vez, mas ele também ouviu algumas das mulheres fazendo *shh*... Elas estavam ficando interessadas. Talvez.

Accompong pensou por alguns instantes, então balançou a cabeça.

– Não. O que mais o senhor está oferecendo?

– O que o senhor quer? – rebateu Grey.

– A cabeça do capitão Cresswell! – exclamou uma voz de mulher com toda a clareza.

218

Ouviu-se um ruído de pés se arrastando e um tabefe, uma voz de homem repreendendo em espanhol e uma algaravia acalorada de vozes femininas em resposta. Accompong deixou isso continuar por um ou dois minutos, então ergueu a mão. Um silêncio abrupto se fez.

O silêncio se prolongou. Grey podia sentir a pulsação batendo em suas têmporas, lenta e dificultosa. Será que deveria falar? Já tinha ido até ali como suplicante; falar agora seria perder prestígio, como diziam os chineses. Ele aguardou.

– O governador está morto? – indagou Accompong por fim.

– Sim. Como, o senhor sabe?

– Está perguntando se eu o matei? – Os olhos bulbosos se estreitaram.

– Não – respondeu Grey, paciente. – Estou perguntando se o senhor sabe como ele morreu.

– Os zumbis o mataram.

A resposta foi imediata… e séria. Já não havia qualquer traço de bom humor naqueles olhos.

– O senhor sabe quem criou os zumbis?

Um calafrio dos mais extraordinários percorreu Accompong, do chapéu surrado até as solas calosas dos pés descalços.

– O senhor sabe – disse Grey, suave, levantando a mão para impedir a pronta negação. – Mas não foi o senhor, não é? Me conte.

O capitão passou o peso de uma perna para a outra, incomodado, mas não respondeu. Seus olhos chisparam em direção a uma das palhoças. Após alguns instantes, ele ergueu a voz e disse alguma coisa no *patois* dos quilombolas. Grey achou ter captado a palavra "Azeel". Ficou intrigado por um instante, tentando reconhecer a palavra, mas sem saber por quê. Então a jovem emergiu da palhoça, abaixando-se para passar pela porta baixa, e ele se lembrou.

Azeel. A jovem escrava de quem o governador havia abusado e cuja fuga de King's House dera início à praga de cobras.

Ao observá-la se aproximar, não pôde deixar de ver o que havia inspirado a luxúria do governador, embora não fosse uma beleza que inspirasse a Grey. Ela era uma mulher pequena, mas tinha corpo. Perfeitamente bem-proporcionada, seu porte era igual ao de uma rainha, e seus olhos ardiam quando ela se virou de frente para Grey. Havia raiva na sua expressão, mas também algo aparentado a um terrível desespero.

– O capitão Accompong está dizendo que eu devo contar tudo o que eu sei… o que aconteceu.

Grey se curvou para ela.

– Eu ficaria muitíssimo grato em ouvir, senhora.

Ela o encarou com atenção, obviamente desconfiando de uma zombaria, mas ele havia falado sério e ela viu isso. Deu um meneio breve e quase imperceptível com a cabeça.

– Bem. O senhor sabe que aquele animal… – Ela cuspiu no chão com maestria. – Que aquele animal me forçou? E que eu fugi da casa dele?

– Sim. E depois disso a senhora procurou um *obeah*, que lançou uma praga de cobras sobre o governador Warren, correto?

Ela o encarou com ira e assentiu de leve.

– A cobra é conhecimento, e aquele homem não tinha nenhum. Nenhum!

– Estou de pleno acordo com a senhora. Mas e os zumbis?

Ouviu-se um arquejo coletivo na multidão. Medo, nojo… e alguma outra coisa. A moça pressionou os lábios, e lágrimas brilharam em seus grandes olhos escuros.

– Rodrigo – disse ela, e o nome a fez engasgar. – Ele… e eu…

Sua mandíbula se fechou com força. Ela não conseguia falar sem chorar, e não iria chorar na frente de Grey. Ele olhou para o chão de modo a lhe dar toda a privacidade possível. Pôde ouvi-la respirar pelo nariz, um ruído suave de fungada. Por fim, ela sorveu uma profunda inspiração.

– Ele não ficou satisfeito. Foi procurar um *houngan*. O *obeah* lhe avisou, mas ele… – Todo seu rosto se contorceu com o esforço de represar seus sentimentos. – O *houngan*. Ele tinha zumbis. Rodrigo pagou para matar aquele animal.

Grey teve a sensação de ter levado um soco no peito. Rodrigo. Rodrigo, que fora se esconder no barracão do jardim ao ouvir o barulho de pés descalços se arrastando na noite. Rodrigo, que tinha avisado aos criados seus colegas para irem embora, depois destrancado as portas e seguido escada acima uma horda silenciosa de homens estragados vestindo andrajos sujos… ou corrido na frente deles, num aparente alarme, e chamado os sentinelas para atraí-los até lá fora, onde podiam ser capturados.

– E onde está Rodrigo agora? – indagou Grey, incisivo.

Um profundo silêncio se fez na clareira. Nenhum dos presentes se entreolhou. Todos os olhos se mantiveram cravados no chão. Ele deu um passo em direção a Accompong.

– Capitão?

Accompong se mexeu. Ergueu o rosto deformado para Grey e estendeu uma das mãos em direção a uma das palhoças.

– Nós não gostamos de zumbis, coronel – falou. – Eles são sujos. E matar um homem usando zumbis… é um grande erro. O senhor compreende isso?

– Sim, compreendo.

– Esse homem, Rodrigo… – Accompong hesitou, buscando as palavras. – Ele não é um de nós. Ele vem de Hispaniola. Eles… eles fazem essas coisas por lá.

– Coisas como criar zumbis? Mas isso deve acontecer aqui também.

Grey falou de modo casual. Sua mente raciocinava furiosamente à luz daquelas revelações. A coisa que o havia atacado em seu quarto… Não seria um truque complicado um homem se lambuzar com terra de cemitério e usar roupas podres…

– Não entre nós – retrucou Accompong, muito firme. – Antes de dizer qualquer outra coisa, meu coronel… o senhor acredita no que ouviu até agora? Acredita que nós… que *eu*… não tive nada a ver com a morte do seu governador?

Grey refletiu sobre isso por alguns instantes. Não havia evidências, apenas a história da jovem escrava. Ainda assim, ele tinha provas. As provas das próprias observações e conclusões com relação à natureza do homem sentado na sua frente.

– Sim – falou, abrupto. – E?

– Seu rei vai acreditar?

Bem, não, não com aquela formulação tão crua, pensou Grey. A questão teria que ser manejada com certo cuidado…

Accompong deu um leve muxoxo ao ver os pensamentos cruzarem o seu semblante.

– Esse homem, Rodrigo, nos causou grandes danos executando sua vingança pessoal de um modo que… que…

Accompong se esforçou para encontrar a palavra.

– Que acabou incriminando vocês – concluiu Grey para ele. – Sim, eu entendo isso. O que o senhor fez com ele?

– Eu não posso entregar esse homem para o senhor – disse Accompong, por fim. Seus lábios grossos se pressionaram um contra o outro por um breve instante, mas ele encarou Grey nos olhos. – Ele morreu.

O choque atingiu Grey como uma bala de mosquete, um baque que o desequilibrou e a compreensão nauseante de um dano irrevogável o atingiu.

– Como? – indagou ele, curto e incisivo. – O que houve com ele?

A clareira continuava em silêncio. Accompong encarava o chão à sua frente. Após vários instantes, um suspiro, um sussurro emanou das pessoas reunidas.

– *Zumbi.*

– Onde?! – ladrou Grey. – Onde ele está? Tragam-no até mim. Agora!

As pessoas se encolheram para longe da palhoça, e uma espécie de gemido as percorreu. Mulheres pegaram suas crianças no colo e recuaram com tanta pressa que chegaram a pisar no pé das companheiras. A porta se abriu.

– *Anda!* – incitou uma voz lá de dentro, falando espanhol.

A mente entorpecida de Grey mal havia registrado esse fato quando a escuridão dentro da palhoça se modificou e uma forma surgiu no vão da porta.

Era Rodrigo. Mas, ao mesmo tempo, não era. A pele lustrosa havia se tornado pálida e opaca, quase cerosa. A boca firme e macia pendia, flácida, e os olhos… Ah, Deus, os olhos! Estavam encovados, vítreos, e não exibiam qualquer compreensão, nenhum movimento, nem a mais ínfima noção de consciência. Eram os olhos de um morto. No entanto, ele estava andando.

Isso foi o pior de tudo. Não havia mais sinal da graça elástica de Rodrigo, de sua elegância. Aquela criatura se movia de modo rígido, desengonçado, arrastando os pés, quase se jogando para a frente a cada passo. As roupas pendiam de seus ossos como os andrajos de um espantalho, todas sujas de barro e manchadas de líquidos repulsivos. O cheiro de putrefação chegou às narinas de Grey, e ele sentiu ânsia de vômito.

– Alto lá! – ordenou a voz suavemente.

E Rodrigo se deteve de modo abrupto, com os braços pendurados feito os de uma marionete. Grey então olhou para a palhoça. Um homem alto de pele escura estava em pé no vão da porta, com os olhos ardentes cravados nele.

O sol já tinha quase se posto. A clareira estava imersa em sombras profundas, e Grey sentiu um calafrio convulso percorrer seu corpo. Empinou o queixo e, ignorando a coisa horrenda e rígida em pé na sua frente, dirigiu-se ao homem alto.

– Quem é o senhor?

– Pode me chamar de Ishmael – respondeu o homem com um sotaque cadenciado esquisito.

Ele deu um passo para fora da palhoça, e Grey teve consciência de um encolhimento generalizado quando todos se afastaram do homem como se ele estivesse contaminado com alguma doença contagiosa. Grey também quis recuar, mas não o fez.

– Foi… foi o senhor quem fez isso? – indagou, indicando com um gesto da mão o que restava de Rodrigo.

– Fui pago para fazer, sim.

Os olhos de Ishmael se viraram por um instante para Accompong. Em seguida, voltaram para Grey.

– E o governador Warren… o senhor foi pago para matá-lo também? Por esse homem?

Deu um breve meneio de cabeça em direção a Rodrigo. Não podia suportar olhar diretamente para ele.

Os zumbis acham que estão mortos, e todo mundo pensa assim também.

O cenho de Ishmael se franziu e, com a mudança de expressão, Grey reparou que seu rosto era marcado por cicatrizes aparentemente deliberadas, longos sulcos abertos nas bochechas e na testa. Ele balançou a cabeça.

– Não. Isto aqui… – Ele gesticulou para Rodrigo. – Ele me pagou para levar meus zumbis. Disse que queria aterrorizar um homem. E os zumbis fazem isso – acrescentou ele com um sorriso predatório. – Mas quando eu os levei até o quarto e o *buckra* se virou para fugir, este daqui pulou em cima dele e o apunhalou. O homem caiu morto, e Rodrigo então me *ordenou*… – Seu tom de voz deixou claro o que ele pensava de qualquer um que lhe ordenasse o que quer que fosse. – … que mandasse os meus zumbis se alimentarem dele. E eu o fiz.

Grey girou nos calcanhares até ficar de frente para o capitão Accompong, que havia permanecido sentado em silêncio durante aquele depoimento.

– E o senhor então pagou esse… esse…

– *Houngan* – completou Ishmael, prestativo.

– ... para fazer *isso?!*

Ele apontou para Rodrigo, e sua voz tremeu de horror e indignação.

– Justiça – disse Accompong com uma dignidade singela. – O senhor não acha?

Grey se descobriu momentaneamente privado da fala. Enquanto tentava atinar com algo possível de dizer, o chefe se virou para um de seus subordinados e falou:

– Traga o outro.

– O *outro...?* – perguntou Grey.

Uma nova onda de terror percorreu os presentes, e de uma das palhoças saiu um quilombola conduzindo outro homem por uma corda ao redor do pescoço. O homem tinha os olhos desvairados e estava imundo, com as mãos amarradas nas costas, mas suas roupas originalmente tinham sido de muito boa qualidade. Grey balançou a cabeça para tentar dispersar os resquícios de horror ainda presos na mente.

– Capitão Cresswell, suponho? – falou.

– Me salve! – arfou o homem, e caiu ajoelhado aos pés de Grey. – Eu imploro... seja o senhor quem for... me salve!

Grey esfregou a mão no rosto, cansado, e olhou primeiro para o antigo superintendente, depois para Accompong.

– Ele precisa ser salvo? – indagou. – Eu não quero... Eu sei o que ele fez... mas *é* o meu dever.

Accompong franziu os lábios enquanto refletia.

– O senhor diz saber o que ele é. Se eu o entregar para o senhor, o que faria com ele?

Pelo menos para isso havia resposta.

– Eu o acusaria de crimes e o despacharia para ser julgado na Inglaterra. Se fosse condenado, ele seria preso... ou possivelmente enforcado. E aqui, o que aconteceria com ele? – perguntou, curioso.

Accompong virou a cabeça e encarou, pensativo, o *houngan*, que abriu um sorriso desagradável.

– Não! – arquejou Cresswell. – Não, por favor! Não deixe ele me levar! Eu não posso... não posso... ah, meu DEUS!

Horrorizado, ele olhou para a figura rígida de Rodrigo, então se prostrou de cara no chão aos pés de Grey e começou a chorar convulsivamente.

Anestesiado de choque, Grey pensou por um instante que aquilo *provavelmente* resolveria a rebelião... mas não. Cresswell não podia suportar a possibilidade de ser entregue a Ishmael, e Grey também não.

– Certo – disse ele, e engoliu em seco antes de se virar para Accompong. – Ele *é* inglês, afinal de contas. E, como eu disse, é meu dever cuidar para que se subordine às leis da Inglaterra. Assim, devo pedir que o entregue a mim e aceite a minha palavra de que irei providenciar para que ele responda à justiça. *Nosso* tipo de justiça – acrescentou, retribuindo o olhar mau do *houngan*.

– E se eu não fizer isso? – indagou Accompong, piscando para ele de modo afável.

– Bem, imagino que eu teria que lutar por ele – respondeu Grey. – Só que estou muito cansado e realmente não quero fazer isso. – A resposta fez Accompong rir. Grey se apressou em continuar. – Vou nomear um novo superintendente, claro... E, visto a importância do cargo, trarei o novo superintendente aqui para que o senhor possa conhecê-lo e aprová-lo.

– E se eu não o aprovar?

– Há *muitos* ingleses na Jamaica – respondeu Grey, impaciente. – O senhor há de gostar de *algum* deles.

Accompong deu uma gargalhada, fazendo a pequena barriga redonda estremecer sob o casaco.

– Eu gosto do senhor, coronel – disse ele. – Não quer ser superintendente?

Grey reprimiu a resposta natural para essa pergunta. Em vez disso, falou:

– Infelizmente eu tenho um dever para com o Exército que me impede de aceitar essa oferta, por mais incrivelmente generosa que seja. – Ele tossiu. – Mas o senhor tem minha palavra de que vou lhe encontrar um candidato adequado.

O ajudante alto, em pé atrás do capitão Accompong, levantou a voz e disse em *patois* algo em tom cético que Grey não entendeu – mas, pela atitude, pelo olhar que ele lançou na direção de Cresswell e pelo murmúrio de aprovação que acolheu seu comentário, não teve dificuldade para deduzir o que fora dito.

De que vale a palavra de um inglês?

Ele olhou com profundo desagrado para Cresswell, que fungava prostrado aos seus pés. *Seria bem feito para ele se...* Mas então sentiu o leve cheiro de podre que vinha da forma imóvel de Rodrigo e estremeceu. Não, ninguém merece *isso*.

Deixando de lado, por ora, a questão do destino de Cresswell, passou à questão que ocupava o primeiro plano em sua mente desde que tinha visto pela primeira vez aquela espiral de fumaça.

– Meus homens – falou. – Quero ver os meus homens. Tragam-nos até mim, por favor. Agora.

Não levantou a voz, mas sabia como fazer uma ordem soar do jeito certo.

Accompong inclinou um pouco a cabeça para o lado, como quem reflete sobre a questão, mas então fez um aceno casual com a mão. Houve um movimento de expectativa entre os presentes. Cabeças se viraram, depois corpos, e Grey olhou em direção às pedras, que eram o foco dos olhares.

Ouviu-se uma explosão de gritos, assobios e risadas. Dois soldados e Tom Byrd emergiram do desfiladeiro. Estavam unidos pelo pescoço com uma corda, com os tornozelos amarrados e as mãos imobilizadas na frente do corpo, e andavam com um passo arrastado curioso, trombando uns nos outros e virando a cabeça de um lado para outro.

A indignação de Grey diante desse tratamento foi suplantada por seu alívio ao ver Tom e seus jovens soldados, todos assustados, mas não feridos. Deu um passo à frente na mesma hora para que pudessem vê-lo, e seu coração se contraiu quando ele notou o alívio patético que iluminou o rosto deles.

– Ora – falou, sorrindo. – Vocês não pensavam que eu fosse abandoná-los, pensavam?

– *Eu* não, milorde – respondeu Tom, valente, já puxando a corda no pescoço. – Eu disse a eles que o senhor viria assim que tivesse calçado as botas!

Ele olhou com raiva para os meninos pequenos, só de camisa, que dançavam em volta dele e dos soldados aos gritos de "*Buckra! Buckra!*" enquanto davam cutucões não inteiramente de mentira nos genitais dos três com gravetos.

– O senhor consegue fazer eles pararem com essa balbúrdia, milorde? Estão fazendo isso desde que nós chegamos.

Grey olhou para Accompong e ergueu as sobrancelhas educadamente. O chefe ladrou algumas palavras numa língua que não chegava a ser espanhol, e os meninos recuaram, relutantes, embora continuassem a fazer caretas e gestos grosseiros com o braço de quem bombeia.

O capitão Accompong estendeu a mão para seu ajudante, que auxiliou o líder baixinho e gordo a se levantar. Este limpou meticulosamente os panos do casaco, então, bem devagar, rodeou o pequeno grupo de prisioneiros e se deteve em Cresswell. Fitou o homem, que agora havia se encolhido, então ergueu os olhos para Grey.

– O senhor sabe o que é um *loa*, meu coronel? – perguntou ele em voz baixa.

– Sei, sim – respondeu Grey, com cautela. – Por quê?

– Existe uma nascente bem perto daqui. Vem lá do fundo da terra, onde vivem os *loas*, e às vezes eles aparecem e falam. Se o senhor quiser seus homens de volta... peço que vá até lá e fale com qualquer *loa* que aparecer. Assim teremos a verdade, e eu poderei escolher.

Grey passou alguns instantes parado, olhando alternadamente do velho gordo para Cresswell, cujas costas se sacudiam com soluços silenciosos, e para a jovem Azeel, que tinha virado a cabeça para esconder as lágrimas quentes a escorrer por suas faces. Não olhou para Tom. Não parecia haver muita escolha.

– Está bem – falou, tornando a se virar para Accompong. – Então deixe-me ir até lá agora.

Accompong balançou a cabeça.

– De manhã – disse ele. – O senhor não vai querer ir lá à noite.

– Vou, sim – insistiu Grey. – Agora.

"Bem perto" pelo visto era um conceito relativo. Devia ser quase meia-noite quando eles chegaram à nascente, Grey, o *houngan* Ishmael e quatro quilombolas com tochas armados com os compridos facões de cortar cana chamados machetes.

225

Accompong não tinha lhe dito que era uma nascente *de água quente*. Havia um toldo de pedra e o que parecia uma caverna debaixo dele, da qual o vapor emanava como o hálito de um dragão. Seus acompanhantes, ou guardas, dependendo de como se decidisse interpretar suas funções, pararam ao mesmo tempo a uma distância segura. Grey olhou para eles à espera de instruções, mas os homens nada disseram.

Ele vinha se perguntando qual seria o papel do *houngan* naquela estranha missão. O homem trazia consigo um cantil surrado. Nessa hora, removeu a rolha e o passou para Grey. O cheiro era quente, embora o latão de que era feito o pesado cantil estivesse frio em suas mãos. *Rum não envelhecido*, pensou ele, pelo cheiro adocicado e ardido. *E algumas outras coisas.*

Ervas. Ossos moídos... pedaços de outras coisas. Mas o ingrediente principal, a única coisa obrigatória, é fígado de peixe fugu... *Eles não voltam, sabe. O veneno danifica o cérebro...*

– Agora nós bebemos – disse Ishmael. – E entramos na caverna.

– Nós dois?

– Sim. Eu chamarei o *loa*. Sou sacerdote de Damballa.

O homem falou sério, sem indício algum da hostilidade ou do desdém manifestados mais cedo. Grey reparou, porém, que os seus acompanhantes mantinham uma distância segura do *houngan* e um olhar cauteloso fixado nele.

– Entendo – disse Grey, embora não entendesse. – Esse... Damballa. Ele ou ela...

– Damballa é a grande serpente – interveio Ishmael, e sorriu, fazendo os dentes reluzirem por um breve instante à luz das tochas. – Eu soube que as cobras falam com o senhor. – Ele meneou a cabeça para o cantil. – Beba.

Reprimindo o impulso de dizer "Você primeiro", Grey levou o cantil à boca e bebeu devagar. Era um rum *nada* envelhecido, com um sabor estranho, azedo e adocicado, bem parecido com o sabor de uma fruta prestes a apodrecer. Ele tentou manter fora da mente qualquer pensamento relacionado à descrição casual do pó de *afile* pela sra. Abernathy. Afinal, ela não tinha comentado sobre o sabor da substância. E com certeza Ishmael não iria simplesmente envenená-lo...? Torceu para que não.

Foi bebendo o líquido até uma leve mudança na postura do *houngan* lhe avisar que já chegava, então passou o cantil para Ishmael, que bebeu sem hesitar. Grey supôs que deveria achar isso reconfortante, mas estava começando a sentir uma tontura desagradável. As batidas de seu coração latejavam em seus ouvidos, e algo estranho estava acontecendo com sua visão: ela escurecia de modo intermitente, então voltava com um breve clarão de luz. Quando olhou para uma das tochas, viu que havia em torno dela um halo de anéis coloridos.

Mal escutou o *tlém* do cantil ao cair no chão, e observou, piscando, as costas vestidas de branco do *houngan* estremecerem na sua frente. O borrão escuro de um rosto surgiu quando Ishmael se virou para ele.

– Venha.

O homem desapareceu dentro do véu de água.

– Certo – murmurou ele. – Bem...

Descalçou as botas, soltou as fivelas das joelheiras das calças e tirou as meias. Então despiu o casaco e avançou com muita cautela para dentro da água fumegante.

A temperatura estava alta o suficiente para fazê-lo arquejar, mas depois de alguns instantes ele já havia se acostumado, e atravessou uma piscina rasa e fumegante em direção à entrada da caverna, sentindo a dureza dos seixos a se mover sob seus pés descalços. Ouviu sussurros vindos dos guardas, mas ninguém fez qualquer sugestão.

A água se derramava pelo toldo de pedra, mas não como uma cachoeira de verdade. Eram filetes finos, como dentes irregulares. Os guardas haviam fincado as tochas no chão na entrada da nascente. As chamas dançaram feito arco-íris no chuvisco da água que caía quando ele passou debaixo da pedra.

O ar quente e úmido pressionava seus pulmões e dificultava a respiração. Em bem pouco tempo, Grey já não conseguia sentir qualquer diferença entre a sua pele e o ar úmido em meio ao qual caminhava. Era como se houvesse se dissolvido na escuridão da caverna.

E a caverna era escura *mesmo*. Um breu total. Uma débil claridade vinha de trás dele, mas na sua frente ele não conseguia ver nada e foi obrigado a prosseguir tateando, com uma das mãos pousadas na áspera parede de pedra.

O som da água caindo ficou mais fraco e foi substituído pelas fortes pancadas do próprio coração que se debatia pressionado pelo peito. Em determinado momento ele parou, pressionou os dedos sobre as pálpebras e se reconfortou com os desenhos coloridos que apareceram ali. Não estava cego, então. Quando abriu os olhos outra vez, contudo, a escuridão ainda era total.

Pensou que as paredes estivessem se estreitando, pois podia tocá-las nos dois lados ao esticar os braços. Experimentou um instante de pesadelo quando pareceu *senti-las* se fechar sobre ele. Forçou-se a respirar, um arquejo fundo e explosivo, e obrigou a ilusão a recuar.

– Pare aqui.

A voz soou como um sussurro. Ele parou. O silêncio durou um tempo que lhe pareceu prolongado.

– Ande – disse o sussurro, soando bem perto dele. – Há um chão seco logo à sua frente.

Ele avançou, arrastando os pés. Sentiu o chão da caverna se erguer na sua frente e pisou com cuidado a pedra nua. Foi andando para a frente devagar até mais uma vez a voz lhe ordenar que parasse.

Silêncio. Ele pensou poder distinguir uma respiração, mas não teve certeza; ainda era possível escutar o barulho da água ao longe, debilmente audível. *Está bem*, pensou. *Venha, então.*

Não foi exatamente um convite, mas o que lhe veio à mente foram os olhos verdes argutos da sra. Abernathy a encará-lo quando ela dissera: *Estou vendo uma cobra imensa enroscada nos seus ombros, coronel.*

Com um estremecimento convulso, ele percebeu que estava sentindo um peso nos ombros. Não um peso morto, mas algo vivo. Que se moveu de modo quase imperceptível.

– Meu Deus – sussurrou ele, e achou ter ouvido o fantasma de uma risada vindo de algum lugar na caverna.

Retesou o corpo e lutou contra essa imagem mental, que com certeza não era nada além de imaginação alimentada pelo rum. De fato, a ilusão de olhos verdes desapareceu... mas o peso continuou em cima dele, apesar de não conseguir saber se estava nos seus ombros ou na sua mente.

– Ora – disse a voz baixa, num tom de surpresa. – O *loa* já apareceu. As cobras gostam *mesmo* de você, *buckra*.

– E se gostarem? – indagou ele.

Falou num tom de voz normal. Suas palavras ecoaram nas paredes à sua volta.

A voz deu uma risadinha breve, e ele sentiu, mais do que escutou, um movimento ali perto, um farfalhar de membros e um baque suave quando algo aterrissou no chão junto ao seu pé direito. Sua cabeça parecia imensa e latejava por causa do rum, e ondas de calor pulsavam pelo seu corpo apesar do frio nas profundezas da caverna.

– Veja se essa cobra gosta de você, *buckra* – convidou a voz. – Pegue-a.

Ele não conseguia ver nada, mas moveu o pé devagar, tateando o chão lodoso. Seus dedos tocaram alguma coisa e ele parou. O que quer que ele havia tocado se moveu de modo abrupto e recuou para trás. Ele então sentiu o leve tremor de uma língua de cobra no polegar, provando o seu sabor.

Estranhamente, a sensação o acalmou. Com certeza aquela não era a sua amiga, a pequena jiboia amarela, mas do ponto de vista geral do tamanho, era uma cobra bem parecida com aquela. Nada a temer ali.

– Pegue-a – tornou a convidar a voz. – A *krait* vai nos dizer se está falando a verdade.

– Vai mesmo? – disse Grey, seco. – Como?

A voz riu, e ele achou ter ouvido mais duas ou três risadinhas atrás dela. Mas talvez fossem apenas ecos.

– Se você morrer... você mentiu.

Grey deu um pequeno muxoxo de desprezo. Não havia cobras venenosas na Jamaica. Fechou a mão em concha e dobrou os joelhos, mas hesitou. Tinha uma aversão instintiva a ser picado por uma cobra, fosse ela venenosa ou não. E como saber de que modo o homem ou os homens sentados nas sombras iriam reagir caso o animal *de fato* o picasse?

– Eu confio nessa cobra – disse a voz, suave. – A *krait* veio comigo da África. Já faz muito tempo.

Os joelhos de Grey se endireitaram abruptamente. África! Ele então reconheceu o nome, e um suor frio brotou no seu rosto. Uma *krait*. Uma porra de uma *krait africana*. Gwynne costumava ter uma. Era pequena, do tamanho da circunferência de um dedo mindinho. "A danada é mortal", entoara Gwynne enquanto alisava o dorso do animal com a ponta de uma pena de ganso, toque esse que a cobra, uma criatura marrom esguia e sem nenhuma característica notável, parecera ignorar.

Aquela dali estava se contorcendo de modo langoroso por cima do pé de Grey. Ele teve que conter um forte impulso de chutá-la para longe e pisar em cima. O que haveria nele para atrair *cobras*, dentre todas as criaturas repugnantes de Deus? Imaginou que poderia ser pior. Poderiam ser baratas. Na mesma hora, teve uma medonha sensação de algo rastejando por seus antebraços e os esfregou com força, por reflexo, vendo patas articuladas cheias de pequenos espinhos se remexendo, antenas curiosas roçando sua pele.

Por pouco não deu um grito. Alguém riu.

Se ele pensasse, não conseguiria agir. Abaixou-se, agarrou a criatura e a atirou para o meio da escuridão. Ouviu-se um ganido e um ruído de algo se debatendo, seguido por um breve grito de surpresa.

Ele ficou parado, ofegante e trêmulo por causa da reação, verificando e tornando a verificar a mão. Mas não sentiu dor nem conseguiu encontrar nenhuma picada. O grito fora sucedido por uma fieira de palavrões ininteligíveis ditos em voz baixa e pontuados pelos fundos arquejos de um homem apavorado. A voz do *houngan*, se é que era mesmo ele, se fez ouvir, urgente, seguida por outra em tom de dúvida, temerosa. Atrás dele? Na frente? Ele não tinha mais qualquer noção de direção.

Algo passou roçando nele, o peso de um corpo, e ele caiu contra a parede da caverna e arranhou o braço. Achou a dor bem-vinda. Era algo a que se agarrar, algo real.

Mais urgência no fundo da caverna, um súbito silêncio. E então um *tum!* molhado quando algo duro bateu em carne, e o cheiro de sangue fresco se fez sentir, forte, por sobre o de pedra quente e água corrente. Nenhum outro som.

Ele estava sentado no chão lamacento da caverna; podia sentir a terra fresca debaixo de si. Pressionou as mãos espalmadas no chão para se situar. Após alguns instantes, levantou-se e ficou parado, balançando-se, tonto.

– Eu não minto – falou para a escuridão. – E vou levar meus homens.

Pingando suor e água, virou-se outra vez em direção ao arco-íris.

O sol havia acabado de nascer quando ele retornou ao complexo de palhoças na montanha. A fumaça de fogueiras preparando comida pairava entre as habitações, e o cheiro fez sua barriga se contrair dolorosamente, mas tudo isso podia esperar. Ele andou da melhor maneira que conseguiu. Seus pés estavam com tantas bolhas que não havia conseguido calçar de novo as botas e voltara descalço por cima de pedras e espinhos.

Grey foi até a maior das palhoças, onde o capitão Accompong o aguardava sentado placidamente. Tom e os soldados também estavam lá, não mais presos uns aos outros, mas ainda amarrados, ajoelhados junto à fogueira. Cresswell, um pouco afastado, tinha um aspecto terrível, mas pelo menos estava em pé.

Accompong olhou para um de seus ajudantes, que deu um passo à frente segurando um facão de cortar cana e rompeu as amarras dos prisioneiros com uma série de golpes casuais, mas felizmente precisos.

– Seus homens, meu coronel – disse ele, magnânimo, fazendo um gesto na sua direção com a mão gorda. – Eu os devolvo ao senhor.

– Sou profundamente grato, capitão. – Grey se curvou. – Mas falta um. Onde está Rodrigo?

Fez-se um súbito silêncio. Até mesmo as crianças que gritavam se calaram no mesmo instante e tornaram a se esconder atrás das mães. Grey pôde ouvir a água escorrendo pelo distante paredão de pedra e a pulsação atrás de suas orelhas.

– O zumbi? – disse Accompong por fim. Ele falou num tom brando, mas Grey sentiu certo incômodo na sua voz. – Ele não é seu.

– É – retrucou Grey, firme. – Ele é meu, sim. Ele veio para a montanha sob a minha proteção... e vai embora da mesma maneira. É o meu dever.

A expressão do líder atarracado era insondável. Ninguém entre os presentes se mexeu nem murmurou nada, embora Grey tivesse captado com o rabo do olho lampejos de cabeças se virando de leve conforme as pessoas faziam perguntas silenciosas umas às outras.

– É o meu dever – repetiu. – Não posso ir embora sem ele.

Tomou cuidado para omitir qualquer sugestão de que talvez não coubesse a ele decidir se iria embora ou não. Mas por que Accompong teria lhe devolvido os homens brancos se estivesse planejando matar Grey ou fazer dele prisioneiro?

O líder franziu os lábios carnudos, então virou a cabeça e disse algo em tom de interrogação. Houve um movimento na palhoça de onde Ishmael havia emergido na noite anterior. Fez-se uma pausa considerável, mas o *houngan* saiu.

Seu rosto estava pálido, e um de seus pés estava envolto num bolo de tecido ensanguentado. *Amputação*, pensou Grey com interesse, recordando o *tum* metálico que parecera ecoar por sua carne dentro da caverna. A única forma segura de impedir que o veneno de uma cobra se espalhasse pelo corpo.

– Ah – disse Grey num tom casual. – Quer dizer então que a *krait* gostou mais de mim?

Pensou ter ouvido Accompong abafar uma risada, mas na verdade não estava prestando atenção. Os olhos do *houngan* chisparam para ele com ódio, e Grey se arrependeu do comentário espirituoso e temeu que aquilo pudesse custar a Rodrigo mais do que já lhe fora tirado.

Apesar do choque e do horror, contudo, agarrou-se ao que a sra. Abernathy havia lhe dito. O rapaz não estava morto *de verdade*. Engoliu em seco. Será que Rodrigo poderia ser recuperado? A escocesa afirmara que não, mas talvez ela estivesse errada. Estava claro que Rodrigo só tinha virado zumbi havia poucos dias. E, segundo ela, a droga se dissipava com o tempo. Quem sabe...

Accompong falou num tom incisivo, e o *houngan* baixou a cabeça.

– *Anda!* – ordenou ele então, com a cara amarrada.

Um ruído de alguém cambaleando se fez ouvir dentro da palhoça, e ele deu um passo para o lado e meio que empurrou Rodrigo para fora, onde o rapaz parou e ficou encarando o chão com uma expressão vazia e a boca meio aberta.

– O senhor quer isso? – Accompong indicou Rodrigo com um aceno. – Para quê? Ele com certeza não vai ter nenhuma serventia para o senhor, vai? A menos que o senhor queira levá-lo para a cama... Bem, ele não lhe dirá não!

Todos acharam isso muito engraçado: a clareira se sacudiu de tantas risadas. Grey aguardou aquilo passar. Com o canto do olho, viu que a jovem Azeel o observava com algo parecido com uma esperança temerosa no olhar.

– Ele está sob a minha proteção – repetiu Grey. – Sim, eu o quero.

Accompong aquiesceu e inspirou fundo, farejando com um ar satisfeito os aromas mesclados de mingau de mandioca, banana-da-terra frita e banha de porco derretida.

– Sente-se, coronel, e coma comigo.

Grey afundou devagar ao seu lado, sentindo o cansaço latejar nas pernas. Ao olhar em volta, viu Cresswell ser arrastado com brutalidade para longe, mas então ser deixado sentado no chão encostado numa palhoça, sem ser molestado. Tom e os dois soldados, com um ar atordoado, recebiam comida junto a uma das fogueiras. Então viu Rodrigo, ainda de pé feito um espantalho, e se levantou com esforço.

Segurou a manga esfarrapada do rapaz e disse:

– Venha comigo.

Um tanto para sua surpresa, Rodrigo obedeceu e se virou feito um autômato. Ele conduziu o rapaz por entre as pessoas que os encaravam até a jovem Azeel e tornou a falar:

– Pare.

Ergueu a mão de Rodrigo e a estendeu para a moça que, após hesitar por alguns instantes, segurou-a com firmeza.

– Cuide dele, por favor – pediu Grey.

Somente ao dar as costas foi que se deu conta de que o braço que acabara de segurar estava enrolado numa atadura. Ah. Os mortos não sangram.

Ao voltar para a fogueira de Accompong, encontrou à sua espera uma travessa de madeira cheia de comida. Tornou a se sentar no chão, agradecido, e fechou os olhos. Pouco tempo depois, abriu-os, assustado, ao sentir que havia algo em sua cabeça. Pegou-se olhando para o mundo por sob a aba de feltro oblíqua do chapéu esfarrapado de Accompong.

– Ah – fez ele. – Obrigado.

Ele hesitou e olhou em volta, à procura ou da caixa de couro ou então de seu surrado chapéu fabricado com folhas de palmeira, mas não viu nenhum dos dois.

– Deixe estar – disse Accompong, e, inclinando-se para a frente, deslizou as mãos cuidadosamente pelos ombros de Grey, com as palmas viradas para cima, como quem suspende algo pesado. – Em vez disso, vou ficar com a sua cobra. Acho que o senhor já a carregou por tempo suficiente.

NOTA DA AUTORA

Minha fonte para o embasamento teórico relacionado à criação de zumbis foi *The Serpent and the Rainbow: A Harvard Scientist's Astonishing Journey into the Secret Societies of Haitian Voodoo, Zombis, and Magic* (A serpente e o arco-íris: a espantosa viagem de um cientista de Harvard às sociedades secretas do vudu, dos zumbis e da magia haitianos), de Wade Davis, que li muitos anos atrás.

As informações sobre os quilombolas da Jamaica, o temperamento, as crenças e o comportamento de africanos de diferentes regiões, e sobre as históricas rebe-liões de escravizados vieram principalmente de *Black Rebellion: Five Slave Revolts* (Rebelião negra: cinco revoltas de escravizados), de Thomas Wentworth Higginson. Esse manuscrito, originalmente uma série de artigos publicados nas revistas *Atlantic Monthly*, *Harper's* e *Century,* forneceu também diversos e valiosos detalhes sobre o terreno e personalidades.

O capitão Accompong foi um líder quilombola que existiu de verdade. Tirei sua descrição física dessa fonte. E o costume de trocar chapéus ao concluir um acordo tam-bém veio de *Black Rebellion*. O contexto geral, a atmosfera e a importância das cobras vieram de *Tell My Horse* (Contem ao meu cavalo), de Zora Neale Hurston, e outros livros diversos menos importantes relacionados ao vodu. (Falando nisso, a maior parte da minha coleção de livros de referência, cerca de 2.500 títulos, está listada no site LibraryThing e indexada por tópicos, para quem tiver interesse em pesquisar mais a fundo, por exemplo, a Escócia, magia ou a Revolução Americana.)

UMA FOLHA AO VENTO
DE TODOS OS SANTOS

INTRODUÇÃO

Uma das coisas interessantes que se pode fazer com uma "excrescência" (ou seja, uma das novelas ou contos do universo de Outlander) é seguir a trilha dos mistérios, sugestões e fios soltos dos livros principais da série. Uma dessas trilhas acompanha a história dos pais de Roger MacKenzie.

Em *A viajante do tempo*, tomamos conhecimento de que Roger ficou órfão durante a Segunda Guerra Mundial e foi posteriormente adotado pelo tio-avô, o reverendo Reginald Wakefield, que conta aos amigos Claire e Frank Randall que a mãe de Roger morreu durante a Blitz e que seu pai era um piloto de Spitfire que foi "abatido sobre o Canal da Mancha".

Em *Os tambores do outono*, Roger conta à mulher, Brianna, a comovente história da morte da mãe no desabamento de uma estação de metrô durante o bombardeio a Londres.

Mas, em *Ecos do futuro*, há um pungente diálogo ao luar entre Claire e Roger no qual encontramos *este* pequeno detalhe interessante:

> *Suas mãos, pequenas, fortes e cheirando a remédio, envolveram a dele.*
>
> *– Eu não sei o que aconteceu com seu pai. Mas não foi o que lhe contaram. Eu estava lá, Roger – repetiu ela, paciente. – Eu li os jornais, cuidei de pilotos-aviadores; conversei com eles. Spitfires eram aviões pequenos, leves, destinados a defesa. Eles nunca atravessavam o canal. Não tinham potência para ir da Inglaterra ao continente e voltar, embora tenham sido usados lá mais tarde.*
>
> *– Mas... – Qualquer argumento que ele pensara em apresentar, fosse desvio de rota ou erro de cálculo, desapareceu. Os pelos de seu braço se eriçaram sem que ele notasse.*
>
> *– Claro, as coisas acontecem – comentou ela, como se pudesse ler os pensamentos dele. – Os relatos também são truncados, com o tempo e a distância. Quem quer que tenha contado à sua mãe deve ter se enganado. E ela deve ter dito algo que o reverendo compreendeu mal. Tudo isso é possível. Mas durante a Segunda Guerra Mundial eu recebi cartas de Frank; ele escrevia sempre que possível, até o recrutarem para o MI6. Depois, passavam-se meses sem que eu tivesse qualquer notícia. No entanto, pouco antes disso, ele me escreveu e mencionou que deparara com algo estranho nos relatórios que estava lendo. Um Spitfire sofrera um acidente, mas não tinha sido abatido. Achavam que fora uma falha do*

motor, na Nortúmbria. Apesar de não ter pegado fogo, não havia o menor sinal do piloto. Nada. E ele mencionou o nome do piloto, porque achava que Jeremiah era um nome que carregava a sina da fatalidade.

– Jerry – disse Roger, sentindo os lábios dormentes. – Minha mãe sempre o chamou de Jerry.

– Sim – confirmou ela baixinho. – E há círculos de pedras verticais espalhados por toda a Nortúmbria.

Então o que *realmente* aconteceu com Jerry MacKenzie e sua esposa Marjorie (conhecida pelo marido como Dolly)? Continue lendo.

Aos pilotos da Força Aérea Real:
"Nunca tantos deveram tanto a tão poucos."

Ainda faltavam duas semanas para o Halloween, a véspera do Dia de Todos os Santos, mas os diabinhos já tinham começado os trabalhos.

Jerry MacKenzie embicou com o *Dolly II* na pista de decolagem na aceleração máxima, os ombros curvados, o sangue a latejar com força, já na metade do caminho que o separava do líder da Esquadrilha Verde. Puxou o manche para trás e obteve um estremecimento engasgado em vez da subida estonteante da decolagem. Alarmado, recuou, mas antes de poder tentar outra vez ouviu um estouro que o fez dar um tranco por reflexo e bater com a cabeça no teto de acrílico do cockpit. Mas não tinha sido uma bala. O pneu da frente havia estourado, e uma inclinação curva os fez sair da pista para a grama aos pulos e sacolejos.

Um forte cheiro de gasolina se fez sentir, e Jerry abriu o cockpit do Spitfire e saltou em pânico, imaginando uma incineração iminente, bem na hora em que o último avião da Esquadrilha Verde passava por ele rugindo e levantava voo, e o ronco de seu motor diminuía em poucos segundos até virar um zumbido.

Um mecânico vinha correndo do hangar para ver qual era o problema, mas Jerry já tinha aberto a barriga do *Dolly*. O problema parecia claro: a mangueira de combustível estava furada. *Bem, graças a Deus ele não tinha decolado.*

Quando segurou a mangueira para avaliar a gravidade do furo, ela se desintegrou na sua mão e encharcou sua manga quase até o ombro com gasolina de alta octanagem. Que bom que o mecânico não tinha vindo correndo com um cigarro na boca.

Ele rolou para longe da barriga do avião, espirrando, e o mecânico Gregory passou por cima dele.

– Ele hoje não voa, companheiro – disse Greg, agachando-se para olhar o motor e balançando a cabeça para o que via.

– É, deu para perceber. – Jerry mantinha a manga ensopada cuidadosamente afastada do corpo. – Quanto tempo para consertar?

Greg deu de ombros, com os olhos semicerrados por causa do vento frio enquanto examinava as entranhas do *Dolly*.

– Meia hora para o pneu. Se a mangueira de combustível for o único problema do motor, você talvez o recupere amanhã. Alguma outra coisa que a gente deva olhar?

– Sim, o gatilho da metralhadora da asa esquerda às vezes trava. Quem sabe vocês não passam um pouco de graxa?

– Vou ver se tem alguma sobra de banha na cantina. É melhor você ir tomar uma ducha, Mac. Está ficando azul.

De fato, ele estava tremendo, conforme a gasolina que se evaporava depressa ia puxando o calor de seu corpo como a fumaça de uma vela. Mesmo assim, ainda se demorou um instante observando o mecânico cutucar e examinar o avião enquanto assobiava entre os dentes.

– Vá lá – disse Greg, fingindo irritação, ao recuar para longe do motor e ver Jerry ainda ali. – Eu cuido bem dele.

– É, eu sei. É que eu… Ok, obrigado.

A adrenalina do voo abortado ainda corria no seu sangue e os reflexos frustrados o faziam tremer. Ele se afastou reprimindo a ânsia de olhar por cima do ombro para seu avião ferido.

Meia hora mais tarde, Jerry saiu do banheiro dos pilotos com os olhos ardendo de sabão e gasolina e as costas travadas. Metade dos seus pensamentos estava com Dolly; a outra metade, com seus companheiros. As esquadrilhas Azul e Verde estavam voando naquela manhã; e a Vermelha e a Amarela, descansando. A Esquadrilha Verde àquela altura devia estar sobrevoando Flamborough Head, à caça.

Ainda nervoso, e com a boca seca, foi pegar uma xícara de chá na cantina. Foi um erro. Pôde ouvir os diabinhos rindo assim que entrou lá e viu Sailor Malan.

Malan era capitão de grupo e um sujeito decente de modo geral. Sul-africano, excelente estrategista e o mais feroz e mais persistente piloto de caça que Jerry tinha visto. Cães caçadores de ratos não chegavam nem perto. Foi por isso que sentiu um breve arrepio descer pela espinha quando os olhos fundos de Malan se cravaram nele.

– Tenente! – Malan se levantou sorrindo de onde estava sentado. – Justamente em quem eu estava pensando!

Uma ova que estava, pensou Jerry, imprimindo ao rosto uma expressão respeitosa de expectativa.

Malan ainda não tinha como ter ficado sabendo sobre o problema com *Dolly*. Sem isso, Jerry teria levantado voo junto com o esquadrão A e ido caçar 109s acima de Flamborough Head. Malan não estava procurando Jerry. Apenas achava que ele fosse servir para qualquer trabalho que estivesse precisando ser feito. E o fato de o capitão de grupo o ter chamado pela patente, e não pelo nome, significava que provavelmente era um trabalho para o qual ninguém teria se oferecido.

Mas não teve tempo de se preocupar pensando no que poderia ser. Malan já estava apresentando o outro homem, um cara meio alto de uniforme militar, cabelos escuros e um ar simpático, ainda que arguto. Os olhos pareciam os de um bom pastor de ovelhas, analisou ele, meneando a cabeça em resposta ao cumprimento do capitão Randall. Ele pode até ser educado, mas não deve deixar passar muita coisa.

– Randall veio do operacional em Ealing – comentou Sailor por cima do ombro.

Não havia esperado os dois trocarem amenidades, mas já os estava conduzindo pela pista em direção aos escritórios do comando de voo. Jerry fez uma careta e foi atrás, lançando um olhar desejoso para o outro extremo da pista em direção ao *Dolly*, que ia sendo rebocada para dentro do hangar. A boneca de pano pintada no nariz do avião estava borrada, os cachos negros parcialmente apagados pelo tempo e por respingos de gasolina. Bem, ele iria retocá-la mais tarde, depois de ouvir os detalhes sobre qualquer que fosse o trabalho horrível que o desconhecido trouxera.

Ressentido, seu olhar se voltou para o pescoço de Randall, e o homem se virou de repente e olhou por cima do ombro como se tivesse sentido a pressão dos seus olhos. Jerry experimentou uma sensação estranha no fundo do estômago quando observações notadas sem muita atenção – a ausência de insígnias no uniforme, o ar de segurança típico de homens que guardam segredos – se fundiram com a expressão nos olhos do desconhecido.

Operacional em Ealing, uma pinoia, pensou. Não ficou surpreso quando Sailor acenou para Randall passar pela porta, ao ouvir o capitão de grupo chegar mais perto e murmurar no seu ouvido:

– Cuidado, ele é um cara engraçado.

Jerry aquiesceu, sentindo a barriga se contrair. Malan não quisera dizer que o capitão Randall era bem-humorado, tampouco que era franco-maçom. "Cara engraçado", naquele contexto, significava apenas uma coisa. MI6. O serviço secreto.

O capitão Randall pertencia ao braço secreto do serviço de inteligência britânico. Falou sobre isso abertamente depois de Malan levá-los para uma sala vazia e os deixar a sós.

– Estamos atrás de um piloto… um bom piloto – acrescentou ele com um débil sorriso. – Para fazer voos solo de reconhecimento. Um projeto novo. Muito especial.

– Voos solo? Onde? – perguntou Jerry, desconfiado.

Os Spitfires em geral voavam em esquadrilhas de quatro aviões, ou então em configurações maiores que podiam chegar a um esquadrão inteiro com dezesseis aeronaves. Em formação, podiam até certo ponto proteger uns aos outros dos Heinkels e Messerschmitts mais pesados. Mas era raro voarem sozinhos por escolha própria.

– Daqui a pouco eu digo. Primeiro… o senhor acha que está em boas condições físicas?

A pergunta fez Jerry recuar um pouco, ofendido. *O que aquele maldito burocrata pensava que ele…?* Então captou o próprio reflexo na janela. Olhos vermelhos como os de um javali louco, cabelos molhados espetados, um hematoma recente e vermelho a se espalhar pela testa, e a jaqueta colada no corpo em pedaços úmidos nos pontos em que ele não se dera ao trabalho de se secar antes de se vestir.

– Excelentes – falou, ríspido. – Capitão.

Randall ergueu um pouco a mão, dispensando a necessidade de chamá-lo pela patente.

– Eu estava me referindo ao seu joelho – falou, num tom brando.

– Ah – fez Jerry, desconcertado. – Isso. Sim, está tudo bem.

Ele havia levado duas balas no joelho direito um ano antes, num mergulho atrás de um 109 durante o qual não vira outro avião que surgira do nada atrás dele e o cobrira de tiros.

Pegando fogo, mas apavorado diante da perspectiva de pular de paraquedas num céu cheio de fumaça, balas e explosões aleatórias, havia ficado no avião em chamas durante a queda, ambos gritando conforme despencavam do céu, a pele de metal do *Dolly I* tão quente que havia queimado seu antebraço através da jaqueta, e seu pé direito a chapinhar no sangue que lhe enchia a bota ao pisar no pedal.

Conseguira sair vivo, mas passara dois meses na lista de doentes e feridos. Ainda mancava de modo bastante perceptível, mas não se arrependia de ter esmigalhado a patela. Conseguira passar sua segunda licença médica em casa e, nove meses depois, o pequeno Roger tinha nascido.

Abriu um largo sorriso ao pensar no filho, e Randall sorriu de volta numa reação involuntária.

– Ótimo – disse ele. – Quer dizer que está bem para voar numa missão longa?

Jerry deu de ombros.

– Quão longa ela pode ser num Spitfire? A menos que vocês tenham descoberto um jeito de reabastecer no ar.

Sua intenção fora fazer piada, e ele ficou mais desconcertado ainda ao ver os lábios de Randall se franzirem um pouco, como se ele estivesse cogitando lhe contar ou não que eles *tinham* descoberto um jeito.

– É um Spitfire que vocês pretendem que eu pilote? – perguntou, subitamente inseguro.

Meu Deus, e se fosse um daqueles aviões experimentais sobre os quais eles ouviam falar de vez em quando? Sua pele se arrepiou com um misto de medo e empolgação. Mas Randall assentiu.

– Ah, sim, com certeza. Nenhum outro tem a mesma facilidade de manobra, e pode ser que seja preciso se encolher e se esquivar bastante. O que fizemos foi pegar um Spitfire II, tirar um dos pares de metralhadoras das asas e instalar um par de câmeras.

– Um dos pares?

Mais uma vez, o mesmo franzir de lábios antes de Randall responder:

– Talvez você precise do segundo par de metralhadoras.

– Ah. Sim. Bem, nesse caso...

A ideia imediata, conforme Randall explicou, era Jerry ir para Northumberland, onde passaria duas semanas sendo treinado no uso das câmeras nas asas, tirando fotos de pedaços escolhidos da paisagem a diferentes altitudes. E onde ele trabalharia com uma equipe de apoio supostamente treinada em manter as câmeras funcionando sob mau tempo. Eles o ensinariam a retirar o filme sem estragá-lo, só para o caso de ele precisar fazer isso. E depois...

– Ainda não posso dizer exatamente para onde você vai – disse Randall.

Sua postura durante toda a conversa tinha sido atenta, porém simpática, com uma ou outra brincadeira aqui e ali. Agora qualquer vestígio de jovialidade tinha desaparecido. Ele estava falando *muito sério*.

– Europa Oriental, é tudo que posso dizer por enquanto.

Jerry sentiu as entranhas se esvaziarem um pouco e inspirou fundo para preencher o espaço. Podia dizer que não. Mas havia se alistado para ser piloto da Força Aérea Real, e era isso que ele era.

– Sim, está certo. Será que... eu posso ver minha esposa uma última vez antes de partir, então?

A expressão de Randall se suavizou um pouco ao ouvir isso, e Jerry viu o polegar do capitão tocar a própria aliança de casamento num reflexo.

– Acho que isso pode ser organizado.

Marjorie MacKenzie – Dolly para o marido – abriu as cortinas de blecaute. Não mais do que 2 centímetros... bem, uns 5. Não teria problema. O interior do pequeno apartamento estava tão escuro quanto um cesto de carvão. Lá fora, Londres estava igualmente escura. Ela só sabia que as cortinas estavam abertas porque podia sentir o vidro frio da janela pela fresta estreita. Inclinou-se mais para perto, respirou sobre a vidraça e sentiu a umidade da sua respiração se condensar, fresca junto ao seu rosto. Não conseguia ver o embaçado, mas sentiu o dedo arranhar o vidro ao desenhar rapidamente um pequeno coração com a letra *J* dentro.

O coração sumiu em segundos, claro, mas isso não teve importância. O desenho estaria ali quando a luz entrasse, invisível a não ser ali, em pé entre o seu marido e o céu.

Quando a luz entrasse, iria bater de um modo preciso sobre o travesseiro dele. Ela veria seu rosto adormecido sob essa luz: os cabelos louros, o hematoma já meio apagado na têmpora, os olhos fundos, fechados e inocentes. Dormindo, ele parecia muito jovem. Quase tão jovem quanto de fato era. Apenas 22 anos, jovem demais para ter aquelas rugas no rosto. Ela tocou o canto da boca, mas não conseguiu sentir o vinco que o espelho lhe mostrava – sua boca estava inchada, sensível, e a falange do polegar traçou de leve o contorno do lábio inferior, de um lado para outro.

O que mais, o que mais? O que mais poderia fazer por ele? Ele a deixara com um pouco de si. Talvez houvesse outro bebê. *Outro filho para criar sozinha?*

– Mesmo assim – sussurrou ela.

E sentiu a boca repuxar, o rosto irritado por causa das muitas horas se beijando com a barba dele por fazer. Nenhum dos dois tinha conseguido esperar ele se barbear.

Pelo menos ele tinha visto Roger. Segurar seu filhinho no colo, para que a criança regurgitasse leite nas costas da sua camisa. Jerry tinha soltado um ganido de susto, mas não a deixara pegar Roger de volta. Continuara com o filho no colo e o afagara até o pequenino adormecer. Só então o colocou no berço e tirou a camisa suja antes de ir ao seu encontro.

Fazia frio ali no quarto, e ela abraçou o próprio corpo. Estava usando apenas a camiseta sem mangas de malha de Jerry. Ele a achava sensual vestida assim, "lasciva", dissera ele num tom de aprovação, com o sotaque das Terras Altas fazendo a palavra soar chula de verdade – e pensar nisso a fez sorrir. O algodão fino colava nos seus seios, era verdade, e seus mamilos ficavam eriçados que eram um escândalo, mas podia ser só por causa do frio.

Ela queria entrar na cama ao seu lado, ansiava pelo calor do seu corpo, para continuar a tocá-lo pelo tempo que ainda lhes restava. Ele precisava sair às oito para pegar o trem de volta. A essa hora o dia mal teria nascido. Algum impulso de negação puritano a manteve ali parada, porém fria e acordada no escuro. Tinha a sensação de que, se negasse a própria vontade, o próprio desejo, se oferecesse essa negação em sacrifício, isso reforçaria a magia e ajudaria a mantê-lo seguro e a trazê-lo de volta. Deus bem sabia o que um pastor diria sobre essa superstição, e sua boca ardida se retorceu, zombando de si mesma. Zombando e duvidando.

Mesmo assim, continuou sentada no escuro esperando a fria luz azul da aurora que o levaria embora.

O bebê Roger, porém, acabou com a sua hesitação. Bebês faziam isso. Ele se remexeu no berço e começou a produzir os pequenos grunhidos de acordar que eram o prenúncio de um grito irado ao constatar a presença de uma fralda molhada e de um estômago vazio. Ela atravessou depressa o minúsculo quarto até o berço, os seios pesados a se balançar, já pingando leite. Quis impedi-lo de acordar Jerry, mas deu uma topada com o dedão do pé na cadeira frágil e a derrubou com estardalhaço.

Houve uma explosão de roupa de cama quando Jerry pulou da cama gritando bem alto "CARALHO!". Roger suplantou os dois com um grito que mais pareceu uma sirene de ataque aéreo. Como um reloginho, a velha sra. Munns do apartamento ao lado bateu indignada na parede fina.

A forma nua de Jerry atravessou o quarto num salto. Ele começou a socar furiosamente a parede com o punho fechado, fazendo-a tremer e ribombar feito um tambor. Então parou, com o punho ainda fechado, e aguardou. Impressionado com o alarido, Roger tinha parado de gritar.

Um silêncio de morte reinava do outro lado da parede, e Marjorie pressionou a boca na cabecinha redonda de Roger para abafar o riso. O menino tinha cheiro de bebê e xixi fresco, e ela se aconchegou nele como se fosse uma grande bolsa de água quente, seu calor e sua necessidade imediata fazendo parecer tolice aquela ideia de ficar observando seus homens sozinha no frio.

Jerry deu um grunhido satisfeito e foi até ela.

– Pronto – falou, e lhe deu um beijo.

– Quem você acha que é? – sussurrou ela, aninhando-se junto dele. – Um gorila?

– É – sussurrou ele de volta, pegando a mão dela e a pressionando contra si. – Quer ver a minha banana?

– *Dzién dobry.*

Jerry se interrompeu no ato de se sentar numa cadeira e encarou um sorridente Frank Randall.

– Ah, tá! Quer dizer que é assim? *Niech sie pan odpierdoli.*

Isso queria dizer "Vá se foder", em polonês formal. Randall, pego de surpresa, deu uma gargalhada.

– É assim, sim – disse ele.

Trazia consigo uma resma de papéis, formulários oficiais de todo tipo, a papelada, como os pilotos diziam. Jerry reconheceu aquele que você assinava informando para quem iria a sua pensão, e aquele outro sobre o que fazer com seu corpo caso houvesse um corpo e alguém tivesse tempo para cuidar disso. Já tinha assinado tudo aquilo ao se alistar, mas se você fosse para o serviço especial eles o faziam assinar tudo outra vez. Ele ignorou os formulários, porém, com os olhos fixos, isso sim, nos mapas que Randall trouxera.

– E eu pensando que o senhor e Malan tivessem me escolhido por causa da minha carinha bonita – disse ele com uma voz arrastada, exagerando o sotaque. Sentou-se e se recostou na cadeira, fingindo casualidade. – Quer dizer então que vai ser na Polônia?

Então não tinha sido coincidência, afinal de contas… ou apenas a coincidência de o defeito do *Dolly* o ter feito entrar no prédio antes da hora. De certa forma, isso era reconfortante. Não era a maldita "mão do destino" que havia batido em seu ombro ao furar sua mangueira de combustível. A "mão do destino" tinha entrado em cena bem antes, ao colocá-lo na Esquadrilha Verde junto com Andrej Kolodziewicz.

Andrej era um cara legal, um bom amigo. Tinha morrido um mês antes ao subir em espiral para fugir de um Messerschmitt. Talvez o sol o tivesse cegado ou talvez ele só estivesse olhando por cima do ombro errado. Sua asa esquerda fora destroçada por tiros e ele havia tornado a descer também em espiral, caído e se espatifado no chão. Jerry não tinha visto o desastre, mas tinha ouvido falar. E tomado um porre de vodca com o irmão de Andrej depois.

– É, na Polônia – confirmou Randall. – Malan falou que você é capaz de manter uma conversa em polonês. É verdade?

– Eu sei pedir uma bebida, começar uma briga e perguntar o caminho. Alguma dessas coisas serve?

– A última, talvez – respondeu Randall, muito seco. – Mas vamos torcer para não chegar a tanto.

O agente do MI6 havia empurrado os formulários de lado e desenrolado os mapas. Contra a vontade, Jerry se inclinou para a frente como se estivesse atraído por um ímã. Eram mapas oficiais, mas com anotações feitas à mão – círculos, Xs.

– É o seguinte – explicou Randall, alisando os mapas com as duas mãos. – Os nazistas já têm campos de trabalho na Polônia há uns dois anos, mas isso não é de conhecimento geral, nem na Polônia, nem no exterior. Seria muito útil para o esforço de guerra se *fosse* de conhecimento geral. Não apenas a existência dos campos, mas o tipo de coisa que se faz lá. – Uma sombra atravessou seu semblante moreno e magro... *Raiva*, concluiu Jerry, intrigado. Ao que parecia, o sr. MI6 sabia que tipo de coisa se fazia lá, e ele se perguntou como.

– Se quisermos que isso seja conhecido e discutido de forma ampla, precisamos de provas documentais – disse Randall, direto. – Fotografias.

Eles seriam quatro, falou, quatro pilotos de Spitfire. Uma esquadrilha. Só que não iriam voar juntos. Cada um deles teria um alvo específico, geograficamente separado, mas todos os quatro a serem atingidos no mesmo dia.

– Os campos são protegidos, mas não por artilharia antiaérea. Há torres, porém. Metralhadoras.

E Jerry não precisava que ninguém lhe explicasse que uma metralhadora era tão eficaz nas mãos de alguém quanto num avião inimigo. Tirar o tipo de foto que Randall queria significaria voar baixo... baixo o suficiente para correr o risco de ser alvejado pelas torres. Sua única vantagem seria o fator surpresa: os guardas poderiam vê-lo, mas não estariam esperando ele mergulhar do céu para dar um rasante bem acima do campo.

– Não tente dar mais de um rasante a menos que as câmeras apresentem algum defeito. É melhor ter menos fotos do que nenhuma.

– Sim, capitão.

Ele voltara a usar a patente, uma vez que o capitão de grupo Malan estava presente no encontro, calado, mas escutando com atenção. Era preciso manter as aparências.

– Aqui está uma lista dos alvos que você vai usar como treino em Northumberland. Chegue o mais perto que julgar razoável sem correr o risco de... – O semblante de Randall então mudou e se fendeu num sorriso de ironia. – Chegue o mais perto que conseguir com uma chance de voltar, sim? As câmeras talvez valham até mais do que você.

Isso arrancou de Malan uma risadinha fraca. Pilotos, especialmente os treinados, valiam muito. A Força Aérea Real agora tinha aeronaves de sobra, mas nem de longe pilotos suficientes para guiá-las.

Ensinaram-no a usar as câmeras das asas e a tirar o filme de forma segura. Se ele fosse abatido, mas continuasse vivo e o avião não pegasse fogo, deveria remover o filme e tentar passá-lo de volta pela fronteira.

– É aí que entra o polonês. – Randall correu a mão pelos cabelos e abriu um sorriso torto para Jerry. – Se você tiver que ir embora a pé, pode ser que precise perguntar o caminho.

Eles tinham dois pilotos que falavam polonês: um polonês de fato e um húngaro que haviam se alistado, além de um inglês que falava algumas palavras do idioma, como Jerry.

– E me deixe reiterar que essa é uma missão voluntária.

– Sim, eu sei – retrucou Jerry com irritação. – Eu disse que iria, não disse? *Capitão*.

– Disse, sim. – Randall o encarou por alguns instantes com os olhos escuros inescrutáveis, então tornou a baixá-los para os mapas. – Obrigado – falou, baixinho.

O cockpit se fechou sobre a sua cabeça. Era um dia úmido e chuvoso em Northumberland, e em segundos sua respiração se condensou na parte interna da tampa de acrílico. Ele se inclinou para a frente a fim de limpá-la e deu um ganido estridente quando vários fios de seus cabelos foram arrancados. Tinha se esquecido de se abaixar. Outra vez. Soltou a trava da tampa resmungando um palavrão, e os fios castanho-claros presos na borda quando a tampa tinha se fechado saíram voando, soprados pelo vento. Ele tornou a fechar a tampa, agachado, e aguardou o sinal para a decolagem.

O sinalizador baixou a bandeira, e ele acelerou, sentindo o avião começar a se mover.

Tocou o bolso num gesto automático enquanto sussurrava baixinho "Eu te amo, Dolly". Todo mundo tinha os seus pequenos rituais naqueles últimos segundos antes da decolagem. Para Jerry MacKenzie, o que em geral aquietava os roncos na sua barriga eram o rosto da sua mulher e sua pedra da sorte. Havia encontrado a pedra num morro pedregoso na ilha de Lewis, onde os dois tinham ido passar sua breve lua de mel – uma safira bruta, tinha dito Dolly, muito rara.

– Igual a você – dissera ele, e lhe dera um beijo.

Não havia por que sentir frio na barriga daquela vez, mas não era um ritual se você não fizesse sempre, certo? E, mesmo que ele não estivesse indo combater nesse dia, precisaria estar atento.

Subiu em círculos lentos, sentindo aos poucos o avião novo, farejando o ar para captar seu cheiro. Queria que o tivessem deixado pilotar o *Dolly II* com o assento manchado pelo próprio suor, com o conhecido amassado no console onde ele tinha dado um soco de tão eufórico após abater um inimigo – mas eles já tinham modificado aquele ali com as câmeras nas asas e a última tecnologia em visores noturnos. De toda forma, não era bom se apegar às aeronaves: elas eram quase tão frágeis quanto os homens que as pilotavam, ainda que as peças pudessem ser reutilizadas.

Pouco importava. Ele tinha entrado de fininho no hangar na noite anterior e pintado uma pequena boneca de pano no nariz daquele ali para torná-lo seu. Quando eles chegassem à Polônia, já estaria conhecendo o *Dolly III* bastante bem.

Ele mergulhou, subiu numa inclinação acentuada, então passou um tempo fazendo rolamento holandês e piscando as luzes externas por entre a camada de nuvens, seguindo para rolagens completas e manobras de Immelmann, sem deixar um só instante de recitar as regras de Malan para concentrar a mente e não ficar enjoado.

As regras agora ficavam pregadas em todos os quartéis da Força Aérea Real: os "Dez Mandamentos", diziam os pilotos.

DEZ DAS MINHAS REGRAS PARA O COMBATE AÉREO, dizia o cartaz em letras pretas grossas. Jerry as conhecia de cor.

1. *Espere até conseguir ver o branco dos olhos do inimigo. Dispare rajadas curtas de um a dois segundos apenas quando os visores do radar estiverem definitivamente no alvo.*
   Ele relanceou os olhos para os seus visores e ficou desorientado por um instante. O programa de inicialização da câmera havia modificado suas coordenadas. *Merda.*

2. *Quando estiver atirando, não pense em mais nada, contraia o corpo inteiro; mantenha as duas mãos no manche; concentre-se no círculo do visor.*
   Bom, que se foda, então. Os botões que operavam a câmera não ficavam no manche. Ficavam numa caixa conectada a um fio que saía pela janela. A caixa em si ficava presa ao seu joelho. De toda forma, ele estaria olhando pela porcaria da janela, e não usando nenhum visor – a menos que as coisas saíssem errado e ele precisasse usar as metralhadoras. Nesse caso...

3. *Esteja sempre alerta. Mantenha o dedo preparado.*
   Ok, tudo bem, essa ainda valia.

4. *A altura lhe dá a iniciativa.*
   Não naquele caso. Ele estaria voando baixo, abaixo do radar, e não estaria atrás de uma briga. Sempre havia a chance de alguém o localizar. Se alguma aeronave alemã o encontrasse voando solo na Polônia, sua melhor chance seria provavelmente voar direto na direção do sol e mergulhar em retirada. Pensar nisso o fez sorrir.

5. *Sempre vire de frente para o ataque.*
   Ele deu um muxoxo e dobrou o joelho ruim, que doeu por causa do frio. Ok, isso se você visse o ataque chegando a tempo.

6. *Tome suas decisões sem demora. É melhor agir depressa, mesmo que as suas táticas não sejam as melhores.*

Essa ele havia aprendido depressa. Seu corpo muitas vezes se movia antes mesmo de o seu cérebro avisar sua consciência de que tinha visto alguma coisa. No presente momento não havia nada para ver, e ele tampouco esperava que houvesse, mas continuou olhando por reflexo.

7. *Nunca fique voando em trajetória reta e nivelada por mais de trinta segundos na zona de combate.*

Essa com certeza não se aplicava. Reto e nivelado era justamente o que ele teria que fazer. E devagar.

8. *Quando estiver mergulhando para atacar, deixe sempre uma parte da sua formação acima de você para agir como proteção.*

Irrelevante. Ele não teria uma formação – e esse era um pensamento que lhe dava arrepios. Estaria completamente sozinho, e não teria nenhuma ajuda caso encontrasse problemas.

9. *INICIATIVA, AGRESSÃO, DISCIPLINA NO AR e TRABALHO EM EQUIPE são palavras que SIGNIFICAM alguma coisa em combate aéreo.*

Sim, significavam mesmo. Mas o que significava de verdade num voo de reconhecimento? Estava mais para furtividade, velocidade e uma baita sorte. Ele inspirou fundo e mergulhou, gritando o último dos Dez Mandamentos e o fazendo ecoar pela cabine de acrílico transparente:

– Chegue depressa. Ataque com força. VÁ EMBORA!

"Pescoço de borracha", era assim que se dizia, mas Jerry em geral terminava um dia de pilotagem com a sensação de ter sido engessado com concreto das omoplatas para cima. Deixou a cabeça pender para a frente e massageou a base do crânio para aliviar a dor que aumentava. Havia treinado desde o amanhecer, e agora estava quase na hora do chá. *Rolamentos, conjunto de, para uso dos pilotos, quantidade um,* pensou. Deveriam acrescentar isso na lista de equipamentos-padrão. Balançou a cabeça, curvou os ombros com um grunhido, então retomou a varredura do céu à sua volta, setor por setor, que todo piloto fazia religiosamente, em 360 graus, a cada segundo que passava no ar. Pelo menos todos os pilotos vivos.

Dolly tinha lhe dado um lenço de seda branca como presente de despedida. Não sabia como ela havia arrumado dinheiro para aquilo e ela não o deixara perguntar. Apenas ajeitara o lenço em volta do seu pescoço dentro da jaqueta de aviador. Alguém tinha lhe dito que todos os pilotos de Spitfire usavam um lenço para se proteger da constante fricção da gola, e Dolly queria que ele tivesse um. A sensação era gostosa, isso ele reconhecia. Fazia-o pensar no seu toque. Afastou rapidamente esse pensamento. A última coisa que podia se dar ao luxo de fazer, se algum dia esperava voltar para sua mulher, era começar a pensar nela. E ele pretendia voltar.

Onde estava aquele safado? Será que tinha desistido?

Não tinha, não. Um pontinho preto saiu de trás de um banco de nuvens logo acima do seu ombro esquerdo e mergulhou em direção à sua cauda. Jerry virou numa espiral fechada e alta e subiu para dentro das mesmas nuvens, com o outro na sua cola. Os dois ficaram brincando por alguns segundos, entrando e saindo das nuvens flutuantes – ele estava com a vantagem em termos de altitude e podia fazer o truque de surgir de dentro do sol, isso se houvesse algum sol, mas era outono em Northumberland e fazia muitos dias que o sol não aparecia…

Então ele sumiu. Jerry ouviu por um instante o zumbido fraco da outra aeronave. Ou *pensou* ter ouvido. Era difícil saber, com o rugido difuso do próprio motor. Mas o avião tinha sumido, não estava onde Jerry esperava que estivesse.

– Ah, quer dizer que é assim?

Ele continuou procurando, dez graus de céu por segundo; era o único jeito de ter certeza de não deixar passar nenhum… Um lampejo de algo escuro, e seu coração deu um pinote junto com a sua mão. Subir e se afastar. O pontinho preto desapareceu, mas ele continuou subindo, agora devagar, à procura. Descer demais não seria bom, e ele queria manter a altitude…

As nuvens ali eram esgarçadas, ondas de névoa flutuante, mas estavam ficando mais espessas. Ele viu um banco de nuvens de aspecto sólido se aproximando devagar pelo oeste, mas ainda a uma boa distância. Além disso, fazia frio. Seu rosto estava gelado. Ele talvez fosse congelar se subisse demais e… *ali.*

Ali estava o outro avião, mais perto e mais alto do que ele esperava. O outro piloto o viu no mesmo instante e desceu rugindo para cima dele, próximo demais para ser evitado. Ele nem sequer tentou.

– Ok, espere só, seu safadinho – murmurou, com a mão grudada no manche.

Um segundo, dois segundos… o outro estava quase em cima dele… Ele então puxou o manche contra a virilha, empurrou-o com força para a esquerda, virou o avião de cabeça para baixo e se afastou, numa longa série de acrobacias em espiral do tipo *tonneau* que na mesma hora o deixou fora de alcance.

Seu rádio chiou, e ele ouviu Paul Rakoczy dar uma risadinha misturada com um muxoxo.

– *Kurwa twoja mac!* Onde aprendeu isso, seu escocês de merda?

– No peitinho da sua mãe, *dupek* – respondeu ele, sorrindo. – Me pague um trago que eu te ensino.

Uma explosão de estática abafou o final de um comentário obsceno em polonês, e Rakoczy se afastou voando e piscando as luzes externas em despedida. Bom. Fim da festa no céu. Hora de voltar para as porras das câmeras.

Jerry girou a cabeça, moveu os ombros e se espreguiçou da melhor maneira que pôde no confinamento do cockpit de um segundo Spitfire. O modelo tinha leves melhorias em relação ao primeiro, mas o espaço não era uma delas.

Deu uma conferida nas asas para ver se estavam com gelo. Não, estava tudo bem. Depois, virou mais um pouco em direção ao interior.

Era cedo demais para se preocupar com isso, mas sua mão direita encontrou o gatilho que operava as câmeras. Seus dedos se moveram ansiosos sobre os botões, checando e tornando a checar. Estava se acostumando, mas eles não funcionavam como os gatilhos das metralhadoras. Ainda não estavam condicionados nos seus reflexos. E ele também não gostava de sua textura. Umas coisicas de nada, como teclas de uma máquina de escrever, que não tinham a mesma textura aconchegante dos gatilhos das armas.

Só estava usando os botões à esquerda desde a véspera. Antes disso, sempre havia pilotado aviões com os botões à direita. Houvera muito debate com o comando de voo e o MI6 sobre se era melhor mantê-los à direita, uma vez que ele já tinha prática, ou mudar devido ao fato de ele ser canhoto. Quando finalmente tinham lhe perguntado o que preferia, já era tarde demais para fazer a mudança. Então eles tinham lhe dado umas duas horas a mais de voo naquele dia para se acostumar com a nova configuração.

Pronto, ali estava ela. A linha cinza cheia de calombos que cortava os campos já amarelados de Northumberland feito uma perfuração, como se a paisagem pudesse ser rasgada ao longo dela, separando o norte do sul com a mesma precisão de quem rasga um pedaço de papel. *Aposto que o imperador Adriano gostaria que fosse tão fácil assim*, pensou ele, sorrindo, enquanto descia margeando a linha da antiga muralha.

As câmeras emitiam um *tlec-tlec* bem alto ao disparar. *Tlec-tlec, tlec-tlec!* Certo, sair na diagonal, inclinar, descer... *Tlec-tlec, tlec-tlec...* Ele não gostava daquele barulho, que não proporcionava a mesma satisfação do *Trrr!* curto e cruel das metralhadoras em suas asas. Aquele barulho lhe dava uma sensação de que havia algum problema, como se houvesse algo errado com o motor... Sim, ali estava ele logo em frente, seu objetivo por ora.

O castelo de milha 37.

Um retângulo de pedra, grudado na muralha de Adriano, feito uma lesma numa folha. As antigas legiões romanas tinham construído aquelas pequenas e bem-acabadas fortificações para abrigar as guarnições que protegiam a muralha. Nada restava agora exceto o contorno dos alicerces, mas este constituía um bom alvo.

Ele deu uma volta acima do local, fez os cálculos, então mergulhou e passou rugindo por cima dele a uma altitude de talvez 15 metros, fazendo as câmeras estalarem como um exército de robôs desembestados. Subiu num ângulo acentuado e se afastou depressa em círculos altos e velozes, voando em disparada na direção da fronteira imaginária, depois dando meia-volta outra vez... e o tempo todo seu coração batia forte e o suor escorria por seus flancos de tanto imaginar como seria quando chegasse o dia de verdade.

Seria o meio da tarde. A luz do inverno quase indo embora, mas ainda suficiente para se ver com clareza. Ele voaria em círculos, encontraria um ângulo que lhe permitisse atravessar o campo inteiro, e por favor, Deus, um que lhe permitisse sair do sol. E então entraria.

Um rasante, tinha dito Randall. Não arrisque mais de um a não ser que as câmeras apresentem defeito. Aquelas porcarias davam mesmo defeito, mais ou menos uma passada a cada três. Os botões escorregavam sob seus dedos. Às vezes funcionavam na tentativa seguinte; outras vezes não.

Se não funcionassem na primeira passada acima do campo ou se não funcionassem com frequência suficiente, ele precisaria tentar de novo.

– *Niech to szlag* – resmungou. *O diabo que se foda.*

E apertou os botões outra vez, um-dois, um-dois.

– Delicadamente, mas com firmeza, como você faria com as partes íntimas de uma dama – dissera-lhe o burocrata, ilustrando com um movimento rápido de um dos dedos.

Ele nunca havia pensado em fazer aquilo... *Será que Dolly iria gostar?*, pensou. E onde exatamente era preciso fazer? Bem, é, as mulheres de fato tinham um botão, talvez fosse ali... mas, no caso, dois dedos? *Tlec-tlec. Tlec-tlec.*

Ele voltou aos palavrões em inglês e socou os dois botões. Uma das câmeras respondeu com um *tlec!* assustado, mas a outra não falou nada.

Ele tornou a apertar o botão, várias vezes, sem resultado.

– Mas que merda...

Considerou que teria que parar de falar palavrão quando tudo aquilo terminasse e ele voltasse para casa... Seria um mau exemplo para o menino.

– PORRA! – berrou.

Então arrancou a correia da perna, pegou a caixa e bateu com ela na borda do assento. Em seguida, tornou a prendê-la na coxa, visivelmente amassada, como constatou com uma satisfação desanimada, e apertou o botão relutante.

Tlec, respondeu a câmera, dócil.

– É, bom, então veja se lembra disso! – exclamou e, bufando com uma indignação justificada, deu uma bela pressionada nos botões.

Não estava prestando atenção durante aquele pequeno chilique, mas vinha subindo em círculos – a manobra padrão para um caça Spitfire. Começou a descer para sobrevoar mais uma vez o castelo de milha. Um ou dois minutos depois, começou a ouvir uma pequena explosão vinda do motor.

– Não! – gritou, e acelerou mais.

As explosões ficaram mais altas. Ele pôde senti-las vibrar pela fuselagem. Então ouviu um *plem!* bem alto do compartimento do motor, bem junto ao seu joelho, e viu horrorizado pequenas gotículas de óleo salpicarem o acrílico em frente ao seu rosto. O motor parou.

– Droga, mas que droga de...

Estava ocupado demais para encontrar o palavrão certo. Seu lindo e ágil caça havia se transformado de repente num desajeitado planador. Ele iria cair, e a única dúvida era se conseguiria encontrar um terreno relativamente plano no qual se espatifar.

Tateou em busca do trem de pouso, mas então retirou a mão. Não dava tempo, iria aterrissar de barriga, onde estava o chão? Meu Deus, estava distraído, não tinha visto aquele sólido banco de nuvens se aproximar. Ele devia ter chegado mais depressa do que... Pensamentos chisparam por sua cabeça, rápidos demais para palavras. Olhou para o altímetro, mas o que este informou tinha utilidade limitada, pois não sabia como era o terreno lá embaixo: escarpas, uma campina plana, água? Torceu e rezou por uma estrada, um trecho plano de grama, qualquer coisa que não fosse... Meu Deus, estava a 150 metros do chão e ainda no meio das nuvens!

– Meu Deus do céu!

O chão surgiu numa súbita explosão de amarelo e marrom. Ele embicou o nariz para cima, viu as pedras de uma escarpa bem à frente, deu um tranco para o lado, perdeu a sustentação, caiu com o nariz para baixo, puxou o manche, puxou mais o manche, não o suficiente, *ai, meu Deus...*

O primeiro pensamento consciente que teve foi que deveria ter mandado um rádio para a base quando o motor tinha morrido.

– Seu babaca imbecil – resmungou. – Tome as decisões depressa. É melhor agir depressa mesmo que as suas táticas não sejam as melhores. Seu idiota!

Parecia estar deitado de lado. Isso não lhe pareceu correto. Tateou cuidadosamente com a mão... grama e lama? Como assim, será que ele tinha sido ejetado do avião?

Sim. Sua cabeça doía muito, o joelho ainda mais. Precisou sentar na grama úmida e revirada por alguns instantes, sem conseguir pensar direito em meio às ondas de dor de cabeça a cada batida de seu coração.

Estava quase escuro, e uma névoa se erguia do chão à sua volta. Ele respirou fundo e farejou o ar úmido e frio. Sentiu cheiro de podre e de beterrabas velhas – mas não de gasolina nem de fuselagem em chamas.

Certo. Talvez então não tivesse pegado fogo ao cair. Nesse caso, se o rádio ainda funcionasse...

Levantou-se cambaleando, quase perdeu o equilíbrio com um súbito acesso de tontura, e girou num círculo lento para examinar a névoa em volta. Não havia *nada* a não ser névoa à sua esquerda e atrás dele, mas à direita ele conseguiu distinguir duas ou três formas grandes e vultosas, verticais.

Avançando devagar pelo chão cheio de calombos, descobriu que eram pedras. Resquícios de um daqueles sítios pré-históricos que estavam espalhados pelo território do norte da Grã-Bretanha. Apenas três das grandes pedras continuavam de pé, mas ele pôde ver algumas outras, caídas ou derrubadas, deitadas feito cadáveres em meio à névoa cada vez mais escura.

Parou para vomitar, segurando-se numa das pedras. Meu Deus, sua cabeça ia explodir! E ele estava com um zumbido horrível nos ouvidos… Tocou a orelha, pensando que de algum jeito tinha deixado o fone na cabeça, mas tudo que sentiu foi uma orelha fria e molhada.

Fechou os olhos outra vez, ofegante, e encostou na pedra para se apoiar. A estática em seus ouvidos estava ficando pior, acompanhada por uma espécie de gemido. Será que um dos seus tímpanos tinha estourado? Forçou-se a abrir os olhos, e foi recompensado com a visão de uma forma irregular, grande e escura, bem para lá dos resquícios do círculo de pedra. Dolly!

Quase não dava para ver o avião, que se perdia na escuridão movente da névoa, mas só podia ser ele. Praticamente intacto, pelo visto, embora com o nariz bem para baixo e a traseira empinada. Devia ter afundado na terra. Ele cambaleou pelo chão de pedras e sentiu a tontura chegar outra vez, com força. Acenou com os braços para tentar manter o equilíbrio, mas sua cabeça girou, e, Deus, aquela porcaria de *barulho* na cabeça… Não estava conseguindo pensar, ai, Deus do céu, tinha a sensação de que os seus ossos estavam se dissol…

A noite já havia caído por completo quando ele voltou a si, mas as nuvens tinham se aberto e três quartos de lua brilhavam no breu retinto de um céu rural. Ele se mexeu e grunhiu. Todos os ossos de seu corpo doíam, mas nenhum estava quebrado. *Já era alguma coisa*, pensou. Suas roupas estavam encharcadas de orvalho, ele estava faminto, e seu joelho estava tão duro que ele não conseguia esticar a perna direita até o fim, mas tudo bem. Achava que conseguiria dar um jeito de ir mancando até alguma estrada.

Ah, espere aí. O rádio. Sim, tinha esquecido. Se o rádio do *Dolly* estivesse intacto, ele poderia…

Encarou o campo aberto à sua frente sem entender. Poderia ter jurado que o avião… mas ele devia ter se desorientado com a escuridão e a névoa… não.

Deu um giro completo, três vezes, e então parou, com medo de ficar tonto outra vez. O avião tinha sumido.

Sumido *mesmo*. Ele tinha certeza de que *Dolly* estava uns 15 metros depois daquela pedra ali, a mais alta de todas. Havia memorizado a pedra como um ponto de referência. Andou até o local onde tinha certeza de que o avião caíra, deu a volta devagar pelas pedras traçando um círculo amplo, olhando para um lado e depois para outro, cada vez mais confuso.

Não apenas o avião tinha sumido, como nunca parecia ter estado ali. Não havia sinal, nenhum sulco na grama alta da campina, quanto mais a vala aberta na terra que um acidente daqueles teria causado. Será que ele tinha imaginado a presença do avião? De tanto desejar que fosse verdade?

Balançou a cabeça para clarear os pensamentos – mas na verdade seus pensamentos *já estavam* claros. O zumbido e o chiado em seus ouvidos haviam cessado. E, embora ainda estivesse com hematomas e uma leve dor de cabeça, sentia-se bem melhor. Deu a volta nas pedras em sentido contrário, devagar, ainda à procura, com uma sensação cada vez mais forte de frio percorrendo seu ventre. Porra, o avião não estava ali.

Acordou de manhã sem a menor noção de onde estava. Pelo cheiro, estava encolhido na grama. Grama que animais haviam pastado, porque bem ao seu lado havia um grande monte de estrume, fresco o bastante para ele poder sentir seu cheiro também. Com cuidado, esticou uma perna. Em seguida, um braço. Rolou até ficar de costas, e se sentiu um pouquinho melhor por estar sobre algo sólido, embora o céu fosse um vazio de dar tontura.

Um vazio suave e azul-claro, aliás. Sem vestígio algum de nuvens.

Quanto tempo…? Um choque de alarme o fez se ajoelhar, mas uma fisgada brilhante e amarela de dor atrás dos olhos o fez se sentar outra vez, gemendo e praguejando entre arquejos.

De novo. Ele esperou a respiração se normalizar, então se arriscou a abrir um olho.

Bem, com certeza aquilo ainda era a Nortúmbria, a parte norte, onde os campos ingleses ondulantes se chocam com as inóspitas pedras da Escócia. Ele reconheceu as colinas suaves cobertas de grama seca e pontuadas por altos rochedos que se erguiam na vertical para formar súbitas escarpas dentadas. Engoliu em seco e esfregou as mãos na cabeça e no rosto, certificando-se de que ainda era real.

Não se sentia real. Mesmo após uma cuidadosa contagem de dedos das mãos, dedos dos pés e partes íntimas – estas últimas duas vezes, só por garantia –, continuou sentindo que algo importante fora perdido, de algum modo arrancado e deixado para trás.

Seus ouvidos ainda apitavam, bem parecido com o jeito que ficavam apitando depois de um voo especialmente ativo. Mas por quê? O que ele tinha escutado?

Constatou que agora conseguia se mover com um pouco mais de facilidade e estudou o céu à sua volta, setor por setor. Não havia nada lá em cima. Nenhuma lembrança de nada lá em cima. No entanto, o interior da sua cabeça zumbia e chacoalhava, e a carne de seu corpo tremia de agitação. Ele esfregou os braços com força para fazer aquilo parar.

Horripilação. Era esse o termo correto para quando a pele se arrepiava. Dolly tinha lhe dito. Ela possuía um pequeno caderno onde anotava palavras que ia encontrando nas suas leituras. Dolly adorava ler. Já tinha feito o pequeno Roger sentar no seu colo para ouvir uma história depois do chá, com os olhos arregalados para as imagens de seu livrinho de pano.

Pensar na sua família o fez se levantar, trôpego. Estava se sentindo melhor, definitivamente melhor, embora ainda tivesse a sensação de que a sua pele não era exatamente do seu tamanho. O avião, onde ele estava mesmo?

Olhou em volta. Não havia nenhum avião à vista. Em lugar algum. Então se lembrou, e seu estômago deu um pinote. De verdade, aquilo era de verdade. À noite, tivera certeza de estar sonhando ou tendo uma alucinação, deitara-se para se recuperar e devia ter pegado no sono. Mas agora estava acordado. Havia algum tipo de inseto andando nas suas costas, e ele deu um tapa violento para tentar esmagá-lo.

Seu coração batia com uma força desagradável, e as palmas de suas mãos suavam. Ele as limpou na calça e fez uma varredura na paisagem em volta. Não era plana, mas tampouco oferecia muitos esconderijos possíveis. Não havia árvores nem pequenos vales cobertos de vegetação. Ao longe havia um pequeno lago – ele captou um brilho de água – mas se tivesse caído dentro d'água, não deveria estar molhado, Deus pai?

Talvez houvesse passado tempo suficiente desacordado para secar, pensou. Talvez houvesse imaginado ter visto o avião perto das pedras. Com certeza não poderia ter se afastado tanto assim do lago e esquecido, ou será que poderia? Por pura incapacidade de pensar em nada mais útil para fazer, começou a andar em direção ao lago. Era óbvio que algum tempo havia se passado. O céu tinha clareado como por magia. Bem, pelo menos eles não teriam muito problema para encontrá-lo. Sabiam que ele estava perto da muralha. Um caminhão deveria aparecer em breve. Ele não podia estar a mais de duas horas do campo de pouso.

– Ainda bem – resmungou.

Tinha escolhido um lugar remoto para se acidentar… Não havia nenhuma fazenda ou curral à vista, nem mesmo um cheiro de fumaça de chaminé.

Seus pensamentos agora estavam ficando mais claros. Só para garantir, iria dar a volta no lago, depois tomaria o rumo da estrada. Talvez cruzasse com a equipe de apoio chegando.

– E dizer a eles que eu perdi a porcaria do avião? – perguntou a si mesmo em voz alta. – Certo, então. Vamos lá, seu idiota, pense! Onde foi que o viu pela última vez?

Caminhou durante um bom tempo. A princípio devagar, por causa do joelho, mas depois começou a melhorar. Já seus pensamentos não melhoraram. Havia algo de estranho naquela zona rural. Sim, a Nortúmbria era um lugar meio desolado, mas nem *tanto*. Tinha encontrado uma estrada, mas não era a estrada secundária que vira lá de cima. Era uma estrada de terra cheia de pedras encravadas e com sinais de ser muito usada por animais de carga que tinham uma dieta altamente fibrosa.

Desejou não ter pensado em dieta. Sua barriga roncava. Pensar em café da manhã era melhor do que pensar em outras coisas, porém, e por algum tempo ele se divertiu imaginando os ovos em pó e as torradas moles que teriam lhe servido no refeitório, em seguida nos lautos desjejuns de sua juventude nas Terras Altas: imensas tigelas de mingau fumegante, fatias de morcela frita em banha, pãezinhos com geleia, litros de chá quente e forte...

Uma hora mais tarde, encontrou a muralha de Adriano. Era difícil não vê-la, mesmo toda coberta de mato e arruinada como estava. Ela seguia marchando, sólida, igualzinha às legiões romanas que a tinham construído, obstinada como um trabalhador, uma costura cinza cujos pontos subiam colinas e desciam vales, dividindo os campos tranquilos do sul daqueles salteadores safados do norte. Ele sorriu ao pensar nisso e se sentou no muro para massagear o joelho.

Não tinha encontrado o avião nem qualquer outra coisa, e estava começando a duvidar da própria sensação de realidade. Vira uma raposa, vários coelhos e um faisão que quase o fizera sofrer um infarto ao surgir bem debaixo dos seus pés. Não tinha visto ninguém, entretanto, e isso estava lhe causando uma sensação esquisita na barriga.

Sim, o país estava em guerra e muitos dos homens haviam partido para lutar, mas as fazendas não tinham sido sacrificadas ao esforço de guerra, tinham? As mulheres as estavam administrando, alimentando a nação, etc. Ele tinha escutado o primeiro-ministro no rádio as elogiar por isso não fazia nem uma semana. Então onde estava todo mundo, cacete?

O sol já ia baixo no céu quando ele enfim viu uma casa. Ficava encastrada na muralha, e lhe pareceu de algum modo conhecida, embora ele soubesse que nunca a tinha visto. Feita de pedra, atarracada, mas bem grande, com um telhado de sapê de aspecto frágil. Uma fumaça saía da chaminé, porém, e ele foi mancando nessa direção o mais rápido que conseguiu.

Havia uma pessoa em frente à casa: uma mulher de vestido comprido esfarrapado e avental, dando comida a galinhas. Ele gritou e ela ergueu os olhos, boquiaberta ao vê-lo.

– Ei – chamou ele, ofegante por ter corrido. – Eu sofri um acidente. Preciso de ajuda. A senhora por acaso tem telefone?

Ela não respondeu. Deixou cair o cesto de comida para galinhas e saiu correndo, dando a volta pela quina da casa. Ele suspirou de irritação. Bem, quem sabe ela tinha ido chamar o marido. Não viu sinal de um veículo, nem mesmo de um trator, mas talvez o marido fosse...

O homem era alto, magro, barbado e tinha os dentes tortos. Também estava vestido com uma camisa suja e calças curtas e folgadas que deixavam à mostra as pernas peludas e os pés descalços – e acompanhado por dois outros homens de trajes igualmente cômicos. Jerry interpretou na hora a expressão no rosto deles e não ficou ali para rir.

– Ei, amigos, não tem problema – falou, recuando com as mãos estendidas. – Eu já estou indo!

Os homens continuaram a avançar, lentamente, separando-se para cercá-lo. Ele já não tinha gostado da cara daqueles sujeitos, e estava gostando menos ainda deles a cada segundo que passava. Famintos, era isso que eles pareciam, com um brilho inquisitivo no olhar.

Um deles falou alguma coisa, algum tipo de pergunta, mas o sotaque da Nortúmbria era carregado demais para ele captar mais do que uma palavra. A palavra foi "quem", e ele rapidamente puxou da jaqueta suas plaquinhas de identificação e acenou para eles. Um dos homens sorriu, mas não de um jeito agradável.

– Olhem aqui – disse ele, ainda recuando. – Eu não tive a intenção de…

O homem da frente estendeu a mão calejada e o segurou pelo antebraço. Ele deu um tranco para trás, mas o homem, em vez de soltá-lo, deu-lhe um soco na barriga.

Ele pôde sentir a boca abrir e fechar como a de um peixe, só que nenhum ar entrou. Agitou os braços desesperado, porém eles agora estavam todos em cima dele. Falavam entre si, e ele não entendia nada, mas sua intenção era tão evidente quanto o nariz no qual ele conseguiu dar uma cabeçada.

Foi o único golpe que ele acertou. Em dois minutos já tinha sido espancado de modo eficiente até virar uma papa, os bolsos revirados, a jaqueta e as plaquinhas de identificação levadas embora, e obrigado a marchar estrada abaixo e jogado numa encosta íngreme e pedregosa.

Caiu rolando, quicando de pedra em pedra, até conseguir esticar um braço e se agarrar num arbusto seco. Parou, arranhando-se inteiro, e ficou deitado com a cara enfiada num arbusto de urze, ofegando e pensando, de modo incongruente, em quando tinha levado Dolly ao cinema pouco antes de se alistar.

Eles tinham ido assistir a *O mágico de Oz*, e ele estava começando a se sentir sinistramente igual à menina do filme. Talvez fosse a semelhança dos nativos da Nortúmbria com espantalhos e leões.

– Pelo menos a porra do leão falava inglês – resmungou, sentando-se. – E agora, meu Deus?

Ocorreu-lhe que talvez fosse um bom momento para parar de xingar e começar a rezar.

Londres, dois anos depois

Não fazia mais de cinco minutos que ela havia chegado em casa do trabalho. Só o tempo de receber Roger nos braços após sua louca corrida pelo piso aos gritos de "MAMÃÃÃE!" e de fingir se desequilibrar com o seu impacto. Bem, desta vez ela realmente se desequilibrara. Ele estava ficando grande. Só o tempo de chamar a mãe, ouvir sua resposta abafada da cozinha, farejar o ar esperançosa em busca do cheiro reconfortante de chá e sentir uma lufada sedutora de sardinha em lata que a deixou com água na boca – uma rara iguaria.

Só o tempo de se sentar pelo que parecia ser a primeira vez em dias, tirar os sapatos e sentir o alívio inundar seus pés como a água do mar quando a maré sobe. Reparou, consternada, que sua meia estava furada no calcanhar. E aquela era a sua última meia. Estava soltando a cinta-liga, pensando que teria que começar a usar tinta nas pernas como Maisie e desenhar com cuidado uma costura na parte de trás de cada perna com um lápis de sobrancelha, quando alguém bateu à porta.

– Sra. MacKenzie?

O homem em pé diante da porta do apartamento de sua mãe era alto, uma silhueta escura na penumbra do hall, mas ela soube na mesma hora que era um soldado.

– Pois não?

Sentiu o coração bater descontrolado e a barriga se contrair. Tentou freneticamente negar a esperança que acabara de surgir feito um fósforo que se acende. Um erro. Fora um erro. Ele não tinha morrido, havia se perdido de algum jeito, sido capturado talvez, e agora eles o encontraram… Então viu a caixa na mão do soldado e suas pernas cederam com o peso de seu corpo.

Sua visão cintilou nas bordas. O rosto do desconhecido flutuava acima dela, um borrão preocupado. Mas pôde ouvir – ouvir a mãe vir correndo da cozinha, os chinelos a estalar no chão com a pressa, a voz alta de nervoso. Ouvir o nome do soldado, capitão Randall, Frank Randall. Ouvir a vozinha rouca de Roger morna em sua orelha a chamar, sem entender:

– Mamãe? Mamãe?

Então estava sentada no sofá de encosto curvo, segurando uma xícara de água quente que tinha cheiro de chá – elas só podiam trocar as folhas de chá uma vez por semana, e hoje era sexta-feira. Ele deveria ter vindo no domingo, estava dizendo sua mãe, elas poderiam ter lhe oferecido um chá decente. Mas talvez ele não trabalhasse aos domingos?

Sua mãe acomodara o capitão Randall na sua melhor cadeira, perto do aquecedor elétrico, e ligado as duas barras do aparelho em sinal de hospitalidade. Com Roger no colo, conversava com o capitão. Já seu filho estava mais interessado na pequena caixa sobre a minúscula mesa de borda dentada; não parava de tentar pegá-la, mas a avó não deixava. Marjorie reconheceu a expressão concentrada no rosto do menino. Ele não iria dar um chilique, tampouco iria desistir.

Roger não se parecia muito com o pai, exceto quando queria muito alguma coisa. Ela se empertigou um pouco, balançou a cabeça para aliviar a tontura, e Roger, atraído pelo movimento, ergueu os olhos para ela. Por um segundo, ela viu Jerry nos olhos do filho, e o mundo tornou a girar. Mas ela fechou os próprios olhos e tomou um gole do chá, mesmo muito quente.

Sua mãe e o capitão Randall conversavam educadamente de modo a lhe dar tempo para se recuperar.

– O senhor também tem filhos? – perguntou a mãe.

– Não – respondeu o capitão com um olhar para o pequeno Roger que poderia ter sido de anseio. – Ainda não. Faz dois anos que não vejo minha esposa.

– Antes tarde do que nunca – disse uma voz incisiva, e ela ficou surpresa ao constatar que era a sua.

Colocou a xícara na mesa, puxou para cima a meia solta que tinha caído em volta do tornozelo, e fixou o olhar no capitão Randall.

– O que o senhor me trouxe? – perguntou, tentando falar num tom calmo e digno.

Não funcionou. Mesmo aos próprios ouvidos, sua voz soou frágil como vidro quebrado.

O capitão Randall a olhou com cautela, mas pegou a pequena caixa e lhe entregou.

– É do tenente MacKenzie – respondeu. – Uma condecoração do departamento de inteligência militar norte-americano. Atribuída postumamente por...

Com esforço, ela se afastou de volta para junto das almofadas, balançando a cabeça.

– Eu não quero.

– Ora, Marjorie!

Sua mãe estava chocada.

– E não gosto dessa palavra. Pos... postu... Não diga isso.

Não conseguia superar a ideia de que Jerry de algum modo estava dentro daquela caixa, ideia que em um instante lhe parecia terrível, no outro reconfortante. O capitão Randall soltou a caixa muito devagar, como se ela fosse explodir.

– Não vou dizer – assegurou ele, suave. – Mas se me permite... Eu conheci seu marido. Muito brevemente, mas conheci. E vim pessoalmente porque queria dizer à senhora quanto ele foi corajoso.

– "Corajoso".

A palavra parecia um seixo em sua boca. Ela desejou poder cuspir o seixo nele.

– É claro que foi – concordou sua mãe com firmeza. – Ouviu isso, Roger? Seu pai foi um homem bom e corajoso. Não se esqueça disso.

Roger se debatia para ir para o chão, sem prestar atenção na conversa. A avó o soltou de pé com relutância, e ele partiu para cima do capitão Randall, segurando com firmeza a calça recém-vincada do capitão com ambas as mãos. Mãos todas sujas de óleo de sardinha e migalhas de torrada, ela constatou. Os lábios do capitão se moveram, mas ele não tentou fazer Roger soltar, apenas afagou sua cabeça.

– Que menino bonzinho – elogiou.

– Pês – disse Roger com firmeza. – Pês!

Marjorie teve um impulso incongruente de rir da cara de incompreensão do capitão, ainda que aquilo não tivesse tocado a pedra no seu coração.

260

– É a nova palavra dele – explicou. – Peixe. Ele não sabe dizer "sardinha".

– Char... DIIIIN! – retrucou Roger, fulminando-a com os olhos. – Pêêêêêssss!

O capitão deu uma sonora gargalhada e, sacando um lenço de bolso, limpou cuidadosamente a baba do rosto do menino e aproveitou para limpar casualmente as mãozinhas engorduradas também.

– É claro que é um peixe – garantiu ele a Roger. – Que menino esperto você é. E tenho certeza de que ajuda muito a sua mamãe. Olhe aqui, eu trouxe uma coisa para o seu chá.

Ele tateou no bolso do casaco e de lá tirou um pequeno vidro de geleia. Geleia de morango. As glândulas salivares de Marjorie se contraíram dolorosamente. Com o racionamento de açúcar, ela não comia geleia desde...

– Ele ajuda muito – interveio sua mãe com orgulho, decidida a manter a conversa num nível decente apesar do comportamento estranho da filha. Evitou encarar Marjorie. – Um menino lindo. O nome dele é Roger.

– Sim, eu sei. – O capitão olhou para Marjorie, que tinha feito um movimento breve. – Seu marido me contou. Ele era...

– Corajoso. O senhor já disse. – De repente, algo se soltou. Era a sua cinta-liga que ela havia prendido mal, mas o estalo a fez se sentar ereta, com os punhos cerrados sob o fino tecido da saia. – São todos corajosos, não é? Todos eles. Até o senhor... ou não?

Ela ouviu a mãe dar um arquejo, mas prosseguiu, sem ligar para as consequências.

– Todos vocês precisam ser corajosos e nobres e... e... e perfeitos, não é? Porque, se fossem fracos, se houvesse alguma falha, se alguém parecesse não ser exatamente assim, sabe... Bom, tudo poderia desmoronar, não é? Então nenhum de vocês faz isso, não é? Ou, se alguém fizesse, os demais iriam acobertar. Vocês nunca deixam de fazer nada, seja lá o que for, porque não podem. Todos os outros pensariam o pior de vocês, não é? E isso nós não podemos permitir. Ah, não! Isso nós não podemos permitir!

O capitão Randall a encarava com atenção, os olhos escuros de preocupação. Devia pensar que ela era maluca. Ela provavelmente era. Mas que importância tinha isso?

– Marjie, Marjie, meu amor – murmurava sua mãe, morta de vergonha. Você não deveria dizer essas coisas para...

– Vocês o obrigaram, não foi? – Ela agora estava de pé, avultando-se acima do capitão, obrigando-o a erguer o rosto. – Ele me contou. Me contou sobre vocês. Vocês apareceram e pediram que ele fizesse... o que quer que tenha sido que o fez morrer. Ah, não se preocupe. Ele não me contou a droga dos seus preciosos segredos... Ele nunca faria uma coisa dessas. Ele era um piloto.

Marjorie arfava de raiva, e teve que parar para tomar fôlego. Viu vagamente que Roger tinha se encolhido todo e estava agarrado à perna do capitão. Em um gesto involuntário, Randall passou o braço em volta do menino, como se quisesse protegê-lo da ira da mãe. Com esforço, ela se obrigou a parar de gritar e, para o próprio horror, sentiu lágrimas começarem a escorrer pelo rosto.

– E agora o senhor vem aqui me trazer... trazer para mim...

– Marjie.

A mãe se aproximou dela com seu corpo cálido, macio e reconfortante, vestido com o velho e gasto avental. Empurrou um pano de prato para as mãos de Marjorie, então se moveu entre a filha e o inimigo, sólida como um encouraçado.

– Foi muita bondade sua nos trazer isso, capitão.

Marjorie a ouviu dizer, e a sentiu se afastar e se abaixar para pegar a caixinha. Sentou-se às cegas e pressionou o pano contra o rosto para se esconder.

– Tome, Roger, olhe aqui. Está vendo como abre? Viu que bonita? Isto aqui se chama... Como é mesmo que o senhor disse que se chamava, capitão? Ah, sim, uma condecoração. É, isso mesmo. Você consegue dizer "medalha", Roger? *Me-da-lha*. É a medalha do seu pai.

Roger não disse nada. Devia estar morto de medo, pobrezinho. Marjorie precisava se controlar. Mas já tinha ido longe demais. Não conseguia parar.

– Ele chorou quando foi embora. Não queria ir.

Seus ombros se sacudiram com um soluço inesperado e convulso, e ela pressionou o pano com força nos olhos enquanto sussurrava para si mesma:

– Você disse que iria voltar, Jerry, você *disse* que iria voltar.

Ficou escondida atrás da fortaleza do pano enquanto uma nova oferta de chá era feita e, para sua vaga surpresa, aceita. Pensava que o capitão Randall fosse agarrar a oportunidade para ir embora também. Mas ele ficou ali, conversando calmamente com sua mãe, falando devagar com Roger enquanto a mulher ia buscar o chá, ignorando por completo aquela sua cena constrangedora, mantendo uma presença tranquila e afável na sala desenxabida.

O chacoalhar e a movimentação da bandeja de chá ao chegar lhe deram a chance de baixar sua fachada de pano, e ela docilmente aceitou uma torrada coberta por uma finíssima camada de margarina e uma deliciosa colherada da geleia de morango.

– Isso, pronto – falou sua mãe, observando-a com um ar de aprovação. – Você não deve ter comido nada desde o café da manhã. Desse jeito qualquer um fica enjoado.

Marjorie lançou um olhar para a mãe, mas era verdade. Não tinha comido nada no almoço porque Maisie estava de folga por causa de "problemas de mulher" – mal que a afligia mais ou menos a cada duas semanas. Ela tivera que passar o dia inteiro cuidando da loja.

A conversa fluía descontraída à sua volta, um riacho sereno a correr por um rochedo imóvel. Até mesmo Roger relaxou quando a geleia apareceu. Nunca tinha provado aquilo antes, e cheirou com curiosidade, deu uma lambida cautelosa – e então uma mordida enorme que deixou seu nariz sujo de vermelho e seus olhos verde-

-musgo arregalados de assombro e deleite. A pequena caixa agora aberta estava sobre a mesa de borda dentada, mas ninguém falava nela nem olhava naquela direção.

Após um intervalo decente, o capitão Randall se levantou para ir embora. Ao se despedir, entregou a Roger uma moeda reluzente de 6 *pence*. Sentindo que era o mínimo que podia fazer, Marjorie se levantou para acompanhá-lo até a porta. Suas meias escorregaram pelas pernas abaixo, e ela as chutou longe com desprezo e foi até a porta com as pernas descobertas. Ouviu a mãe dar um suspiro atrás dela.

– Obrigada – falou, ao abrir a porta para o capitão. – Eu… fico grata ao senhor por… Para sua surpresa, ele a deteve.

– Eu não tenho nenhum direito especial de dizer isso à senhora… Mesmo assim, vou dizer – falou, em voz baixa. – A senhora tem razão: nem todos eles são corajosos. Na maior parte do tempo, a maioria de nós… a maioria simplesmente… nós simplesmente estamos ali e fazemos o melhor que podemos – arrematou ele, e o canto de sua boca se ergueu de leve, embora ela não conseguisse dizer se era de bom humor ou de amargura. – Mas o seu marido… – Ele fechou os olhos por alguns instantes e retomou: – Os mais corajosos certamente são aqueles que têm a visão mais clara do que está na sua frente, tanto a glória quanto o perigo, e vão ao seu encontro mesmo assim. Seu marido fez isso todos os dias, e durante muito tempo.

– Mas vocês o mandaram – disse ela, com a voz tão baixa quanto a dele. – Mandaram, sim.

O sorriso dele foi desanimado.

– Eu fiz isso todos os dias… durante muito tempo.

A porta se fechou sem ruído depois que ele saiu, e ela ficou ali parada se balançando de leve, com os olhos fechados, sentindo o ar passar por baixo da porta e esfriar seus pés descalços. O outono já ia bem adiantado, e já começava a escurecer lá fora, apesar de mal ter passado da hora do chá.

Eu também tenho feito o que faço todos os dias há muito tempo, pensou. *Só que ninguém chama de coragem quando você não tem escolha.*

Sua mãe se movia pelo apartamento e resmungava consigo mesma enquanto fechava as cortinas. Ou nem tanto consigo mesma.

– Ele gostou dela. Qualquer um podia ver. Tão gentil, vir pessoalmente entregar a medalha e tudo. E como ela se comporta? Como um gato que teve o rabo pisado, com as unhas à mostra e miando de raiva. Como é que ela espera que algum homem um dia vá…

– Eu não quero um homem – interrompeu Marjorie em voz alta.

Sua mãe se virou, atarracada, sólida, implacável.

– Você precisa de um homem, Marjorie. E o pequeno Roger precisa de um pai.

– Ele tem um pai – disse ela entre dentes. – O capitão Randall tem uma esposa. E eu não preciso de ninguém.

De ninguém exceto Jerry.

Nortúmbria

O cheiro o fez lamber os beiços. Massa quente, fumegante, carne suculenta. Havia uma fileira de pequenos e gordos pastéis dispostos sobre o peitoril, cobertos por um pano limpo para protegê-los de passarinhos, mas visíveis através do tecido, cheios e arredondados, com uma ou outra gotinha de molho a manchar o pano.

Sua boca aguou tanto que as glândulas salivares doeram, e ele teve que massagear a parte inferior do maxilar para aliviar a dor.

Era a primeira casa que via em dois dias. Após sair da ravina, tinha se afastado bastante do castelo de milha e acabara indo parar num grupo de chalés, onde as pessoas não eram nem de perto mais compreensíveis, mas ao menos lhe deram um pouco de comida. Isso havia durado um tempinho. Desde então, ele vinha sobrevivendo daquilo que conseguia colher nas sebes e de uma ou outra horta que encontrava. Tinha topado com outra aldeia, mas as pessoas de lá o enxotaram.

Uma vez capaz de recuperar suficientemente o controle de si mesmo para pensar com clareza, ficou óbvio que precisava voltar para o círculo de pedras. O que quer que houvesse lhe acontecido tinha acontecido lá, e se ele *de fato* estivesse em algum lugar do passado – e por mais que tentasse encontrar alguma outra explicação, não lhe ocorrera nenhuma –, então a única chance de voltar para a sua época parecia estar lá também.

Tinha se afastado bastante da trilha de animais atrás de comida. No entanto, e como as poucas pessoas com quem cruzara não o compreendiam mais do que ele as compreendia, tivera alguma dificuldade para achar o caminho de volta até a muralha. Agora pensava estar bem perto – a paisagem acidentada estava começando a parecer familiar, embora isso talvez fosse apenas uma ilusão.

Tudo o mais havia perdido a importância, porém, quando ele sentira o cheiro de comida.

Rodeou a casa a uma distância cautelosa enquanto avaliava se havia algum cachorro. Nenhum à vista. Ótimo. Optou por uma aproximação lateral, fora da linha de visão de qualquer uma das poucas janelas. Correu depressa do arbusto até o arado, do arado até a pilha de lixo, da pilha de lixo até a casa, e se colou à parede de pedra cinza, ofegante. Apenas sentia aquele delicioso cheiro salgado. Caramba, estava babando. Passou a manga depressa pela boca, esgueirou-se pela quina da casa e esticou a mão.

Na verdade, a casa tinha, sim, um cachorro, que estava acompanhando o dono ausente no celeiro. Quando ambos voltaram inesperadamente, o cão deu o alarme de modo adequado. Alertado quanto às atividades criminosas na sua propriedade, o dono da casa pegou uma pá de madeira, que usou para bater na cabeça de Jerry.

Ao cambalear de volta para junto do muro da casa, ele teve apenas percepção suficiente para reparar que a esposa, agora debruçada pela janela e gritando feito o trem expresso de Glasgow, havia derrubado um dos pastéis no chão, onde o cachorro o devorava exibindo uma expressão de inocência e virtude recompensada que Jerry achou realmente ofensiva.

Então o dono da fazenda tornou a lhe bater, e ele parou de se sentir ofendido.

Era um curral de construção sólida, as pedras encaixadas com cuidado e unidas por argamassa. Ele se exauriu de tanto gritar e chutar a porta, até sua perna bichada ceder e ele desabar no chão de terra batida.

– E agora, droga? – resmungou.

Estava molhado de suor por causa do esforço, mas fazia frio dentro do curral, aquele frio úmido e penetrante típico das Ilhas Britânicas, que ia até os ossos e fazia as articulações doerem. Seu joelho iria doer como nunca no dia seguinte. O ar estava carregado com um cheiro de estrume e urina fria.

– Por que é que os malditos alemães querem esta droga de lugar? – perguntou ele, sentando-se e se encolhendo dentro da camisa. A noite ia ser longa.

Ele se levantou até ficar de quatro e tateou com cuidado toda a extensão do curral, mas não havia nada remotamente comestível, apenas uma fina camada de feno bolorento. Nem mesmo os ratos comeriam aquilo. O interior daquele lugar estava vazio feito um barril e silencioso feito uma igreja.

O que teria acontecido com as vacas?, pensou. *Mortas de doença, comidas, vendidas?* Ou quem sabe simplesmente ainda não tinham voltado dos pastos de verão, embora com certeza o ano já estivesse adiantado para isso.

Tornou a se sentar com as costas apoiadas na porta, já que a madeira era marginalmente menos fria do que as paredes de pedra. Tinha pensado em ser capturado durante uma batalha, virar prisioneiro dos alemães – todos eles pensavam isso de vez em quando, embora em geral não falassem no assunto. Lembrou-se dos campos na Polônia, os que ele devia ter fotografado. Seriam tão desoladores quanto aquilo ali? Era bem estúpido pensar naquilo.

Mas ele precisava passar o tempo de uma forma ou de outra até de manhã, e havia muitas coisas nas quais preferia não pensar naquele momento. Por exemplo, no que iria acontecer quando a manhã chegasse. Não achava que café na cama fosse fazer parte do programa.

O vento estava mais forte. O ar gemia ao passar pelas quinas do curral com um lamento que lhe deu aflição. Ele ainda tinha consigo o lenço de seda, que escorregara para dentro da camisa quando os bandidos do castelo de milha o haviam atacado. Puxou-o para fora e o enrolou no pescoço. Mesmo que não o aquecesse, aquilo iria reconfortá-lo.

Ele servia o café na cama para Dolly de vez em quando. Ela acordava devagar e sonolenta, e ele adorava o jeito como afastava do rosto os cabelos pretos encaracolados e embaraçados e espiava com os olhos semicerrados por causa da luz.

265

Ele a fazia se sentar e punha a bandeja sobre a mesa ao seu lado, então tirava as próprias roupas, entrava na cama também e se aninhava junto à sua pele morna e macia. Às vezes escorregava cama abaixo, e Dolly fingia não perceber e continuava bebendo seu chá ou passando marmite na torrada enquanto ele se enfiava por baixo das cobertas e ia subindo pelas camadas de algodão dos lençóis e da camisola. Adorava o cheiro dela, sempre, mas principalmente quando tinha feito amor com ela na véspera e ela ainda estava com seu cheiro forte e almiscarado entre as pernas.

Excitado com aquela lembrança, mudou um pouco de posição, mas o pensamento seguinte, de que talvez nunca mais tornasse a vê-la, acalmou-o na hora.

Ainda pensando em Dolly, porém, levou a mão ao bolso e ficou alarmado ao não encontrar nenhum caroço ali. Deu um tapa na coxa, mas não achou a pequena e dura protuberância da safira. Será que a havia guardado no outro bolso por engano? Procurou com urgência, enfiando as duas mãos bem fundo nos bolsos. Nada de pedra. Mas havia alguma coisa dentro do seu bolso direito. Alguma coisa esfarelada, quase gordurosa... O que era aquilo?

Retirou os dedos e os examinou o mais de perto que conseguiu, mas estava escuro demais para ver mais do que um vago contorno de sua mão, quanto mais algo nela. Esfregou os dedos um no outro com cuidado: a textura era um pouco parecida com a grossa fuligem que se acumula dentro da chaminé.

– Meu Deus! – sussurrou, e levou os dedos ao nariz.

Sentiu um cheiro distinto de queimado. Nada a ver com gasolina, mas um cheiro de queimado tão forte que pôde senti-lo na parte de trás da língua. Como algo saído de um vulcão. Pelo amor de Deus pai todo-poderoso, o que seria capaz de queimar uma pedra e deixar vivo o homem que a carregava?

O tipo de coisa que ele havia encontrado no círculo de pedras!

Estava se saindo bem sem sentir muito medo até agora, mas... Engoliu em seco e tornou a se sentar sem fazer barulho.

– Agora que vou adormecer – sussurrou para os joelhos da calça. – Rezo a Deus para minha alma proteger...

Apesar do frio, acabou dormindo depois de algum tempo, de pura exaustão. Estava sonhando com o pequeno Roger, que por algum motivo era agora um homem-feito, mas ainda segurava seu diminuto urso azul, minúsculo dentro da mão larga. Seu filho falava com ele em gaélico e dizia algo urgente que ele não conseguia entender, e ele estava começando a ficar frustrado e dizendo e repetindo para que Roger pelo amor de Deus falasse inglês, por favor.

Então escutou outra voz através da névoa do sono e se deu conta de que alguém de fato estava falando em algum lugar perto dali.

Acordou sobressaltado. Esforçou-se para entender o que estava sendo dito, mas fracassou. Levou vários segundos para perceber que, fossem quem fossem, as vozes na verdade estavam conversando em gaélico. Ele só arranhava o idioma. Sua mãe falava, mas...

Antes de completar o pensamento, já estava se mexendo, apavorado ao pensar que a ajuda potencial pudesse ir embora.

– Ei! – gritou, levantando-se de maneira atabalhoada, ou tentando se levantar.

Mas seu joelho muito maltratado não queria conversa e cedeu no mesmo instante em que ele apoiou o peso ali, catapultando-o com a cara na porta.

Ele deu um giro ao cair e acertou a porta com o ombro. A pancada alta pôs fim à discussão: as vozes se calaram.

– Me ajudem! Me ajudem! – gritou ele, socando a porta. – Socorro!

– Quer, pelo amor de Deus, falar baixo? – pediu uma voz baixa e irritada do outro lado da porta. – Quer que eles venham todos para cima de nós? Aqui, traga a luz mais para perto.

Essa última frase pareceu dirigida ao companheiro da voz, pois uma débil claridade surgiu pela fresta inferior da porta. Houve um ruído de algo se arrastando quando a tranca foi aberta, e um leve grunhido quando a tranca foi encostada na parede. A porta se abriu, e Jerry piscou num súbito feixe de luz quando a portinhola de um lampião se abriu com um arranhão.

Virou a cabeça para o lado e fechou os olhos por um segundo, de propósito, como teria feito se estivesse voando à noite e um sinalizador ou o brilho dos seus próprios exaustores o tivesse cegado. Quando os abriu outra vez, os dois homens estavam dentro do curral com ele, examinando-o com franca curiosidade.

Eram uns sujeitos grandalhões, os dois, mais altos e mais largos do que ele. Um louro, outro moreno, com os cabelos pretos como Lúcifer. Não se pareciam muito, mas ele teve a sensação de que talvez fossem parentes – um vislumbre efêmero de ossatura, talvez uma semelhança na expressão.

– Qual é o seu nome, amigo? – perguntou o moreno em voz baixa.

Jerry sentiu a desconfiança beliscá-lo na nuca ao mesmo tempo que uma animação se revolvia no fundo do estômago. A dicção era normal, perfeitamente compreensível. Um sotaque escocês, mas...

– MacKenzie, J. W. – respondeu, empertigando-se numa postura de atenção. – Tenente da Força Aérea de Sua Majestade. Número de serviço...

Uma expressão indescritível passou pelo rosto do moreno. Uma ânsia de rir, entre todas as coisas, e uma centelha de animação nos olhos – olhos realmente notáveis, de um verde vívido que reluziu de repente à luz do lampião. Nada disso era relevante para Jerry. O importante é que o homem obviamente sabia. Ele *sabia*.

– Quem são vocês? – perguntou com urgência. – De onde vieram?

Os dois trocaram um olhar inescrutável, e quem respondeu foi o outro:

– De Inverness.

– Ah, vocês entenderam! – Ele inspirou fundo. – De *quando*?

Os dois desconhecidos tinham mais ou menos a mesma idade, mas o louro levara uma vida mais dura. Seu rosto era profundamente marcado e enrugado.

– De muito longe de você – respondeu ele, baixinho. Apesar do próprio nervosismo, Jerry detectou o viés de consternação em sua voz. – De agora. Perdidos.

Perdidos. Ai, meu Deus! Mesmo assim...

– Meu Deus! E onde nós estamos agora? Qua... quando?

– Na Nortúmbria. – Foi a breve resposta do moreno. – Só não tenho certeza de quando. Olhe aqui, não temos tempo. Se alguém nos escutar...

– É, está bem. Vamos, então.

O ar do lado de fora estava maravilhoso depois do cheiro do curral, frio e tomado de urze seca e terra revirada. Ele pensou que podia até sentir o cheiro da lua, uma débil foice esverdeada acima do horizonte. Pensar nisso o fez sentir gosto de queijo, e ele salivou. Enxugou um filete de saliva e seguiu apressado atrás de seus salvadores, mancando o mais depressa que conseguia.

A casa de fazenda estava escura, um borrão atarracado e preto na paisagem. O moreno o segurou pelo braço quando ele estava prestes a passar por ela, lambeu rapidamente um dedo e o ergueu para testar o vento.

– Os cachorros – explicou, num sussurro. – Por aqui.

Eles deram a volta na casa a uma distância cautelosa, e se viram caminhando aos tropeços por um campo arado. Torrões de terra estouravam sob as botas de Jerry conforme ele se apressava para acompanhá-los, cambaleando sobre o joelho ruim a cada passo.

– Para onde estamos indo? – perguntou, arfando, quando julgou seguro falar.

– Vamos levar você de volta até as pedras perto do lago – disse o moreno, tenso. – Deve ter sido por lá que você chegou.

O louro só fez dar um muxoxo, como se a ideia não houvesse sido sua, mas não se opôs.

A esperança se acendeu dentro de Jerry qual uma fogueira. Eles sabiam o que eram as pedras, como elas funcionavam. Iriam lhe mostrar como voltar!

– Como... como vocês me acharam?

Ele mal conseguia respirar de tão depressa que andavam, mas precisava saber. O lampião estava fechado, e ele não conseguia ver o rosto deles, mas o moreno produziu um ruído abafado que poderia ter sido uma risada.

– Encontrei uma velha usando as suas plaquinhas de identificação. Ela estava muito orgulhosa.

– Você está com elas? – perguntou Jerry num arquejo.

– Não, ela não quis me dar. – Quem havia respondido fora o louro, num tom de quem definitivamente acha graça. – Mas contou onde as tinha encontrado, e nós seguimos o seu rastro ao contrário. Ei!

Ele segurou Jerry pelo cotovelo bem na hora em que seu pé torceu sob o peso de seu corpo. O barulho de um cachorro latindo rasgou a noite... um pouco distante, mas nítido. A mão do louro apertou seu braço.

– Vamos lá... Apresse-se!

Jerry sentia uma pontada de dor no flanco, e seu joelho praticamente não servia para mais nada quando o pequeno grupo de pedras surgiu, um agrupamento descorado ao luar minguante. Mesmo assim, espantou-se ao ver como as pedras ficavam perto da fazenda: devia ter dado mais voltas do que pensava nas suas andanças.

– Certo – disse o moreno, detendo-se de forma abrupta. – É aqui que nós vamos deixar você.

– Ah, é? – rebateu Jerry, ofegante. – Mas... mas vocês...?

– Quando... quando você atravessou. Estava carregando alguma coisa? Uma pedra preciosa, alguma joia?

– Estava – respondeu Jerry, estupefato. – Eu estava com uma safira bruta no bolso. Mas ela sumiu. Como se tivesse...

– Como se tivesse pegado fogo – concluiu o louro por ele com uma voz sombria. – Pois é. Bom, e aí?

Essa última pergunta foi dirigida ao moreno, que hesitou. Jerry não conseguia ver seu rosto, mas seu corpo inteiro denotava indecisão. No entanto, ele não era homem de hesitar: enfiou a mão na bolsinha de couro presa na cintura, pegou alguma coisa e a pressionou na palma de Jerry. O objeto estava levemente aquecido pelo corpo do outro homem, e era duro dentro da sua mão. Uma pequena pedra de algum tipo. Facetada, como a de um anel.

– Fique com essa. É das boas. Quando você atravessar, pense na sua mulher, em Marjorie. – O homem moreno falava com urgência. – Pense com força! Veja sua mulher na sua imaginação e atravesse direto. Faça o que tiver que fazer. No entanto, não pense no seu filho. Apenas na sua mulher.

– O quê? – Jerry estava embasbacado. – Como você sabe o nome da minha mulher? E onde ouviu falar no meu filho?

– Não importa – respondeu o homem, e Jerry viu o movimento quando ele virou a cabeça para olhar por cima do ombro.

– Droga – disse o louro baixinho. – Eles estão chegando. Lá vem uma luz.

Realmente havia uma única luz levitando acima do chão, como faria se alguém a estivesse carregando. No entanto, por mais que olhasse, Jerry não conseguiu ver ninguém atrás dela, e um calafrio violento o percorreu.

– *Tannasg* – disse o outro homem entre dentes.

Essa palavra Jerry conhecia bem. Significava "espírito". E, em geral, um espírito com más inclinações. Uma assombração.

– É, pode ser. – A voz do moreno soou calma. – E pode ser que não. Afinal de contas, é quase Samhain. De toda forma você precisa ir, cara, e tem que ser agora. Lembre-se: pense na sua mulher.

Jerry engoliu em seco e fechou a mão com força ao redor da pedra.

– É, tudo bem. Então obrigado – acrescentou, canhestro, e ouviu o sopro de uma risada triste vinda do homem moreno.

– Não se incomode, amigo – retrucou ele. E então os dois se foram, afastando-se pela campina revirada, duas formas pesadas sob o luar.

Com o coração a ribombar nos ouvidos, Jerry se virou para as pedras. Elas tinham exatamente o mesmo aspecto de antes. Eram apenas pedras. Mas o eco do que havia escutado ali... Engoliu em seco. Não tinha muita escolha, afinal.

– Dolly – sussurrou, tentando invocar uma visão de sua mulher. – Dolly. Dolly, me ajude!

Deu um passo hesitante em direção às pedras. Outro. Mais um. Então quase arrancou a língua com uma mordida ao sentir a mão de alguém se abater sobre o seu ombro. Girou nos calcanhares, com o punho erguido, mas a outra mão do homem moreno agarrou seu pulso.

– Eu te amo – disse o moreno com uma voz enfática.

Então tornou a sumir junto com um *tchuf-tchuf* de botas sobre grama seca, deixando Jerry com a boca escancarada.

Ele captou a voz do outro homem na escuridão, irritada, meio achando graça. Ele falava de um jeito diferente do homem moreno, com um sotaque bem mais pronunciado, mas Jerry o compreendeu sem dificuldade.

– Por que falou para ele uma coisa idiota dessas?

E a resposta do moreno, branda, dita num tom que o aterrorizou mais do que qualquer coisa até então:

– Porque ele não vai voltar. Foi a única chance que tive. Vamos.

O dia estava raiando quando ele recobrou a consciência. O mundo estava em silêncio. Nenhum passarinho cantava e o ar estava gelado com o frio de novembro e do inverno que se aproximava. Quando conseguiu se levantar, ele foi olhar, trêmulo feito um cordeiro que acaba de nascer.

O avião não estava lá, mas ainda havia um sulco profundo na terra onde estivera. Só que a terra estava coberta por mato e plantas rasteiras. Não apenas coberta, emaranhada. Com os caules mortos das plantas de anos anteriores.

Se ele houvesse estado onde pensava ter estado, se tivesse mesmo voltado... então tinha ido para a frente outra vez, mas não para o mesmo ponto de onde saíra. Quanto mais à frente? Um ano, dois? Sentou-se no mato, exausto demais para continuar em pé. Tinha a sensação de ter caminhado cada segundo do tempo entre aquela época e a de agora.

Tinha feito o que o desconhecido de olhos verdes dissera. Concentrando-se com fervor em Dolly. Mas não conseguira evitar pensar no pequeno Roger, não por completo.

Como poderia? A imagem mais vívida que tinha de Dolly era ela segurando o menino junto ao seio. Era isso que tinha visto. Mesmo assim, conseguira atravessar. Ou pensava ter conseguido. Talvez.

O que poderia ter acontecido? Não houvera tempo para perguntar nem hesitar. Outras luzes tinham surgido da escuridão, seguidas por gritos rudes da Nortúmbria, caçando-o. Ele havia se atirado no meio das pedras verticais e as coisas tinham ficado todas esquisitas outra vez, piores ainda. Torceu para que os seus salvadores desconhecidos tivessem conseguido escapar.

Perdidos, tinha dito o louro e, mesmo naquele instante, a palavra traspassou Jerry como um pedaço de metal afiado. Ele engoliu em seco.

Não pensava estar onde estava antes, mas será que ainda estava perdido? Onde estaria agora? Ou melhor, quando?

Passou um tempo parado, recuperando as forças. Em poucos minutos, porém, ouviu um som conhecido: o rugido grave de motores e o deslizar de pneus sobre asfalto. Levantou-se e se virou de costas para as pedras, de frente para a estrada.

Para variar, tive sorte, pensou, com ironia.

Um comboio de transportes de tropas ia passando, e ele subiu sem dificuldade a bordo de um deles. Os soldados pareceram surpresos com a sua aparência. Ele estava amarfanhado e sujo, coberto de hematomas, com as roupas rasgadas e uma barba de quinze dias por fazer. Imaginaram na hora que ele tinha estado na esbórnia e agora estava tentando voltar discretamente para sua base sem ninguém notar. Riram e lhe deram cutucões com um ar cúmplice, mas se mostraram compreensivos, e quando ele confessou que estava duro fizeram uma rápida vaquinha para juntar dinheiro suficiente para comprar uma passagem de trem de Salisbury, que era para onde estava indo o comboio.

Ele deu o melhor de si para sorrir e participar das brincadeiras, mas em pouco tempo os outros se cansaram dele e se voltaram para as próprias conversas, e ele pôde ficar sentado no banco, oscilando, sentindo o ronco dos motores nas pernas, cercado pela presença confortável de seus semelhantes.

Ei, amigo dissc clc, casual, para o jovem soldado ao seu lado. – Em que ano estamos?

Um garolo de uns 17 anos o encarou com os olhos arregalados e deu uma gargalhada.

– O que você andou bebendo? Trouxe um pouco para a gente?

Isso levou a mais piadas, e ele não tentou perguntar outra vez.

Tinha alguma importância?

...

Não recordava quase nada da viagem de Salisbury até Londres. As pessoas olhavam para ele de um jeito estranho, mas ninguém tentou detê-lo. Pouco importava. Nada era relevante a não ser chegar até Dolly. Todo o resto podia esperar.

Londres foi um choque. O estrago das bombas estava por toda parte. Ruas repletas com os cacos de vidro das vitrines das lojas reluzindo ao sol fraco, outras interditadas por barreiras. Aqui e ali, um aviso preto sucinto:

Entrada Proibida – BOMBA NÃO DETONADA.

Ele saiu de Saint Pancras a pé. O coração lhe subiu à garganta quase a ponto de fazê-lo sufocar quando viu o que tinha acontecido. Depois de algum tempo, parou de ver os detalhes e passou a reparar nas crateras de bombas e nos destroços apenas como obstáculos ao seu avanço, coisas que o impediam de chegar em casa.

E então chegou.

O entulho fora empurrado para fora da rua numa pilha, mas não tinha sido levado embora. Grandes torrões enegrecidos de pedra e concreto estilhaçado jaziam como um monumento de pedra onde antes ficava a rua chamada Montrose Terrace.

Todo o sangue do seu corpo parou de correr diante daquela visão. Ele esticou o braço e tateou às cegas em busca da balaustrada de ferro forjado para não cair, mas ela não estava mais ali.

É claro que não, disse sua mente com bastante calma. Foi retirada por causa da guerra, não foi? Derretida, transformada em aviões. Em bombas.

Seu joelho cedeu sem avisar e ele caiu com força. Não sentiu o impacto. A dor de sua patela se esmigalhando foi vencida pela voz em sua cabeça.

Tarde demais. Você foi muito para a frente.

– Sr. MacKenzie, sr. MacKenzie!

Ele piscou para aquele borrão acima dele, sem entender de que se tratava. Algo o puxou e ele inspirou. A lufada de ar que entrou em seus pulmões foi entrecortada e estranha.

– Sente-se, sr. MacKenzie, sente-se.

A voz ansiosa continuava ali. Mãos continuavam a puxar o seu braço. Ele balançou a cabeça, fechou os olhos com força e os abriu outra vez, e a coisa redonda se transformou no rosto de sabujo do velho sr. Wardlaw, dono da loja da esquina.

– Ah, pronto. – A voz do velho soou aliviada, e as rugas de seu rosto murcho relaxaram seus vincos aflitos. – Passou mal, foi?

– Eu…

Ele não conseguiu falar, mas agitou a mão em direção aos destroços. Não pensava estar chorando, mas seu rosto estava molhado. A preocupação fez as rugas de Wardlaw se vincarem mais fundo, e o velho dono da mercearia então entendeu o que ele estava querendo dizer e seu semblante se iluminou.

– Ai! – fez ele. – Ah, não! Não, não, não… Eles estão bem, senhor. Sua família está bem! Está me ouvindo? – indagou ele, aflito. – Está conseguindo respirar? Acha melhor eu ir buscar uns sais para o senhor?

Jerry tentou várias vezes antes de conseguir se levantar, atrapalhado tanto pelo joelho ruim quanto pelas tentativas canhestras do sr. Wardlaw de ajudá-lo, mas quando conseguiu ficar de pé já tinha recuperado a fala.

– Onde? – arquejou. – Onde eles estão?

– Ora… Sua senhora pegou o menino e foi para a casa da mãe um pouco depois de o senhor ir embora. Não lembro direito onde ela disse que… – O sr. Wardlaw se virou e fez um gesto vago na direção do rio. – Camberwell, é isso?

– Bethnal Green. – A mente de Jerry tinha retornado, embora a sensação ainda fosse a de um seixo a rolar pela borda de algum abismo sem fundo, em equilíbrio precário. Ele tentou limpar as próprias roupas, mas suas mãos tremiam. – Ela mora em Bethnal Green. O senhor… o senhor tem certeza?

– Tenho, tenho, sim. – O dono da mercearia estava muito aliviado, e sorria e assentia com tanta força que sua papada tremia. – Ela foi… há mais de um ano. Logo depois de ela… logo depois de…

O sorriso do velho se apagou abruptamente, e sua boca se abriu devagar, um buraco negro e flácido de terror.

– Mas o senhor está morto, sr. MacKenzie – sussurrou ele, e recuou com as mãos erguidas na frente do corpo. – Ai, meu Deus, o senhor está morto!

– MORTO PORRA NENHUMA, porra nenhuma, *porra nenhuma!*

Ele viu o rosto espantado de uma mulher e parou de forma abrupta, engolindo ar feito um peixe fora d'água. Vinha descendo a rua destruída bombeando o ar com os punhos fechados, mancando e cambaleando, resmungando entre dentes aquele seu lema particular como se fossem as ave-marias de um rosário. Talvez não tão entre dentes quanto pensava.

Parou e se apoiou na fachada de mármore do Banco da Inglaterra, ofegante. Estava suando em bicas e a perna direita de sua calça estava toda suja de sangue seco por causa do tombo. Seu joelho latejava no mesmo ritmo do seu coração, de seu rosto, de suas mãos e de seus pensamentos. *Eles estão vivos. Eu também estou.*

A mulher que ele havia assustado andava mais adiante na rua, falando com um policial. Ela se virou e apontou para ele. Na mesma hora, ele se endireitou e empertigou os ombros. Contraiu o joelho e cerrou os dentes, forçando-o a suportar seu peso conforme descia a rua com o passo rígido de um soldado. A última coisa que queria agora era ser detido por embriaguez.

Passou marchando pelo policial e meneou a cabeça com educação. O policial pareceu surpreso. Fez menção de falar, mas não conseguiu decidir o que dizer. Segundos depois, Jerry já tinha virado a esquina e se afastado.

Escurecia. Nem nos melhores horários havia muitos táxis naquela região – e agora não se via nenhum, e de toda forma ele não tinha dinheiro. O metrô. Se as linhas estivessem funcionando, era o caminho mais rápido até Bethnal Green. E com certeza ele conseguiria o dinheiro da passagem com alguém de algum jeito. Voltou a mancar, sério e decidido. Precisava chegar a Bethnal Green antes de escurecer.

Estava tudo tão mudado. Como o resto de Londres. Casas danificadas, remendadas pela metade, abandonadas, outras não mais de um buraco enegrecido ou uma pilha de entulho. O ar estava espesso de poeira fria, pó de pedra, os cheiros de parafina e banha de cozinha, e o travo amargo e brutal de cordite.

Metade das ruas não tinha placas, e ele não conhecia Bethnal Green tão bem assim para começar. Só tinha visitado a mãe de Dolly duas vezes. A primeira quando tinham ido lhe contar que haviam fugido para se casar. A sra. Wakefield não ficara nem um pouco contente. Sua expressão na época era a de quem acabara de chupar um limão.

A segunda vez fora quando ele havia se alistado na Força Aérea Real. Sozinho, ele foi pedir à sogra que cuidasse de Dolly enquanto ele estivesse ausente. A mãe de Dolly tinha ficado branca. Sabia tão bem quanto ele qual era a expectativa de vida de um piloto. Entretanto, afirmou que estava orgulhosa dele e passou vários instantes segurando sua mão com força antes de permitir que ele partisse, dizendo apenas: "Volte, Jeremiah. Ela precisa de você."

Seguiu em frente, esquivando-se de crateras na rua, perguntando o caminho. Já era quase noite; ele não poderia ficar muito mais tempo na rua. Mas sua ansiedade começou a se abrandar um pouco quando ele começou a ver coisas que conhecia. Perto, estava chegando perto.

Então as sirenes tocaram e as pessoas começaram a se derramar para fora das casas.

Ele passou a ser carregado pela multidão, empurrado pela rua tanto por seu pânico quase descontrolado quanto por seu impacto físico. Houve gritos, pessoas chamando familiares que haviam se separado, guardas berrando instruções e acenando com as lanternas, seus capacetes chatos e brancos feito cogumelos na penumbra. Mais alto do que tudo isso, através de tudo isso, a sirene de ataque aéreo o perfurava qual um arame afiado, impelindo-o pela rua em sua ponta, empurrando-o para cima de outras pessoas igualmente traspassadas pelo medo.

A maré humana dobrou a esquina seguinte, e ele viu o círculo vermelho com sua linha azul no acesso à estação de metrô, iluminado pela lanterna de um guarda. Foi sugado lá para dentro, arremessado por entre luzes subitamente fortes, precipitado escada abaixo, pela escada seguinte, até uma plataforma bem no fundo da terra, um lugar seguro. E o tempo inteiro o ar continuava tomado pelo apito e pelo gemido das sirenes, que toda a terra acima deles mal conseguia abafar.

Guardas se moviam em meio à multidão empurrando as pessoas para junto das paredes, para dentro dos túneis, para longe da borda dos trilhos. Ele roçou numa mulher com duas crianças pequenas, tirou uma do seu colo, uma menininha de olhos redondos com um ursinho de pelúcia azul, e virou o ombro para a multidão de modo a abrir caminho para eles. Encontrou um pequeno espaço na entrada de um túnel, empurrou a mulher lá para dentro e lhe devolveu a menina. Ela mexeu a boca num "obrigada", mas ele não conseguiu escutá-la por causa do barulho das pessoas, das sirenes, dos estalos, dos...

Um súbito e monstruoso baque vindo de cima sacudiu a estação, e a multidão inteira se calou, todos com os olhos pregados no alto teto abobadado acima deles.

Os ladrilhos eram brancos e, enquanto olhavam, uma rachadura negra surgiu de repente entre duas fileiras. Um arquejo emanou da multidão, mais alto do que as sirenes. A rachadura pareceu parar, hesitar, e então ziguezagueou de repente, separando os ladrilhos, em várias direções.

Ele baixou os olhos da rachadura que aumentava para ver quem estava abaixo dela – as pessoas ainda na escada. A multidão lá embaixo estava compacta demais para se mover, todos imobilizados pelo horror. E então ele a viu, no meio da escada.

Dolly. *Ela cortou os cabelos*, pensou. Estavam curtos e encaracolados, pretos como fuligem, pretos como os cabelos do menininho que ela segurava no colo. Tinha o rosto contraído, o maxilar tenso. E então se virou um pouco e o viu.

Seu rosto pareceu confuso por um segundo, então se iluminou com uma alegria radiante que o atingiu no coração e incendiou todo o seu ser.

Ouviu-se um *tum!* bem mais alto lá em cima, e um grito de terror se ergueu da multidão, mais alto, bem mais alto do que as sirenes. Apesar dos gritos, ele pôde ouvir o leve tamborilar semelhante à chuva quando a terra começou a se derramar da rachadura do teto. Empurrou com toda a força, mas não conseguia passar, não conseguia chegar até eles. Dolly olhou para cima, e ele viu seu maxilar se tensionar outra vez e seus olhos arderem de tanta determinação.

Ela empurrou o homem que estava na sua frente, que tropeçou e caiu um degrau, esmagando as pessoas mais adiante. Baixou Roger para o pequeno espaço que acabara de criar e, com um giro dos ombros e um impulso do corpo inteiro, atirou o menininho para cima, por cima dos trilhos... na direção de Jerry.

Ele viu o que ela estava fazendo e já estava se inclinando, empurrando para a frente, esticando-se para alcançar... O menino o atingiu bem no alto do peito como um pedaço de concreto, e sua cabecinha se chocou dolorosamente no rosto de Jerry, projetando sua própria cabeça para trás. Com um braço em volta da criança, ele caiu em cima das pessoas atrás dele, lutando para se equilibrar, para encontrar um apoio mais firme. Então algo na multidão ao seu redor cedeu. Ele cambaleou para um espaço vazio, mas seu joelho não aguentou e ele mergulhou pela borda dos trilhos.

Não ouviu o barulho da própria cabeça rachando nos trilhos nem os gritos das pessoas mais acima; tudo se perdeu num rugido que parecia o fim do mundo quando o teto da escada desabou.

O menininho estava imóvel como a morte, mas não estava morto. Jerry podia sentir seu coração batendo depressa encostado no próprio peito. Era tudo que conseguia sentir. O pobrezinho devia ter ficado sem ar.

As pessoas tinham parado de berrar, mas ainda havia gritos, chamados. Por baixo de todo esse barulho, um silêncio estranho. Seu sangue parara de pulsar dentro da cabeça, o coração já não lhe martelava o peito. Talvez fosse isso.

O silêncio por baixo do barulho parecia vivo, de alguma forma. Tranquilo, mas movente, cintilante, feito a luz do sol sobre água. Ele ainda podia ouvir os ruídos acima do silêncio, pés correndo, vozes aflitas, pancadas e estalos – mas estava afundando aos poucos para dentro do silêncio. Os barulhos foram ficando distantes, embora ele ainda conseguisse ouvir vozes.

– Esse daí está...?

– Não, ele já era... Olhe só a cabeça, coitado, um horror de tão esmagada. O menino está bem, eu acho, só uns hematomas e arranhões. Venha, rapazinho, suba aqui... Não, não, agora pode soltar. Está tudo bem, é só você soltar. Deixe eu pegar você no colo, isso, muito bem. Está tudo bem agora, shh, shh, isso, que bom menino...

– Que expressão na cara daquele sujeito. Nunca vi nada igual...

– Tome, pegue o pequeno. Vou ver se o cara tem alguma identificação.

– Venha cá, meu rapagão! Isso, assim mesmo, venha comigo. Shh, está tudo bem, está tudo bem... Esse é o seu papai?

– Não tem plaquinha nem caderneta militar. Que engraçado. Mas ele é da Força Aérea Real, não é? Desertor, você acha?

Ele pôde ouvir Dolly rindo disso. Sentiu a mão dela lhe acariciar os cabelos. Sorriu e virou a cabeça para vê-la sorrir de volta, a alegria radiante se espalhando à sua volta como círculos concêntricos em água cintilante...

– Rafe! O resto do teto vai cair! Corra! *Corra!*

NOTAS DA AUTORA

Antes de vocês começarem a arrancar os cabelos pelo fato de ser véspera de Todos os Santos quando Jeremiah vai embora e "quase Samhain" (também conhecido como véspera de Todos os Santos) quando ele volta, lembrem-se de que a Grã-Bretanha passou do calendário juliano para o gregoriano em 1752, o que resultou em uma "perda" de doze dias. E se desejam saber mais sobre os dois homens que o resgatam, leiam *Ecos do futuro*.

...

"Nunca tantos deveram tanto a tão poucos." Esse foi o reconhecimento feito por Winston Churchill aos pilotos da Força Aérea Real que protegeram a Grã-Bretanha durante a Segunda Guerra Mundial. E ele tinha razão.

...

Adolph Gysbert Malan, conhecido como Sailor (certamente porque Adolph não era um nome muito popular na época), foi um ás da aviação sul-africano que se tornou líder da famosa esquadrilha nº 74 da Força Aérea Real. Ficou conhecido por mandar pilotos de bombardeiros alemães de volta para casa com tripulações mortas para desmoralizar a Luftwaffe, e eu teria mencionado esse detalhe macabro e fascinante na história se tivesse havido algum jeito bom de incluí-lo, mas não houve. Seus "Dez Mandamentos" para o combate aéreo são tais como aparecem no texto.

...

Embora a missão para a qual o capitão Randall recruta Jerry MacKenzie seja fictícia, a situação não era. Os nazistas tinham, sim, campos de trabalho na Polônia bem antes de qualquer pessoa no resto da Europa ficar sabendo, e a posterior revelação desse fato contribuiu bastante para aumentar o sentimento antinazista.

...

Gostaria de agradecer particularmente a ajuda de Maria Szybek na delicada questão dos palavrões em polonês (quaisquer erros de gramática, ortografia ou acentuação são inteiramente meus) e de Douglas Watkins nas descrições técnicas das manobras de aviões de pequeno porte (além da valiosa sugestão do defeito que derrubou o Spitfire de Jerry).

VIRGENS

INTRODUÇÃO

Enquanto muitas das novelas deste livro mostram uma visão alternativa de acontecimentos vistos nos romances principais ou exploram as histórias de personagens até então secundários, "Virgens" é uma *prequel*. Ambientada cerca de três anos antes dos acontecimentos relatados em *A viajante do tempo*, explica o que aconteceu com Jamie Fraser após sua fuga de Fort William. Ele de repente se transforma num fora da lei, ferido e com a cabeça a prêmio, com a família e o lar em ruínas, e sua única alternativa é buscar refúgio fora da Escócia com seu melhor amigo e irmão de sangue Ian Murray.

Como jovens mercenários na França, Ian e Jamie ainda não mataram um homem nem foram para a cama com uma mulher. Mas eles estão tentando.

Outubro de 1740
Perto de Bordeaux, França

Ian Murray soube, desde o primeiro instante em que viu o rosto do melhor amigo, que algo terrível tinha acontecido. O simples fato de estar vendo Jamie Fraser era prova suficiente disso, quanto mais o seu aspecto.

Jamie estava em pé junto à carroça do armeiro, com os braços carregados com as quinquilharias que Armand acabara de lhe entregar, branco feito leite, balançando-se para a frente e para trás feito um junco em Loch Awe. Ian o alcançou em três passos e o segurou antes de ele cair.

– Ian. – Jamie pareceu tão aliviado ao vê-lo que o amigo achou que ele começaria a chorar. – Meu Deus, Ian!

Ian o envolveu num abraço e o sentiu se retesar e inspirar num arquejo no mesmo instante em que sentiu as ataduras debaixo de sua camisa.

– Meu Deus! – exclamou, espantado, mas então tossiu e continuou: – Rapaz, que bom ver você. – Deu alguns tapinhas delicados nas costas de Jamie e o soltou. – Deve estar precisando comer alguma coisa, não? Venha, vamos.

Eles obviamente não podiam conversar naquele momento, mas Ian deu um rápido meneio de cabeça confidencial para Jamie, pegou metade do equipamento de suas mãos e o levou em direção ao fogo para ser apresentado aos outros.

Jamie escolheu um bom horário do dia para aparecer, pensou. Estavam todos cansados, mas felizes por poderem se sentar, ansiosos pelo jantar e pela ração diária do que quer que estivesse sendo servido como bebida. Prontos para as possibilidades de entretenimento proporcionadas por um recém-chegado, mas sem energia para incluir os tipos mais físicos de entretenimento.

– Aquele ali é Georges Grandão – disse Ian, largando o equipamento de Jamie e fazendo um gesto em direção ao outro lado do fogo. – Ao lado dele, o baixinho com as verrugas é Juanito. Ele não fala muito francês e nada de inglês.

– Algum deles fala inglês?

Jamie também largou seu equipamento e se sentou pesadamente sobre seu colchonete enrolado, ajeitando o kilt de modo distraído entre os joelhos. Seus olhos percorreram o círculo, sorrindo de um jeito tímido.

– Eu falo. – O capitão se inclinou pela frente do homem ao seu lado e estendeu a mão para Jamie. – Sou *le capitaine...* Richard D'Église. Pode me chamar de capitão. Você parece grande o suficiente para ser útil... Seu amigo disse que seu nome é Fraser?

– Sim, Jamie Fraser.

Ian ficou satisfeito ao constatar que Jamie teve o bom senso de olhar nos olhos do capitão e reuniu força suficiente para retribuir o aperto de mão com o devido vigor.

– Sabe usar uma espada?

– Sei. Um arco também. – Jamie olhou para o arco frouxo aos seus pés e para o machado de cabo curto ao seu lado. – Mas não usei muito um machado na vida a não ser para cortar lenha.

– Ótimo – interrompeu em francês um dos outros homens. – É para isso que vai usar.

Vários dos outros riram, indicando que pelo menos entendiam o inglês, falassem ou não o idioma.

– Mas então eu entrei para uma trupe de soldados ou de carvoeiros? – indagou Jamie, arqueando a sobrancelha.

Fez a pergunta em francês, um francês muito bom, com um leve sotaque de Paris, e vários olhos se arregalaram. Apesar de nervoso, Ian abaixou a cabeça para esconder um sorriso. O coitado podia estar prestes a cair de cara na fogueira, mas ninguém, a não ser talvez o próprio Ian, iria perceber, de jeito nenhum.

Ian *sabia*, porém, e manteve um olho discreto em Jamie, empurrando pão para sua mão de modo que os outros não a vissem tremer, sentando perto o suficiente para segurá-lo caso ele de fato perdesse os sentidos. A luz agora estava caindo e ficando cinzenta, e as nuvens pairavam baixas e suaves, com os ventres rosados. Era provável que chovesse no dia seguinte. Ele viu Jamie fechar os olhos, só por um instante, viu sua garganta se mover como se ele estivesse engolindo e sentiu o tremor da coxa dele junto da sua.

O que aconteceu?, pensou, angustiado. *Por que você está aqui?*

Foi só depois de todos se acomodarem para a noite que Ian teve uma resposta.

– Vou guardar seu equipamento – sussurrou ele para Jamie, levantando-se. – Fique junto do fogo um pouco mais... Descanse um pouco, sim?

A luz da fogueira imprimia um brilho avermelhado ao rosto de Jamie, mas Ian achou que o amigo continuava branco feito um lençol. Não tinha comido muita coisa. Ao voltar, viu os pontos escuros nas costas da camisa de Jamie, manchas onde o sangue fresco havia atravessado as ataduras. A visão o deixou furioso e também com medo. Já tinha visto aquele tipo de coisa; o coitado tinha sido chicoteado. Com violência, e não fazia muito tempo. *Quem? Como?*

– Venha, então – falou, ríspido.

E se abaixou para passar um braço debaixo de Jamie e fazê-lo se levantar e se afastar da fogueira e dos outros. Ficou alarmado ao sentir o suor frio na mão do amigo e escutar sua respiração curta.

– O que houve? – indagou, assim que eles não puderam mais ser ouvidos. – O que aconteceu?

Jamie se sentou abruptamente.

– Pensei que as pessoas entrassem para um bando de mercenários porque eles não fazem perguntas.

Ian lhe deu o muxoxo que aquela frase merecia e ficou aliviado ao escutar de volta uma débil risada.

– Seu idiota – falou. – Quer um uísque? Tenho uma garrafa na bolsa.

– Não cairia mal – murmurou Jamie.

Eles estavam acampados nas franjas de um vilarejo minúsculo, e D'Église havia conseguido que usassem um ou dois currais, mas não fazia frio do lado de fora, e a maioria dos homens tinha optado por passar a noite junto à fogueira ou no mato. Ian havia guardado seus equipamentos a uma curta distância dali e, pensando na possibilidade de chover, sob a proteção de um plátano situado na borda de uma plantação.

Ian tirou a rolha da garrafa de uísque – *uísque ruim, mas uísque* – e a segurou sob o nariz do amigo. Quando Jamie fez que ia pegá-la, entretanto, Ian a afastou.

– Nem um golinho antes de me contar – ordenou. – E você vai me contar *agora, a charaid.*

Sentado com as costas curvadas, sem dizer nada, Jamie era um borrão pálido sobre o chão. Quando as palavras enfim chegaram, ele as pronunciou tão baixinho que Ian por um instante pensou que na verdade não as tinha escutado.

– Meu pai morreu.

Tentou acreditar que *não tinha* escutado, mas seu coração tinha, e congelou dentro do peito.

– Ai, meu Deus – sussurrou ele. – Ai, meu Deus, Jamie!

Então se ajoelhou e segurou a cabeça do amigo com força junto ao ombro, tentando não tocar suas costas feridas. Tinha os pensamentos confusos, mas uma coisa para ele estava clara: a morte de Brian Fraser nao fora natural. Se tivesse sido, Jamie estaria em Lallybroch. Não ali, e não naquele estado.

– Quem? – indagou, rouco, relaxando um pouco as mãos. – Quem o matou?

Mais silêncio, e Jamie então engoliu o ar com um ruído que mais parecia um pano se rasgando.

– Eu – respondeu Jamie, e começou a chorar, sacudindo-se com soluços mudos e lacrimejantes.

...

Foi preciso algum tempo para arrancar os detalhes de Jamie. *Não é para menos*, pensou Ian. Ele tampouco iria querer falar sobre aquele tipo de coisa, muito menos se lembrar. Os dragões ingleses que tinham ido a Lallybroch pilhar e saquear, que tinham levado Jamie consigo quando ele reagira. E o que haviam feito com ele depois, em Fort William.

– Cem chibatadas? – indagou ele, incrédulo e horrorizado. – Por ter protegido o seu lar?

– Sessenta da primeira vez. – Jamie enxugou o nariz na manga. – Por ter fugido.

– Da primeira v... Meu Deus, rapaz! O quê? Como...?

– Quer soltar o meu braço, Ian? Já estou com hematomas suficientes. Não preciso de mais nenhum. – Jamie deu uma pequena risada instável e Ian o soltou na mesma hora, mas não estava disposto a se deixar distrair.

– Por quê? – perguntou, numa voz baixa e zangada.

Jamie tornou a limpar o nariz e deu uma fungada, mas sua voz saiu firme.

– A culpa foi minha – falou. – Aquilo... O que eu disse antes. Sobre o meu... – Ele teve que parar e engolir em seco, mas continuou: – Eu ofendi o comandante. Do quartel, digo. Ele... Bom, não importa. Foi o que eu disse a ele que me fez ser chicoteado outra vez, e o meu pai... ele tinha ido até Fort William para persuadi-los a me soltarem. Só que não conseguiu. Ele estava lá quando eles... quando me bateram.

Pelo tom mais grave da voz de Jamie, Ian pôde perceber que ele estava chorando de novo, mas tentando se conter, e pôs a mão sobre o joelho do coitado e apertou, não com força, só o bastante para Jamie saber que ele estava ali, escutando.

Jamie inspirou profundamente e contou o resto.

– Foi... foi difícil. Eu não gritei nem deixei que eles percebessem que eu estava com medo, mas não consegui ficar em pé. Na metade, caí apoiado na estaca e fiquei só... só pendurado nas cordas, sabe, com o sangue... escorrendo pelas pernas. Eles pensaram por um tempo que eu tivesse morrido... Meu pai também deve ter pensado. Me contaram que nesse exato instante ele pôs a mão na cabeça e emitiu um ruído, e então... então ele desabou. Apoplexia, disseram.

– Santa Maria mãe de Deus, tenha piedade de nós – murmurou Ian. – Ele... morreu ali mesmo?

– Não sei se ele já estava morto quando eles o pegaram do chão ou se viveu um pouco depois disso. – A voz de Jamie estava desolada. – Não fiquei sabendo de nada. Só me contaram dias depois, quando tio Dougal me tirou de lá. – Ele tossiu e tornou a passar a manga pelo rosto. – Ian... pode soltar meu joelho?

– Não – respondeu Ian, suave, embora de fato tivesse tirado a mão. Mas só para tomar Jamie nos braços com toda a delicadeza. – Não. Eu não vou soltar, Jamie. Aguente. Apenas... aguente.

...

Jamie acordou com a boca seca e a cabeça dolorida, e com os olhos inchados e quase fechados de tantas picadas de mosquito. Chovia uma bruma fina que caía por entre as folhas lá em cima. Mesmo com tudo isso, sentia-se melhor do que nas últimas duas semanas, embora não se lembrasse de imediato por quê – nem onde estava.

– Tome.

Um pedaço de pão com alho meio chamuscado foi empurrado para baixo do seu nariz. Ele se levantou e o agarrou.

Ian. A visão do amigo lhe proporcionou conforto, assim como a comida em seu estômago. Ele passou a mastigar lentamente enquanto olhava em volta. Homens se levantavam e cambaleavam para ir urinar soltando grunhidos baixos, esfregando a cabeça e bocejando.

– Onde estamos? – perguntou ele.

Ian o encarou.

– Como você nos encontrou se não sabe onde está?

– Murtagh me trouxe – resmungou ele em resposta.

O pão virou cola em sua boca conforme a memória retornava. Não conseguiu engolir e cuspiu o pedaço meio mastigado. Agora se lembrava de tudo e desejou não ter se lembrado.

– Ele achou o bando, mas depois foi embora. Ele disse que seria melhor se eu ficasse sozinho.

Na verdade, seu padrinho tinha dito: "Aquele rapaz Ian vai cuidar de você agora. Fique com ele, sim? Não volte para a Escócia. Não volte, está me ouvindo?"

Sim, ele tinha ouvido. E pretendia obedecer.

– Ah, sim. Fiquei me perguntando como tinha conseguido andar até aqui.

Ian lançou um olhar preocupado para o outro extremo do acampamento, onde um par de cavalos robustos ia sendo conduzido até os arreios de uma carroça coberta de lona.

– Nós podemos conversar, você acha?

– Claro. Eu estou bem – respondeu Jamie num tom irritado.

Ian tornou a lhe lançar o mesmo olhar, com as pálpebras ainda mais semicerradas.

– Sim, certo – falou, num tom de incredulidade patente. – Bem. Estamos perto de Béguey, a uns 30 quilômetros de Bordeaux, talvez. É para lá que estamos indo. Vamos levar aquela carroça ali até um agiota judeu que mora lá.

– Quer dizer que ela está cheia de dinheiro? – Jamie moveu os olhos para a pesada carroça, interessado.

– Não – retrucou Ian. – Tem um pequeno baú muito pesado, então pode ser que seja ouro, e algumas sacolas que tilintam e talvez sejam prata, mas a maior parte são tapetes.

– Tapetes? – Ele encarou Ian, assombrado. – Que tipo de tapetes?

Ian deu de ombros.

– Eu não saberia dizer. Juanito diz que são tapetes turcos muito valiosos, mas eu não sei o que ele sabe. Ele também é judeu – acrescentou Ian após um segundo. – Os judeus são... – Ele fez um gesto vago, com a palma da mão estendida. – Mas aqui na França não são realmente caçados nem são mais exilados. Segundo o capitão, eles tampouco são presos, contanto que se mantenham discretos.

– E continuem a emprestar dinheiro para os membros do governo – emendou Jamie com cinismo.

Ian o encarou, surpreso, e Jamie lhe lançou seu olhar sabichão de "Eu estudei na Université em Paris e sei mais do que você", bastante seguro de que Ian não ia bater nele ao ver que ele estava machucado.

Ian pareceu tentado a fazê-lo, mas já havia aprendido o bastante para apenas responder a Jamie com o olhar de "Eu sou mais velho e sei muito bem que você não tem bom senso suficiente para se virar sozinho, de modo que nem me venha com essa". Jamie se sentiu melhor e riu.

– Certo, então – falou, inclinando-se para a frente. – Minha camisa está muito suja de sangue?

Ian assentiu enquanto afivelava o cinto da espada. Jamie suspirou e pegou o colete de couro que o armeiro tinha lhe dado. Aquilo iria deixar sua pele assada, mas ele não queria chamar atenção.

Conseguiu aguentar as pontas. A trupe seguia num ritmo decente, mas nada que assustasse um rapaz das Terras Altas acostumado a percorrer os morros e perseguir um eventual cervo. É verdade que ele ficava tonto de vez em quando, e às vezes seu coração disparava e ondas de calor o invadiam, mas não tropeçou mais do que alguns dos outros homens que tinham bebido demais no desjejum.

Mal reparou na paisagem, mas teve consciência de que Ian caminhava ao seu lado. De vez em quando, Jamie se esforçava para olhar para o amigo e aquiescer de modo a aliviar a expressão preocupada de Ian. Os dois caminhavam junto à carroça, principalmente porque não queriam chamar atenção na retaguarda do grupo, mas também porque tinham uma cabeça ou mais de vantagem na estatura em relação ao restante e seu ritmo deixava os outros para trás, e isso lhe causou certo orgulho. Não lhe ocorreu que possivelmente os demais não *queriam* ficar perto da carroça.

O primeiro indício de problemas foi um grito do condutor. Jamie vinha seguindo, com os olhos semicerrados, concentrado em pôr um pé na frente do outro, mas um brado de alarme e um *pam!* alto e repentino o fizeram se sobressaltar e prestar atenção. Um cavaleiro irrompeu a galope do meio das árvores junto à estrada, diminuiu a velocidade até parar e disparou sua segunda pistola no condutor.

– O quê?

Jamie levou a mão à espada no cinto, meio desajeitado, mas já começando a avançar. Os cavalos relinchavam e se debatiam nos arreios, e o condutor, já no chão, praguejava enquanto puxava as rédeas. Vários dos mercenários correram em direção ao cavaleiro, que sacou a espada e passou montado por entre eles golpeando a esmo. Mas Ian segurou Jamie pelo braço e o fez se virar com um puxão.

– Ali, não! Atrás!

Ele seguiu Ian e, dito e feito, ali estava o capitão montado em seu cavalo na retaguarda do grupo no meio de um tumulto, enquanto uma dezena de desconhecidos, todos aos gritos, o atacavam com porretes e armas brancas.

– *Caisteal DHOON!* – berrou Ian.

E desferiu a espada bem na direção da cabeça de um dos agressores. O golpe pegou de raspão, mas o homem cambaleou e caiu ajoelhado, e Georges Grandão o segurou pelos cabelos e lhe deu uma violenta joelhada na cara.

– *Caisteal DHOON!* – gritou Jamie o mais alto que pôde, e Ian virou a cabeça por um instante e abriu um largo sorriso.

Foi um pouco parecido com roubar gado, só que demorou mais. Não era uma questão de atacar com força e ir embora. Ele nunca havia sido um defensor antes, e achou aquilo pesado. Ainda assim, os agressores estavam em desvantagem numérica e começaram a capitular, alguns olhando por cima do ombro e claramente cogitando correr de volta para a mata.

Foi justamente isso que começaram a fazer, e Jamie ficou parado, ofegando e pingando suor, sentindo a espada na mão pesar 100 quilos. Endireitou-se, porém, e captou um clarão de movimento com o rabo do olho.

– *Dhoon!* – gritou, e se pôs a correr pesadamente, aos arquejos.

Outro grupo de homens havia surgido junto à carroça e estava puxando o corpo do condutor de seu assento sem fazer barulho, enquanto um deles segurava os bridões dos cavalos que tentavam escapar e empurrava as cabeças dos animais para baixo. Dois outros haviam soltado a lona e arrastavam de baixo dela um longo cilindro... um dos tapetes enrolados, imaginou ele.

Alcançou-os a tempo de agarrar outro que tentava subir na carroça e puxá-lo desajeitadamente de volta para a estrada. O homem se virou ao cair e aterrissou em pé, feito um gato, com a faca na mão. A lâmina reluziu, bateu no couro do colete de Jamie e cortou para cima, a 2 centímetros de seu rosto. Jamie se esquivou para trás, desequilibrado. Por pouco conseguiu se manter de pé, e dois outros safados o atacaram.

– À direita!

A voz de Ian surgiu de repente no seu ombro. Sem hesitar, Jamie se virou para cuidar do homem à sua esquerda e ouviu o grunhido de esforço de Ian ao golpear com uma espada de lâmina dupla.

Então algo mudou. Ele não soube dizer o quê, mas a briga terminou. Os agressores se evaporaram, deixando um ou dois dos seus caídos na estrada.

O condutor não estava morto. Jamie o viu rolar até ficar parcialmente de costas, com o braço em cima do rosto. Então ele próprio estava sentado no chão, com pontinhos pretos a dançar em frente aos olhos. Ian se abaixou ao seu lado, ofegante, com as mãos grudadas nos joelhos. O suor pingava de seu queixo e criava na terra manchas escuras que se misturavam aos pontos que zumbiam e obscureciam a visão de Jamie.

– Está… está tudo bem? – perguntou Ian.

Ele abriu a boca para responder que sim, mas o rugido em seus ouvidos engoliu a resposta, e os pontinhos de repente se fundiram num sólido lençol negro.

Ao acordar, deparou com um padre ajoelhado junto a ele, entoando o pai-nosso em latim. Sem parar de rezar, o padre pegou uma garrafinha, despejou óleo na palma da mão, então mergulhou o polegar nessa pequena poça e fez um rápido sinal da cruz na testa de Jamie.

– Eu não morri, está bem? – avisou ele. Em seguida, repetiu a informação em francês. O padre chegou mais perto e estreitou os olhos míopes.

– Mas está morrendo? – perguntou.

– Também não.

O padre emitiu um grunhido contrariado, mas continuou e traçou cruzes nas palmas das mãos de Jamie, em suas pálpebras e em seus lábios.

– *Ego te absolvo* – falou, fazendo um último e rápido sinal da cruz no ar, em cima do corpo deitado de Jamie. – Só para o caso de você ter matado alguém. – Então se levantou depressa e desapareceu atrás da carroça num farfalhar de vestes escuras.

– Você está bem? – Ian estendeu a mão e o ajudou a se sentar.

– Estou, mais ou menos. Quem era esse? – Ele meneou a cabeça na direção do padre que acabara de sair.

– Père Renault. Nós aqui somos muito bem equipados – disse Ian, ajudando-o a se levantar. – Temos nosso próprio padre para nos confessar antes da batalha e nos dar a extrema-unção depois.

– Eu reparei. Meio precipitado, não?

– Ele é cego feito uma toupeira – comentou Ian, olhando por cima do ombro para se certificar de que o padre não estava perto o suficiente para escutar. – Provavelmente acha que é melhor prevenir do que remediar, sabe?

– Vocês têm um médico também? – perguntou Jamie, olhando para os dois agressores abatidos.

Os corpos tinham sido arrastados até a beira da estrada. Um estava claramente morto, mas o segundo começava a se mexer e a gemer.

– Ahn – respondeu Ian, pensativo. – Seria o padre também.

– Quer dizer que, se eu for ferido em combate, o melhor é tentar morrer, é isso que está dizendo?

– É. Venha, vamos encontrar um pouco de água.

Eles encontraram uma vala de irrigação revestida de pedra entre duas plantações, um pouco afastada da estrada. Ian puxou Jamie para a sombra de uma árvore e, após vasculhar dentro da bolsa, pegou uma camisa sobressalente, que empurrou para as mãos do amigo.

– Vista isso – sussurrou. – Agora pode lavar a sua. Eles vão pensar que o sangue é da luta.

Jamie fez uma expressão surpresa, mas agradecida. Despiu o colete de couro e descolou a camisa suada e suja das costas com delicadeza. Ian fez uma careta. As ataduras estavam imundas e se soltando, menos nos pontos em que aderiam à pele de Jamie, toda preta de sangue coagulado e pus seco.

– Quer que eu arranque? – murmurou ele no ouvido de Jamie. – Serei rápido.

Em resposta, Jamie arqueou as costas e balançou a cabeça.

– Não, se fizer isso vai sangrar mais.

Não havia tempo para discutir. Vários dos outros estavam chegando. Jamie vestiu depressa a camisa limpa e se ajoelhou para jogar água no rosto.

– Ei, escocês! – gritou Alexandre para Jamie. – O que era aquilo que vocês dois estavam gritando um para o outro?

Ele levou a mão à boca e entoou "GOOOOON!" com uma voz grave e ribombante que fez os outros rirem.

– Nunca ouviu um grito de guerra antes? – perguntou Jamie, balançando a cabeça diante de tanta ignorância. – Você grita durante uma batalha para chamar seus parentes e os membros do seu clã para perto.

– Significa alguma coisa? – indagou Petit Philippe, interessado.

– Mais ou menos – respondeu Ian. – O castelo Dhuni é a residência do líder dos Frasers de Lovat. *Caisteal Dhuin*, como dizemos em *gàidhlig*... na nossa língua.

– E esse é o nosso clã – explicou Jamie. – O clã Fraser, mas existe mais de um braço, e cada um tem seu próprio grito de guerra e seu próprio lema.

Ele tirou a camisa da água fria e a torceu. As manchas de sangue continuavam visíveis, mas eram agora débeis marcas marrons, notou Ian com aprovação. Então viu a boca de Jamie se abrindo para dizer mais.

Não diga! Foi isso que pensou, mas como sempre Jamie era incapaz de ler seus pensamentos, e Ian fechou os olhos, resignado, sabendo o que estava por vir.

– Mas o lema do nosso clã é em francês – explicou Jamie, com um leve ar de orgulho. – *Je suis prêt.*

A expressão significava "Estou pronto". Como Ian previa, foi recebida por ondas de risadas e vários comentários grosseiros quanto a para o que os jovens escoceses estariam prontos. A briga havia deixado os homens de bom humor, e aquilo durou certo tempo. Ian deu de ombros e sorriu, mas pôde ver as orelhas de Jamie ficarem vermelhas.

– Onde está o resto da sua *queue*, Georges? – indagou Petit Philippe ao ver Georges Grandão se sacudindo depois de urinar. – Alguém a aparou para você?

– Sua mulher arrancou com uma mordida – respondeu Georges num tom tranquilo, indicando que aquilo era uma provocação frequente. – Ela tem a boca parecida com a de um porco mamando. E a *cramouille* dela parece um...

Isso resultou em mais uma profusão de grosserias, mas ficou claro pelos olhares de viés que era sobretudo uma encenação para os dois escoceses. Ian ignorou. Jamie estava com os olhos esbugalhados. Ian não tinha certeza se o amigo já havia escutado a palavra *cramouille* alguma vez, mas com certeza concluíra o que significava.

Antes de Jamie colocá-los em mais apuros, a conversa junto ao regato foi encerrada abruptamente por um grito abafado vindo do outro lado da cortina de árvores que os escondia da estrada.

– O prisioneiro – murmurou Alexandre após alguns instantes.

Ian se ajoelhou ao lado de Jamie, com água pingando das mãos em concha. Sabia o que estava acontecendo. Aquilo lhe revirou o estômago. Ele deixou a água cair e enxugou as mãos nas coxas.

– O capitão – falou baixinho para Jamie. – Ele vai... ele precisa saber quem eles eram. De onde vieram.

– Sim. – Os lábios de Jamie se fecharam com força quando ele escutou vozes abafadas, a súbita pancada carnuda de um golpe e um grunhido alto. – Eu sei.

Ele jogou água no rosto com energia.

As piadas haviam cessado. Pouco se conversava agora, embora Alexandre e Josef da Alsácia tivessem iniciado uma discussão aleatória, falando alto e tentando abafar os ruídos da estrada. A maioria dos homens terminou de se lavar e de beber água em silêncio e ficou sentada na sombra com os ombros encolhidos.

– Père Renault!

A voz do capitão se fez ouvir chamando o padre. Père Renault estava fazendo a própria toalete a uma distância discreta dos homens, mas, ao ouvir o chamado, endireitou o corpo e enxugou o rosto na barra da batina. Benzeu-se e tomou o rumo da estrada, mas no caminho parou junto a Ian e fez um gesto em direção à sua caneca.

– Posso pegar isso emprestado com você, filho? Só por um instante.

– Sim, padre, claro – respondeu Ian, espantado.

O padre aquiesceu, curvou-se para recolher água dentro da caneca e se afastou. Jamie olhou para ele e então para Ian, com as sobrancelhas erguidas.

– Dizem que ele é judeu – comentou Juanito ali perto, muito baixo. – Eles querem batizá-lo primeiro. – Ele se ajoelhou junto à água com os punhos cerrados com força em cima das coxas.

Apesar de o ar estar quente, Ian sentiu uma lança de gelo lhe traspassar o peito. Levantou-se depressa e fez menção de ir atrás do padre, mas Georges Grandão esticou a mão e o segurou pelo ombro.

– Deixe – aconselhou ele.

Também falou em voz baixa, mas seus dedos penetraram com força a carne de Ian. Ele não se desvencilhou, mas ficou parado sem desgrudar os olhos dos de Georges. Sentiu Jamie fazer um movimento curto e convulso, mas disse "não" entre os dentes, e Jamie parou.

Podiam ouvir palavrões em francês vindos da estrada, misturados com a voz de père Renault. "*In nomine Patris, et Filii...*" Então alguém se debatendo, esbravejando e gritando, o prisioneiro, o capitão, Mathieu e até mesmo o padre, todos usando uma linguagem tão chula que fez Jamie piscar os olhos. Ian teria rido, não fosse o temor que fez gelar todos os homens ali na beira d'água.

– Não! – gritou o prisioneiro, com a voz se erguendo acima das outras, a raiva engolida pelo terror. – Não, por favor! Eu já disse a vocês que eu...

Ouviu-se um leve ruído, um som oco feito um melão sendo esmagado, e a voz parou.

– Econômico, esse nosso capitão – disse Georges Grandão entre os dentes. – Por que desperdiçar uma bala?

Ele tirou a mão do ombro de Ian, balançou a cabeça e se ajoelhou para lavar as mãos.

Um silêncio medonho se fez debaixo das árvores. Eles podiam ouvir vozes baixas vindas da estrada: o capitão e Mathieu conversando entre si, e acima disso père Renault repetindo "*In nomine Patris, et Filii...*", só que num tom bem diferente. Ian viu os pelos dos braços de Jamie se eriçarem, e Jamie esfregou as palmas das mãos no kilt, quem sabe as sentindo pegajosas por causa do óleo com que fora ungido ainda ali.

Jamie não conseguiu suportar ouvir aquilo e se virou para Georges Grandão.

– *Queue?* – indagou, com uma sobrancelha arqueada. – É assim que vocês dizem por aqui?

Georges Grandão conseguiu abrir um sorriso torto.

– E vocês falam como? Na sua língua?

– *Bot* – respondeu Ian, dando de ombros. Havia outras palavras, mas ele não estava disposto a testar neles uma como *clipeachd*.

– Em geral dizemos pau – disse Jamie, dando de ombros também.

– Ou então pênis, se quisermos ser bem ingleses – interveio Ian.

Vários dos homens agora escutavam, dispostos a entrar em qualquer conversa para fugir do eco daquele último grito que ainda pairava no ar feito névoa.

– Ah – fez Jamie. – Pênis nem é uma palavra inglesa, seus ignorantes. É latim. E mesmo em latim não significa o companheiro mais íntimo de um homem... significa "rabo".

Ian lhe lançou um olhar comprido e demorado.

– Rabo, é? Quer dizer que você não sabe nem a diferença entre o seu pau e o seu cu, e vem me ensinar latim?

Os homens rugiram de tanto rir. O rosto de Jamie ficou vermelho na hora, e Ian riu e lhe deu uma boa cutucada com o ombro. Jamie deu um muxoxo, mas retribuiu com uma cotovelada em Ian e riu também, com relutância.

– Bem, certo, então.

Tinha um ar encabulado. Não era seu costume jogar sua instrução na cara de Ian. Mas Ian, amigo, não tinha ficado chateado. Ele também havia passado por certa dificuldade nos primeiros tempos com o bando, e aquele era o tipo de coisa que se fazia para tentar se firmar ressaltando algum talento que se tinha. Mas se Jamie tentasse esfregar a cara de Mathieu ou de Georges Grandão no seu latim e no seu grego, também teria que mostrar seu valor com os punhos, e muito em breve. Naquele exato instante, não parecia capaz de enfrentar e vencer sequer um coelho.

O murmúrio renovado de uma conversa, mesmo que discreto, cessou na mesma hora em que Mathieu surgiu por entre as árvores. Mathieu era um homem grande, embora mais largo do que alto, com um rosto que parecia o de um javali louco e um temperamento equivalente. Ninguém o chamava de "Cara de Porco" pela *frente*.

– Você, seu imprestável... Vá enterrar aquele cagalhão – disse ele para Jamie. – Bem lá dentro da mata – acrescentou, estreitando os olhos vermelhos. – E vá logo, antes que eu lhe dê um chute de bota no cu. Depressa!

Jamie se levantou, devagar, com os olhos fixos em Mathieu e uma expressão que desagradou a Ian. Ele se aproximou depressa de Jamie e o segurou pelo braço.

– Eu ajudo – falou. – Vamos.

– Por que eles querem este aqui enterrado? – murmurou Jamie para Ian. – E enterrado como um *cristão*?

Ele cravou uma das pás de cavar trincheiras que Armand havia lhes emprestado nas folhas mofadas e macias com uma violência que teria informado a Ian quanto seu amigo estava abalado, caso ele já não soubesse.

– Você sabe que esta não é uma vida muito civilizada, *a charaid* – disse Ian. Ele tampouco estava se sentindo melhor em relação àquilo, afinal, e falou num tom incisivo:

– Não é como a *Université*.

O sangue subiu à cabeça de Jamie como madeira pegando fogo, e Ian estendeu a mão espalmada na esperança de aplacá-lo. Não queria brigar, e Jamie não conseguiria suportar uma briga.

– Estamos enterrando este aqui porque D'Église acha que os amigos talvez voltem para procurar por ele, e é melhor eles não verem o que nós fizemos, entendeu? Dá para perceber só de olhar que o outro simplesmente morreu lutando. Uma coisa é ser profissional; outra é se vingar.

Jamie ainda contraiu o maxilar por algum tempo, mas aos poucos o rubor quente se dissipou e a mão diminuiu um pouco a força com que segurava a pá.

– É – resmungou ele, e recomeçou a cavar.

Em minutos, o suor começou a escorrer por seu pescoço, e ele começou a ofegar. Ian o empurrou para longe com um dos cotovelos e terminou de cavar. Sem dizer nada, eles pegaram o morto pelas axilas e o arrastaram até a cova rasa.

– Você acha que D'Église descobriu alguma coisa? – indagou Jamie enquanto eles jogavam torrões compactos de folhas velhas por cima da terra nua.

– Espero que sim – respondeu Ian, com os olhos no serviço. – Não gostaria de pensar que eles fizeram isso a troco de nada.

Ele se endireitou, e os dois ficaram parados e constrangidos por alguns instantes, sem se encarar. Parecia errado ir embora de um túmulo, ainda que fosse o de um desconhecido judeu, sem dizer uma prece. No entanto, parecia pior ainda dizer uma prece cristã para aquele morto. Naquelas circunstâncias, seria mais uma ofensa do que uma bênção.

Por fim, Jamie fez uma careta, abaixou-se, cavou um pouco sob as folhas e encontrou duas pedras pequenas. Entregou uma para Ian, e um após outro eles se agacharam e puseram as pedras juntas sobre o túmulo. Não era grande coisa em matéria de monumento, mas era melhor do que nada.

Não era do feitio do capitão se explicar ou dar algo mais do que ordens breves e explícitas para seus homens. Ele havia retornado ao acampamento à noite, com o semblante escuro e os lábios muito contraídos. Mas três outros homens tinham escutado o interrogatório do desconhecido judeu e, pelo processo metafísico habitual que ocorre ao redor de fogueiras em acampamentos, na manhã seguinte todos na trupe já sabiam o que ele tinha dito.

– Ephraim bar-Sefer – disse Ian a Jamie, que tinha chegado tarde à fogueira após se afastar discretamente para lavar a camisa outra vez. – Era esse o nome dele. – Ian estava um pouco preocupado com o jovem amigo. Seus ferimentos não estavam sarando como deveriam, e o jeito como ele havia desmaiado... Ele agora estava com febre. Ian podia sentir o calor se irradiar de sua pele, mas ele estremecia de vez em quando, mesmo a noite não estando fria.

– É melhor saber isso? – indagou Jamie, desanimado.

– Podemos rezar por ele nominalmente – assinalou Ian. – É melhor assim, não?

Jamie franziu o cenho, mas após alguns instantes aquiesceu.

– Sim, é. O que mais ele disse?

Ian revirou os olhos. Ephraim bar-Sefer tinha confessado que o bando de agressores eram ladrões profissionais, em sua maioria judeus, que...

– Judeus? – interrompeu Jamie. – *Salteadores* judeus?

Por algum motivo, Jamie achou essa ideia engraçada, mas Ian não riu.

– Por que não? – indagou ele, sucinto, e prosseguiu sem aguardar resposta, falando que os homens conseguiam informações antecipadas sobre carregamentos valiosos, e haviam adquirido o hábito de ficar de tocaia para surpreender e roubar. – Em geral eles roubam outros judeus, de modo que não há risco de serem perseguidos pelo Exército francês ou por algum juiz local.

– Ah! E as informações antecipadas... Imagino que elas também sejam mais fáceis de obter se as pessoas roubadas também são judias. Os judeus vivem perto uns dos outros, em grupo – explicou Jamie ao ver a expressão de surpresa no rosto de Ian. – Mas todos sabem ler e escrever, e vivem escrevendo cartas. Muitas informações são transmitidas entre os grupos. Não seria tão difícil assim saber quem são os agiotas e comerciantes e interceptar sua correspondência, não é?

– Pode ser – concordou Ian, lançando a Jamie um olhar de respeito. – Ephraim bar-Sefer disse que eles receberam a informação de alguém que ele não tinha certeza de quem era, mas que sabia muito sobre as idas e vindas de artigos valiosos. Só que a pessoa que sabia não fazia parte do seu grupo; era alguém de fora, que recebia uma porcentagem dos lucros.

Essa, porém, era toda a informação que bar-Sefer havia divulgado. Ele não tinha revelado os nomes de nenhum de seus sócios, fato para o qual D'Église não ligava muito, e morrera insistindo teimosamente não saber nada sobre novos roubos planejados.

– Você acha que pode ter sido um dos nossos? – perguntou Jamie em voz baixa.

– Um dos... ah, um dos nossos judeus, você quer dizer? – Essa possibilidade fez Ian franzir o cenho. Havia três judeus espanhóis no bando de D'Église: Juanito, Georges Grandão e Raoul. Mas todos os três eram bons e bastante queridos pelos companheiros. – Duvido. Todos os três lutaram bravamente. Quando eu reparei – acrescentou Ian, com honestidade.

– O que eu preciso saber é como os ladrões conseguiram escapar com aquele tapete – disse Jamie num tom pensativo. – Aquilo devia pesar o quê, uns 65 quilos?

– No mínimo – garantiu Ian, endireitando a coluna ao se lembrar. – Ajudei a carregar aquelas porcarias. Imagino que eles devessem ter uma carroça por perto para o que conseguissem roubar. Por quê?

– Bem, mas... *tapetes?* Mesmo que sejam valiosos, quem rouba tapetes? Se eles sabiam com antecedência que estávamos chegando, deviam saber também o que estávamos transportando.

– Você está se esquecendo do ouro e da prata – lembrou Ian. – Estavam na frente da carroça, debaixo dos tapetes. Eles tiveram que tirar os tapetes para alcançar.

– Humpf!

Jamie exibia um ar de leve insatisfação… e era verdade que os salteadores tinham se dado ao trabalho de levar o tapete consigo. Mas de nada adiantava continuar conjecturando. Assim, quando Ian disse que ia se deitar, Jamie o seguiu sem discussão.

Eles se acomodaram num ninho de capim amarelo comprido, enrolados em suas mantas xadrez, mas Ian não adormeceu na hora. Estava machucado e cansado, mas a empolgação do dia ainda não o abandonara, e ele passou algum tempo deitado olhando para as estrelas, relembrando algumas coisas e tentando com afinco esquecer outras – como o aspecto da cabeça de Ephraim bar-Sefer. Talvez Jamie tivesse razão, e tivesse sido melhor não saber seu verdadeiro nome.

Forçou a mente por outras veredas, e conseguiu tanto que levou um susto quando Jamie mudou de posição, e disse um palavrão entre os dentes quando o movimento o machucou.

– Você já fez? – perguntou Ian de repente.

Um leve farfalhar se fez ouvir quando Jamie se moveu até uma posição mais confortável.

– Se eu já fiz o quê? – perguntou ele. Sua voz soou um pouco rouca, mas não demais. – Se já matei alguém? Não.

– Não, deitar com uma mulher.

– Ah, isso.

– É, isso. Pateta. – Ian rolou na direção de Jamie e mirou um cutucão no seu tronco.

Apesar do escuro, Jamie segurou seu punho antes de o golpe acertá-lo.

– Você já?

– Ah, quer dizer então que não. – Ian se soltou sem dificuldade. – Pensei que devesse estar mergulhado até as orelhas em putas e poetas lá em Paris.

– Poetas? – Jamie estava começando a soar como quem acha graça. – O que faz você pensar que mulheres escrevem poesia? Ou que uma mulher que escreve poesia seria fácil?

– Bem, é claro que elas são fáceis. Todo mundo sabe disso. As palavras entram na cabeça delas e as enlouquecem, e elas saem atrás do primeiro homem que…

– Você deitou com uma poeta? – O punho de Jamie o acertou de leve no meio do peito. – Sua mãe sabe disso?

– Não vá falar sobre poetas com a minha mãe – disse Ian com firmeza. – Eu não, mas Georges Grandão, sim, e contou para todo mundo sobre ela. Uma que ele conheceu em Marselha. Ele tem um livro dos poemas dela e leu alguns.

– Eram bons?

– Como eu podia saber? Tinham uma boa dose de falecimento, intumescimento e explosão, mas pareciam falar sobretudo sobre flores. Mas até que havia uma boa parte sobre uma abelha fazendo aquilo com um girassol. Trepando com ele, digo. Com a língua.

Fez-se um silêncio momentâneo enquanto Jamie absorvia aquela imagem mental.

– Talvez soe melhor em francês – comentou ele.

– Eu o ajudo – disse Ian de repente, num tom sério até a medula.

– Me ajuda a…?

– Ajudo você a matar esse tal de capitão Randall.

Jamie passou alguns instantes calado, sentindo o peito se apertar.

– Meu Deus, Ian! – exclamou, bem baixinho.

Passou vários minutos deitado, com os olhos pregados nas raízes escuras junto ao rosto.

– Não – falou, por fim. – Você não pode fazer isso. Preciso que faça outra coisa por mim, Ian. Preciso que vá para casa.

– Para casa? O quê…?

– Preciso que vá para casa cuidar de Lallybroch… e da minha irmã. Eu… eu não posso ir. Não ainda.

Ele mordeu com força o lábio inferior.

– Nós temos arrendatários e amigos suficientes lá – protestou Ian. – Você precisa de mim aqui, rapaz. Eu não vou deixar você sozinho, vou? Quando você voltar, nós vamos juntos.

E ele se virou na manta com um ar de que o assunto estava encerrado.

Jamie ficou deitado com os olhos bem fechados, ignorando as canções e as conversas junto à fogueira, a beleza do céu noturno lá em cima e a dor insistente nas costas. Talvez devesse estar rezando pela alma do judeu morto, mas não tinha tempo para isso agora. Estava tentando encontrar o pai.

A alma de Brian Fraser ainda devia existir, e ele tinha certeza de que o pai estava no céu. Devia haver algum jeito de alcançá-lo, de senti-lo. A primeira vez que Jamie saíra de casa para ir morar com Dougal em Beannachd, sentira solidão e saudades de casa, mas seu pai tinha lhe dito que isso iria acontecer e para não se preocupar demais com o fato.

Pense em mim, Jamie, e em Jenny e em Lallybroch. Você não vai nos ver. Mesmo assim, estaremos lá pensando em você. Olhe para o céu à noite e veja as estrelas, e saiba que nós também as estamos vendo.

Ele abriu os olhos um pouquinho, mas as estrelas nadavam e sua luz estava borrada. Tornou a fechar os olhos com força e sentiu uma única lágrima deslizar morna pela têmpora. Não conseguia pensar em Jenny. Nem em Lallybroch. A saudade que sentira na casa de Dougal havia cessado. A estranheza de quando ele fora morar em Paris havia se abrandado. Aquilo não iria passar, mas ele precisaria continuar vivendo.

Onde está você, pai?, pensou, angustiado. *Eu sinto muito, pai!*

Foi rezando enquanto caminhava no dia seguinte, avançando obstinado de ave-maria em ave-maria, contando o terço com os dedos. Durante algum tempo, isso o impediu de pensar e lhe deu um pouco de paz. Mas os pensamentos acabaram voltando sorrateiramente, pequenos clarões de lembranças, rápidos como o sol sobre a água. Contra alguns ele lutou: a voz do capitão Randall, brincalhona, ao segurar o chicote, o terrível eriçar dos pelos de seu corpo no vento frio quando ele tirou a camisa, o médico dizendo: "Estou vendo que ele deixou você num estado de dar dó, menino…"

Mas algumas lembranças ele agarrou, por mais dolorosas que fossem. A sensação das mãos do pai, duras nos seus braços, segurando-o firme. Os guardas o estavam levando para algum lugar – ele não se lembrava para onde e não tinha importância – quando de repente seu pai havia aparecido na sua frente, no pátio da prisão, e dado um passo à frente depressa ao ver Jamie, com o rosto tomado por uma expressão de alegria e ansiedade que explodiu em choque no instante seguinte, quando viu o que tinham feito com o filho.

Está muito machucado, Jamie?

Não, pai, eu vou ficar bem.

E durante um minuto havia ficado mesmo. Tão animado por ver o pai, certo de que tudo acabaria bem… E então tinha se lembrado de Jenny levando aquele *crochaire* para dentro da casa, sacrificando a si mesma por…

Essa ele também interrompeu, dizendo ferozmente "Ave, Maria, cheia de graça, o Senhor é convosco…" em voz alta, para espanto de Petit Philippe, que passava ao seu lado sobre as pernas curtas e tortas.

– Bendita sois vós entre as mulheres… – continuou Philippe, para ajudar. – Bendito é o fruto do vosso ventre, Jesus. Santa Maria, Mãe de Deus, rogai por nós, pecadores, agora e na hora da nossa morte, amém!

– Ave, Maria… disse a voz grave de père Renault atrás dele, dando continuidade.

Em segundos, sete ou oito deles estavam rezando, marchando solenemente ao ritmo das palavras, e depois mais alguns… O próprio Jamie se calou sem que ninguém percebesse. Mas constatou que o muro de oração formava uma barricada entre eles e os pensamentos maus e sorrateiros e, fechando os olhos por um breve instante, sentiu o pai caminhar ao seu lado, e o último beijo de Brian Fraser suave como o vento em sua bochecha.

…

Eles chegaram a Bordeaux pouco antes do pôr do sol, e D'Église levou a carroça embora com uma pequena escolta e deixou os outros homens livres para explorar as delícias da cidade, embora tal exploração fosse um pouco limitada pelo fato de eles ainda não terem sido pagos. Receberiam seu dinheiro depois que as mercadorias fossem entregues, no dia seguinte.

Ian, que já estivera em Bordeaux, guiou-os até uma taverna grande e ruidosa, com um vinho bebível e porções grandes.

– As garçonetes também são bonitas – comentou ele enquanto observava uma delas abrir caminho devagar e com destreza em meio a um mar de mãos que tentavam apalpá-la.

– Aquilo lá em cima é um bordel? – Jamie quis saber, por curiosidade, já que tinha ouvido algumas histórias.

– Não sei – respondeu Ian num tom que parecia decepção, embora Jamie tivesse quase certeza de que ele nunca tinha ido a um bordel devido a um misto de falta de dinheiro e medo de pegar sífilis. – Quer ir descobrir depois?

Jamie hesitou.

– Eu... Bem. Não, acho que não. – Ele virou o rosto para Ian e disse bem baixinho: – Quando fui para Paris, eu prometi ao meu pai que nunca me deitaria com putas. E agora... não conseguiria fazer isso sem... pensar nele, sabe?

Ian aquiesceu, e seu rosto exibiu tanto alívio quanto decepção.

– Vai haver tempo suficiente num outro dia – disse ele, filosófico, e fez um gesto para pedir outra jarra.

A garçonete não o viu, porém, e Jamie esticou um braço comprido e puxou seu avental. Ela girou o corpo com uma cara feia, mas, ao ver o rosto dele ostentando seu melhor sorriso de olhos azuis, decidiu sorrir de volta e anotar o pedido.

Vários outros homens do bando de D'Église estavam na taverna, e essa interação não passou despercebida.

Juanito, numa mesa próxima, olhou para Jamie, arqueou uma sobrancelha com zombaria, então disse algo para Raoul na espécie de espanhol falado pelos judeus que eles chamavam de ladino. Ambos riram.

– Sabe o que causa verrugas, amigos? – perguntou Jamie num tom agradável... em hebraico bíblico. – Demônios dentro de um homem, tentando emergir pela pele.

Falou devagar o suficiente para Ian conseguir acompanhar, e Ian por sua vez começou a rir... tanto da expressão no rosto dos dois judeus quanto do comentário de Jamie.

A expressão no rosto cheio de verrugas de Juanito se fechou, mas Raoul encarou Jamie com um olhar incisivo, primeiro no rosto e então, de modo deliberado, no baixo-ventre. Ian balançou a cabeça, ainda sorrindo, e Raoul deu de ombros mas retribuiu o sorriso. Em seguida, segurou Juanito pelo braço e o puxou na direção da sala dos fundos, onde se jogavam dados.

– O que disse a ele? – A garçonete quis saber, olhando para a dupla que se afastava, depois tornando a encarar Jamie com os olhos arregalados. – E em que língua você falou?

Jamie gostou de poder encarar aqueles grandes olhos castanhos; seu pescoço estava tendo que fazer uma força considerável para impedir a cabeça de se inclinar mais para baixo de modo a espiar seu decote. O vale encantador entre os dois seios atraía o olhar…

– Ah, nada, só um pouco de *bonhomie* – respondeu, sorrindo para a garçonete. – Eu falei em hebraico.

Queria impressioná-la, e conseguiu, mas não do jeito que pretendia. O meio sorriso da garçonete sumiu, e ela recuou um pouco.

– Ah – murmurou. – Com licença, senhor, estão precisando de mim…

E com um gesto de quem pede vagas desculpas, desapareceu em meio à multidão de clientes com a jarra na mão.

– Seu idiota – repreendeu Ian. – Por que disse isso para ela? Ela agora acha que você é judeu.

A boca de Jamie se escancarou de choque.

– Como assim, eu? Como eu poderia ser? – perguntou ele, baixando os olhos para si mesmo.

Estava se referindo ao traje das Terras Altas, mas Ian lhe lançou um olhar crítico e balançou a cabeça.

– Você tem o nariz comprido e os cabelos ruivos – assinalou ele. – Metade dos judeus espanhóis que eu já vi são assim, e alguns deles também são altos. Até onde essa moça sabe, você roubou sua manta xadrez de alguém que matou.

Jamie se sentiu mais confuso do que ofendido. E bastante magoado.

– Bem, e se eu fosse judeu? – indagou. – Que importância teria isso? Eu não estava pedindo a mão dela em casamento, estava? Estava só conversando com ela, pelo amor de Deus!

Ian lhe lançou aquele olhar irritante de tolerância. Jamie não deveria se importar, sabia que não. Já tinha bancado o superior com Ian muitas vezes em relação a coisas que sabia e Ian não. Mesmo assim, se importou. A camisa emprestada estava pequena demais e o apertava nas axilas, e seus pulsos despontavam dos punhos, ossudos e com um aspecto avermelhado. Ele não parecia judeu, mas parecia bobo e sabia disso. O fato o estava deixando de mau humor.

– A maioria das francesas… as cristãs, quero dizer… a maioria não gosta de se deitar com judeus. Não porque os judeus sejam os assassinos de Cristo, mas por causa do… ahn… – Ele relanceou os olhos com um gesto discreto para o baixo-ventre de Jamie. – Elas acham esquisito.

– Não é *tão* diferente assim.

– É, sim.

– Bom, é, quando está... Enfim, se estiver numa condição em que uma moça estiver olhando, não é assim tão...

Ele viu Ian abrindo a boca para perguntar como exatamente ele sabia que aspecto tinha um pau duro circuncidado.

– Esqueça – falou, brusco, e passou pelo amigo com um empurrão. – Vamos descer a rua.

Quando o dia nasceu, o bando se reuniu na hospedaria onde D'Église e a carroça aguardavam, pronto para escoltá-la pelas ruas até seu destino, um armazém nas margens do rio Garonne. Jamie viu que o capitão havia se trocado e estava usando suas roupas mais elegantes, inclusive o chapéu de plumas, assim como os outros quatro – entre os mais altos do bando – que haviam protegido a carroça durante a noite.

Estavam todos armados até os dentes, e Jamie pensou se aquilo seria apenas para impressionar ou se D'Église pretendia fazê-los ficar postados atrás dele enquanto explicava por que o carregamento tinha um tapete a menos, para desencorajar reclamações do comerciante que iria recebê-lo.

Jamie estava gostando de caminhar pela cidade, embora mantivesse o olho atento, conforme fora instruído, para a possibilidade de uma emboscada nos becos ou de ladrões saltando de um telhado ou uma sacada para cima da carroça. Embora achasse essa segunda possibilidade remota, de vez em quando olhava para cima, obediente. Ao baixar os olhos após uma dessas inspeções, constatou que o capitão tinha passado para a retaguarda e agora andava atrás dele montado em seu grande capão cinza.

– Juanito disse que você fala hebraico – comentou D'Église, olhando para Jamie como se ele de repente houvesse criado chifres. – É verdade?

– Sim – respondeu ele, cauteloso. – Sei ler um pouco da Bíblia em hebraico... Não sei falar muito bem, uma vez que não há tantos judeus assim nas Terras Altas com quem conversar.

Encontrara alguns em Paris, mas ele sabia que não deveria mencionar a Université nem o estudo de filósofos como Maimônides. Eles o matariam antes do jantar.

O capitão grunhiu, mas não pareceu descontente. Passou um tempo cavalgando em silêncio, mas manteve o cavalo no passo, avançando devagar ao lado de Jamie. Isso deixou o rapaz nervoso e, após alguns instantes, o impulso o fez menear a cabeça para trás e dizer:

– Ian também sabe. Hebraico, digo.

D'Église o encarou, espantado, e olhou para trás. Ian era claramente visível, já que era uma cabeça mais alto do que os três homens com quem ia conversando enquanto caminhava.

– Será que as surpresas nunca terminam? – indagou o capitão, como se estivesse falando sozinho. No entanto, cutucou o cavalo para fazê-lo trotar e deixou Jamie para trás.

Foi só na tarde seguinte que essa conversa voltou para morder Jamie no traseiro. Eles haviam entregado os tapetes e o ouro e a prata no armazém na beira do rio, D'Église recebera seu pagamento, e os homens consequentemente estavam espalhados por toda a extensão de uma *allée* que tinha estabelecimentos de comida e bebida baratos, muitos deles com um quarto acima ou atrás, onde um homem podia gastar seu dinheiro de outras formas.

Nem Jamie nem Ian comentaram sobre o assunto dos bordéis, mas Jamie se pegou pensando na garçonete bonita. Estava agora usando a própria camisa e cogitando se voltava à taverna para contar a ela que não era judeu.

Não tinha ideia do que ela poderia fazer com essa informação, porém, e a taverna ficava do outro lado da cidade.

– Acha que vamos ter outro trabalho em breve? – perguntou, distraído, tanto para romper o silêncio de Ian quanto para fugir dos próprios pensamentos.

O grupo conversava ao redor da fogueira sobre as possibilidades. Obviamente não havia nenhuma guerra boa no momento, embora circulassem boatos de que o rei da Prússia estava começando a reunir homens na Silésia.

– Tomara – murmurou Ian. – Não suporto ficar à toa. – Ele tamborilou no tampo da mesa. – Preciso estar em movimento.

– Foi por isso que você saiu da Escócia, não foi? – Jamie estava apenas jogando conversa fora, e ficou surpreso ao ver Ian lançar-lhe um olhar desconfiado.

– Eu não queria trabalhar na fazenda e não havia muito mais a fazer. Aqui eu ganho um bom dinheiro. *E* mando quase tudo para casa.

– Mesmo assim, não imagino que o seu pai tenha ficado contente.

Ian era filho único. Auld John continuava uma fera, embora não tivesse demonstrado isso na presença de Jamie durante o breve período que ele havia passado em casa, antes dos casacos-vermelhos...

– Minha irmã é casada. O marido dela pode dar conta, se...

Ian caiu num silêncio emburrado.

Antes de Jamie decidir se insistia ou não, o capitão apareceu ao lado da mesa, dando um susto nos dois.

D'Église ficou parado por alguns instantes a observá-los. Por fim, falou:

– Está certo. Vocês dois, venham comigo.

Ian enfiou na boca o que restava do pão com queijo e se levantou mastigando. Jamie estava prestes a fazer o mesmo quando o capitão franziu o cenho para ele.

– Sua camisa está limpa?

Ele sentiu o sangue subir às faces. Era o mais perto que qualquer um tinha chegado de mencionar suas costas, e chegou perto demais. A maioria das feridas já tinha cicatrizado tempos antes, mas as piores continuavam infeccionadas: abriam-se com a fricção das ataduras ou quando ele se abaixava repentinamente. Tivera que enxaguar a camisa quase todas as noites, deixando-a constantemente úmida, o que não ajudava, e sabia muito bem que o bando todo sabia, mas ninguém havia comentado.

– Está – respondeu, sucinto.

Endireitou as costas até alcançar sua estatura completa e olhou de cima para D'Église, que disse apenas:

– Ótimo, então. Venham.

O novo cliente em potencial era um médico chamado dr. Hasdi, que tinha a reputação de ser muito influente entre os judeus de Bordeaux. O último cliente fora quem tinha feito a apresentação, de modo que, pelo visto, D'Église conseguira contornar a questão do tapete faltante.

A casa do dr. Hasdi ficava discretamente situada numa rua lateral decente, porém modesta, atrás de um muro revestido de estuque e portões trancados. Ian tocou a campainha, e um homem vestido como um jardineiro apareceu na mesma hora para fazê-los entrar, gesticulando para que subissem o caminho até a porta da frente. Eles estavam sendo aguardados.

– Eles não ostentam sua riqueza, os judeus – murmurou D'Église para Jamie com o canto da boca. – Mas são ricos.

Bem, aqueles ali eram, pensou Jamie.

Um criado os recebeu num saguão simples com piso de lajotas, mas logo abriu a porta para um cômodo que provocou uma verdadeira festa dos sentidos. Era revestido de livros em estantes de madeira escura, forrado por um tapete grosso no chão, e as poucas paredes não cobertas de livros estavam enfeitadas com pequenas tapeçarias e azulejos emoldurados. Acima de tudo, o perfume! Ele o inalou profundamente, sentindo-se embriagado. Ao procurar a origem daquele perfume, localizou enfim o dono daquele paraíso sobre a terra sentado atrás de uma escrivaninha olhando para ele. Ou talvez para Ian e ele ao mesmo tempo: os olhos do homem passavam depressa de um para outro.

Ele endireitou as costas por instinto e se curvou.

– Meus cumprimentos, senhor – falou, num hebraico cuidadosamente ensaiado. – Que a paz reine sobre a sua casa.

A boca do homem se escancarou de modo perceptível. Ele ostentava uma barba grande e volumosa, que já embranquecia ao redor da boca. Uma expressão indefinível estava estampada em seu rosto.

Um leve ruído que com certeza *não era* de bom humor atraiu a atenção de Jamie para um dos lados. Sobre uma mesinha redonda com tampo de ladrilho havia uma pequena tigela de bronze da qual uma fumaça subia preguiçosamente através de um facho de sol do fim de tarde. Entre o sol e a fumaça, ele conseguiu distinguir com dificuldade uma forma feminina em pé nas sombras. A mulher deu um passo à frente, materializando-se da penumbra, e o coração de Jamie deu um pulo.

Ela inclinou a cabeça para os soldados com um ar grave e se dirigiu a eles de modo imparcial.

– Sou Rebekah bat-Leah Hauberger. Meu avô pede que eu lhe dê as boas-vindas à nossa casa, cavalheiros – disse ela, num francês perfeito, embora o velho não tivesse dito nada.

Jamie respirou aliviado. No fim das contas, não precisaria tentar explicar o que eles faziam em hebraico. Mas a inspiração foi tão profunda que o fez tossir quando a fumaça perfumada fez cócegas no seu peito.

Enquanto tentava conter o acesso de tosse, pôde sentir o rosto ficar vermelho e Ian lhe lançar um olhar de esguelha. A jovem moça, que talvez tivesse a sua idade, pegou rapidamente uma coberta e tampou a tigela. Em seguida, tocou uma sineta e disse algo ao criado numa língua que soou como o espanhol.

Será ladino?, pensou ele.

– Sentem-se, senhores, por favor – disse ela, acenando com um gesto gracioso em direção a uma cadeira em frente à escrivaninha, então se virando para ir buscar outra encostada na parede.

– Permita-me, mademoiselle!

Ian deu um pulo para ajudá-la. Jamie, ainda engasgando o mais silenciosamente possível, fez o mesmo.

A moça tinha cabelos escuros e muito ondulados, presos longe da testa com uma fita cor-de-rosa, mas que desciam livres pelas costas quase até a cintura. Na verdade, ele tinha levantado a mão para acariciá-los antes de se conter. Ela então se virou. Pele clara, grandes olhos escuros e uma expressão estranhamente experiente nos olhos.

Annalise. Jamie pigarreou. Uma onda de calor e tontura o dominou, e ele desejou de repente que eles abrissem uma janela.

D'Église também ficou visivelmente aliviado por ter uma intérprete mais confiável do que Jamie, e deu início a um discurso galante de apresentação cheio de floreios franceses, fazendo repetidas mesuras alternadas para a moça e seu avô.

Jamie não estava prestando atenção na conversa. Ainda estava fascinado por Rebekah. Fora sua semelhança com Annalise de Marillac, a moça que ele havia amado em Paris, que chamara sua atenção. Mas agora, analisando melhor, via que Rebekah era bem diferente.

Bem diferente. Annalise era miúda e fofinha como um filhote de gato. Aquela moça ali era pequena, mas não havia nela nada de fofinho ou indefeso. Tinha notado que ele a observava, e agora Rebekah o estava observando, com uma leve curva da boca vermelha que fez as bochechas de Jamie ficarem coradas. Ele tossiu e baixou os olhos.

– Qual o problema? – resmungou Ian com o canto da boca. – Você parece que está com um capim preso no meio da bunda.

Jamie se remexeu, irritado, então se retesou ao sentir uma das feridas mais sensíveis das costas se abrir. Pôde sentir o local esfriar depressa, com o pus ou o sangue escorrendo devagar, e se sentou bem ereto, tentando não respirar fundo, na esperança de que as ataduras absorvessem o líquido antes de ele sujar sua camisa.

Essa preocupação insistente pelo menos tirara sua mente de Rebekah bat-Leah Hauberger. Para se distrair do incômodo nas costas, ele voltou a prestar atenção na conversa a três entre D'Église e os judeus.

O capitão suava profusamente, fosse por causa do chá quente ou do esforço de convencimento, mas falava com desenvoltura, gesticulando tanto na direção de sua dupla de escoceses altos que falavam hebraico quanto na direção da janela e do mundo lá fora, onde vastas legiões de guerreiros semelhantes aguardavam, prontos e ansiosos para fazer o que o dr. Hasdi mandasse.

O médico observava D'Église com atenção e ocasionalmente dirigia à neta um ronco suave de palavras incompreensíveis. Aquilo soava mesmo como o ladino que Juanito havia falado, mais do que qualquer outro idioma. Com certeza não soava nada parecido com o hebraico que Jamie aprendera em Paris.

Por fim, o velho judeu encarou os três mercenários, um de cada vez, franziu os lábios com uma expressão pensativa e aquiesceu. Levantou-se e foi até uma grande arca de cobertores posicionada sob a janela, onde se ajoelhou e recolheu um cilindro comprido e pesado envolto num oleado. Pelo jeito vagaroso com que o velho se levantou com ele na mão, Jamie pôde ver que aquilo era particularmente pesado para o tamanho, e seu primeiro pensamento foi que devia ser alguma espécie de estatueta de ouro. Seu segundo pensamento foi que Rebekah recendia a pétalas de rosa e favas de baunilha. Ele inspirou, com toda a delicadeza, e sentiu a camisa colar nas costas.

A coisa, fosse o que fosse, tilintou e apitou suavemente ao ser movida. Algum tipo de relógio judaico? O dr. Hasdi colocou o cilindro na escrivaninha, então fez sinal com o dedo para que os soldados se aproximassem.

Desembalado com uma cerimônia lenta e solene, o objeto emergiu de suas camadas de tecido, lona e oleado. Era *mesmo* ouro, em parte, e não muito diferente de uma estátua, só que feito de madeira e com o formato de um prisma, com uma espécie de coroa numa das pontas. Enquanto Jamie ainda se perguntava o que poderia ser, os dedos artríticos do médico tocaram um pequeno fecho e a caixa se abriu, revelando novas camadas de tecido do meio das quais emergiu outro aroma delicado de especiarias. Todos os três soldados inspiraram fundo, em uníssono, e Rebekah tornou a produzir aquele leve ruído de quem acha graça.

– A caixa é feita de cedro – disse ela. – Do Líbano.

– Ah – murmurou D'Église, respeitoso. – Claro!

O embrulho interno estava em uma espécie de manto com capa e um cinto com uma fivela em miniatura – com veludo e seda bordada. Em uma das extremidades, dois imensos adornos de ouro despontavam qual cabeças gêmeas. Eram de filigrana e pareciam torres, enfeitadas nas janelas e na base com várias minúsculas sinetas.

– É um rolo da Torá *muito* antigo – explicou Rebekah, guardando uma distância respeitosa. – Veio da Espanha.

– Um objeto de valor incalculável, com certeza – disse D'Église, curvando-se para olhar mais de perto.

– Só para aqueles para quem ele é o Livro. Para qualquer outra pessoa, tem um preço bem óbvio e bem atraente. Caso contrário, eu não estaria precisando dos seus serviços. – O médico olhou em cheio para Jamie e Ian. – Um homem respeitável, um judeu, vai carregar a Torá. Ela não pode ser tocada. Mas vocês a protegerão... e à minha neta.

– Perfeitamente, honrado senhor. – D'Église corou de leve, mas estava satisfeito demais para parecer encabulado. – Fico profundamente honrado com a sua confiança e garanto... – Mas Rebekah havia tocado a sineta outra vez, e o criado entrou com o vinho.

O trabalho oferecido era simples: Rebekah estava prometida em casamento ao filho do principal rabino da sinagoga de Paris. A antiga Torá fazia parte do seu dote, bem como uma soma em dinheiro que fez os olhos de D'Église reluzirem. O médico desejava contratar D'Église para entregar todos os três itens – a moça, o rolo e o dinheiro – em Paris com segurança.

O médico viajaria até lá para o casamento, só que mais para o fim do mês, pois seus negócios em Bordeaux o impediam. A única coisa que restava a decidir era o preço dos serviços de D'Église, o cronograma segundo o qual eles seriam prestados, e as garantias que D'Église estava disposto a oferecer.

Os lábios do médico se franziram diante dessa última questão. Seu amigo Ackerman, que havia lhe recomendado D'Église, não ficara muito satisfeito ao saber que um de seus valiosos tapetes fora roubado durante a viagem, e o médico desejava ter certeza de que nenhum dos *seus* valiosos bens – Jamie viu a boca macia de Rebekah tremer quando ela traduziu isso – fosse extraviado entre Bordeaux e Paris. O capitão lançou um olhar severo para Ian e Jamie, então o transformou na mais intensa sinceridade para assegurar ao médico de que não haveria qualquer dificuldade. Seus melhores homens iriam se encarregar do serviço, e ele ofereceria quaisquer garantias que o médico solicitasse. Pequenas gotas de suor podiam ser vistas acima de seu lábio superior.

Devido ao calor da lareira e ao chá quente, Jamie também suava e não teria recusado um cálice de vinho. Mas o velho cavalheiro se levantou de modo abrupto e, com uma mesura cortês para D'Église, saiu de trás da escrivaninha, pegou Jamie pelo braço, puxou-o até ele ficar de pé e o guiou em direção a uma porta.

Ele se abaixou bem a tempo de evitar partir a cabeça no batente da porta. Depois, viu-se num cômodo pequeno e simples, com feixes de ervas secas pendurados nas vigas. *O quê?*

Antes de conseguir formular qualquer pergunta, porém, o velho começou a tirar sua camisa. Ele tentou dar um passo para trás, mas não havia espaço. Em pouco tempo, tinha sido colocado num banquinho enquanto os dedos nodosos do velho soltavam as ataduras. O médico produziu um grave ruído de reprovação, então gritou para o outro lado da porta algo em que as palavras *agua caliente* puderam ser identificadas com clareza.

Ele não se atreveu a se levantar e ir embora. Isso poderia colocar em risco a nova combinação de D'Église. Portanto ficou sentado, ardendo de vergonha, enquanto o médico examinava, cutucava e esfregava suas costas com algo dolorosamente áspero. Nada disso incomodou tanto Jamie quanto o aparecimento de Rebekah no vão da porta com as sobrancelhas escuras arqueadas.

– Meu avô está dizendo que as suas costas estão de dar dó – disse ela, traduzindo um comentário do velho.

– Obrigado. Eu já sabia – resmungou ele em inglês, mas logo repetiu o comentário com mais educação em francês.

Sentia as faces queimarem de tanta vergonha, mas uma voz fria soou no seu coração. *Estou vendo que ele deixou você num estado de dar dó, menino.*

O médico de Fort William tinha dito isso quando os soldados arrastaram Jamie até ele depois do açoitamento, com as pernas demasiado fracas para se sustentar por conta própria. O médico tinha razão e o dr. Hasdi também, mas isso não significava que Jamie quisesse ouvir aquilo outra vez.

Rebekah, interessada em ver a que o avô estava se referindo, deu a volta até atrás de Jamie. Ele se retesou, e o médico o cutucou com firmeza na nuca para fazê-lo se curvar outra vez. Os dois judeus estavam conversando sobre o que viam num tom casual. Ele sentiu os pequenos e macios dedos da moça traçarem uma linha entre as suas costelas e quase pulou do banquinho. Sua pele se arrepiou inteira.

– Jamie? – A voz de Ian veio do corredor, preocupada. – Está tudo bem?

– Sim! – respondeu ele, com a voz meio engasgada. – Não... não precisa entrar.

– Seu nome é Jamie? – Rebekah estava agora na sua frente, inclinada de modo a encarar seu rosto. O rosto dela, por sua vez, expressava interesse e preocupação. – James?

– Isso. James.

Ele cerrou os dentes enquanto o médico o tratava com um pouco mais de força, e estalou a língua.

– Diego – disse ela, sorrindo para ele. – Seria assim em espanhol... ou em ladino. E o seu amigo?

– Ele se chama Ian. É... – Ele passou alguns instantes pensando e encontrou o equivalente em inglês. – John. E seria...

– Juan. Diego e Juan. – Ela o tocou suavemente no ombro nu. – Vocês são amigos? Irmãos? Posso ver que são do mesmo lugar... de onde?

– Amigos. Nós somos... da Escócia. Das... das Terras Altas. De um lugar chamado Lallybroch.

Ele havia falado sem pensar, e uma pontada lhe varou o corpo quando mencionou o nome, mais forte do que aquilo que o médico estava usando para raspar suas costas, fosse lá o que fosse. Ele olhou para o outro lado. O rosto da moça estava próximo demais... e ele não queria que ela visse.

No entanto, Rebekah não se afastou. O que fez, isso sim, foi se agachar graciosamente ao seu lado e segurar sua mão. As dela eram muito mornas, e os pelos do pulso de Jamie se eriçaram em resposta àquele toque, apesar do que o médico estava fazendo com as suas costas.

– Vai acabar já, já – prometeu ela. – Ele está limpando as partes infeccionadas. Depois disso, vai formar uma casquinha seca e parar de purgar. – O médico resmungou algo. – Ele está perguntando se o senhor tem febre à noite ou pesadelos.

Espantado, ele a encarou, mas o semblante dela exibia apenas compaixão. Rebekah apertou um pouco mais sua mão para reconfortá-lo.

– Eu... Sim. Às vezes.

Um grunhido do médico, mais palavras, e Rebekah soltou a mão de Jamie, deu nela um tapinha e se retirou com um farfalhar das saias.

Ele fechou os olhos e tentou conservar na mente o aroma dela. Não foi possível retê-lo no nariz, uma vez que o médico agora o estava besuntando com algo fétido. Podia sentir o próprio cheiro também, e sua mandíbula formigou de vergonha. Ele fedia a suor rançoso, fumaça de acampamento e sangue fresco.

Podia ouvir D'Église e Ian conversando na saleta, em voz baixa, debatendo se deveriam entrar para resgatá-lo. Ele os teria chamado, mas não podia suportar que o capitão visse... Pressionou os lábios com força. Sim, bem, estava quase terminando. Podia perceber isso pelos movimentos mais vagarosos do médico, agora quase delicados.

– Rebekah! – chamou o velho, impaciente.

A moça apareceu um segundo depois trazendo uma pequena trouxa. O médico proferiu uma curta saraivada de palavras. Em seguida, pressionou um pano fino sobre as costas de Jamie. O material aderiu ao unguento malcheiroso.

– Meu avô está dizendo que o pano vai proteger sua camisa até o unguento ser absorvido – explicou ela. – Quando ele cair... não puxe, deixe que caia sozinho... quando isso acontecer, as feridas já vão ter cicatrizado, mas as casquinhas devem estar moles e não devem rachar.

O médico tirou a mão do ombro de Jamie, e o rapaz se levantou com um pulo e olhou em volta à procura da camisa. Rebekah lhe entregou a roupa. Os olhos dela estavam pregados no seu peito nu, e pela primeira vez na vida ele sentiu vergonha do

309

fato de ter mamilos. Um formigamento extraordinário, mas não desagradável, fez os pelos encaracolados de seu corpo se eriçarem.

– Obrigado… Ahn, quero dizer… *Gracias, señor.* – Seu rosto estava em chamas, mas ele se curvou em frente ao médico do modo mais gracioso que foi capaz. – *Muchas gracias.*

– *De nada* – retrucou o velho, com uma voz áspera e um gesto de quem descarta o assunto. Ele apontou para a pequena trouxa na mão da neta. – Beber. Sem febre. Sem sonhos. – E então, surpreendentemente, sorriu. – *Shalom!*

D'Église, parecendo satisfeito com o novo serviço, deixou Ian e Jamie numa taverna grande chamada Le Poulet Gai, onde alguns dos outros mercenários já estavam se divertindo. O lugar tinha um bordel no andar de cima. Mulheres encardidas em diversos estágios de nudez passeavam livremente pelos cômodos de baixo, capturando novos clientes com os quais desapareciam no primeiro andar.

Os dois escoceses jovens e altos provocaram certa dose de interesse nas mulheres, mas, quando Ian virou a bolsa do avesso na sua frente, após ter guardado o dinheiro na segurança da camisa, elas deixaram os rapazes em paz.

– Eu não poderia nem olhar para uma dessas – disse Ian, dando as costas para as prostitutas e se dedicando à sua cerveja. – Não depois de ver aquela judiazinha de perto. Você já viu coisa igual?

Jamie balançou a cabeça, entretido na própria bebida. A cerveja estava amarga, fresca, e desceu perfeitamente, sedento como ele estava após a provação no consultório do dr. Hasdi. Ainda podia sentir o resquício do perfume de Rebekah, baunilha e rosas, uma fragrância fugidia em meio aos fedores da taverna. Remexeu no *sporran* e pegou a pequena trouxa de pano que Rebekah tinha lhe dado.

– Ela falou… bem, o médico falou… que eu deveria beber isto. Mas como?

A trouxa continha uma mistura de folhas partidas, pequenos gravetos e um pó grosso, e exalava um cheiro forte que ele não conhecia. Não era ruim, apenas estranho.

Ian franziu o cenho para aquilo.

– Bem… preparando um chá, imagino – falou. – Como mais poderia ser?

– Eu não tenho água para a infusão – respondeu Jamie. – Estava pensando… quem sabe colocar na cerveja?

– Por que não?

Ian não estava prestando muita atenção. Observava Mathieu Cara de Porco, que, em pé junto a uma parede, chamava as prostitutas que passavam, olhava-as de cima a baixo, e ocasionalmente apalpava a mercadoria antes de mandar cada uma delas embora com um tapa no traseiro.

Ele não se sentia realmente tentado. Para ser sincero, as mulheres o deixavam assustado. Mas estava curioso. Se um dia *devesse...* Bem, como começar? Simplesmente agarrando, como Mathieu estava fazendo, ou era preciso primeiro perguntar o preço para ter certeza de que poderia pagar? E será que era possível pechinchar, como se fazia para comprar um pão ou um pedaço de toucinho, ou a mulher lhe daria um chute no saco e sairia em busca de alguém menos pão-duro?

Lançou um olhar para Jamie que, depois de engasgar um pouco, tinha conseguido tomar toda a sua cerveja com ervas e parecia um pouco vidrado. Não achava que o amigo soubesse, mas não queria perguntar, só para o caso de ele saber.

– Vou ao reservado – disse Jamie abruptamente. Estava pálido.

– Está com caganeira?

– Ainda não.

Com esse comentário promissor, ele se afastou, trombando nas mesas de tanta pressa, e Ian foi atrás, parando por tempo suficiente para, econômico, secar o que restava da cerveja de Jamie e da sua.

Mathieu tinha encontrado uma que lhe agradara. Olhou para Ian com um ar lascivo e disse algo desagradável enquanto conduzia sua escolhida em direção à escada. Ian sorriu cordialmente e falou algo muito pior em *gàidhlig*.

Quando Ian chegou ao pátio nos fundos da taverna, Jamie tinha sumido. Imaginando que o amigo fosse voltar assim que houvesse se livrado do problema, ele se recostou tranquilamente na parede dos fundos do prédio e aproveitou o ar fresco da noite enquanto observava as pessoas no pátio.

Um par de tochas fincadas no chão estava aceso, e a cena lembrava um pouco uma pintura do Juízo Final que ele tinha visto, com anjos de um lado tocando trombetas e pecadores do outro descendo para o inferno num emaranhado de lascívia e de membros nus. A maioria ali era de pecadores, embora achava ter visto, com o canto do olho, um anjo passar flutuando. Umedeceu os lábios, pensativo, e se perguntou o que haveria na mistura que o dr. Hasdi tinha dado a Jamie.

O próprio Jamie emergiu do reservado nos fundos do pátio, parecendo um pouco mais calmo. Ao ver Ian, passou por entre os pequenos grupos que cantavam e bebiam sentados no chão e pelos outros que andavam de lá para cá, ostentando um sorriso vago enquanto procuravam alguma coisa, sem saber o quê.

Ian foi tomado por uma súbita sensação de repulsa, quase um terror: um medo de nunca mais tornar a ver a Escócia, de morrer ali, entre desconhecidos.

– Nós deveríamos ir para casa – falou abruptamente, assim que Jamie entrou no raio de alcance da sua voz. – Assim que terminarmos esse serviço.

– Para casa? – Jamie o encarou de um modo estranho, como se ele estivesse falando algum idioma incompreensível.

– Você tem negócios lá, e eu também. Nós...

Um grito agudo e o chacoalhar de uma mesa caindo os interrompeu. A porta dos fundos da taverna se abriu de supetão e uma mulher saiu de lá correndo, gritando num francês que Ian não entendeu, mas que, pelo tom, soube muito bem serem palavrões. Palavras semelhantes foram ditas numa voz masculina exaltada, e Mathieu surgiu atrás da mulher.

Ele a agarrou pelo ombro, a fez girar e lhe deu um tabefe no meio do rosto com as costas da mão carnuda. O barulho fez Ian se encolher, e a mão de Jamie apertou seu pulso.

– O que está aconte...? – começou Jamie, mas então se calou.

– *Putain de... merde... tu fais... chier* – arfava Mathieu, batendo nela a cada palavra.

A mulher ainda guinchou mais um pouco, tentando fugir, mas ele a tinha segurado pelo braço. Obrigou-a a dar meia-volta com um puxão e a empurrou com força, derrubando-a de joelhos.

A mão de Jamie se soltou e Ian segurou seu braço, bem apertado.

– Não – falou, sério, e puxou Jamie de volta para a sombra.

– Eu não ia – retrucou Jamie, entre os dentes e sem reparar muito no que estava dizendo, pois tinha os olhos fixos no que estava acontecendo, tanto quanto Ian.

A luz da porta se derramava sobre a mulher e se refletia em seus seios flácidos, desnudados pela gola rasgada da combinação. Refletia-se também em suas nádegas amplas e redondas: Mathieu tinha levantado suas saias até a cintura e estava por trás dela, puxando a própria braguilha com uma só mão enquanto a outra, enrolada nos cabelos dela, puxava-lhe a cabeça para trás, fazendo o pescoço se esticar e deixando seu rosto com os mesmos olhos brancos de um cavalo apavorado.

– *Pute!* – gritou ele, e desferiu um forte tapa com a mão aberta na bunda dela. – Ninguém diz não para mim!

A essa altura ele já tinha posto o pau para fora e o estava segurando. Cravou-o na mulher com uma violência que fez as nádegas dela estremecerem e Ian se contrair dos joelhos até o pescoço.

– *Merde!* – exclamou Jamie.

Outros homens e uma ou duas mulheres tinham saído para o pátio e se reunido em volta com os demais para assistir ao espetáculo conforme Mathieu começava os trabalhos de modo profissional. Ele soltou os cabelos da mulher de modo a poder segurá-la pelos quadris, e a cabeça dela pendeu, com o rosto escondido pelos cabelos. Ela grunhia a cada arremetida, arfando palavras chulas que faziam a plateia rir.

Ian estava chocado – tanto com a própria excitação quanto com o que Mathieu estava fazendo. Nunca tinha visto uma cópula explícita, apenas os movimentos e risinhos de coisas acontecendo debaixo de um cobertor, de vez em quando um pequeno clarão de pele branca. Mas aquilo ali... Deveria desviar os olhos, sabia muito bem. Mas não o fez.

Jamie inspirou num arquejo, mas não foi possível saber se queria dizer alguma coisa. Mathieu jogou para trás a cabeçorra e uivou feito um lobo, e todos os espectadores deram vivas. Seu rosto então se convulsionou, os dentes falhados à mostra num sorriso que parecia o de uma caveira. Ele guinchou e desabou por cima da prostituta.

Ela se contorceu para sair de baixo do seu peso, xingando-o. Ian agora entendia o que ela estava dizendo, e teria ficado chocado outra vez, caso ainda lhe restasse alguma capacidade de se chocar. A mulher se levantou com um pulo, parecendo nada machucada, e chutou as costelas de Mathieu uma vez, depois duas. Entretanto, como não estava de sapatos, não o feriu. Estendeu a mão para a bolsa de dinheiro ainda presa na cintura dele, enfiou a mão lá dentro, pegou um punhado de moedas, então lhe deu um último chute e entrou na casa pisando firme, segurando a gola da combinação. Mathieu ficou esparramado no chão, com a calça arriada nas coxas, rindo e arfando.

Ian ouviu Jamie engolir em seco e percebeu que ainda estava segurando o braço do amigo. Jamie não parecia ter notado. Ian soltou. Seu rosto ardia até o meio do peito, e ele tampouco pensava que fosse somente a luz das tochas no rosto de Jamie.

– Vamos… vamos para outro lugar – falou.

– Eu queria que tivéssemos… feito alguma coisa – desabafou Jamie.

Os dois não tinham falado nada após sair do Le Poulet Gai. Tinham andado até o outro extremo da rua e descido uma viela secundária, e acabaram indo parar numa pequena taverna razoavelmente tranquila. Juanito e Raoul estavam lá, jogando dados com alguns habitantes, mas não dedicaram mais de uma olhadela a Ian e Jamie.

– Não vejo *o que* poderíamos ter feito – disse Ian, sensato. – Quero dizer, talvez pudéssemos ter enfrentado Mathieu juntos e nos safado ficando apenas aleijados. Mas você sabe que isso teria começado uma confusão com toda aquela gente em volta. – Ele hesitou e deu uma olhada rápida na direção de Jamie antes de encarar outra vez a caneca. – E… ela *era* prostituta. Quero dizer, não era uma…

– Eu sei o que você quer dizer – interrompeu Jamie. – É, tem razão. E ela foi com ele, para começo de conversa. Só Deus sabe o que Mathieu fez para ela mudar de ideia. Eu queria… Ah, que se foda! Quer comer alguma coisa?

Ian balançou a cabeça. A garçonete lhes trouxe uma jarra de vinho, passou os olhos neles rapidamente e os descartou. O vinho era do tipo barato, que esfolava o interior da boca, mas tinha um sabor decente sob os eflúvios de resina e não estava muito aguado. Jamie bebeu a grandes goladas, mais depressa do que de costume. Estava pouco à vontade, sensível e irritadiço, e queria se livrar dessa sensação.

Havia algumas mulheres presentes, não muitas. Jamie era obrigado a concluir que talvez a prostituição não fosse uma atividade lucrativa, visto a aparência lamentável da maioria das coitadas, maltratadas e meio banguelas. Talvez aquilo as exaurisse, ter que…

Ele se desviou desse pensamento e, ao constatar que a jarra estava vazia, acenou para a garçonete e pediu outra.

Juanito soltou um viva de alegria e disse algo em ladino. Ao olhar naquela direção, Jamie viu uma das prostitutas, que espreitava nas sombras, aproximar-se com um andar coleante e se abaixar para dar um beijo de parabéns em Juanito enquanto ele recolhia seus ganhos. Soltou um pouco de ar pelo nariz para tentar se livrar do cheiro dela – um fedor de suor rançoso e peixe morto. Alexandre tinha lhe dito que era por causa das partes íntimas mal lavadas, e ele acreditava.

Voltou ao vinho. Ian bebia no mesmo ritmo que ele, caneca após caneca, e provavelmente pelo mesmo motivo. Seu amigo em geral não era irritadiço nem mal-humorado, mas, quando se emburrava, muitas vezes ficava assim até o dia seguinte. Uma boa noite de sono apagava o seu mau humor, mas até lá não era bom provocá-lo.

Lançou um olhar de esguelha para Ian. Não podia lhe contar sobre Jenny. Simplesmente… não podia. Tampouco conseguia pensar nela, abandonada sozinha em Lallybroch, talvez grá…

– Ai, meu Deus… – murmurou, entre os dentes. – Não. Por favor. Não!

"Não volte lá", tinha dito Murtagh, e claramente estava falando sério. Bem, ele *iria* voltar. Só que ainda demoraria um pouco. Não ajudaria a irmã se voltasse agora e levasse Randall e os casacos-vermelhos direto até ela feito moscas em volta de um cervo recém-abatido… Horrorizado, descartou logo essa analogia. A verdade era que pensar em Jenny o deixava nauseado de tanta vergonha.

Ian observava outra das rameiras. Era velha, uns 30 e poucos anos, no mínimo, mas tinha quase todos os dentes e era mais limpa do que a maioria. Ela também estava flertando com Juanito e Raoul, e Jamie refletiu se ela se importasse caso descobrisse que eles eram judeus. Talvez uma prostituta não pudesse se dar ao luxo de ser exigente.

Sua mente traiçoeira lhe apresentou na mesma hora outra imagem da irmã, obrigada a abraçar aquele ofício para comer, forçada a aceitar qualquer homem que… Santa Mãe, o que o povo, os arrendatários, os criados fariam com ela se descobrissem o que havia acontecido? As fofocas… Ele fechou os olhos com força, esperando conseguir bloquear a imagem.

– Aquela dali não é tão ruim – disse Ian num tom meditativo, e Jamie abriu os olhos. A prostituta a que ele se referia tinha se curvado junto a Juanito e esfregava deliberadamente o seio na sua orelha verruguenta. – Se ela não se importa com um judeu, talvez ela…

O sangue subiu às faces de Jamie.

– Se você tem alguma pretensão em relação à minha irmã, não vai… não vai se poluir com uma prostituta francesa!

Ian pareceu não entender, mas ficou vermelho também.

– Ah, é? E se eu disser que a sua irmã não vale a pena?

O soco de Jamie o acertou no olho, e ele saiu voando para trás, derrubou o banco e caiu por cima da mesa ao lado. Jamie mal reparou, pois a dor na mão fez fogo e enxofre subirem dos ossos esmagados até o antebraço. Ele se balançou para a frente e para trás, com a mão machucada presa entre os joelhos, dizendo palavrões em três idiomas.

Ian ficou sentado no chão, encurvado, segurando o olho e respirando pela boca em arquejos curtos. Um minuto depois, endireitou as costas. Seu olho já estava começando a inchar, purgando lágrimas pela bochecha magra. Ele se levantou, balançou a cabeça devagar e tornou a pôr o banco no lugar. Então se sentou, pegou a caneca e tomou um grande gole. Depois pegou o lenço que Jamie lhe estendia e o usou para enxugar o olho.

– Desculpe – Jamie conseguiu dizer.

A dor na mão estava começando a se amenizar, mas não a angústia em seu coração.

– É – respondeu Ian em voz baixa, sem cruzar olhares com ele. – Eu também queria que tivéssemos feito alguma coisa. Quer dividir uma tigela de ensopado?

Dois dias mais tarde, eles partiram rumo a Paris. Após pensar um pouco, D'Église tinha decidido que Rebekah e sua criada Marie viajariam de diligência, escoltadas por Jamie e Ian. O capitão e o resto da trupe levariam o dinheiro, e alguns homens seriam mandados na frente em pequenos grupos que ficariam à espera, tanto para verificar a estrada quanto para que pudessem viajar em turnos, sem se deter em nenhum ponto do caminho. As mulheres obviamente precisariam parar, mas não correriam perigo se não carregassem nada de valor.

Foi só quando foram buscar as mulheres na residência do dr. Hasdi que ficaram sabendo que o rolo da Torá e seu responsável, um homem de meia-idade e aspecto sóbrio que lhes foi apresentado como monsieur Peretz, iriam viajar com Rebekah.

– Estou lhes confiando os meus maiores tesouros, cavalheiros – disse o médico por intermédio da neta, e lhes fez uma pequena mesura formal.

– Que possamos ser dignos da sua confiança, senhor – respondeu Jamie num hebraico claudicante, e Ian se curvou de modo muito solene, com a mão no coração.

O dr. Hasdi olhou para um, depois para outro, moveu a cabeça de leve, então deu um passo à frente para beijar a testa de Rebekah.

Vá com Deus, filha – sussurrou ele, numa língua próxima o suficiente do espanhol para Jamie entender.

Tudo correu bem durante o primeiro dia e a primeira noite. O tempo outonal se manteve firme, sem mais do que um agradável cheiro de frio no ar, e os cavalos eram confiáveis. O dr. Hasdi havia deixado com Jamie uma bolsinha de dinheiro para cobrir as despesas da viagem, e todos comeram uma comida decente e dormiram numa hospedaria muito respeitável. Ian foi mandado na frente para inspecionar o local e garantir que não houvesse nenhuma surpresa desagradável.

O dia seguinte amanheceu nublado, mas o vento soprou as nuvens para longe antes do meio-dia, deixando o céu limpo e brilhante feito uma safira. Jamie ia montado na frente, Ian atrás, e a diligência seguia num ritmo bom, apesar da estrada sulcada e sinuosa.

Quando chegaram ao alto de uma pequena encosta, porém, Jamie parou seu cavalo de repente e ergueu a mão para deter a diligência. Ian se aproximou dele e também puxou as rédeas. Um pequeno regato atravessava a estrada no declive mais abaixo, formando um charco com uns 3 metros de extensão.

– O quê? – começou Jamie, mas foi interrompido.

O condutor havia feito seus cavalos pararem por um instante, mas, reagindo a um grito do interior da diligência, fez estalar as rédeas no lombo dos animais, e o veículo foi impelido para a frente, quase trombando no cavalo de Jamie, que se esquivou com violência, lançando seu cavaleiro para cima dos arbustos.

– Jamie! Tudo bem?

Dividido entre a preocupação com o amigo e o seu dever, Ian manteve a montaria parada enquanto olhava para os dois lados.

– Faça eles pararem! Pegue eles! *Ifrinn!*

Jamie saiu engatinhando do meio da vegetação rasteira, com o rosto arranhado e muito vermelho de fúria. Ian não esperou, mas chutou seu cavalo e partiu no encalço da pesada diligência, que agora se sacudia para um lado e para outro conforme ia descendo depressa rumo à base encharcada do aclive. Gritos femininos agudos de protesto vindos do interior foram abafados pela exclamação do condutor:

– ¡*Ladrones!*

Ele conhecia essa palavra em espanhol. *Ladrões.* Um dos *ladrones* já estava escalando a lateral da carruagem feito uma aranha, e o condutor imediatamente mergulhou do assento, aterrissou no chão e saiu correndo.

– Covarde! – bradou Ian.

E partiu para o ataque com um guincho das Terras Altas que fez os cavalos da diligência dispararem, jogando as cabeças para a frente e para trás e tornando difícil para o candidato a sequestrador controlar as rédeas.

Ian forçou o próprio cavalo, que também não havia apreciado seu grito nem um pouco, a passar pela fenda estreita entre a vegetação rasteira e o veículo. Quando chegou à mesma altura do condutor, Ian já tinha sacado a pistola. Apontou-a para o sujeito – um rapaz jovem de cabelos louros compridos – e exigiu que ele parasse.

O homem olhou para ele, encolheu bem o corpo e fez as rédeas estalarem no lombo dos cavalos enquanto gritava numa voz que parecia de ferro. Ian disparou e errou, mas o atraso tinha permitido a Jamie alcançá-los. Ele viu a cabeça ruiva do amigo aparecer quando escalou a traseira da diligência, e novos gritos irromperam lá de dentro quando Jamie correu pelo teto e se jogou em cima do condutor de cabelos louros.

Deixando ao encargo de Jamie lidar com essa parte do problema, Ian chutou seu cavalo para fazê-lo avançar, com a intenção de se posicionar à frente da diligência e segurar as rédeas, mas outro ladrão havia se adiantado e estava puxando para baixo a cabeça de um dos animais. Bem, tinha dado certo uma vez. Ian encheu os pulmões de ar e gritou.

Os cavalos da diligência empinaram, espalhando uma chuva de lama. Jamie e o condutor de cabelos louros caíram do assento, e o filho da mãe sumiu na estrada, possivelmente pisoteado no lamaçal. Ian torceu para que sim. Com sangue nos olhos, puxou as rédeas de sua montaria agitada, sacou a espada de fio duplo e partiu para o outro lado da estrada guinchando feito uma *ban-sidhe* e desferindo golpes a esmo. Dois dos ladrões o encararam boquiabertos, então se separaram e fugiram.

Ian os perseguiu um pouco entre os arbustos, mas a vegetação era fechada demais para o seu cavalo. Ele deu meia-volta e encontrou Jamie rolando pelo chão da estrada, esmurrando com vontade o rapaz de cabelos louros. Ian hesitou. Melhor ajudá-lo ou cuidar da diligência? Um estrondo alto e gritos terríveis o obrigaram a se decidir, e ele avançou a toda rumo à estrada.

A diligência, sem condutor, havia saído da estrada, entrado no charco e emborcado de lado numa vala. Pela gritaria que vinha lá de dentro, pensou que as mulheres deviam estar bem. Enrolou as rédeas em volta de uma árvore e foi controlar os cavalos da diligência antes que os animais se matassem.

Foi preciso um bom tempo para desfazer sozinho o nó das rédeas. Por sorte, os animais não tinham conseguido causar danos significativos a si mesmos. Seus esforços não foram nada facilitados quando emergiram do interior da diligência duas mulheres nervosas e muito descabeladas falando uma mistura incompreensível de francês e ladino.

Melhor assim, pensou ele, dando-lhes um vago aceno com a única mão de que podia dispor no momento. *Não adiantaria nada ouvir o que elas estão dizendo.* Então conseguiu captar a palavra "morto" e mudou de ideia. Monsieur Peretz costumava ser tão calado que Ian, na confusão do momento, na verdade tinha se esquecido da sua presença. Ficou sabendo que ele estava ainda mais calado agora, pois havia quebrado o pescoço quando a diligência capotou.

– Ai, meu Deus! – exclamou, e correu para olhar.

Era inegável que o homem estava morto. Os cavalos continuavam a dar trabalho, escorregando e batendo os cascos na lama da vala. Por alguns instantes, ele ficou ocupado demais para se preocupar com a sorte de Jamie, mas, quando conseguiu desatrelar o segundo cavalo da diligência e amarrá-lo com segurança numa árvore, começou a se perguntar onde estaria o amigo.

Não achou seguro deixar as mulheres sozinhas. Os *banditti* poderiam voltar, e ele ficaria com cara de idiota caso isso acontecesse. Não havia nem sinal do condutor, que obviamente havia abandonado os passageiros de tanto medo. Ele pediu que as senhoras se sentassem à sombra de um sicômoro e lhes passou seu cantil para que bebessem; depois de algum tempo elas pararam de falar tão depressa.

– Onde está Diego? – perguntou Rebekah de modo bastante inteligível.

– Ah, ele já vai vir – respondeu Ian, torcendo para ser verdade. Estava começando ele próprio a se preocupar.

– Talvez ele também tenha sido morto – disse a criada, lançando para a patroa um olhar mal-humorado. – Como a senhora iria se sentir nesse caso?

– Estou certa de que ele não... ele não morreu. Tenho certeza – repetiu Rebekah, sem soar nem um pouco segura.

Mas ela estava certa. Assim que Ian decidiu fazer as mulheres marcharem pela estrada no sentido contrário para dar uma olhada, Jamie despontou cambaleando pela curva, deixou-se cair no mato seco e fechou os olhos.

– O senhor está bem? – perguntou Rebekah, abaixando-se aflita para examiná-lo por baixo da aba do chapéu de palha de viagem.

Ele não parece em boa forma, pensou Ian.

– Sim, estou bem. – Jamie tocou a parte de trás da cabeça e fez uma leve careta. – Só um pequeno galo bem aqui. Aquele ladrão que caiu na estrada – explicou para Ian, tornando a fechar os olhos. – Ele se levantou de novo e me acertou por trás. Não me fez apagar, mas me distraiu um pouco. Quando me recuperei, os dois já tinham sumido... Tanto o que me bateu quanto o que eu estava espancando.

– Humpf! – fez Ian e, agachando-se diante do amigo, ergueu uma de suas pálpebras com o polegar.

Examinou com atenção o olho azul um pouco avermelhado. Não tinha a menor ideia do que procurar, mas já vira père Renault fazer aquilo. Depois ele geralmente aplicava sanguessugas em algum lugar. Naquele caso, tanto o primeiro olho quanto o outro pareciam em bom estado. Ainda bem, já que ele não dispunha de sanguessugas. Entregou o cantil para Jamie e foi examinar os cavalos.

– Dois deles parecem bem-dispostos – relatou ao voltar. – O baio claro está manco. Os bandidos levaram seu cavalo? E o condutor?

Jamie fez uma expressão de espanto.

– Esqueci que eu estava a cavalo – confessou. – Não sei quanto ao condutor... pelo menos não o vi caído na estrada. – Ele lançou um olhar vago em volta. – Onde está monsieur Picles?

– Morreu. Fique aqui, sim?

Ian deu um suspiro e se levantou. Depois desceu a estrada a passos largos, mas não encontrou o condutor, embora tivesse passado um tempo andando de lá para cá, chamando-o. Felizmente, cruzou com o cavalo de Jamie pastando perto da orla da mata. Voltou montado nele e deu com as mulheres em pé debatendo alguma coisa em voz baixa, olhando de vez em quando para a estrada ou então subindo na ponta dos pés numa vã tentativa de espiar por entre as árvores.

Jamie continuava sentado no chão, com os olhos fechados – mas pelo menos estava ereto.

– Você consegue montar? – perguntou Ian baixinho, agachando-se junto ao amigo. Para seu alívio, Jamie abriu os olhos na mesma hora.

– Ah, sim. Acha que devemos ir a cavalo até Saint-Aulaye e mandar alguém voltar para fazer algo em relação à diligência e a Peretz?

– O que mais podemos fazer?

– Não consigo pensar em mais nada. Não imagino que possamos levá-lo conosco. – Jamie se levantou e cambaleou um pouco, mas não precisou se escorar na árvore. – Acha que as mulheres sabem montar?

No fim das contas, Marie sabia um pouco. Rebekah nunca tinha montado. Após mais alguns acertos, ele conseguiu acomodar monsieur Peretz de modo decente no banco do condutor, com um lenço para proteger seu rosto das moscas, e o resto deles enfim montou: Jamie em seu cavalo com o rolo da Torá dentro de seu embrulho de lona amarrado atrás da sela. Entre a profanação de ele ser tocado por um gentio e a possibilidade de ser deixado na diligência para qualquer um que passasse encontrar, as mulheres com relutância haviam permitido a primeira alternativa. A criada ficou num dos cavalos da diligência, com um par de alforjes fabricados com os forros dos assentos e carregados com o máximo de bagagem das mulheres que eles conseguiram socar lá dentro. Enquanto isso, Rebekah dividia uma sela com Ian.

Apesar de parecer uma bonequinha, Rebekah era surpreendentemente sólida, como ele pôde constatar quando ela pôs o pé na sua mão e ele a suspendeu até a sela. Rebekah não conseguiu passar a perna para o outro lado. Em vez disso, ficou deitada em cima da sela feito um cervo abatido, agitando braços e pernas. Colocá-la numa posição vertical e se acomodar atrás dela o deixou vermelho e suado, bem mais do que lidar com os cavalos.

Jamie lhe arqueou a sobrancelha, ao mesmo tempo sentindo ciúme e achando graça, e ele lhe respondeu estreitando os olhos e passando o braço em volta da cintura de Rebekah para firmá-la contra si, torcendo para não estar fedendo demais.

Já estava escuro quando eles conseguiram chegar a Saint-Aulaye e encontrar uma hospedaria capaz de lhes alugar dois quartos. Ian conversou com o dono e providenciou alguém para ir buscar o corpo de monsieur Peretz pela manhã e enterrá-lo. As mulheres não ficaram felizes com a falta de preparação do cadáver, mas, como insistiram que ele precisava ser enterrado antes de o sol se pôr no dia seguinte, não era possível fazer muito mais do que isso. Ele então inspecionou o quarto das mulheres, olhou debaixo das camas, chacoalhou as persianas com uma atitude confiante e lhes desejou boa-noite. Elas pareciam um pouco exaustas.

Ao voltar para o outro quarto, ouviu um ruído melodioso e agradável e deparou com Jamie ajoelhado, empurrando para debaixo da única cama o embrulho que continha o rolo da Torá.

– Vai servir – disse ele, agachando-se com um suspiro. Ian achou que ele parecia quase tão exaurido quanto as mulheres, mas não falou nada.

– Vou providenciar para mandarem subir algo para o jantar – falou. – Senti um cheiro de pernil assando. Um pouco disso, e quem sabe...

– O que tiverem – interveio Jamie com fervor. – Traga tudo.

Eles comeram com apetite e em seus respectivos quartos. Jamie estava começando a sentir que o segundo pedaço de *tarte tatin* com creme tinha sido um erro quando Rebekah entrou no quarto dos homens seguida pela criada, que trazia uma pequena bandeja encimada por uma jarra da qual emanava um vapor perfumado. Jamie se sentou mais ereto e conteve um gemido quando a dor varou sua cabeça. Rebekah franziu o cenho e suas sobrancelhas oblíquas se abaixaram numa expressão preocupada.

– Sua cabeça está doendo muito, Diego?

– Não, está tudo bem. Foi só uma pancada leve.

Ele estava suado e com o estômago revirado, mas pressionou as mãos espalmadas na mesa e teve certeza de estar firme. Ela não pareceu concordar e chegou mais perto, curvando-se para perscrutar os olhos dele com um ar inquisitivo.

– Eu não acho – discordou. – O senhor está... suando frio.

– Estou? – indagou ele, um tanto fraco.

– Se ela estiver querendo dizer que você parece um molusco que acabaram de arrancar da concha, então, sim, está – confirmou Ian. – Em choque, sabe? Pálido, suado e...

– Eu sei o que significa suar frio, está bem?

Jamie encarou Ian com raiva, e o amigo lhe abriu um meio sorriso... Que droga, ele devia estar com uma cara horrível. Ian estava preocupado mesmo. Engoliu em seco enquanto tentava pensar em algo espirituoso para dizer que o pudesse tranquilizar, mas sentiu uma súbita ânsia de vômito e teve que fechar com força tanto a boca quanto os olhos e se concentrar intensamente em fazer a comida voltar a descer.

– Chá – disse Rebekah com firmeza.

Ela pegou a jarra da criada e serviu uma caneca. Em seguida, fechou em torno dela as mãos de Jamie e, segurando-as com as suas, guiou a caneca até a boca dele.

– Beba. Vai ajudar.

Ele bebeu. E ela estava certa. Realmente ajudou. Pelo menos se sentiu na hora menos enjoado. Reconheceu o sabor do chá, embora pensasse que aquele ali tivesse também alguns outros ingredientes.

– Mais.

Outra caneca lhe foi apresentada. Essa ele conseguiu beber sozinho. Ao terminá--la, já estava se sentindo bem melhor. Ainda sentia a cabeça latejar no mesmo ritmo de seu coração, mas a dor parecia de algum modo estar um pouco à parte.

– O senhor não deveria ficar sozinho durante algum tempo – sugeriu Rebekah, e, sentando-se, espalhou as saias com elegância ao redor dos tornozelos.

Ele abriu a boca para dizer que não estava sozinho, que Ian estava ali… mas cruzou o olhar do amigo a tempo e se calou.

– Os bandidos – disse ela para Ian, com a bela testa franzida. – Quem o senhor acha que eles eram?

– Ah… bem, depende. Se eles sabiam quem a senhorita era e queriam raptá-la é uma coisa. Mas pode ser que não passassem de ladrões aleatórios, que viram a diligência e decidiram se arriscar em troca do que conseguissem capturar. A senhorita não reconheceu nenhum deles, reconheceu?

Ela arregalou os olhos. Não eram exatamente da mesma cor dos de Annalise, notou Jamie. Eram de um castanho mais suave… como as penas no peito de um tetraz.

– Saber quem eu era? – sussurrou ela. – Eles queriam me raptar? – Ela engoliu em seco. – O senhor acha… acha isso possível?

Ela estremeceu de leve.

– Bem, eu não sei, claro. Tome, *a nighean*, acho que a senhorita deveria tomar um golinho deste chá.

Ian esticou um braço comprido para pegar a jarra, mas ela a puxou para trás e fez que não com a cabeça.

– Não, é remédio… Diego precisa dele. Não precisa? – indagou, inclinando-se para a frente e encarando preocupada os olhos de Jamie.

Havia tirado o chapéu, mas estava com os cabelos, ou a maior parte deles, presos numa touca de renda branca com fita cor-de-rosa. Ele aquiesceu, obediente.

– Marie… traga um pouco de conhaque, por favor. O choque…

Ela tornou a engolir em seco e abraçou o próprio corpo por um breve instante. Jamie reparou como aquilo lhe empinava os seios, fazendo-os inchar ligeiramente acima do espartilho. Ainda restava um pouco de chá na sua caneca. Ele terminou de beber.

Marie chegou com o conhaque e serviu um cálice para Rebekah. Em seguida um para Ian, após um gesto de Rebekah, e quando Jamie emitiu um pequeno ruído educado encheu a caneca dele até a metade e serviu mais chá quente por cima. O gosto ficou esquisito, mas ele não se importou muito. A dor tinha se afastado para o outro extremo do recinto. Ele podia vê-la sentada ali, uma espécie de coisinha roxa de olhar malvado com uma expressão mal-humorada no rosto. Ele riu para a dor, e Ian franziu o cenho para ele.

– Do que está rindo?

Jamie não conseguiu pensar em como descrever o bichinho da dor, de modo que apenas balançou a cabeça, o que se revelou um erro. A dor adquiriu de repente um ar de júbilo e tornou a se cravar dentro da sua cabeça com um barulho que lembrou um tecido se rasgando. O quarto girou, e ele agarrou a mesa com as duas mãos.

– Diego!

Cadeiras se arrastaram pelo chão, e houve uma boa dose de falação na qual ele não prestou atenção. Quando deu por si, estava deitado na cama, encarando as vigas do teto. Uma delas parecia estar se dividindo lentamente, como uma trepadeira que cresce.

– E ele disse ao capitão que havia alguém entre os judeus que sabia sobre...

A voz de Ian falava num tom tranquilizador, sincero e lento para que Rebekah o compreendesse... embora Jamie pensasse que ela talvez compreendesse mais do que dizia. Pequenas folhas verdes foram brotando da viga que se dividia, e ele teve o vago pensamento de que aquilo era pouco incomum, mas uma grande sensação de tranquilidade o havia dominado, e ele não se importou nem um pouco.

Rebekah agora estava dizendo alguma coisa com uma voz suave e preocupada, e com um pouco de esforço ele virou a cabeça para olhar. Ela estava debruçada por cima da mesa na direção de Ian, e ele estava com as duas mãos grandes fechadas em torno das dela, tranquilizando-a de que Jamie e ele não deixariam nada de mau lhe acontecer.

De repente, outro rosto surgiu no seu campo de visão: a criada, Marie, com o cenho franzido para ele. Com um gesto rude, ela ergueu sua pálpebra e espiou dentro do seu olho, tão perto que ele pôde sentir o cheiro de alho do seu hálito. Piscou o olho com força, e ela o soltou com um pequeno "humpf!" e se virou para dizer algo a Rebekah, que respondeu num ladino veloz. A criada balançou a cabeça com um ar de dúvida, mas se retirou.

Só que o rosto dela não se retirou junto. Jamie ainda podia vê-lo acima dele, com o cenho franzido. O rosto agora estava preso à viga folhosa, e ele então percebeu que havia uma cobra lá em cima, uma serpente com cabeça de mulher e uma maçã na boca. Aquilo não podia estar certo, com certeza deveria ser um porco, não? A criatura então começou a rastejar parede abaixo e bem por cima do seu peito, pressionando a maçã junto ao seu rosto. A fruta tinha um cheiro delicioso, e ele quis mordê-la, mas, antes de conseguir fazer isso, sentiu o peso da cobra mudar, tornando-se macio e pesado, e arqueou as costas um pouco, sentindo o nítido contorno de grandes seios redondos esmagados contra si. O rabo da cobra – ela era mulher agora, mas sua extremidade traseira ainda parecia reptiliana – acariciava delicadamente a parte interna de sua coxa.

Ele produziu um ruído muito agudo, e Ian acorreu à cama depressa.

– Está tudo bem?

– Eu... Ah! Ai, faça isso outra vez.

– Fazer *o quê*? – indagou Ian quando Rebekah apareceu e pôs a mão no seu braço.

– Não se preocupe – disse ela, encarando Jamie com atenção. – Ele está bem. É o remédio... Ele provoca sonhos estranhos.

– Ele não parece estar dormindo – disse Ian meio desconfiado.

Na verdade, Jamie se contorcia na cama – ou pensava estar se contorcendo – para tentar convencer a metade inferior da cobra-mulher a mudar também. Estava *mesmo* arfando.

– Está sonhando acordado – disse Rebekah num tom reconfortante. – Venha, deixe-o. Ele vai pegar no sono daqui a pouco, o senhor vai ver.

Jamie não achou que tinha pegado no sono, mas obviamente algum tempo havia se passado quando ele emergiu de um notável encontro amoroso com a demônia-serpente. Não sabia como tinha descoberto que se tratava de uma demônia, mas claramente era. Não havia mudado sua metade inferior, mas tinha uma boca muito feminina. O encontro também incluíra várias amigas dela, ou seja, pequenos demônios do sexo feminino que tinham lambido com grande entusiasmo suas orelhas e outras partes.

Ele virou a cabeça no travesseiro para possibilitar um melhor acesso a um desses demônios e, sem qualquer sentimento de surpresa, viu Ian beijando Rebekah. A garrafa de conhaque tinha emborcado, vazia, e Jamie pareceu ver o fantasma de seu aroma subir rodopiando pelo ar feito fumaça, envolvendo os casais numa bruma traspassada por arco-íris.

Fechou os olhos outra vez para poder se ocupar melhor da mulher-serpente, que agora tinha várias conhecidas novas e interessantes. Quando abriu os olhos algum tempo depois, Ian e Rebekah tinham sumido.

Em determinado momento, ouviu Ian dar uma espécie de grito abafado e se perguntou o que teria acontecido, mas não lhe pareceu importante e o pensamento flutuou para longe. Ele dormiu.

Acordou se sentindo flácido, como uma folha de repolho atacada pelo frio, mas a dor na sua cabeça tinha sumido. Ficou apenas deitado ali durante algum tempo, saboreando a sensação. Estava escuro no quarto, e ele demorou para perceber, pelo cheiro de conhaque, que Ian estava deitado ao seu lado.

A memória lhe voltou. Foi preciso algum tempo para separar as lembranças reais das dos sonhos, mas teve quase certeza de ter visto Ian beijando Rebekah – e ela a ele. O que tinha acontecido *depois*?

Ian não estava dormindo. Seu amigo estava deitado tão rígido quanto uma das estátuas da tumba da cripta em Saint-Denis, e sua respiração estava acelerada e irregular, como se ele houvesse acabado de correr 1,5 quilômetro morro acima. Jamie pigarreou e Ian se sobressaltou como se tivesse sido espetado com o alfinete de um broche.

– Então? – sussurrou Jamie, e a respiração de Ian parou abruptamente.

– Se você contar uma palavra sobre isso para a sua irmã – disse ele num sussurro arrebatado –, eu mato você a facadas enquanto estiver dormindo, corto sua cabeça fora e a chuto até Arles, ida e volta.

Jamie não queria pensar na irmã e queria ouvir sobre Rebekah, então apenas repetiu:

– Então?

Ian deu um pequeno grunhido, indicando que estava refletindo sobre a melhor maneira de começar, e olhou para Jamie, que estava debaixo da manta xadrez.

– Sim, bem. Você ficou falando um pouco sobre as demônias nuas com quem estava se divertindo, e eu não achei que a moça devesse ficar escutando esse tipo de coisa, então disse que deveríamos ir para o outro quarto e...

– Isso foi antes ou depois de você começar a beijá-la? – perguntou Jamie.

Ian inspirou com força pelo nariz.

– Depois – respondeu, tenso. – E ela estava me beijando também, sabe?

– Sim, eu reparei. E então?

Pôde sentir Ian se remexer devagar, feito uma minhoca na ponta de um anzol, mas aguardou. Ian muitas vezes demorava um tempo para encontrar as palavras, mas em geral valia a pena esperar. Com certeza naquela ocasião valia.

Estava um pouco chocado, e com uma pitada de inveja. Cogitou o que poderia acontecer quando o noivo da moça descobrisse que ela não era mais virgem, mas supôs que o homem talvez não descobrisse. Ela parecia uma moça esperta. Talvez fosse sensato deixar o bando de D'Église, porém, e tomar o rumo do sul, só por garantia...

– Você acha que dói muito ser circuncidado? – perguntou Ian de repente.

– Acho. Como poderia não doer?

Sua mão procurou o próprio membro, e esfregou um polegar protetor por cima do pedaço em questão. Verdade que não era um pedaço muito grande, mas...

– Bem, eles fazem isso com bebês – ressaltou Ian. – Não pode ser tão ruim assim, não é?

– Humpf – fez Jamie, nada convencido, embora a parcialidade o tenha feito arrematar. – Sim, bem, e fizeram com Jesus também.

– É? – Ian soou espantado. – É, imagino que sim... Não tinha pensado nisso.

– Bem, nós não pensamos nele como judeu, não é? Mas Ele era, na base.

Houve um breve silêncio meditativo antes de Ian tornar a falar.

– Você acha que Jesus fez aquilo? Com uma mulher, digo, antes de começar a pregar?

– Eu acho que père Renault daqui a pouco vai condená-lo por blasfêmia.

Ian se remexeu, como preocupado que o padre pudesse estar à espreita nas sombras.

– Graças a Deus père Renault não está por aqui.

– Sim, mas você vai precisar se confessar com ele, não é?

Ian se empertigou e agarrou a manta junto a si.

– O quê?

– Caso contrário, se você morrer vai para o inferno – assinalou Jamie, sentindo-se bastante superior.

O luar entrava pela janela, e ele pôde ver que o rosto de Ian estava contraído numa ponderação inquieta, e seus olhos fundos se moviam para a direita e para a esquerda, entre a cruz e a caldeirinha. De repente, ao encontrar a possibilidade de um canal aberto entre a ameaça do inferno e père Renault, ele virou a cabeça para Jamie.

– Eu só iria para o inferno se fosse um pecado mortal – falou. – Se fosse apenas venial, só teria que passar uns mil anos no purgatório. Não seria tão ruim.

– É claro que é um pecado mortal – retrucou Jamie, irritado. – Qualquer um sabe que a fornicação é um pecado mortal, seu idiota.

– É, mas… – Imerso em pensamentos, Ian fez um gesto de "espere um pouco" com a mão. – Para ser *mortal*, porém, são necessárias três coisas. Três exigências, por assim dizer. É preciso ser algo seriamente errado, você precisa *saber* que é seriamente errado e, por fim, precisa dar o seu total consentimento. É assim que funciona, não?

Ele baixou a mão e olhou para Jamie com as sobrancelhas arqueadas.

– Sim, e qual dessas partes você não cometeu? O total consentimento? Ela estuprou você?

Ele estava provocando, mas Ian virou o rosto de um modo que lhe causou uma dúvida repentina.

– Ian?

– Nããão… – falou seu amigo, mas a palavra também foi pronunciada em tom de dúvida. – Não foi assim… não exatamente. Eu quis dizer mais a parte do seriamente errado. Não acho que tenha sido…

Ele não completou a frase.

Jamie se virou para ele apoiado num dos cotovelos.

– Ian – falou, com a voz dura. – *O que você fez com a moça?* Se tirou a virgindade dela, isso é seriamente errado. Ela está prometida em casamento. Ah… – Um pensamento lhe ocorreu, e ele se inclinou um pouco mais para perto e baixou a voz. – Ela não era mais virgem? Talvez nesse caso seja diferente.

Se a moça fosse promíscua, talvez… Pensando bem, ela *provavelmente* escrevia poesia…

Ian agora tinha abraçado os joelhos com os dois braços e apoiou a testa, e sua voz soou abafada pelas dobras da manta xadrez. Um "não sei" se fez ouvir num grasnado engasgado.

Jamie estendeu a mão e cravou os dedos com força no tornozelo de Ian. Seu amigo se endireitou com um grito de susto que fez alguém num cômodo distante se mexer e grunhir durante o sono.

– Como assim, não sabe? Como é possível você não ter reparado? – zombou ele.

– Ah... bem... ela... ahn... ela me fez terminar com a mão – disse Ian de uma vez só. – Antes de eu poder... bem.

– Ah!

Jamie se deitou de costas com o espírito um pouco menos ávido, embora a carne não. Seu pau ainda parecia querer ouvir os detalhes.

– Isso é seriamente errado? – indagou Ian, tornando a virar o rosto para ele. – Bem, não posso dizer que tenha dado meu consentimento *integral*, pois não era nem um pouco o que eu pretendia fazer, mas...

– Eu acho que você vai para o inferno – garantiu Jamie. – Quer tenha conseguido ou não, você teve a intenção. E como isso aconteceu, aliás? Ela simplesmente... foi lá e segurou?

Ian deu um suspiro longo, muito longo, e afundou a cabeça nas mãos. Aquilo parecia estar lhe causando dor.

– Bem, passamos um tempo nos beijando, e houve mais conhaque... bastante conhaque. Ela... ahn... dava um gole e me beijava e... ahn... e punha na minha boca, e...

– *Ifrinn!*

– Quer, por favor, parar de dizer "inferno" desse jeito? Eu não quero pensar nisso.

– Desculpe. Continue. Ela deixou você tocar nos peitos dela?

– Só um pouco. Não quis tirar o espartilho, mas deu para sentir os mamilos através da combinação... Você disse alguma coisa?

– Não – respondeu Jamie com esforço. – E depois?

– Bem, ela pôs a mão debaixo do meu kilt, e logo depois tirou como se tivesse tocado uma cobra.

– E tinha?

– Tinha, sim. Ela ficou chocada. Quer parar de arfar desse jeito? – pediu Ian, irritado. – Você vai acordar a casa inteira. Foi porque não era circuncidado.

– Ah. Foi por isso que ela não... ahn... do jeito convencional?

– Ela não explicou, mas talvez tenha sido. Só que depois de algum tempo ela quis olhar, e foi nessa hora que... bom.

– Humpf!

Demônias nuas contra o risco de ir para o inferno ou não, Jamie achou que Ian tinha ficado com a melhor parte daquela noite. Algo lhe ocorreu.

– Por que você perguntou se ser circuncidado doía? Não estava pensando em fazer isso, estava? Por ela, digo?

– Não vou dizer que essa ideia não me ocorreu – admitiu Ian. – Quero dizer, eu pensei que, nas circunstâncias, talvez devesse me casar com ela. Mas acho que não poderia virar judeu mesmo que tomasse coragem para ser circuncidado... Minha mãe iria arrancar minha cabeça se eu fizesse isso.

– É, tem razão – concordou Jamie. – Iria mesmo. *Além disso*, você iria para o inferno.

Pensar na rara e delicada Rebekah batendo manteiga no pátio de uma fazenda nas Terras Altas ou fuloando lã encharcada de urina com os pés descalços era mais ridículo do que imaginar Ian de solidéu e suíças... mas não muito.

– E você não tem nenhum dinheiro, tem?

– Tenho um pouco – respondeu Ian, pensativo. – Mas não o suficiente para ir morar em Timbuctu. E eu teria que ir pelo menos tão longe quanto isso.

Jamie suspirou e se espreguiçou, relaxando. Um silêncio meditativo se instalou, Ian, sem dúvida, pensando na perdição e Jamie revivendo os melhores trechos de seus sonhos provocados pelo ópio, só que com o rosto de Rebekah na mulher-serpente. Por fim, rompeu o silêncio e se virou para o amigo.

– Então... valeu a pena correr o risco de ir para o inferno?

Ian deu outro suspiro demorado e profundo, mas foi o suspiro de um homem em paz consigo mesmo.

– Ah, valeu.

Jamie acordou com o raiar do dia, sentindo-se bem-disposto. Alguma alma bondosa havia trazido uma jarra de cerveja amarga e um pouco de pão e queijo. Ele se revigorou com a comida e a bebida enquanto se vestia, refletindo sobre o trabalho a ser feito.

Teria que reunir alguns homens para voltar e cuidar da diligência.

Achava que o veículo não estivesse muito danificado. Talvez conseguissem recolocá-lo na estrada antes do meio-dia... Qual seria a distância dali até Bonnes? Era essa a cidade seguinte com uma hospedaria. Se ficasse longe demais ou se a diligência estivesse muito danificada ou ainda se ele não conseguisse encontrar um judeu para dar um fim decente a monsieur Peretz, eles teriam que pernoitar ali outra vez. Tocou a bolsa de dinheiro, mas pensava ter o suficiente para mais uma noite e para contratar os homens. O médico tinha sido generoso.

Estava começando a se perguntar o que estaria atrasando Ian e as mulheres, embora soubesse que mulheres levavam mais tempo para fazer qualquer coisa que um homem faria, principalmente na hora de se vestir. Elas tinham espartilhos e coisas assim com que se preocupar, afinal... Ficou bebericando a cerveja enquanto visualizava o espartilho de Rebekah e as imagens muito vívidas que sua mente vinha criando desde o relato de Ian sobre seu encontro com a moça. Pôde praticamente ver seus mamilos através do pano fino da combinação, lisinhos e redondos como seixos...

Ian irrompeu pela porta com um olhar desvairado e os cabelos em pé.

– Elas sumiram!

Jamie engasgou com a cerveja.

– O quê? Como assim?

Ian entendeu a pergunta, e já estava se dirigindo à cama.

– Ninguém as levou. Não há sinal de luta, e as coisas delas sumiram. A janela está aberta e as persianas não foram quebradas.

Ajoelhado ao lado de Ian, Jamie enfiou primeiro as mãos, depois a cabeça e os ombros debaixo da cama. Havia um embrulho de lona ali, e ele foi invadido por um alívio momentâneo – que desapareceu no mesmo instante em que Ian o trouxe até a luz. O embrulho produziu um ruído, mas não o tilintar suave de sinetas de ouro. Produziu um som de chocalho. Quando Jamie segurou a lona pelo canto e a desenrolou, o conteúdo revelou serem apenas gravetos e pedras, apressadamente embalados numa anágua feminina para dar ao embrulho o volume adequado.

– *Cramouille!* – exclamou ele.

A pior palavra que conseguiu escolher num prazo tão curto. E muito apropriada, aliás, se é que havia acontecido mesmo o que ele pensava. Virou-se para Ian.

– Ela me drogou e seduziu você, e a porcaria da criada dela entrou aqui e roubou o troço enquanto você estava com essa sua cabeça gorda enfiada nos… ahn…

– Nos encantos dela – completou Ian, sucinto, e lhe abriu um breve sorriso maldoso. – Você está com inveja, só isso. Para onde acha que elas foram?

Era verdade, e Jamie abandonou qualquer outra recriminação. Levantou-se e pôs o cinto, ajeitando às pressas a adaga, a espada e o machado enquanto o fazia.

– Não para Paris, seria o meu palpite. Venha, vamos perguntar ao hospedeiro.

O hospedeiro confessou nada saber; estava inteiramente embriagado no barracão de feno, afirmou, e se alguém tinha levado dois cavalos do abrigo ele não tinha acordado para ver.

– Sim, está certo – falou Jamie, impaciente.

Agarrando o homem pela frente da camisa, levantou-o do chão e o arremessou contra a parede de pedra da hospedaria. A cabeça do sujeito quicou nas pedras e ele ficou flácido nas mãos de Jamie, ainda consciente, mas atordoado. Jamie sacou a adaga com a mão esquerda e pressionou o fio na garganta marcada pela idade do hospedeiro.

– Tente de novo – sugeriu, num tom agradável. – Não me importa quanto dinheiro elas deram… pode ficar com tudo. Eu quero saber em que direção foram e quando partiram.

O homem tentou engolir a saliva, mas desistiu da tentativa quando seu pomo de adão encostou no fio da adaga.

– Umas três horas depois de a lua nascer – grasnou ele. – Foram na direção de Bonnes. Tem uma encruzilhada a menos de 5 quilômetros daqui – acrescentou ele, agora ansioso para ajudar.

Jamie o deixou cair com um grunhido.

– Está bem – falou, com repulsa. – Ian… Ah, você já pegou. – Pois Ian tinha ido direto procurar seus cavalos enquanto Jamie lidava com o hospedeiro, e já estava conduzindo um deles para o lado de fora, arreado, com a sela pendurada no braço.

– Vou acertar a conta, então.

As mulheres não tinham levado embora sua bolsa. Já era alguma coisa. Das duas, uma: ou Rebekah bat-Leah Hauberger tinha algum resquício de consciência, coisa de que ele duvidava muito, ou então simplesmente isso não tinha lhe ocorrido.

Ainda era cedo. As mulheres tinham talvez umas seis horas de vantagem.

– Você acreditou no hospedeiro? – perguntou Ian, acomodando-se na sela.

Jamie enterrou a mão na bolsa, tirou um *penny* de cobre, lançou-o no ar e o pegou com as costas da mão.

– Coroa nós acreditamos, cara não? – Retirou a outra mão e espiou a moeda. – Cara.

– Sim, mas a estrada de volta é reta até Yvrac – assinalou Ian. – E a encruzilhada não fica a mais de 5 quilômetros daqui – ponderou ele. – Podemos dizer o que quisermos sobre a moça, mas boba ela não é.

Jamie refletiu um instante sobre isso, então aquiesceu. Rebekah não poderia ter certeza de quanta vantagem teria, e a menos que estivesse mentindo em relação à sua capacidade de montar a cavalo (algo que ele não achava impossível, mas essas coisas não eram fáceis de simular e ela era muito desajeitada na sela), iria querer chegar a um lugar onde seu rastro pudesse ser perdido antes de os perseguidores poderem alcançá-la. Além do mais, o solo ainda estava úmido de orvalho; talvez houvesse uma chance...

– Está bem, vamos lá.

A sorte estava do seu lado. Ninguém tinha passado pela hospedaria durante os turnos de sentinela da noite, e embora a estrada estivesse toda pisoteada por pegadas de cascos, as marcas recentes dos cavalos das mulheres tinham as bordas nítidas e ainda se desfazendo na terra úmida. Uma vez certos de estarem seguindo seu rastro, os dois rapazes se puseram a galopar em direção à encruzilhada na esperança de chegar lá antes de outros viajantes ocultarem as marcas.

Não tiveram essa sorte. Carroças de fazendeiros já tinham começado a circular, carregadas com produtos frescos a caminho de Parcoul ou La Roche-Chalais, e a encruzilhada era um labirinto de sulcos e marcas de cascos. Jamie, contudo, teve a brilhante ideia de mandar Ian descer a estrada que ia em direção a Parcoul enquanto ele pegava a que conduzia a La Roche-Chalais, alcançava as carroças que se dirigiam para lá e interrogava os condutores. Em uma hora, Ian voltou a toda velocidade com a notícia de que as mulheres tinham sido vistas cavalgando devagar e praguejando sem parar uma com a outra na direção de Parcoul.

– E tem mais – disse ele, arfando para recuperar o fôlego.

– Ah, é? Bom, você me conta enquanto seguimos.

329

Ian contou. Estava correndo para reencontrar Jamie quando, pouco antes da encruzilhada, tinha cruzado com Josef da Alsácia, que tinha ido procurá-los.

– D'Église ficou retido perto de La Teste-de-Buch – informou Ian, aos gritos. – O mesmo bando de homens que nos atacou em Bèguey... tanto Alexandre quanto Raoul reconheceram alguns. Salteadores judeus.

Chocado, Jamie diminuiu a velocidade por um instante para permitir que Ian o alcançasse.

– Eles pegaram o dinheiro do dote?

– Não, mas a briga foi dura. Três feridos com gravidade suficiente para precisar de um médico, e Paul Martan perdeu dois dedos da mão esquerda. D'Église os fez parar em La Teste-de-Buch e mandou Josef vir ver se estava tudo bem conosco.

O coração de Jamie quase saiu pela boca.

– Meu Deus! Você contou a ele o que tinha acontecido?

– Não – respondeu Ian, tenso. – Falei que tínhamos tido um acidente com a diligência e que você havia seguido na frente com as mulheres. Eu estava voltando para pegar uma coisa que tinha ficado para trás.

– Ótimo.

O coração de Jamie tornou a se encaixar dentro do peito. A última coisa que ele queria era precisar revelar ao capitão que eles tinham perdido a moça e o rolo da Torá. E faria de tudo para não dizer isso.

Eles avançaram depressa, parando apenas de vez em quando para fazer perguntas e, ao adentrarem a galope o vilarejo de Aubeterre-sur-Dronne, tiveram certeza de que a sua presa estava a menos de uma hora na frente – isso se as mulheres tivessem saído dali.

– Ah, aquelas duas? – indagou uma mulher, parando por um instante de esfregar seus degraus da frente. Levantou-se devagar e esticou as costas. – Sim, eu as vi. Elas passaram bem do meu lado e pegaram aquela estrada ali.

– Obrigado, madame – disse Jamie em seu melhor francês de Paris. – O que tem no fim daquela estrada, por gentileza?

Ela pareceu espantada por eles não saberem, e franziu um pouco o cenho diante de tamanha ignorância.

– Ora, o castelo do visconde de Beaumont, claro!

– Claro – repetiu Jamie, sorrindo para ela, e Ian viu uma covinha aparecer na bochecha dela. – *Merci beaucoup, madame!*

– O quê? – murmurou Ian.

Jamie puxou as rédeas ao seu lado e parou para olhar o lugar. Era um pequeno casarão, um pouco em mau estado, mas originalmente bonito. E o último lugar em que alguém cogitaria procurar uma judia foragida, disso ele tinha certeza.

– O que vamos fazer agora? – perguntou, e Jamie deu de ombros e chutou seu cavalo.

– Bater à porta e perguntar, imagino eu.

Ian seguiu o amigo até a porta, consciente de suas roupas encardidas, da barba por fazer e de seu tosco estado geral. Essas preocupações, contudo, evaporaram quando as vigorosas batidas de Jamie foram atendidas.

– Bom dia, cavalheiros! – exclamou o safado de cabelos louros que Ian tinha visto pela última vez engalfinhado com Jamie na estrada no dia anterior.

O homem lhes abriu um largo sorriso, bem-disposto apesar do olho roxo evidente e de um lábio recentemente partido. Estava vestido no auge da moda, com um conjunto de veludo bordô. Tinha os cabelos frisados e empoados, e a barba loura muito bem aparada. – Estava torcendo para nos vermos de novo. Bem-vindos à minha casa! – disse ele, dando um passo para trás e erguendo a mão no gesto de quem convida a entrar.

– Muito grato, monsieur…? – perguntou Jamie ao mesmo tempo que olhava de esguelha para Ian.

Seu amigo ergueu o ombro num gesto quase imperceptível. Por acaso eles tinham alguma escolha?

O safado de cabelos louros fez uma mesura.

– Pierre Robert Heriveaux d'Anton, visconde de Beaumont, pela graça do Altíssimo, por mais um dia. E os senhores?

– James Alexander Malcolm McKenzie Fraser – respondeu Jamie, numa boa tentativa de corresponder aos modos grandiosos do francês. Somente Ian devia ter notado a ínfima hesitação ou o leve tremor em sua voz quando ele arrematou. – Senhor de Broch Tuarach.

– Ian Alastair Robert MacLeod Murray – disse Ian com um meneio breve de cabeça, e endireitou os ombros. – O… ahn… o vassalo dele.

– Queiram entrar, cavalheiros.

Os olhos do safado de cabelos louros se moveram só um pouco, e Ian ouviu o cascalho estalar atrás dele um segundo antes de sentir a ponta de uma adaga na base das costas. Não, eles não tinham escolha.

Lá dentro, suas armas foram retiradas, e eles foram conduzidos por um largo corredor até uma sala espaçosa. O papel de parede estava desbotado e a mobília, apesar de boa, encontrava-se em mau estado. Em contrapartida, o grande tapete turco reluzia como se fosse feito de pedras preciosas. Um grande objeto arredondado no centro era verde, dourado e vermelho, e círculos concêntricos com as bordas onduladas o rodeavam em ondas azuis, vermelhas e creme, debruadas por um vermelho-escuro suave, tudo tão ornamentado com desenhos fora do comum que seria preciso um dia inteiro para observá-los todos. Ele tinha ficado tão fascinado com aquele tapete na primeira vez em que o vira que passara quinze minutos encarando os desenhos antes de Georges Grandão o surpreender e lhe gritar para enrolá-lo, que eles não tinham o dia inteiro.

– Onde conseguiu isso? – perguntou Ian, abrupto, interrompendo algo que o visconde ia dizendo para os dois homens vestidos de forma grosseira que tinham levado embora suas armas.

– O quê? Ah, o tapete! Uma maravilha, não?

O visconde o encarou com um ar radiante, sem qualquer constrangimento, e com um gesto instruiu os dois capangas a se afastarem na direção da parede.

– Faz parte do dote da minha esposa.

– Sua esposa – repetiu Jamie, com cuidado, lançando um olhar de esguelha para Ian, que pegou a deixa.

– No caso essa seria mademoiselle Hauberger, é isso? – indagou.

O visconde enrubesceu, de fato enrubesceu, e Ian percebeu que não era mais velho do que Jamie e ele.

– Bem, estamos prometidos já faz algum tempo, e no costume judaico isso praticamente equivale a estar casado.

– Prometidos – tornou a repetir Jamie. – Desde... desde quando exatamente?

O visconde sugou o lábio inferior enquanto os encarava. No entanto, qualquer cautela que pudesse ter tido foi sobrepujada pelo que era obviamente uma grande animação.

– Quatro anos – disse ele.

E, incapaz de se conter, acenou para que eles se aproximassem de uma mesa junto à janela e lhes mostrou orgulhoso um documento elegante coberto de arabescos coloridos e escrito numa língua muito estranha toda feita de traços e linhas oblíquas.

– Nosso *ketubah* – falou, pronunciando a palavra com muito cuidado. – Nosso contrato de casamento.

Jamie se curvou para examinar aquilo de perto.

– Sim, muito bonito – retrucou, educado. – Estou vendo que ainda não está assinado. Isso quer dizer que o casamento ainda não aconteceu?

Ian viu os olhos de Jamie relancearem para a escrivaninha e pôde ouvi-lo percorrer mentalmente as possibilidades: pegar o abridor de cartas sobre a escrivaninha e fazer o visconde refém? Depois encontrar a vadiazinha dissimulada, enrolá-la num dos tapetes menores e carregá-la até Paris? *Essa tarefa sem dúvida caberia a mim*, pensou Ian.

Um leve movimento quando um dos capangas se mexeu ao cruzar olhares com ele o fez pensar: *Não faça isso, Jamie, seu idiota!* Desta vez pelo menos o recado pareceu ser transmitido: os ombros de seu amigo relaxaram um pouco, e ele se empertigou.

– O senhor sabe, não sabe, que a moça deveria se casar com outra pessoa? – indagou, direto. – Não a acharia incapaz de lhe esconder tal coisa.

O visconde ficou mais vermelho ainda.

– É claro que eu sei! – disparou. – Ela foi prometida a mim primeiro, pelo pai!

– Quanto tempo faz que o senhor é judeu? – perguntou Jamie com cuidado, dando a volta na mesa. – Não acho que tenha nascido judeu. Quero dizer… o senhor é judeu *agora*, não é? Porque eu conheci um ou dois em Paris, e pelo que entendo eles não se casam com pessoas que não sejam judias. – Seus olhos percorreram o cômodo sólido e atraente. – Pelo que entendo, eles em geral tampouco são aristocratas.

O visconde a essa altura estava com o rosto bem vermelho. Com uma palavra ríspida, mandou os capangas saírem, embora eles estivessem dispostos a discutir. Enquanto o breve debate ocorria, Ian chegou perto de Jamie e sussurrou rapidamente em *gàidhlig* sobre o tapete.

– Santo Deus – murmurou Jamie no mesmo idioma. – Eu não o vi em Bèguey, nem qualquer um desses dois, você sim?

Ian não teve tempo de responder, e só fez balançar a cabeça enquanto os capangas acatavam relutantes as ordens imperiosas do visconde de Beaumont e se retiravam arrastando os pés e encarando Ian e Jamie com os olhos semicerrados. Um deles segurava a adaga de Jamie, e a fez deslizar lentamente pelo próprio pescoço num gesto pleno de significado ao sair.

Sim, pode ser que eles se virem numa briga, pensou Ian, *mas esse bobalhão aveludado não*. O capitão D'Église não teria aceitado o visconde, tampouco um bando de salteadores profissionais, fossem eles judeus ou não.

– Está bem – disse o visconde, colocando sobre a escrivaninha os punhos cerrados. – Eu vou contar.

E ele contou. A mãe de Rebekah, filha do dr. Hasdi, tinha se apaixonado por um cristão e fugido com ele. O médico havia declarado que a filha estava morta, como em geral acontecia numa situação assim, e guardado luto oficial por ela. No entanto, Rebekah era sua única neta, e ele não conseguira esquecê-la. Havia tomado providências para ser informado, e ficara sabendo sobre o nascimento da neta.

– Então a mãe dela morreu. Foi quando eu a conheci… digo, por volta dessa época. O pai dela era juiz e meu pai o conhecia. Rebekah tinha 14 anos, eu 16. Nós nos apaixonamos – acrescentou ele, fitando os escoceses com um olhar duro, como se os desafiasse a não acreditar. – Fomos prometidos um ao outro com a bênção do pai dela. Mas então o pai dela teve um desarranjo e morreu em dois dias. E…

– E o avô a aceitou de volta – concluiu Jamie. – E ela virou judia?

– Segundo a crença judaica, ela nasceu judia. A linhagem passa pela mãe. E… e a mãe dela tinha lhe contado, em segredo, sobre a sua herança perdida. Rebekah a aceitou depois que foi morar com o avô.

Ian se remexeu e arqueou a sobrancelha com cinismo.

– É? E por que o senhor não se converteu naquela época, se está disposto a se converter agora?

– Eu disse que me converteria! – O visconde tinha uma das mãos em volta do abridor de cartas como se quisesse esganar o objeto. – Aquele velho miserável falou que não acreditava em mim. Achou que eu não fosse abrir mão do meu... da minha... desta vida aqui.

Ele fez um gesto de desdém para a sala em volta, que provavelmente devia abarcar seu título de nobreza e seus bens, ambos os quais seriam confiscados pelo governo assim que a sua conversão viesse a público.

– Ele disse que seria uma conversão fajuta, e que na hora em que eu a tivesse comigo viraria cristão de novo e forçaria Rebekah a ser cristã também. Como o pai dela – acrescentou o visconde, soturno.

Apesar da situação, Ian começava a ter alguma empatia por aquele janotinha. Era uma história muito romântica, e ele gostava de histórias românticas. Jamie, porém, ainda estava ponderando seu julgamento. Ele indicou com um gesto o tapete sob seus pés.

– Isso é parte do dote dela, o senhor diz?

– Sim – respondeu o visconde, mas soou bem menos certo desse fato. – Pertencia à sua mãe. Mandou alguns homens o trazerem para cá na semana passada, junto com um baú e algumas outras coisas. Enfim... – disse ele, recuperando a confiança e os encarando com uma expressão de raiva. – Quando o velho animal combinou o casamento dela com o tal sujeito de Paris, eu me decidi a... a...

– A raptá-la. Um casamento arranjado, então? Humpf – murmurou Jamie, indicando com esse ruído sua opinião quanto às habilidades de salteador do visconde.

Ergueu a sobrancelha ruiva para o olho roxo de Pierre, mas evitou fazer mais comentários, graças a Deus. Ian não havia deixado de notar que eles eram prisioneiros, embora Jamie talvez sim.

– Podemos falar com mademoiselle Hauberger? – perguntou Ian com educação. – Só para ter certeza de que ela veio para cá por livre e espontânea vontade, sim?

– Está muito claro que veio, já que os senhores a seguiram até aqui. – O visconde não tinha apreciado o ruído de Jamie. – Não podem, não. Ela está ocupada.

Ele ergueu as mãos e bateu uma palma estalada, e os capangas tornaram a entrar acompanhados por um reforço de mais ou menos meia dúzia de criados liderados por um mordomo alto de ar sisudo armado com uma bengala grossa.

– Vão com Écrivisse, cavalheiros. Ele vai cuidar do seu conforto.

"Conforto" se revelou ser a adega do *château* que, apesar de perfumada, era fria e escura. A hospitalidade do visconde não chegou nem a produzir uma vela.

– Se ele pretendesse nos matar, já teria matado – ponderou Ian.

– Humpf!

Jamie se sentou num degrau da escada com a ponta da manta xadrez em volta dos ombros para se proteger do frio. De algum lugar lá fora vinha uma música: o débil som de uma rabeca, e as batidas de um pequeno pandeiro. O som começou e logo parou, depois tornou a soar.

Ian andava de um lado para outro, inquieto. Não era uma adega muito grande. Se a sua intenção não era matá-los, o que o visconde pretendia fazer com eles?

– Ele está esperando algo acontecer – concluiu Jamie de repente, respondendo ao pensamento do amigo. – Algo que tem a ver com a moça, imagino.

– É, tem razão. – Ian se sentou num degrau e se aproximou de Jamie. – *A Dhia*, que frio!

– Humm – fez Jamie, distraído. – Talvez eles pretendam fugir. Nesse caso, espero que ele deixe alguém para nos soltar e não nos abandone aqui para morrer de fome.

– Não morreríamos de fome – ponderou Ian. – Poderíamos viver de vinho por um bom tempo. Alguém apareceria antes de a bebida acabar.

Ele se calou por alguns instantes enquanto tentava imaginar como seria passar várias semanas bêbado.

– É uma ideia.

Jamie se levantou, um pouco rijo por causa do frio, e foi examinar as prateleiras. Não havia luz de verdade a não ser o que entrava por uma fresta na parte de baixo da porta da adega, mas Ian pôde ouvir o amigo pegando garrafas e cheirando as rolhas.

Pouco depois, Jamie voltou com uma garrafa, tornou a se sentar, sacou a rolha com os dentes e a cuspiu para o lado. Tomou um golinho, depois outro, então inclinou a garrafa para trás de modo a sorver uma generosa golada e a passou para Ian.

– Nada mau – falou.

Não era mesmo, e não houve mais muita conversa durante algum tempo. Então Jamie colocou a garrafa vazia no chão, deu um arroto suave e disse:

– É ela.

– É ela o quê? Você está se referindo a Rebekah?

– É ela – repetiu Jamie. – Lembra-se do que o judeu falou… Ephraim bar-Sefer? A gangue dele sabia onde atacar porque tinha obtido informações de alguma fonte externa. Foi ela. Foi ela quem contou a eles.

Jamie falou com tanta certeza que Ian ficou atarantado por alguns instantes, mas recuperou o controle de si.

– Aquela mocinha? Sim, reconheço que ela nos tapeou… e imagino que pelo menos soubesse sobre o rapto de Pierre, mas…

Jamie soltou o ar pelo nariz.

– Pierre, pois é. Aquele homenzinho lhe parece um criminoso ou um grande estrategista?

– Não, mas...

– E ela, parece?

– Bem...

– Exato.

Jamie se levantou e tornou a se afastar até as prateleiras. Voltou com o que Ian, pelo cheiro, pensou ser um dos excelentes vinhos tintos da região. Foi como comer torradas com a geleia de morango que sua mãe fazia com uma xícara de chá forte.

– Além do mais – prosseguiu Jamie, como se não tivesse havido interrupção no seu raciocínio –, pense no que você me contou sobre o que a criada disse quando eu quase tive a cabeça quebrada? "Talvez ele também tenha sido morto. Como a senhora iria se sentir nesse caso?" Não, foi ela quem planejou tudo... mandar Pierre e seus comparsas pararem a diligência e irem embora com as mulheres, o pergaminho e sem dúvida monsieur Picles também. *Mas...* – acrescentou ele, pondo um dedo na frente do rosto de Ian para impedi-lo de interromper. – Mas então Josef da Alsácia conta para você que ladrões, e os *mesmos* ladrões de antes, ou alguns dos mesmos, atacaram o bando com o dinheiro do dote. Você sabe muito bem que não pode ter sido Pierre. Tem que ter sido ela quem lhes contou.

Ian foi obrigado a admitir a lógica do raciocínio. Pierre tinha entusiasmo, mas não podia de jeito nenhum ser considerado um salteador profissional.

– Mas uma moça... – disse ele debilmente. – Como ela poderia...

Jamie grunhiu.

– D'Église falou que o dr. Hasdi é um homem muito respeitado entre os judeus de Bordeaux. E ele obviamente é conhecido até mesmo em Paris; caso contrário, como teria conseguido organizar o casamento da neta? Só que ele não fala francês. Quer apostar comigo que era ela quem administrava a sua correspondência?

– Não – respondeu Ian, e deu outro gole. – Humpf!

Alguns minutos mais tarde, ele falou:

– Aquele tapete. E as outras coisas que *monsieur le vicomte* mencionou... o *dote* dela.

Jamie produziu um ruído de aprovação.

– Sim. A porcentagem dela no roubo, melhor dizendo. Dá para ver que o nosso rapaz Pierre não tem muito dinheiro, e ele perderia todos os bens caso se convertesse. Ela estava forrando o ninho dos dois, por assim dizer. Garantindo que teriam o suficiente para viver *bem*.

– Ora, então – disse Ian após alguns instantes de silêncio. – É isso mesmo.

A tarde se arrastou. Depois da segunda garrafa, concordaram em não beber mais, caso um pensamento aguçado se fizesse necessário quando a porta se abrisse. Assim, com exceção do período em que se afastaram para urinar atrás das prateleiras de vinho mais afastadas, os dois permaneceram juntos e aconchegados na escada.

Jamie cantarolava baixinho ao ritmo da melodia distante da rabeca quando a porta se abriu. Parou de modo abrupto, levantou-se todo desajeitado e quase caiu por causa dos joelhos rígidos de frio.

– *Messieurs?* – chamou o mordomo, olhando para eles lá de cima. – Se tiverem a bondade, podem me seguir, por favor?

Para sua surpresa, o mordomo os conduziu para fora da casa e em direção à música distante por um pequeno caminho de pedestres. O ar do lado de fora estava fresco e foi maravilhoso depois do mofo da adega, e Jamie encheu os pulmões com ele enquanto se perguntava que...?

Eles então fizeram uma curva no caminho e viram à sua frente o pátio de um jardim iluminado por tochas fincadas no chão. O jardim estava um pouco selvagem, mas um chafariz cintilava no centro. Bem ao lado deste havia uma espécie de toldo cuja fazenda clara cintilava à luz do crepúsculo. Um pequeno grupo de pessoas conversava em pé junto ao toldo. Quando o mordomo parou, detendo-os com um gesto, o visconde de Beaumont se afastou do grupo e veio na sua direção, sorrindo.

– Queiram me desculpar o incômodo, cavalheiros – disse ele, com um sorriso largo no rosto. Parecia embriagado, mas Jamie reparou que não tinha cheiro de bebida. – Rebekah precisava se aprontar. E nós queríamos esperar o anoitecer.

– Para fazer o quê? – perguntou Ian, desconfiado, e o visconde deu uma risadinha.

Jamie não queria caluniar o sujeito, mas foi uma risadinha bem feminina. Olhou para Ian, e este lhe retribuiu o olhar. Sim, bem feminina.

– Para nos casarmos – respondeu Pierre.

E, embora sua voz estivesse plena de *joie de vivre*, ele disse as palavras com uma sensação de profunda reverência que reverberou em algum lugar dentro do peito de Jamie. Pierre se virou e acenou com uma das mãos em direção ao céu que já escurecia, onde as estrelas começavam a despontar e a piscar.

– Para dar sorte, sabe... para que a nossa descendência seja numerosa como as estrelas.

– Hummm... – fez Jamie com educação.

– Mas venham comigo, se quiserem.

Pierre já estava voltando para o grupo de... Bem, Jamie imaginou que devessem ser os convidados da boda. O visconde acenou para que o seguissem.

A criada Marie estava presente, junto com algumas outras mulheres, e encarou Jamie e Ian com um olhar desconfiado. Mas era com os homens que o visconde estava preocupado. Ele disse algumas palavras aos seus convidados. Três deles, com barbas imensas, voltaram com ele, todos vestidos com trajes formais, ainda que um tanto estranhos, com pequenas boinas de veludo decoradas com miçangas no alto da cabeça.

– Permitam-me apresentar monsieur Gershom Sanders e monsieur Levi Champfleur. Nossas testemunhas. E Reb Cohen, que vai celebrar a cerimônia.

Os homens apertaram as mãos enquanto murmuravam gentilezas. Jamie e Ian trocaram olhares outra vez. O que *eles* estavam fazendo ali?

O visconde interceptou esse olhar e o interpretou de forma correta.

– Quero que os senhores voltem ao dr. Hasdi e digam que *tudo* foi feito segundo o costume adequado e em concordância com a lei – falou, e a efervescência em sua voz foi momentaneamente suplantada por um viés duro. – Este casamento não será desfeito. Por ninguém.

– Humpf – fez Ian, de modo menos educado.

E assim foi que, poucos minutos depois, os dois se viram de pé entre os convidados homens do casamento – as mulheres estavam do outro lado do toldo – observando Rebekah descer o caminho tilintando de leve.

Ela usava um vestido de seda vermelho-escuro. Jamie podia ver a luz das tochas se deslocar e cintilar nas dobras do tecido quando ela se movia. Usava pulseiras de ouro e tinha a cabeça e o rosto cobertos por um véu, com uma espécie de diadema composto por correntes de ouro que lhe caíam sobre a testa e das quais pendiam pequenas medalhas e sinetas – era isso que estava produzindo o tilintar. Aquilo lhe lembrou o rolo da Torá, e o pensamento o fez se retesar um pouco.

Pierre estava em pé com o rabino debaixo do toldo. Quando Rebekah se aproximou, deu um passo para longe do rabino e foi ao encontro de Jamie. Não o tocou, porém, mas começou a andar em volta dele. E de novo, e outra vez. Deu sete voltas em torno dele, e os pelos da nuca de Jamie se eriçaram um pouco. Aquilo tinha um leve ar de magia ou de bruxaria. Algo que ela fazia para prender o homem.

Ao dar cada volta, ela ficava cara a cara com Jamie, e claramente podia vê-lo à luz das tochas, mas tinha os olhos fixos à frente. Não deu sinais de reconhecer a presença de ninguém, nem mesmo a de Pierre.

Mas então as voltas acabaram e ela foi se postar ao lado do visconde. O rabino disse algumas palavras para acolher os convidados, e então, virando-se para os noivos, serviu um cálice de vinho e pronunciou acima deste o que pareceu ser uma bênção em hebraico. Jamie identificou o início – *"Bendito és tu, Adonai, nosso Deus"* –, mas depois perdeu o fio da meada.

Quando Reb Cohen parou de falar, Pierre levou a mão ao bolso e pegou um pequeno objeto – obviamente um anel – e então, segurando a mão de Rebekah, colocou-o no indicador da sua mão direita enquanto lhe sorria com um carinho que, apesar de tudo, aqueceu o coração de Jamie. Pierre então levantou o véu de Rebekah, e Jamie teve um vislumbre do carinho recíproco no rosto dela um segundo antes de o marido a beijar.

Todos os presentes suspiraram ao mesmo tempo.

O rabino pegou uma folha de pergaminho numa mesinha próxima. Jamie viu que era aquilo que Pierre havia chamado de *ketubah* – o contrato de casamento.

O rabino leu o pergaminho em voz alta, primeiro numa língua que Jamie não reconheceu, em seguida em francês. Não era tão diferente dos poucos contratos de casamento que ele já tinha visto, enumerando as disposições quanto aos bens, ao que era devido à noiva e tudo o mais – embora ele notasse, com reprovação, que previa a possibilidade do divórcio. Nessa hora sua atenção se distraiu um pouco. O rosto de Rebekah reluzia à luz das tochas feito pérola e marfim, e a curva de seu busto aparecia claramente quando ela respirava. Apesar de tudo que ele agora pensava saber sobre ela, sentiu uma breve onda de inveja de Pierre.

Uma vez o contrato lido e posto de lado com cuidado, o rabino recitou uma série de bênçãos. Jamie soube que eram bênçãos porque identificou as palavras "Bendito és tu, Adonai…" repetidas vezes, embora, até onde pudesse entender, o objeto das bênçãos parecesse ser de todo tipo, dos convidados ali presentes até Jerusalém. A noiva e o noivo tomaram mais um gole de vinho.

Nesse momento houve uma pausa e Jamie imaginou que o rabino fosse dizer algo oficial para unir marido e mulher, mas isso não aconteceu. Em vez disso, uma das testemunhas pegou o cálice de vinho, enrolou-o num guardanapo de linho e o pôs no chão na frente de Pierre. Para espanto dos escoceses, o noivo imediatamente pisou no guardanapo – e a plateia irrompeu em palmas.

Durante alguns instantes, tudo foi bem parecido com um casamento rural, e todos se reuniram para parabenizar o feliz casal. Instantes depois, contudo, o feliz casal já estava se afastando em direção à casa enquanto os convidados todos se dirigiam para as mesas que haviam sido postas com comes e bebes no outro extremo do jardim.

– Venha – murmurou Jamie, e segurou Ian pelo braço.

Os dois seguiram apressados atrás dos recém-casados, e Ian exigiu saber o que o amigo estava fazendo.

– Eu quero conversar com ela… a sós. Você vai detê-lo e impedi-lo de falar pelo máximo de tempo possível.

– Eu… Mas como?

– Como é que eu vou saber? Você vai dar um jeito.

Eles já tinham chegado à casa e, ao se encolher para chegar bem perto de Pierre, Jamie viu que, por sorte, o visconde havia parado para dizer alguma coisa a um criado. Rebekah desaparecia por um corredor comprido; ele a viu levar a mão a uma maçaneta.

– Toda a sorte do mundo para o senhor! – disse Jamie, dando um tapa tão forte no ombro de Pierre que o noivo cambaleou.

Antes de Pierre conseguir se recuperar, Ian, muito obviamente entregando a alma a Deus, aproximou-se e o segurou pela mão, que apertou com vigor enquanto lançava para Jamie um olhar discreto que dizia: "Ande logo, droga!"

339

Sorrindo, Jamie desceu depressa o corredor curto até a porta pela qual vira Rebekah desaparecer. O sorriso, entretanto, se apagou assim que sua mão tocou a maçaneta, e o semblante que lhe apresentou ao entrar foi tão severo quanto conseguiu.

Os olhos dela se arregalaram de choque e indignação quando o viu.

– O que está fazendo aqui? Ninguém pode entrar aqui a não ser meu marido e eu!

– Ele está vindo – garantiu Jamie. – A pergunta é: será que vai chegar?

O pequeno punho dela se fechou de um jeito que teria sido cômico caso ele não soubesse a seu respeito tudo o que sabia.

– Isso é uma ameaça? – indagou ela, num tom tão incrédulo quanto ameaçador. – Aqui? Atreve-se a me ameaçar *aqui*?

– Sim, eu me atrevo. Eu quero aquele rolo.

– Você quer, mas não vai ter – disparou ela.

Ele viu seus olhos relancearem por cima da mesa, em busca ou de uma sineta para chamar ajuda ou de algo com que bater na cabeça dele, mas a mesa continha apenas uma travessa de brioches recheados e doces exóticos. Havia uma garrafa de vinho, é verdade, e ele viu os olhos dela se fixarem ali com uma expressão calculista, mas esticou um braço comprido e empunhou a garrafa antes de ela conseguir fazê-lo.

– Não o quero para mim – falou. – Pretendo levá-lo de volta para o seu avô.

– Para ele? – A expressão dela endureceu. – Não. O rolo vale mais para ele do que *eu* – acrescentou, com amargura. – Mas pelo menos isso significa que posso usá-lo para me proteger. Contanto que eu esteja com o rolo, ele não vai tentar machucar Pierre nem me arrastar de volta, por medo de eu o danificar. Vou ficar com ele.

– Eu acho que ele ficaria muito melhor sem você. Sem dúvida, ele deve saber muito bem disso – informou Jamie.

E teve que reunir forças para se proteger da súbita expressão de mágoa nos olhos dela. Imaginava que até mesmo as aranhas talvez tivessem sentimentos, mas isso não importava.

– Onde está Pierre? – Ela exigiu saber. – Se vocês tiverem tocado em um fio de cabelo dele...

– Eu não tocaria no pobre coitado, e Ian também não... quero dizer, Juan. Quando disse que a questão era se ele chegaria ou não até aqui, quis dizer no caso de ele reconsiderar sua decisão.

– O quê?

Ele pensou ter visto Rebekah empalidecer um pouco, mas era difícil dizer.

– Você me devolve o pergaminho para eu levar de volta para o seu avô... Uma cartinha pedindo desculpas não cairia mal, mas não vou insistir... *ou* então Ian e eu levamos Pierre lá para trás e temos com ele uma conversa franca em relação à sua nova esposa.

– Podem dizer o que quiserem! – disparou ela. – Ele não iria acreditar em nenhuma das suas mentiras deslavadas!

– Ah, é? E se eu contar a ele exatamente o que aconteceu com Ephraim bar-Sefer? E por quê?

– Com quem? – indagou ela, empalidecendo até os lábios e estendendo a mão para se segurar na mesa.

– E você, sabe o que aconteceu com ele? Não? Bom, mocinha, eu vou contar.

E assim o fez, com uma brutalidade abrupta que a fez se sentar de repente, e fez pequeninas gotas de suor surgirem em volta das medalhas de ouro penduradas em sua testa.

– Pierre já sabe pelo menos um pouco sobre a sua pequena gangue. Mas talvez não conheça a mulherzinha cruel e gananciosa que você de fato é.

– Não fui eu! Eu não matei Ephraim!

– Se não fosse por você, ele não teria morrido. Será que Pierre vai compreender isso? Eu posso revelar a ele onde está o corpo – acrescentou, com mais delicadeza. – Eu mesmo enterrei.

Os lábios dela estavam tão contraídos que apenas uma fina linha branca era visível.

– Você não tem muito tempo – avisou Jamie, agora em voz baixa, mas sem deixar de encará-la. – Ian não vai conseguir distraí-lo mais, e se ele entrar… eu vou lhe contar tudo, na sua frente, e você vai fazer o que puder para convencê-lo de que estou mentindo.

Ela se levantou de chofre, fazendo tilintar as correntes e as pulseiras, e foi pisando firme até a porta do quarto interno. Escancarou-a, e Marie deu um tranco para trás, assustada.

Rebekah lhe disse alguma coisa em ladino, incisiva, e com um pequeno arquejo a criada se retirou.

– *Está bem* – falou Rebekah entre os dentes, virando-se de volta para ele. – Leve-o, maldito *cão*.

– Vou levar, sim, sua maldita cachorra – retrucou ele com educação.

A mão dela se fechou em torno de um brioche recheado, mas, em vez de atirá-lo em Jamie, ela apenas o esmagou até reduzi-lo a patê e migalhas, e tornou a bater com os restos na travessa com uma pequena exclamação de fúria.

O doce tilintar do rolo da Torá anunciou a chegada apressada de Marie, abraçada ao precioso objeto. Ela olhou para a patroa e, após um sucinto meneio de cabeça de Rebekah, depositou-o com relutância nos braços do maldito cristão.

Jamie fez uma mesura, primeiro para a criada, depois para a patroa, e recuou de volta em direção à porta.

– *Shalom!* – exclamou.

E fechou a porta um segundo antes de a travessa de prata a acertar com um baque metálico.

– Doeu muito?

Ian estava perguntando para Pierre com interesse quando Jamie se aproximou.

– Meu Deus, o senhor não faz ideia – respondeu Pierre com fervor. – Mas valeu a pena.

Ele dividiu um sorriso radiante entre Ian e Jamie e se curvou diante dos dois, sem reparar no embrulho envolto em lona que Jamie carregava.

– Cavalheiros, os senhores podem me dar licença? Minha noiva está me esperando!

– O que doeu muito? – Jamie quis saber, saindo na frente apressado por uma porta lateral. Afinal de contas, de nada adiantava chamar atenção.

– Você sabe que ele nasceu cristão, mas se converteu para poder se casar com a mulherzinha – disse Ian. – Então teve que ser circuncidado.

Ele fez o sinal da cruz ao pensar nisso, e Jamie riu.

– Como é mesmo o nome daquele inseto que parece um graveto, em que a fêmea come a cabeça do macho depois da cópula? – perguntou Jamie, empurrando a porta com a bunda.

O cenho de Ian se franziu por um instante.

– Louva-a-deus, eu acho. Por quê?

– Acho que o nosso amiguinho Pierre talvez tenha uma noite de núpcias mais interessante do que imagina. Vamos.

Bordeaux

Não era a pior coisa que ele já teve que fazer, mas não estava muito ansioso para fazê-la. Jamie parou em frente ao portão da casa do dr. Hasdi, com o embrulho contendo o rolo da Torá nos braços. Ian parecia um pouco angustiado e Jamie sabia por quê. Ter que contar ao médico o que tinha acontecido com sua neta era uma coisa. Contar na cara dele com a lembrança da sensação dos mamilos da neta fresca na memória...

– Você não precisa entrar, rapaz – declarou para Ian. – Eu posso falar sozinho.

A boca de Ian se contraiu, mas ele balançou a cabeça e deu um passo mais para perto de Jamie.

– Estou à sua direita, rapaz – falou, apenas.

Jamie sorriu. Quando tinha 5 anos, Auld John, pai de Ian, havia convencido seu pai a deixar Jamie empunhar uma espada com a mão esquerda, como era o seu costume. "E você, menino", dissera ele para Ian, muito sério, "o seu dever é estar à direita do seu senhor e proteger o lado fraco dele".

– Sim – disse Jamie. – Está certo, então.

E tocou a campainha.

Mais tarde, os dois se puseram a percorrer lentamente as ruas de Bordeaux, sem se dirigir a nenhum lugar em especial e sem falar muito.

O dr. Hasdi os recebera com cortesia, embora com uma expressão mista de horror e apreensão no rosto ao ver o rolo. Seu semblante tinha adquirido um ar aliviado após saber – graças ao criado que falava francês suficiente para servir de intérprete – que a neta estava sã e salva, em seguida um ar chocado, e por fim uma expressão rígida que Jamie não conseguiu interpretar. Seria raiva, tristeza, resignação?

Quando Jamie terminara a história, eles haviam ficado sentados pouco à vontade, sem saber o que fazer. Diante da escrivaninha, o dr. Hasdi tinha a cabeça baixa e as mãos pousadas com leveza sobre o rolo da Torá. Por fim, ele levantou a cabeça e a meneou para ambos. Seu rosto agora estava calmo e não traía emoção alguma.

– Obrigado – disse ele, num francês com forte sotaque. – *Shalom!*

– Está com fome? – Ian fez um gesto em direção a uma pequena *boulangerie* cujas travessas exibiam brioches recheados e grandes pães cheirosos e redondos. Ele próprio estava faminto, embora meia hora antes estivesse com o estômago revirado.

– É, pode ser. – Jamie seguiu andando, porém, e Ian deu de ombros e foi atrás.

– O que você acha que o capitão vai fazer quando contarmos?

Ian não estava tão preocupado assim. Sempre havia trabalho para um homem de bom tamanho que soubesse manejar uma espada. E ele tinha as próprias armas. Entretanto, teriam que comprar uma espada para Jamie. Tudo que ele estava portando, das pistolas ao machado, pertencia a D'Église.

Estava tão ocupado calculando o custo de uma espada decente em relação ao que lhes restava a receber que não notou quando Jamie não respondeu. Reparou que o amigo andava mais depressa. Ao apertar o passo para alcançá-lo, viu para onde estavam indo. A taverna onde a bela garçonete de cabelos castanhos tinha tomado Jamie por um judeu.

Ah, então é isso?, pensou, e escondeu um sorriso. Bem, havia um jeito seguro de o garoto provar à moça que não era judeu.

A taverna estava um caos quando entraram, e não era um caos bom. Ian sentiu isso na mesma hora. Havia soldados ali, soldados do Exército, e outros homens de combate, mercenários como eles, e os dois grupos não se encaravam. Era possível cortar o ar com uma faca, tamanha a tensão; e, a julgar por uma pocinha de sangue já meio seco no chão, alguém já tinha tentado.

Havia mulheres, embora menos do que antes, e as garçonetes nessa noite mantinham os olhos fixos nas bandejas e não estavam flertando.

Jamie não deu atenção à atmosfera. Ian pôde vê-lo olhar em volta à procura dela, mas a moça de cabelos castanhos não estava no salão. Eles poderiam ter perguntado por ela, mas não sabiam seu nome.

– Lá em cima, talvez? – sugeriu Ian, inclinando-se para quase gritar no ouvido de Jamie, tamanho o barulho.

Jamie assentiu e começou a abrir caminho por entre os clientes, e Ian o seguiu, torcendo para que conseguissem encontrar logo a moça para poder comer enquanto Jamie se resolvia.

A escada estava cheia de homens descendo. Alguma coisa estava acontecendo lá em cima, e Jamie imprensou alguém na parede com um baque e empurrou outros para passar. Uma aflição sem nome arrepiou sua espinha, e ele já estava meio preparado antes mesmo de afastar um pequeno grupo de curiosos no alto da escada e vê-los.

Mathieu e a garota de cabelos castanhos. No andar de cima havia um grande recinto aberto do qual saía um corredor, onde se sucediam pequenos cubículos. Mathieu estava segurando a moça pelo braço e a empurrando em direção ao corredor com a mão no seu traseiro, apesar dos seus protestos.

– Solte-a! – ordenou Jamie, sem gritar, mas erguendo a voz o suficiente para ser ouvido com facilidade.

Mathieu não prestou a mínima atenção, embora todos os outros, espantados, tivessem se virado para Jamie.

– José, Maria e Santa Brígida nos protejam – murmurou Ian.

Jamie atravessou a distância que o separava de Mathieu com três passos e lhe deu um chute na bunda. Encolheu-se, por reflexo, mas Mathieu apenas se virou e o encarou com um olhar mau, ignorando os vivas e as zombarias dos espectadores.

– Depois, menininho – disse ele. – Agora estou ocupado.

Ele segurou a jovem com um dos braços e a beijou com desleixo, esfregando a barba por fazer com força no rosto dela, fazendo-a guinchar e empurrá-lo para se soltar.

Jamie sacou a pistola do cinto.

– Eu falei para soltar.

O barulho cessou de repente, mas ele mal reparou, tamanho o rugido do sangue em seus ouvidos. Mathieu virou a cabeça, sem acreditar. Então soltou o ar pelo nariz com desprezo, abriu um sorriso desagradável e empurrou a garota de encontro à parede, fazendo sua cabeça bater com uma pancada, e a prendeu ali com o peso de seu corpo.

A pistola foi armada.

– *Salop!* – rugiu Jamie. – Não toque nela! Solte-a!

Ele cerrou os dentes e mirou com as duas mãos, que tremiam por causa da raiva e do medo.

Mathieu nem sequer olhou para ele. O homem grande se virou, com a mão pousada de modo casual sobre o seio da garota. Ela guinchou quando ele o torceu, e Jamie disparou. Mathieu girou, com a pistola que havia escondido no próprio cinto agora na mão, e o ar se estilhaçou com uma explosão e fumaça branca.

Houve gritos de alarme, de animação… e outra pistola disparou em algum lugar atrás de Jamie. *Ian?*, pensou ele de modo vago. Mas não. Ian estava correndo em direção a Mathieu, pulando para tentar interceptar o imenso braço que se erguia enquanto o cano da segunda pistola traçava círculos conforme Mathieu lutava para mirá-lo em Jamie. A pistola disparou e a bala acertou um dos lampiões que ficavam em cima das mesas, que explodiu com um *tchuf* e uma bola de fogo.

Jamie tinha virado a pistola, e agora estava massacrando a cabeça de Mathieu com a coronha antes mesmo de ter consciência de ter atravessado o recinto. Os olhos de javali louco de Mathieu estavam quase invisíveis, semicerrados de júbilo por causa da briga, e a súbita cortina de sangue que lhe cobriu o rosto só fez intensificar seu sorriso enquanto o sangue escorria por entre os dentes.

Ele se livrou de Ian com um tranco que o arremessou de encontro à parede, então passou um braço grande em volta do corpo de Jamie de modo quase casual e, com uma guinada da cabeça, deu-lhe uma cabeçada no rosto.

Jamie tinha virado o rosto por reflexo e evitado assim um nariz quebrado, mas o impacto esmagou a carne de sua mandíbula contra os dentes, e sua boca se encheu de sangue. Sua cabeça girava devido à força da pancada, mas ele conseguiu enfiar a mão sob o maxilar de Mathieu e empurrou para cima com toda a força, tentando quebrar seu pescoço.

Mas sua mão escorregou na pele ensebada de suor e Mathieu soltou o braço para tentar dar uma joelhada no saco de Jamie. Um joelho que parecia uma bala de canhão desferiu um golpe que deixou a coxa de Jamie anestesiada. Ele cambaleou e segurou o braço de Mathieu bem na hora em que Ian chegava rapidamente pelo lado e segurava o outro. Sem hesitar um só instante, os imensos antebraços de Mathieu se dobraram. Ele segurou os escoceses pelo cangote e bateu a cabeça deles uma contra a outra.

Jamie não conseguia ver e mal podia se mover, mas continuou agitando os braços às cegas. Estava no chão, pôde sentir as tábuas, algo molhado... Sua mão tateou e se chocou em carne. Ele se projetou para a frente e mordeu Mathieu na panturrilha com o máximo de força que conseguiu. Um sangue fresco encheu sua boca, mais quente do que o seu, e ele sentiu ânsia de vômito, mas manteve os dentes cravados na carne peluda, segurando teimosamente enquanto o homem chutava num frenesi. Seus ouvidos zumbiam. Ele teve uma vaga consciência de berros e gritos, mas não importava.

Algo havia se apoderado dele, e nada importava. Algum pequeno resquício de sua consciência registrou surpresa, e então isso também sumiu. Nenhuma dor, nenhum pensamento. Ele era uma coisa vermelha e, embora visse outras formas – rostos, sangue, partes do recinto –, elas não importavam. O sangue o dominou. Quando alguma noção de si retornou, ele estava ajoelhado por cima do homem, com as mãos travadas em volta do pescoço de Mathieu, os dedos latejando com uma pulsação fortíssima. Sua ou da vítima, ele não soube dizer.

Ele. Ele. Esquecera o nome do homem. Os olhos estavam esbugalhados, a boca rugosa babava e se abria, e um pequeno e delicioso *crac* soou quando algo se partiu sob os polegares de Jamie. Ele apertou com toda a força, apertou, apertou, e sentiu o imenso corpo debaixo de si ficar estranhamente flácido.

Continuou apertando. Não conseguiu parar até a mão de alguém o segurar pelo braço e sacudir com força.

– Pare – grasnou uma voz quente em sua orelha. – Jamie. Pare.

Ele piscou para o rosto branco e ossudo, incapaz de lhe atribuir um nome. Então inspirou – a primeira inspiração que se lembrava de dar em algum tempo – e com ela veio um forte odor de sangue, merda e suor nauseabundo. Subitamente ele tomou consciência da horrível textura esponjosa do corpo sobre o qual estava sentado. Saiu de cima dele desajeitadamente e se esparramou no chão enquanto seus músculos eram tomados por espasmos e tremores.

Então a viu.

Ela estava desabada junto à parede, toda encolhida, com os cabelos castanhos a se espalhar pelas tábuas. Ele se ajoelhou e engatinhou até ela.

Ela soltava um pequeno choramingo, tentando falar, sem encontrar palavras. Jamie chegou à parede e a tomou nos braços, inerte, a cabeça pendurada, batendo no seu ombro, os cabelos macios sobre o seu rosto, recendendo a fumaça e ao próprio e delicioso cheiro.

– *A nighean.* – Ele conseguiu dizer. – Meu Deus, você está…?

– Meu Deus – disse uma voz ao seu lado, e ele sentiu a vibração quando Ian, graças a Deus o nome tinha voltado, é claro que era Ian, quando ele desabou ao seu lado. Seu amigo ainda estava segurando uma adaga ensanguentada. – Ah, Jamie!

Ele olhou para cima, sem entender, desesperado, e então olhou para baixo ao mesmo tempo que o corpo da garota escorregava de seus braços e caía sobre os seus joelhos com a graça impossível de um corpo sem ossos, o pequeno buraco escuro em seu peito branco manchado apenas com um pouco de sangue. Quase nada.

Ian tinha obrigado Jamie a ir com ele até a catedral de Saint-André e insistido para ele se confessar. Jamie havia recusado. Não era uma grande surpresa.

– Não. Eu não posso.

– Nós vamos juntos.

Ian o havia segurado firme pelo braço e tinha o arrastado igreja adentro. Estava contando com a atmosfera do lugar para manter Jamie lá depois de entrar. Seu amigo parou e olhou em volta, desconfiado.

A abóbada de pedra do teto subia até se perder nas sombras lá em cima, mas poças de luz colorida lançada pelos vitrais se espalhavam suaves pelas pedras gastas da nave.

– Eu não deveria estar aqui – murmurou Jamie entre os dentes.

– Que lugar melhor do que este, seu idiota? – murmurou Ian em resposta.

E o puxou pela nave lateral até a capela de Saint-Estèphe. A maioria das capelas laterais eram decoradas com luxo, monumentos à importância de famílias ricas. Aquela era uma minúscula alcova de pedra, sem qualquer adorno, que continha pouca coisa além de um altar, uma tapeçaria desbotada de um santo sem rosto e um pequeno suporte onde era possível pôr velas.

– Fique aqui.

Ian pôs Jamie bem em frente ao altar e saiu rapidamente para comprar uma vela da velha que as vendia perto da porta principal. Tinha mudado de ideia em relação a tentar fazer Jamie se confessar. Sabia muito bem quando era possível forçar um Fraser a fazer algo e quando não.

Ficou com certo receio de Jamie ir embora e voltou depressa para a capela, mas seu amigo continuava ali, em pé no centro do espaço diminuto, com a cabeça baixa e os olhos fixos no chão.

– Então venha – disse Ian, puxando-o na direção do altar.

Cravou a vela, uma cara e grande, feita com cera de abelha. Cravou-a no suporte, tirou da manga o fiapo de papel que a velha tinha lhe dado e o entregou a Jamie.

– Acenda. Vamos rezar pelo seu pai. E... por ela.

Pôde ver lágrimas tremerem nas pestanas de Jamie, cintilando à claridade vermelha da lamparina pendurada acima do altar, mas Jamie piscou para contê-las e firmou o maxilar.

– Certo – falou, em voz baixa, mas hesitou.

Ian deu um suspiro, pegou o fiapo da mão dele e, na ponta dos pés, acendeu-o na lamparina do altar.

– Acenda – sussurrou, e entregou o fiapo a Jamie. – Ou eu darei um belo soco no seu rim aqui mesmo.

Jamie produziu um ruído que poderia ter sido um arremedo de risada e abaixou o fiapo aceso até a mecha da vela. O fogo surgiu, uma chama pura e alta, azul no centro, e então se abaixou ao mesmo tempo que retirava o fiapo e o sacudia para apagá-lo, produzindo uma lufada de fumaça.

Eles ficaram ali parados durante algum tempo, as mãos unidas diante de si, observando a vela se consumir. Ian rezou pela mãe e pelo pai. Rezou pela irmã e seus filhos... Com alguma hesitação (seria correto rezar por uma judia?), rezou por Rebekah bat-Leah e, com um olhar de esguelha para Jamie, de modo a se certificar de que ele não estava olhando, por Jenny Fraser. Em seguida, rezou pela alma de Brian Fraser... e, por fim, com os olhos bem fechados, pelo amigo ali ao seu lado.

Os ruídos da igreja foram cessando, o murmúrio das pedras e os ecos da madeira, o arrastar de pés e os arrulhos dos pombos no telhado. Ian parou de pronunciar as palavras, mas continuou a rezar. E então isso também cessou, e restaram apenas a paz e as batidas suaves do seu coração.

Ouviu Jamie dar um suspiro vindo de algum lugar das profundezas e abriu os olhos. Sem dizer nada, eles saíram, deixando a vela para seguir em vigília.

– E você, não pretendia se confessar? – indagou Jamie, parando perto da porta principal da igreja.

No confessionário havia um padre. A uma distância discreta do cubículo de madeira entalhada, onde não era possível escutar, duas ou três pessoas aguardavam.

– Isso pode esperar – disse Ian, e deu de ombros. – Se você vai para o inferno, talvez seja melhor eu ir também. Deus sabe que você nunca vai conseguir se virar sozinho.

Jamie sorriu, um sorrisinho de nada, mas era um sorriso. Com um empurrão, abriu a porta para a luz do sol lá fora.

Caminharam sem rumo por um tempo, sem conversar, e acabaram dando na beira do rio, onde ficaram olhando as águas escuras do Garonne passarem carregando os detritos de uma tempestade recente.

– *Shalom*, aquilo que o médico me disse, quer dizer "paz" – comentou Jamie.

Ian sabia muito bem.

– Sim – concordou ele. – Mas a paz agora está fora da nossa alçada, não é? Somos soldados. – Com um movimento do queixo, ele indicou o embarcadouro ali perto, onde um paquete estava ancorado. – Ouvi dizer que o rei da Prússia precisa de alguns bons homens.

– Precisa mesmo – disse Jamie, e empertigou os ombros. – Vamos lá, então.

UM VERDE FUGIDIO

1

SOBREVIVÊNCIA

Paris, abril de 1744

Minnie Rennie tinha segredos. Alguns estavam à venda, outros eram exclusivos. Ela tocou o corpete do vestido e olhou na direção da porta de treliça nos fundos da loja, ainda fechada. As cortinas azuis atrás dela não deixavam a luz de fora entrar no cômodo.

Seu pai também tinha segredos. Para o mundo, Andrew Rennie (como era conhecido em Paris) era um negociante de livros raros, porém, mais privadamente, era um colecionador de cartas cujos remetentes nunca haviam pretendido que fossem lidas por ninguém a não ser o destinatário. Mantinha também um estoque de informações mais fluidas, extraídas de seus visitantes graças a uma combinação de chá, vinho, charme e pequenas quantias em dinheiro.

Minnie aguentava bem o vinho, não precisava de dinheiro e era imune ao magnetismo do pai. Tinha, porém, um respeito decentemente filial por suas capacidades de observação.

O murmúrio de vozes vindas da sala dos fundos não tinha o ritmo das despedidas, nem se podia ouvir o arrastar de cadeiras... Ela atravessou a loja abarrotada de livros até as prateleiras de tratados e sermões.

Após pegar um volume de couro de novilho vermelho com folhas de guarda em papel marmorizado, intitulado *Sermões reunidos do reverendo George V. Sykes*, ela tirou a carta do corpete do vestido, enfiou-a entre as páginas e tornou a guardar o livro no lugar. Bem a tempo: houve uma movimentação na sala dos fundos, xícaras foram colocadas à mesa, vozes ficaram ligeiramente mais altas.

Com o coração aos pulos, ela lançou um derradeiro olhar para o reverendo Sykes e notou, para seu horror, que havia perturbado o pó da prateleira: um rastro distinto apontava para a lombada de couro vermelho escura. Voltou depressa até o balcão principal, pegou o espanador que ficava guardado debaixo deste e, em segundos, tirou o pó da seção inteira.

Inspirou fundo várias vezes. Não podia parecer corada nem agitada. Seu pai era um homem observador, um traço que, como ele muitas vezes dizia enquanto a instruía na arte, o mantivera vivo em mais de uma ocasião.

Mas estava tudo bem. As vozes tinham tornado a mudar. Algum novo assunto havia surgido.

Com calma, ela andou entre as prateleiras e parou para examinar as pilhas de volumes não catalogados sobre uma mesa grande encostada na parede oeste. Os livros exalavam um forte odor de tabaco, além do cheiro habitual de couro, entretela, cola, papel e tinta. Aquele carregamento pelo visto havia pertencido a um homem que gostava de fumar charuto enquanto lia. Mas ela não estava prestando muita atenção nos volumes novos. Continuava pensando na carta.

O carroceiro que fora entregar aquela última coleção de livros, a biblioteca de um falecido professor universitário de história em Exeter, tinha lhe dado um meneio de cabeça e uma piscadela. Ela saíra com um cesto de compras e fora encontrá-lo depois da esquina, em frente a uma loja de frutas. Uma *livre tournois* para o carroceiro, mais 5 *sous* por uma caixinha de morangos, e pudera ficar livre para ler a carta no abrigo do beco antes de voltar saltitando para a livraria com as frutas na mão de modo a explicar sua ausência.

Nenhuma saudação, nenhuma assinatura, como ela havia pedido. Apenas informação:

Encontramos a mulher, dizia o texto. *Sra. Simpson, Chapel House, Parson's Green, Peterborough Road, Londres.*

Sra. Simpson. Enfim um nome. Um nome e um lugar, por mais misteriosos que fossem.

Sra. Simpson.

Foram necessários meses planejando tudo com cuidado, escolhendo, entre os mensageiros que seu pai usava, os mais gananciosos e, entre os gananciosos, os que ficariam de bico calado.

Não sabia o que o pai poderia fazer caso descobrisse que ela estava procurando a mãe. Mas ele havia se recusado a dizer uma só palavra sobre a mulher nos últimos dezessete anos. Era razoável supor que não ficaria contente.

– Sra. Simpson – sussurrou o nome, sentindo as sílabas na boca.

Sra. Simpson... Será que sua mãe havia se casado de novo? Será que tinha outros filhos? Minnie engoliu em seco. A ideia de ter meios-irmãos ou meias-irmãs era ao mesmo tempo horripilante, intrigante... e surpreendentemente dolorosa. Considerar que outra pessoa tivera a presença de sua mãe durante todos aqueles anos...

– Isso *não está* bom – disse em voz alta.

Não fazia ideia de quais poderiam ser as circunstâncias pessoais da *sra. Simpson*, e era inútil gastar emoção com algo que talvez não existisse. Piscou com força para focar outra vez o pensamento, e de repente viu.

A coisa em cima de uma edição encadernada em couro de porco do terceiro volume da *História do papado* (Antuérpia) era comprida como o seu polegar e estranhamente imóvel para uma barata. Minnie a encarava sem se dar conta havia quase um minuto. Será que estava morta? Pegou uma pena em mau estado da coleção dentro do jarro chinês e cutucou a coisa com cuidado usando a extremidade pontiaguda.

A coisa chiou feito uma chaleira, e ela deu um gritinho, deixando a pena cair. Incomodada, a barata rodou num círculo lento e irritado, então tornou a se acomodar sobre o "P" maiúsculo em baixo-relevo e ajeitou debaixo de si as patas espinhentas, obviamente se preparando para retomar a soneca.

– Ah, nem pensar – disse ela.

E se virou para as prateleiras em busca de algo pesado o bastante para esmagar a barata, mas com uma capa na qual a mancha não fosse aparecer. Havia tocado uma Bíblia Vulgata com uma capa marrom-escura de couro quando a porta secreta ao lado das estantes se abriu e seu pai apareceu.

– Ah, conheceu Frederick? – perguntou ele, dando um passo à frente e tirando a Bíblia da mão dela. – Não precisa se preocupar, querida. Ele é mansíssimo.

– Manso? Quem se daria ao trabalho de domesticar uma barata?

– Os moradores de Madagascar, ou assim me disseram. Embora seja um traço hereditário. Este Frederick aqui é descendente de uma longa e nobre linhagem de baratas-chiadeiras, mas nunca pisou em sua terra natal. Ele nasceu… saiu do ovo em Bristol.

Frederick havia feito um intervalo suficientemente longo em seu cochilo para roçar as antenas no polegar de seu pai. Após obviamente julgar o cheiro aceitável, a barata subiu pelo polegar até as costas da mão dele. Minnie se remexeu, incapaz de impedir que os pelos dos braços se arrepiassem.

Com a mão aninhada junto ao peito, o sr. Rennie avançou com cuidado até as grandes estantes da parede leste. Era ali que ficavam os livros vendáveis, mas de menor valor: uma mistura que ia desde o *Herbário de Culpeper* até exemplares esfarrapados das peças de Shakespeare e – de longe os mais populares – uma vasta coleção das mais explícitas confissões escritas no cárcere de um sortimento de ladrões de diligência, assassinos, falsários e matadoras de maridos.

Entre os volumes e panfletos havia uma miscelânea de pequenas curiosidades, de um canhão de bronze de brinquedo até um punhado de pedras afiadas que se dizia terem sido usadas nos primórdios da humanidade para raspar peles, passando por um leque chinês que exibia cenas eróticas quando aberto. Seu pai pegou do meio dos objetos um cesto de vime e depositou Frederick ali com precisão.

– Bem na hora, meu velho – disse ele à barata, que agora espiava por entre a trama de vime levantada sobre as patas traseiras. – Lá vem seu novo mestre.

Minerva espiou atrás do pai, e seu coração deu um pulinho. Reconheceu aquela silhueta alta de ombros largos, que se abaixou automaticamente ao passar pela porta de modo a não machucar a cabeça.

– Lorde Broch Tuarach!

Seu pai deu um passo à frente, radiante, e inclinou a cabeça para o cliente.

– Sr. Fraser está bem – disse o homem, estendendo-lhe a mão. – Ao seu dispor.

Ele trouxera consigo um cheiro das ruas: seiva pegajosa dos plátanos, poeira, esterco e vísceras, e o odor de mijo onipresente em Paris, levemente perfumado pelos vendedores de laranja em frente ao teatro. Trazia também seu próprio e pungente aroma de suor, vinho e barris de carvalho. Muitas vezes vinha direto do seu armazém. Ela inalou, satisfeita, então soltou o ar ao mesmo tempo que ele se virava do seu pai para ela, sorrindo.

– Mademoiselle Rennie – disse ele, num forte sotaque escocês que enrolava de modo delicioso o "R".

Pareceu um pouco surpreso quando ela estendeu a mão, mas fez o que era esperado e se curvou de modo cortês, mantendo o rosto a milímetros de seus dedos. *Se eu fosse casada, ele a beijaria*, pensou ela, apertando inconscientemente com mais força a mão dele.

Ele sentiu aquela pressão, mas endireitou as costas e se curvou para ela com toda a elegância de um cortesão.

Seu pai produziu um leve som gutural e tentou cruzar olhares com a filha, mas ela o ignorou. Pegou o espanador e se encaminhou com um ar ocupado para as estantes atrás do balcão – as que abrigavam um sortimento selecionado de obras eróticas de uns dez países diferentes. Ela sabia perfeitamente o que o olhar dele teria dito.

– Frederick? – Ela ouviu o sr. Fraser perguntar num tom de voz perplexo. – Ele atende ao nome?

– Eu… ahn… devo confessar que nunca o chamei – respondeu seu pai, um pouco surpreso. – Mas ele é muito manso e vem na sua mão.

Seu pai tinha obviamente aberto a caixa de vime para demonstrar os talentos de Frederick, pois ela ouviu um leve arrastar de patas.

– Não se incomode – disse o sr. Fraser, rindo.

O nome de batismo dele era James. Ela o vira escrito numa nota de compra de um oitavo encadernado em couro de novilho e gravado a ouro das *Cartas Persanas*.

– Ele não faz o meu tipo de animal de estimação. Um cavalheiro conhecido meu deseja algo exótico para dar de presente à amante… Segundo ele, ela tem apreço por animais.

A audição sensível de Minnie captou com facilidade a delicada hesitação antes de "cavalheiro conhecido meu". A de seu pai também, pois ele convidou James Fraser para tomar um café com ele. Um segundo depois, os dois já tinham desaparecido atrás da porta de treliça que protegia a toca particular de seu pai.

Minnie fitou as antenas atarracadas de Frederick, remexendo-se curiosas dentro da cesta de vime que seu pai havia posto sobre a prateleira na sua frente.

– Prepare um pouco de comida para o sr. Fraser levar. – O pai pediu do outro lado da treliça. – Para Frederick, digo.

– O que ele come? – perguntou ela de volta.

– Frutas! – Foi a resposta sucinta, e então uma porta se fechou atrás da treliça.

Minnie viu o sr. Fraser de relance mais uma vez quando ele foi embora, meia hora mais tarde. Ele sorriu para ela ao aceitar o embrulho contendo Frederick e o desjejum do inseto, composto de morangos. Então tornou a se abaixar para passar pela porta, com o sol vespertino a reluzir nos cabelos brilhantes, e se foi. Ela ficou encarando a porta vazia.

Seu pai também tinha emergido da sala dos fundos e a encarava, não sem certa empatia.

– O sr. Fraser? Ele nunca vai se casar com você, querida… Ele tem uma esposa muito atraente. Além disso, embora seja o melhor dos agentes jacobitas, ele não tem a envergadura que deseja. Só se preocupa com os Stuarts, e os jacobitas escoceses nunca terão muito peso. Venha, quero conversar com você sobre uma coisa.

Sem avisar, ele se virou e andou em direção ao biombo chinês.

Uma esposa. Atraente, é? Embora a palavra "esposa" fosse um inegável soco no estômago, o pensamento seguinte de Minnie foi que ela não precisava necessariamente *se casar* com Jamie Fraser. E, em se tratando de beleza, ela não ficava nem um pouco atrás. Torceu uma mecha de cabelos cor de trigo maduro ao redor de um dos dedos e a prendeu atrás da orelha.

Seguiu o pai e o encontrou sentado diante da mesinha de madeira asiática. As xícaras de café tinham sido postas de lado, e ele estava servindo vinho. Entregou-lhe um copo e, com um meneio de cabeça, indicou que se sentasse.

– Nem pense nisso, minha menina. – Seu pai a observava por cima do copo, não sem alguma bondade. – Depois que estiver casada, pode fazer o que quiser. Mas até conseguirmos casá-la, você precisa se manter virgem. Os ingleses são uns chatos com relação à virgindade, e eu faço questão que o seu marido seja inglês.

Ela produziu um ruído desdenhoso com os lábios e tomou um pequeno gole de vinho.

– O que faz o senhor pensar que eu já não…?

Ele ergueu a sobrancelha e bateu com o dedo na lateral do nariz.

– *Ma chère*, eu conseguiria sentir cheiro de homem em você a 1 quilômetro de distância. E mesmo quando não estou aqui… eu estou aqui.

Ele arqueou a outra sobrancelha e a encarou. Ela fungou, secou o copo e se serviu outro.

Será que estava mesmo? Ela se recostou e examinou o pai, tomando cuidado para manter a expressão neutra. Era bem verdade que ele tinha informantes por toda parte. Após escutá-lo negociar o dia inteiro atrás da treliça, ela sonhava a noite toda com aranhas ocupadas em suas teias. Tecendo, subindo, caçando pelos finos caminhos de seda a correr escondidas entre as coisas pegajosas. E, às vezes, apenas paradas ali, redondas como bolas de gude no ar, imóveis. Observando com seus milhares de olhos.

Só que as aranhas tinham suas preocupações e, sem dúvida, Minnie não era uma delas. De repente, ela sorriu para o pai, um sorriso cheio de covinhas, e ficou satisfeita

355

ao ver um lampejo de preocupação nos olhos dele. Baixou os olhos e enterrou o sorriso no vinho.

Ele pigarreou.

– Então – falou, empertigando-se. – Gostaria de visitar Londres, querida?

Londres...

Ela inclinou a cabeça para um lado e para outro enquanto pensava.

– A comida é péssima, mas a cerveja não é má. Mesmo assim, chove o tempo todo.

– Você poderia ganhar um vestido novo.

Isso era interessante; queria dizer então que não era apenas uma excursão para comprar livros. Mas ela fingiu indiferença.

– Só um?

– Vai depender um pouco do seu sucesso. Talvez precise de... algo especial.

Isso fez algo se agitar atrás das orelhas dela.

– Por que o senhor insiste nessa bobajada? – perguntou ela, largando o copo com um baque. – Sabe que não pode mais me enganar para fazer as coisas. Me diga qual é a sua ideia e pronto, nós conversamos. Como seres racionais.

Isso o fez rir, mas sem maldade.

– Sabe que as mulheres não são racionais, não sabe?

– Sei. Os homens tampouco.

– Bem, você não está de todo errada – reconheceu ele, e secou com um guardanapo um pouco de vinho que escorria pelo queixo. – Mas eles têm padrões. E os padrões femininos são...

Ele se calou e estreitou os olhos por cima dos aros dourados dos óculos, à procura da palavra.

– Mais complexos? – sugeriu ela, mas ele balançou a cabeça.

– Não, não... superficialmente eles parecem caóticos, mas na verdade os padrões femininos são de uma simplicidade brutal.

– Se o senhor estiver se referindo à influência da lua, eu posso comentar que todos os lunáticos que eu conheci eram homens.

As sobrancelhas dele se levantaram. Estavam começando a engrossar e a ficar grisalhas e revoltas. Subitamente, ela notou que seu pai estava envelhecendo, e sentiu um leve aperto no coração ao pensar nisso.

Ele não perguntou quantos lunáticos ela já havia conhecido. No ramo dos livros, essas pessoas eram uma ocorrência semanal. Em vez disso, balançou a cabeça.

– Não, não, essas coisas são apenas calendários físicos. Estou me referindo aos padrões que fazem as mulheres agirem como agem. E esses têm basicamente a ver com sobrevivência.

– No dia em que eu me casar com um homem para sobreviver...

Ela não se deu ao trabalho de terminar a frase, mas agitou os dedos no ar com desdém e se levantou para tirar a chaleira que fervia de cima do lampião a álcool e repor o chá do bule. Dois cálices de vinho eram o seu limite, sobretudo ao lidar com o pai. Nesse dia, particularmente, ela queria estar com a mente alerta.

– Bem, você tem mesmo os padrões mais elevados do que a maioria das mulheres. – Seu pai pegou a xícara de chá que ela lhe trouxe e sorriu para ela por cima da bebida. – E, como gosto de pensar, mais recursos para sustentá-los. Mas continua sendo mulher. Ou seja, você pode conceber. E é aí, minha querida, que o padrão de uma mulher se torna de fato brutal.

– É mesmo? – disse ela, num tom que não o incentivava a elaborar o comentário.

Era sobre Londres que desejava ouvir. Mas precisaria tomar cuidado.

– O que estamos procurando? – indagou, servindo chá na própria xícara de modo a poder manter os olhos fixos no líquido cor de âmbar. – Em Londres, quero dizer.

– Nós não – corrigiu o pai. – Não desta vez. Eu tenho negócios para cuidar na Suécia… Falando em jacobitas, você…

– Há jacobitas na Suécia?

Seu pai deu um suspiro e esfregou as têmporas com os indicadores.

– Minha querida, você não faz ideia. Eles surgem feito pragas e, assim como o mato dos campos, à noite são cortados e perecem. E justo quando você pensa que eles finalmente morreram, algo acontece e… Mas isso não é problema seu. Você tem que entregar um pacote para um cavalheiro em especial, e receber informações de uma lista de contatos que darei. Não precisa interrogá-los, apenas pegar o que eles entregarem. E naturalmente…

– Não dizer nada a eles – concluiu ela, deixando cair um torrão de açúcar dentro do próprio chá. – É claro que não, pai. Que espécie de *nincompoop* você acha que eu sou?

Isso o fez rir, e profundas rugas de bom humor franziram seus olhos até quase fechá-los.

– Onde arrumou essa palavra?

– Todo mundo fala *nincompoop* – informou ela. – É comum escutar essa palavra nas ruas de Londres umas dez vezes por dia.

– Ah, duvido – contestou ele. – Sabe de onde ela vem?

– Samuel Johnson me contou que vinha de *non compos mentis*.

– Ah, foi daí que você tirou. – Ele parou de rir, mas ainda parecia estar achando graça. – Bem, o sr. Johnson deve saber. Ainda está se correspondendo com ele? Ele é inglês, admito, mas não é nem um pouco o que eu tenho em mente para você, minha menina. Tem um parafuso a menos e nenhum tostão furado. Além disso, ele é casado. Vive do dinheiro da mulher.

Isso deixou Minnie surpresa, e não foi uma surpresa agradável. Mas seu pai estava sendo franco. Seu tom era o mesmo que usava quando a instruía sobre algum aspecto importante do trabalho. Eles não se provocavam nem brincavam um com o outro quando o assunto era trabalho, e ela se reclinou um pouco para trás, indicando que estava pronta para ouvir.

– Veja bem – disse o pai, erguendo um dedo manchado de tinta. – Muitas pessoas dirão que as mulheres não pensam em nada a não ser roupas, festas e o que lady Fulana falou sobre sir Peidão no salão de ontem. O que é uma observação razoável, mas não passa de uma observação. Quando ouvir algo assim, pergunte-se o que está por trás. Ou por baixo, quem sabe... – reconheceu ele, judicioso. – Passe esse vinho para cá, meu amor. Já encerrei o trabalho por hoje.

– Suponho que sim – disse ela, petulante.

E colocou o decantador de madeira com força na sua frente. Seu pai havia passado a manhã inteira fora, oficialmente visitando livreiros e colecionadores de raridades, mas na verdade falando... e escutando. E ele nunca tomava bebida alcoólica enquanto estava trabalhando.

Ele tornou a encher o copo e fez menção de completar o dela também, mas Minnie balançou a cabeça e estendeu a mão para o bule de chá. Tinha razão quanto a manter a mente alerta.

– Anote outro padrão feminino nesse quesito – argumentou ela, sardônica. – Elas não aguentam bebida alcoólica nas mesmas quantidades que um homem... mas têm muito menos probabilidade de ficarem embriagadas.

– Você obviamente nunca desceu a Gropecunt Lane em Londres depois do anoitecer, querida – retrucou seu pai, imperturbável. – Não que seja algo que eu recomende, veja bem. As mulheres bebem pelos mesmos motivos que os homens: para ignorar alguma situação ou para esquecer. Dadas as circunstâncias certas, os dois podem se embriagar ou não. Mas as mulheres se importam muito mais em permanecer vivas do que os homens. Chega de conversa! Afie uma pena nova para mim, querida. Vou contar quem você vai encontrar em Londres.

Ele pôs a mão dentro de um dos escaninhos que margeavam a parede e retirou de lá um caderninho surrado.

– Você já ouviu falar no duque de Pardloe?

RESUMO: HAROLD GREY, DUQUE DE PARDLOE

Histórico familiar: Gerard Grey, conde Melton, recebeu o título de duque de Pardloe (junto com uma considerável quantidade de terras) como recompensa por ter recrutado um regimento (o 46º de Infantaria, que serviu com distinção durante as rebeliões jacobitas de 1715 e 1719, tendo combatido em Preston e Sheriffmuir).

Entretanto, a lealdade do duque para com a Coroa pareceu hesitante durante o reinado de Jorge II, e Gerard Grey foi acusado de envolvimento no complô de Cornbury. Embora tivesse escapado da prisão nessa feita, um complô subsequente levou à promulgação de um mandado de prisão em seu nome por alta traição. Ao saber disso, Pardloe se matou com um tiro no jardim de inverno de sua propriedade rural antes de a prisão poder ser efetuada.

O filho mais velho de Pardloe, Harold Grey, herdou o título na idade de 21 anos, após a morte do pai. Embora o título não tenha sido formalmente revogado, o jovem Grey o considerou maculado e se recusou a adotá-lo, preferindo ser conhecido pelo título mais antigo da família: conde Melton. Casou-se com Esmé Dufresne (filha caçula do marquês de Robillard) pouco antes do suicídio do pai.

O atual duque rejeitou pública e violentamente qualquer envolvimento com os jacobitas (por necessidade), mas isso não significa que tais envolvimentos o tenham rejeitado, nem que tal rejeição reflita sua verdadeira inclinação. Há considerável interesse em alguns círculos pelas tendências e afiliações políticas do duque, e quaisquer cartas, encontros conhecidos com pessoas de interesse (lista anexa) ou conversas particulares que possam dar indicações de tendências jacobitas seriam de grande valor.

RESUMO: SIR ROBERT ABDY, BARONETE

Herdou o título com a idade de 3 anos. Embora tenha levado uma vida (lamentavelmente) virtuosa, teve pesado envolvimento na política jacobita. No ano passado cometeu a insensatez de colocar seu nome num abaixo-assinado enviado a Luís da França instando uma invasão francesa à Britânia e um apoio à restauração dos Stuarts. Desnecessário dizer que isso não é de conhecimento geral na Britânia, tampouco seria uma boa ideia mencionar esse fato a sir Robert. Por sinal, não o aborde, embora ele seja ativo na sociedade e você talvez o encontre. Nesse caso, estamos particularmente interessados nas atuais associações dele. Somente nomes, por enquanto. Não chegue perto demais.

RESUMO: HENRY SCUDAMORE, DUQUE DE BEAUFORT

Quarto homem mais rico da Inglaterra, e também signatário do abaixo-assinado francês. Muito querido pela sociedade, e faz pouco segredo de suas inclinações políticas.

Sua vida privada, temo eu, é bem menos virtuosa que a de sir Robert. Após ter adotado o sobrenome da esposa por uma lei parlamentar, o duque pediu o divórcio no ano passado sob alegações de adultério (o que era verdade: ela vinha mantendo um relacionamento com William Talbot, herdeiro do conde Talbot, e não estava sendo discreta).

Em retaliação à dama – seu nome é Frances –, entrou rapidamente com um processo alegando que o duque era impotente. O duque, que não costuma se fazer de rogado, demonstrou para diversos examinadores nomeados pelos tribunais que era capaz de ter uma ereção. Assim, ganhou a causa do divórcio, e agora é de presumir que esteja aproveitando sua liberdade.

Não chegue perto demais. Associações. Somente nomes por enquanto.

RESUMO: SR. ROBERT WILLIMOT

Prefeito de Londres até 1741. Atualmente mantém associação com...

2

MEL FRIO E SARDINHAS

Londres, maio de 1744
Argus House, residência do duque de Pardloe

Chovia pesado e a sala cheirava a flores mortas. Mesmo assim, Hal tentou abrir a janela com um empurrão. A ação não teve efeito algum. A madeira tinha dilatado com a umidade e a janela permaneceu fechada. Ele tentou mais duas vezes, então ficou parado, ofegante.

As batidas do pequeno relógio sobre o parapeito da lareira lhe trouxeram a consciência de que estava postado em frente à janela fechada com a boca entreaberta, vendo a chuva escorrer pela vidraça havia mais de quinze minutos, sem conseguir decidir se chamava um lacaio para abrir aquela porcaria ou se a quebrava com um soco.

Como estava com frio, caminhou por instinto em direção à lareira. Sentia estar se movendo através de um viscoso e frio mel desde que se forçara a se levantar da cama, e se deixou cair na cadeira do pai.

A cadeira de seu pai. Maldição. Fechou os olhos e tentou reunir forças para ficar de pé e mudar de lugar. O couro estava frio e rijo sob seus dedos, sob suas pernas, duro atrás das costas. Ele podia sentir o fogo a poucos metros de distância na lareira, mas o calor não o alcançava.

– Trouxe o seu café, milorde.

A voz de Nasonby cortou o mel, assim como o cheiro de café. Hal abriu os olhos. O lacaio já havia colocado a bandeja sobre a pequena mesa de marchetaria e estava dispondo as colheres, tirando a tampa do açucareiro e posicionando a pinça do jeito certo, retirando o guardanapo dobrado sobre a jarra de leite morno... O creme estava em seu recipiente do outro lado, onde se mantinha frio. Hal achou tranquilizadora aquela simetria e os movimentos silenciosos e ágeis de Nasonby.

Poderia passar algum tempo apenas tomando café. Não precisava pensar em nada. Chegando à metade da xícara, cogitou por alguns instantes se levantar e ir se sentar em outra cadeira, mas a essa altura o couro havia se aquecido e se moldado ao seu corpo. Podia quase imaginar o toque do pai no ombro, o breve aperto que o duque sempre usava para expressar afeto pelos filhos. *Maldito seja.* Sua garganta se fechou de repente, e ele largou a xícara na mesa.

Como John estava conseguindo suportar?, pensou. Com certeza ele devia estar seguro o bastante em Aberdeen. Mesmo assim, precisava escrever para o irmão. O primo Kenneth e a prima Eloise eram dois chatos insuportáveis, presbiterianos tão conservadores que nem sequer aceitavam o carteado e reprovavam qualquer atividade aos domingos, exceto ler a Bíblia.

Na ocasião em que Esmé e ele haviam se hospedado com os dois, Eloise pedira educadamente a Esmé que lesse para eles após o massudo almoço de domingo composto por carneiro assado e purê de nabo. Ignorando o texto do dia, assinalado por uma fita de cetim feita à mão, Esmé havia folheado alegremente o livro e escolhido a história de Jefté.

Jefté jurara sacrificar ao Senhor a primeira coisa a cumprimentá-lo quando retornasse à casa, caso o Senhor lhe concedesse a vitória na batalha contra os filhos de Amôn.

– Francamente – disse Esmé, engolindo o "R" de um jeito francês particularmente encantador. Ela ergueu o rosto com o cenho franzido. – E se fosse o cachorro dele? O que acha, Mercy? – perguntou, dirigindo-se a Mercy, prima de 12 anos de Hal. – Se o seu paizinho chegasse em casa um belo dia e anunciasse que iria matar Jasper – Ao ouvir seu nome, o spaniel ergueu os olhos do tapete em que estava. – Só porque tinha dito a Deus que o faria, como você reagiria?

Os olhos de Mercy se reviraram de horror, e seu lábio tremeu quando ela olhou para o cachorro.

– Mas... mas... ele não faria isso – disse ela. Então lançou ao pai um olhar cheio de dúvida. – O senhor *não faria* isso, não é, paizinho?

– E se tivesse prometido a Deus? – interrompeu Esmé, prestativa, erguendo para Kenneth os grandes olhos azuis.

Hal estava apreciando a expressão no rosto de Kenneth, mas como Eloise parecia ficar com a papada um pouco vermelha, tossiu, e, com uma nítida e inebriante sensação de estar guiando uma carruagem ribanceira abaixo, falou:

– Mas não foi o cachorro que Jefté encontrou, foi? O que aconteceu? Refresque a minha memória... já faz algum tempo desde que li o Antigo Testamento.

Na verdade, ele nunca o tinha lido, mas Esmé adorava ler e lhe contar as histórias... com seus inimitáveis comentários.

Tomando o cuidado de não olhar para ele, Esmé tinha virado a página com os dedos delicados e pigarreara.

> *Quando Jefté chegou à sua casa em Mispá, sua filha saiu ao seu encontro, dançando ao som de tamborins. E ela era filha única. Ele não tinha outro filho ou filha.*
>
> *Quando a viu, rasgou suas vestes e gritou: "Ah, minha filha! Estou angustiado e desesperado por tua causa, pois fiz ao Senhor um voto que não posso quebrar."*
>
> *"Meu pai", respondeu ela, "sua palavra foi dada ao Senhor. Faça comigo o que prometeu, agora que o Senhor o vingou dos seus inimigos, os amonitas."*
>
> *E prosseguiu: "Mas conceda-me dois meses para vagar pelas colinas e chorar com as minhas amigas, porque jamais me casarei."*
>
> *"Vá!", disse ele. E deixou que ela fosse por dois meses. Ela e suas amigas foram então para as colinas e choraram porque ela jamais se casaria.*
>
> *Passados dois meses, ela voltou a seu pai, e ele fez com ela o que tinha prometido no voto. Assim, ela nunca deixou de ser virgem. Daí vem o costume em Israel de saírem as moças durante quatro dias, todos os anos, para celebrar a memória da filha de Jefté, o gileadita.*

E ela então tinha rido enquanto fechava o livro.

– Eu não acho que teria chorado muito tempo pela minha virgindade. Teria voltado para casa sem ela. – E Esmé *nesse momento* havia cruzado olhares com ele, e nos seus olhos havia uma centelha que tinha feito os batimentos dele se acelerarem. – E teria visto se meu querido paizinho ainda me considerava um sacrifício adequado.

Hal estava com os olhos fechados. Respirava com força e tinha uma vaga consciência de que lágrimas escorriam por seus olhos.

– Sua cachorra – sussurrou. – Sua *cachorra!*

Ficou aguardando até a lembrança passar e o eco da voz dela sumir de seus ouvidos. Ao abri-los, constatou que estava com o queixo apoiado nas mãos, os cotovelos sobre os joelhos, e que encarava o tapete da lareira. Um tapete tão caro para um uso daqueles. De lã branca macia, grossa, com as armas da família Grey no centro e um "H" e um "E" extravagantes bordados em seda negra de um lado ao outro. Ela havia mandado fazer para ele – um presente de casamento.

Ele tinha lhe dado um pingente de brilhante, que enterrara junto com ela e com o filho, um mês antes.

Fechou os olhos outra vez.

Depois de algum tempo, levantou-se e desceu o corredor até o cubículo que havia transformado em escritório. O lugar era minúsculo, mas ele não precisava de muito espaço. O confinamento parecia ajudá-lo a pensar melhor, uma vez que o isolava de parte do mundo exterior.

Tirou uma pena do jarro. Distraído, mordeu-a e sentiu o gosto amargo de tinta seca. Deveria afiar outra, mas não conseguia reunir energia para encontrar o canivete. Além disso, que importância tinha? John não se importaria com alguns borrões.

Papel... Ainda sobrava metade das 25 folhas de pergaminho que ele havia usado para responder às manifestações de condolências em relação a Esmé. Estas haviam chegado aos montes – ao contrário dos poucos bilhetes constrangidos após o suicídio de seu pai, havia três anos. Ele mesmo tinha escrito as respostas, apesar de sua mãe ter se oferecido para ajudá-lo. Vira-se tomado por algo semelhante ao fluido elétrico de que falavam os filósofos naturais, algo que o deixara anestesiado para qualquer necessidade natural, como comer ou dormir, que lhe preenchia o cérebro e o corpo com uma necessidade frenética de se mover, de fazer alguma coisa – embora Deus bem soubesse que não havia nada mais que ele pudesse ter feito depois de matar Nathaniel Twelvetrees.

Não que ele não houvesse tentado...

O papel estava áspero de tanta poeira, já que ele não deixava ninguém tocar sua escrivaninha. Suspendeu uma das folhas e a soprou, sacudiu-a um pouco, então mergulhou a pena na tinta.

J escreveu e parou. O que havia a dizer?

> *Espero em Deus que não esteja morto. Encontrou alguém estranho fazendo perguntas? O que está achando de Aberdeen? Além de frio, úmido, deprimente e cinzento...*

Após girar a pena por um tempo, desistiu e escreveu:

> *Sorte. H.*

Passou o mata-borrão na folha, dobrou-a, pegou a vela e deixou pingar sobre o papel a cera manchada de fumaça na qual imprimiu com firmeza o seu sinete: um cisne em pleno voo, com o pescoço esticado e uma lua cheia ao fundo.

Uma hora mais tarde, continuava sentado diante da escrivaninha. Tivera progresso: a carta para John estava ali, alinhada ao canto da escrivaninha, lacrada e com o endereço dos Armstrongs em Aberdeen escrito com clareza... e usando uma pena nova e afiada.

A pilha de pergaminhos fora sacudida para retirar a poeira, as folhas alinhadas e guardadas dentro de uma gaveta. E ele havia encontrado a origem do cheiro de flores mortas: um buquê de cravos podres esquecido dentro de uma caneca de barro no peitoril da janela. *Essa* janela ele conseguira abrir para jogá-los fora. Em seguida, havia chamado um lacaio para levar embora a caneca e lavá-la. Estava exausto.

Tomou consciência de barulhos ao longe: o ruído da porta da frente se abrindo, vozes. Tudo bem. Sylvester cuidaria de quem quer que fosse.

Para sua surpresa, o mordomo parecia ter sido sobrepujado pelo intruso. Vozes altas e um passo decidido se aproximavam rapidamente do seu santuário.

– O que está fazendo, Melton?

A porta se abriu de supetão, e o rosto largo de Harry Quarry o encarou, irado.

– Escrevendo cartas – respondeu Hal com a pouca dignidade que conseguiu reunir. – O que pareço estar fazendo?

Harry entrou no escritório pisando duro, acendeu uma vela fina no fogo da lareira e a encostou no castiçal sobre a escrivaninha. Hal não percebera que havia escurecido, mas já devia ser a hora do chá. Seu amigo ergueu o castiçal e o examinou à luz por ele emitida com uma expressão crítica.

– Não vai querer saber com que cara está – disse ele, e balançou a cabeça. Pôs o castiçal sobre a escrivaninha. – Imagino que se esqueceu de que devia ter encontrado Washburn hoje à tarde.

– Wash... Ah, meu Deus!

Ele tinha se levantado parcialmente da cadeira ao ouvir o nome, então tornou a afundar, sentindo-se vazio diante da menção de seu advogado.

– Passei a última hora com ele depois de encontrar Anstruther e Josper... o ajudante do 14º, está lembrado?

A pergunta foi feita com uma forte dose de sarcasmo.

– Estou – respondeu Hal, esfregando a mão no rosto com força para tentar despertar a mente. – Sinto muito, Harry – falou, e balançou a cabeça. Levantou-se e fechou o roupão em volta do corpo. – Chame Nasonby, sim? Peça a ele que nos sirva o chá na biblioteca. Preciso trocar de roupa e me lavar.

Lavado, vestido, escovado, ou seja, sentindo-se minimamente capaz, ele adentrou a biblioteca quinze minutos mais tarde e viu que o carrinho de chá já estava no lugar. Uma espiral de vapor perfumado escapava do bico do bule e se misturava aos aromas fortes de presunto e sardinha, e à doçura untuosa de um bolo de passas do qual escorriam creme e manteiga.

– Quando foi a última vez que comeu alguma coisa? – indagou Harry, observando Hal consumir torradas com sardinha com a obstinação de um gato faminto.

– Ontem. Talvez. Não me lembro. – Ele estendeu a mão para a xícara e esperou que as sardinhas descessem o suficiente para tornar possível comer o bolo. – Conte-me o que Washburn falou.

Harry deu cabo do seu pedaço de bolo. Engoliu e respondeu:

– Bem, você não pode ser julgado num tribunal aberto. Pense o que quiser sobre o seu maldito título... Não, não precisa me dizer, eu já escutei. – Ele estendeu a mão espalmada para impedi-lo de falar ao mesmo tempo que pegava um picles com a outra. – Quer decida ser conhecido como duque de Pardloe, conde Melton ou simplesmente Harold Grey, continua sendo do reino. Não pode ser julgado por ninguém exceto um júri formado pelos *seus* pares... a saber, a Câmara dos Lordes. E eu não precisava de Washburn para ter certeza de que a chance de cem nobres concordarem que você deve ser preso ou enforcado por ter desafiado a um duelo o homem que seduziu sua esposa e consequentemente o matado é mais ou menos de uma em mil... No entanto, foi o que ele me disse.

– Ah.

Hal não havia pensado no assunto. Caso tivesse, com certeza teria chegado a uma conclusão semelhante. Mesmo assim, sentiu certo alívio por saber que o Honrado Lawrence Washburn, advogado nomeado pelo presidente da Câmara dos Lordes, compartilhava dessa opinião.

– Veja bem... vai comer essa última fatia de presunto?

– Vou.

Hal a pegou e estendeu a mão para o vidro de mostarda. Harry pegou um sanduíche de ovo.

– Veja bem... – repetiu Harry, com a boca cheia de ovo recheado e pão de forma branco. – Isso não significa que não esteja em apuros.

– Com Reginald Twelvetrees, suponho que queira dizer? – Hal manteve os olhos fixos no prato enquanto cortava cuidadosamente o presunto. – Isso não é nenhuma novidade para mim, Harry.

– É, imagino que não – concordou ele. – Eu quis dizer com o rei.

Hal largou o garfo e encarou Harry.

– Com o rei?

– Ou, para ser mais exato, com o Exército. – Harry extraiu delicadamente um biscoito de amêndoas das ruínas do carrinho de chá. – Reginald Twelvetrees mandou uma petição para o representante das Forças Armadas no Parlamento pedindo que seja julgado por uma corte marcial pelo assassinato ilegal do irmão dele. Twelvetrees deseja ser destituído da patente de coronel do 46º e que o regimento seja impedido de obter um comissionamento permanente sob a alegação de que o seu comportamento é perturbado a ponto de constituir um risco para a prontidão e a capacidade do regimento em questão. É aí que entra Sua Majestade.

– Que baboseira – disse Hal, apenas.

Mas sua mão tremeu de leve ao erguer o bule de chá, e a tampa chacoalhou. Ele viu Harry reparar e largou o bule com cuidado.

O que o rei dá, o rei também tira. Foram necessários meses de um trabalho árduo para o regimento de seu pai ser provisoriamente comissionado. E mais, muito mais tempo, para encontrar oficiais decentes dispostos a aceitar integrá-lo.

– Os escrevinhadores... – começou Harry.

Hal o interrompeu com um gesto brusco:

– Eu sei.

– Não sabe, não...

– Sei, sim! Nem me fale, droga!

Harry rosnou baixinho, mas desistiu. Empunhou o bule, encheu as duas xícaras e empurrou a de Hal na sua direção.

– Açúcar?

– Por favor.

O regimento, em sua nova versão, ainda não tinha servido em missão alguma. Mal contava com metade dos homens que deveria ter, e a maioria deles não sabia distinguir entre as duas pontas de um mosquete.

Ele dispunha apenas de uma equipe reduzida e, embora a maioria de seus oficiais fossem homens bons e sólidos, apenas um punhado deles, como Harry Quarry, tinha qualquer lealdade pessoal para com ele.

Qualquer pressão, qualquer sugestão de um escândalo, e a estrutura inteira poderia ruir. Os resquícios seriam avidamente recolhidos ou pisoteados por Reginald Twelvetrees, a memória denegrida do pai de Hal desonrada para todo o sempre como um traidor e o seu próprio nome arrastado ainda mais na lama. Seria retratado pelos escrevinhadores da imprensa não só como corno, mas também como um assassino insano.

A asa de sua xícara de porcelana se partiu de repente, saiu voando por cima da mesa e acertou o bule com um *tlim!*, a xícara em si tinha rachado ao meio, e o chá escorreu por seu braço e ensopou seu punho.

Com cuidado, ele arrumou os dois pedaços da xícara e sacudiu a mão para se livrar do chá. Harry não disse nada, mas arqueou para ele uma grossa sobrancelha preta.

Hal fechou os olhos e passou vários instantes inspirando.

– Está bem – disse ele, e abriu os olhos. – Primeiro... a petição de Twelvetrees. Ela ainda não foi aceita?

– Não.

Harry estava começando a relaxar, o que deixou Hal um pouco mais confiante da própria pretensa segurança.

– Bem, nesse caso isso é a primeira coisa a fazer... deter essa petição. Você conhece o representante pessoalmente?

Harry balançou a cabeça.

– E você?

– Encontrei-o uma vez, em Ascot. Uma aposta amigável. Mas quem ganhou fui eu.

– Ah, que pena! – Harry tamborilou na toalha por um instante, então relanceou os olhos para Hal. – Pensou em pedir à sua mãe?

– De jeito nenhum. Ela está na França, de todo modo, e não vai voltar.

Harry sabia *por que* a condessa viúva Melton estava na França e por que John estava em Aberdeen e aquiesceu com relutância. Benedicta Grey conhecia muita gente, mas o suicídio do marido às vésperas de ser preso como traidor jacobita a excluíra do tipo de círculo em que Hal poderia, em outras circunstâncias, ter encontrado apoio.

Houve um longo silêncio, que não foi interrompido pela aparição de Nasonby com uma nova xícara de chá. Ele encheu a xícara de Hal, recolheu os cacos da antiga e sumiu do mesmo jeito que havia aparecido, pisando macio feito um gato.

– O que diz essa petição exatamente? – indagou Hal, por fim.

Harry fez uma careta, mas se acomodou para responder:

– Que você matou Nathaniel Twelvetrees porque tinha se convencido sem qualquer embasamento que ele estava, ahn, envolvido com a sua mulher. Tomado por essa ilusão, você então o assassinou. Portanto, não tem capacidade mental para comandar um…

– Sem embasamento? – indagou Hal, perplexo. – *Assassinei?*

Harry estendeu a mão depressa e pegou sua xícara.

– Melton, você sabe tão bem quanto eu que o que importa não é a verdade. É aquilo em que você consegue fazer as pessoas acreditarem. – Ele colocou a xícara sobre o pires com cuidado. – O patife foi muito discreto, e pelo visto Esmé também. Não houve um pingo de fofoca antes da notícia de que você o tinha matado com um tiro no seu próprio campo de croquê.

– Foi *ele* quem escolheu o lugar! *E* as armas!

– Eu sei – concordou Harry, paciente. – Eu estava lá, lembra?

– O que acha que eu sou? Um idiota?

Harry ignorou a pergunta.

– Eu vou dizer o que sei, claro… Foi um desafio legítimo, e Nathaniel Twelvetrees o aceitou. Mas, segundo ele, aquele tal de Buxton morreu no mês passado num acidente de coche perto de Smithfield. E não havia mais ninguém no campo de croquê. Sem dúvida foi isso que deu a Reginald a ideia de tentar enganar você dessa forma… não há testemunhas independentes.

– Ah… *que inferno!*

As sardinhas se remexiam nas suas entranhas. Harry inspirou fundo, fazendo as costuras do uniforme se esticarem, e baixou os olhos para a mesa.

– Eu… Me perdoe. Existe alguma prova?

Hal conseguiu dar uma risada seca feito serragem.

– Do caso? Você acha que eu o teria matado se não tivesse certeza?

– Não, é claro que não. Só perguntei porque, bem, mas que droga… Ela *contou* para você? Ou quem sabe você tenha… ahn… visto…

– Não.

Hal estava começando a ficar tonto. Balançou a cabeça, fechou os olhos e tentou inspirar fundo também.

– Não, eu nunca flagrei os dois juntos. E ela não… não me *contou* propriamente. Havia… havia cartas.

Ela as tinha deixado onde sabia que ele iria encontrar. Mas por quê? Essa era uma das coisas que o matavam por dentro. Ela nunca chegou a dizer por quê. Seria por simples culpa? Teria se cansado do caso, mas não tido coragem para terminá-lo sozinha? Ou pior... será que ela *queria* que ele matasse Nathaniel?

Não. A expressão no rosto dela ao voltar para casa naquele dia, quando ele contou o que tinha feito.

Seu rosto estava em cima da toalha branca, e pontinhos pretos e brancos nadavam diante dos seus olhos. Ele podia sentir cheiro de goma de passar e chá derramado, de sardinhas com seu travo de mar. Do líquido amniótico de Esmé. E do sangue dela. *Ah, Deus, não deixe que eu vomite...*

3

ANDARILHOS IRLANDESES

Londres, maio de 1744

Deitada na cama, com as sobras do café da manhã numa bandeja ao seu lado, Minnie contemplava a disposição do seu primeiro dia em Londres. Tinha chegado tarde na noite anterior, e mal prestara atenção nos aposentos que seu pai lhe providenciara – um conjunto de cômodos numa casa na Great Ryder Street, "perto de tudo", conforme havia lhe garantido, que incluíam uma empregada e refeições preparadas na cozinha do subsolo.

Desde o instante em que havia se despedido do pai no cais de Calais, ela se vira tomada por um sentimento de liberdade arrebatador. Ainda podia sentir o prazer por ele proporcionado, borbulhando sob o espartilho ao modo lento e agradável de uma panela cheia de repolho que fermenta, mas sua cautela nata mantinha a panela tampada.

Ela já tinha feito pequenos trabalhos sozinha, às vezes fora de Paris, mas foram coisas simples, como visitar os parentes de um falecido bibliófilo e livrá-los compreensivamente do fardo por eles herdado – reparara que quase ninguém considerava uma biblioteca um grande legado. Mesmo nessas ocasiões tivera um acompanhante, em geral um homem parrudo de meia-idade, casado havia tempos, ainda capaz de suspender caixas e repelir aborrecimentos, mas com poucas chances de fazer propostas indecentes a uma jovem de 17 anos.

Monsieur Perpignan, é claro, não seria um acompanhante adequado para Londres. Além de uma tendência a enjoar em navios, do apreço pela esposa e da repulsa pela culinária inglesa, não falava inglês e não tinha nenhum senso de direção. Minnie ficara um pouco surpresa que o pai a deixasse passar uma temporada em Londres sozinha. Mas é claro que ele não tinha deixado. Ele havia tomado providências.

– Providenciei uma acompanhante para você – dissera ele, entregando-lhe uma pilha de anotações, endereços, mapas e dinheiro inglês. – Uma senhora chamada lady Buford, viúva de poucas posses, mas bem-relacionada. Ela vai organizar uma vida social para você, apresentar-lhe ao tipo certo de pessoas, levá-la a peças de teatro e salões, essas coisas.

– Que divertido – comentara Minnie, educada, e ele rira.

– Ah, imagino que vá encontrar alguma diversão, querida. Foi por isso que eu também providenciei dois… vamos chamá-los de guarda-costas, que tal?

– Um termo bem mais respeitoso do que babás ou carcereiros. Dois?

– Sim, dois. Eles vão cuidar das suas compras e de outros afazeres, além de acompanhá-la quando for visitar clientes. – Ele levou a mão até um dos nichos de sua escrivaninha e de lá sacou uma folha de papel dobrada, que lhe entregou. – Isto aqui é um resumo do que eu contei sobre o duque de Pardloe… e alguns outros. Não mencionei o nome dele com lady Buford, e você deveria manter certa discrição quanto ao seu interesse nele. Há bastante escândalo envolvendo essa família, e você…

– Não toca no piche até estar pronto para pôr fogo nele – concluiu ela, sem nada além de um leve revirar dos olhos.

– Boa viagem, minha querida. – Ele lhe deu um beijo na testa e um abraço rápido. – Vou sentir sua falta.

– Também vou sentir sua falta, paizinho – murmurou ela então, descendo da cama. – Mas não *tanta* assim.

Olhou para a pequena escrivaninha onde tinha colocado todas as listas e documentos. Haveria tempo de sobra para o casto duque de Pardloe e para o libidinoso duque de Beaufort quando ela os visse.

Lady Buford havia deixado um cartão dizendo que a encontraria às quatro para o chá no Rumm's, em Piccadilly. "Vista algo bonito, recatado e não muito chamativo", acrescentara ela, com uma praticidade bem-vinda. A musselina rosa, então, com a casaqueta.

Havia três encontros já marcados para o início da tarde – compromissos rotineiros relacionados a livros – e os dois guarda-costas tinham combinado de ir se apresentar às onze. Ela relanceou os olhos para o pequeno relógio de viagem, que marcava as oito e meia. Um banho rápido, um vestido simples, botas resistentes para caminhar… e Londres era sua por duas horas.

Eles haviam morado em Londres por algum tempo, quando ela era bem mais nova. E ela estivera na cidade com o pai duas vezes para visitas breves, aos 14 e aos 15 anos. Tinha uma ideia geral do formato da cidade, mas nunca havia precisado encontrar o próprio caminho.

Estava acostumada a explorar lugares novos. No entanto, em uma hora já havia encontrado uma hospedaria de aspecto decente para refeições rápidas fora de seus aposentos, uma padaria para bolos e a igreja mais próxima. Seu pai não tinha relação alguma com a religião, e ela, até onde sabia, não fora batizada. Mas era bom dar credibilidade ao papel que estava desempenhando, e moças religiosas e recatadas iam à igreja aos domingos. Além do mais, ela apreciava a música.

O dia estava luminoso, o ar perfumado com a seiva da primavera, e as ruas tomadas por uma agitação exuberante, muito diferente de Paris ou Praga. Não havia mesmo nenhuma outra cidade como Londres. Em especial porque nenhuma outra cidade abrigava a sua mãe. Mas essa pequena questão precisaria esperar um pouco: por mais que ela quisesse correr até Parson's Green agora mesmo e procurar a tal sra. Simpson, isso era demasiado importante. Precisava fazer um reconhecimento e planejar sua abordagem. Ser precipitada ou inoportuna poderia estragar tudo.

Seguiu em direção a Piccadilly, onde havia uma quantidade razoável de livreiros. No caminho, porém, ficavam a Regent Street e a Oxford Street, encantadoramente lotadas de lojas caras. Ela precisaria perguntar a lady Buford sobre costureiras.

Carregava consigo um pequenino relógio francês preso no xale por um alfinete – não era de bom-tom chegar atrasada aos compromissos. Quando este lhe avisou que eram agora dez e meia, ela suspirou e deu meia-volta para seguir de novo rumo à Great Ryder Street. Quando estava atravessando a esquina de Upper St. James's Park, porém, começou a ter uma estranha sensação na nuca.

Chegou à esquina, fez que ia entrar na rua, então correu para o lado. Atravessou uma rua menor e entrou no parque. Escondeu-se atrás de uma grande árvore e ficou parada à sombra, paralisada, à espreita. Dito e feito: um rapaz entrou desembestado na rua menor, olhando com atenção para todos os lados. Estava vestido de modo grosseiro e tinha os cabelos castanhos presos por um barbante. *Um aprendiz, talvez um jornaleiro?*

Ele se deteve por um instante, então voltou a subir a rua menor depressa e sumiu de vista. Minnie estava a ponto de sair do esconderijo e correr para a rua quando o ouviu dar um assobio alto. Um outro assobio respondeu *da rua*, e ela tornou a se encostar na árvore, com o coração aos pulos.

Droga, mas que droga, pensou. *Se eu for estuprada e morta, vou levar uma baita bronca!*

Engoliu em seco e tomou uma decisão. Seria um pouco mais difícil alguém raptá--la numa rua movimentada do que tirá-la daquele esconderijo precário. Dois cavalheiros vinham andando pelo caminho do parque na sua direção, muito entretidos numa conversa. Quando passaram, ela enveredou pelo caminho bem atrás deles, tão perto que foi obrigada a ouvir uma história deveras escabrosa relacionada ao sogro de um dos cavalheiros e ao que havia acontecido quando ele decidira comemorar o aniversário numa casa de tolerância. Antes do fim da história, porém, os dois cavalheiros chegaram à rua e ela foi descendo depressa a Ryder Street, tomada por uma sensação de alívio.

Apesar da manhã fria, estava transpirando. O alfinete espetado em seu chapéu de palha havia se soltado. Ela parou, tirou o chapéu, e estava enxugando o rosto com um lenço quando uma voz masculina falou no seu ouvido:

– Olhe a senhorita aqui! – disse a voz, triunfante. – Meu Deus!

Essa última exclamação se deveu ao fato de ela ter soltado o alfinete de chapéu com 10 centímetros do lugar e o mirado no peito dele.

– Quem inferno é o senhor e o que pretende me seguindo? – exigiu saber Minnie, encarando-o com fúria.

Então viu os olhos dele se erguerem e repararem em algo acima do seu ombro. Então tudo ficou claro, e as palavras "dois guarda-costas" caíram dentro da sua cabeça feito seixos lançados na água. *Merde!*

– Dois – disse ela num tom chapado, e baixou o alfinete. – Sr. O'Higgins, suponho? E... Sr. O'Higgins também? – acrescentou, voltando-se para o outro rapaz que acabara de surgir atrás dela.

Ele sorriu e se curvou de modo extravagante, tirando a boina da cabeça.

– Raphael Thomas O'Higgins, milady – disse ele. – "Quem inferno"? Por acaso essa seria uma expressão vinda do francês?

– Como preferir. E o senhor? – perguntou ao primeiro dos perseguidores, que também sorria de orelha a orelha.

– Michael Seamas O'Higgins, senhorita – respondeu ele com um meneio de cabeça. – Meus amigos me chamam de Mick, e este aqui é meu irmão Rafe. Vejo que estava nos esperando?

– Humpf. Há quanto tempo estão me seguindo?

– Desde que a senhorita saiu de casa – respondeu Rafe, tranquilo. – O que foi que a assustou, pode me dizer? Pensei que estivéssemos nos mantendo bem distantes.

– Para ser sincera, eu não sei – respondeu ela.

A adrenalina de ter que escolher entre lutar ou fugir estava se dissipando e junto com ela a irritação.

– Eu só tive de repente uma... sensação. Mas não *sabia* que tinha alguém me seguindo até correr para dentro do parque e o senhor... – ela indicou Mick com a cabeça – ... entrar correndo atrás de mim.

Os irmãos O'Higgins trocaram um olhar com as sobrancelhas arqueadas, mas pareceram aceitar a explicação.

– Certo, então – disse Rafe. – Bem, nós íamos nos apresentar à senhorita às onze, e estou ouvindo os sinos avisarem que são justamente onze horas... Sendo assim, senhorita, há algo que possamos fazer pela sua pessoa no dia de hoje? Alguma compra para realizar, algum embrulho para buscar, quem sabe um assassinatozinho discreto para executar...?

– Quanto meu pai está pagando aos senhores? – indagou ela, começando a achar graça. – Duvido que cubra assassinato.

– Ah, somos baratinhos – garantiu Mick, sem se alterar. – Embora, se fosse alguma coisa mais extravagante... uma decapitação, por exemplo, ou esconder vários cadáveres... Bem, nesse caso eu tenho certeza de que custaria um bom dinheiro.

– Não tem problema – assegurou ela. – Se for o caso, eu tenho um pouco de dinheiro. Falando nisso... – A ideia lhe ocorreu enquanto ela prendia o chapéu. – Tenho várias cartas de crédito a serem compensadas no Bankers da Strand. Sabem onde fica? É isso que os senhores podem fazer hoje: me acompanhar até o banco e na volta. Vou precisar de dinheiro vivo para um ou dois dos meus compromissos da tarde.

4

ASSUNTO REGIMENTAL

Winstead Terrace era uma pequena sequência de casas discretas e de boa qualidade situada de frente para outra rua semelhante do lado oposto de uma praça privativa, cuja privacidade era garantida por uma alta cerca de ferro preto e um portão trancado.

Hal esticou a mão por entre duas barras de ferro da grade e, com cuidado, partiu um galho de uma das pequenas árvores ali encostada.

– O que está fazendo? – Harry quis saber, interrompendo o passo. – Catando uma flor para a sua lapela? Não acho que Grierson seja lá muito estiloso.

– Eu também não sou – retrucou Hal, calmo. – Queria ver se era o que eu pensava que fosse, mas é.

– E o que seria, se me permite?

Harry recuou um passo para inspecionar o galhinho na mão de Hal. Sentiu a folhagem fresca quando seus dedos a tocaram. Havia chovido um pouco mais cedo e as folhas e as flores ainda estavam molhadas. Pequenas gotas escorreram por seu pulso e desapareceram ao penetrar o tecido babado de seu punho.

Hal transferiu o galho para a outra mão, agitou-o para remover a água, e enxugou a mão distraidamente no casaco. Gostava de bons tecidos e de um traje bem-cortado, mas na verdade não era nenhum dândi. No entanto, era *necessário* passar uma impressão favorável para Donald Grierson. Por isso, Harry e ele estavam usando uniformes parcialmente de gala, com uma quantidade discreta, mas visível de renda dourada.

– Esporão-de-galo – disse ele, mostrando a Harry os espinhos de 5 centímetros que despontavam do galho. – É uma espécie de estrepeiro.

– Pensei que estrepeiros fossem sebes.

Harry meneou a cabeça em direção à rua, e Hal aquiesceu e começou a andar.

– Podem ser. Podem também ser arbustos ou árvores. Uma planta interessante... dizem que as folhas têm gosto de pão com queijo, embora eu não tenha provado.

Harry pareceu achar graça.

– Vou me lembrar disso da próxima vez que estiver no campo sem nenhum pub por perto. Então, está pronto?

Hal poderia ter ficado irritado com a preocupação de Harry, mas seu amigo estava visivelmente aflito por ele. Inspirou fundo e empertigou os ombros, admitindo para si mesmo que, para ser *mesmo* honesto, não podia descartar aquela preocupação.

Contudo, ele estava melhorando. *Precisava melhorar.* Tinha muito trabalho pela frente se quisesse ter alguma esperança de conseguir levantar o regimento e deixá-lo pronto para o combate. E o major Grierson iria ajudá-lo a fazer isso.

– Tem outra coisa sobre o estrepeiro – disse ele quando os dois chegaram à porta de Grierson.

– O quê?

Harry exibia sua expressão de cão de caça, alerta e com os olhos cravados na presa a ser desentocada, e no seu íntimo Hal sorriu ao ver aquilo.

– Bem, o verde das folhas simboliza a constância, claro, mas dizem que as flores, e estou citando, "têm o cheiro de uma mulher sexualmente excitada".

O olhar atento de Harry se moveu no mesmo instante para o galho florido na mão de Hal, que riu e passou as flores sob o nariz. Em seguida, ele as entregou a Harry e ergueu a aldraba de bronze em forma de cabeça de javali.

Senhor meu pai, é verdade. O leve cheiro almiscarado o distraiu a tal ponto que ele mal reparou quando a porta se abriu. Como era possível algo ter um cheiro… escorregadio? Ele fechou o punho de modo involuntário, com a sensação muito desconcertante de ter tocado sua mulher.

– Milorde?

O criado que havia aberto a porta o encarava com uma expressão levemente intrigada e o cenho franzido.

– Ah! – exclamou Hal, voltando a si. – Sim. Eu sou. Quero dizer…

– Creio que o major Grierson esteja aguardando lorde Melton.

Harry se intrometeu entre Hal e o rosto intrigado, que acatou a frase com um meneio de cabeça e se retirou para dentro da casa com um gesto para os dois homens o seguirem.

Vozes vinham da sala íntima à qual eles foram conduzidos: uma mulher e pelo menos dois homens. Talvez Grierson fosse casado e sua esposa estivesse recebendo visitas…?

– Lorde Melton!

Grierson em pessoa, um sujeito franco de cabelos cor de areia, levantou-se de um divã e foi ao seu encontro, sorrindo. Hal se animou. Não o conhecia pessoalmente, mas o major tinha uma excelente reputação. Servira durante anos num famoso regimento de infantaria, lutara em Dettingen, e era conhecido tanto por suas capacidades de organização quanto pela sua coragem. E organização era mais do que tudo aquilo de que o jovem 46º Regimento precisava.

– Que prazer conhecê-lo. – Grierson ia dizendo. – Ninguém fala em outra coisa que não esse novo regimento, e quero saber tudo sobre ele. Pansy, querida, permita que eu apresente o conde Melton.

Ele se virou parcialmente e estendeu a mão para uma mulher miúda de beleza morena que Hal estimou que tivesse 35 anos.

– Lorde Melton, minha esposa, a sra. Grierson.

– Encantado, sra. Grierson.

Hal fez uma mesura para a sra. Grierson, que sorriu. Mas a atenção dela fora ligeiramente distraída por Harry. Em vez de dar um passo à frente para ser apresentado e prestar seus cumprimentos, Harry havia emitido uma espécie de ruído no fundo da garganta que, em companhia menos civilizada, poderia ter sido um rosnado.

Hal olhou na direção de Harry, viu o que este estava vendo, e teve a sensação de ter levado um soco no estômago.

– Já nos conhecemos – disse Reginald Twelvetrees quando Grierson se virou para apresentá-lo. Twelvetrees se levantou, com os olhos frios.

– É mesmo? – indagou Grierson, ainda sorrindo, mas agora olhando desconfiado para Hal e Twelvetrees. – Eu não fazia ideia. Imagino que não se oponha ao fato de o coronel Twelvetrees participar do nosso encontro, lorde Melton? E imagino que o senhor, coronel... – ele meneou a cabeça com deferência para Twelvetrees – ... não tenha nenhuma objeção ao fato de eu convidar o coronel Melton a se juntar a nós?

– De maneira nenhuma – respondeu Twelvetrees com um espasmo numa das bochechas que não foi de modo algum um sorriso simbólico.

Apesar disso, parecia estar sendo sincero naquele seu "de maneira nenhuma", e Hal começou a sentir certo aperto no peito.

– De forma alguma – falou, casual, retribuindo o olhar pétreo de Twelvetrees com outro igual.

Os olhos de Reginald tinham a mesma cor dos de Nathaniel, um castanho tão escuro que parecia negro sob determinadas luzes. Os de Nathaniel estavam pretos feito piche quando o haviam encarado ao nascer do sol.

A sra. Grierson pediu licença e saiu dizendo que mandaria trazer comes e bebes, e os homens se acomodaram ao modo pouco à vontade de aves marinhas ciosas de proteger seus lugares nos rochedos.

– Para minha grande surpresa, cavalheiros, eu me vejo na invejável posição de ser um artigo valioso – disse Grierson, inclinando-se para a frente com afabilidade. – Como os senhores talvez saibam, adoeci na Prússia e fui despachado para me recuperar em casa. Agora estou recuperado, mas foi uma longa convalescência. Quando fiquei bem, meu regimento tinha... Estou certo de que os senhores conhecem a situação geral. Não vou entrar em detalhes agora.

Todos os três convidados concordaram com pequenos grunhidos e alguns murmúrios decentes de solidariedade. O que havia acontecido fora que Grierson tivera uma sorte danada em adoecer no momento certo. Um mês após sua volta para casa, houvera um escandaloso motim. Quando o problema foi sanado, metade dos oficiais sobreviventes fora submetida à corte marcial, quinze amotinados tinham sido enforcados e os outros dispersados em quatro outros regimentos. O regimento original havia deixado de existir, e com ele o cargo de Grierson.

O normal a fazer, para um homem na sua situação, seria comprar um cargo em outro regimento. Mas Grierson, como ele mesmo havia afirmado de modo um tanto cru, era um artigo valioso. Não era apenas um administrador muito capaz e um bom comandante. Também agradava a outros oficiais, o Gabinete de Guerra e a imprensa.

Hal precisava da expertise de Grierson. Mais do que isso, precisava de suas relações. Com Grierson no seu estado-maior, poderia atrair oficiais de calibre muito maior do que apenas com dinheiro.

Quanto ao que Twelvetrees poderia querer com ele, sendo coronel de um regimento de artilharia de longa tradição e muito sólido, isso também era bastante óbvio: ele queria que Hal não conseguisse Grierson.

– Então, lorde Melton, diga em que situação o senhor se encontra – pediu o major, uma vez servidos o vinho e os biscoitos que a sra. Grierson mandara trazer. – Para começar, quem são os oficiais do seu estado-maior?

Hal largou o cálice com cuidado e contou, numa voz calma, exatamente quem eram. Homens competentes, até onde ele sabia, mas quase todos bastante jovens, sem experiência em campanhas no estrangeiro.

– Naturalmente, isso significa que o senhor seria o oficial mais sênior do regimento – interveio Hal, prestativo. – Poderia escolher suas companhias, suas missões, seus assistentes…

– Exatamente quantos homens o senhor tem sob o seu comando, coronel?

Reginald não se deu ao trabalho de tentar soar neutro, e Grierson o encarou. Não com reprovação, constatou Hal, e seu coração acelerou um pouco.

– Não tenho como responder exatamente, major – disse ele com extrema educação. Embora a sala estivesse fria, o suor tinha começado a deixar sua gola úmida. – No momento estamos conduzindo uma extensa campanha de recrutamento, e nossos números aumentam de modo significativo.

Em um dia bom, eles talvez conseguissem três homens novos, um dos quais não fugiria com a recompensa por se alistar. Pelo sorriso de sarcasmo no rosto de Twelvetrees, Hal entendeu que ele sabia disso.

– De fato – comentou Twelvetrees. – Recrutas sem treinamento. A Artilharia Real está no momento com sua força completa. Os comandantes da minha companhia estão comigo há pelo menos uma década.

Hal se conteve, embora estivesse começando a se sentir levemente ofegante de tanta raiva contida.

– Nesse caso, o major Grierson talvez tenha menos espaço para se sobressair – rebateu, astuto. – Enquanto conosco, major... – ele se curvou para Grierson e se sentiu tonto por um instante ao levantar a cabeça – ... o senhor teria a satisfação de ajudar a montar um belo regimento com... com a sua cara, por assim dizer.

Harry deu uma risadinha de apoio. Grierson sorriu, mas por educação. Ele também correria o risco nada improvável de fracassar, e estava ciente disso.

Hal sentiu Harry se mexer ao seu lado de modo desconfortável e inspirou fundo para dizer algo assertivo sobre... sobre... A palavra tinha sumido. Simplesmente sumido. Ele tinha inspirado, e um vestígio do aroma do esporão-de-galo na lapela de Harry havia tocado seu cérebro. Fechou os olhos de modo abrupto.

Por sorte, o major Grierson tinha feito uma pergunta. Hal pôde ouvir Twelvetrees respondendo de modo taciturno e direto. Grierson disse mais alguma coisa e a voz de Twelvetrees relaxou um pouco, e muito de repente se transformou na voz de Nathaniel. Hal abriu os olhos e não viu nada de aconchegante na sala íntima nem dos homens ali com ele. Estava com frio, tremendo de frio...

E seus dedos apertavam com tanta força a pistola fria em sua mão que o metal deixaria marcas. Tinha trepado com Esmé antes de sair para matar seu amante. Acordara-a no escuro e a possuíra, e ela o havia desejado, com ferocidade, ou talvez houvesse fingido ser Nathaniel no escuro. Ele sabia que seria a última vez...

– Coronel? – Uma voz, uma voz débil. – Lorde Melton!

– Hal?

A voz de Harry, cheia de alarme. Harry, junto com ele no gramado, com a chuva a escorrer pelo rosto numa aurora sem sol. Ele tentou respirar, mas não encontrou ar.

Estava de olhos abertos, mas não conseguia ver nada. O frio se espalhava pelas laterais da sua mandíbula, e ele se deu conta de repente que...

Encarou fundo os olhos de Nathaniel e sentiu o impacto, e então foi...

Harry havia insistido em chamar um coche para levá-los de volta. Hal recusou bruscamente e foi embora a pé. Seus joelhos tremiam, mas ele conseguia andar. Precisava ficar longe de Winstead Terrace.

Chegou até o canto mais afastado da praça particular, bem longe do pé de esporão-de-galo, onde parou e se agarrou ao gélido ferro negro da grade. Com cuidado, abaixou-se até a calçada. Sentiu na boca um gosto de conhaque. Grierson o havia forçado a beber depois que ele conseguira voltar a respirar.

– Eu nunca desmaiei na *vida*, droga – comentou. Estava sentado, com as costas apoiadas na cerca e a testa nos joelhos. – Nem mesmo quando me contaram sobre meu pai.

– Eu sei.

Harry havia se sentado ao seu lado. Hal pensou por um breve instante como os dois deviam parecer derrotados, dois jovens soldados paramentados de vermelho e renda dourada, sentados na calçada feito uma dupla de mendigos. Não estava ligando nem um pouco.

– Pensando bem, não é verdade, não é? – disse Hal dali a um minuto. – Eu desmaiei em cima do presunto durante o chá semana passada, não foi?

– Você se sentiu um pouco fraco, só isso – retrucou Harry, com determinação. – Sem comer havia dias, depois de duas dúzias de sardinhas... É o bastante para derrubar qualquer um.

– Duas dúzias? – indagou Hal e, apesar de tudo, riu.

Não foi grande coisa como risada, mas ele virou a cabeça e olhou para Harry. Seu amigo tinha o rosto vincado de preocupação, mas relaxou um pouco ao ver Hal olhando para ele.

– No mínimo. E com mostarda.

Eles passaram alguns minutos sentados, sentindo-se mais descontraídos. Nenhum dos dois queria falar sobre o que acabara de acontecer, e não falaram, mas ambos sabiam que o outro estava pensando naquilo. Como poderiam não estar?

– Se tudo der errado... – começou Harry por fim, então se curvou e olhou para Hal com atenção. – Vai desmaiar outra vez?

– Não.

Hal engoliu em seco duas vezes, então deu uma inspiração curta, o único tipo que conseguia dar, e ficou de pé, segurando-se na cerca de ferro. Tinha que dizer a Harry que ele podia ir embora, que não precisava tentar prosseguir com aquela empreitada fadada ao fracasso, com aquela causa perdida. Embora cogitar isso fizesse sua garganta se fechar. Ele pigarreou e repetiu as palavras de Harry:

– Se tudo der errado...

A mão de Harry o deteve. O rosto de Harry estava a 15 centímetros do seu, os olhos castanhos límpidos e firmes.

– Nós começamos de novo, meu velho – disse ele. – Só isso. Vamos! Eu preciso de uma bebida, você também.

5

ESTRATÉGIA E TÁTICA

Foi preciso menos de cinco minutos diante do prato de bolo no Rumm's para Minnie perceber o tamanho da traição do pai.

– Seu estilo é muito bom, querida – disse lady Buford.

A acompanhante era uma senhora magra, grisalha, com um nariz comprido de aristocrata e olhos cinzentos e argutos cobertos por pálpebras pesadas que, na juventude, provavelmente haviam sido languidamente atraentes. Ela deu um meneio curto de aprovação com a cabeça em direção às margaridas brancas bordadas na casaqueta de linho rosa de Minnie.

– Com seu dote, eu tinha pensado que poderíamos mirar um comerciante londrino, mas com os seus atrativos pessoais *talvez* seja possível mirar um pouco mais alto.

– O meu... dote?

– Sim, 5 mil libras é uma soma bem atraente... Vamos ter um bom leque de candidatos, eu lhe garanto. A senhorita poderia escolher qualquer oficial do Exército. – Ela fez um gesto desdenhoso elegante, em seguida dobrou os dedos longos e ossudos ao redor da asa da xícara. – Há alguns *bastante* atraentes, eu reconheço. Mas é preciso considerar as eternas ausências... e as missões em lugares insalubres caso o seu marido deseje que a senhorita o acompanhe. Se ele morrer, aí, sim, a pensão é razoável, mas nada comparável ao que um comerciante sólido poderia deixar. E se ele fosse ferido a ponto de precisar ser afastado do serviço... – Ela sorveu um longo e pensativo gole, então balançou a cabeça. – Não. Com certeza podemos ter algo melhor do que o Exército. Ou do que a Marinha, que Deus nos ajude. Os marinheiros tendem a ser um pouco... *toscos* – determinou ela, inclinando-se em direção a Minnie e franzindo os lábios enrugados num sussurro.

– Que Deus nos ajude – repetiu Minnie num tom devoto, embora estivesse com o punho cerrado sob as dobras da toalha de mesa.

Seu fuinha desgraçado!, pensou em relação ao pai ausente. *Organizar uma vida social para mim, é?*

Apesar da irritação espantada, contudo, teve que admitir que estava um tanto impressionada. *Cinco mil libras?*

Se ele estivesse mesmo falando sério, pensou a parte cínica de sua mente. Era provável que sim. Seria *típico* dele. Seu pai consideraria aquilo matar dois coelhos com uma só cajadada: obter para a filha acesso a fontes prováveis de informações passíveis de serem vendidas e ao mesmo tempo casá-la com uma dessas fontes, usando lady Buford como cúmplice sem que ela soubesse.

E, com toda a sinceridade, ele tinha mesmo dito que desejava um inglês para ela. Ela só não imaginava que ele quisesse dizer *agora*. Tinha mesmo que admirar a genialidade pervertida do pai: quem melhor do que uma casamenteira saberia mais sobre os detalhes íntimos familiares e financeiros dos homens ricos?

Inspirando fundo, ela soltou o punhado de toalha que estava segurando e deu o melhor de si para transmitir a impressão de estar interessada, um interesse recatado.

– Vamos evitar a Marinha, então – falou. – A senhora acha... Espero não estar sendo imodesta ao sugerir tal coisa, mas, afinal, 5 mil libras... E quanto aos menos importantes, bem menos importantes, membros da nobreza?

Lady Buford piscou, mas não como se estivesse espantada, apenas reordenando seu repertório mental, pensou Minnie.

– Bem, há cavaleiros e baronetes pobres às pencas – retrucou ela. – E se a senhorita fizer questão de um título… Mas, querida, eu não recomendaria esse caminho a menos que vá ter os próprios meios de sustento. Seu dote seria imediatamente tragado para a manutenção de algum casarão em ruínas, e a senhorita iria mofar lá dentro, e nunca conseguiria vir a Londres nem para encomendar um vestido novo.

– Com certeza. Eu, ahn, *de fato* tenho uma, ahn… uma pequena renda, por assim dizer.

– É mesmo? – O interesse fez as sobrancelhas finas de lady Buford se erguerem. – Quão pequena?

– Mil por ano – respondeu Minnie, exagerando o rendimento de suas pequenas aventuras pessoais, que juntas rendiam menos de um décimo dessa quantia.

Mas isso pouco importava, uma vez que ela não iria se casar com nenhum desses baronetes pobres hipotéticos. Apenas precisava ingressar nos círculos sociais habitados por eles e por seus semelhantes de maior interesse.

– Humm.

Lady Buford assumiu um ar introspectivo e bebeu um pouco de chá. Após alguns instantes de contemplação, largou a xícara com um gesto decidido.

– Seu pai disse que a senhorita fala bem francês.

– *Mais oui.*

Lady Buford a encarou com um olhar incisivo, mas Minnie manteve o semblante impassível.

– Bem, nesse caso vamos começar com o *salon* de quinta-feira de lady Jonas. É um salão literário e intelectual, mas ela em geral tem uma boa mistura de cavalheiros disponíveis, inclusive do resto da Europa… Seu pai *especificou* que desejava um inglês, mas veremos. Depois disso quem sabe um teatro no sábado à noite… Vamos pegar um camarote. É importante que a senhorita seja vista… Tem algo adequado para vestir?

– Não sei – respondeu Minnie, com sinceridade. – Nunca fui ao teatro. O que seria adequado?

Meia hora, dois bules de chá chinês e uma dúzia de bolinhos (com creme) depois, ela saiu para a rua com uma lista de compromissos escrita às pressas nas mãos e a cabeça girando com estolas, anquinhas, mantas, festoes, leques, etc. Por sorte, tinha um belo leque e outros elementos necessários para a busca e obtenção de um marido rico e influente.

– Uma arma seria mais simples – murmurou, ao enfiar a lista no bolso. – E certamente mais barato.

– Que tipo de arma? – indagou Mick O'Higgins interessado, surgindo de um vão ali perto.

– Esqueça – respondeu ela. – Nós vamos a um chapeleiro.

– Ah, um chapeleiro, é? – Ele se curvou e lhe ofereceu o braço. – Nesse caso não há problema. O pássaro com certeza vai estar morto antes de eles o colocarem no seu chapéu.

Uma semana depois...

Seu caderninho de compromissos era um prazer de se olhar, uma glória de se ter em mãos. Fabricado em Florença, tinha a capa de couro da cor de um chocolate escuro, com um desenho folheado a ouro de sinuosas folhagens com uma flor gloriosa de aspecto explosivo no centro. Seu pai tinha lhe informado que os chineses a chamavam de *chu* e que ela era símbolo de felicidade. Ele tinha lhe presenteado o caderno por seus 17 anos.

Dera outro também, antes de ela sair de Paris: um caderno simples como o que um artista poderia usar para esboçar desenhos. E eram justamente esboços que decoravam suas páginas, feitos de próprio punho. E codificados nesses esboços estavam os compromissos marcados para aqueles clientes cujos nomes nunca eram pronunciados em voz alta.

As primeiras poucas páginas eram para despistar. O primeiro *aide-mémoire* estava na página 5 (uma vez que o compromisso era no dia 5 do mês): um esboço de árvores encimando um caminho, com a legenda *Vauxhall Gardens* logo abaixo. Pegadas no caminho conduziam para dentro das sombras – três delas bem nítidas, a quarta pela metade. Às três e meia, em Vauxhall Gardens, no dia 3 de junho. Na página oposta, o esboço de um pacote embrulhado como se fosse um presente de aniversário. A ser recebido...

Isso seria no dia seguinte. Ela pôs o caderno de lado e pegou o da flor *chu*, onde estavam listados os clientes menos importantes, aqueles que desejavam apenas comprar ou vender livros. Oito deles já tinham sido riscados desde a sua chegada a Londres. Ela fora muito eficiente.

Esfregou o polegar de leve na flor exuberante da capa. Nunca tinha visto uma *chu* de verdade. Talvez pudesse encontrar um botânico em Londres que tivesse uma flor daquelas. Adoraria saber qual era o seu perfume.

No fim do caderno, entre as páginas de cor creme e a macia capa de couro, estava a carta. Minnie a havia escrito e reescrito várias vezes. Queria ter certeza, mas sabia que não seria possível naquele caso.

Pela manhã, entregaria a carta a um dos O'Higgins. Já os conhecia havia tempo suficiente para saber que eles fariam o que ela pedisse sem questioná-la. Bem, sem questioná-la *demais*. Minnie já tinha despachado um bom número de bilhetes e cartas profissionais. Não havia motivo para aquela lhe parecer estranha.

Sra. Simpson, Parson's Green, Peterborough Road.

Seus dedos estavam úmidos. Ela guardou a carta de volta antes de a tinta do endereço ficar borrada e fechou o caderno por cima.

Do diário Chu

SEGUNDA-FEIRA, 1º DE JUNHO

11h: Sr. H. R. Wallace, para ver *Philologus hebraeus* (Johannes Leusden). Oferecer também *Histoire de la guerre des juifs contre les romains* (Flavius Josephus) e *De sacrificiis libri duo quorum altero explicantur omnia judæaeorum, nonnula gentium profanarum sacrificia* (William Owtram).

13h: Srtas. Emma e Pauline Jones, para discutir o catálogo da biblioteca do falecido pai. Em Swansea (!). Como diabos vou mandar despachar esses livros?

14h: Prova na Myers, traje de seda pêssego.

16h: Lady Buford, chá aqui, depois salão da sra. Montague.

20h: Teatro em Drury Lane, *Maomé, o Impostor.*

TERÇA-FEIRA, 2 DE JUNHO

9h: Banho.

10h: Cabeleireira.

13h: Lady Buford, para o almoço da viscondessa Baldo.

17h: Honorável Horace Walpole, para olhar títulos italianos (combinar chá).

QUARTA-FEIRA, 3 DE JUNHO

10h: Passeio de barco no Tâmisa com sir George Vance, cavaleiro, almoço.

15h30: Deer Park.

19h: Festa da sra. Annabelle Wrigley.

NOTA: sir George jovem, mas chato. Pedi que Buford o riscasse. Conheci um cavalheiro promissor chamado Hanksleigh na festa, entendedor de finanças. Vou tomar chá com ele semana que vem.

NOTA: Vauxhall Gardens encantador (visitarei de novo na semana que vem).

QUINTA-FEIRA, 4 DE JUNHO

9h: Banho.

10h: Depiladora (ai).

11h: Cabeleireira.

13h : Medidas, madame Alexander, vestido de baile *eau-de-nil.*

15h: Passeio no Hyde Park com sir Robert Abdy, baronete.

20h: Jantar, lady Wilford.

Nota: Jantar da sra. Wilford com um bom plantel. Dois compromissos para a semana que vem e uma conversa promissora com o marquês de Tewksbury sobre truques de magia na Câmara dos Lordes.

Nota: No jantar conheci também o duque de Beaufort, com quem tive uma conversa rápida enquanto comíamos maionese de aspargos. Ele me convidou para ir montar com ele em Rotten Row na terça-feira. Recusei alegando que não tenho cavalo, mas ele me ofereceu um. Aceitei. Quão difícil pode ser?

SEXTA-FEIRA, 5 DE JUNHO

11h: Barão Edgerly, para olhar títulos franceses, atlas fólio grande.

13h30: Visitar o sr. Smethurst, livreiro em Piccadilly. Extrair dele se possível sua lista de clientes.

16h30: Lady Buford, chá com a sra. Randolph e as duas filhas.

Nota: jantei sozinha, graças a Deus. Não quero ouvir ninguém dizer mais nenhuma palavra. As irmãs Randolph são duas totais *emmerdeuses*.

Nota: resposta da sra. Simpson. Segunda, duas da tarde.

SÁBADO, 6 DE JUNHO

Começando a atrair clientes desejosos de informações em vez de livros. Trabalhos para meu pai. Dois esta semana. Disse não para um, sim para sir Roger Barrymore (pedido ref. caráter de homem que deseja desposar sua filha. Conheci o homem em questão na semana passada e poderia ter dito logo na hora a sir Roger que ele não é a pessoa certa, mas lhe darei a notícia semana que vem para justificar a conta).

DOMINGO, 7 DE JUNHO

Missa da manhã, igreja de St. George, Hanover Square, com o sr. Jaken (Bolsa) – gosta de órgão.

16h: Chá, lady Buford, avaliação de progresso.

19h: Missa da noite, igreja de St. Clement, sr. Hopworth, banqueiro.

6

APRESENTAÇÕES INESPERADAS

Segunda-feira, 8 de junho

Nervosa, Minerva secou as mãos na saia do vestido, depois passou os dedos pelos cabelos pela décima vez, embora soubesse que estavam presos tão firmes quanto era possível. Tinha a sensação de que a pele de seu rosto estava esticada, as sobrancelhas arqueadas de modo ridículo. Olhou de relance no espelho pela décima vez para se certificar de que não era o caso.

Será que a sra. Simpson iria aparecer? Não conseguira se decidir em relação à mãe durante toda a viagem até Londres e nas duas semanas desde que lá chegara – e detestava a indecisão mais do que qualquer outra coisa. Preferia resolver tudo de uma vez e acabar logo com aquilo!

E assim o fizera, só que desta vez a decisão não havia eliminado a dúvida. Talvez devesse ter ido à residência da mãe, aparecido na sua porta sem avisar. Fora esse o seu primeiro impulso. No entanto, decidira enviar um bilhete – escrito com a maior simplicidade possível e apenas com os fatos – requisitando o prazer da companhia da sra. Simpson em seus aposentos da Ryder Street às duas da tarde da segunda-feira, dia 8 de junho.

Pensara em mandar um bilhete pedindo permissão para visitar a sra. Simpson. Talvez tivesse sido mais educado. No entanto, temia receber uma recusa. Pior ainda, um silêncio como resposta. Portanto, decidira mandar um convite. Caso sua mãe não viesse naquela tarde, a opção de aparecer na porta da sua casa continuava aberta. E, por Deus, ela o faria...

O bilhete produziu um ruído de amassado dentro do seu bolso, e ela o retirou, mais uma vez, e o desdobrou para ler a mensagem escrita numa letra firme e redonda que presumia ser a da sra. Simpson, sem saudação e sem assinatura, sem promessa e sem recusa.

A senhorita acha que é sensato?, dizia o bilhete.

– Bom, é evidente que não – respondeu Minnie em voz alta, irritada, e tornou a enfiar o papel no bolso. – Que importância tem isso?

A batida à porta quase fez seu coração parar. Ela havia chegado! Estava adiantada. Faltavam quinze minutos para as duas, mas talvez a sra. Simpson estivesse tão ansiosa quanto ela por aquele encontro, apesar do bilhete frio e reservado.

Eliza, a criada, uma sólida mulher de meia-idade, muito engomada, que fora contratada junto com o alojamento, olhou para ela. Ao vê-la menear a cabeça, desceu até o hall para atender à porta. Minnie tornou a olhar para o espelho (*Meu Deus, que desvairada!*), alisou a saia bordada e adotou uma expressão distante, porém cordial.

– O coronel Quarry, senhorita – anunciou a criada, entrando e dando um passo para o lado de forma que a visita entrasse.

– Quem? – perguntou Minnie, sem entender.

O cavalheiro alto que surgira à soleira da porta havia parado para olhá-la com interesse. Ela empinou o queixo e sustentou seu olhar.

Ele estava usando seu uniforme vermelho da infantaria e era bastante bonito de um jeito um tanto bruto. *Moreno, bem-apessoado... e consciente desse fato*, pensou ela, escondendo um sorriso. Sabia como lidar com aquele tipo e permitiu que o sorriso desabrochasse.

– Ao seu dispor, senhorita – disse ele, respondendo com um lampejo dos dentes em bom estado.

Fez-lhe uma mesura muito graciosa, endireitou as costas e perguntou:

– Qual a sua idade?

– Dezenove anos – respondeu ela, acrescentando dois sem hesitar. – E a do senhor?

Ele piscou.

– Vinte e um. Por quê?

– Eu me interesso por numerologia – argumentou ela, muito séria. – O senhor conhece essa ciência?

– Ah… não.

Ele continuava a examiná-la com interesse, mas agora era um interesse de outro tipo.

– Em que data o senhor nasceu? – indagou ela, dando um passo de lado até atrás da pequena escrivaninha dourada para pegar uma pena. – Se me permite? – acrescentou, educada.

– No dia 23 de abril – respondeu ele, com um leve tremor dos lábios.

– Nesse caso – disse ela, rabiscando depressa. – São dois mais três, que dão cinco, mais quatro… já que abril é o mês quatro, naturalmente – informou-lhe, gentil. – Que dão nove, e depois somamos os algarismos do ano do seu nascimento, o que dá… um mais sete mais dois mais três? Sim, isso mesmo… um total de 22. Depois somamos os dois algarismos para obtermos quatro.

– É o que parece – concordou ele, dando a volta na escrivaninha para espiar o papel por cima do ombro dela, onde Minnie havia escrito um grande quatro e feito um círculo em volta. Assim tão perto, ele irradiava uma dose perceptível de calor. – O que isso significa?

Ela relaxou de leve dentro do espartilho apertado. Agora ele estava no papo. Depois que ficavam curiosos, era possível fazê-los contar qualquer coisa.

– Ah, o quatro é o mais másculo dos números – garantiu ela, o que era verdade. – Identifica um indivíduo que se destaca pela força e pela estabilidade. Alguém de quem se pode depender, e extremamente confiável.

Ele se afastara um pouco.

– O senhor é muito pontual – disse ela, lançando um olhar de esguelha por baixo dos cílios. – Saudável… forte… repara nos detalhes e é muito bom no controle de operações complexas. E o senhor é leal… muito leal com aqueles de quem gosta.

Ela acompanhou isso com um leve sorriso de admiração.

Os quatros eram capazes e persistentes, mas não pensavam depressa, e mais uma vez ela se espantou com a frequência com que os números se revelavam corretos.

– É mesmo? – indagou ele, e pigarreou, com um ar levemente constrangido, mas satisfeito.

Nesse ponto, ela ouviu as discretas batidas do relógio atrás de si, e um raio de apreensão a trespassou. Precisava se livrar dele, e logo.

– Mas duvido que o prazer da sua visita se deva a um desejo de aprender a ciência da numerologia, coronel.

– Bem. – Ele a olhou de cima a baixo, num esforço de avaliação, mas ela poderia ter lhe dito que era tarde demais para isso. – Para ser franco, senhorita, eu desejo contratar seus serviços. Com relação a um assunto de... alguma discrição.

Aquilo lhe causou outro pequeno choque. Então ele sabia quem ela era. Pensando bem, não era de fato tão estranho assim. Afinal, tratava-se de um ramo no qual todas as relações eram feitas por boca a boca. E ela certamente a essa altura já era conhecida por pelo menos três cavalheiros em Londres que poderiam frequentar os mesmos círculos aos quais o coronel Quarry tinha acesso.

De nada adiantava fazer rodeios ou se mostrar evasiva. Ela estava interessada nele, mas ainda mais interessada na sua partida. Meneou-lhe de leve a cabeça e adotou um ar inquisitivo. Ele retribuiu o aceno e inspirou fundo. *Alguma discrição, de fato...*

– A situação é a seguinte, senhorita: eu tenho um bom amigo cuja esposa morreu recentemente de parto.

– Sinto muito ouvir isso – disse Minnie, com bastante sinceridade. – Que tragédia.

– Sim, foi mesmo. – O semblante de Quarry permitia adivinhar o que ele estava pensando. O incômodo em seus olhos era visível. – Mais ainda, talvez, devido ao fato de que a esposa do meu amigo vinha mantendo... bem... vinha mantendo um caso com um amigo dele havia já alguns meses.

– Ai, ai – murmurou Minnie. – E me perdoe a pergunta: o bebê era...?

– Meu amigo não sabe. – Quarry fez uma careta, mas relaxou um pouco, o que indicou que a parte mais difícil de sua solicitação já tinha sido feita. – Já é ruim o bastante, a senhorita poderá dizer...

– Ah, eu poderia mesmo.

– Mas a dificuldade maior... bem, sem entrar nos motivos, nós... eu... gostaria de contratá-la para encontrar alguma prova desse caso.

Minnie não entendeu.

– Seu amigo... não tem certeza se ela *estava* tendo o caso?

– Tem certeza absoluta – assegurou Quarry. – Havia cartas. Mas... bem, na verdade não posso explicar por que isso é necessário, mas ele precisa de uma prova do caso por um motivo... por um motivo jurídico, e não admite a ideia de permitir que alguém leia as cartas da esposa, pouco importando que ela esteja além do alcance da censura do público. No entanto, se o caso *não for* provado, as consequências para ele podem ser desastrosas.

– Entendo.

Ela o encarou com interesse. Seria ele de fato um amigo, ou seria aquela talvez a sua própria situação, mal disfarçada? Ela achava que não. De fato, estava triste e preocupado, mas não corado... nem com vergonha, nem com um pingo de raiva. E ele não parecia ser casado. De modo algum.

Como se o pensamento que acabara de ter o houvesse atingido na face feito uma mariposa em pleno voo, ele a olhou de modo incisivo, encarando-a bem nos olhos. Não, não era um homem casado. E não estava tão triste e preocupado a ponto de aqueles olhos castanho-escuros não exibirem um brilho visível. Ela baixou os olhos por um instante, modesta, então tornou a erguê-los, e retomou sua atitude profissional.

– Bem, nesse caso, o senhor tem alguma sugestão específica quanto a como a investigação poderia ser conduzida?

Ele deu de ombros, um pouco encabulado.

– Bem... eu pensei... talvez a senhorita pudesse travar conhecimento com algumas das... das amigas de Esmé... Esse era o nome dela, Esmé Grey, condessa Melton. E... ahn... quem sabe alguns dos... dos amigos íntimos *dele*. Do, ahn, do homem que...

– E qual é o nome desse homem?

Minnie pegou a pena e escreveu *condessa Melton*, então ergueu os olhos com um ar de expectativa.

– Nathaniel Twelvetrees.

– Ah. Ele também é soldado?

– Não. – E nessa hora Quarry *de fato* corou, surpreendentemente. – Poeta.

– Entendo – murmurou Minnie enquanto anotava. – Está bem.

Ela largou a pena e saiu de trás da escrivaninha, passando tão perto de Quarry que ele foi obrigado a se virar para ela... e para a porta. O coronel tinha cheiro de loção pós-barba e vetiver, embora não estivesse usando peruca nem empoado os cabelos.

– Estou disposta a aceitar sua investigação, coronel... embora não possa garantir nenhum resultado.

– Não, não. É claro que não.

– Eu já tenho um compromisso marcado para as duas... – Ele olhou para o relógio, assim como ela: faltavam quatro minutos para as duas. – Mas, se puder, quem sabe fazer uma lista dos amigos que, segundo o senhor, poderiam ser úteis e mandar entregar aqui? Depois que eu tiver avaliado as possibilidades, posso informar minhas condições. – Ela hesitou. – Posso abordar o sr. Twelvetrees? Com toda a discrição, claro.

Ele fez uma careta, meio chocado, meio achando graça.

– Temo que não, srta. Rennie. Meu amigo o matou com um tiro. Mandarei a lista – prometeu ele, e com uma profunda mesura se retirou.

A porta mal havia se fechado atrás dele quando outra batida soou. A criada saiu do *boudoir*, onde estivera esperando discretamente, e deslizou sem fazer barulho por sobre o grosso tapete turco vermelho.

Minnie sentiu o estômago se revirar e a garganta se contrair, como se houvesse sido jogada de uma janela alta e segurada pelo pescoço no último segundo.

Vozes. Vozes masculinas. Desconcertada, foi depressa até o hall e viu a criada confrontando com bravura dois homens que não eram exatamente cavalheiros.

– A senhorita está…? – perguntou a criada com firmeza, mas um dos homens viu Minnie e passou por ela.

– Srta. Rennie? – indagou ele com educação.

Quando ela estranhou a pergunta com um movimento brusco da cabeça, ele se curvou com um estilo surpreendente para alguém vestido com tanta simplicidade.

– Nós viemos acompanhá-la até a casa da sra. Simpson – disse ele, depois se voltando para a criada: – Tenha a bondade de pegar as coisas da dama, por favor.

A criada se virou, com os olhos arregalados, e Minnie lhe meneou a cabeça. A pele de seus braços se arrepiou, e ela sentiu o rosto anestesiado.

– Sim – afirmou ela. – Por favor.

E seus dedos se fecharam em volta do papel em seu bolso, úmido de tanto ser manuseado.

A senhorita acha que é sensato?

Havia um coche à espera do lado de fora. Nenhum dos homens disse nada, mas um deles abriu a porta para Minnie. O outro a segurou pelo cotovelo e a ajudou a subir no veículo. O coração lhe martelava o peito, e sua cabeça estava tomada pelos alertas do pai em relação a lidar com desconhecidos sem recomendação – alertas esses acompanhados por diversos relatos de coisas terríveis que aconteceram a pessoas incautas.

E se aqueles homens não tivessem nada a ver com a sua mãe, mas soubessem quem era o seu pai? *Havia* quem quisesse…

Com expressões do tipo "E encontraram apenas a cabeça dela…" ecoando na mente, Minnie demorou vários segundos para reparar que os dois cavalheiros, agora sentados nos assentos à sua frente, a observavam como um par de corujas. Corujas famintas.

Ela inspirou fundo e pressionou uma das mãos no tronco, como se quisesse aliviar a pressão das barbatanas do espartilho. Sim, a pequena adaga continuava guardada dentro do forro do fecho. Do jeito que suava, a adaga estaria enferrujada quando precisasse usá-la. *Se* precisasse usá-la. *Se.*

– A senhorita está bem? – perguntou um dos homens, inclinando-se para a frente.

Sua voz adquiriu um tom agudo marcado ao pronunciar o "senhorita", e ela olhou com atenção para ele. De fato, tratava-se de um menino imberbe. Mais alto do que o companheiro e bastante taludo, mas um rapaz cujo semblante inocente exibia apenas preocupação.

– Estou – respondeu ela. Engoliu em seco, tirou da manga um pequeno leque e o abriu com um estalo. – É que… está meio quente, só isso.

O homem mais velho – na casa dos 40, esbelto e moreno, com um chapéu triangular equilibrado sobre os joelhos – levou a mão ao bolso na mesma hora e sacou uma garrafinha. Ela constatou com surpresa se tratar de um lindo objeto de prata com um crisoberilo de tamanho razoável gravado.

– Obrigada.

Sufocando a voz que murmurava "drogada e estuprada" no seu cérebro, aceitou a garrafa. Passou-a discretamente sob o nariz, mas não sentiu o cheiro característico do láudano. Na verdade, o cheiro era divino e o gosto melhor ainda.

Ambos os homens notaram a expressão do seu rosto e sorriram. Não o sorriso satisfeito de quem conseguiu capturar a vítima, mas um sorriso de prazer genuíno por Minnie ter apreciado a sua oferta. Minnie respirou fundo, tomou mais um gole, e começou a relaxar. Retribuiu o sorriso deles. Por outro lado, o endereço de sua mãe ficava em Parson's Green, e ela acabara de notar que eles estavam seguindo na direção oposta. Ou pelo menos assim pensava...

– Para onde estamos indo? – indagou, educada.

Os homens pareceram espantados e se entreolharam com as sobrancelhas arqueadas antes de tornar a encará-la.

– Ora... encontrar a sra. Simpson – respondeu o cavalheiro mais velho. O menino aquiesceu e inclinou o corpo para ela de modo desajeitado.

– Sra. Simpson – murmurou ele, e corou.

E isso foi tudo que qualquer um falou durante o restante do trajeto. Minnie se ocupou bebericando a refrescante bebida de laranja e observando disfarçadamente os seus... não captores, era de supor. Acompanhantes?

O cavalheiro que tinha lhe passado a garrafa falava um inglês excelente, mas com uma leve sibilância estrangeira: italiano, talvez, ou seria espanhol?

O homem mais jovem – na realidade não parecia um garoto, apesar das faces lisas e da voz esganiçada – tinha um rosto de traços fortes e, mesmo com o rubor, exibia um ar confiante. Era louro e tinha os olhos cor de mel, mas aquele breve olhar quando os dois a haviam encarado com um ar de interrogação tinha revelado uma leve e fugidia semelhança entre os dois. Pai e filho? Talvez.

Ela percorreu o catálogo que tinha na cabeça à procura de uma dupla assim entre os clientes do pai – ou seus inimigos –, mas não encontrou ninguém que correspondesse à descrição de seus acompanhantes. Inspirou fundo, tomou outro gole e decidiu não pensar em nada até chegarem ao seu destino.

Meia hora mais tarde, a garrafinha estava quase vazia, e o coche parou com um tranco num lugar que ela pensou se tratar de Southwark.

Seu destino era uma pequena hospedaria situada numa rua de lojas dominada pela Kettrick's Eel-Pye House, evidentemente um endereço popular para se comer, a julgar pelas hordas de pessoas e pelo forte aroma de gelatina de enguia. Sua barriga roncou quando ela saltou do coche, mas o som se perdeu em meio aos barulhos da rua. O menino se curvou e lhe ofereceu o braço. Ela aceitou, adotando sua expressão mais agradável e neutra, e entrou com ele.

. . .

Estava escuro lá dentro. A luz entrava por duas janelas estreitas equipadas com cortinas. Ela estranhou o cheiro de jacintos do lugar, mas nada além disso. Estava tudo borrado. Tudo que ela sentia eram as batidas de seu coração e a solidez do braço do menino.

Então veio um corredor, depois uma porta, e depois...

Uma mulher. Vestido azul. Cabelos de um castanho suave presos atrás das orelhas. E olhos. Olhos verde-claros. Não azuis como os dela.

Minnie estacou, sem conseguir respirar. Por enquanto, sentia uma estranha decepção: a mulher não se parecia em nada com o retrato que ela carregara consigo a vida toda. Era alta e esguia, quase magra, e embora tivesse um rosto atraente, não era o rosto que Minnie via no espelho.

– Minerva? – perguntou a mulher numa voz que mal passou de um sussurro. Ela tossiu, pigarreou intensamente e, dando um passo na direção de Minnie, tornou a falar, bem mais alto: – Minerva? É mesmo você?

– Bem, sim – respondeu Minnie, sem saber ao certo o que fazer. *Deve ser ela. Ela conhece meu verdadeiro nome.* – É assim que eu me chamo. E a senhora é... a sra. Simpson?

Sua voz falhou de maneira um tanto absurda, e a última sílaba saiu como o guincho de um morcego.

– Sim.

A mulher virou a cabeça e dirigiu um breve meneio aos dois que a tinham trazido. O menino desapareceu na hora, mas o homem mais velho tocou de leve o ombro dela e deu um sorriso para Minnie antes de sair também, deixando as duas a sós.

A sra. Simpson estava vestida com elegância, mas de forma discreta. Franziu os lábios, olhou de esguelha para Minnie como se estivesse avaliando a possibilidade de ela estar armada, então deu um suspiro. Seus ombros afundaram.

– Eu não sou sua mãe – falou, baixinho.

Apesar de pronunciadas em voz baixa, as palavras atingiram Minnie como punhos fechados, seis golpes potentes na base do estômago.

– Bom, então quem a senhora é? – Ela exigiu saber, dando um passo para trás.

Todas as palavras de alerta que havia ignorado voltaram numa enxurrada ditas na voz do pai: "Raptada... vendida para um bordel... mandada de navio para as colônias... assassinada a troco de 6 vinténs..."

– Eu sou sua tia, minha cara – respondeu a sra. Simpson. Superada a parte mais difícil, ela havia recuperado um pouco da sisudez. – Miriam Simpson. Sua mãe Hélène é minha irmã.

– Hélène – repetiu Minnie.

O nome provocou uma centelha na sua alma. Pelo menos tinha aquilo. *Hélène*. Francesa? Ela engoliu em seco.

– Ela morreu? – perguntou, no tom mais firme de que foi capaz. A sra. Simpson tornou a franzir os lábios, infeliz.

– Não – falou, com uma relutância evidente. – Ela está viva, mas...

Minnie desejou ter levado uma pistola de bolso em vez de uma adaga. Nesse caso, teria dado um tiro para o teto naquele exato instante. Em vez disso, deu um passo à frente até seus olhos ficarem a meros centímetros dos olhos verdes que não se pareciam com os seus.

– Me leve até ela. *Agora* – exigiu. – Pode me contar a história no caminho.

7

ANUNCIAÇÃO

O coche atravessou as pedras do calçamento de uma ponte com um portentoso alarido de cascos e rodas. A barulheira não foi nada em comparação com a confusão dentro da cabeça de Minnie.

– Freira? – perguntou ela quando passavam para uma estrada de terra batida e o barulho diminuía. Sua voz traía a mesma incompreensão que ela sentia. – Minha mãe... era *freira*?

A sra. Simpson – sua tia, tia Simpson, tia Miriam... precisava se acostumar a pensar nela assim – inspirou fundo e aquiesceu. Uma vez essa notícia fora do caminho, havia recuperado parte do autocontrole.

– Sim. Irmã da Ordem da Divina Misericórdia de Paris. A senhorita conhece?

Minnie fez que não com a cabeça. Achava que estivesse preparada para ouvir qualquer coisa, mas não, nem de longe.

– Como... como elas se vestem? – Foi a primeira coisa que lhe passou pela cabeça. – De preto, de cinza, de branco...?

A sra. Simpson relaxou um pouco, apoiando as costas nas almofadas azuis para amenizar os sacolejos do coche.

– Elas usam um hábito branco com véu cinza. São uma ordem contemplativa, mas não são freiras de clausura.

– O que isso quer dizer, contemplativa? – deixou escapar Minnie. – O que elas estão *contemplando*? Pelo visto não seus votos de castidade.

Sua tia pareceu espantada, mas a boca se contraiu de leve.

– Pelo visto não – disse ela. – Sua atividade principal é a oração. A contemplação da misericórdia de Deus e da Sua natureza divina.

Apesar do dia bastante fresco, Minnie sentiu um sangue quente lhe subir pelo peito.

– Entendo. Quer dizer que a minha mãe teve um encontro com o Espírito Santo durante uma oração particularmente intensa, foi isso? – Pretendia soar sarcástica, mas e se…? – Espere um instante. Meu pai é *mesmo* meu pai, não é?

Sua tia ignorou a zombaria.

– A senhorita é filha de Raphael Wattiswade, isso eu posso garantir – disse ela, seca, olhando para o rosto de Minnie.

Um dos pequenos nós de dúvida no peito de Minnie afrouxou. A possibilidade de tudo aquilo ser uma farsa se distanciou. Poucas pessoas sabiam o nome verdadeiro de seu pai. Se aquela mulher sabia, então talvez…

Ela se recostou, cruzou os braços e encarou a sra. Simpson com um olhar duro.

– Bem. O que aconteceu? E para onde estamos indo?

– Encontrar sua mãe – respondeu sua tia, abrupta. – Quanto ao que aconteceu… foi um livro.

– É claro que foi. – A confiança de Minnie na história da mulher aumentou mais um pouquinho. – Que livro?

– Um livro de horas. – respondeu a sra. Simpson, afastando com um gesto uma vespa curiosa que entrara voando pela janela. – Eu falei que a principal atividade da ordem é a oração. Mas elas têm outras. Algumas das freiras são escribas, outras são artistas. Sœur Emmanuelle, foi esse o nome que Hélène adotou ao entrar para o convento, era as duas coisas. A ordem produz livros lindíssimos… de natureza religiosa, é claro. Vende Bíblias e hinários para o sustento da comunidade.

– E meu pai ficou sabendo disso?

Sua tia deu de ombros.

– Não é nenhum segredo. Os livros da ordem são bem conhecidos, assim como as suas competências. Imagino que Raphael já tivesse tratado antes com o convento. Ele…

– Ele nunca tratou com essas freiras, até onde eu sei, caso contrário eu saberia sobre elas.

– E acha que ele iria correr o risco de a senhorita descobrir? – disse sua tia, direta. – Sejam quais forem as suas falhas de caráter, posso afirmar que esse homem sabe guardar um segredo. Ele rompeu todas as relações com a ordem depois que…

Sua boca se contraiu com força, e ela fez com a mão um gesto de quem enxuga algo que nada tinha a ver com a vespa.

Minnie tinha os dentes trincados, mas conseguiu dizer algumas palavras.

– Conte-me o que aconteceu, droga!

Sua tia a encarou com interesse. Os babados de sua touca tremiam com a vibração do coche. Ela então deu de ombros.

– *Bon* – falou.

O que tinha acontecido "em resumo" fora que Raphael Wattiswade adquirira um livro de horas muito raro, fabricado havia mais de um século. Era lindo, mas se encontrava em mau estado. A capa podia ser consertada e as joias que faltavam, substituídas. Além disso, algumas das ilustrações tinham sofrido muito os efeitos do tempo e do uso.

– Assim, Raphael procurou a abadessa da ordem, uma mulher que conhecia bem profissionalmente, e perguntou se alguma das suas escribas mais talentosas conseguiria, quem sabe, restaurar as ilustrações. Mediante um preço, claro.

Em circunstâncias normais, o livro teria sido levado para o *scriptorium* de modo a ser examinado e tratado, mas nesse caso algumas páginas tinham sido completamente destruídas. Raphael, porém, havia descoberto várias cartas do proprietário original, tecendo loas a um amigo sobre sua nova aquisição e fazendo descrições detalhadas das ilustrações mais importantes.

– E ele não poderia apenas entregar as cartas à abadessa? – indagou Minnie, cética.

Não que conseguisse pensar num motivo que levaria seu pai a querer seduzir propositalmente uma freira que nunca tinha visto e de quem nunca ouvira falar…

A sra. Simpson balançou a cabeça.

– Eu mencionei que o livro era muito antigo? As cartas estavam escritas em alemão, e numa forma muito arcaica desse idioma bárbaro. Ninguém na ordem era capaz de traduzi-las.

Considerando isso, além da fragilidade do volume, sœur Emmanuelle recebera permissão para ir até a oficina de Raphael, "com uma *chaperon* adequada, claro", acrescentou a sra. Simpson com uma nova contração dos lábios.

– Claro.

Sua tia deu de ombros num trejeito tipicamente gaulês.

– Mas as coisas acontecem, não é mesmo?

– Evidentemente que *sim*.

Ela encarou a sra. Simpson, que, na sua opinião, parecia usar bastante livremente o nome de batismo do seu pai.

– *C'est vrai*. E o que aconteceu, é claro, foi a senhorita.

Não havia resposta boa para isso, e Minnie não tentou encontrar nenhuma.

– Sua mãe tinha só 19 anos – disse sua tia, baixando os olhos para as mãos unidas e falando numa voz tão baixa que Minnie mal a escutou com o barulho do coche.

E quantos anos tinha o seu pai?, perguntou-se ela. Estava com 45 agora… 28. Ou 27 talvez, levando em conta a duração de uma gravidez.

– Idade suficiente para saber que droga estava fazendo – murmurou Minnie, entre dentes. – Suponho que ela… minha mãe… – ela se forçou a dizer as palavras, que lhe pareceram chocantes na sua boca – … tenha sido obrigada a abandonar a ordem, não? Quero dizer, com certeza não é possível ficar num convento grávida.

– A senhorita ficaria surpresa – observou sua tia com cinismo. – Mas, nesse caso, tem razão. Elas a mandaram embora, para uma espécie de sanatório em Rouen… um lugar terrível. – Um rubor havia começado a arder nos malares saltados da sra.

Simpson. – Eu não fiquei sabendo de nada até Raphael aparecer na minha porta uma noite, muito nervoso, para me contar que ela havia sumido.

– O que a senhora fez?

– Nós fomos buscá-la. O que mais?

– A senhora disse "nós". Está querendo dizer a senhora... e o meu pai?

Sua tia piscou, chocada.

– Não, é claro que não. Meu marido e eu. – Ela respirou fundo, tentando se acalmar. – Foi... foi muito ruim.

Sœur Emmanuelle, arrancada da comunidade que fora o seu lar desde que havia entrado para o convento aos 12 anos como noviça, tratada como objeto de vergonha, sem qualquer conhecimento ou experiência de uma gravidez, sem amigos nem parentes, trancafiada num estabelecimento que parecia muito semelhante a uma prisão, primeiro havia ficado histérica, depois se recolhera a um estado de desespero. Por fim, em um silêncio pétreo, passava o dia inteiro sentada encarando a parede nua, sem olhar nem mesmo para a comida.

– Ela estava pele e osso quando a encontrei – disse a sra. Simpson com a voz trêmula de fúria ao recordar aquilo. – Nem sequer me reconheceu!

Aos poucos, sœur Emmanuelle fora trazida de volta a um reconhecimento do mundo. Mas não do mundo que havia deixado.

– Não sei se foi por ter abandonado a ordem... ou pelo choque de estar esperando um filho, mas... – Ela balançou a cabeça, e a consternação fez toda a cor do seu rosto se esvair. – Ela perdeu inteiramente a razão. Não dava atenção ao seu estado e acreditava que estava de volta ao convento, fazendo os seus trabalhos de sempre.

Eles haviam feito a sua vontade. Deram-lhe um hábito, providenciaram tinta e pincéis, velo e pergaminho, e ela havia mostrado alguns sinais de estar consciente de onde estava. Às vezes falava, reconhecia a irmã. Mas então viera o nascimento, inexorável.

– Ela havia se recusado a pensar a respeito – disse a sra. Simpson com um suspiro. – Mas então a senhorita chegou... rosada, pegajosa e barulhenta.

Incapaz de lidar com a situação, sœur Emmanuelle perdeu o tênue controle da própria sanidade e voltou ao seu estado anterior de alienação e vazio mental.

Quer dizer que eu fiz minha mãe ficar louca e destruí a vida dela. O coração de Minnie tinha lhe subido à garganta, um bolo duro e pulsante que doía a cada batimento. Mesmo assim, ela teve que falar.

– A senhora disse choque? – Umedeceu os lábios secos. – Foi só por... minha causa? Quero dizer, a senhora acha que foi estupro?

Para infinito alívio de Minnie, a palavra pareceu deixar a sra. Simpson horrorizada.

– *Nom de Dieu!* Não. Não, de jeito nenhum! – Sua boca se retorceu um pouco enquanto ela se recuperava do breve susto. – Pode dizer o que quiser sobre Raphael, tenho certeza de que nunca possuiu uma mulher que não estivesse disposta. Ele pode torná-las dispostas em muito pouco tempo, aliás.

Minnie não queria ouvir nenhuma palavra sobre mulheres dispostas e o seu pai.

– Para onde exatamente estamos indo? – indagou, com uma voz firme. – *Onde* está minha mãe?

– No seu próprio mundo, *ma chère*.

Era uma casinha de fazenda modesta situada sozinha na borda de uma campina ampla e ensolarada, embora a casa em si fosse abrigada por velhos carvalhos e faias. Cerca de 500 metros adiante ficava um pequeno povoado onde havia uma igreja de pedra surpreendentemente grande, com uma torre bem alta.

– Eu queria que ela ficasse perto o suficiente para escutar os sinos – explicou a sra. Simpson, meneando a cabeça em direção à igreja ao longe enquanto seu coche parava em frente à casa.

Eles não seguem as horas canônicas como uma abadia católica faria, é claro, mas ela em geral não percebe, e o som a reconforta.

Ela passou um longo tempo olhando para Minnie, mordendo o lábio, com a dúvida patente no olhar. Minnie tocou a mão da tia com a maior delicadeza de que foi capaz.

– Eu não vou machucá-la – sussurrou, em francês. – Prometo.

A expressão de dúvida não desapareceu dos olhos da tia, mas o rosto relaxou um pouco e ela meneou a cabeça para o lacaio lá fora, que abriu a porta do coche e ofereceu o braço para ajudá-la a descer.

Um anacoreta, dissera sua tia. Sœur Emmanuelle pensava ser um anacoreta. Uma ermitã, presa ao mesmo lugar, que tinha na oração seu único dever.

– Ela se sente… segura, acho eu – dissera a sra. Simpson, embora os vincos em sua testa exibissem a sombra de uma antiga preocupação.

– Segura do mundo? – perguntara Minnie.

Sua tia tinha lhe lançado um olhar muito direto, e os vincos em sua testa tinham ficado mais fundos.

– Segura de tudo – respondera ela. – E de todos.

Assim, Minerva agora estava seguindo a tia até a porta tomada por um misto de ansiedade, espanto, tristeza e, inevitavelmente, esperança.

Tinha *ouvido falar* nos anacoretas, claro. Eles eram mencionados com frequência nas histórias religiosas – sobre santos, mosteiros, perseguições, reformas –, mas no momento a palavra evocava apenas uma ridícula visão de São Simeão Estilita, que passara trinta anos vivendo no topo de uma coluna. Quando sua sobrinha ficara órfã, ele havia lhe providenciado a coluna ao lado da sua. Após alguns anos, a sobrinha aparentemente tinha descido e fugido com um homem, para grande reprovação do autor da história.

A porta da casa se abriu e uma mulher gorda de ar alegre apareceu, cumprimentou Miriam Simpson calorosamente e olhou para Minnie com uma expressão agradável de curiosidade.

– Esta é a srta. Rennie, sra. Budger – disse a sra. Simpson, com um gesto em direção a Minnie. – Ela veio ver a minha irmã.

As sobrancelhas cinzentas falhadas da sra. Budger se ergueram em direção à sua touca, mas ela deu um breve meneio de cabeça na direção de Minnie.

– Ao seu dispor, senhorita – falou, e fez estalar o avental para um grande gato tricolor. – Saia daqui, gato! A dama não é assunto seu. Esse bichano sabe que está quase na hora do chá da irmã – explicou ela. – Entrem, senhoras, a chaleira já está fervendo.

Minnie estava febril de impaciência, ocasionalmente interrompida por estocadas de terror gélido.

– Ela ainda diz se chamar sœur Emmanuelle – explicara a sra. Simpson no caminho. – Passa o dia inteiro, e muitas vezes a noite, rezando, mas recebe visitas. Gente que ouviu falar nela e vem pedir suas preces para isto ou aquilo. No início eu tive medo – comentou ela, olhando pela janela do coche para uma carroça de fazenda que passava. – Medo de a deixarem abalada ao lhe contarem seus problemas. Mas ela parece… melhorar depois de escutar alguém.

– Ela… conversa com essas pessoas? – perguntara Minnie.

Sua tia havia olhado para ela, então feito uma pausa de alguns segundos a mais do que o necessário antes de dizer "Às vezes" e tornar a se virar para a janela.

Não tem importância, pensou Minnie, cerrando os punhos dentro dos panos da saia para evitar esganar a sra. Budger, que muito, muito lentamente se atarefava junto ao fogo, reunindo algumas fatias de pão com manteiga, um pedaço de queijo e uma caneca sobre uma bandeja, ao mesmo tempo que pegava um bule de chá lascado e outras três canecas de pedra, um carrinho de chá de latão amassado e um pequeno e pegajoso pote de mel azul. *Não tem importância se ela não falar comigo. Não tem nem importância se ela não conseguir me escutar. Tudo que eu quero é vê-la!*

8

O LIVRO DE HORAS

Era uma pequenina construção de pedra com telhado de sapê. Minnie considerou que, antigamente, devia servir como curral de ovelhas ou algo do tipo. Pensar nisso a fez farejar, inflando as narinas, e ela piscou os olhos de surpresa. Decididamente havia um cheiro, só que não era o bafo morno e agrícola de animais. Era um leve aroma de incenso.

A sra. Simpson ergueu os olhos para o sol, que estava a meia altura no céu.

– A senhorita não vai ter muito tempo – disse ela, grunhindo um pouco ao suspender a pesada barra que trancava a porta. – Está quase no horário da nona... o que ela pensa ser a nona. Quando ouvir os sinos, ela não vai fazer nada até acabar de rezar, e muitas vezes fica em silêncio depois.

– Nona?

– As horas canônicas – disse a sra. Simpson, e abriu a porta com um empurrão. – Venha logo, se quiser que ela fale com a senhorita.

Minnie estava desnorteada, mas com certeza queria que a mãe falasse com ela. Aquiesceu e se abaixou sob o batente para adentrar uma espécie de penumbra fracamente iluminada.

A luminosidade provinha de uma única vela grande, encaixada num suporte de ferro alto, e de um fogareiro no chão logo ao lado. Uma fumaça perfumada emanava de ambos e pairava junto às vigas sujas de fuligem do teto baixo. Uma luz débil banhava o recinto e parecia se adensar em torno da silhueta de uma mulher trajando vestes brancas ajoelhada sobre um genuflexório rústico.

A mulher se virou, espantada com o barulho que Minnie fez ao entrar, e congelou ao vê-la.

Minnie sentiu o mesmo, mas se forçou a dar alguns passos. Por instinto, estendeu a mão, como se faz com um cão desconhecido, apresentando os dedos para serem cheirados.

A mulher se levantou com um leve farfalhar de tecido grosseiro. Não estava de véu, o que deixou Minnie espantada. Seus cabelos tinham sido cortados de modo descuidado, mas haviam crescido um pouco: curvavam-se logo abaixo das orelhas, abraçando os ângulos da mandíbula. Grossos, lisos, da cor de um campo de trigo no verão.

Os meus cabelos, pensou Minnie com uma pancada no coração, e encarou a mulher nos olhos. A sra. Simpson tinha razão. *Os meus olhos também...*

– Irmã? – disse ela, hesitante, em francês. – Sœur Emmanuelle?

A mulher não respondeu, mas seus olhos estavam bastante arregalados. Desceram pelo corpo de Minnie e voltaram para seu rosto, atentos. Ela virou a cabeça e se dirigiu a um crucifixo pendurado na parede recoberta de gesso atrás de si.

– *Est-ce une vision, Seigneur?* – perguntou, com a voz roufenha de alguém que raramente fala. – Isso é uma visão, Senhor?

Sua voz soou insegura, assustada talvez. Minnie não ouviu nenhuma resposta do Cristo na cruz, mas sœur Emmanuelle pelo visto, sim. Tornou a se virar de frente para Minnie, empertigou-se e fez o sinal da cruz.

– Ahn... *Comment ça va?* – indagou Minnie, na falta de outra coisa melhor.

Sœur Emmanuelle piscou, mas não respondeu. Talvez aquilo não fosse a coisa certa para uma visão dizer.

– Espero que esteja bem – acrescentou ela, educada.

Mãe, pensou de repente, e sentiu uma pontada ao ver a bainha encardida do hábito grosseiro, as manchas de comida no peito e na saia. *Ah, mãe...*

Havia um livro sobre o genuflexório. Engolindo em seco, ela passou pela mãe para olhar, mas ergueu o rosto e viu o crucifixo – um crucifixo de luxo, constatou, feito de ébano encerado e debruado com madrepérola. A estatueta, porém, tinha sido fabricada por outra mão, mais habilidosa. O corpo de Cristo reluzia à luz da vela, contorcido dentro de um nó apertado de algum tipo de madeira escura lixada até ficar lisa. O rosto estava virado para o outro lado, invisível, mas os espinhos tinham sido esculpidos afiados e vívidos, afiados o bastante para espetar o dedo de quem tocasse. Os braços abertos estavam apenas parcialmente libertos da madeira, mas a sensação de prisão, de agonia insuportável, golpeou Minnie como um soco no peito.

– *Mon Dieu!* – exclamou ela em voz alta.

Disse isso por choque, mais do que numa espécie de prece, mas ouviu a mulher atrás de si soltar a respiração. Ouviu um farfalhar de panos e palha. Não tinha reparado ao entrar, mas o chão estava coberto de palha limpa. Forçou-se a ficar parada, com o coração batendo forte, embora ansiasse por se virar e abraçar sœur Emmanuelle, pegá-la no colo e carregá-la dali, arrastá-la, levá-la para o mundo. Após um longo intervalo, durante o qual pôde ouvir a respiração da outra mulher, sentiu um toque no ombro. Virou-se devagar.

Sua mãe estava perto agora, perto o suficiente para Minnie sentir seu cheiro. Surpreendentemente, era um cheiro bom, uma mistura de suor e um odor de roupas usadas por tempo demais sem serem lavadas, mas o incenso perfumava seus cabelos, o tecido das vestes e a mão que tocou o rosto de Minnie. Sua pele tinha um cheiro morno... e puro.

– Você é um anjo? – perguntou Emmanuelle de repente. A dúvida e o medo haviam tornado a surgir no seu rosto, e ela recuou um passo. – Ou um demônio?

Tão perto que Minnie podia ver as marcas no seu rosto: pés de galinha, o vinco leve do nariz até a boca... mas o rosto em si era um reflexo borrado daquele que via em seu espelho. Ela inspirou fundo e chegou mais perto.

– Eu sou um anjo – falou, firme.

Tinha falado em inglês, sem pensar, e os olhos de Emmanuelle se arregalaram de choque. Ela deu um passo desajeitado para trás e caiu ajoelhada.

– Ah, não! Não faça isso! – exclamou Minnie, abalada. – Não foi a minha intenção... Quero dizer, *je ne veux pas...*

Abaixou-se para fazer a mãe se levantar, mas Emmanuelle tapou os olhos com as mãos e não se deixou mover, e ficou apenas se balançando para a frente e para trás enquanto gania baixinho.

Minnie então percebeu que não eram apenas ganidos. Sua mãe estava sussurrando sem parar "RaphaelRaphaelRaphael". Em pânico, ela a segurou pelos pulsos e lhe afastou as mãos do rosto.

– Pare com isso! *Arrêtez!* Pare com isso, por favor!

Sua mãe parou e, arfando, ergueu os olhos para ela.

– *Est-ce qu'il vous a envoyé? Raphael l'Archange? Êtes-vous l'un des siens?*

"Foi ele quem a mandou vir? O arcanjo Raphael? Você é uma das suas?" Sua voz tremia, mas ela havia se acalmado um pouco. Não estava se debatendo e, com cuidado, Minnie a soltou.

– Não. Ninguém me mandou vir – respondeu ela, no tom mais tranquilizador possível. – Eu vim visitá-la por iniciativa própria. – Tentando encontrar algo mais a dizer, falou por impulso: – *Je m'appelle Minerve.*

Emmanuelle adotou um semblante de total incompreensão.

O que houve? Será que ela conhece esse nome? A sra. Simpson não mencionou que sua mãe poderia saber seu nome.

E ela então se deu conta de que os sinos da igreja distante estavam tocando. Talvez sua mãe nem a tivesse ouvido falar.

Impotente, observou Emmanuelle se levantar com dificuldade, pisar na barra do hábito e cambalear. Minnie fez que ia segurá-la pelo braço, mas Emmanuelle recuperou o equilíbrio e foi até o genuflexório, depressa, mas sem nenhum indício de pânico. Tinha o semblante calmo, e toda a atenção concentrada no livro.

Ao vê-lo, Minnie percebeu enfim o que a tia quisera dizer com "nona" e "horas canônicas". O livro era um volume pequeno e elegante, com uma capa verde envelhecida incrustada com pequeninas pedras preciosas em formato cabochão. Quando Emmanuelle o abriu, Minnie viu lá dentro o brilho de lindas pinturas, imagens de anjos falando com a Virgem, com um homem coroado, com uma multidão de gente, com Cristo pregado na cruz...

Era um livro de horas, um volume devocional feito para leigos ricos, de fabricação muito antiga, com os salmos e preces a serem lidos durante as horas monásticas de devoção: matinas, laudes, prima, terça, sexta, nona, vésperas e completas. Nona era a nona hora, a prece feita às três da tarde.

Com a cabeça inclinada acima do livro aberto, Emmanuelle rezava em voz alta, uma voz suave, mas audível. Minnie hesitou, sem saber se deveria ir embora... mas não. Não estava pronta para dizer adeus à mãe, ainda mais considerando que a mulher não perceberia quando ela tentasse se despedir. Em vez disso, aproximou-se do genuflexório sem fazer barulho e se ajoelhou na palha ao lado de Emmanuelle.

Ajoelhou-se perto o bastante para o tecido cor-de-rosa do seu vestido quase roçar o hábito branco. Não fazia frio no curral, não com o fogareiro aceso. Mesmo assim, pôde sentir o calor da mãe e, por um instante, apenas se rendeu à esperança vã que a tinha levado até ali – a de ser vista, aceita, envolvida pelo amor da mãe.

Fechou os olhos para tentar conter as lágrimas que começavam a brotar e ficou escutando a voz de Emmanuelle, baixa e rouca, mas firme. Engoliu em seco e abriu os olhos, fazendo um esforço para acompanhar o latim.

– *Deus in adjutorium meum intende. Domine, ad adjuvandum me festina...* – "Ó, Deus, vem em meu auxílio. Ó, Senhor, apressa-te em me ajudar..."

À medida que sua mãe seguia recitando o ofício da nona, Minnie passou a acompanhá-la timidamente nas orações que conseguia ler de modo adequado. Emannuelle não percebeu, mas sua voz ficou mais potente e suas costas mais eretas, como se ela pudesse sentir o apoio de uma congregação imaginária em volta de si.

Minnie pôde ver que o livro era muito antigo – no mínimo, uns cem anos, talvez mais – e então percebeu, com um pequeno choque, que já o tinha visto antes. Seu pai o vendera, ou outro muito parecido, para madre Hildegarde, a abadessa do Couvent des Anges, uma ordem de irmãs hospitaleiras. A própria Minnie fora entregá-lo à madre superiora um ano antes. Como ele tinha ido parar ali?

Apesar das emoções à flor da pele, encontrou naquelas palavras uma breve sensação de paz, ainda que não compreendesse todas elas. Emmanuelle parecia ficar ao mesmo tempo mais silenciosa e mais forte conforme falava. Ao terminar, manteve-se parada, olhos erguidos para o crucifixo, com uma expressão da mais intensa ternura estampada no rosto.

Minnie teve medo de se levantar, sem querer perturbar a sensação de paz no recinto, mas seus joelhos não aguentariam muito mais o contato das pedras do chão, com ou sem palha. Ela inspirou fundo e se levantou. A freira, ainda em profunda comunhão com Jesus, pareceu não ter percebido.

Minnie foi pé ante pé até a porta, que agora viu estar entreaberta. Pôde perceber um movimento de algo azul pela brecha. Sem dúvida era a sra. Simpson, que tinha vindo buscá-la. Virou-se de repente, por impulso, e andou rapidamente de volta até o genuflexório.

– Sœur Emmanuelle – falou muito suavemente.

Com delicadeza e bem devagar, ela colocou as mãos nos ombros da mãe, frágeis sob o tecido branco. Engoliu em seco para sua voz não tremer.

– A senhora está perdoada.

Então retirou as mãos e foi embora depressa, com a claridade da palha parecendo um borrão de luz à sua volta.

9

BEM DEPOIS DA MEIA-NOITE

Estava na hora.

Argus House tinha catorze quartos, sem contar a ala dos criados. Até ali, Hal não conseguira se forçar a dormir em nenhum deles. Nem no próprio. Não se deitava ali desde o amanhecer em que havia despertado junto do corpo cálido de Esmé e saído sob a chuva para enfrentar Nathaniel.

– Na porcaria do seu gramado de croquê! – falou em voz alta, mas entre dentes. Passava da meia-noite, e ele não queria acordar nenhum criado curioso. – Seu tolo pretensioso!

Tampouco no casto *boudoir* azul e branco de Esmé, contíguo ao quarto. Não tinha forças para abrir a porta daquele cômodo, sem saber se o fantasma dela ainda estaria pairando no ar perfumado ou se o recinto seria agora uma casca fria e oca. Fosse qual fosse o caso, tinha medo de descobrir.

Estava agora em pé no alto da escada, o comprido corredor de quartos iluminado naquele horário tardio apenas por três dos doze nichos, as cores de meia dúzia de tapetes turcos a se derreter em sombras. Balançou a cabeça, virou-se e desceu a escada.

De toda forma, quase nunca dormia à noite. Vez por outra saía para percorrer os caminhos escuros de Hyde Park, às vezes parando por um breve instante para dividir a fogueira com algum dos mendigos acampados ali. Com mais frequência, ficava sentado na biblioteca, lendo, até a cera das velas derretidas começar a pingar sobre as mesas e os assoalhos ou até Nasonby ou Wetters entrarem em silêncio com raspadores e velas novas, muito embora ele houvesse mandado os dois lacaios irem dormir.

Então prosseguia teimosamente a leitura à luz das velas novas – Tácito, Marco Aurélio, Cícero, Plínio, Júlio César – perdendo-se em batalhas distantes e no pensamento de homens mortos havia muito. Sua companhia o reconfortava, e ele adormecia com a aurora, encolhido sobre o divã azul ou então esparramado no chão frio de mármore, com a cabeça apoiada no tapete branco em frente à lareira.

Alguém entrava silenciosamente e o cobria. Em geral, ele acordava e deparava com uma pessoa em pé ao seu lado com uma bandeja de almoço. Levantava-se com os membros doloridos e uma mente enevoada que demorava até a hora do chá para voltar ao normal.

– Isto aqui *não vai servir* – falou em voz alta, parando na porta da biblioteca. Não naquela noite.

Não entrou na biblioteca, embora ela estivesse toda iluminada à espera da sua presença. Em vez disso, levou a mão até dentro da camisa e pegou o bilhete. Vinha o carregando desde que chegara, na hora do chá, e já o tinha lido vezes sem conta.

Abriu-o para ler outra vez, como se as palavras pudessem ter se alterado ou desaparecido:

Sua Alteza Real, o príncipe de Gales, tem o prazer de convidá-lo para conversar sobre as suas propostas relativas ao recomissionamento do 46º Regimento de Infantaria, projeto que é do seu mais profundo interesse. Talvez seja mais cômodo para o senhor comparecer à festa no jardim que a princesa dará em White House no domingo, 21 de junho. Um convite formal lhe será enviado esta semana. Se o arranjo for do seu agrado, queira, por favor, responder do modo habitual.

– Do meu agrado – disse ele em voz alta.

E sentiu uma onda de animação com a qual não estava acostumado, como tinha acontecido cada vez que lera o bilhete.

O arranjo era, sim, do seu agrado… ainda que perigoso. O príncipe tinha muito poder e influência nos círculos militares, inclusive com o representante das Forças Armadas no Parlamento. Mas ele não era o rei. E o rei e o príncipe com toda a certeza *não* concordavam entre si. Fazia muitos anos que o rei e seu herdeiro estavam afastados – para não dizer em pé de guerra – e tentar conseguir a proteção de um era pedir para ser tratado com frieza pelo outro.

Mesmo assim, talvez fosse possível caminhar na fina linha que separava os dois e acabar conseguindo o apoio de ambos…

Ele sabia, entretanto, que não estava em condição alguma para realizar essa sutil empreitada, exaurido como se encontrava tanto mental quanto fisicamente.

Além disso, estava na hora. Ele sabia que estava. Lançou um olhar breve e pesaroso para a biblioteca, então estendeu a mão e fechou a porta de seu refúgio forrado de livros.

A casa estava silenciosa, e seus passos não fizeram barulho sobre os grossos tapetes quando ele voltou, enfim, ao quarto de Esmé. Abriu a porta sem hesitar e entrou.

Não havia luz, e ele deixou a porta aberta atrás de si e atravessou o cômodo para abrir as cortinas da grande janela dupla. Um débil luar iluminou o recinto, e ele voltou e fechou a porta sem fazer barulho. Então passou o trinco.

O quarto estava frio e limpo. Um leve aroma de cera de abelha e roupa de cama limpa pairava no ar. Nenhum resquício do perfume dela.

Ele seguiu meio às cegas até a penteadeira do cubículo de vestir e tateou no escuro até encontrar a pesada garrafa de cristal. Sentiu a tampa lisa de vidro opaco raspar de leve quando a retirou e esfregou um pouquinho do perfume dela no lado interno do pulso – exatamente como a vira fazer mais de cem vezes.

Era uma fragrância feita só para ela. E, por um segundo, Esmé tornou a viver dentro daquele perfume: complexa e embriagante, picante e amarga. Canela e mirra, laranjas verdes e óleo de cravo. Deixando o vidro aberto, voltou a entrar no quarto e foi devagar até a cama fechada por uma cortina branca. Afastou as cortinas e se sentou.

Tudo no quarto era branco ou azul. Até mesmo a Bíblia sobre o criado-mudo era encadernada em couro branco. Apenas o reluzir de ouro e prata da caixa de joias e do castiçal refletiam o luar.

Sem os silvos e estalos da lareira, sem as velas derretendo, o ar estava parado. Hal podia ouvir o próprio coração batendo lento e pesado. Somente ele estava ali. E ela.

– Em – falou baixinho, com os olhos fechados. – Me desculpe. Eu sinto a sua falta. Meu Deus, como eu sinto a sua falta!

E, enfim, ele se deixou levar pela tristeza e chorou por ela, durante muito tempo.

– Me perdoe – falou.

401

E finalmente se deitou na cama branca que era dela e deixou que o sono o levasse também, rumo aos sonhos que bem entendesse.

10

AOS NEGÓCIOS

Ao longo das duas semanas seguintes, Minnie se entregou com determinação aos negócios. Tentou não pensar em sœur Emmanuelle, mas os pensamentos relacionados à mãe pairavam junto dela, como um anjo no seu ombro. Após algum tempo, ela aceitou esse fato. Afinal, não havia nada que pudesse fazer a respeito, e pelo menos agora sabia que a mãe estava viva. E talvez até satisfeita.

Entre os trabalhos que se multiplicavam – de ambos os tipos – e a agenda social decidida de lady Buford, Minnie mal tinha um minuto para si. Quando não estava indo olhar uma coleção de hinários bolorentos em algum sótão à beira do Tâmisa ou buscar documentos lacrados dos misteriosos clientes do pai em Vauxhall Gardens, estava se vestindo para uma partida de cartas em Fulham. Os O'Higgins, como fiéis sabujos irlandeses, acompanhavam-na a todos os destinos, modulando sua visibilidade ao compromisso de Minnie no dia.

Assim, ela ficou contente em poder conjugar a incumbência do coronel Quarry com a caça aos maridos de lady Buford. Para sua relativa surpresa, esta última incluía uma grande dose de confraternização com mulheres.

– Para ser desejável, querida, é necessário que os outros falem a seu respeito – disse lady Buford enquanto as duas saboreavam um cálice de *negus* com gelo na casa de chá de madame Largier (que, sendo francesa, considerava o chá em si uma bebida inteiramente subalterna). – Mas é preciso que falem *do jeito certo*. É necessário não haver qualquer sugestão de escândalo e, igualmente importante, é necessário não causar inveja. Seja encantadora e discreta, admire sempre os trajes das suas companheiras e faça pouco caso dos seus, e não bata os cílios para os filhos ou irmãos delas caso estejam presentes.

– Eu nunca bati os cílios para ninguém em toda a minha vida! – exclamou Minnie, indignada.

– Não é uma técnica difícil de se dominar – retrucou lady Buford, seca. – Mas imagino que a senhorita esteja entendendo o que eu quero dizer.

Minnie compreendia, sim. E como não tinha a menor intenção de atrair um marido em potencial, era extremamente querida pelas moças da alta sociedade. O que acabou virando uma benesse inesperada, pois a maioria dessas moças não demonstrava qualquer discrição, tinha muito pouco discernimento e contava as coisas mais indizíveis sem bater sequer um único cílio.

Elas não hesitaram em contar, por exemplo, sobre Esmé Grey. A finada condessa

Melton era um tema de fofoca de primeira categoria. Mas não o tipo de fofoca que Minnie imaginava que fosse ouvir.

Após uma semana de suave incentivo, Minnie tinha formado a nítida impressão de que as mulheres de modo geral não haviam apreciado Esmé – a maioria sentia medo ou inveja dela –, mas quase todos os homens *com certeza* tinham gostado dela; daí a inveja. Assim, a falta de qualquer indício de escândalo era surpreendente.

Havia uma grande dose de empatia pública por Esmé. Afinal, ela *estava* morta, e o pobre bebezinho também… Era uma história trágica, e as pessoas amavam tragédias, contanto que não fosse a delas.

E com certeza havia uma boa dose de falação (velada) sobre o fato de lorde Melton ter matado com um tiro o pobre sr. Twelvetrees, o que havia provocado na condessa um estado de choque tal que a fizera entrar em trabalho de parto antes da hora e morrer. Surpreendentemente, não havia qualquer indicação de que o caso de Esmé com Nathaniel houvesse sido notado.

Havia bastante especulação sobre qual teria sido a motivação de lorde Melton para assassinar o sr. Twelvetrees, mas Esmé, ao que parecia, fora mais do que discreta, e não havia falação alguma sobre o sr. Twelvetrees ter lhe dedicado atenção ou sequer ter sido visto a sós com ela em qualquer ocasião que fosse.

Havia uma leve fofoca de que lorde Melton teria assassinado Nathaniel por causa de uma intriga relacionada a uma cantora italiana, mas a opinião geral era de que fora devido a uma questão profissional. Nathaniel era um vigário fracassado que subsequentemente se tornara corretor de ações ("embora escrevesse poemas *divinos*, querida!"), e teriam surgido boatos de perdas consideráveis sofridas pela família Grey atribuídas à sua incompetência.

No entanto, conforme seguiu investigando e apurando, Minnie foi descobrindo um sentimento crescente na linha daquilo que o coronel Quarry mencionara: as pessoas estavam começando a cochichar que lorde Melton havia matado Nathaniel num acesso de loucura. Afinal de contas, o duque ("Embora eu tenha ouvido dizer que não devemos chamá-lo pelo título, ele não aceita. E se *isso* não for sinal de loucura…") não tinha aparecido em público desde a morte da esposa.

Visto que a morte da condessa ocorrera havia apenas dois meses, Minnie considerava essa reticência um pouco razoável, admirável, até.

No entanto, como lady Buford estava presente durante uma dessas conversas, Minnie tinha aproveitado a oportunidade ao voltar para casa no coche para perguntar a opinião de sua acompanhante sobre o casamento do duque de Pardloe.

Lady Buford franziu os lábios e encostou neles o leque fechado, num gesto de quem reflete.

– Bem, houve bastante escândalo em relação à morte do primeiro duque… A senhorita ouviu algo sobre isso?

Minnie fez que não com a cabeça, na esperança de ouvir mais do que o relato resumido de seu pai, mas lady Buford era uma pessoa que sabia distinguir entre fatos e fofocas, e sua versão sobre as supostas associações jacobitas do primeiro duque foram ainda mais breves do que tinham sido as de seu pai.

– Foi quixotesco, no melhor dos casos... Conhece essa palavra, querida?

– Conheço, sim. A senhora está se referindo ao... ao segundo duque, no caso... Harold? Ele repudiou o título, é isso que quer dizer?

Lady Buford deu uma pequena fungada e guardou o leque na manga espaçosa.

– Na verdade não é possível repudiar um título, a menos que o rei dê permissão. Mas ele se recusou a usá-lo, o que fez algumas pessoas acharem graça, outras ficarem revoltadas com o que julgavam ser uma afetação, e causou um choque e tanto na sociedade de modo geral. Ainda assim, ele estava casado havia um ano quando o primeiro duque morreu, de modo que Esmé o havia desposado na esperança de que algum dia fosse herdar o título. Ela não tinha dado qualquer indicação de lamentar a decisão do marido... ou sequer de ter notado. Aquela moça conhecia muito bem o significado de "reservada" – arrematou lady Buford num tom de aprovação.

– A senhora acha que eles estavam apaixonados? – perguntou Minnie com genuíno interesse.

– Acho, sim – respondeu lady Buford sem hesitação. – Ela era francesa, naturalmente, e bastante atraente... exótica, por assim dizer. E Harold Grey com certeza é um rapaz estranho... Bem, eu não deveria falar assim. "Incomum" é um termo mais apropriado. As peculiaridades de ambos pareciam se complementar. E nenhum dos dois dava a mínima para o que os outros diziam ou pensavam a seu respeito.

Os olhos argutos de lady Buford tinham se suavizado um pouco ao recordar, e ela balançou a cabeça, fazendo o enfeite de seu chapéu se sacudir de modo precário.

– Foi mesmo uma tragédia – comentou, com um pesar evidente.

E, apesar de Minnie ter continuado sua discreta investigação, aparentemente era só isso.

Ela encontrou o coronel Quarry, conforme os dois tinham combinado, num concerto de música sacra na igreja de Saint Martin in the Fields. Havia público suficiente para ser possível sentar discretamente numa das galerias. Ela podia ver a cabeça do coronel no outro extremo, curvada no que parecia ser uma atenção enlevada para a música tocada lá embaixo.

Ela em geral gostava de qualquer tipo de música, mas, à medida que a vibração dos tubos do órgão deixou de reverberar pelas tábuas do piso e uma única voz, pura e aguda, se ergueu do silêncio num *Magnificat*, foi acometida por uma sensação de forte pesar. Veio à sua lembrança um recinto de sombras e luz de velas, a barra suja de um hábito branco, uma cabeça abaixada e um pescoço esguio sob uma cuia de cabelos dourados como palha limpa.

Sua garganta se contraiu, e ela abaixou a cabeça e escondeu o rosto com um leque. O dia estava quente e, a cada intervalo da música, o movimento dos leques enchia de sussurros o ar da galeria. Ninguém reparou.

Quando finalmente acabou, ela se levantou com os outros e se demorou junto ao guarda-corpo enquanto as pessoas iam saindo em meio a um burburinho de conversas que ecoava mais alto do que as últimas notas do recessional.

Quarry veio andando a passos largos na sua direção com uma casualidade exagerada. Ele provavelmente não estava acostumado com a clandestinidade. Afinal, se alguém *de fato* reparasse, "clandestino" (no sentido vulgar do termo) era exatamente o que pensariam que aquilo era.

– Srta. Rennie! – exclamou ele, como se a sua presença o deixasse espantado, e lhe fez uma mesura. – Ao seu inteiro dispor, senhorita!

– Ora, coronel Quarry! – disse ela, agitando o leque de modo coquete. – Mas *que* surpresa! Não sabia que o senhor gostava de música sacra.

– Não suporto – retorquiu ele, afável. – Mais um minuto e teria ficado louco se não tivessem acabado com aquela gritaria. O que a senhorita descobriu?

Ela contou sem qualquer preâmbulo o que suas pesquisas tinham lhe permitido descobrir, ou melhor, *não* descobrir.

– Maldição! – exclamou o coronel, então se encolheu enquanto duas mulheres passavam por ele, chocadas. – Quero dizer, meu amigo tem total convicção de que isso ocorreu – falou, baixando a voz. – O… ahn…

– O caso. Sim, o senhor disse que ele tinha cartas que provavam isso, mas não queria permitir que ninguém lesse. O que é bastante razoável.

Ela não sabia ao certo por que estava interessada naquele assunto, mas havia nele algo de estranho e fascinante. Deveria apenas apresentar ao coronel a conta pelo tempo que havia gastado e encerrar o assunto, mas…

– O senhor sabe onde ele guarda essas cartas? – perguntou.

– Ora… imagino que devam estar na escrivaninha da biblioteca do pai dele. É onde em geral ele guarda sua correspondência. O qu…

Ele se deteve de modo abrupto e a encarou com um olhar duro. Ela deu de ombros, de leve.

– Já contei o que andam dizendo sobre o estado mental do seu amigo. Se as cartas forem a única prova de que ele tinha motivo, e um motivo honrado, para fazer o que fez…

Ela fez uma pausa delicada. O semblante de Quarry ficou sombrio e ela sentiu a mudança na postura do coronel quando seus punhos se fecharam.

– Está sugerindo que… que eu pegue as…? Eu não poderia fazer uma coisa dessas! É uma desonra, é impossível! Ele é meu amigo, maldição! – Ele olhou para o lado, engoliu em seco e abriu as mãos. – Pelo amor de Deus! Se ele descobrir que eu fiz uma coisa dessas, eu… eu acho que ele…

Quarry se calou, visualizando os possíveis resultados de tal descoberta. O sangue se esvaiu de suas faces, e uma luz azul-clara vinda de um vitral da igreja lhe deu subitamente o aspecto de um cadáver.

– Não estava sugerindo isso, coronel – falou Minnie do modo mais brando possível. – De jeito nenhum! Um cavalheiro como o senhor, além de amigo dedicado, *jamais* faria uma coisa dessas.

E se fizesse, pensou ela, observando o rosto de Quarry, *ele saberia no mesmo segundo em que olhasse para a sua cara. O senhor não seria capaz de mentir nem que fosse para escapar de uma festa infantil, coitado.*

Ela olhou em volta de modo deliberado, para ele poder ver que os dois estavam agora sozinhos na galeria com a exceção de um grupo de mulheres no outro extremo que, debruçadas no guarda-corpo, acenavam para conhecidos na nave lá embaixo.

– Mas... – argumentou ela em voz baixa. – E se as cartas fossem apenas... entregues anonimamente ao...?

Ela não completou a frase e arqueou a sobrancelha.

Ele engoliu em seco outra vez, de modo audível, e passou vários instantes a encará-la.

– Ao representante das Forças Armadas no Parlamento – completou ele, por impulso, como se estivesse tentando dizer as palavras em voz alta antes de mudar de ideia.

– Entendo – disse ela, relaxando por dentro. – Bem. Isso parece mesmo muito... muito drástico. Talvez eu consiga pensar em outra linha de investigação. Deve haver alguma amiga íntima da falecida condessa que eu ainda não descobri. – Ela tocou o braço dele de leve. – Deixe a questão ao meu encargo por mais alguns dias, coronel. Tenho certeza de que algum de nós dois vai pensar em algo útil.

11

FESTA NO JARDIM

1º de junho de 1744
Paris

Minha querida,

Não tendo recebido nenhuma notícia ruim, creio que deva estar tudo bem com você. Recebi, por intermédio de um amigo, um pedido peculiar: um colecionador inglês de nome sr. Bloomer deseja conversar sobre uma encomenda especial. A carta dele, com detalhes sobre as suas necessidades, uma lista de recursos com os quais prover essas necessidades e uma nota de pagamento aceitável seguirão em envelopes separados.

Seu mui afetuoso pai,

R. Rennie

O "sr. Bloomer" havia especificado para o encontro a residência de Sua Alteza Real, o príncipe de Gales, em Kew, no dia 21 de junho, dia do solstício de verão. O diário de Minnie trazia um desenho de flores e frutas variadas para marcar o dia. A White House – a "casa branca", como era casualmente conhecida – tinha jardins notáveis. Um chá privado, *apenas para convidados*, estava sendo oferecido nos jardins em questão pela princesa Augusta em benefício de uma das instituições de caridade preferidas dessa senhora.

Era um pouco *outré* para uma jovem solteira comparecer sozinha a um evento desses, refletiu Minnie enquanto se vestia para o chá, mas o sr. Bloomer havia especificado que o seu agente fizesse justamente isso e mandara um único convite junto com sua carta. Provavelmente não se dera conta, é claro, de que o *agente* seria uma moça.

O dia estava bonito, e Minnie desceu do cabriolé no fim da longa avenida que margeava o rio e subia até a casa. A residência era muito grande, ainda que não fosse palaciana.

– Seguirei a pé daqui – disse ela a Rafe O'Higgins, que a tinha acompanhado. – Pode ficar olhando até eu entrar na casa, se de fato achar que precisa.

Várias sombrinhas coloridas, chapéus de aba larga e saias-sino de seda ondulavam vagarosamente pelos caminhos que margeavam um imenso espelho-d'água ao longe, como um desfile de flores ambulantes...

Muito apropriado para uma festa no jardim, pensou ela, achando graça.

– Virei pegá-la aqui mesmo, então – disse Rafe, ignorando a provocação de Minnie. Ele apontou para um bebedouro para cavalos situado num pequeno acostamento.

– Bem aqui – repetiu, e olhou para o sol. – Acaba de passar das duas... a senhorita acha que terá terminado tudo às quatro?

– Não faço ideia – respondeu ela, pondo-se na ponta dos pés para olhar o mais longe que conseguiu por cima do mar de verde que rodeava a casa.

Domos ornamentais e pedaços brilhantes que poderiam ser vidro ou metal eram visíveis por entre as árvores. Ao longe, ela escutou débeis notas de música. Após lidar com o sr. Bloomer, tinha a intenção de explorar a fundo os deleites da residência real de Suas Altezas e seus jardins.

Rafe revirou os olhos, mas de um jeito bem-humorado.

– Está bem, então. Se a senhorita não estiver aqui às quatro, voltarei a cada hora cheia até encontrá-la. – Ele se abaixou para lhe falar cara a cara, e seus olhos cor de mel se cravaram nos dela. – E se a senhorita não estiver aqui até as sete eu entrarei para buscá-la. Entendeu bem, lady Bedelia?

– Ah, que besteira – retrucou ela, mas num tom afável.

Havia comprado uma modesta sombrinha de seda verde franzida, e nessa hora a abriu com um floreio e deu as costas para ele.

– Até mais ver!

– E quando será isso? – gritou ele atrás dela.

– Quando eu estiver pronta, droga! – rebateu ela por cima do ombro.

E seguiu em frente girando a sombrinha. A multidão convergia para dentro de um grande salão central, onde a princesa Augusta – ou pelo menos Minnie supôs que a mulher cheia de joias com os grandes olhos azuis e a papada incipiente fosse ela – cumprimentava os convidados ladeada por várias outras senhoras vestidas de modo igualmente deslumbrante. Minnie se misturou à multidão e passou direto pela fila de cumprimentos. Não havia por que atrair atenção para si.

Nos fundos da casa havia mesas enormes de comes e bebes, e ela aceitou graciosamente uma taça de granita e um bolo gelado oferecidos por um criado. Foi mordiscando enquanto saía para os jardins, prestando atenção em seu desenho e na localização de diversos pontos de referência. Deveria encontrar o sr. Bloomer vestida de verde às três da tarde na "primeira das estufas".

E de verde ela estava, da cabeça aos pés: um vestido verde-claro de musselina com uma casaqueta e uma sobressaia de calicô francês estampado. E, naturalmente, a sombrinha, que ela tornou a abrir uma vez fora da casa.

Fora uma astúcia do sr. Bloomer ter escolhido o verde, pensou. Ela estava muito visível entre os bem mais comuns cor-de-rosa, azuis e brancos usados pelas outras mulheres, embora não destoasse tanto a ponto de causar estranhamento. O verde não caía bem em muitas pessoas; além disso, os tecidos verdes tendiam a desbotar muito. Monsieur Vernet, um amigo artista de seu pai um tanto obcecado por baleias, informara a ela certa vez que o verde era uma cor fugidia, conceito que ela havia adorado.

Talvez fosse por isso que as folhas das árvores mudavam de cor no outono? O verde escapulia, deixando-as se esvair rumo a uma morte marrom. Nesse caso, porém, por que elas exibiam aquele esplendor momentâneo de vermelho e amarelo?

Tais preocupações estavam muito distantes das plantas que a rodeavam. O verão se encontrava intenso, e tudo estava tão verdejante que, se ela houvesse parado de se mover em meio a todas aquelas plantas floridas, teria ficado praticamente invisível.

Encontrou as estufas sem dificuldade. Eram cinco, todas enfileiradas, a cintilar como diamantes sob o sol vespertino, cada uma ligada à outra por uma curta passagem coberta. Ela estava um pouco adiantada, mas isso não deveria ter importância. Fechou a sombrinha e se juntou às pessoas que entravam.

O ar lá dentro era denso, úmido, carregado com o cheiro de frutas maduras e botões de flores perfumadas. Certa vez ela tinha visto a Orangerie do rei em Versalhes. Aquilo era bem menos impressionante, porém bem mais atraente. Laranjas, limões amarelos e verdes, ameixas, pêssegos e damascos, peras... e o cheiro embriagante das flores das árvores cítricas por sobre tudo isso.

Ela deu um suspiro feliz e foi descendo os caminhos de cascalho que separavam os canteiros, murmurando desculpas ou cumprimentos sempre que esbarrava em alguma pessoa, nunca encarando ninguém nos olhos. Quando se viu momentaneamente sozinha, sob as copas de alguns marmeleiros, parou para respirar o perfume dos sólidos frutos amarelos do tamanho de bolas de críquete.

Um clarão vermelho chamou sua atenção entre as árvores. Por um segundo ela cogitou que fosse um pássaro exótico atraído pela espantosa fartura de frutos estranhos. Então ouviu vozes masculinas acima do zum-zum educado das convidadas. Um segundo depois, seu pássaro vermelho pisou o largo espaço de cascalho em que os caminhos se cruzavam. Era um soldado trajando o uniforme de gala completo – uma labareda dourada e escarlate, com botas pretas lustrosas que iam até os joelhos e uma espada no cinto.

Ele não era alto. Na verdade, era um tanto delicado e possuía um rosto de ossatura fina. Apesar disso, tinha a postura muito ereta, os ombros empinados e a cabeça erguida, e havia algo nele que a fez pensar num galo de briga: algo feroz, orgulhoso e inconsciente de seu tamanho. Pronto para atacar de todos os lados, esporas avante.

Esse pensamento a divertiu tanto que se passaram alguns instantes até que ela reparasse no interlocutor do primeiro homem. O companheiro não estava vestido de soldado, mas com certeza também usava trajes muito elegantes, de veludo ocre, com uma faixa de cetim azul na cintura e uma espécie de grande medalhão pregado no peito – uma Ordem Disso ou Daquilo, imaginou ela. No entanto, ele se parecia muito com um sapo: pálido, lábios grossos e olhos um tanto grandes e fixos.

A visão daqueles dois, o galo e o sapo, entretidos numa conversa amigável, a fez sorrir por trás do leque, e ela só reparou no cavalheiro que havia se aproximado por trás quando ele falou:

– A senhorita aprecia os cactos da família *Opuntioideae*?

– Talvez, se soubesse o que são – respondeu ela, girando e deparando com um cavalheiro relativamente jovem vestido de bordô, que a encarava intensamente.

Ele pigarreou e arqueou a sobrancelha.

– Ah, na verdade, prefiro as suculentas – falou, dando a resposta combinada. Pigarreou também, torcendo para recordar a palavra. – Principalmente as, ahn, as eufórbias.

A dúvida nos olhos dele desapareceu e foi substituída por uma expressão de quem acha graça. Ele a olhou de cima a baixo de um jeito que, em outras circunstâncias, poderia ter sido insultuoso.

Ela corou, mas sustentou seu olhar e ergueu as sobrancelhas.

– Sr. Bloomer, presumo?

– Se preferir – disse ele, sorrindo e oferecendo o braço para ela. – Deixe-me mostrar as eufórbias, senhorita…?

Um segundo de pânico: quem ela deveria ser ou admitir ser?

– Houghton – falou, recorrendo ao apelido zombeteiro de Rafe. – Lady Bedelia Houghton.

– Mas é claro – concordou ele, muito sério. – Encantado em conhecê-la, lady Bedelia.

Ele se curvou de leve, ela segurou seu braço e juntos adentraram a vegetação.

Passaram por pequenas florestas de filodendros – mas filodendros que nunca haviam enfeitado nada tão mundano quanto uma sala, com folhas de bordas irregulares que tinham metade do tamanho da própria Minnie, e algo com imensas flores dotadas de veios da cor de uma tinta verde e com aspecto de seda molhada.

– São bastante venenosos, os filodendros – comentou o sr. Bloomer com um meneio de cabeça casual. – Todos eles, sabia?

– Vou tomar nota.

Depois árvores – fícus, informou-lhe o sr. Bloomer (que talvez, no fim das contas, não houvesse escolhido aleatoriamente seu *nom de guerre*, que significava "aquele que desabrocha"), com caules retorcidos, grossas folhas e um cheiro doce, almiscarado, algumas com trepadeiras a lhes subir pelo tronco com uma força convulsa e pelos grossos parecendo raízes agarrados à casca fina.

E então, claro, as malditas eufórbias.

Minnie não sabia que coisas assim existiam. Muitas nem pareciam plantas de verdade, e algumas das que pareciam eram estranhas perversões do reino vegetal, com caules grossos e pelados cravejados de espinhos cruéis, coisas que pareciam alfaces – mas uma alface branca enrugada, cujas bordas vermelho-escuras faziam parecer que alguém as havia usado para limpar sangue…

– Elas também são bem venenosas, as eufórbias, mas é mais a seiva. Não chega a matar, mas ai de quem a deixar cair nos olhos.

– Eu é que não faria isso.

Minnie segurou melhor a sombrinha, pronta para abri-la caso algumas das plantas resolvesse cuspir nela. Várias pareciam prestes a fazer isso.

– Aquela dali é conhecida como "coroa de espinhos" – disse o sr. Bloomer, meneando a cabeça para uma planta medonha, com longos espinhos negros apontados em todas as direções. – O nome cai como uma luva, não?

Então reparou na expressão de Minnie e sorriu, inclinando a cabeça em direção à estufa seguinte.

– Venha. A senhorita vai gostar mais da próxima coleção.

– Ah – fez ela numa vozinha, então exclamou um "*Ah!*" bem mais forte.

A estufa seguinte era bem maior do que as outras e tinha um teto alto e abobadado que enchia o ar de sol e iluminava as milhares de orquídeas a brotar das mesas e cair das árvores em cascatas brancas, douradas, roxas, vermelhas e…

– Ah, puxa!

Ela suspirou, encantada, e o sr. Bloomer riu.

Os dois não estavam sozinhos na sua admiração. O público apreciava todas as estufas – houvera bastante gente exclamando diante das plantas grotescas, das venenosas e das cheias de espinhos –, mas a estufa das orquídeas estava abarrotada de convidados, e o ar zumbia de assombro e deleite.

Minnie inalou o quanto pôde. Variadas fragrâncias perfumavam o ar, tantas que sua cabeça girou.

– É melhor não cheirar essa daí.

O sr. Bloomer, que a guiava de uma delícia a outra, estendeu a mão num gesto protetor na direção de um grande vaso de orquídeas verdes um tanto sem graça, com as pétalas grossas.

– Tem cheiro de carne podre.

Ela deu uma cheiradinha cautelosa e recuou.

– E por que cargas-d'água uma orquídea iria querer ter cheiro de carne podre?

Ele lhe lançou um olhar levemente estranho, mas sorriu.

– As flores adotam as cores e o cheiro de que precisam para atrair os insetos que as polinizam. A nossa amiga *Satyrium* aqui depende dos serviços de moscas de carniça. Venha, esta aqui tem cheiro de coco... Já sentiu o cheiro de um coco?

Eles se demoraram na estufa das orquídeas – era quase impossível não ser assim, com a multidão vagarosa – e, a despeito do pesar de Minnie ao se despedir daquela beleza exótica, ela ficou aliviada ao adentrar a última estufa da sequência e a encontrar praticamente deserta. Ali também estava mais fresco, em contraste com o calor tropical gerado por tantos corpos. Minnie inspirou fundo. Em comparação, os aromas eram mais sutis e modestos, e as plantas eram menores e de aspecto comum. De repente, entendeu a estratégia do sr. Bloomer.

A estufa das orquídeas funcionava como uma peneira ou uma barreira. Eles ali estavam a sós, mas estavam também num lugar aberto, onde poderiam ver com facilidade qualquer um que chegasse a tempo de transformar seu diálogo numa conversa inócua.

– Aos negócios, então? – falou, e o sr. Bloomer tornou a sorrir.

– Exato. Primeiro a senhorita ou primeiro eu?

– Primeiro o senhor. – Seria uma troca, mais do que uma venda, mas a sua parte da negociação era concreta e a dele não. – Pode falar – disse ela, concentrando-se no rosto dele, um rosto um tanto estreito, mas não desagradável.

Pôde ver um quê de bom humor nos vincos junto à boca.

– Tem certeza de que vai conseguir se lembrar? – indagou ele, no tom de quem duvida.

– Claro.

Ele inspirou fundo e começou a falar.

Mais uma vez ela o segurou pelo braço, e os dois foram percorrendo os caminhos da estufa, passando por trechos de sol e de sombra, enquanto ele transmitia a Minnie diversas informações. Ela as decorou, repetindo-as para ele, e pedindo de vez em quando algum esclarecimento.

A maioria das informações tinha a ver com questões financeiras, bancárias e da Bolsa, com a movimentação de dinheiro entre pessoas e países. Algumas poucas fofocas políticas, mas não muitas.

Isso a deixou surpresa. As informações que ele receberia *em troca* eram todas de natureza política, e bem específicas. O sr. Bloomer estava à caça de jacobitas. Particularmente na Inglaterra e em Paris.

Não consigo imaginar por quê, havia comentado seu pai na margem de sua lista. *Charles Stuart foi para Paris, é verdade, mas isso é de conhecimento geral. Além do mais, todo mundo sabe que ele nunca chegará a lugar algum. Trata-se de um imbecil. Entretanto, ninguém ganha dinheiro se recusando a vender às pessoas o que elas querem...*

Ficou aliviada quando o sr. Bloomer terminou. Não tinha sido um relato longo nem complicado, e ela teve certeza de haver decorado com segurança todos os nomes e números necessários.

– Certo – falou, e tirou a própria lista, lacrada, do bolso secreto costurado por dentro do casaco. Entregou-a para ele, fazendo questão de encará-lo nos olhos ao fazê-lo. Seu coração batia depressa e a palma de sua mão estava ligeiramente úmida, mas ele não pareceu desconfiar.

Não que houvesse algo de errado no que ela havia feito. Não estava enganando o sr. Bloomer. Não exatamente. Tudo em sua lista era o que seu pai tinha especificado... tirando o fato de, ao copiá-la, ela ter deixado de fora o nome de James Fraser e as informações relativas às suas movimentações e interações com Charles Stuart e seus seguidores. Sentia-se um tanto possessiva, para não dizer protetora, em relação ao sr. Fraser.

O sr. Bloomer não era bobo. Abriu o documento e o leu de cima a baixo, pelo menos duas vezes. Então o dobrou e sorriu para ela.

– Obrigado, minha cara. Foi um prazer...

Ele se deteve de repente e recuou um pouco. Ela se virou para ver o que o deixara espantado e viu o soldado, o galo de briga, entrando pela passagem que vinha da estufa das orquídeas. Estava sozinho, mas o vermelho e dourado de sua roupa o fizeram brilhar como um periquito tropical quando passou por um trecho ensolarado.

– Alguém que o senhor conhece? – indagou ela em voz baixa. *E alguém que não quer encontrar, ouso dizer.*

– Sim – respondeu o sr. Bloomer, e buscou refúgio nas sombras de uma samambaia. – Poderia me fazer um favor, minha cara? Vá puxar conversa com Sua Graça ali por alguns instantes enquanto eu me retiro.

Ele meneou a cabeça de modo encorajador para o soldado que se aproximava. Quando Minnie deu um passo hesitante naquela direção, ele lhe soprou um beijo e se escondeu atrás de uma árvore.

Não havia tempo para pensar no que dizer.

– Boa tarde – disse ela, sorrindo para o oficial. – Não está agradável aqui, depois de todo aquele empurra-empurra?

– Empurra-empurra? – repetiu ele com um ar levemente intrigado.

E prestou atenção nela pela primeira vez.

– Na estufa das orquídeas – respondeu ela, e meneou a cabeça em direção à porta pela qual ele acabara de passar. – Pensei que o senhor talvez tivesse vindo para cá como eu, para fugir do calor e da confusão.

Ele de fato transpirava profusamente dentro do pesado uniforme, e uma gota de suor lhe escorreu pela têmpora. Usava os próprios cabelos – *escuros*, constatou ela, apesar dos resquícios de pó de arroz presos aos fios.

Ele pareceu perceber que tinha sido socialmente relapso e fez uma profunda mesura com a mão sobre o coração.

– Ao seu dispor, senhora. Peço perdão. Eu estava... – Ele se endireitou e terminou a frase com um gesto vago para as plantas à sua volta. – Está mais fresco aqui, não?

O sr. Bloomer estava próximo à porta que conduzia à estufa das orquídeas. Para surpresa de Minnie, ele parou, e lhe desagradou um pouco perceber que ele estava escutando sua conversa, por mais insípida que fosse. Franziu o cenho para ele, que, por sua vez, sorriu.

Ela chegou mais perto do soldado e lhe tocou o braço. Ele se retesou de leve, mas seu rosto não deu mostras de repulsa. Muito pelo contrário, o que foi reconfortante.

– O senhor conhece alguma dessas plantas? Tirando as orquídeas e as rosas, infelizmente eu sou uma total ignorante.

– Eu conheço... algumas – respondeu ele. Hesitou por um instante, então emendou: – Na verdade, vim aqui ver uma flor específica que Sua Alteza acabou de me recomendar.

– Ah, é mesmo? – indagou ela, impressionada.

Suas lembranças do sapo de casaco ocre estavam sofrendo um rápido reajuste, e ela se sentiu um pouco tonta ao pensar que estivera assim tão perto do príncipe de Gales.

– Ah, e que flor seria, se não se importa em me dizer?

– É claro que não. Por favor, permita que eu lhe mostre. Isto é, se conseguir achá-la.

Ele deu um sorriso um tanto inesperado, então lhe estendeu o braço, que ela segurou com uma leve sensação de empolgação enquanto dava as costas para o distante sr. Bloomer.

"Vá puxar conversa com Sua Graça...", era o que ele tinha dito. "Sua Graça." Já fazia muito tempo desde que ela havia morado em Londres, e raramente tivera a oportunidade de usar algum título inglês, mas tinha quase certeza de que só se dizia "Sua Graça" a um duque.

Lançou-lhe um rápido olhar de esguelha: não era alto, mas tinha uns bons 15 centímetros a mais do que ela. E era jovem! Ela sempre havia pensado nos duques (isso quando pensara neles) como velhos acometidos por gota, barrigudos e com papada. Aquele ali não podia ter mais do que 25 anos. Era esbelto, embora ainda irradiasse uma ferocidade que a fazia pensar num galo, e tinha um rosto muito atraente, mas sob seus olhos havia olheiras profundas, e as bochechas exibiam rugas e ângulos que o faziam parecer mais velho do que ela pensava que ele devia ser.

Sentiu uma súbita pena dele e lhe apertou o braço quase sem ter a intenção de fazê-lo. Ele baixou os olhos para ela, surpreso, e Minnie recolheu a mão e a enfiou no bolso para pegar um lenço que levou aos lábios, fingindo um acesso de tosse.

– A senhorita está bem? – perguntou ele, preocupado. – Quer que eu vá buscar...? – Olhou na direção da porta que conduzia de volta à sequência de estufas, então se virou de volta, sério e cortês. – Temo que, se eu fosse buscar uma granita, a senhorita já estaria morta muito antes de eu voltar. Quer que lhe dê um tapinha nas costas em vez disso?

– Não precisa. – Ela conseguiu dizer e, com uma ou duas tossidas discretas e dignas de uma dama, encostou o lenço nos lábios e o guardou. – Mas obrigada.

– Não há de quê.

Ele se curvou, mas não tornou a lhe oferecer o braço, meneando em vez disso a cabeça para indicar a ela que o seguisse em direção a uma mesa baixa ocupada por uma coleção de lindos artefatos em estilo chinês. *Mais um assombro*, pensou ela ao ver a profusão de finas porcelanas azuis, brancas e douradas. Qualquer uma daquelas tigelas delicadamente pintadas devia custar uma fortuna! E ali estavam elas, cheias de *terra*, usadas para expor flores ordinárias.

– Estas daqui? – indagou ela, virando-se para encarar Sua Graça...

Será que deveria perguntar o nome dele? Ou dizer o seu?

– Sim – respondeu ele, embora sua voz agora soasse hesitante, e ela o viu cerrar muito brevemente o punho antes de avançar até a borda da mesa. – Foram trazidas da China... e são muito, muito raras.

Ela o fitou, surpresa com a emoção na voz dele.

– O que são, o senhor sabe?

– Elas têm um nome chinês... Não me recordo. Conheço um botânico sueco que as chama de crisântemos. *Chrystos*... ou seja, ouro, e *anth, antemon*... flor.

Ela viu a garganta dele subir e descer acima do colarinho de couro quando ele engoliu em seco, e reparou, alarmada, que ele estava muito pálido.

– Senhor? – falou, estendendo a mão com hesitação para tocar o braço dele. – Está... está se sentindo bem?

– Sim, claro – respondeu ele, mas sua respiração estava acelerada e o suor escorria por seu pescoço. – Eu... eu vou ficar... vou ficar b...

Ele parou de falar de repente, deu um arquejo e se apoiou na mesa. Os vasos se moveram um pouco e dois deles se chocaram com um tilintar, um retinir agudo que fez a pele dela se arrepiar.

– Talvez seja melhor o senhor se sentar – disse ela, segurando-o pelo cotovelo e tentando fazê-lo recuar um passo, com medo de ele cair de cara em cima de centenas de libras de porcelana de valor incalculável e flores raras.

Ele cambaleou para trás e desabou de joelhos no cascalho agarrado aos braços dela. Minnie olhou em volta atarantada para pedir ajuda, mas não havia mais ninguém na estufa. O sr. Bloomer tinha desaparecido.

– Eu…

Ele engasgou, tossiu com mais força e engoliu ar. Seus lábios estavam um pouco azulados, o que a assustou. Os olhos estavam abertos, mas ela concluiu que ele não conseguia ver.

Ele então a soltou e tateou às cegas a parte de baixo do casaco.

– Preciso…

– O quê? Está dentro do seu bolso?

Ela se abaixou, afastou a mão dele, tateou entre as dobras do tecido e sentiu algo duro. Havia um pequeno bolso na cauda do seu casaco, e ela pensou por um instante que não havia esperado ser exatamente assim na primeira vez em que tocasse as nádegas de um homem, mas conseguiu enfiar a mão dentro do bolso e tirou de lá uma caixa de rapé de esmalte azul.

– É isso que o senhor quer? – perguntou, em tom de dúvida.

E estendeu a caixa para ele. Rapé lhe parecia com certeza a última coisa de provável utilidade para um homem naquele estado.

Ele pegou a caixa com as mãos trêmulas e tentou abri-la. Ela a pegou de volta, abriu-a para ele e encontrou lá dentro um pequeno frasco fechado com uma rolha. Ela tornou a olhar desnorteada na direção da entrada, mas não viu nenhuma ajuda. Sem a menor ideia do que fazer, Minnie pegou o frasco, tirou a rolha e deu um arquejo, encolhendo-se quando os vapores irritantes de amoníaco escaparam.

Segurou o frasco junto ao nariz dele. Ele arquejou uma vez e espirrou – bem em cima da sua mão –, então lhe agarrou a mão, chegou o frasco mais perto e deu uma heroica fungada antes de soltá-la.

Sentou-se no cascalho, com as costas vergadas, e ficou chiando, soltando o ar pelo nariz e engolindo em seco enquanto ela limpava discretamente a mão na saia.

– Senhor… vou chamar alguém para ajudar – disse ela, e fez que ia se afastar.

Mas ele não permitiu, agarrando o pano da sua saia. Fez que não com a cabeça, sem dizer nada, mas, após alguns instantes, reuniu fôlego suficiente para falar:

– Não. Eu vou… ficar bem… agora.

Minnie duvidava muito. No entanto, chamar atenção era a última coisa que ela queria, e ele parecia estar, senão exatamente *melhor*, pelo menos não correndo tanto risco de morrer ali mesmo.

Aquiesceu sem segurança, embora não achasse que ele a estivesse vendo. Depois de olhar em volta por alguns instantes, impotente, sentou-se com cuidado na borda de um canteiro elevado cheio do que pareciam ser próteas, com tamanhos que variavam de coisas que cabiam na palma de sua mão (se não estivessem equipadas com tantos espinhos) a outras bem maiores do que a sua cabeça. Sentiu os espartilhos apertados e tentou respirar mais devagar.

À medida que o seu alarme foi diminuindo, ela tomou consciência do burburinho distante na estufa das orquídeas, que acabara de se tornar perceptivelmente mais alto e mais agudo.

– Fred... rick – disse a forma encolhida aos seus pés.

– O quê?

Ela se abaixou para olhá-lo. Ele ainda estava pálido e respirava chiando, mas *pelo menos* estava respirando.

– O príncipe...

Ele agitou a mão em direção ao barulho distante.

– Ah.

Ela achou que ele quisesse dizer que o príncipe de Gales tinha entrado para ver as orquídeas, causando assim a maré de animação na estufa vizinha. Nesse caso, estavam seguros por enquanto em relação a uma interrupção. Ninguém iria abandonar Sua Alteza Real para ir olhar próteas e... fossem lá o que fossem as flores chinesas.

Sua Graça havia fechado os olhos e parecia concentrado em respirar, o que ela considerou um bom sinal. Movida pelo desejo de fazer outra coisa além de encarar o pobre homem, ela se levantou e foi até as tigelas chinesas.

No início, toda a sua atenção tinha se concentrado nas porcelanas, mas ela então examinou o conteúdo das tigelas. *Crisântemos*, dissera ele. A maioria das flores era mais para miúda, pequenos botões peludos que lembravam bolas, de cor creme ou dourada, com caules longos e folhas verde-escuras. Uma delas, porém, exibia um belo tom ferrugem, enquanto outra tigela continha uma profusão de pequeninas flores roxas. Ela viu então uma versão maior, branca como a neve, e entendeu para o que estava olhando.

– *Ah!* – exclamou, bastante alto.

Olhou por cima do ombro, culpada, então estendeu a mão e tocou a flor com toda a delicadeza. Ali estavam elas: as pétalas curvas e simétricas, dispostas em camadas bem unidas, mas arejadas, como se a flor estivesse flutuando acima das folhas. Assim tão de perto, a flor ou as flores tinham uma fragrância perceptível. Nada comparável aos aromas voluptuosos e carnudos das orquídeas. Aquele era um perfume delicado, amargo...

– Ah – fez ela outra vez, mais baixo, e sorveu o perfume.

Era limpo, fresco, e a fez pensar em vento frio, céu puro e altas montanhas.

– *Chu* – disse o homem sentado no cascalho ao seu lado.

– Saúde – respondeu ela, distraída. – Está se sentindo melhor?

– As flores. Elas se chamam *chu*. Em chinês. Peço desculpas.

Isso a fez se virar. Ele havia conseguido se apoiar em um dos joelhos, mas oscilava de leve, reunindo forças para tentar se levantar. Ela estendeu a mão e segurou a sua da maneira mais firme que foi capaz. Os dedos estavam frios, mas ele segurou com força. Embora parecesse surpreso, aquiesceu. Com um arquejo chiado, ficou de pé, cambaleando, e acabou soltando a mão dela.

– Peço desculpas.

Ele tornou a dizer, e inclinou a cabeça uns 2 centímetros. Mais do que isso e talvez tivesse caído outra vez, pensou ela, contraindo-se nervosa para segurá-lo caso isso acontecesse.

– Peço desculpas por ter causado esse incômodo, senhorita.

– De modo algum – respondeu ela, educada. Minnie podia ouvir a respiração dele rangendo dentro do peito. – Ahn... o que acabou de acontecer com o senhor? Se não se importa de eu perguntar.

Ele balançou a cabeça, então se deteve com os olhos fechados.

– Eu... Nada. Eu não deveria ter entrado aqui. Sabia que não deveria.

– Eu acho que o senhor vai cair outra vez – disse ela.

Segurando-o de novo pela mão, ela o guiou até o canteiro elevado, onde se sentaram.

– O senhor deveria *mesmo* ter ficado em casa – falou, em tom de reprovação. – Se sabia que estava doente.

– Eu não estou doente. – Ele passou a mão trêmula por cima do suor no rosto, e a limpou sem cuidado nos panos do casaco. – É que... é que eu...

Ela suspirou e olhou para a porta, depois para trás de si. Não havia outra saída, e o burburinho na estufa das orquídeas continuava forte.

– É que *o quê?* – indagou ela. – Ou o senhor me diz qual é o problema ou eu entro lá e chamo Sua Alteza para cuidar do senhor.

Ele a encarou com uma expressão espantada, então desatou a rir. E a chiar. Parou, levou o punho à boca e arfou um pouco para inspirar mais ar.

– Se quer mesmo saber, meu pai se matou com um tiro na estufa de casa. Faz três anos... hoje. E... eu vi o corpo dele. No meio do vidro, de todas as plantas, da... da luz...

Ele ergueu os olhos para as vidraças do teto, ofuscantes com a luz que entrava. Em seguida, fitou o cascalho, recortado pela mesma luz, e fechou os olhos por um instante.

– Isso... isso me deixou perturbado. Eu não teria vindo... – Ele parou para tossir. – Me perdoe. Eu não teria vindo aqui hoje se Sua Alteza não tivesse me convidado, mas precisava muito encontrá-lo.

Seus olhos, avermelhados e lacrimejantes, encontraram-se com os dela. Eram azul-claros.

– Na improvável eventualidade de a senhora não ter ouvido a história: meu pai foi acusado de alta traição. Ele se matou na noite anterior ao dia em que planejavam prendê-lo.

– Que coisa mais *terrível* – comentou Minnie, consternada.

Terrível sob vários aspectos... incluindo a consciência de que aquele ali devia ser o duque de Pardloe, o mesmo que seu pai tinha em mente como potencial... fonte de informações. Ela evitou pensar na palavra "vítima".

– Foi, sim. Ele *não* era um traidor, mas enfim... Minha família caiu em desgraça, naturalmente. O regimento dele... o regimento que ele havia criado, que ele mesmo havia construído... foi desfeito. Minha intenção é reuni-lo outra vez.

Ele falou num tom simples e direto, e parou para enxugar de novo o rosto com a mão.

– O senhor não tem um lenço? Tome, pegue o meu.

Ela se remexeu sobre as pedras ásperas e pôs a mão no bolso.

– Obrigado. – Ele enxugou melhor o rosto, tossiu uma vez e balançou a cabeça. – Para empreender isso eu preciso de apoio... do apadrinhamento de pessoas influentes... e um amigo conseguiu uma apresentação a Sua Alteza, que teve a gentileza de me ouvir. Acho que ele vai ajudar – acrescentou num tom reflexivo. Então a encarou e abriu um sorriso triste. – Não seria bom para o meu projeto eu ser encontrado me contorcendo no chão feito uma minhoca logo após falar com ele, não é mesmo?

– Não, concordo que não. – Ela pensou por alguns instantes, então ousou fazer uma pergunta cautelosa. – O *sal volatile*... – Fez um gesto para o pequeno frasco, caído no chão a poucos metros dali. – O senhor perde os sentidos com frequência? Ou apenas... pensou que poderia precisar dele hoje?

Os lábios dele se contraíram quando ouviu a pergunta, mas ele respondeu:

– Não com frequência. – Ele se levantou com esforço. – Estou bastante bem agora. Sinto muito por ter interrompido o seu dia. Será... – Ele hesitou, e olhou na direção da estufa das orquídeas. – Será que a senhorita gostaria que lhe apresentasse a Sua Alteza? Ou à princesa Augusta, se quiser? Eu a conheço.

– Ah, não, não precisa – disse Minnie depressa, e se levantou também.

Independentemente dos próprios desejos, que envolviam não ser notada por membros da realeza, pôde ver que a última coisa que *ele* queria fazer era chegar perto de quem quer que fosse do jeito que estava: descabelado, abalado e chiando daquele jeito. Apesar disso, estava se recompondo a olhos vistos na sua frente, e a firmeza ia aos poucos endireitando seu corpo. Tossiu mais uma vez e balançou a cabeça com obstinação para tentar se livrar do mal-estar.

– O seu amigo – falou, com o tom decidido de alguém que muda de assunto. – A senhorita o conhece bem?

– Meu am... Ah, o, ahn, cavalheiro com quem eu estava conversando mais cedo? – Ao que parecia, o sr. Bloomer não tinha sido rápido o bastante em seu truque para desaparecer. – Ele não é meu amigo. Encontrei-o nas eufórbias... – Minnie fez um gesto casual, como se ela e as eufórbias fossem boas amigas. – Ele começou a me falar sobre as plantas, então prosseguimos juntos. Não sei nem como ele se chama.

Isso o fez encará-la com um olhar incisivo, mas era verdade, afinal de contas. Sua expressão de inocência pelo visto foi convincente.

– Entendo – disse ele, e era óbvio que entendia bem mais do que Minnie. Refletiu por alguns instantes, então tomou uma decisão. – Eu o conheço, sim – falou, com cuidado, e passou a mão por baixo do nariz. – E, embora não tenha a pretensão de ensiná-la a escolher seus amigos, não acho que ele seja um bom homem com quem travar relações. Caso torne a encontrá-lo.

Ele se calou, pensativo, mas era tudo que tinha a dizer sobre o tema do sr. Bloomer. Minnie teria gostado de saber o nome verdadeiro de Bloomer, mas não sentiu que pudesse perguntar.

Fez-se um silêncio curto e constrangido durante o qual os dois ficaram se encarando, cada um com um sorriso no rosto, ambos sem saber o que dizer.

– Eu... – começou Minnie.

– A senhorita... – começou ele.

Os sorrisos se tornaram genuínos.

– O quê? – indagou ela.

– Eu ia dizer que acho que a esta altura o príncipe já deve ter deixado as orquídeas em paz. A senhorita deveria ir andando, antes que entre alguém. Não vai querer ser vista sozinha na minha companhia – acrescentou, um tanto rígido.

– Não?

– Não – repetiu ele, com a voz mais branda, pesarosa, mas ainda firme. – Não se tiver algum desejo de ser aceita na sociedade. Eu contei a verdade sobre meu pai e minha família. Tenho a intenção de mudar isso, mas por ora...

Ele estendeu as mãos, segurou as dela e a puxou para si, virando de modo que ficassem de frente para a entrada das orquídeas. Estava certo. As conversas ali haviam arrefecido e pareciam agora o zum-zum levemente ameaçador de abelhas.

– Obrigado – disse ele, mais suavemente ainda. – A senhorita é muito gentil.

Havia um pouco de pó de arroz na bochecha dele. Minnie ficou na ponta dos pés e limpou, mostrando-lhe o dedo sujo de branco.

Ele sorriu, tornou a segurar sua mão e, para sua surpresa, beijou-lhe a ponta do polegar.

– Vá – falou, muito baixinho, e soltou sua mão.

Ela inspirou fundo e fez uma mesura.

– Eu... Está bem. Estou... estou muito feliz em ter conhecido o senhor, Sua Graça.

A expressão dele mudou feito um relâmpago, dando um baita susto em Minnie. Com a mesma rapidez, ele controlou aquilo – fosse o que fosse "aquilo" – e mais uma vez se transformou no educado oficial do rei. Durante aquela fração de segundo, porém, fora puro galo de briga, uma ave enfurecida pronta para se abater sobre o inimigo.

– Não me chame assim, por favor – arrematou, e se curvou de modo formal. – Eu não adotei o título do meu pai.

– Eu... sim, eu entendo – disse ela, ainda abalada.

– Duvido que entenda – retrucou ele baixinho. – Adeus.

Ele se virou, deu alguns passos em direção às tigelas chinesas e suas misteriosas flores, e ficou parado olhando para elas.

Minnie recolheu o leque e a sombrinha que tinham caído no chão e fugiu.

12

MUITO VINGATIVO

Cara srta. Rennie,
Permite-me solicitar a honra de um encontro com a senhorita na primeira data que lhe convier? Desejo propor uma missão que julgo muito adequada aos seus consideráveis talentos.
Seu mui humilde criado,
Edward Twelvetrees

Minnie franziu o rosto para o bilhete. Apesar da louvável brevidade, era estranho. Aquele tal Twelvetrees se referia aos "talentos" dela de um jeito muito familiar. Era óbvio que sabia em que consistiam esses talentos. Apesar disso, não fazia nenhuma apresentação nem dava qualquer referência de algum de seus atuais clientes ou relações. Aquilo a incomodou.

No entanto, o bilhete não continha um teor de ameaça, e ela estava *mesmo* oferecendo seus serviços. Imaginou que não fizesse mal algum encontrá-lo. Não teria qualquer obrigação de aceitar o trabalho que ele propusesse caso lhe parecesse suspeito.

Hesitou quanto a permitir que ele fosse aos seus aposentos. Afinal de contas, ele tinha mandado entregar o bilhete lá; era óbvio que sabia onde ela morava. Escreveu de volta propondo encontrá-lo no dia seguinte às três, mas fez uma anotação mental para dizer a um dos O'Higgins que chegasse um pouco mais cedo e se escondesse no *boudoir*, só por garantia.

– Ah – disse ela ao abrir a porta. – Então é isso. Bem que achei o seu bilhete um pouco esquisito.

– Se estiver se sentindo ofendida, srta. Rennie, peço desculpas.

O sr. Bloomer, ou melhor, Edward Twelvetrees, ao que parecia, entrou sem esperar sem convidado, obrigando-a a dar um passo para trás.

– Mas imagino que uma mulher com as suas indubitáveis percepção e experiência possa se dispor a relevar um pouco de subterfúgio profissional?

Ele sorriu e, contra a vontade, ela sorriu de volta.

– Talvez – falou. – Então o senhor é um profissional?

– Só mesmo um profissional para reconhecer outro – disse ele com uma pequena mesura. – Vamos nos sentar?

Ela deu de ombros de leve e dirigiu um meneio de cabeça a Eliza, indicando que ela podia trazer uma bandeja de comes e bebes.

O sr. Twelvetrees aceitou uma xícara de chá e um biscoito de amêndoas, mas deixou este último sobre o pires e o primeiro a fumegar intocado.

– Não vou desperdiçar seu tempo, srta. Rennie – disse ele. – Quando eu a deixei na estufa do príncipe, abandonei-a de modo um tanto rude, temo eu, na companhia de Sua Graça o duque de Pardloe. Levando em conta o escândalo relacionado à família dele, supus na ocasião que a senhorita soubesse de quem se tratava, mas pelo seu comportamento... Estava certo ao concluir que a senhorita *não* o conhecia?

– Não, eu não o conhecia – respondeu Minnie, mantendo a compostura. – Mas não houve problema algum. Trocamos algumas amabilidades e eu fui embora.

Quanto tempo exatamente o senhor passou nos observando?, perguntou-se ela.

– Ah. – Ele vinha encarando o rosto dela com atenção, mas nessa hora interrompeu a inspeção por tempo suficiente para pôr creme e açúcar no chá e mexê-lo. – Sendo assim, bom. O trabalho para o qual desejo contratar seus serviços tem a ver com esse cavalheiro.

– É mesmo? – disse ela, educada, e pegou a própria xícara.

– Desejo que a senhorita subtraia determinadas cartas do duque e as entregue a mim.

Ela quase deixou cair a xícara, mas a segurou bem a tempo.

– Que cartas? – perguntou, incisiva.

Agora sabia o que no bilhete tinha lhe parecido estranho. *Twelvetrees*. Era o sobrenome do amante da condessa Melton: Nathaniel Twelvetrees. Evidentemente aquele Edward era algum parente dele.

E ela ouviu na lembrança as palavras do coronel Quarry quando ela havia lhe perguntado se poderia falar com Nathaniel: "Temo que não, srta. Rennie. Meu amigo o matou com um tiro."

– A correspondência entre a finada condessa Melton e meu irmão Nathaniel Twelvetrees.

Minnie bebericou seu chá, sentindo o olhar de Edward tão abrasador sobre a sua pele quanto o vapor que sua xícara exalava. Pousou a xícara com cuidado e ergueu os olhos. O rosto dele exibia a mesma expressão que já tinha visto na cara de gaviões mirando a presa. Só que a presa, neste caso, não era ela.

– Talvez seja possível – respondeu, calma, embora seu coração houvesse se acelerado de modo perceptível. – Mas me perdoe... o senhor tem certeza de que essa correspondência existe?

Ele soltou uma risada curta inteiramente desprovida de humor.

– *Existia*, disso eu tenho certeza.

– Estou certa de que tem – disse ela, educada. – Mas se a correspondência é da natureza à qual deduzo que o senhor está se referindo... e eu escutei alguns boatos... o duque não teria queimado qualquer carta desse tipo depois da morte da esposa?

O sr. Twelvetrees fez um gesto de desdém, com os olhos ainda cravados nos dela.

– Pode ser – falou. – E a sua primeira tarefa seria, é claro, descobrir se é o caso. Mas tenho motivos para acreditar que a correspondência ainda existe... Caso exista, srta. Rennie, eu a quero. E vou pagar muito bem por isso.

Quando a porta se fechou atrás de Edward Twelvetrees, ela permaneceu petrificada por alguns segundos até ouvir a porta do *boudoir* do outro lado do saguão se abrir.

– Bem, isso é o que eu chamo de um malandro – observou Rafe O'Higgins, meneando a cabeça em direção à porta da frente fechada.

Eliza, que havia entrado para recolher a bandeja, inclinou a cabeça sobriamente para concordar.

– Vingativo – disse a criada. – Ele é muito vingativo. Mas quem poderia culpá-lo?

Quem, de fato?, pensou Minnie, e reprimiu uma vontade de rir. Nem tanto por estar achando graça, mais por nervosismo.

– Sim, talvez – concordou Rafe.

Ele foi até a janela, levantou o canto da cortina de veludo azul e olhou com cuidado para mais adiante na rua, onde Edward Twelvetrees estava sumindo ao longe.

– Eu diria que o seu cliente está inclinado a se vingar, com certeza. Mas o que a senhorita acha que ele deseja com essas cartas, se é que elas existem?

Fez-se um breve silêncio enquanto os três refletiam sobre as possibilidades.

– Imprimi-las em formato de jornal e vendê-las por meio *penny* cada uma? – sugeriu Eliza. – Imagino que pudesse ganhar um bom dinheiro assim.

– Ganharia bem mais chantageando o duque – retrucou Rafe, balançando a cabeça. – Se as cartas forem picantes o bastante, ouso dizer que Sua Graça pagaria os olhos da cara para impedir que essas informações vazassem.

– É verdade – falou Minnie, distraída, embora os ecos da conversa que tivera com o coronel Quarry afogassem qualquer outra sugestão.

"Mas... bem, na verdade não posso explicar por que isso é necessário, mas ele precisa de uma prova do caso por um motivo... por um motivo jurídico, e não admite a ideia de permitir que alguém leia as cartas da esposa, pouco importando que ela esteja além do alcance da censura do público. No entanto, se o caso *não for* provado, as consequências para ele podem ser desastrosas."

E se a numerologia não fosse uma arte tão precisa e Harry no fim das contas não fosse um quatro franco e transparente? E se a sua preocupação com lorde Melton fosse uma farsa? Twelvetrees acabara de contratá-la para ser o seu peão. E se Quarry tivesse o mesmo objetivo em mente, mas estivesse atuando num jogo duplo?

Nesse caso... estariam os dois homens jogando *o mesmo* jogo? Caso estejam, será que estavam juntos ou trabalhando em oposição? Sabiam um do outro ou não?

Ela começou a pensar em Quarry, revivendo as conversas que os dois tiveram, analisando-as palavra por palavra, observando as emoções no rosto largo de beleza rude do coronel.

Não. Um dos principais lemas do credo da sua família era "Não confiar em ninguém", mas era preciso fazer julgamentos. E ela estava certa de que a motivação de Harry Quarry era proteger seu amigo. Afinal de contas, Harry Quarry não só estava convencido da existência das cartas, como tinha uma boa ideia de onde elas se encontravam. É bem verdade que não havia lhe pedido para roubar as cartas, não explicitamente, mas com certeza fora só o que faltara fazer.

Ela não tinha prometido a Edward Twelvetrees nada além de uma tentativa de descobrir se as cartas existiam *mesmo*. Caso existissem, os dois poderiam então discutir outras condições.

Bem. Pelo menos o passo seguinte estava claro.

– Rafe – disse ela, interrompendo uma discussão entre Eliza e ele sobre se o sr. Twelvetrees lembrava mais um furão ou um obelisco (supôs que eles estivessem querendo dizer "basilisco", mas não parou para descobrir). – Tenho um serviço para o senhor e Mick.

13

AS CARTAS

O sr. Vauxhall Gardens (na verdade, sr. Hosmer Thornapple, rico corretor da Bolsa de Valores, como Minnie havia descoberto após mandar Mick O'Higgins segui-lo até em casa) tinha se revelado não apenas um excelente cliente, com um insaciável colecionador de manuscritos lituanos iluminados e gravuras eróticas japonesas, como também uma relação muitíssimo valiosa. Por seu intermédio, ela havia adquirido (além de um fino maço de documentos lacrados destinados aos olhos de seu pai) dois incunábulos do século XV – um em excelente estado, o outro necessitando alguns reparos – e um livrinho esfarrapado, porém originalmente lindo assinado por María Anna Águeda de San Ignacio, uma abadessa da Nova Espanha, com anotações manuscritas que se dizia terem sido feitas pela própria religiosa.

Minnie não dominava o espanhol a ponto de decifrar grande coisa do conteúdo, mas aquele era o tipo de livrinho que causava prazer só de segurar, e ela dera uma pausa em seu trabalho para fazer isso.

O sólido aparador de sua saleta estava abarrotado, de um lado por livros, do outro por mais livros, estes embrulhados num pano macio, depois numa camada de feltro, outra de lã de cordeiro e então numa camada externa de seda impermeabilizada com óleo, tudo amarrado com um barbante alcatroado. Pilhas de material para os embrulhos estavam dispostas sobre a mesa de jantar, e debaixo desta havia diversos caixotes de madeira.

Ela não confiava em ninguém mais para manusear ou encaixotar os livros a serem despachados até Paris. Consequentemente, apesar da brisa que entrava pela janela aberta, Minnie estava toda empoeirada e suada. Logo depois do solstício de verão, o tempo se mantivera firme por uma semana inteira, para espanto de todos os londrinos com quem ela havia falado.

La vida de la alma. Próximo o suficiente do latim para ser traduzido como "A vida da alma". O livro tinha uma capa maleável feita de um fino couro vermelho, gasta por anos – uma vida inteira, talvez? – de leitura, carimbado com uma estampa de pequeninas conchas de vieira, todas contornadas por folha de ouro. Ela tocou com delicadeza uma delas e foi tomada por uma profunda sensação de paz. Os livros sempre tinham algo a dizer além das palavras em seu interior, mas encontrar um com temperamento tão forte era coisa rara.

Ela o abriu com cuidado. O papel interno era fino e o tempo fizera a tinta começar a desbotar, mas não a borrar. O livro tinha poucas ilustrações, e as poucas que havia eram simples: uma cruz, o Cordeiro de Deus, a concha de vieira em tamanho maior – ela já vira a mesma imagem uma ou duas vezes em manuscritos espanhóis, mas desconhecia seu significado. Precisava se lembrar de perguntar ao pai...

– Ah – fez ela, comprimindo os lábios. – Meu pai.

Tentava não pensar nele, não antes de ter tido tempo para organizar as próprias emoções e ponderar o que ele poderia informar sobre a sua mãe.

Havia pensado na mulher chamada sœur Emmanuelle muitas vezes desde que a deixara em seu lar repleto de luz e palha. O choque tinha passado, mas as imagens daquele encontro estavam impressas em sua mente de modo tão indelével quanto a tinta preta dentro daquele livro. Ainda podia sentir a aflição da perda e a dor da tristeza, mas a sensação de paz do livro pareceu de alguma forma protegê-la, como uma asa a cobri-la.

Você é um anjo?

Minnie suspirou e pôs o livro dentro de seu ninho de tecido e feltro. Teria que conversar com o pai, sim. Mas o que diria?

Raphael...

– Se tiver alguma resposta, por favor reze por mim – falou para o livro e seu autor. – Por nós.

Não estava chorando, mas tinha os olhos úmidos, e enxugou o rosto com a barra do avental empoeirado. Antes de conseguir retomar o trabalho, contudo, alguém bateu à porta.

Como Eliza tinha saído para fazer as compras, Minnie foi atender do jeito que estava. Mick e Rafe O'Higgins estavam postados ombro a ombro no saguão de entrada, ambos sujos de fuligem e animados como terriers que farejaram um rato.

– Conseguimos as cartas, Bedelia! – exclamou Rafe.

– *Todas* as cartas! – acrescentou Mick, erguendo orgulhosamente uma sacola de couro.

– Esperamos a folga do mordomo – explicou Mick, largando sem cerimônia na frente dela o seu butim. – É o mordomo quem providencia a ida dos limpadores de chaminé quando necessário, entende? Assim, quando aparecemos na porta com nossas vassouras e panos…

– Vassouras… e panos? – perguntou Minnie.

– Não se preocupe, pegamos emprestados, a senhorita não precisará pagar… Enfim, dissemos que o sr. Sylvester tinha nos mandado para cuidar da chaminé da biblioteca…

– Bem, a governanta pareceu meio desconfiada – intrometeu-se Rafe –, mas nos deixou entrar. Quando começamos a fazer barulho e gritar chaminé acima e levantar fuligem, ela nos deixou sozinhos. E então…

Ele deslizou a mão por cima da mesa. Todas as cartas, de fato. A sacola havia cuspido uma pequena caixa de madeira plana, uma pasta de couro e uma fina pilha de cartas presas com sobriedade por uma fita de gorgorão preto.

– Muito bem! – exclamou Minnie, num tom sincero.

Sentiu um arrepio de animação ao ver as cartas, embora fosse uma animação cautelosa. Os O'Higgins, claro, tinham trazido todas as cartas que conseguiram encontrar. Devia haver mais do que as cartas da condessa ali. Por um breve instante, perguntou-se se alguma das outras cartas poderia ter valor… mas deixou esse pensamento de lado por enquanto. Contanto que eles encontrassem as de Esmé…

– Vocês receberam para limpar a chaminé? – perguntou, por curiosidade.

– Assim a senhorita nos ofende, lady Bedelia – disse Rafe, pressionando um chapéu surrado contra o peito e tentando fazer cara de ofendido. Seu nariz estava sujo de fuligem.

– É claro que recebemos – respondeu Mick com um sorriso. – Caso contrário, não teria sido convincente, não é mesmo?

Eles estavam radiantes com o próprio sucesso, e foi preciso quase meia garrafa de Madeira para comemorar o dito sucesso a ponto de irem embora, mas ela enfim fechou a porta após a sua partida, esfregou um pouco de fuligem no batente da porta com o polegar, e voltou lentamente até a mesa para ver o que tinha.

Retirou as cartas de seus diversos invólucros e as separou em três pilhas. As cartas de Esmé, lady Melton, para o amante Nathaniel Twelvetrees eram as que estavam na caixa de madeira. As cartas no maço amarrado com uma fita eram de Nathaniel Twelvetrees para Esmé. E a pasta de couro continha cartas um tanto inesperadas: de Harold, lorde Melton, para a esposa.

Minnie nunca tivera o menor escrúpulo em ler a correspondência alheia. Simplesmente fazia parte do seu trabalho. Caso encontrasse alguém nessas páginas cuja voz lhe falasse à mente ou ao coração, alguém de verdade – isso era um bônus, algo a ser valorizado no seu íntimo, com um doce pesar pelo fato de que nunca viria a conhecer o autor face a face.

Bem, ela com certeza não viria a conhecer Esmé e Nathaniel, concluiu. Quanto a Harold, lorde Melton... O simples fato de olhar para a pilha mal-ajambrada de folhas amassadas, alisadas e manchadas de tinta fez os cabelos da sua nuca se arrepiarem.

Primeiro Esmé, decidiu. No centro de tudo estava Esmé. E eram as cartas de Esmé que ela tinha sido incumbida de roubar. Um leve cheiro de perfume emanava da caixa de madeira, algo levemente amargo, fresco e misterioso. Mirra? Noz-moscada? Limão-siciliano seco? *Não era nada doce*, pensou ela. Esmé Grey também não era.

Nem todas as cartas estavam datadas, mas ela as ordenou do melhor modo que conseguiu. Todas tinham sido escritas no mesmo papel de carta, um papel caro de fibra de linho e textura grossa, de um branco puro. Já os sentimentos nele escritos não eram nada puros.

Mon cher... Dois-je vous dire ce que je voudrais que vous me fassiez? "Devo lhe dizer o que quero que faça comigo?"

Aos 14 anos, Minnie já havia lido com interesse todo o estoque de escritos eróticos do pai, o que a fizera descobrir por acidente que não era preciso um parceiro para experimentar as sensações ali descritas com tamanha euforia. Esmé não tinha muito estilo literário, mas sua imaginação – com certeza parte daquilo *tinha* que ser imaginação? – era notável, e estava expressada com uma liberdade e uma franqueza que fizeram Minnie querer se remexer muito de leve na cadeira.

Nem todas eram assim. Uma era um simples bilhete de duas linhas marcando um encontro, outra uma carta mais reflexiva e íntima, descrevendo a visita de Esmé – *Ah, Deus*, pensou Minnie, e enxugou a mão na saia, pois havia começado a transpirar – à princesa Augusta e seu fabuloso jardim.

Esmé comentava sem cuidado algum que não havia gostado da princesa, que considerava pesada tanto no físico quanto na mente, mas que Melton tinha lhe pedido que aceitasse o convite para o chá de modo a – e nesse ponto Minnie traduziu a expressão idiomática em francês de Esmé – "encharcar de manteiga derretida" a vulgar mulher e preparar o caminho para Melton discutir com o príncipe seus objetivos militares.

Ela então mencionava ter percorrido as estufas de vidro com a princesa, parava para fazer comparações cômicas, ainda que distraidamente elogiosas, entre as partes íntimas de seu amante e várias plantas exóticas – Minnie observou que fazia menção às eufórbias – e terminava com um breve comentário sobre as flores chinesas chamadas *chu*.

Minnie deu um muxoxo ao ler que ela se sentira atraída pela "pureza e imobilidade" das flores. "*À les regarder, mon âme s'est apaisée*", escrevera ela. "Olhar para elas fez minha alma ficar em paz."

Minnie guardou a carta com delicadeza, como se o papel pudesse quebrar, e fechou os olhos.

– Pobre homem – sussurrou.

Havia um decantador de vinho sobre o aparador. Ela serviu um pequeno cálice, com todo o cuidado, e ficou em pé bebericando, olhando para a escrivaninha e as cartas.

Alguém de verdade. Tinha que reconhecer que Esmé Grey era de verdade. O impacto de sua personalidade era tão palpável quanto se ela houvesse estendido a mão de dentro do papel e acariciado o rosto de seu correspondente. Provocante, erótica…

– Cruel – disse Minnie em voz alta. Escrever para o amante e mencionar o marido? – Humpf!

E o parceiro de Esmé naquela conversa criminosa? Ela olhou para o maço de cartas de Nathaniel Twelvetrees para a amante. Que capricho bizarro teria feito Melton guardá-las? Teria sido culpa, uma espécie de autoflagelação espiritual?

E nesse caso… culpa por ter matado Nathaniel Twelvetrees? Ou culpa pela morte de Esmé? Minnie se perguntou com quanto tempo de intervalo os dois acontecimentos tinham se sucedido. Teria o choque de saber da morte do amante provocado um aborto espontâneo ou um trabalho de parto prematuro e fatal, como diziam as fofocas?

Provavelmente ela nunca saberia a resposta para essas perguntas, mas, embora Melton tivesse matado Nathaniel, havia deixado ao poeta sua voz. Nathaniel Twelvetrees podia falar por si.

Ela serviu outro cálice do vinho – um Bordeaux encorpado e aromático. Sentia que precisava de lastro, e desdobrou a primeira das cartas de Nathaniel.

Para um poeta, Nathaniel era um escritor surpreendentemente rasteiro. Seus sentimentos eram expressos numa linguagem arrebatada, mas numa prosa muito ordinária, e embora ele fizesse um nítido esforço para se igualar a Esmé, não era páreo para ela, fosse na imaginação, fosse na expressão.

Mas ele era poeta, não prosador. Talvez fosse injusto julgá-lo apenas pelo seu estilo em prosa. Em duas de suas cartas, ele mencionava um anexo, um poema escrito em homenagem à sua amada. Minnie verificou a caixa: não havia poema algum. Talvez Melton ou Esmé os tivesse queimado. O tom de Nathaniel ao oferecer esses presentes literários lembrou muito a Minnie a descrição de um naturalista que ela havia lido sobre um tipo de aranha que levava para a parceira escolhida um embrulho envolto em seda contendo um inseto. A criatura pulava em cima dela enquanto ela estava absorta desembrulhando o lanche, e atingia seu objetivo antes de ela conseguir terminar de comer e devorá-lo como sobremesa.

– Ela o assustava – murmurou Minnie consigo mesma com uma sensação de empatia, matizada porém com um leve desdém. – Coitado.

Ficou um pouco chocada ao perceber esse desprezo... mais ainda ao se dar conta de que Esmé provavelmente sentia a mesma coisa.

Por isso ela havia mencionado o nome de Melton nas cartas para Twelvetrees? Uma tentativa de instigá-lo a ter mais ardor? Tinha feito aquilo mais de uma vez, na verdade.

Minnie voltou-se para as cartas de Esmé.

Sim, ela havia mencionado o marido, pelo nome ou em alguma referência, em todas as cartas, até mesmo no bilhete de duas linhas marcando o encontro: "Meu marido estará fora a serviço de seu regimento. Venha me encontrar amanhã no oratório às quatro."

– Hum... – fez Minnie e, recostando-se na cadeira, ficou olhando para as cartas enquanto bebericava seu vinho.

Elas estavam dispostas na sua frente em pilhas, folhas separadas e leques, com a pasta ainda não lida contendo as cartas de Melton no centro. Não era muito diferente de uma leitura de tarô. Já tivera as cartas tiradas para si mesma várias vezes em Paris, por um conhecido de seu pai chamado Jacques, praticante dessa arte.

– Às vezes é bem sutil – dissera Jacques enquanto embaralhava as cartas coloridas. – Principalmente os arcanos menores. Mas às vezes é óbvio à primeira vista.

Ele dissera isso com um sorriso enquanto colocava na sua frente a carta da Morte.

Minnie não tinha opinião alguma com relação à verdade exposta nas cartas do tarô, e as considerava nada além de um reflexo da disposição mental do cliente na ocasião da leitura. No entanto, tinha opiniões bem definitivas em relação a cartas, e tocou com um ar pensativo o bilhete de duas linhas.

De onde tinham vindo as cartas de Esmé? Será que a família Twelvetrees as havia mandado para lorde Melton após a morte de Nathaniel? *Era possível*, pensou. O que poderia ser mais doloroso para ele? Embora isso requeresse tanto uma sutileza mental quanto uma noção refinada de crueldade das quais ela não via qualquer sinal nas cartas de Nathaniel, e que não havia observado na maioria dos ingleses.

Além disso... o que levara Melton a desafiar Twelvetrees? Esmé com certeza não havia confessado o caso. Não... o coronel Quarry tinha dito, ou pelo menos dado a entender, que Melton encontrara cartas incriminatórias *escritas pela esposa*, e que fora isso que...

Ela tornou a pegar a pilha da condessa e franziu o cenho para as cartas. Ao olhar com cuidado, pôde ver que todas tinham um pingo de tinta ou uma mancha ocasional – uma parecia ter tido água derramada no canto inferior. Sendo assim... seriam rascunhos de cartas, mais tarde passadas a limpo de modo a serem enviadas para Nathaniel? Nesse caso, por que não jogar os rascunhos na lareira? Por que guardá-los e se arriscar a ser descoberta?

– Arriscar-se ou então provocar – disse ela em voz alta, surpreendendo a si mesma.

Sentou-se mais ereta e tornou a reler todas as cartas. *Meu marido estará ausente...* Todas elas. Todas mencionavam a ausência de Melton, e a preocupação dele com seu regimento nascente.

Jacques tinha razão. Às vezes era óbvio.

Minnie balançou a cabeça, e os vapores do vinho se misturaram com o perfume amargo da condessa morta.

– *Pauvre chienne* – disse ela baixinho. *Pobre cadela.*

14

CHATOS NOTÓRIOS

Não era necessário ler as cartas de lorde Melton, mas ela não poderia ter se impedido de fazê-lo. Pegou uma delas como se fosse uma granada que pudesse explodir na sua mão.

E explodiu mesmo. Ela leu as cinco cartas de cabo a rabo num fôlego só. Nenhuma estava datada, e não havia como dizer em que ordem tinham sido escritas. A data evidentemente não era importante para seu autor. No entanto, tivera suma importância. Aquela era a voz de um homem empurrado de um precipício para o abismo da eternidade e documentando a própria queda.

Vou amá-la para sempre, não posso fazer de outra forma, mas, por Deus, Esmé, vou odiá-la para sempre, com todo o poder da minha alma. Se estivesse na minha frente, e seu comprido pescoço branco nas minhas mãos, eu a esganaria como um cisne e a foderia enquanto estivesse morrendo, sua...

Era quase como se ele tivesse pegado o tinteiro e atirado no papel. As palavras eram garranchos borrados, grandes e pretos, e furos irregulares rasgavam o papel aqui e ali nos pontos em que ele havia apunhalado a página com sua pena.

Ao terminar, ela sorveu uma inspiração profunda e arquejante, com a sensação de ter passado a leitura inteira sem respirar. Não estava chorando, mas suas mãos tremiam, e a última carta escorregou de seus dedos e flutuou até o chão. Pesada com tanta perda e com uma tristeza dilacerante e impiedosa, estraçalhava a presa até transformá-la em farrapos sanguinolentos.

Ela não releu as cartas. Teria lhe parecido uma conspurcação. Na verdade, não havia por que relê-las. Não se esqueceria de uma só palavra.

Precisou deixar seus aposentos e caminhar por um tempo a fim de recuperar qualquer sensação de autocontrole. De vez em quando, sentia lágrimas escorrerem pelas faces e as enxugava às pressas, antes de algum passante perceber e perguntar qual era o problema. Tinha a sensação de ter passado dias aos prantos ou de que alguém a havia espancado. Entretanto, aquilo nada tinha a ver com ela.

Sentiu um dos irmãos O'Higgins a seguindo a alguma distância, mas ele teve o tato de se manter afastado. Ela andou de um extremo ao outro de St. James's Park e deu a volta inteira no lago, mas acabou se sentando num banco perto de um bando de cisnes, exaurida tanto mental quanto fisicamente. Alguém se sentou na outra ponta do banco. *Mick*, ela viu com o canto do olho.

Estava na hora do chá. A movimentação nas ruas diminuía à medida que as pessoas voltavam para casa apressadas ou entravam em alguma taverna ou hospedaria para comer e beber alguma coisa após o longo dia de trabalho. Mick deu uma tossidela carregada de significado.

– Não estou com fome – disse ela. – Vá você, se quiser.

– Ora, Bedelia. A senhorita sabe muito bem que eu não vou a lugar algum sem a sua companhia. – Ele havia escorregado pelo banco e estava agora sentado ao seu lado, afundado e descontraído. – Quer que eu traga uma torta de carne? Seja qual for o problema, vai parecer melhor de barriga cheia.

Ela não estava com fome, mas *vazia*, sim. Após alguns instantes de indecisão, cedeu, e deixou que lhe comprasse uma torta de carne de um ambulante. O cheiro da comida era tão forte e tão bom que ela se sentiu um pouco revigorada pelo simples fato de segurá-la. Mordiscou a massa, sentiu na boca a rica enxurrada de caldo e sabor e, fechando os olhos, rendeu-se ao alimento.

– Pronto. – Mick, que já havia terminado de comer, a encarava sentado com um ar benevolente. – Não está se sentindo melhor?

– Sim – reconheceu ela.

Pelo menos agora podia pensar no assunto, em vez de se afogar nele. E embora não tivesse tido consciência de *pensar* em momento algum após deixar seus aposentos, era óbvio que algum canto escondido de sua mente vinha refletindo sobre a questão.

Esmé e Nathaniel estavam mortos. Harold, em teoria o duque de Pardloe, não. Era a isso que se resumia a situação. Ela podia fazer algo em relação a ele. E descobriu que estava decidida a fazê-lo.

– Mas o quê? – perguntou, após explicar a questão para Mick em termos gerais. – Eu não posso mandar essas cartas para o representante das Forças Armadas no Parlamento... Não há como Sua Graça não ficar sabendo, e acho que ele morreria se soubesse que alguém as leu, quanto mais pessoas que... que têm algum poder sobre ele, sabe?

Mick fez uma careta, mas admitiu que talvez fosse isso mesmo.

– Nesse caso, o que a senhorita quer que aconteça, lady Bedelia? – indagou ele. – Talvez haja algum outro jeito?

Ela deu um longo suspiro.

– Suponho que eu queira a mesma coisa que o coronel Quarry: sufocar a ideia de que Sua Graça é louco e conseguir que o seu regimento seja recomissionado. Acho que vou ter que fazer ambas coisas. Mas como?

– E a senhorita não pode… ou não quer… usar as cartas… – Ele a olhou de esguelha para ver se ela estava convencida de alguma outra coisa, mas Minnie balançou a cabeça. – Arrumar uma falsa testemunha? Subornar alguém para afirmar que houve um caso entre a condessa e o poeta?

Minnie balançou a cabeça com um ar cético.

– Não estou dizendo que não poderia encontrar alguém disposto a aceitar um suborno – falou. – Mas ninguém que fosse merecer crédito. A maioria das moças não sabe mentir.

– Verdade – concordou ele. – A senhorita é um espécime raro.

A frase foi dita em tom de admiração, e ela inclinou levemente a cabeça diante do elogio, mas prosseguiu seu raciocínio.

– A outra coisa é que é muito fácil começar um boato, mas, uma vez lançado, há grande probabilidade de ele ganhar vida própria. Digo, não se pode controlá-lo. Se eu conseguisse alguém, homem ou mulher, para afirmar que tinha conhecimento do caso, a coisa não pararia por aí. E como isso não seria verdade para começo de conversa, não há como saber aonde poderia parar. Não se acende um pavio sem saber aonde ele vai dar – arrematou ela, erguendo a sobrancelha para Mick. – É o que meu pai costuma dizer.

– Seu pai é um homem sábio. – Mick tocou a aba do chapéu num gesto respeitoso. – Se não vai ser com suborno nem com falso testemunho, então… O que seu honrado pai recomendaria?

– Bem… muito provavelmente uma falsificação – respondeu ela, dando de ombros. – Mas não acho que escrever uma versão falsa dessas cartas seria muito melhor do que mostrar as originais, em termos de efeito. – Ela esfregou os dedos com o polegar e sentiu o leve grude da gordura da massa da torta de carne. – Pode me comprar outra, Mick? Pensar dá fome.

Ela terminou a segunda torta e, uma vez fortalecida, começou com relutância a revisitar mentalmente as cartas de Esmé. Afinal de contas, o *fons et origo* de toda aquela desgraça era a condessa Melton.

Acharia que valeu a pena?, pensou Minnie, dirigindo-se à ausente Esmé. A mulher só queria provocar ciúmes no marido. Provavelmente não tivera a menor intenção de fazer o marido matar a tiros um dos amigos. Com toda a certeza não houvera qualquer intenção de morrer, ela e o filho. Minnie achava essa circunstância comovente e, por algum motivo, pensou na mãe.

Tampouco acho que tenha tido a intenção de causar tudo o que aconteceu, refletiu, plena de compaixão. *Com certeza não teve a intenção de ter a mim.* Ainda assim, pensava que a situação de sua mãe, embora muito lamentável, não era comparável à tragédia grega da de Esmé. *Quero dizer, nós duas sobrevivemos.*

E, falando apenas por mim, acrescentou ela, *estou contente por estar aqui. Tenho certeza de que meu pai também está contente com isso.*

Um barulho leve a despertou de seus pensamentos, e ela percebeu que Mick tinha mudado de posição, indicando que estava ficando tarde e que era melhor começarem a voltar até a Great Ryder Street.

E ele tinha razão: as sombras das imensas árvores haviam começado a avançar pelo caminho de terra batida feito a mancha de um chá derramado. E os sons também tinham se modificado: as risadas cacarejantes das mulheres da sociedade com suas sombrinhas haviam quase desaparecido, substituídas pelas vozes masculinas de soldados e homens de negócios, todos a caminho do chá com a mesma determinação de jumentos a caminho das manjedouras.

Ela se levantou, sacudiu as saias para colocá-las de volta no lugar, pegou seu chapéu e o prendeu nos cabelos com o alfinete. Meneou a cabeça para Mick e indicou, com um leve movimento da mão, que ele deveria andar ao seu lado em vez de segui-la. Estava usando um vestido de guingão azul muito recatado e um chapéu de palha simples. Poderia facilmente passar por uma criada caminhando acompanhada por um admirador, contanto que eles não encontrassem nenhum conhecido seu.

– Esse tal que lorde Melton matou – mencionou Mick após meio quarteirão. – Dizem que ele era poeta, é isso?

– Assim me contaram.

– A senhorita por acaso já leu algum dos poemas dele?

Ela o encarou, surpresa.

– Não. Por quê?

– Bem, é que a senhorita comentou que o seu pai valoriza bastante a falsificação em determinadas situações. Fiquei pensando no que a senhorita poderia falsificar que pudesse vir a ser útil, e me ocorreu... E se o nosso Twelvetrees tivesse escrito um poema de natureza comprometedora sobre a condessa? Ou, melhor dizendo, se a senhorita escrevesse um por ele? – acrescentou o rapaz para o caso de ela não estar entendendo, o que não era o caso.

– É uma ideia – disse ela devagar. – Talvez uma ótima ideia... mas vamos refletir um pouco a respeito, sim?

– Sim – concordou Mick, começando a se animar. – Bem, em primeiro lugar, claro, qual é a sua competência como falsificadora, se é que tem alguma?

– Não muita – reconheceu ela. – Quero dizer, não tenho qualquer chance de fabricar uma nota de dinheiro. Na verdade, nunca fiz grande coisa em matéria de falsificação... digo, de copiar a caligrafia de uma pessoa de verdade. O que mais fiz foi escrever uma carta falsa, mas uma carta destinada a uma pessoa que não conhece o remetente. E só de vez em quando, não muitas vezes.

Mick emitiu um leve muxoxo.

– Mas a senhorita tem algumas cartas dele com as quais trabalhar – assinalou ele. – Quem sabe pode copiar algumas palavras aqui e ali e acrescentar outras no meio?

– Pode ser – disse ela, em dúvida. – Mas uma boa falsificação é mais do que somente a caligrafia, sabe? Se a carta for para alguém que conhece o remetente, o estilo precisa ser um fac-símile decente... quero dizer, precisa se parecer com o da pessoa – acrescentou depressa ao ver os lábios dele começarem a articular a palavra "fac-símile".

– E o estilo dele de escrever um poema poderia ser diferente de quando ele escrevia uma carta? – Mick refletiu sobre isso por alguns instantes.

– Sim – respondeu ela. – E se ele fosse conhecido por só escrever sonetos, quero dizer, e eu escrevesse uma sextilha? Alguém poderia desconfiar.

– Acredito na senhorita. Embora ache que o seu homem não devesse ter o hábito de escrever poemas de amor para o representante das Forças Armadas no Parlamento, não é?

– Não, mas se eu escrevesse algo chocante o suficiente para justificar lorde Melton ter matado a tiros o homem que escreveu, quais são as chances de o representante mostrar o texto a outra pessoa? Que, por sua vez, poderia contar para uma terceira, e assim por diante. – Ela fez um gesto vago. – Se chegasse às mãos de alguém capaz de dizer que Nathaniel Twelvetrees não escreveu aquilo, o que iria acontecer?

Mick assentiu, grave.

– Eles talvez achassem que o próprio lorde Melton escreveu, a senhorita quer dizer?

– É uma das possibilidades.

Por outro lado, a *outra* possibilidade era inegavelmente fascinante.

Eles haviam chegado à Great Ryder Street e aos degraus brancos esfregados que subiam até a porta. O cheiro de chá sendo preparado flutuava da área dos criados junto a esses degraus, e o estômago de Minnie se contraiu com uma expectativa agradável.

– É uma boa ideia, Mick – elogiou ela, e tocou de leve a mão do rapaz. Obrigada. Vou perguntar a lady Buford se Nathaniel publicou algum de seus poemas. Se eu pudesse ler alguns...

– Eu aposto na senhorita, lady Bedelia – disse Mick e, sorrindo, ergueu a mão dela e a beijou.

– Nathaniel Twelvetrees? – Lady Buford estava surpresa e encarou Minnie com atenção através da lupa. – Acho que não. Ele era muito dado a declamar seus poemas nos salões, e acredito que tenha chegado ao ponto de fazer uma leitura encenada em algum momento, mas pelo pouco que ouvi da sua poesia... Bem, pelo pouco que ouvi do que as pessoas *diziam* sobre a sua poesia, duvido que a maior parte dos impressores a tivesse considerado uma empreitada financeira promissora.

Ela retomou a observação do palco, onde agora transcorria uma apresentação medíocre de *Encantadoras canções rurais para um dueto de senhoras*, mas de vez em quando batia com o leque fechado nos lábios, indicação de que continuava a refletir.

– Eu acredito – disse ela, assim que adveio a pausa seguinte do espetáculo – que Nathaniel tenha, *sim,* imprimido privadamente alguns de seus poemas. Para edificar os amigos – acrescentou, erguendo com delicadeza uma grossa sobrancelha grisalha. – Por quê?

Por sorte, a pausa dera a Minnie tempo suficiente para prever a pergunta, e ela respondeu com razoável presteza.

– Sir Robert Abdy estava falando no sr. Twelvetrees na festa de lady Scrogg na outra noite... de forma bastante zombeteira – acrescentou ela, arqueando por sua vez a sobrancelha. – Mas como sir Robert tinha suas pretensões nessa linha...

Lady Buford riu, uma risada grave e contagiante que fez as pessoas do camarote ao lado se virarem para olhar, começando logo a dizer algumas coisas zombeteiras sobre sir Robert.

Minnie, porém, continuou em silêncio durante as apresentações de dois engolidores de fogo italianos, um porco dançarino (uma desgraça no palco, para deleite do público), dois cavalheiros supostamente chineses que cantaram uma canção supostamente cômica e vários outros espetáculos de estirpe similar.

"Imprimido privadamente. Para edificar os amigos." Havia pelo menos dois poemas escritos expressamente para a edificação de Esmé, condessa Melton. Onde estariam?

– Estive pensando – disse ela, de modo bastante casual, na hora em que as duas começavam a abrir caminho entre as hordas de espectadores rumo à saída. – Será que a condessa Melton gostava de poesia?

Lady Buford prestou atenção parcialmente, ocupada que estava tentando cruzar olhares com um conhecido do outro lado do teatro, e respondeu distraída:

– Ah, acho que não. Aquela mulher nunca leu um livro na vida, a não ser a Bíblia.

– A Bíblia? – indagou Minnie, sem acreditar. – Não teria pensado que ela fosse uma pessoa... religiosa.

Lady Buford tinha conseguido atrair o amigo, que abria caminho com esforço pela multidão em direção a elas, e dedicou a Minnie um sorriso cínico.

– Ela não era. Mas gostava de ler a Bíblia e se divertir à custa do texto para chocar os outros. O que infelizmente é bem fácil de fazer.

– Ela não teria jogado os poemas fora – argumentou Minnie com Rafe, que tinha uma disposição cética. – Eles foram escritos *para* ela, *sobre* ela. Nenhuma mulher jogaria fora um poema que um homem pelo qual tinha apreço houvesse escrito para ela... especialmente uma mulher como Esmé.

– Algum homem já escreveu um poema de amor para a senhorita, lady Bedelia? – perguntou ele, por provocação.

– Não – respondeu ela, pudica, sentindo-se corar.

Alguns homens tinham feito isso... e ela guardara os poemas, embora não tivesse tanto apreço por eles. Mesmo assim...

– Hum – admitiu Rafe, com um breve movimento da cabeça. – Talvez o tal de Melton os tenha queimado. *Eu* queimaria, se algum mulherengo estivesse mandando esse tipo de coisa para a minha mulher.

– Se ele não queimou as cartas, tampouco teria queimado os poemas – disse Minnie. – Não seria possível os poemas conterem nada pior.

Por que ele não tinha queimado as cartas?, perguntou-se ela, pela centésima vez, no mínimo. E ter guardado *todas* elas... as de Esmé, as de Nathaniel... e as próprias.

Talvez fosse culpa, a necessidade de sofrer pelo que tinha feito, para relê-las de modo obsessivo. Talvez fosse confusão, alguma necessidade ou esperança de dar sentido ao que havia acontecido, ao que *todos* tinham feito para contribuir para aquela tragédia. Afinal de contas, ele era o único que havia sobrado para fazer isso.

Ou então... talvez fosse apenas por ainda amar a esposa e o amigo, por chorar a morte de ambos, e por não suportar se separar daquelas últimas relíquias pessoais. As próprias cartas com certeza estavam repletas de uma tristeza de partir o coração, facilmente visível entre os borrões de raiva.

– Acho que ela deixou as cartas de propósito num lugar em que o marido iria encontrar – concluiu Minnie devagar, enquanto observava uma fileira de pequenos cisnes nadando atrás da mãe. – Mas os poemas... talvez não tivessem nenhuma refe-rência explícita a lorde Melton. Se fossem apenas sobre *ela*, talvez os tivesse mantido privados, digo, guardados em algum lugar seguro.

– Então? – Rafe estava começando a ficar cansado daquele assunto. – Não vamos voltar a Argus House, a senhorita sabe. Todos os criados de lá nos viram da última vez.

– S-Sim. – Ela esticou a perna e examinou seu novo sapato sem fivela feito de couro de novilho. – Será que você teria... uma irmã, quem sabe uma prima, que não se importaria em ganhar... digamos 5 libras?

Cinco libras era metade de um salário anual para uma empregada doméstica.

Rafe estacou e a encarou.

– Está querendo que assaltemos a casa ou ponhamos fogo nela, pelo amor de Deus?

– Nada perigoso – garantiu ela, e bateu os cílios, só uma vez. – Quero que sua cúmplice roube a Bíblia da condessa.

...

No fim das contas não fora preciso roubar o livro. A prima Aoife, disfarçada de arrumadeira recém-contratada, simplesmente folheou a Bíblia posicionada sobre o criado-mudo, ao lado da cama vazia da condessa, retirou lá de dentro um punhado de papéis dobrados, colocou-os no bolso, desceu a escada e foi até o reservado atrás da casa, de onde desapareceu graças a um buraco na sebe, para nunca mais voltar.

– Algo que a senhorita possa usar, lady Bedelia?

Mick e Rafe tinham ido aos seus aposentos um dia após lhe entregarem o prêmio e coletarem a remuneração de Aoife.

– Sim.

Ela não havia pregado o olho na noite anterior, e tudo à sua volta tinha uma qualidade levemente onírica, inclusive os dois irlandeses. Deu um bocejo, abriu o leque bem a tempo e piscou os olhos para eles, então enfiou a mão no bolso e retirou um envelope de pergaminho lacrado com cera preta e endereçado a *sir William Yonge, representante das Forças Armadas no Parlamento.*

– Podem me garantir… e digo mesmo *garantir*… que sir William vai receber isto? Eu sei, estou magoando vocês – falou, seca, ao ver Rafe revirar os olhos. – Mas façam.

Eles riram e se retiraram, deixando-a no silêncio de seu quarto e na companhia do papel. Pequenas barricadas de livros protegiam a mesa sobre a qual ela havia operado sua magia, invocando o espectro do pai com meio cálice de Madeira, benzendo-se e pedindo a bênção das preces da mãe antes de empunhar a pena.

Nathaniel Twelvetrees, abençoada fosse a inclinação erótica de seu coração, havia se derramado lascivamente na descrição dos charmes de sua amante. Tinha também, num dos poemas, mencionado variados aspectos do local em que os amantes haviam se divertido juntos. Não chegara a assinar esse, mas escrevera "Seu para sempre, querida, Nathaniel" no fim do outro.

Após vacilar um pouco, ela decidira correr o risco de modo que nenhuma dúvida pairasse sobre a questão. Após preencher com testes duas páginas de papel formato grande, havia afiado uma nova pena e escrito, no que *pensava* ser uma versão decente da caligrafia e do estilo de Nathaniel, um título para o seu poema: "O constante florescer do amor: em comemoração ao 7 de abril." E embaixo, após muitos outros testes: "Seu, na carne e no espírito, querida Esmé, Nathaniel."

Se tivesse sorte, ninguém cogitaria investigar onde Esmé, condessa Melton, estivera no dia 7 de abril, mas uma das cartas da dita condessa marcava um encontro para essa data, e os detalhes do lugar fornecidos no poema de Nathaniel correspondiam ao que Minnie sabia sobre o ponto escolhido.

O poema deixava claro, pelo menos, que o duque de Pardloe teria tido motivos mais do que convincentes para desafiar Nathaniel Twelvetrees para um duelo. E com certeza sugeria que a condessa havia incentivado os avanços de Twelvetrees, senão mais do que isso – mas sem revelar o verdadeiro cerne da questão, quanto mais o caráter de Esmé ou as dolorosas intimidades de seu marido.

Agora estava feito.

As cartas continuavam dispostas sobre a mesa à sua frente em sua configuração de tarô, testemunhas silenciosas.

– E *com vocês*, o que devo fazer? – perguntou ela, enchendo um cálice de vinho e sorvendo-o devagar.

O mais simples, e de longe o mais seguro, seria queimá-las. Mas duas considerações a detinham.

Primeira: se o poema não funcionasse, as cartas eram a única prova do caso. Como último recurso, ela poderia entregá-las a Harry Quarry e deixar que ele fizesse delas o uso que quisesse.

Segunda: aquele último pensamento não lhe saía da cabeça e lhe atormentava o coração. *Por que ele guardou as cartas?* Fosse por culpa, tristeza, arrependimento, consolo ou lembrança, Sua Graça as havia guardado. Elas tinham certo valor para ele.

O solstício de verão acabara de passar. Apesar de serem mais de oito da noite, o sol ainda estava no céu. Ela ouviu os sinos de Saint James baterem e, esvaziando o copo, tomou uma decisão.

Teria que devolvê-las.

Quer tivesse sido a influência das preces de sua mãe ou uma benigna intercessão de madre María Anna Águeda de San Ignacio, apenas três dias após essa irrefletida decisão, a oportunidade para levá-la a cabo caiu no colo de Minnie.

– Que notícias, querida! – Lady Buford estava um tanto corada, fosse por causa do calor ou da animação, e se abanou depressa com o leque. – O conde Melton vai dar um baile em homenagem ao aniversário de sua mãe.

– O quê? Eu não sabia que ele tinha mãe. Ahn… quero dizer…

Lady Buford riu e ficou perceptivelmente mais corada.

– Até aquele vilão Diderot tem mãe, querida. Mas é verdade que a condessa viúva Melton não aparece muito. Ela sabiamente bateu em retirada para a França depois do suicídio do marido, e tem levado uma vida muito discreta por lá desde então.

– Mas ela vai voltar?

– Ah, duvido muito – disse lady Buford, e pegou um lenço de renda um tanto gasto, com o qual enxugou a testa. – Tem chá, querida? Vejo-me muito necessitada de uma xícara. O ar do verão é tão seco.

Eliza esperava ser convocada. Conhecendo a inclinação de lady Buford no que dizia respeito ao chá, começara a preparar um bule assim que a batida de lady B soara à porta, e nesse exato segundo veio atravessando o hall com uma bandeja sacolejante.

Minnie aguardou com toda a paciência o ritual de servir o chá: administrar três torrões de açúcar – restavam poucos dentes a lady Buford, o que não era de espantar –, uma generosa dose de creme e exatamente dois biscoitos de gengibre. Enfim revigorada, lady Buford limpou a boca, reprimiu um pequeno arroto e se sentou ereta, pronta para o trabalho.

– Não se fala em outra coisa, claro – disse ela. – Não se passaram nem quatro meses desde a morte da condessa. E, embora eu tenha certeza de que a mãe dele não está planejando comparecer, decidir comemorar seu aniversário é... audacioso, mas não a ponto de cometer um escândalo declarado.

– Eu imaginaria que, ahn... que lorde Melton já teve o seu quinhão nesse quesito – murmurou Minnie. – Mas o que a senhora quer dizer com "audacioso"?

Lady Buford pareceu apreciar a pergunta. Agradava-lhe exibir suas habilidades.

– Bem. Quando alguém, principalmente um homem, faz algo fora do comum, é sempre necessário pensar qual foi sua intenção ao agir assim. Quer esse efeito seja alcançado ou não, a intenção em geral explica bastante. Nesse caso – disse ela, pegando um terceiro biscoito no prato e o mergulhando no chá para amolecê-lo –, acho que lorde Melton deseja se fazer visível de modo a mostrar à sociedade em geral que ele não é louco... independentemente do que mais possa ser.

Minnie não estava tão certa quanto ao estado mental de lorde Melton, mas meneou a cabeça, obediente.

– Então a senhorita entende... – Lady Buford parou para mordiscar a borda do biscoito amolecido, fez uma cara de aprovação e engoliu. – A senhorita entende que, se ele apenas organizasse uma festa ou um baile normal, isso pareceria superficial e frívolo, na melhor das hipóteses. Na pior delas, frio e insensível. Também o faria se expor ao risco considerável de ninguém aceitar o convite.

– E no caso presente? – incentivou Minnie.

– Bem, há o fator curiosidade, que nunca pode ser subestimado. – A língua um tanto pontuda de lady Buford se projetou para fora de modo a capturar uma migalha fujona, que foi retirada de vista. – Mas, tornando a festa uma homenagem à mãe, ele mais ou menos solicita a lealdade dos amigos dela, que são muitos, e daqueles que eram amigos de seu finado pai, mas que não podiam apoiá-lo abertamente. *Além disso*, há os Armstrongs.

– Quem? – perguntou Minnie, sem entender.

A essa altura, seu repertório social de Londres já era bem extenso, mas ela não reconheceu nele nenhuma pessoa proeminente de sobrenome Armstrong.

– A mãe do duque é Armstrong por nascimento, apesar de a mãe dela ter sido inglesa – explicou lady Buford. – Mas os Armstrongs são uma família escocesa muito poderosa da região das Borders. Segundo os boatos, lorde Fairbairn, o avô materno do duque, um simples barão, mas muito rico... está atualmente em Londres e vai comparecer à... ahn... ao evento.

Minnie estava começando a achar o chá inadequado para a ocasião. Assim, levantou-se para pegar o decantador de Madeira no aparador. Lady Buford não objetou.

438

– É claro que a senhorita deve ir – disse lady Buford após engolir meio cálice num gole só.

– Devo mesmo?

Minnie estava experimentando aquele súbito vazio nas entranhas que acompanha a animação, a expectativa e o pânico.

– Sim – respondeu lady Buford com determinação, e secou o resto de vinho antes de largar o cálice. – Quase todos os seus melhores pretendentes vão estar lá, e nada como uma competição para fazer um cavalheiro se declarar.

A sensação agora era de puro pânico. Em meio a tanto trabalho, Minnie havia praticamente se esquecido de que, em teoria, estava à caça de um marido. Na semana anterior mesmo tinha recebido dois pedidos, embora, por sorte, de pretendentes razoavelmente pouco distintos, e lady Buford não tinha se oposto a que os recusasse.

Ela terminou seu Madeira e serviu mais um para ambas.

– Está bem – falou, sentindo a cabeça girar de leve. – O que acha que devo usar?

– O melhor que tiver, querida. – Lady Buford ergueu o cálice cheio numa espécie de brinde. – Lorde Fairbairn é viúvo.

15

O ROUBO E OUTROS FOLGUEDOS

A *carte d'invitation* chegou por mensageiro dois dias depois, endereçada a ela apenas como *mademoiselle Wilhelmina Rennie*. Ver seu nome, ainda que uma versão errônea do seu suposto nome, em preto sobre branco fez um leve arrepio lhe descer pela espinha. Se ela fosse descoberta…

"Pense um pouco, menina", disse a voz lógica de seu pai, afetuosa e ligeiramente impaciente. "E se você for pega? Não tema possibilidades não imaginadas. Imagine as possibilidades, em seguida considere o que faria em relação a elas."

Como de costume, seu pai tinha razão. Ela escreveu todas as possibilidades em que conseguiu pensar, de ter sua entrada em Argus House recusada a ser reconhecida no baile por um dos clientes que havia encontrado naquela semana ou ser detectada por um criado quando estivesse devolvendo as cartas.

Então mandou chamar os O'Higgins e lhes disse o que desejava.

Havia chegado tarde e se misturado sem dificuldade a um grupo de várias jovens aos risos ladeadas por suas acompanhantes, evitando assim a atenção dedicada a convidados que chegavam sozinhos e eram anunciados aos já presentes. A dança tinha começado. Foi fácil achar um lugar entre os que não estavam na pista, de onde podia observar sem ser observada.

Havia aprendido com lady Buford a arte de atrair os olhares dos homens. Antes disso, já sabia a arte de evitá-los. Apesar de estar usando sua melhor roupa – o vestido de baile *eau-de-nil* verde-claro –, contanto que mantivesse a cabeça baixa, se posicionasse na periferia de um grupo e não dissesse nada, era improvável que fosse atrair alguma atenção.

Mas seus olhos sabiam para onde se voltar. Havia muitos soldados de uniformes elegantes, mas ela viu lorde Melton na hora, como se não tivesse nenhum outro homem no recinto. Em pé, junto à imensa lareira, absorto numa conversa com outros homens. Sem qualquer surpresa, reconheceu o príncipe Frederick, apertado e afável em cetim vermelho-escuro, e Harry Quarry, elegante no próprio uniforme. Ao lado de Melton estava um homem baixote de ar agressivo, peruca cinza-chumbo e os traços de um picanço.

Deve ser lorde Fairbairn, pensou ela.

Sentiu alguém atrás de si. Ao se virar, deu com o duque de Beaufort a encará-la com uma expressão radiante. Ele lhe fez uma profunda reverência.

– Srta. Rennie! Garanto ser seu mais humilde criado!

– Encantada, como sempre, Sua Graça.

Ela bateu os cílios para ele por cima do leque. Sabia que era provável encontrar conhecidos, e já tinha decidido o que fazer caso isso acontecesse. Sabia como flertar e quando se distanciar, como passar habilmente de um parceiro ao outro sem causar ofensa. Assim, deu a mão a sir Robert, concedeu-lhe uma ou duas danças, mandou-o buscar uma bebida gelada e desapareceu no lavabo das senhoras durante quinze minutos... tempo suficiente para ele ter desistido e ido buscar outro par.

Ao voltar, movendo-se com cautela, dirigiu o olhar para a lareira e constatou que lorde Melton e seus companheiros tinham sumido. Um grupo de banqueiros e corretores da Bolsa, muitos dos quais ela conhecia, os havia substituído junto ao fogo. Pelo visto, estavam profundamente entretidos numa conversa sobre finanças.

Ela passeou pelo recinto sem chamar atenção, à espreita, mas Hal – *lorde Melton*, corrigiu-se com firmeza – não estava em lugar nenhum. O mesmo valia para o príncipe Harry Quarry e o agressivo avô escocês. Era óbvio que a conversa havia chegado a um ponto em que era necessário um pouco de privacidade.

Muito bem. Mas ela só poderia prosseguir com seu trabalho quando o maldito homem tornasse a aparecer. Se ele estava tendo conversas particulares, havia boas chances de o estar fazendo na biblioteca. Ela não se atrevia a correr o risco de topar com ele.

– Srta. Rennie! Que aparição divina! Venha dançar comigo, eu insisto!

Ela sorriu e ergueu o leque.

– Mas é claro, sir Robert. Com prazer!

Os homens demoraram mais de meia hora para voltar. O príncipe foi o primeiro a reaparecer e se encaminhou até uma das mesas de comes e bebes com uma expressão satisfeita de dever cumprido. Em seguida veio lorde Fairbairn, que surgiu por uma porta no outro extremo do salão de baile e ficou parado junto à parede, observando a festa com uma expressão tão afável quanto permitiam seus traços intimidadores.

Então lorde Melton e Harry emergiram pela porta que dava para o saguão principal, conversando entre si com uma casualidade que não conseguia de todo disfarçar sua animação. Qualquer que fosse o assunto de Hal com o príncipe, portanto, ele havia chegado a um desfecho favorável.

Ótimo. Isso queria dizer que ele ficaria ali, comemorando.

Minnie largou sua taça de champanhe ainda pela metade e se retirou discretamente na direção do lavabo.

Havia reparado no que conseguira: a localização das portas, sobretudo, e o caminho mais rápido caso precisasse sair depressa. A biblioteca ficava num corredor lateral, segunda porta à direita.

A porta estava aberta e fazia um calor convidativo lá dentro, com um bom fogo na lareira, velas acesas, móveis estofados macios em tons de azul e rosa que contrastavam com o papel de parede adamascado listrado de bordô. Ela inspirou fundo, soltou um pequeno arroto, sentiu as bolhas de champanhe subirem pela via nasal e, com uma rápida olhada no corredor, entrou na biblioteca e fechou a porta atrás de si sem fazer barulho.

A escrivaninha ficava à esquerda da lareira, justo como Mick tinha lhe dito.

O metal estava morno por ter sido carregado junto ao peito, e suas mãos tremiam. Ela já havia deixado cair as ferramentas mais de uma vez.

– É facílimo – informara Rafe ao lhe passar os dois pequenos instrumentos de latão. – É só não ter pressa. Fechaduras não gostam de pressa, e vão desafiá-la e contrariá-la se a senhorita tentar apressá-las.

– Exatamente como as mulheres – interveio Mick, sorrindo para ela.

Sob a paciente instrução dos O'Higgins, ela conseguira destrancar várias vezes a gaveta da própria escrivaninha. Sentira-se confiante na ocasião, mas era bem mais difícil quando estava cometendo um roubo na biblioteca particular de um duque, com o duque em questão e duzentas testemunhas a não mais de uns poucos metros dali.

Em teoria, aquela escrivaninha tinha o mesmo tipo de fechadura. Só que era maior, uma placa de latão sólida com a borda chanfrada ao redor de um buraco que, a seus olhos, parecia tão grande quanto o cano de uma arma. Ela inspirou fundo, empurrou o tensor para dentro do buraco e, conforme fora instruída, girou-o para a esquerda.

Em seguida, inseriu a gazua e a puxou delicadamente, escutando a fechadura. O barulho do salão de baile estava abafado pelas paredes intermediárias, mas a música martelava na sua cabeça e dificultava a audição. Ela se ajoelhou e quase encostou a orelha no latão da fechadura enquanto removia a gazua. Nada.

Tinha prendido a respiração e o sangue latejava em seus ouvidos, tornando ainda mais difícil escutar. Ela se sentou nos calcanhares, obrigando-se a respirar. Será que fizera algo errado?

De novo. Ela inseriu o tensor e o girou para a direita. O mais devagar que conseguiu, inseriu a gazua. Pensou ter sentido alguma coisa, mas... Umedeceu os lábios e retirou a gazua com toda a delicadeza. Sim! Um leve ruído de reverberação quando os pinos caíram.

– Não... se apresse... droga – sussurrou ela.

Enxugou a mão na saia e tornou a empunhar a gazua. Na terceira tentativa, tinha quase conseguido. Podia sentir que eram cinco pinos, e já conseguira mover dois, cada qual com seu pequeno clique.

Nesse momento, a maçaneta girou atrás dela com um *clique* bem mais alto! Ela se levantou de um salto, reprimindo um grito, e deu um susto no lacaio. Este deixou cair a bandeja, que bateu no piso de mármore com um som metálico e girou feito um pião até parar.

Minnie e o lacaio se entreolharam, ambos apavorados.

– Eu... peço desculpas, minha senhora – murmurou ele, e se agachou para recolher a bandeja. – Não sabia que havia alguém aqui dentro.

– Não... não tem problema – disse ela. – Eu... eu... estava me sentindo um pouco tonta. Achei melhor... achei melhor me sentar... um instante. Longe... longe da multidão.

As duas ferramentas estavam espetadas na fechadura. Ela deu um passo para trás e colocou a mão sobre a escrivaninha para se apoiar. Não foi fingimento. Seus joelhos tinham virado gelatina, e um suor frio gelava sua nuca. Mas o lacaio não tinha como ver a fechadura, protegida pelas saias *eau-de-nil* do seu vestido.

– Ah, claro, senhora. – Com a bandeja agora pressionada junto ao peito como se fosse um escudo, o lacaio estava recuperando o controle de si. – Posso trazer uma granita para a senhorita? Um copo d'água?

Senhor do céu, não!

Então viu a mesinha do outro lado da lareira, ladeada por duas poltronas, sobre a qual havia uma travessa de salgados, vários cálices e três ou quatro decantadores – um deles visivelmente cheio d'água.

– Ah – murmurou, com uma voz fraca, e fez um gesto em direção à mesa. – Quem sabe... um pouco d'água?

No mesmo instante em que ele deu as costas, ela levou a mão até atrás de si e puxou as ferramentas da fechadura. Com os joelhos tremendo, passou em frente à lareira e afundou numa das poltronas, enfiando as ferramentas no vão lateral da almofada sob o abrigo das saias.

– Gostaria que eu chamasse alguém para acompanhá-la?

O lacaio, após solicitamente lhe servir água, estava recolhendo depressa os decânteres de bebida alcoólica e o que ela agora viu serem três cálices usados. Mas claro... era ali que o duque tinha conduzido sua reunião.

– Não, não. Obrigada. Eu vou ficar bem.

O lacaio a encarou, depois fitou a travessa de salgados. Com um leve dar de ombros, deixou-a sobre a mesa, curvou-se e se retirou, fechando a porta ao sair.

Ela ficou sentada sem se mexer, forçando-se a respirar com regularidade. Estava tudo bem. Tudo iria ficar bem. Podia sentir o cheiro dos salgadinhos – guloseimas envoltas em toucinho, pedaços de anchovas e queijo. Sua barriga roncou. Será que ela deveria comer alguma coisa para acalmar os nervos e as mãos?

Não. Ainda estava segura, mas não havia tempo a perder. Enxugou as mãos nos braços da poltrona, levantou-se e marchou de volta até a escrivaninha.

Tensor. Girar para a direita. Gazua para ter certeza quanto aos pinos. Cutucar. Erguer os pinos um a um, apurando os ouvidos para escutar cada pequeno clique do metal. Puxar. Não. Que droga, não! Tentar outra vez.

Ela precisou se levantar duas vezes, ir beber água e dar uma volta pelo recinto no sentido horário, outro conselho dado pelos O'Higgins, para se acalmar antes de voltar a tentar.

Mas então... um súbito e decidido *tchum* metálico, e estava feito. Suas mãos tremiam tanto que ela mal conseguiu tirar dos bolsos os três embrulhos, mas acabou tirando. Abriu a gaveta com violência e os enfiou lá dentro. Em seguida, tornou a fechá-la com força e uma exclamação de triunfo.

– O que está fazendo? – indagou uma voz curiosa atrás dela.

Minnie deu um grito agudo, girou nos calcanhares e deu de cara com o duque de Pardloe em pé na soleira da porta e, atrás dele, Harry Quarry e outro soldado.

– Mas ora... – começou Harry, obviamente horrorizado.

– Que história é essa? – perguntou o outro homem, espiando curioso por cima do ombro de Harry.

– Não se incomodem – disse o duque, sem olhar para trás. Tinha os olhos cravados nos de Minnie, concentrados. – Eu cuido disso.

Sem se virar, segurou a porta pela borda e a fechou com um empurrão na cara dos outros dois. Pela primeira vez, ela escutou o tique-taque do pequeno relógio esmaltado na prateleira acima da lareira e o sibilo do fogo. Não conseguia se mexer.

Ele atravessou a biblioteca até onde Minnie estava, ainda com o olhar cravado no seu. O suor do corpo dela havia gelado até virar neve, e ela estremeceu uma vez de modo convulso.

Ele a segurou com cuidado pelo cotovelo e a moveu para o lado, depois ficou parado encarando a gaveta fechada e as gazuas cravadas na fechadura, metálicas e acusadoras.

– O que a senhora estava fazendo? – perguntou, e virou a cabeça para encará-la com um movimento brusco.

Ela mal o escutou, tamanho o estrondo que sua pulsação fazia em seus ouvidos.

– Eu... eu... estava roubando o senhor, Sua Graça – respondeu ela, num arroubo. – Com certeza isso deve estar óbvio.

Constatar que no fim das contas conseguia falar foi um alívio, e ela sorveu uma golfada de ar.

– Óbvio – repetiu ele, com um débil tom de incredulidade. – O que há para roubar numa biblioteca?

Isso vindo de um homem cujas estantes continham pelo menos meia dúzia de livros no valor de milhares de libras cada. Ela podia vê-los de onde estava. Mesmo assim, ele tinha certa razão.

– A gaveta estava trancada – disse ela. – Por que estaria trancada se não houvesse algo valioso lá dentro?

Ele olhou na mesma hora para a gaveta, e sua expressão mudou feito um relâmpago. *Ah, maldição!*, pensou ela. *Ele tinha se esquecido de que as cartas estavam lá dentro.* Ou talvez não...

Ele então se virou para ela, e o ar levemente intrigado havia sumido. Não pareceu se mover, mas de repente estava muito mais perto. Ela pôde sentir o cheiro da goma em seu uniforme e o leve odor de sua transpiração.

– Me diga quem é a senhorita, "lady Bedelia", e por que está aqui – ordenou ele.

– Eu sou só uma ladra, Sua Graça. Sinto muito.

Não havia chance nenhuma de chegar à porta, quanto mais de sair da casa.

– Não acredito nisso nem por um instante. – Ele a viu relancear os olhos e a segurou pelo braço. – E a senhorita não vai a lugar algum antes de me contar por que está aqui.

O medo a estava deixando tonta, mas a débil sugestão de que ela *poderia* ir a algum lugar pareceu oferecer ao menos uma chance de ele não chamar um policial e mandar prendê-la. Por outro lado...

O duque não iria esperar que ela se decidisse ou inventasse uma história. Segurou seu braço com mais força.

– Edward Twelvetrees – mencionou ele, a voz quase um sussurro, o rosto branco feito a morte. – Foi ele quem a mandou?

– Não! – exclamou ela, mas seu coração quase pulou para fora do corpete ao ouvir aquele nome.

Ele a encarou intensamente, e então seu olhar baixou e percorreu todo o comprimento das saias verdes reluzentes.

– Se eu revistasse a senhorita... o que será que iria encontrar?

– Um lenço sujo e um pequeno frasco de perfume – respondeu ela, sincera. Então arrematou, ousada: – Se quiser me revistar, fique à vontade.

As narinas dele inflaram um pouco, e ele a puxou de lado.

– Fique aqui – ordenou, sucinto.

Então a soltou e arrancou suas duas gazuas da fechadura. Levou um dos dedos ao pequeno bolso do colete e pescou uma chave com a qual destrancou a gaveta e a abriu.

O coração de Minnie havia acelerado quando ele sugerira revistá-la – não por medo –, mas nessa hora acelerou tanto que ela viu pontinhos brancos na periferia do seu campo de visão.

Não tinha recolocado as cartas nos lugares certos. Não poderia ter feito isso. Mick não havia prestado atenção. Ele iria perceber. Ela fechou os olhos.

Ele falou algo entre dentes em... latim?

Ela precisou respirar, e o fez com um arquejo.

A mão voltou e, desta vez, segurou-a pelo ombro.

– Abra os olhos – rosnou ele numa voz baixa, ameaçadora – e olhe para mim, droga!

Minnie abriu os olhos de chofre e encarou os dele, de um azul invernal, como gelo. Ele estava tão bravo que ela podia sentir a raiva vibrar através do seu ser, como um diapasão a ressoar.

– O que estava fazendo com as minhas cartas?

– Eu... – A capacidade de invenção a abandonou por completo e, impotente, ela respondeu com a verdade: – Eu as estava devolvendo.

Ele piscou. Fitou a gaveta aberta, com a chave ainda na fechadura.

– O senhor... ahn... o senhor me viu... – disse ela – ...me viu fechar a gaveta, quero dizer. Ahn... não viu?

– Eu... – Uma pequena ruga havia se formado entre as sobrancelhas escuras dele, funda como um corte de papel. – Vi. – Ele tirou a mão do ombro dela e ficou parado a encarando. – Posso saber como a senhorita conseguiu estar de posse das minhas cartas?

O coração de Minnie continuava a ribombar nos seus ouvidos, mas algum sangue estava começando a lhe voltar à cabeça. Ela engoliu em seco outra vez. Só havia uma possibilidade, certo?

– O sr. Twelvetrees – começou ela. – Ele... ele me pediu para roubar as cartas, sim. Eu... eu não quis fazer isso para ele.

– A senhorita *não quis* – repetiu ele.

Uma de suas sobrancelhas tinha se erguido devagar, e ele a estava olhando como se fosse algum tipo de inseto exótico que houvesse encontrado rastejando por seus crisântemos. Meneou a cabeça em direção à gaveta em questão.

– Por que não?

– Eu gostei do senhor – disse ela, sem pensar. – Quando... nos encontramos na festa no jardim da princesa.

– É mesmo?

Um leve rubor surgiu em suas faces e ele voltou a se retesar.

– Sim. – Ela o encarou de modo franco. – Pude ver que o sr. Twelvetrees *não* gostava do senhor.

– Para não dizer coisa pior – retrucou ele. – Então está me contando que ele a contratou para roubar as minhas cartas? Por que pensou que a senhorita seria a pessoa certa para tal empreitada? A senhorita rouba coisas profissionalmente?

– Bem, não com frequência – respondeu Minnie, lutando para manter o autocontrole. – Na verdade, nós... eu... eu descubro informações que possam ter algum valor. Só... faço perguntas aqui e ali, entende? Fofocas em festas, coisas assim.

– Nós? – repetiu ele, agora com as duas sobrancelhas arqueadas. – E quem são seus cúmplices, posso saber?

– Meu pai e eu – falou ela depressa, para não correr o risco de ele recordar os limpadores de chaminé. – É... o negócio da família, por assim dizer.

– O negócio da família – repetiu ele, com um leve ar de incredulidade. – Bem, deixando isso de lado, se a senhorita recusou o serviço de Edward Twelvetrees, como foi que conseguiu obter as minhas cartas?

Ela encomendou sua alma a um Deus no qual não acreditava muito e jogou o próprio destino ao vento.

– Alguém as deve ter roubado para ele – sugeriu, com o máximo de sinceridade que conseguiu. – Mas eu tive a oportunidade de... entrar na casa dele e as encontrei. Eu... reconheci o nome de Sua Graça. Não as li – acrescentou depressa. – Não depois de ver que eram pessoais.

Ele havia ficado branco outra vez. Sem dúvida estava visualizando Edward Twelvetrees bisbilhotando suas feridas mais íntimas.

– Mas... mas eu imaginava o que deviam ser, pelo que o sr. Twelvetrees tinha me contado. Então eu... eu as peguei de volta.

Ela agora estava respirando com um pouco mais de calma. Era bem mais fácil mentir para ele do que contar a verdade.

– A senhorita as pegou de volta – disse ele, e piscou, então a encarou com intensidade. – E depois teve a ideia de vir aqui devolvê-las. Por quê?

– Eu pensei que o senhor... pudesse querer tê-las de volta – concluiu ela com uma vozinha fraca, e sentiu as próprias faces corarem.

Ah, Deus, ele vai saber que eu as li!

– Que gentileza a sua – retrucou ele, seco. – Por que não as mandou para mim anonimamente, se a sua única intenção era devolvê-las?

Ela sorveu uma inspiração curta e infeliz e lhe disse a verdade, embora soubesse que ele não ia acreditar.

– Eu não queria que o senhor se magoasse achando que alguém as leu.

– A senhorita o quê? – indagou ele, sem acreditar.

– Quer que eu prove? – sussurrou ela, e sua mão se ergueu num impulso e tocou o rosto dele. – Sua Graça?

– Provar o quê?

Ela não conseguiu pensar em mais nada, nada mesmo, de modo que apenas ficou na ponta dos pés, com as mãos nos ombros dele, e lhe deu um beijo. De leve. Só que não parou, e seu corpo se moveu em direção ao dele – e o dele em direção ao dela – com a lenta convicção de plantas que se viram para o sol.

Segundos depois, ela estava ajoelhada no tapete em frente à lareira, tateando às cegas sob as camadas *eau-de-nil* em busca dos cordões das anáguas. O casaco do uniforme de Hal – ela sentiu medo e empolgação ao se dar conta de que estava pensando nele como Hal – tinha caído no chão com um ruído abafado de botões, ombreiras e renda dourada, e ele estava arrancando os botões do colete enquanto murmurava consigo mesmo em latim.

– O quê? – perguntou ela, após identificar a palavra "louca". – Quem está louca?

– Obviamente a senhorita – respondeu ele, detendo-se um instante para encará-la. – Quer mudar de ideia? Porque tem mais ou menos dez segundos para fazer isso.

– Vou precisar de mais de dez segundos para alcançar a porcaria da minha anquinha!

Murmurando "*irrumabo*" entre dentes, ele se ajoelhou no chão, tateou nas anáguas dela e segurou o cordão de sua anquinha. Em vez de soltá-lo, deu um puxão, rasgou o cordão, arrancou a anquinha do meio das roupas dela e a jogou em cima de uma poltrona. Então se livrou do colete e a empurrou de costas no chão.

– O que significa *irrumabo*? – perguntou ela para os cristais que pendiam do lustre do teto.

– Eu também – respondeu ele, ofegante.

Suas mãos estavam debaixo da saia dela, muito frias sobre suas nádegas.

– O senhor também *o quê?*

O corpo dele estava entre as suas coxas, muito quente, mesmo através da calça de couro.

– Estou *louco* – completou ele, como se isso estivesse evidente...

Talvez esteja mesmo, pensou ela.

– Ah – acrescentou ele, erguendo os olhos da braguilha da calça. – *Irrumabo* quer dizer "foder".

Três segundos mais tarde, ele estava assustadoramente quente e próximo...

– Meu Deus do céu! – exclamou ele, com os olhos arregalados de choque.

Tinha doído muito, e ela também congelou enquanto dava inspirações curtas. Sentiu o peso do corpo dele mudar, entendeu que estava prestes a sair de dentro dela, e o segurou pelo traseiro para impedi-lo. O traseiro dele era rijo, sólido e quente, uma âncora contra a dor e o pânico.

– Eu disse que iria provar – sussurrou ela.

E o puxou para dentro de si com toda a força ao mesmo tempo que arqueava as costas. Abafou um gritinho agudo quando ele terminou de entrar, e ele a segurou e a manteve parada, impedindo-a de se mexer.

Os dois ficaram deitados de frente um para o outro, encarando-se e sorvendo golfadas de ar como dois peixes fora d'água. O coração dele martelava com tanta força que Minnie podia senti-lo com a mão que estava pousada nas suas costas.

Ele engoliu em seco.

– A senhorita já provou? – indagou ele, por fim. – O que quer que... O que era mesmo que queria provar?

Com a rigidez do espartilho e o peso dele, Minnie não teve fôlego suficiente para rir, mas conseguiu abrir um pequeno sorriso.

– Que eu não queria deixar o senhor magoado.

– Ah!

A respiração dele estava ficando mais lenta e profunda. *Ele não está chiando*, pensou ela.

– Eu não queria... também não tive a intenção... de magoá-la – disse ele com uma voz suave.

Por um segundo, ela o viu hesitar: será que deveria tirar? Mas então a determinação mais uma vez tomou conta do seu semblante, e ele abaixou a cabeça e a beijou. Devagar.

– Não está doendo tanto assim – garantiu ela.

– *Mendatrix*. Quer dizer "mentirosa". Quer que eu...?

– Não, não faça isso – pediu ela com firmeza. Depois do choque inicial, seu cérebro agora tinha voltado a funcionar. – Isso nunca vai acontecer de novo, de modo que eu pretendo aproveitar... se é que é possível – acrescentou ela, com certa dúvida.

Ele também não riu, e seu sorriso foi muito tímido. Minnie sentiu na pele o calor do fogo da lareira.

– É possível, sim – disse ele. – Vou provar.

Ele lhe estendeu a mão, e ela a segurou. Os dedos de ambos se entrelaçaram.

Ele a levou até a escada dos fundos, onde soltou sua mão – a escada era estreita demais para os dois seguirem lado a lado – e desceu na sua frente, olhando para trás de vez em quando para ter certeza de que ela não havia sumido nem caído. Parecia tão atordoado quanto ela.

Barulhos subiam da cozinha pelo vão da escada de madeira: batidas de panelas, vozes chamando de lá para cá, louça batendo, um estrondo de algo se quebrando seguido por um palavrão. O cheiro de carne na brasa a atingiu numa lufada de ar quente e, de repente, Minnie sentiu fome.

Ele segurou sua mão outra vez e a afastou do cheiro de comida, fazendo-a atravessar um corredor sem atrativos, penumbroso e sem brilho até outro maior, com um piso de lona que abafava seus passos, e dali até um largo corredor forrado por um tapete turco em tons de azul e dourado e com velas a tremeluzir nas chapas de bronze de refletores que clareavam tudo com uma luz clara e suave. Criados passavam por eles qual fantasmas carregando bandejas, jarras, peças de roupa e garrafas, evitando cruzar seu olhar.

Foi como andar por um sonho mudo: algo entre a curiosidade e o pesadelo, sem ter ideia de para onde se está indo ou do que está à frente, mas sendo obrigado a seguir adiante.

Ele parou de modo abrupto e a olhou como se a tivesse encontrado andando pelo *seu* sonho. Colocou a mão bem de leve no peito dela por um instante, para que ela ficasse imóvel, então desapareceu por uma quina.

Quando ele se foi, os sentidos atordoados de Minnie começaram a despertar. Ela ouviu música, vozes e risos. Um forte cheiro de ponche quente e vinho. Não havia bebido nada exceto aquela primeira taça de champanhe, mas agora se sentia embriagada. Abriu e fechou os dedos devagar, ainda sentindo a força da mão dele a apertá-la, dura e fria.

De repente, ele tornou a aparecer. E Minnie sentiu sua presença como um soco no peito. Trazia nas mãos a sua capa, que a abriu e pôs à sua volta, envolvendo-a. Como se isso fizesse parte do mesmo movimento, tomou-a nos braços e a beijou com afã. Soltou-a, ofegante, então tornou a beijá-la.

– O senhor… – murmurou ela, mas então parou, sem saber o que dizer.

– Eu sei – interveio ele, como se soubesse mesmo.

E, com a mão segurando o cotovelo dela, a conduziu a algum lugar. Ela não estava mais prestando atenção em nada. Então veio uma lufada de ar noturno frio e chuvoso, e ele a estava ajudando a subir no degrau de um coche.

– Onde a senhorita mora? – perguntou ele numa voz quase normal.

– Em Southwark – respondeu ela, pois um puro instinto a impediu de lhe dar seu verdadeiro endereço. – Bertram Street, número 22 – acrescentou, inventando.

Ele aquiesceu. Tinha o rosto branco, os olhos escuros na noite. O vão entre as pernas dela estava ardido e pegajoso. Ele engoliu em seco e Minnie viu seu pescoço se mover, úmido de chuva, cintilando à luz do lampião. Ele não havia posto o lenço nem o colete, e sua camisa sob o casaco vermelho estava aberta.

Ele segurou sua mão.

– Irei vê-la amanhã – avisou. – Para saber como está passando.

Ela não respondeu. Ele beijou a palma de sua mão. A porta então foi fechada, e ela se pôs a sacolejar sozinha por sobre as pedras molhadas do calçamento, com a mão fechada com força em volta do calor do hálito dele.

Não conseguia pensar. Sentiu a umidade penetrar suas anáguas, acompanhada pela sensação levemente pegajosa de sangue. A única coisa que flutuava por sua mente era um comentário do pai.

Os ingleses são uns chatos com relação à virgindade.

16

SIC TRANSIT

Não foi tão difícil assim desaparecer. Os irmãos O'Higgins eram mestres nessa arte, conforme lhe garantiram.

– Deixe conosco, amor – falou Rafe, pegando a bolsinha de dinheiro que ela passou. – Para um londrino, o mundo além do final da sua rua é tão estrangeiro quanto o papa. Tudo que a senhorita precisa fazer é ficar longe dos lugares onde as pessoas têm o costume de vê-la.

Ela não tinha muita escolha. Não chegaria nem perto do duque de Pardloe ou de seu amigo Quarry, nem dos irmãos Twelvetrees. Mas ainda havia negócios a fazer antes de voltar a Paris: livros a serem vendidos e comprados, carregamentos despachados e recebidos, além de alguns negócios de natureza mais particular.

Assim, Minnie escrevera um bilhete pagando o que devia a lady Buford e anunciando seu retorno à França. Em seguida, hospedou-se em Parson's Green com tia Simpson e seus parentes durante um mês. Deixou os assuntos mais diretos a cargo dos O'Higgins e, com alguma relutância, confiou as aquisições mais delicadas ao sr. Simpson e seu primo Joshua. Dois ou três clientes se recusaram a encontrar qualquer um que não fosse ela. Embora a tentação fosse considerável, o risco era muito alto, e ela simplesmente não lhes respondeu.

Tinha ido uma vez à fazenda com tia Simpson para se despedir da mãe. No entanto, não conseguira se forçar a entrar no quarto de sœur Emmanuelle, e só fizera pousar a cabeça e as mãos na madeira fria da porta e chorar em silêncio.

Mas agora estava tudo feito. Estava sozinha debaixo da chuva no convés do *Thunderbolt*, boiando feito uma rolha sobre as ondas do Canal rumo à França. E ao pai.

A última coisa que faria, prometeu a si mesma, seria contar ao pai quem tinha sido.

Ele sabia quem era Pardloe, conhecia o histórico de sua família, exatamente quão frágil era a atual respeitabilidade dessa família. E conhecia, portanto, a vulnerabilidade de Pardloe à chantagem.

Talvez não uma chantagem declarada – pelo menos ela não queria acreditar que o seu pai a praticasse. Ele sempre a instruíra a evitar tal coisa. Não devido a razões morais. Seu pai tinha princípios, não moral. Mas por um motivo puramente pragmático: era perigoso.

– A maioria dos chantagistas é amadora – dissera ele ao lhe entregar um pequeno maço de cartas para ler, uma educativa troca entre um chantagista e sua vítima, escrita no fim do século XV. – Não sabe o que é decente pedir nem sabe quando parar, mesmo que queira. Uma vítima não leva muito tempo para perceber isso, e então... muitas vezes é a morte. Para um ou para outro.

– Nesse caso... – ele havia meneado a cabeça para os papéis manchados de marrom já meio esfacelados que ela segurava – ... foram os dois. A mulher que estava sendo chantageada convidou o chantagista para jantar na sua casa e o envenenou. Só que ela usou o veneno errado. Não o matou na hora, mas agiu depressa o suficiente para ele entender o que ela havia feito, e ele a estrangulou durante a sobremesa.

Não, ele *provavelmente* não tinha intenção de chantagear Pardloe.

Ao mesmo tempo, Minnie era inteligente o bastante para entender que as cartas e os documentos com os quais seu pai lidava eram com muita frequência encomendados por ou vendidos a indivíduos que *pretendiam* usá-los para fins de chantagem. Pensou em Edward Twelvetrees e seu irmão e se sentiu mais fria do que o vento gélido que vinha do Canal da Mancha.

Se seu pai soubesse que fora Pardloe quem a desvirtuara... *Que raio ele iria fazer?,* perguntou-se ela.

Não teria escrúpulos em matar Pardloe caso pudesse fazê-lo sem ser descoberto, disso Minnie tinha certeza. Embora fosse muito pragmático, talvez simplesmente exigisse uma satisfação de natureza financeira para compensar a perda da virgindade da filha. Que, afinal de contas, era uma mercadoria vendável.

Ou então, a pior de todas as possibilidades, ele talvez obrigasse o duque de Pardloe a se casar com ela.

Era o que ele desejava: encontrar-lhe um marido inglês rico, de preferência um que fosse bem-posicionado na sociedade.

– Só por cima do meu cadáver! – exclamou ela, fazendo um ajudante de convés que passava encará-la de um jeito estranho.

Havia ensaiado tudo durante a viagem de volta. Como contaria ao pai, o que *não* lhe contar, o que ele poderia dizer, pensar, fazer... Tinha um discurso montado. Firme, calmo, definitivo. Estava preparada para ouvi-lo gritar, repreender, renegá-la. Não estava preparada para ficar parada à soleira da porta da loja, engolir uma golfada de ar e irromper em prantos.

Estupefata, Minnie não falou nada. Um segundo depois, estava sendo esmagada pelo abraço dele.

– Você está bem? – Ele a afastou para poder examinar seu rosto, e passou a manga da camisa pelo rosto molhado, aflito e coberto por uma barba grisalha por fazer. – Aquele porco a machucou?

Ela não conseguiu decidir se perguntava "Que porco?" ou "Do que o senhor está falando?". Em vez disso, apenas balançou a cabeça.

Ele então a soltou, deu um passo para trás e levou a mão ao bolso para pegar um lenço que lhe estendeu. Ela percebeu, com atraso, que estava fungando e que tinha os olhos marejados.

– Me desculpe – disse ela, esquecendo todos os seus discursos. – Não tive a intenção de... de... – *Mas teve sim*, lembrou-lhe o coração. *Você teve a intenção, sim*. Ela engoliu isso junto com as lágrimas. – Não tive a intenção de magoar o senhor, paizinho.

Havia anos que não o chamava assim, e ele emitiu um ruído como se alguém tivesse lhe dado um soco na barriga.

– Sou eu quem pede desculpas, menina – retrucou ele, com um fio de voz. – Eu a deixei ir sozinha. Nunca deveria... Eu sabia... Meu Deus, vou matá-lo!

O sangue inundou suas bochechas pálidas e ele deu um soco na bancada.

– Não, não faça isso – pediu ela, alarmada. – A culpa foi minha. Eu...

Eu o quê? Ele a segurou pelos ombros e a sacudiu, embora não com força.

– Nunca diga isso. Aquilo que aconteceu... seja lá o que for... e de que maneira tenha sido não foi culpa sua. – Ele tirou as mãos dos ombros dela e inspirou, ofegante. – Eu... eu...

Calou-se, passou a mão trêmula pelo rosto e fechou os olhos. Então inspirou fundo mais duas vezes, abriu-os e disse, retomando um pouco de sua calma habitual:

– Venha se sentar, *ma chère*. Vou preparar um chá para nós.

Ela aquiesceu e o seguiu, largando a bolsa onde havia caído. A sala dos fundos lhe pareceu ao mesmo tempo familiar e um tanto estranha, como se a houvesse deixado anos antes, não meses. Tinha o cheiro errado, e ela se sentiu incomodada.

Sentou-se e colocou as mãos sobre o tampo de madeira gasto da mesa. Sentiu a cabeça girar e, quando respirou fundo para tentar fazer aquilo parar, a sensação de estar mareada voltou, e o cheiro de poeira e seda velha, chá rançoso e a transpiração nervosa de muitos visitantes se condensou numa bola sebenta dentro do seu estômago.

– Como... como o senhor descobriu? – perguntou ao pai, num esforço para se distrair da sensação de suor frio e apreensão.

Ele estava de costas para ela, partindo um pedaço do tijolo de chá já maltratado que jogou dentro do bule chinês lascado com suas peônias azuis. Não se virou.

– Como você acha? – rebateu ele, sem se alterar.

E ela pensou de repente nas aranhas, nos milhares de olhos imóveis, à espreita...

– *Pardonnez-moi* – falou, sem ar, e saiu aos tropeços para o corredor e pela porta que dava para o beco, onde vomitou sobre as pedras do calçamento.

Permaneceu do lado de fora por talvez quinze minutos, permitindo que o ar frio das sombras refrescasse seu rosto, os sons da cidade lhe retornassem, o barulho da rua um eco débil de normalidade. Então o sino da Sainte-Chapelle bateu e todos os outros o seguiram, e o *blem* distante de Notre-Dame de Paris avisou à cidade com uma voz grave de bronze que eram três da tarde.

– Está quase no horário da nona... o que ela pensa ser a nona. *Quando ouvir os sinos, ela não vai fazer nada até acabar de rezar, e muitas vezes fica em silêncio depois.*

– *Nona?*

– *As horas canônicas* – dissera a sra. Simpson, e abriu a porta com um empurrão. – *Venha logo, se quiser que ela fale com a senhorita.*

Ela limpou a boca na barra da saia e entrou. Seu pai tinha acabado de preparar o chá. Uma xícara recém-servida a aguardava. Ela a pegou, tomou um gole da bebida fumegante, bochechou-a e a cuspiu dentro do vaso de aspidistra.

– Eu vi minha mãe – falou, num impulso.

Ele a encarou, tão chocado que nem parecia respirar. Após vários instantes, abriu cuidadosamente as mãos e as colocou sobre a mesa, uma por cima da outra.

– Onde? – perguntou, bem baixinho.

Seu olhar seguia fixo, cravado no rosto da filha.

– Em Londres – respondeu ela. – Você sabia onde ela estava... onde ela *está*?

Seu pai tinha começado a raciocinar. Ela podia ver os pensamentos zunindo atrás dos olhos dele. O que ela sabia? Será que conseguiria mentir e se safar? Ele então piscou, inspirou fundo e soltou o ar pelo nariz num suspiro... um suspiro decidido.

– Sabia – disse ele. – Eu... eu mantenho contato com a irmã dela. Se você viu Emmanuelle, imagino que tenha visto Miriam também?

Uma de suas sobrancelhas desgrenhadas se ergueu, e Minnie aquiesceu.

– Ela contou... que o senhor paga os cuidados com ela. Mas o senhor a viu? Viu onde eles a mantêm, viu como ela... como ela está?

A emoção trovejava dentro dela como uma tempestade iminente, e ela teve dificuldade para manter a voz firme.

– Não – falou ele. E ela viu que ele tinha ficado branco até os lábios, não soube dizer se por raiva ou alguma outra emoção. – Nunca tornei a vê-la depois que me revelou que estava esperando um filho. Eu tentei – apressou-se, erguendo os olhos como se Minnie o houvesse desafiado, embora não tivesse dito nada. – Fui ao convento, conversei com a madre superiora. Ela mandou me prender. – Ele riu, uma risada curta, mas não desprovida de humor. – Você sabia que desvirtuar uma freira é um crime passível de ser punido com o tronco?

– Imagino que o senhor tenha comprado a sua liberdade – disse ela, do jeito mais cruel que foi capaz.

– Como faria qualquer um que pudesse, *ma chère* – retrucou ele, mantendo a calma. – Só que eu tive que ir embora de Paris. Na época ainda não tinha conhecido Miriam, mas sabia sobre ela. Pedi que lhe avisassem, mandei dinheiro e implorei para que descobrisse o que tinham feito com Emmanuelle... para que a salvasse.

– Ela salvou.

– Eu sei. – Ele agora havia se controlado, e a encarou com um olhar incisivo.
– Se você viu Emmanuelle, sabe o estado dela. Ela enlouqueceu quando o bebê...

– Quando *eu* nasci! – Minnie deu um tapa na mesa, e as xícaras tilintaram em seus pires. – Sim, eu sei. Droga, o senhor me culpa por ter... pelo que aconteceu com ela?

– Não – respondeu ele, com esforço evidente. – Não culpo.

– Ótimo. – Ela inspirou. – Eu estou grávida – anunciou, de supetão.

Seu pai ficou branco feito a morte. Ela achou que ele pudesse desmaiar. Na verdade, ela mesma poderia desmaiar.

– Não – sussurrou ele.

Baixou os olhos para a barriga dela, e uma profunda indisposição ali a fez sentir que poderia passar mal outra vez.

– Não. Eu não vou... não vou deixar uma coisa dessas acontecer com você!

– O senhor... – Ela quis bater nele, e talvez o tivesse feito caso ele não estivesse do outro lado da mesa. – Não se atreva a me dizer como eu posso me livrar do bebê! – Derrubou a xícara e o pires, e os espatifou contra a parede numa cascata de chá chinês. – Eu nunca faria isso... nunca, nunca, *nunca!*

Seu pai inspirou muito fundo e relaxou a postura. Continuava branco e seus olhos se vincaram de emoção, mas conseguia manter o autocontrole.

– Isso é a última coisa que eu faria – falou, suave. – *Ma chère. Ma fille.*

Ela viu que os olhos dele estavam cheios de lágrimas e sentiu um soco no coração. Ele fora buscá-la quando ela havia nascido. Fora buscar a filha, que havia amado e criado.

Ele viu os punhos dela se abrirem e deu um passo em sua direção, hesitante, como quem caminha sobre gelo. Mas ela não se retraiu nem gritou, e dali a mais um passo os dois estavam abraçados, ambos aos prantos. Minnie sentira tanta falta do cheiro dele: tabaco, chá preto, tinta e vinho doce.

– Paizinho... – murmurou.

E então chorou mais forte, pois nunca pudera dizer "mãezinha". Aquela coisinha minúscula e indefesa que carregava dentro de si nunca iria conhecer o pai. Nunca havia se sentido tão triste... e, ao mesmo tempo, reconfortada.

Ele havia se importado. Fora buscá-la depois de ela nascer. Ele a havia amado. E iria amá-la para sempre. Era isso que estava murmurando agora, junto aos seus cabelos, fungando para conter as lágrimas. Não permitiria que fosse perseguida e maltratada como sua mãe fora, não deixaria que nada de mau acontecesse com ela nem com o seu neto.

– Eu sei – concordou Minnie. Exausta, descansou a cabeça no peito do pai e o abraçou. – Eu sei.

17

CERA VERMELHA E TUDO O MAIS

Hal saiu do gabinete de sir William Yonge batendo energicamente com o salto das botas no piso de mármore e com a cabeça erguida. Aquiesceu para o soldado postado em frente à porta, cordial, desceu a escada, atravessou o saguão e saiu para a rua com a dignidade intacta. Harry o aguardava do outro lado da rua, aflito.

Ele viu o amigo abrir um enorme sorriso ao vê-lo, e Harry então jogou a cabeça para trás e uivou feito um lobo, para espanto de lorde Pitt e seus dois companheiros, que vinham pela calçada nesse exato instante. Hal mal teve tempo de se curvar antes de atravessar a rua e massacrar as costas e os ombros de Harry de tanta alegria. Com uma das mãos apenas, pois a outra segurava com força junto ao peito o precioso certificado de comissionamento.

– Meu Deus! Nós conseguimos!

– *Você* conseguiu!

– Não – insistiu Hal, e empurrou Harry de tanta animação. – Fomos nós. Nós conseguimos. Olhe aqui! – Acenou debaixo do nariz de Harry com o documento coberto e lacrado com cera vermelha. – Assinado pelo rei e tudo! Quer que eu leia para você?

– Sim, cada palavra… mas não aqui. – Harry o segurou pelo cotovelo e fez sinal para um táxi que passava. – Venha… Vamos ao Beefsteak! Podemos beber alguma coisa lá.

O sr. Bodley, gerente do clube, observou-os com um ar complacente quando adentraram o estabelecimento aos tropeços, pedindo champanhe e bifes. Em poucos instantes, estavam acomodados no salão de jantar deserto – uma vez que eram onze horas da manhã – com uma garrafa gelada ao alcance da mão e os bifes já pedidos.

– "… comissionado neste dia por Sua Majestade Real, pela graça de Deus, Jorge II". Ah, meu Deus, não consigo nem respirar… Mas que *coisa*…

Isso fez Hal rir. Seu peito parecera apertado por um torno durante todo o tempo que ele havia passado no escritório de sir William, mas o torno havia rebentado quando ele vira o certificado, com seu inconfundível selo real. Ele agora respirava de modo tão desimpedido quanto um bebê recém-nascido.

Mal podia suportar se separar do certificado, e nesse momento estendeu um dedo possessivo para acompanhar o contorno da assinatura do rei.

– Tive certeza quando entrei lá de que tudo estava perdido, de que sir William iria me dar alguma desculpa esfarrapada à guisa de recusa, o tempo todo me olhando daquele jeito que as pessoas fazem quando acham que você é maluco e poderia simplesmente pegar um machado e rachar a sua cabeça. Não que eu não tenha me sentido assim com frequência – acrescentou, judicioso, e esvaziou seu cálice. – Beba, Harry!

Harry bebeu, tossiu e tornou a servir champanhe.

– Mas *o que* aconteceu, afinal? Yonge se mostrou amigável, neutro...? O que ele *falou?*

Hal franziu o cenho, saboreando de modo distraído a nova explosão de bolhas em sua boca.

– Razoavelmente amigável... embora eu não ache que possa dizer *exatamente* como ele se comportou. Não estava nem um pouco nervoso. Nem desconfiado, como os políticos muitas vezes ficam comigo quando estão pensando no meu pai.

Harry emitiu um leve ruído gutural, a indicar que entendia e se solidarizava. Estivera ao lado de Hal durante o suicídio do pai e toda a maldita confusão que viera depois. Sorriu para o amigo e ergueu o copo num reconhecimento silencioso.

– Quanto ao que ele disse, me cumprimentou de modo muito afável, pediu que me sentasse e me ofereceu um biscoito com passas.

Harry deu um assobio.

– Meu Deus, quanta *honra!* Ouvi dizer que ele só oferece biscoitos ao rei e ao primeiro-ministro. Embora suponha que ele fosse oferecer um à rainha também, caso ela decidisse visitar seu antro.

– Acho uma possibilidade remota. – Hal esvaziou a garrafa e se virou para pedir outra, mas a bandeja do sr. Bodley já estava junto ao seu cotovelo. – Ah, obrigado, sr. Bodley.

Ele reprimiu um arroto e se deu conta de que a sua cabeça, embora não girasse, estava exibindo uma leve inclinação para flutuar.

– O senhor acha que o bife vai demorar?

O sr. Bodley inclinou a cabeça de um lado para outro, ambíguo.

– Talvez um pouco ainda, milorde. Mas o cozinheiro tem umas pequenas tortas de enguia maravilhosas que acabaram de sair do forno... Quem sabe eu possa lhe oferecer duas enquanto o senhor aguarda?

Harry farejou o ar perfumado vindo da cozinha e fechou os olhos com a expectativa. O Beefsteak preparava suas tortas de enguia com as habituais cebola, manteiga e salsa, além de noz-moscada e xerez seco.

– Ah, meu Deus, sim!

A boca de Hal salivou ao pensar naquilo. Mas o pensamento provocou também uma contração em seu corpo. Harry abriu os olhos e adotou um ar surpreso.

– O que houve, meu velho?

– O que houve? Nada.

O sr. Bodley tinha liberado a rolha de seu lacre de chumbo, e então a sacou com habilidade, produzindo um leve arroto e um silvo de bolhas subindo à superfície.

– Obrigado, sr. Bodley. Sim, tortas de enguia, claro! Tortas de enguia – repetiu, enquanto o gerente se retirava em direção à cozinha. – É que isso me fez lembrar do Kettrick's... e daquela moça.

Que maldição, meu Deus, por que ele não pediu que ela lhe revelasse seu verdadeiro nome? Lady Bedelia Houghton lhe provocou o *frisson* habitual de emoções. Luxúria, curiosidade, irritação... saudade? Não sabia se chegava a tanto, mas de fato gostaria de revê-la, nem que fosse para descobrir o que, afinal, estivera fazendo. Desejo agora intensificado pelo seu encontro com o ministro.

– Kettrick's? – estranhou Harry, com um ar de incompreensão. – Está se referindo àquele lugar que serve enguias, o Kettrick's Eel-Pye House? E de que moça está falando?

Hal captou algo na voz do amigo e lançou-lhe um olhar certeiro.

– A que eu peguei arrombando a gaveta da minha escrivaninha na noite do baile.

– Ah, *ela* – murmurou Harry, e enterrou o nariz no cálice.

Hal encarou Harry com mais atenção. Não tinha contado tudo, mas havia confessado que ficara satisfeito com o que ela lhe dissera (na verdade nem um pouco, mas...) e que a mandara de volta para casa de coche e pedira seu endereço.

Apenas para descobrir que o endereço em questão não existia. Quando ele fora procurar o cocheiro, um salafrário irlandês, o rapaz contara que a moça declarara estar faminta e lhe pedira que a deixasse descer um instante em frente ao Kettrick's. Ele assim o fizera. Na mesma hora, ela havia atravessado a casa, saído pelos fundos e se embrenhado num beco para nunca mais ser vista.

O que, na opinião de Hal, era uma história interessante o suficiente para ter ficado gravada na mente de Harry. Sem falar no fato de ele ter mencionado a moça para o amigo várias vezes, bem como seus esforços para encontrá-la.

– Humpf – fez ele, e bebeu mais um pouco e balançou a cabeça para clarear os pensamentos. – Bem, seja como for... houve uma conversa cordial, bastante cordial, embora durante toda ela tenha havido algo esquisito no comportamento de sir William. Um tanto grave... Foi por isso que achei que ele estivesse rumando para uma recusa... mas depois... compreensivo.

– É mesmo? – As grossas sobrancelhas de Harry se levantaram. – Por quê?

Hal tornou a balançar a cabeça, perplexo.

– Eu não sei. Só sei que... no fim, depois de ter me entregado o certificado e me dado os parabéns, ele apertou minha mão e a segurou por alguns instantes. Então... me transmitiu breves palavras de condolências pela minha... perda.

Ele pensava estar controlando as emoções, mas a dor era tão aguda que ele foi obrigado a pigarrear.

– Ele estava apenas sendo decente – comentou Harry, taciturno.

Para seu fascínio, Hal viu que o sangue estava subindo pelo pescoço de Harry até suas bochechas.

– Sim – falou, e se recostou de maneira casual, com o copo na mão, mas de olho no amigo. – Na hora eu estava tão radiante que não teria me importado se ele tivesse dito que um crocodilo estava mordendo o meu pé, mas agora, raciocinando de maneira mais sóbria...

Harry reagiu com um débil som gutural. Em seguida, concentrou-se no seu cálice, os olhos pregados na toalha de mesa. O rubor havia se espalhado até seu nariz, que agora reluzia de leve.

– Andei pensando... se isso pode ter sido algum tipo de referência indireta àquela maldita petição. Você sabe, aquela que Reginald Twelvetrees apresentou dizendo que eu assassinei o irmão dele num acesso de loucura.

– Sir William não chegou a mencionar a petição?

Hal balançou a cabeça.

– Não.

As tortas de enguia chegaram, fumegantes e apetitosas, e nada mais foi dito por um tempo. Hal enxugou os últimos vestígios de caldo no prato com um pedaço de pão, mastigou com deleite, engoliu, então abriu os olhos e encarou Harry.

– O que sabe sobre essa tal petição? – perguntou.

Ele conhecia Harry Quarry desde que o amigo tinha 2 anos e ele, 5. Harry era *capaz* de mentir, caso fosse avisado e tivesse tempo suficiente para se preparar, mas não conseguia inventar uma história para Hal.

Harry suspirou. Fechou os olhos, passou algum tempo considerando tudo, então tornou a abri-los com cautela. Hal ergueu as sobrancelhas e deixou as mãos espalmadas sobre a mesa, numa demonstração de que não pretendia bater ou esganar Harry. Harry baixou os olhos e mordeu o lábio.

– Harry – disse Hal, com suavidade. – O que quer que tenha feito, eu o perdoo. Só me fale que porcaria foi, sim?

Harry ergueu os olhos, aquiesceu, inspirou fundo e falou:

– *Irrumabo* – disparou, mais de espanto do que de raiva.

– Mas você está dizendo que falou para ela não pegar as cartas...

– Sim. Eu juro que falei, Hal. – O rubor havia se espalhado e estava começando a arrefecer. – Quero dizer, eu sabia como se sentia... em relação a...

– Eu acredito em você.

O próprio Hal estava se sentindo um pouco corado, e olhou para o lado. O sr. Bodley vinha se aproximando com pratos e talheres limpos seguido por um dos garçons do clube, que carregava cerimoniosamente uma travessa chiando de tão quente.

Eles ficaram sentados sem dizer nada enquanto eram servidos os bifes, acompanhados por uma pilha de cogumelos selvagens e guarnecidos com pequenas cebolas cozidas e reluzentes de manteiga. Hal emitiu os ruídos adequados de aprovação para o sr. Bodley, e pediu uma garrafa de um bom Bordeaux. Tudo isso, porém, foi puramente automático. Sua mente estava na biblioteca, na noite do baile.

"Eu não queria que o senhor se magoasse." Ainda podia ver a expressão no rosto dela ao dizer isso, e acreditava tanto nela agora quanto havia acreditado naquela ocasião, com o fogo da lareira a brilhar nos seus olhos, sobre a sua pele, nas dobras de seu vestido verde. "Quer que eu prove?"

E ela havia provado, no fim das contas. A lembrança o fez ser percorrido por um violento arrepio.

– Você está bem, meu velho?

Harry o encarava, aflito, com uma garfada de bife a meio caminho da boca.

– Eu… Sim – respondeu Hal, abrupto. – Mas ela não estava roubando as cartas de Esmé… digo… as cartas da minha escrivaninha. Estava *devolvendo*. Eu a vi fechar a gaveta antes de ela me ver. De modo que não as mandou para sir William, disso eu tenho certeza.

Harry aquiesceu devagar.

– Eu… eu não gosto de sugerir uma coisa dessas – falou, com um ar infeliz. – Quero dizer, eu confiei nela, por mais tolo que isso provavelmente tenha sido. Mas será que ela poderia ter… cópias, talvez? Porque do jeito que descreveu o comportamento de Yonge…

Hal balançou a cabeça.

– Eu juraria que não. O jeito como ela… Não. Tenho certeza de que não. Em último caso…

Ele hesitou, mas, afinal de contas, era de Harry que se tratava. Engoliu em seco e prosseguiu, com os olhos pregados no prato, mas a voz firme.

– Se sir William tivesse visto aquelas cartas, não teria conseguido me encarar, quanto mais se comportar como se comportou. Não. Alguma coisa o convenceu de que eu tinha motivos para desafiar Twelvetrees. Só Deus sabe o quê. Talvez a… moça… tenha encontrado alguém que… soubesse do caso…

O sangue fez suas bochechas arderem, e o desenho do garfo estava sendo impresso na sua palma, tamanha a força com que ele o segurava.

– Se alguém de bom caráter tiver jurado que era verdade…

Harry soltou uma expiração e assentiu.

– Tem razão. E… e foi *isso* que eu pedi a ela. Ahn… quero dizer, pedi que fizesse perguntas discretas por aí. Ahn… me desculpe.

Hal aquiesceu, mas não conseguiu dizer nada. Perdoava Harry, mas pensar que alguém, alguém que ele não conhecia, tinha ficado sabendo… Sentiu um ímpeto breve e poderoso de pegar uma vela no nicho da parede e tocar fogo na própria cabeça para eliminar aquele pensamento. Em vez disso, fechou os olhos e passou alguns instantes respirando fundo. A tensão em seu peito começou a relaxar.

Bem. Agora não havia nada a fazer em relação a isso. E o regimento *estava* salvo. Sentiu um pouco da euforia de antes retornar e abriu os olhos. Sim, por Deus, o regimento estava salvo. Ali estava o certificado, com seu lacre de cera vermelha e tudo o mais, bem em cima da toalha de linho.

Ele aliviou a pressão no garfo, obrigou-se a pegar a faca e cortou a carne. O caldo vermelho e quente escorreu, e ele viu na lembrança a pequena mancha de sangue no tapete branco em frente à lareira. O calor o engolfou como se ele *de fato* houvesse posto fogo nos cabelos.

– Uma coisa que poderia fazer, Harry, se estiver disposto...

– Qualquer coisa, meu velho.

– Me ajude a encontrá-la.

Harry parou com o garfo no ar.

– Claro – concordou, devagar, e abaixou o garfo. – Mas...

Mas, dizia o seu rosto, eles haviam passado as últimas três semanas procurando. A srta. Rennie desaparecera como se tivesse virado fumaça.

De repente, Hal riu. O sr. Bodley tinha se materializado com o Bordeaux, e havia um cálice cheio até a borda junto ao seu cotovelo.

– Confusão a todos os Twelvetrees! – exclamou Harry, erguendo o próprio cálice.

Hal retribuiu o brinde e tomou um longo gole. Era um vinho excelente, forte, com aroma de cerejas e torradas com manteiga. Mais uma garrafa daquelas, bem, duas, quem sabe, e ele talvez se sentisse capaz de lidar com as coisas.

– Harry, meu pai sempre me dizia: "Ninguém pode derrotá-lo se você não desistir." E eu... – Ele ergueu o cálice para o amigo. – Eu não desisto.

O semblante de Harry se desanuviou, e ele abriu um sorriso enviesado para Harry e retribuiu o brinde.

– Eu sei – falou. – Que Deus nos ajude.

18

A FUGA

Amsterdã, Kalverstraat, 18
3 de janeiro de 1745

Minnie limpou com cuidado o açúcar de confeiteiro do livro-caixa. A náusea do início da gestação tinha praticamente sido substituída pelo apetite de uma coruja voraz, segundo seu pai.

– Uma *coruja*? – indagara ela, e ele aquiescera sorrindo.

Seu choque havia passado junto com a náusea de Minnie, e seu rosto às vezes adotava uma expressão enlevada quando ela o surpreendia a observá-la.

– Você olha para a comida, *ma chère*, e vira a cabeça primeiro para lá, depois para cá, como se imaginasse que a comida fosse fugir, e então se abate sobre ela e *glup!*... Adeus, comida.

– Ora! – retrucou ela.

E olhou para ver se ainda tinha sobrado algum *oliebollen* no jarro de cerâmica, mas não, ela havia comido todos. As estripulias de Mortimer haviam cessado e ele agora estava anestesiado, como costumava acontecer quando ela comia.

Mas Minnie continuava com fome.

– O almoço já está pronto? – gritou ela para o pai no andar de baixo.

No estilo habitual de Amsterdã, a casa era comprida e estreita, com a loja no térreo, a parte residencial no andar de cima e a cozinha no subsolo. Um aroma apetitoso de frango assado vinha subindo pela escada havia uma hora, e, apesar dos *oliebollen*, ela estava faminta.

Em vez de uma resposta, ouviu os passos do pai subindo a escada, acompanhado por um chacoalhar de faiança e estanho.

– Não é nem meio-dia – disse ele num tom brando, largando uma bandeja sobre a bancada. – Ainda falta no mínimo uma hora para o almoço ficar pronto. Mas eu trouxe um pouco de café e brioches com mel.

– Mel?

Ela farejou o ar com prazer. Embora já não enjoasse muito, a forte sensibilidade olfativa perdurava, e o aroma intenso de café com brioches amanteigados frescos a deixou deliciada.

– Essa criança está quase tão grande quanto você agora – observou seu pai, espiando sua barriga protuberante. – Quando *mesmo* você disse que ela vai nascer?

– Daqui a três meses – respondeu ela, estendendo a mão para pegar um brioche e ignorando a sugestão. – Segundo a parteira, vai estar com mais ou menos o dobro do tamanho. – Ela baixou os olhos para a protuberância de Mortimer. – Não acho que isso seja possível, mas é o que ela diz.

Seu pai riu e, debruçando-se na bancada, fez um carinho no neto.

– *Comment ça va, mon petit?* – perguntou.

– O que fez o senhor concluir que é um menino? – indagou Minnie, embora não tivesse se afastado.

Ficava comovida quando seu pai conversava com o bebê. Ele sempre o fazia com o máximo de ternura.

– Bem, você o chama de Mortimer – assinalou ele e, após dar um tapinha de leve, retirou a mão. Suponho que isso signifique que *você* acha que será homem.

– Eu só gostei do anúncio de um frasco de remédio de patente inglesa: "Tônico de Mortimer para dissolver, resolver e liberar. Remove manchas de qualquer tipo: físicas, emocionais ou morais."

Isso deu um susto em seu pai, que não sabia se ela estava brincando ou não. Minnie o salvou dando uma risada e o enxotou para a cozinha com um aceno. Adorava os domingos, quando Hulda, a empregada, ficava em casa com a família, deixando os dois Snyders – Snyder era o *nom de guerre* de seu pai nos Países Baixos – darem um jeito sozinhos.

O pai cozinhava bem melhor do que a empregada, e a casa ficava tranquila sem as perguntas solícitas de Hulda e suas repetidas sugestões de "distintos cavalheiros" entre os clientes da loja que poderiam estar dispostos a aceitar uma viúva com um filho, caso o sr. Snyder conseguisse oferecer um dote generoso...

Muito francamente, ela não pensava que o pai fosse incapaz de uma coisa dessas. Ele também não a forçaria a nada. Na sua opinião, ele detestava a ideia de se separar dela... e de Mortimer, sem dúvida.

Ela fechou os olhos e saboreou o contraste do café amargo seguido por uma mordida de brioche amanteigado pingando mel. Como se tivesse sido estimulado pelo café, Mortimer de repente se esticou ao máximo, fazendo-a segurar a barriga e dar um arquejo.

– Seu bastardinho – disse ela, e parou para engolir o que restava do bocado com mel. – Desculpe. Você *não é* bastardo.

Pelo menos não seria, até onde ele ou o resto do mundo saberia. Seria o filho do falecido... Bem, ainda não havia decidido. Por enquanto, ele era filho de um capitão de rifles espanhol chamado Mondragon, morto de febre em alguma campanha convenientemente obscura. Quando Mortimer chegasse à idade de fazer perguntas, ela pensaria em algo melhor.

Quem sabe um alemão? Havia uma quantidade suficiente de pequenos ducados e principados entre os quais esconder um nascimento irregular – ainda que os alemães fossem *irritantemente* metódicos em relação ao registro de pessoas. Já a Itália... Bem, esse, sim, era um país nada metódico, e lá fazia calor...

Mas ele não seria inglês. Ela deu um suspiro e levou a mão ao pezinho que a cutucava curioso abaixo do fígado. Mortimer *poderia* ser menina, mas Minnie não conseguia cogitar essa opção. Porque não era capaz de pensar nele sem pensar em seu pai.

Talvez ela *de fato* se casasse. Algum dia.

Haveria tempo suficiente para tais considerações. Por enquanto, o que havia era uma irregularidade nas contas entre setembro e outubro, e ela pegou uma nova folha de papel, empunhou a pena e partiu à caça de 3 florins fujões.

Meia hora mais tarde, tendo enfim os capturado e os cravado com firmeza na devida coluna, ela se espreguiçou, deu um gemido e ficou de pé. Sua barriga, muito dada a ruídos ultimamente, gorgolejava de modo ameaçador. Se o almoço ainda não estivesse pronto, ela iria...

A sineta acima da porta soou com energia, e ela ergueu o rosto, surpresa. Os virtuosos protestantes de Amsterdã não cogitariam ir a qualquer lugar que não fosse à igreja no domingo. O homem postado diante da porta, contudo, não era nem holandês nem virtuoso. E *estava* usando um uniforme britânico.

– Sua... Graça? – disse ela, estupidamente.

– Hal – respondeu ele. – Meu nome é Hal. – Ele então a viu por inteiro, e ficou tão branco quanto o açúcar derramado no balcão. – Meu Deus!

– Não é... – começou ela, saindo de trás do balcão. – ... o que o senhor pensa.

Pouco importava. Ele inspirou profundamente e avançou a passos largos em sua direção. Ela ouviu debilmente o pai subindo a escada, mas tudo o que viu foi aquele rosto branco feito osso, dividido entre o choque e a determinação.

Ele a alcançou, agachou-se e a levantou do chão.

– Meu Deus! – tornou a dizer, desta vez em reação ao seu peso considerável.

Cerrando os dentes, segurou-a com força e atravessou a loja em zigue-zague, cambaleando apenas de leve. Tinha um cheiro maravilhoso de folhas de louro e couro.

A porta continuava aberta, e Harry Quarry a segurava deixando entrar uma lufada de ar frio invernal. Seu rosto sólido e quadrado se fendeu num enorme sorriso quando o olhar de Minnie cruzou o seu.

– Prazer em revê-la, srta. Rennie. Ande logo, meu velho, está vindo alguém.

– Minnie! Pare! Seu...

O grito de seu pai foi interrompido pela porta da loja batendo. Um segundo depois, ela foi jogada sem a menor cerimônia dentro de um coche que aguardava. Hal subiu depressa atrás dela, e Harry se pendurou precariamente no degrau do veículo e gritou para o condutor antes de entrar também e fechar a porta com força.

– *Minnie!* – O grito de seu pai a alcançou, fraco, mas audível.

Ela tentou se virar, olhar pela janela traseira, mas não conseguia sem se levantar e girar o corpo todo. Antes de poder sequer pensar em fazer isso, porém, Hal já tinha se desvencilhado da capa militar azul e a agasalhava.

O calor do corpo dele a envolveu, e seu rosto estava a não mais de uns poucos centímetros do dele, ainda branco. Dentro do coche, o calor do hálito dele se condensava sobre a sua bochecha.

As mãos dele estavam nos seus ombros, firmando-a em meio aos sacolejos. Ela achou que ele fosse beijá-la, mas um tranco súbito quando o coche fez uma curva o fez cambalear. Ele caiu para trás no assento em frente, ao lado de Harry Quarry, que ainda sorria de orelha a orelha.

Ela inspirou fundo e rearrumou as saias por cima da barriga.

– Para onde o senhor pensa que está me levando?

Ele a vinha encarando com intensidade, mas sem de fato vê-la, obviamente, pois suas palavras o fizeram se sobressaltar.

– O quê?

– Para *onde* está me levando? – repetiu ela, mais alto.

– Eu não sei – respondeu ele, e olhou para Harry ao seu lado. – Para onde estamos indo?

– Para um lugar no Keizersgracht – disse Harry, dando de ombros. – De Gevulde Gans.

– O Ganso Recheado? Estão me levando a um pub? – A voz dela involuntariamente ficou mais aguda.

– Eu a estou levando para nos casarmos – anunciou Hal, com o cenho franzido.

Ele estava muito pálido e um músculo perto de sua boca tremeu. *Eis uma coisa que ele não consegue controlar*, pensou ela. *Bem, além de mim.*

– Eu me casei com uma dama, e ela virou uma puta. Não posso reclamar se desta vez for o contrário.

– Quer dizer que o senhor me acha uma puta?

Ela não soube muito bem se deveria achar graça ou se ofender. Talvez as duas coisas.

– A senhorita costuma dormir com as suas vítimas?

Ela o encarou com um olhar demorado, firme, e cruzou os braços por cima da curva arredondada do ventre.

– Eu não estava dormindo, Sua Graça. E se o senhor estivesse, acho que eu teria notado.

De Gevulde Gans era um estabelecimento um tanto deteriorado, com um bêbado trajando farrapos pitorescamente encolhido junto aos degraus da frente.

– O que o fez escolher *este* lugar? – perguntou ela a Harry, recolhendo as saias para evitar uma pequena poça de vômito sobre as pedras e olhando para a maçaneta suja.

– O marido da dona é pastor – respondeu ele, racional, inclinando-se para abrir a porta. – E tem a reputação de não ser rígido demais em relação às coisas.

Coisas como uma autorização de casamento, imaginou ela. Embora talvez isso não fosse necessário quando a pessoa se casava em outro país.

– Entre – disse Hal atrás dela, impaciente. – Está fedendo aqui.

– E o senhor acha que vai estar melhor lá dentro? – indagou ela, tapando o nariz para se preparar.

Mas ele tinha razão: a brisa havia mudado de direção, e ela sentiu todo o impacto do cheiro do bêbado.

– Ai, meu Deus! – exclamou ela e, girando nos calcanhares com agilidade, vomitou do outro lado dos degraus.

– Ai, meu Deus! – ecoou Hal. – Não importa, eu vou arrumar um pouco de gim. Agora, pelo amor de Deus, entre!

Ele sacou da manga um grande lenço branco, usou-o para enxugar a boca de Minnie e a apressou para que passasse pela porta.

Harry já havia entrado e iniciado as negociações num holandês ruim mas funcional, incrementado por uma substancial bolsinha de dinheiro que pôs em cima do bar com um tilintar bem alto.

Hal, que pelo visto não falava holandês, interrompeu a conversa do amigo com a dona atrás do bar tirando um guinéu de ouro do bolso e jogando sobre o balcão.

– Gim – pediu.

Minnie havia se deixado cair sobre um banquinho assim que entrara, e estava ali encolhida, com os olhos fechados, apertando o lenço de Hal numa das mãos e tentando não vomitar. Um segundo depois, porém, o cheiro forte e limpo de junípero rompeu o miasma do bar e o leve fedor de rato morto. Ela engoliu, obrigando-se a sentar, e segurou o copo de gim que Hal lhe estendia.

Para sua considerável surpresa, deu certo. O enjoo diminuiu com o primeiro gole e o desejo de se deitar no chão arrefeceu. Em poucos segundos, ela estava se sentindo normal – ou o mais normal que uma pessoa podia se sentir aos seis meses de gravidez e prestes a se casar com Hal.

O pastor, tirado da cama e obviamente padecendo de uma forma extrema de *la grippe*, virou os olhos vermelhos de Hal para Minnie, depois de volta para Hal.

– O senhor quer se casar com ela?

O tom de incredulidade atravessou sua congestão nasal, lenta e viscosa.

– Sim – respondeu Hal. – Agora, por obséquio.

O pastor fechou um dos olhos e o encarou, então virou-se para a esposa, que deu um muxoxo impaciente e começou a dizer algo rápido em holandês acompanhado por um gesto categórico. Ele deu de ombros, de um modo que indicava ser frequente aquele tipo de ataque. Quando ela parou de falar, ele assentiu de modo resignado, sacou do bolso da calça frouxa um lenço empapado e assoou o nariz.

Hal apertou com mais força a mão de Minnie. Não a havia soltado desde que tinham entrado no bar, e ela fez um movimento espasmódico, sem se desvencilhar por completo. Ele baixou os olhos e a encarou.

– Desculpe – falou, e afrouxou a mão, mas sem soltar.

– Ela está grávida – afirmou o pastor num tom de reprimenda.

– Eu sei – concordou Hal, tornando a apertar a mão dela. – Ande logo com isso, por favor. Agora.

– Por quê? – indagou Minnie, levemente interessada. – Tem algum lugar especial onde precisa estar?

– Não – respondeu ele, estreitando os olhos. – Mas quero que essa criança seja legítima, e acho que a senhorita pode dar à luz a qualquer momento.

– Isso *não vai* acontecer – retrucou ela, ofendida. – O senhor *sabe* que eu nao estou com mais de seis meses!

– Mas está parecendo uma… – Ao captar a expressão dos olhos dela nesse momento, ele se calou abruptamente, tossiu, e voltou a atenção uma vez mais para o pastor. – Queira continuar, monsenhor.

O homem aquiesceu, tornou a assoar o nariz e acenou para a esposa, que se curvou para vasculhar debaixo do balcão e acabou emergindo com um livro de orações surrado, com a capa toda manchada.

De posse do objeto, o pastor pareceu se animar.

– O senhor tem testemunhas? – perguntou a Hal.

– Sim – respondeu Hal, impaciente. – Ele está... Harry? Maldição, ele saiu para pagar o confirmou. Fique aqui! – ordenou ele a Minnie e, soltando sua mão, saiu a passos largos do bar.

O pastor ficou olhando para ele com uma expressão dúbia, então encarou Minnie. A ponta do seu nariz estava úmida e vermelha, e finíssimas veias lhe arroxeavam as faces.

– A senhorita está disposta a desposar esse homem? – perguntou ele. – Estou vendo que ele é rico, mas talvez seja melhor escolher um homem pobre que a tratará bem.

– *Ze is zes maanden zwanger, idioot* – disse a mulher do pastor. "Ela está grávida de seis meses, idiota" – *Is dit die schurk die je zwanger heeft gemaakt?*

Ela removeu o cachimbo do canto da boca e fez um gesto da porta para a barriga de Minnie. "Foi ele o ordinário que a engravidou?" Um vigoroso chute do ocupante da barriga fez Minnie grunhir e dobrar o corpo.

– *Ja, is die schurk* – garantiu ela à mulher, olhando por cima do ombro para a porta, onde se podia ver a sombra de Hal na janela, e uma sombra maior atrás dele que devia ser de Harry.

Os dois homens tornaram a entrar junto com uma lufada de ar frio, e a mulher trocou um olhar com o marido. Ambos deram de ombros, e o pastor abriu o livro e começou a folheá-lo de um jeito meio impotente.

Harry abriu para Minnie um sorriso reconfortante e lhe deu uns tapinhas na mão antes de se postar solidamente ao lado de Hal. Por mais estranho que parecesse, ela se sentiu de fato reconfortada. Se um homem como Harry era um bom amigo de Hal, então talvez, apenas talvez, ela não estivesse enganada a seu respeito.

Não que fosse fazer qualquer diferença neste ponto, pensou ela, sentindo um arrepio estranhamente agradável lhe subir pelas costas. Era como se estivesse prestes a pular de um precipício, mas sentindo um imenso par de asas se abrir nas costas ali mesmo, enquanto encarava o vazio.

– *Mag ik uw volledige naam alstublieft?* – "Quais são seus nomes, por favor?"

A dona do bar havia sacado um livro de registros em mau estado, talvez as contas do estabelecimento, concluiu Minnie ao olhar para as páginas manchadas. A mulher abriu o livro numa página em branco e mergulhou a pena no tinteiro com um ar de expectativa.

Por alguns instantes, Hal pareceu não ter entendido, então falou, firme:

– Harold Grey.

– Só isso? – indagou Minnie, surpresa. – Nenhum título?

– Não – respondeu ele. – Não é com o duque de Pardloe nem mesmo com o conde Melton que a senhorita está se casando. É só comigo. Desculpe decepcioná-la, se era isso que estava pensando – acrescentou, num tom que de fato soou contrito.

– De modo algum – disse ela, educada.

– Meu nome do meio é Patricius – disse ele, num rompante. – Harold Patricius Gerard Bleeker Grey.

– É mesmo?

– *Ik na gat niet allemaal opschrijven* – objetou a mulher. "Não vou escrever tudo isso."

– Bleeker… *dat is Nederlands* – comentou o pastor num tom de surpresa e aprovação. – Sua família é holandesa?

– A mãe da mãe do meu pai – respondeu Hal, igualmente surpreso.

A mulher deu de ombros e escreveu as palavras enquanto as repetia consigo mesma:

– Harold… Bleeker… Grey. *En u?* – perguntou, erguendo os olhos para Minnie.

Minnie teria pensado que o seu coração não tinha como acelerar mais, porém estava errada. Por mais frouxo que estivesse o seu espartilho, sentiu-se tonta.

Antes de conseguir inspirar ar suficiente para falar, Hal interveio:

– Ela se chama Wilhelmina Rennie – disse à mulher.

– Na verdade, meu nome é Minerva Wattiswade – retrucou ela após respirar fundo.

Hal a olhou e franziu o cenho.

– Wattiswade? O que é Wattiswade?

– Não é "O que é Wattiswade"? – respondeu ela, com uma paciência exagerada. – A pergunta certa é: "Quem é Wattiswade?" Eu, na verdade.

Aquilo pareceu ser demais para Hal, que olhou para Harry pedindo ajuda.

– Ela está dizendo que não se chama Rennie, meu velho. Que o sobrenome dela é Wattiswade.

– Ninguém se chama Wattiswade – objetou Hal, franzindo o cenho para Minnie. – Eu não vou me casar com a senhorita sob um nome falso.

– *Eu* é que não vou me casar com o senhor sob um nome falso! – rebateu ela. – Ai!

– O que foi?

– Seu maldito bebê me deu um chute no fígado!

– Ah! – Hal pareceu um pouco desconcertado. – Quer dizer que o seu nome é *mesmo* Wattiswade?

– Sim, é isso.

Ele inspirou fundo.

– Está bem. Wattiswade. Por que…? Deixe estar. Depois a senhorita me conta por que se apresenta como Rennie.

– Não conto, não.

Ele a fitou com as sobrancelhas erguidas bem alto, e ela pode vê-lo tentando decidir se deveria dizer algo. Mas seus olhos então perderam a expressão de um homem que fala consigo mesmo e se concentraram nela.

– Está bem – sussurrou ele e lhe estendeu a mão com a palma virada para cima.

Ela tornou a inspirar, olhou para o precipício e pulou.

– Cunnegunda – falou, e entrelaçou os dedos com os dele. – Minerva Cunnegunda Wattiswade.

Ele não protestou, mas ela pôde senti-lo vibrar de leve. Tomou o cuidado de não encará-lo. Harry parecia estar discutindo com a mulher sobre alguma coisa – algo a ver com a necessidade de uma segunda testemunha, pensou ela, mas não conseguiu se concentrar o suficiente para destrinchar as palavras. O cheiro de fumaça de tabaco e de suor rançoso a estava deixando enjoada outra vez.

Certo. Ficou decidido que a sra. Ten Boom poderia ser a segunda testemunha. Ótimo. Mortimer deu uma cambalhota na barriga de Minnie. O suor havia brotado em suas têmporas, e ela sentiu as orelhas quentes.

De repente, foi tomada pelo medo de que o pai irrompesse porta adentro a qualquer instante. Não temia que ele fosse impedir aquela cerimônia improvisada. Tinha certeza absoluta de que Hal não permitiria, e saber disso a amparou. Mesmo assim, não o queria ali presente. Aquilo era só dela.

– Rápido – falou para Hal em voz baixa. – Rápido, por favor.

– Ande logo com isso – ordenou ele ao pastor numa voz que não foi especialmente alta, mas que esperava ser obedecida.

O reverendo Ten Boom piscou, tossiu e abriu seu livro.

Foi tudo em holandês. Ela poderia ter acompanhado as palavras, mas não o fez. O que ecoava em seus ouvidos eram, isso sim, as expressões jamais pronunciadas nas cartas.

Não nas de Esmé... nas dele. Cartas escritas para uma esposa morta com uma dor arrebatada, com fúria, com desespero. Era como se houvesse furado o próprio pulso com a pena afiada e escrito aquelas palavras com sangue. Minnie então ergueu os olhos para ele, branco feito o céu de inverno, como se todo o sangue houvesse se esvaído de seu corpo e o deixado seco.

Mas os olhos eram de um azul-claro e penetrante quando ele virou na direção dela o rosto de sobrancelhas escuras, e o fogo que havia neles não tinha se extinguido, de modo algum.

Você não o merecia, pensou ela, falando com a ausente Esmé, e acariciou com a mão livre a barriga que subia e descia de leve. *Mas você o amou. Não se preocupe. Vou cuidar dos dois.*

NOTAS DA AUTORA

Se você nunca leu o maravilhoso *Uma dobra no tempo*, de Madeleine L'Engle, ainda não é tarde demais. É uma história fantástica, e eu a recomendo. Se a *tiver* lido, porém, com certeza irá se lembrar desta frase emblemática: "Um cubo cósmico é algo que, de fato, existe."

Na verdade, um cubo cósmico é algo que existe mesmo, tanto como conceito geométrico quanto como conceito científico. Trata-se de um construto quadridimensional no qual a quarta dimensão é o tempo. E ele é usado como dispositivo ficcional para unir duas linhas distintas de espaço-tempo, eliminando o tempo linear entre elas. Bem mais prático do que uma trambolhenta e velha máquina do tempo.

Entretanto, também é fato que eu não tenho talento algum para idades. Tenho apenas uma vaga noção de quantos anos qualquer personagem dessas histórias tem em qualquer ponto específico. Em geral desconheço a data de seus aniversários. Na verdade, não me importo. Isso perturba tanto meus editores quanto meus leitores com mais propensão ao TOC, e eles não vão ficar felizes com o que eu vou dizer, mas, enfim, não há outro jeito.

Quando escrevi *The Scottish Prisoner*, atribuí idades aleatórias aos filhos pequenos de Hal e Minnie, sem pensar que fôssemos tornar a vê-los antes de eles virarem adultos (na verdade, nós os vimos todos como adultos em uma ocasião ou outra em *Ecos do futuro* e *Escrito com o sangue do meu coração*).

Dito isso... eu *também* observei em *The Scottish Prisoner* que Jamie Fraser tinha conhecido Minnie antes de ela se casar, em Paris, e que eles haviam se encontrado no contexto dos complôs jacobitas dessa época. Isso é uma temática do enredo, tem a ver com os dois personagens e suas subsequentes ações, por isso é importante.

E eu permiti que Minnie contasse a lorde John as circunstâncias de seu casamento com seu irmão Hal. Isso também é importante, uma vez que indica algo sobre o relacionamento entre Minnie e Hal e explica exatamente por que ele recorre a ela para ajudá-lo com questões relacionadas a informação em histórias posteriores.

Portanto, esses dois fatos são importantes. Quantos anos os filhos têm *não* é importante.

Voltando a mais detalhes sobre a história pregressa de Minnie e Hal, naturalmente eu queria incluir o fato de Minnie ter conhecido Jamie Fraser. Certo, isso *precisava* acontecer em algum momento de 1744, quando os Frasers estavam em Paris conspirando.

A gravidez de Minnie e o nascimento iminente de seu primeiro filho Benjamin tinham muito a ver com o casamento de Minnie e Hal. Ou seja, Benjamin precisa ter sido concebido em algum momento de 1744.

Como o leitor mais detalhista terá percebido na hora, se Benjamin foi concebido em 1744 e nasceu em 1745, como precisa ter nascido, então ele não poderia ter 8 anos em 1760, quando transcorre *The Scottish Prisoner*. Só que tinha.

Evidentemente, o único jeito de conciliar a idade de Benjamin – bem como a de seus irmãos, Henry e Adam – é tirar a conclusão lógica de que um cubo cósmico foi usado em algum momento entre a escrita de *The Scottish Prisoner* e a de "Um verde fugidio" e de que os meninos estarão todos homens-feitos da próxima vez que os virmos, e isso não terá importância. Ainda bem que eu confio na capacidade mental dos meus inteligentes leitores para que possam compreender esse conceito e apreciar a história sem mais preocupações inúteis.

PINTORES DE BALEIAS

Em determinado momento, ao refletir sobre o tom sutil de seu vestido *eau-de-nil*, Minnie se refere mentalmente a um conhecido seu, um tal sr. Vernet, que é um pintor de baleias.

Pintar baleias era, de fato, uma atividade no século XVIII: havia uma grande demanda pela produção de quadros românticos de tema marítimo e aventuresco, portanto havia pessoas especializadas na sua produção. Claude-Joseph Vernet foi um artista real cuja profissão consistia em pintar paisagens marinhas, das quais muitas incluíam baleias. Como tal, ele também devia ser um especialista na representação da água e de seus muitos matizes, tendo então condições de conversar com Minnie sobre o conceito de "um verde fugidio", ou seja, a tinta verde nessa época era fabricada com um pigmento que tinha tendência a se apagar depois de algum tempo, ao contrário dos mais robustos e definitivos azuis e cinzas.

E é claro que todos vocês irão entender a alusão metafórica do título. (Na verdade, incluí monsieur Vernet de modo a deixar claro para os leitores que não falam francês – nem necessariamente interrompem a leitura para pesquisar no Google expressões desconhecidas – que *eau-de-nil* é, na verdade, um tom de verde.)

SITIADOS

Jamaica
Início de maio de 1762

Lorde John Grey mergulhou o dedo no pequeno pote de pedra, trouxe-o de volta reluzente e o cheirou com cautela.

– Meu Deus do céu!

– Sim, milorde. Foi o que eu disse. – Com o rosto de lado, seu lacaio Tom Byrd tornou a tampar o pote. – Se o senhor esfregasse *isso aí* no corpo, iria atrair moscas às centenas, do mesmo jeito que algo que estivesse morto. E morto *há muito tempo* – arrematou ele, enrolando o pote num guardanapo para proteger melhor.

– Bem, verdade seja dita, a baleia parece *mesmo* morta faz tempo – comentou Grey num tom dubitativo.

Olhou para a parede dos fundos de seu escritório. Havia certo número de moscas pousadas no lambri, como de hábito, gordas e pretas como uvas-passas sobre o gesso branco. E, de fato, uma ou duas já tinham alçado voo e vinham voejando em círculos preguiçosamente na direção do pote de óleo de baleia.

– Onde arrumou isso?

– O dono do Moor's Head tem um barril inteiro. É o que usa para queimar nos seus lampiões… Segundo ele, é mais barato até do que velas de sebo.

– Ah, não me diga!

Levando em conta o cheiro habitual do Moor's Head numa noite movimentada, ninguém iria reparar no mau cheiro de óleo de baleia em meio a tantos outros fedores.

– Mais fácil de encontrar na Jamaica do que gordura de urso, imagino – observou Tom, pegando o pote. – Quer que eu tente misturar com a hortelã, milorde? *Pode ser* que ajude – acrescentou ele, com uma remexida duvidosa do nariz.

Tom logo pegara o trapo seboso que morava no canto da escrivaninha de Grey e, com um gesto hábil, acertara uma mosca graúda em pleno voo e a despachara para o além.

– Baleia morta com hortelã? Isso deveria deixar o meu sangue especialmente atraente para os mais exigentes insetos mordedores de Charles Town… sem falar no Canadá.

As moscas jamaicanas eram desagradáveis, mas raramente carnívoras, e a brisa do mar e as telas de musselina das janelas mantinham a maior parte dos mosquitos afastados. Mas nos pântanos do litoral da América e nas florestas profundas do Canadá...

– Não – disse Grey com relutância, coçando o pescoço só de se lembrar das mutucas canadenses. – Não posso comparecer à inauguração da nova sede da fazenda do sr. Mullryne coberto de óleo de baleia. Talvez consigamos encontrar gordura de urso na Carolina do Sul. Enquanto isso... óleo doce, talvez?

Tom balançou a cabeça, decidido.

– Não, milorde. Segundo Azeel, óleo doce atrai aranhas. Elas lambem o óleo da sua pele quando o senhor estiver dormindo.

Lorde John e seu lacaio tiveram um calafrio simultâneo ao recordar a experiência da semana anterior com uma armadeira, uma aranha cujas patas tinham uma envergadura do tamanho da mão de uma criança. A criatura havia irrompido inesperadamente de uma banana madura, seguida pelo que na ocasião pareciam ser várias centenas de pequenos filhotes, numa festa ao ar livre dada por Grey para celebrar sua partida da ilha e receber o Honorável Sr. Houghton Braythwaite, seu sucessor no cargo de governador.

– Pensei que ele fosse ter uma apoplexia no ato – disse Grey, com os lábios a ensaiar um sorriso.

– Ele provavelmente queria ter tido.

Grey encarou Tom, Tom encarou Grey, e ambos explodiram em risos abafados ao recordar a expressão do Honorável Sr. Braythwaite nessa ocasião.

– Ora, ora – disse lorde John, controlando-se. – Isso não vai servir. Você tem...

O ruído de uma carruagem subindo o caminho de cascalho de King's House o interrompeu.

– Ah, Deus, será ele?

Grey relanceou os olhos culpados pela bagunça de seu escritório: no canto havia um baú aberto quase cheio, e a escrivaninha estava tomada por documentos espalhados e os resquícios do almoço, sem qualquer condição de ser vista pelo homem que iria herdá-la no dia seguinte.

– Corra lá e o distraia, sim, Tom? Leve-o para a sala de recepção e lhe ofereça rum para beber. Irei buscá-lo assim que... que tiver feito alguma coisa em relação a isso tudo.

Ele acenou para o caos com uma das mãos. Obediente, Tom se retirou.

Grey catou o trapo seboso e matou uma mosca descuidada, então pegou um prato coberto de migalhas de pão, poças de molho e cascas de fruta e o esvaziou pela janela no jardim lá embaixo. Escondendo o prato vazio debaixo da escrivaninha, começou apressadamente a juntar papéis em pilhas, mas foi interrompido quase na mesma hora pela reaparição de Tom, que parecia animado.

– Milorde! É o general Stanley!

– Quem? – fez Grey, sem entender.

Entretida com os detalhes da fuga iminente, sua mente se recusava a lidar com qualquer coisa que pudesse interferir com a fuga em questão, mas o nome "Stanley" soava remoto e levemente conhecido.

– O marido da sua mãe, milorde – disse Tom, tímido.

– Ah... *esse* general Stanley. Por que não avisou logo? – John tirou apressadamente o casaco do gancho e o vestiu, limpando migalhas do colete enquanto o fazia. – Mande-o entrar, claro!

John na verdade gostava do terceiro marido da mãe, embora qualquer intrusão militar àquela altura devesse ser considerada com cautela.

A cautela, como de costume, justificou-se. O general Stanley que acabou aparecendo não era o homem franco, alegre e seguro de si visto pela última vez na companhia de sua mãe. Aquele general Stanley mancava apoiado numa bengala, com o pé direito envolto numa enorme atadura e o rosto cinza de dor, esforço... e profunda aflição.

– General! – John o segurou pelo braço antes de ele poder cair e o guiou até a cadeira mais próxima, da qual retirou depressa uma pilha de mapas. – Sente-se, por favor... Tom, será que você...?

– Está aqui, milorde.

Tom havia desencavado o cantil de Grey do baú de viagem aberto com louvável presteza, e o empurrou então para a mão do general Stanley.

O general o aceitou sem questionar e deu um grande gole.

– Deus do céu! – exclamou ele, guardando o cantil e respirando fundo. – Achei que não fosse conseguir chegar do cais.

Ele tomou outro gole um pouco mais devagar, com os olhos fechados.

– Mais conhaque, Tom, por gentileza? – pediu Grey ao ver isso.

Tom observou o general com um olhar de avaliação, sem saber se ele poderia morrer antes de mais conhaque poder ser providenciado, mas decidiu apostar na sobrevivência do general e desapareceu em busca de víveres.

– Meu Deus! – Embora longe de parecer humano, o general estava bem melhor do que antes. Agradeceu a John com um meneio de cabeça e lhe devolveu o cantil vazio com a mão trêmula. – O médico disse que eu não devo beber vinho... Parece que é ruim para a gota. Mas não me lembro de ele ter mencionado conhaque.

– Ótimo – disse John, olhando para o pé enfaixado. – Ele disse alguma coisa sobre rum?

– Nem uma palavra.

– Excelente. Estou na minha última garrafa de conhaque francês, mas temos bastante rum.

– Pode trazer o barril. – O general estava começando a exibir um pouco de cor e, a essa altura, começou a tomar consciência do ambiente que o cercava. – Estava fazendo as malas para ir embora?

– Eu *estou* fazendo as malas para ir embora, sim – disse John, e a sensação de cautela fez pezinhos pinicarem seu estômago por dentro. – Zarpo hoje à noite para Charles Town.

– Graças a Deus. Fiquei com medo de não chegar a tempo. – O general ficou respirando acelerado até retomar o controle de si. – É a sua mãe.

– *O que tem* a minha mãe? – A cautela logo se transformou num alarme nascente. – O que houve com ela?

– Nada, ainda. Ou pelo menos eu sinceramente espero que não. – O general tocou o ar com um vago gesto tranquilizador que não surtiu o efeito desejado.

– Onde ela está? E em que foi se meter desta vez, meu Deus do céu? – Grey falou com mais arrebatamento do que respeito filial, mas o pânico o deixava nervoso.

– Ela está em Havana – disse o general Stanley. – Cuidando da sua prima Olivia.

Isso pareceu a Grey algo moderadamente respeitável para uma senhora de idade estar fazendo, e ele relaxou um pouco. Mas só um pouco.

– Ela está doente? – perguntou.

– Espero que não. Na última carta ela disse que tinha havido um surto de algum tipo de febre na cidade, mas ela própria estava em boa saúde.

– Ótimo. – Tom tinha voltado com a garrafa de conhaque e John se serviu de um pequeno copo. – Imagino que ela esteja aproveitando o clima. – Ele arqueou a sobrancelha para o padrasto, que deu um profundo suspiro e levou as mãos aos joelhos.

– Estou certo de que sim. O problema, meu garoto, é que a Marinha Britânica está prestes a sitiar Havana, e eu realmente acho que seria uma boa ideia a sua mãe *não* estar na cidade quando o contingente chegar lá.

John passou alguns segundos paralisado, com o copo na mão, a boca aberta e o cérebro tão congestionado de perguntas que não conseguiu articular nenhuma delas. Por fim, engoliu de uma vez só o que lhe restava de bebida, tossiu e disse, num tom brando:

– Ah, entendo. E como minha mãe foi parar em Havana, para começar?

O general se recostou e soltou uma longa expiração.

– É tudo culpa daquele sujeito Stubbs.

– Stubbs…?

O nome lhe soou vagamente conhecido, mas, de tão atônito, Grey não conseguiu atinar por quê.

– Você sabe, o camarada que se casou com a sua prima Olivia. O que parece uma rolha de poço. Como é mesmo o nome de batismo dele… Matthew? Não, Malcolm! Isso! Malcolm Stubbs.

Grey estendeu a mão para a garrafa de conhaque, mas Tom já estava enchendo outro copo, que empurrou para a mão do patrão. Evitou cuidadosamente cruzar olhares com Grey.

– Malcolm Stubbs. – Grey bebericou o conhaque de modo a se dar tempo para pensar. – Sim, claro. Imagino... que ele esteja totalmente recuperado, então?

Sob certo aspecto, isso era uma boa notícia. Malcolm Stubbs tinha perdido um pé e parte da perna correspondente para uma bala de canhão na Batalha de Québec, havia mais de dois anos. Por sorte, Grey esbarrara com ele no campo de batalha e tivera a presença de espírito de usar o cinto como torniquete, impedindo assim Stubbs de morrer de hemorragia. Lembrava-se do osso partido espetado para fora do que restava da canela de Malcolm, e do cheiro quente e úmido de sangue e fezes produzindo vapor no ar frio. Tomou um gole maior de conhaque.

– Sim. Ele arrumou um pé artificial, se locomove bastante bem... Até monta cavalo.

– Que bom – disse Grey, um tanto sucinto. Havia algumas outras coisinhas que recordava em relação a Malcolm Stubbs. – *Ele* está em Havana?

O general pareceu espantado.

– Sim, eu não mencionei? Ele agora é alguma espécie de diplomata... foi mandado para Havana em setembro último.

– Diplomata – repetiu Grey. – Ora, ora.

Stubbs devia ser bom em diplomacia, considerando suas habilidades provadas em mentira, engodo e desonra...

– Ele queria que sua esposa e seus filhos fossem morar com ele em Havana depois que ele estivesse devidamente estabelecido, de modo que...

– Filhos? A última vez que o vi ele tinha só um filho. – *Só um filho* legítimo, acrescentou ele, em silêncio.

– Agora tem dois... Olivia deu à luz uma filha há dois anos; uma menina encantadora chamada Charlotte.

– Que bom.

Sua lembrança do nascimento do primeiro filho de Olivia, Cromwell, era quase tão aterrorizantemente vívida quanto as suas lembranças da Batalha de Québec, por motivos um pouco diferentes. Ambas, porém, envolviam sangue e fezes.

Mas a minha mãe...

– Sua mãe se ofereceu para acompanhar Olivia e ajudar com as crianças. Olivia está grávida outra vez, e uma longa viagem por mar...

– *Outra vez?*

Bem, não que Grey não *soubesse* qual era a atitude de Stubbs em relação ao sexo... e pelo menos o homem estava fazendo aquilo com a esposa. Teve alguma dificuldade para controlar a raiva, mas o general não percebeu e prosseguiu com suas explicações.

– Eu deveria zarpar para Savannah na primavera, entende... quero dizer, agora... para aconselhar certo coronel Folliott, que está formando uma milícia local para ajudar o governador, e sua mãe deveria ir comigo. De modo que parecia razoável ela partir na frente com Olivia e ajudá-la a se instalar, e depois eu tomaria providências para ela ir ao meu encontro quando eu chegasse.

– Muito sensato – disse John. – Isso no que diz respeito à minha mãe. Mas onde a Marinha Britânica entra na história?

– O almirante Holmes, milorde – disse Tom, com um leve ar de reprimenda. – Na semana passada, quando o senhor o recebeu para jantar, ele contou que o duque de Albemarle viria tomar a Martinica dos franceses e depois cuidaria de Cuba.

– Ah? Ah.

Grey recordava esse jantar, no qual fora servido um prato notável que ele percebe-ra – tarde demais – serem entranhas de ouriço-do-mar em conserva misturadas com pedaços de peixe cru e algas marinhas maceradas em suco de laranja.

Desejando poupar seus convidados, todos recém-chegados de Londres, lamentando a escassez de carne assada e batatas nas Índias, da mesma descoberta, havia solicitado que fosse servido um destilado de palma produzido ali mesmo na Jamaica. Tinha sido muito eficaz. Depois do segundo copo, eles não teriam percebido se estivessem comendo cagalhões de baleia. Consequentemente, porém, as próprias lembranças em relação à noite eram algo nebulosas.

– Ele não falou que Albemarle estava pretendendo sitiar a cidade, falou?

– Não, milorde, mas deve ter sido isso que ele quis dizer, o senhor não acha?

– Só Deus sabe – disse John, que nada sabia sobre Cuba, Havana ou o duque de Albemarle. – Ou quem sabe o senhor, general?

Virou-se educadamente para o general Stanley, que, sob o efeito do alívio e do conhaque, estava começando a adquirir um aspecto melhor. O general aquiesceu.

– Eu não teria sabido – admitiu ele, sincero. – Mas compartilhei a mesa de Albemarle durante seis semanas a bordo da sua nau capitânia. O que eu ainda não souber sobre o porto de Havana provavelmente não vale a pena saber, mas não reivindico crédito algum pela aquisição dessas informações.

O general só ficara sabendo sobre a expedição de Albemarle na noite anterior à partida da frota, ao receber um recado do gabinete de guerra ordenando que embarcasse.

– Àquela altura, claro, o navio chegaria a Cuba muito antes de qualquer recado que eu pudesse mandar para a sua mãe, então eu imediatamente embarquei... apesar *disto aqui* – falou, olhando com raiva para o pé enfaixado.

– Entendo. – John levantou a mão para interrompê-lo por um breve instante e olhou para o seu criado. – Tom... vá correndo... correndo *mesmo*... até a residência do almirante Holmes. Peça que ele venha me procurar assim que for conveniente. E quando digo *conveniente*...

– Agora mesmo. Sim, milorde.

– Obrigado, Tom.

Apesar do conhaque, o cérebro de Grey finalmente havia entendido a situação e estava ocupado calculando o que fazer a respeito.

Se a Marinha Britânica aparecesse no porto de Havana e começasse a bombardeá-lo, não era apenas o perigo físico que ameaçava a família Stubbs e lady Stanley, conhecida também como condessa viúva de Pardloe. Todos eles provavelmente se tornariam na mesma hora reféns da Espanha.

– Assim que avistamos a Martinica, e que eu me uni às forças de Monckton, eu... ahn... requisitei uma pequena chalupa para me trazer até aqui o mais depressa possível.

– Requisitou, general? – indagou John, a quem o tom do homem mais velho fez sorrir.

– Bem, para ser bem franco eu roubei – admitiu o general. – Não imagino que vão me submeter à corte marcial, na minha idade... Droga, estou pouco ligando se fizerem isso.

Ele se sentou mais ereto, com o queixo coberto de pelos brancos da barba por fazer espichado para a frente e os olhos brilhando.

– Tudo que me importa é Benedicta.

O que o general sabia sobre o porto de Havana, em linhas gerais, era que se tratava de um dos melhores portos de águas profundas do mundo, capaz de comportar uma centena de naus de linha, e que era protegido de ambos os lados por duas grandes fortalezas: Castillo del Morro, ao leste, e La Punta, a oeste.

– La Punta é uma fortaleza em funcionamento, puramente defensiva. Ela protege a cidade, embora um dos lados esteja virado para o porto. Já El Morro, que é como os espanhóis chamam a outra, é um lugar maior e funciona como quartel-general administrativo do governador da cidade, Don Juan de Prado. É lá também que ficam as principais baterias que controlam o porto.

– Com sorte eu não precisarei saber disso – disse John, servindo rum num copo de suco de laranja. – Mas vou tomar nota disso.

Tom retornou por volta do fim das observações do general e relatou que o almirante Holmes estava a par do plano de invasão, mas que não sabia qualquer detalhe em relação a ele a não ser que sir James Douglas, que iria assumir o comando do esquadrão da Jamaica, mandara avisar que desejava se unir ao esquadrão na costa do Haiti o quanto antes fosse possível para o almirante.

Durante toda essa conversa, lorde John ficara fazendo anotações mentais sobre qualquer coisa que pudesse lhe ter alguma utilidade – e uma lista em paralelo das coisas ali na Jamaica que poderiam se mostrar úteis para uma expedição imprevista a uma ilha onde ele não falava o idioma. Ao se levantar para servir mais suco de laranja para o general, pediu a Tom, em voz baixa, que fosse chamar Azeel na cozinha.

– Como assim, o senhor roubou a chalupa? – indagou, curioso, completando o suco de laranja com rum.

– Bem, talvez esse tenha sido um jeito um pouco dramático de descrever o fato – admitiu o general. – A chalupa em geral fica à disposição do *Warburton*. Acredito que o capitão Grace, seu comandante, pretendesse mesmo despachar o tenente Rimes para executar uma incumbência. Mas eu atravessei até o navio de Albemarle e ahn... me antecipei a ele.

– Entendo. Por que...? Ah! – Ele viu Azeel, que tinha chegado, mas aguardava respeitosamente na soleira da porta até ser chamada. – Pode entrar, minha cara. Quero que conheça uma pessoa.

Azeel entrou, mas estacou ao ver o general Stanley. A expressão de alegre expectativa em seu rosto se transformou na mesma hora em cautela. Ela fez uma profunda mesura para o general, abaixando com modéstia a cabeça coberta pela touca branca.

– General, permita-me apresentar a sra. Sanchez, minha governanta. Sra. Sanchez, este é o general Stanley, meu padrasto.

– Ah! – exclamou ela, surpresa, e então corou, uma visão adorável, pois o rubor em suas bochechas escuras a deixava parecendo uma rosa negra. – Ao seu dispor, general!

– Seu mais humilde criado, senhora. – O general se curvou do modo mais galante possível ao mesmo tempo que permanecia sentado. – Precisa me perdoar se eu não me levanto...

Ele fez um gesto de consternação em direção ao pé enfaixado. Azeel fez um gesto gracioso de quem descarta o assunto e se voltou para John.

– Ele é... ele é o seu... – Ela se esforçou para encontrar a palavra. – Ele é o próximo governador?

– Não, ele não é meu substituto – disse John. – Meu substituto é o sr. Braythwaite. A senhora o viu na festa no jardim. Não, infelizmente o general veio me dar notícias um tanto perturbadoras. Sra. Sanchez, a senhora acha que poderia ir chamar seu marido? Desejo conversar com vocês dois sobre a situação.

Isso pareceu deixá-la ao mesmo tempo surpresa e preocupada, e ela o estudou com cuidado para ver se ele estava falando sério. Grey assentiu, e ela na mesma hora fez uma nova mesura e desapareceu, batendo com os saltos das sandálias no chão de lajotas de tanta pressa.

– Marido dela? – disse o general Stanley, com certa surpresa.

– Sim. Rodrigo é... ahn... uma espécie de faz-tudo.

– Entendo – disse o general, que evidentemente não entendia. – Mas se esse tal de Braythwaite já estiver a bordo, não vai querer tomar as próprias providências em relação à administração da casa?

– Imagino que sim. Eu, ahn, eu estava pensando em levar Azeel e Rodrigo comigo para a Carolina do Sul. Mas eles podem ser úteis nessa empreitada de agora se... ahn... se Rodrigo estiver suficientemente recuperado.

– Ele esteve doente? – A preocupação franziu a testa já contraída do general. – Ouvi dizer que nesta época a febre amarela ataca nas Índias, mas não pensei que a Jamaica fosse muito afetada.

– Não, não exatamente doente. Ele teve o infortúnio de se desentender com um *houngan*... uma espécie de, ahn, feiticeiro africano, acho eu... e foi transformado em zumbi.

– Em quê?

A expressão preocupada do general foi suplantada pelo espanto. Grey inspirou fundo e deu um gole demorado em sua bebida, ao mesmo tempo que o som da descrição do próprio Rodrigo ecoava em seus ouvidos.

Zumbis são gente morta.

O general Stanley ainda estava piscando de tanto espanto após a breve descrição de Grey dos acontecimentos que haviam culminado com a sua nomeação como governador militar – tendo seu enteado omitido judiciosamente os fatos de Azeel ter incumbido um *obeah* de fazer o antigo governador perder a razão, e de Rodrigo ter ido um passo além e providenciado para mandar o finado governador Warren ser morto e parcialmente devorado – quando o ruído de passos ecoou mais uma vez no corredor.

Duas pessoas desta vez: os estalos das sandálias de Azeel, só que agora caminhando devagar para se adequarem ao passo ligeiramente manco da pessoa calçada com botas que a acompanhava.

Grey se levantou quando eles entraram, e Azeel ficou parada atrás de Rodrigo numa atitude protetora.

O rapaz parou e inspirou fundo antes de se curvar profundamente para os dois cavalheiros.

– Ao seu... dispor. Senhor – disse ele a Grey, então se endireitou e repetiu tudo para o general, que o observava com um misto de fascínio e desconfiança.

Toda vez que ele via Rodrigo, o coração de Grey se rasgava ao meio, dividido entre o pesar pelo que o jovem era antes e uma alegria cautelosa pelo fato de parte desse esplêndido rapaz ainda parecer estar presente.

Rodrigo continuava lindo, de um jeito que fazia o corpo de Grey se contrair toda vez que ele via aquela cabeça escura e finamente esculpida e os contornos compridos e retos daquele corpo. A graça de felino que ele costumava ter não existia mais, porém Rodrigo era novamente capaz de caminhar de modo quase normal, embora puxasse um pouco um dos pés.

Fora preciso semanas de cuidados esmerados de Azeel, a única moradora da casa de Grey a não ficar apavorada com a simples proximidade de Rodrigo. Tom também ajudou. Sentia medo de Rodrigo, mas não achava que reconhecer isso condizia com um inglês.

Rodrigo não passava de uma casca de si mesmo quando Grey o resgatara junto com Tom dos quilombolas que o haviam raptado, e ninguém imaginava que fosse sobreviver. Zumbis não sobreviviam. Grey pouco sabia em relação ao que compunha a droga com veneno de zumbi. No entanto, sabia que a pessoa atacada por um *houngan* acordava, tempo depois, em uma cova rasa.

Ao despertar num estado de desorientação mental e física, essas pessoas obedeciam num torpor às ordens do *houngan* até morrerem de fome e devido aos efeitos da droga. Os zumbis (justificadamente, na opinião de Grey) eram vistos com horror por todos, mesmo pelas pessoas que antes os amavam. Deixados sem alimento, abrigo ou cuidados, não duravam muito tempo.

Mas Grey tinha se recusado a abandonar Rodrigo, Azeel também. Lenta, muito lentamente, ela o havia trazido de volta à humanidade – e depois se casado com ele, para imenso horror de todos em King's Town.

– Ele recuperou a maior parte da fala – explicou Grey ao general. – Mas só em espanhol, que é a sua língua materna. Só recorda algumas palavras de inglês. Nós… – Ele sorriu para Azeel, que baixou timidamente a cabeça. – Nós estamos torcendo para o inglês dele também melhorar, com o tempo. Mas por enquanto… ele diz as coisas em espanhol para a esposa, e ela as traduz para mim.

Ele explicou a situação rapidamente para Azeel e Rodrigo.

– Eu gostaria que fossem comigo para Cuba – disse Grey, olhando de um para outro. – Rodrigo poderia ir aos lugares a que eu não conseguisse ir, e ouvir e ver coisas que eu não conseguiria. Mas… pode ser uma viagem perigosa. Se decidirem não ir, eu lhes darei dinheiro suficiente para uma passagem até as colônias. Se aceitarem essa viagem comigo, eu os levarei de Cuba para a América. Poderão continuar trabalhando para mim ou, se preferirem, encontrarei um lugar para morarem lá.

Marido e mulher trocaram um olhar demorado, e por fim Rodrigo assentiu.

– Nós… vamos – disse ele.

Grey nunca tinha visto uma pessoa negra ficar branca antes. Azeel havia adquirido a mesma cor de uma ossada velha e suja, e apertava a mão de Rodrigo como se um deles ou ambos estivessem prestes a ser levados embora por traficantes de escravos.

– Costuma enjoar no mar, sra. Sanchez? – indagou ele, aproximando-se dos dois por entre a confusão das docas.

Ela engoliu em seco, com força, mas balançou a cabeça, sem conseguir despregar os olhos do *Otter*. Rodrigo não conseguia despregar os olhos dela, e afagava sua mão. Olhou para Grey, lutando para encontrar as palavras em inglês.

– Ela… medo…

Olhou alternadamente para a esposa e para o patrão, impotente. Então assentiu de leve, decidindo-se, e encarou Grey enquanto apontava para Azeel. Baixou a mão para indicar alguma coisa pequena, ou seria alguém? Então se voltou para o mar e abriu bem os braços enquanto gesticulava na direção do horizonte.

– *África* – falou, virando-se de volta para Grey e passando o braço em volta dos ombros da mulher. Sua expressão era solene.

– Ah, meu Deus! – exclamou Grey para Azeel. – Você foi trazida da África quando criança? É isso que ele quer dizer?

– Sim – respondeu ela. – Eu era… muito… pequena.

– E seus pais? Eles foram…

A voz dele entalou na garganta. Ele já tinha visto um navio negreiro uma vez, e de longe. Iria se lembrar do cheiro enquanto vivesse. E do corpo que viera à tona de repente ao lado de seu navio, lançado ao mar pelo navio negreiro. Poderiam muito bem ter sido algas marinhas mortas, ou um resto descorado de sangue de algum baleeiro a boiar nas ondas, emaciado, sem sexo definido, quase não humano. Da cor de uma ossada velha.

Azeel balançou a cabeça. Não era uma negativa, mas uma vã recusa de pensar em coisas terríveis.

– África – disse ela baixinho. – Eles morreram na África.

África. O som da palavra fez a pele de Grey se eriçar como uma centopeia, e ele de repente se sacudiu.

– Está tudo bem – disse ele com firmeza. – Você agora é livre. – Pelo menos ele esperava que fosse.

Havia conseguido sua alforria alguns meses antes, em reconhecimento aos serviços por ela prestados durante a rebelião de escravos na qual o finado governador Warren fora morto por zumbis. Ou melhor, por homens convencidos de que eram zumbis. Grey duvidava que o governador tivesse feito a distinção.

Não sabia se a moça era uma propriedade particular de Warren, nem havia perguntado a ela. Tirara vantagem da própria dúvida para dizer ao sr. Dawes, antigo secretário do governador, que, não havendo registro da origem de Azeel, eles deveriam supor que ela tecnicamente pertencesse à Sua Majestade. Assim, ela foi omitida da lista de bens do governador Warren.

Excelente secretário, o sr. Dawes havia produzido um ruído semelhante ao de uma ovelha levemente tísica e aquiescido, baixando os olhos.

Grey então havia ditado uma breve carta de alforria, que assinara como governador militar interino da Jamaica (e, portanto, representante de Sua Majestade), e mandado o sr. Dawes gravar nela o selo mais imponente da sua coleção. Grey pensava que fosse o selo do departamento de pesos e medidas, mas era feito de cera vermelha e tinha um aspecto muito impressionante.

– Trouxe o seu papel? – perguntou.

Azeel assentiu, obediente. Mas seus olhos, grandes e negros, continuaram temerosamente pregados no navio.

O capitão da chalupa, alertado quanto à sua presença, surgiu então no convés e desceu pela prancha ao seu encontro.

– Lorde John? – indagou, respeitoso, curvando-se. – Tenente Geoffrey Rimes, capitão deste navio. Ao seu dispor, coronel!

O tenente Rimes parecia ter cerca de 17 anos, era muito louro e baixo para a sua idade. Estava, porém, usando o uniforme correto, e parecia tanto bem-disposto quanto capaz.

– Obrigado, tenente. – Grey se curvou. – Pelo que entendo, o senhor... ahn... fez uma gentileza ao general Stanley o trazendo até aqui. E está agora disposto a transportar a mim e meus acompanhantes até Havana?

O tenente Rimes franziu os lábios, pensativo.

– Bem, milorde, imagino que eu possa fazer isso. Devo me unir à frota aqui na Jamaica, mas como eles provavelmente ainda vão demorar duas semanas para chegar, acho que posso levá-los em segurança até Havana, depois voltar para cá a tempo do meu encontro.

Um pequeno nó se formou na barriga de Grey.

– O senhor quer dizer... nos deixar em Havana?

– Bem, sim, coronel – disse o tenente, jovial. – A menos que o senhor consiga resolver sua questão em dois dias, vou ter que fazer isso. Foram ordens.

Ele adotou uma expressão de pena.

– Na verdade eu não *deveria* estar indo para Havana, sabe – falou o tenente, inclinando-se para a frente numa atitude de confidência e baixando a voz. – Mas não recebi qualquer ordem para ficar na Jamaica, se é que o senhor me entende. Minhas ordens escritas dizem apenas que eu devo me juntar à frota aqui após transmitir o recado ao almirante Holmes. Como eu já fiz isso... Bem, a Marinha se mostra sempre disposta a fazer as vontades do Exército quando lhe convém – acrescentou ele, sincero. – E eu estava pensando que não me faria mal dar uma olhada no porto de Havana e poder informar o almirante Pocock quando ele chegar aqui. O comandante da expedição é o duque de Albemarle – disse ele ainda, ao ver a cara de incompreensão de Grey. – Mas o encarregado dos navios é o almirante Pocock.

– Claro.

Grey estava pensando que o tenente Rimes tinha tanta probabilidade de alcançar altos cargos na sua carreira quanto de ser julgado na corte marcial e enforcado no cais de execuções, mas guardou essas conclusões para si.

– Espere um instante – falou, atraindo para si a atenção do tenente, momentaneamente desviada pela visão de Azeel Sanchez, colorida feito uma arara com sua saia amarela e seu corpete azul-safira. – O senhor está dizendo que pretendem *entrar* no porto de Havana?

– Ah, sim, coronel.

Grey lançou um olhar para a inconfundível bandeira britânica do *Otter*, que se balançava delicadamente à brisa tropical.

– Espero que o senhor possa perdoar minha ignorância, tenente Rimes… mas não estamos em guerra contra a Espanha no momento?

– Certamente, coronel. E é aí que o senhor entra.

– É aí que *eu* entro? – Grey sentiu uma espécie de horror frio e inexorável brotar na base da espinha. – Em que condição, se me permite a pergunta?

– Bem, coronel, o fato é que eu preciso levá-lo até o porto de Havana. É o único verdadeiro ponto de ancoragem naquele litoral. Quero dizer, existem aldeias de pescadores e coisas assim, mas, se eu o fizesse desembarcar num desses lugares, o senhor teria que encontrar o caminho até Havana por via terrestre, o que talvez levasse mais tempo do que o senhor tem.

– Entendo… – disse John, num tom que indicava justamente o contrário.

O tenente Rimes reparou e deu um sorriso tranquilizador.

– Então eu o farei entrar no porto sob a bandeira britânica… Eles não vão bombardear uma chalupa, imagino, não até entenderem de que se trata… Eu o entregarei como alguma espécie de visitante oficial. O general considerou que o senhor talvez esteja levando algum recado para o cônsul inglês de lá, mas é claro que o senhor saberá decidir o que é melhor em relação a isso.

– Ah, de fato.

Não poderia ser parricídio, poderia?, pensou. Esganar um padrasto, particularmente naquelas circunstâncias…

– Não tem problema, milorde – interveio Tom, solícito. – Eu trouxe o seu uniforme de gala. Só para o caso de o senhor vir a precisar.

No caso, o oficial da bateria que protegia a corrente impedindo a entrada no porto se negou a deixar o tenente Rimes passar, mas tampouco ameaçou afundá-lo. A chalupa recebeu muitos olhares curiosos, mas o grupo de Grey pôde desembarcar. Apesar de o inglês do oficial valer tanto quanto o espanhol de Grey, após uma longa conversa repleta de gestos veementes, Rodrigo o convenceu a providenciar um transporte até a cidade.

– O que disse a ele? – perguntou Grey, curioso, quando eles enfim puderam passar pela bateria que protegia o lado oeste do porto.

Uma imponente fortaleza com uma alta torre de observação se erguia sobre um promontório ao longe, e ele se perguntou se aquela seria Castillo del Morro ou a outra.

Rodrigo deu de ombros e disse algo para Azeel, que respondeu:

– Ele não entendeu a palavra "cônsul", nós também não – acrescentou, num tom de quem pede desculpas. – Então Rodrigo falou que o senhor tinha vindo visitar sua mãe, que está doente.

Rodrigo, que vinha acompanhando as palavras dela com grande concentração, nesse ponto acrescentou alguma outra coisa, que ela por sua vez traduziu:

– Ele está dizendo que todo mundo tem mãe.

O endereço que o general Stanley tinha dado era a Casa Hechevarría, na calle Yoenis. Quando Grey e seus companheiros de viagem chegaram ao seu destino, conduzidos por uma carroça cujas cargas habituais pareciam ser peles de animais não curtidas, o lugar se revelou uma grande e agradável residência com fachada de gesso amarelo, um jardim murado e um ar de agitação tranquila que lembrava uma colmeia. Grey podia ouvir o murmúrio de vozes e risos ocasionais vindos do interior, mas nenhuma das abelhas pareceu inclinada a vir atender à porta.

Após uma espera de cerca de cinco minutos que não fez ninguém aparecer, ele deixou seu pequeno e mareado grupo em frente à porta e se aventurou a dar a volta na casa. Barulhos de água, gritos agudos e um cheiro de sabão pareciam indicar que havia roupa sendo lavada em algum lugar não muito distante dali. Essa impressão se confirmou quando ele chegou a um pátio dos fundos e foi atingido no rosto por uma espessa nuvem de ar quente e úmido que recendia a roupa suja, fumaça de madeira e banana-da-terra frita.

Várias mulheres e crianças se atarefavam junto a um imenso caldeirão suspenso acima de uma espécie de fogareiro de tijolos no qual havia um fogo aceso, alimentado por duas ou três crianças pequenas e em grande parte nuas que nele espetavam gravetos. Duas mulheres mexiam a gororoba dentro do caldeirão com imensos garfos de madeira, e uma delas berrava com as crianças em espanhol o que ele supôs serem alertas severos sobre ficar debaixo deste por causa dos respingos de água fervente e se manter bem distante do balde de sabão.

O pátio em si parecia o Quinto Círculo do Inferno de Dante, e os gorgolejos graves do caldeirão, as volutas esvoaçantes de vapor e a fumaça davam à cena um aspecto sinistro de Estige. Outras mulheres penduravam roupas molhadas em varais presos às colunas que sustentavam uma espécie de *loggia*, e outras ainda manejavam num canto braseiros e chapas dos quais provinha o cheiro bom de comida. Todos falavam, ao mesmo tempo, um espanhol pontuado por gritos agudos de risadas que lembravam periquitos. Sabendo que a sua mãe tinha bem menos probabilidade de se interessar pela roupa do que por comida, ele margeou o pátio, inteiramente ignorado por todos, em direção às cozinheiras.

Viu-a na hora. Ela estava de costas para ele, com os cabelos soltos casualmente sobre as costas numa longa e grossa trança, e conversava agitando as mãos com uma mulher negra que, agachada e descalça sobre as lajotas do pátio, ia dispondo algum tipo de massa sobre uma pedra quente e untada.

– Que cheiro bom – disse ele, chegando ao seu lado. – O que é?

– Pão de mandioca – respondeu ela, arqueando a sobrancelha. – E *plátanos* e *ropa vieja*. Quer dizer "roupa velha". Embora o nome seja bem sugestivo, na verdade é bastante bom. Está com fome? Por que me dei ao trabalho de perguntar? É claro que está com fome.

– É claro – disse ele, e estava mesmo, já que os aromas de alho e temperos iam dissipando os últimos vestígios da náusea da viagem. – Não sabia que a senhora falava espanhol, mãe.

– Bom, a bem dizer não tenho certeza se falo – disse ela, afastando com o polegar alguns fios de cabelos louros grisalhos do olho esquerdo. – Mas eu gesticulo fluentemente. O que está fazendo aqui, John?

Ele correu os olhos pelo pátio. Todos continuavam seus respectivos trabalhos, mas cada par de olhos estava pregado nele, interessado.

– Algum dos seus... ahn... dos seus companheiros aqui fala inglês? De modo não gestual?

– Alguns falam um pouco, sim. Jacinto, o mordomo, é bastante fluente. Mas eles não vão entender se você falar depressa.

– Isso eu posso fazer – disse ele, baixando um pouco a voz. – Para resumir, o seu marido me mandou vir e... Bem, antes de informar sobre a situação, eu trouxe várias pessoas comigo. Criados e...

– Ah, trouxe Tom Byrd?

O rosto dela desabrochou no que só se poderia chamar de sorriso.

– Certamente. Ele e mais dois... ahn... Bem, eu os deixei em frente à porta. Não consegui fazer ninguém me escutar quando bati.

Sua mãe disse algo em espanhol que ele achou que deveria ser algo indelicado, já que fez a mulher negra piscar os olhos antes de sorrir também.

– Nós *temos* um porteiro, mas ele é bastante inclinado a beber – disse sua mãe como quem pede desculpas, e acenou para uma das moças que pendurava a roupa. – Juanita! *Aquí*, por favor.

Juanita na mesma hora abandonou a roupa molhada e acorreu com pressa, fazendo uma mesura automática e encarando Grey com fascínio.

– *Señora*.

Es mi hijo – disse sua mãe, apontando para ele. – *Amigos de el...*

Ela girou um indicador para indicar circum-navegação, apontou para a frente da casa, então fez um gesto com o polegar para um braseiro sobre o qual borbulhava uma panela de barro.

– *Agua. Manduca. ¿Por favor?*

– Estou impressionado – disse John quando Juanita aquiesceu, disse algo veloz e indecifrável e sumiu, provavelmente para resgatar Tom e o casal Sanchez. – *Manduca* por acaso quer dizer comida?

– Quanta percepção a sua, querido.

487

Sua mãe fez um gesto em direção à senhora negra, apontou para John e para si mesma, cutucou com o dedo diversas panelas e espetos, em seguida meneou a cabeça para uma porta no outro extremo do pátio e segurou John pelo braço.

– *Gracias, Maricela.*

Ela o conduziu até um salão pequeno e um tanto escuro onde reinava um perfume de citronela, cera de vela, e o cheiro nitidamente semelhante a esgoto de crianças pequenas.

– Não acho que isso seja uma missão diplomática – comentou ela, atravessando o recinto até uma janela aberta. – Eu teria ficado sabendo.

– Eu, por enquanto, estou incógnito – garantiu ele. – E, com sorte, nós já teremos saído daqui antes de qualquer um me reconhecer. Com que rapidez a senhora consegue aprontar Olivia e as crianças para viajar?

Ela se deteve abruptamente, com a mão sobre o peitoril da janela, e o encarou.

– Ah – falou. Sua expressão tinha passado num segundo da surpresa ao cálculo. – Quer dizer que já chegamos a esse ponto, é? Onde está George?

– Como assim, já chegamos a esse ponto? – indagou Grey, espantado. Encarou a mãe duramente. – A senhora sabe sobre a... – ele olhou em volta e baixou a voz, embora não houvesse ninguém à vista e os risos e conversas vindos do pátio prosseguissem sem trégua – ... sobre a invasão?

Os olhos dela se arregalaram.

– Sobre a *o quê?* – disse ela, alto, então olhou apressada por cima do ombro em direção à porta aberta. – Quando? – perguntou, virando-se de volta e baixando a voz também.

– Bem, agora – respondeu Grey. Levantou-se e foi fechar a porta sem fazer barulho. A algazarra do pátio diminuiu de modo considerável. – O general Stanley apareceu na minha porta na Jamaica uma semana atrás com a notícia de que a Marinha Britânica estava a caminho da Martinica e depois, se tudo correr conforme o planejado, de Cuba. Ele achou que seria uma boa ideia a senhora e Olivia saírem antes de eles chegarem aqui.

– Concordo plenamente.

Sua mãe fechou os olhos e passou as mãos pelo rosto, então balançou a cabeça com violência, como se estivesse tentando desalojar morcegos, e tornou a abri-los.

– Onde ele está? – perguntou, com algum arremedo de calma.

– Na Jamaica. Ele, ahn, deu um jeito de pegar emprestado uma chalupa naval enquanto a Marinha estava se preparando para invadir a Martinica, e foi na frente o mais depressa que conseguiu na esperança de avisar a senhora a tempo.

– Sim, sim, é muita bondade dele – disse ela, impaciente. – Mas por que ele está na Jamaica, e não aqui?

– Gota.

E muito possivelmente algumas outras enfermidades, mas de nada adiantava preocupá-la. Ela o fitou com um olhar aguçado, mas não perguntou mais nada.

– Pobre George – disse ela, e mordeu o lábio. – Então, bem. Olivia e as crianças estão no campo, hospedadas com certa señora Valdez.

– A que distância no campo? – Grey fazia cálculos apressados. Três mulheres, duas crianças, três homens... quatro, contando Malcolm. Ah, Malcolm... – Malcolm está com eles?

– Ah, não. Eu não sei ao certo *onde* ele está – acrescentou sua mãe, em tom de dúvida. – Ele viaja bastante, e com Olivia ausente muitas vezes fica em Havana. Tem um escritório em La Punta, a fortaleza do lado oeste do porto. Mas de vez em quando passa a noite aqui.

– Ah, é mesmo?

Grey tentou manter a voz neutra, mas sua mãe o encarou com um olhar incisivo. Ele desviou os olhos. Se ela não sabia sobre as predisposições de Malcolm, não era ele quem iria contar.

– Preciso falar com ele o mais rapidamente possível – afirmou. – Enquanto isso, temos que trazer Olivia e as crianças de volta para cá, mas sem dar a impressão de que há qualquer tipo de emergência. Se a senhora puder escrever um recado para elas, mandarei Rodrigo e Azeel levá-lo... Eles podem ajudar Olivia a fazer as malas e a cuidar das crianças na viagem.

– Sim, claro.

Havia uma pequena escrivaninha de modelo rústico em meio às sombras do salão. Ele só reparou nela quando sua mãe a abriu e rapidamente separou papel, pena e tinteiro. Tirou a rolha deste último, constatou que estava vazio e disse algo entre os dentes em grego que soou como um palavrão, mas provavelmente não era. Atravessando o recinto, retirou um buquê de flores de um vaso de barro e derramou um pouco da água no tinteiro vazio.

Despejou pó de tinta no tinteiro, e estava mexendo a mistura vigorosamente com uma pena surrada quando Grey, com certo atraso, pensou em algo.

– O que a senhora quis dizer quando falou que "já tínhamos chegado a esse ponto", mãe? Você não sabia sobre a invasão, sabia?

Ela ergueu os olhos para ele num movimento rápido e parou de mexer. Então inspirou fundo, como quem reúne forças, tomou uma decisão e largou a pena.

– Não – respondeu ela. – George tinha me dito que isso estava sendo conversado discretamente... mas eu fui embora da Inglaterra com Olivia em setembro. A guerra contra a Espanha ainda não tinha sido declarada, embora qualquer um pudesse ver que era iminente. Não – repetiu ela, e o encarou com atenção. – Eu estava me referindo à rebelião de escravos.

John ficou encarando a mãe durante uns trinta segundos ou algo assim, então se deixou afundar num banco de madeira que margeava uma das paredes da sala. Fechou os olhos por um instante, balançou a cabeça e os abriu.

– Tem alguma coisa para beber nesta casa, mãe?

Alimentado, asseado e renovado com conhaque espanhol, Grey deixou Tom encarregado de desfazer as malas e tornou a cruzar a cidade a pé até o porto, onde a fortaleza de La Punta – menor do que El Morro, mas impressionante – protegia a margem oeste.

Algumas pessoas o olharam de relance, mas não com mais interesse do que ele poderia ter atraído em Londres. Ao chegar a La Punta, ele ficou surpreso diante da facilidade com a qual não apenas pôde entrar, mas foi escoltado na hora até a *oficina del señor Stubbs*. Era bem verdade que os espanhóis tinham os próprios conceitos em relação à prontidão militar, mas aquilo parecia bem displicente para uma ilha em guerra.

O soldado que o acompanhava bateu à porta, disse algo em espanhol e, com um breve meneio de cabeça, retirou-se.

Passos, e a porta se abriu.

Malcolm Stubbs parecia ter envelhecido vinte anos desde a última vez em que Grey o vira. Ainda tinha os ombros largos e o corpo socado, mas parecia ter ficado mais macio e acabado para dentro, como um melão um pouco passado.

– Grey! – exclamou ele, e seu rosto cansado se iluminou. – De onde brotou?

– Da testa de Zeus, não duvido – respondeu Grey. – Falando nisso, de onde está vindo?

As abas do casaco de Stubbs estavam cobertas de uma poeira vermelha, e ele exalava um forte cheiro de cavalo.

– Ah... de vários lugares. – Malcolm limpou a poeira do casaco e se deixou cair sobre a sua cadeira com um grunhido. – Ah, Deus! Chame um criado, sim? Preciso de uma bebida e de um pouco de comida, senão vou sucumbir.

Bem, "cerveja" em espanhol ele sabia dizer... Espichou a cabeça para o corredor conforme fora instruído, viu duas jovens criadas paradas junto à janela na outra ponta, obviamente falando com alguém no pátio mais abaixo, sua conversa pontuada por uma profusão de risinhos. Interrompeu-as com um *"¡Ei! ¿Cerveza?"* num tom interrogativo cortês.

– *¡Sí, señor!* – disse uma das moças com uma mesura apressada, e acrescentou mais alguma coisa num tom de quem pergunta.

– Claro – respondeu ele, educado. – Ahn... quero dizer, *sí!* Ahn... *gracias* – acrescentou, perguntando-se com o que teria acabado de concordar.

Ambas as criadas fizeram mesuras e sumiram num rodopiar de saias, provavelmente para buscar algo comestível.

– O que é *pulpo?* – perguntou ele ao voltar para o escritório e se sentar em frente a Malcolm.

– Polvo – respondeu Malcolm, emergindo de trás das dobras de uma toalha de linho com a qual estava limpando a sujeira do rosto. – Por quê?

– Estava só com essa dúvida. Deixando de lado as perguntas habituais sobre a sua saúde… Aliás, você está bem? – interrompeu-se Grey, baixando os olhos para o que costumava ser o pé direito de Malcolm.

A bota rodeava uma espécie de caneca ou estribo feito de couro rígido e reforçado com madeira nas laterais. Tanto a madeira quanto o couro estavam muito manchados pelo uso prolongado, mas havia um sangue vermelho recente na meia mais acima.

– Ah, isso. – Malcolm baixou os olhos com indiferença. – Está tudo bem. Meu cavalo não aguentou a alguns quilômetros da cidade, e tive que andar um pouco antes de arrumar outro.

Curvando-se com um grunhido, ele desafivelou o acessório e o retirou, ato que Grey achou estranhamente mais desconcertante do que a visão do coto em si.

A carne exibia marcas fundas causadas pela bota. Quando Malcolm removeu a meia rasgada, Grey viu que um largo anel de pele em volta do tornozelo tinha sido esfolado. Ele deu um leve sibilo, fechou os olhos e esfregou a extremidade do coto, onde a pele exibia o leve tom azulado de um hematoma recente.

– Eu algum dia já agradeci a você, aliás? – indagou, abrindo os olhos.

– Pelo quê? – rebateu Grey, sem entender.

– Por não ter me deixado sangrar até a morte naquele campo de batalha em Québec – retrucou Malcolm, seco. – Esqueceu, foi?

Na verdade, Grey tinha se esquecido. Houvera muita coisa acontecendo dentro e fora daquele campo de batalha em Québec, e os frenéticos segundos durante os quais ele soltara atabalhoadamente o cinto e o amarrara com força em volta da perna que esguichava sangue de Malcolm não passavam de fragmentos – ainda que vívidos – de um espaço fraturado no qual não existia tempo nem pensamentos. Na verdade, nesse dia ele não tivera consciência de nada a não ser uma impressão de trovejar constante. As armas, seu coração, os cascos dos cavalos dos índios, tudo era um mesmo estrondo a correr por seu sangue.

– De nada – falou, educado. – Como eu ia dizendo… deixando de lado por en quanto as cortesias sociais, uma frota britânica razoavelmente grande está a caminho daqui para invadir e capturar a ilha. Aliás, estou correto na suposição de que o comandante local ainda não se deu conta de que a guerra foi declarada?

Malcolm piscou. Parou de massagear a perna, endireitou as costas e disse:

– Está correto, sim. Quando?

Seu semblante havia se modificado num segundo, de exaustão e dor para uma expressão de alerta.

– Eu acho que vocês talvez tenham até duas semanas, mas pode ser menos.

Ele comunicou a Malcolm os detalhes que sabia do modo mais conciso que foi capaz. Malcolm aquiesceu, e uma ruga de concentração se aprofundou entre as suas sobrancelhas.

– Então eu vim levar você e sua família embora – concluiu Grey. – E minha mãe, claro.

Malcolm o encarou com a sobrancelha erguida.

– Eu? Leve Olivia e as crianças, claro... Sou muito grato a você *e* ao general Stanley. Mas vou ficar.

– O quê? Por que ficaria? – John tomou consciência de uma súbita irritação. – Além de uma invasão iminente, minha mãe me disse que há também uma maldita rebelião de escravos em andamento!

– Bem, sim – disse Malcolm, com calma. – A minha.

Antes de Grey conseguir atinar com uma reação coerente para essa afirmação, a porta se abriu de supetão e uma moça negra de rosto encantador com um lenço amarelo amarrado na cabeça e uma imensa e gasta bandeja de latão nas mãos entrou no recinto.

– *Señores* – falou, fazendo uma mesura e depositando a bandeja sobre a escrivaninha. – *Cerveza, vino rústico y un poco de comida: moros y cristianos...* – Ela destampou uma das travessas, que liberou um vapor perfumado. Essas eram bananas-da-terra fritas, que Grey já conhecia. – *... y pulpo com tomates, aceitunas y vinagre.*

– *Muchas gracias, Inocencia* – disse Malcolm no que soou como um sotaque surpreendentemente bom. – *Es suficiente.*

Ele acenou com a mão para dispensar a moça, mas, em vez de se retirar, ela deu a volta na escrivaninha e se ajoelhou, franzindo a testa para sua perna machucada.

– *Está bien* – disse Malcolm. – *No te preocupes.*

Ele tentou se virar, mas ela pôs a mão no seu joelho com o rosto erguido para Malcolm e disse algo rápido em espanhol com um tom de preocupação e reprimenda que fez Grey arquear as sobrancelhas. Aquilo lhe lembrou o modo como Tom Byrd falava com *ele* quando estava doente ou ferido, como se fosse tudo culpa sua e, portanto, devesse se submeter a qualquer remédio ou tratamento assustador que fosse proposto. Mas havia na voz da moça um tom distinto inteiramente ausente da de Tom Byrd.

Malcolm balançou a cabeça e respondeu num tom de quem descarta o assunto, apesar de gentil, e passou a mão por um instante sobre a cabeça loura da moça. Aquilo *poderia* ter sido apenas um gesto amigável, mas não foi, e Grey se retesou.

A moça se levantou, balançou a cabeça para Malcolm com reprovação e saiu, com um ar de indignação no agitar das saias. Grey observou a porta se fechar atrás dela, então se virou para Malcolm, que havia tirado uma azeitona de uma das travessas.

– Inocencia, uma ova! – exclamou Grey, curto e grosso.

Como a compleição normal de Malcolm já era vermelha como um tijolo, ele não corou, mas tampouco encarou Grey.

– É um nome bem usual para os espanhóis batizarem meninas – falou, descartando o caroço da azeitona e pegando uma colher de servir. – Há mulheres com todo tipo de nome: Assumpción, Immaculata, Concepción...

– Concepção, de fato.

O comentário foi feito num tom frio o suficiente para fazer os ombros largos de Malcolm se encurvarem um pouco, embora ele continuasse sem encarar Grey.

– Eles chamam isto aqui de *moros y cristianos*... quer dizer "mouros e cristãos"... O arroz são os cristãos e o feijão preto são os mouros, entendeu?

– Falando em concepção... e em Québec – disse Grey, ignorando a comida apesar do cheiro particularmente apetitoso. – Seu filho com aquela índia...

Malcolm nessa hora o encarou. Então tornou a baixar os olhos para o prato, acabou de mastigar, engoliu e aquiesceu sem olhar para Grey.

– Sim. Eu procurei me informar... depois de me recuperar. Eles me disseram que o menino tinha morrido.

Isso acertou Grey no fundo do estômago. Ele engoliu em seco, sentindo gosto de bile, e pegou alguma coisa aleatoriamente na travessa de *pulpo*.

– Entendo. Que... que lástima.

Malcolm aquiesceu, sem dizer nada, e se serviu do prato de polvo.

– Essa notícia foi recente?

O choque o havia atingido feito uma onda do mar. Ele tinha lembranças vívidas do dia em que fora pegar o bebê. Depois que a mãe morreu de varíola, havia comprado da avó por um cobertor, meio quilo de açúcar, 2 guinéus de ouro e um pequeno barril de rum, e o levara até a pequena missão francesa em Gareon. Sentira o menino cálido e sólido no colo, a encará-lo com olhos escuros redondos e que não piscavam, como se confiasse nele.

– Ah, não. Não, faz no mínimo dois anos.

– Ah!

Grey pôs na boca o pedaço de fosse o que fosse e mastigou devagar, com a sensação de choque se atenuando até virar um imenso alívio... e então uma raiva cada vez mais intensa.

Como ele não era muito de confiar, tinha dado dinheiro ao padre para cobrir as necessidades do menino e dito a ele que o pagamento iria continuar, contanto que mandasse uma mecha dos cabelos do menino uma vez por ano, como prova de que ele continuava vivo e supostamente em boa saúde.

A cor natural dos cabelos de Malcolm Stubbs era louro-claro, e as pontas eram tão encaracoladas quanto a lã a um carneiro. Deixados à vontade, os cabelos explodiam da cabeça do dono como um colchão rasgado. Consequentemente, Malcolm em geral os mantinha cortados rente e usava peruca. Obviamente estivera usando uma mais cedo, mas a havia tirado e posto de lado, e os 2 centímetros de cabelos revoltos assim expostos lembravam muito a textura das duas pequenas mechas de cabelos escuros cor de canela que Grey havia recebido até então do Canadá, cada qual presa com muito cuidado por um fio preto e acompanhada por um bilhete curto de agradecimento e bênçãos do padre LeCarré – a última pouco antes de partir para a Jamaica.

A vontade de fazer a cabeça de Malcolm quicar na escrivaninha e arremessá-lo de cara no *pulpo* foi forte, mas Grey se conteve. Mastigou o pedaço de polvo – muito saboroso, mas cuja textura fazia pensar na borracha de um artista – até o fim antes de dizer qualquer coisa. Então engoliu.

– Conte-me sobre essa sua revolta de escravos, então.

Nessa hora Malcolm o encarou, com um ar pensativo. Aquiesceu e, com um grunhido, estendeu a mão para pegar a flácida meia suja de sangue que pendia do seu pé artificial.

– Vamos até a muralha – falou. – Não são muitos os criados que falam qualquer coisa de inglês... mas isso não significa que nenhum deles entenda. E eles escutam atrás das portas.

Grey levantou as sobrancelhas quando eles saíram da penumbra de uma escadaria de pedra para um dia puro e ensolarado, e um céu ofuscante a girar com as gaivotas que voavam lá em cima. Um vento forte soprava do mar, e Grey tirou o chapéu e o segurou debaixo do braço para não deixar que fosse levado.

– Eu venho aqui várias vezes por dia – disse Malcolm, erguendo a voz mais alto do que o vento e os gritos das gaivotas. Sabiamente, havia deixado seu chapéu e sua peruca no escritório lá embaixo. – Para olhar os navios.

Ele meneou a cabeça para a área do imenso porto, onde vários navios grandes estavam ancorados e cercados por grupos de embarcações menores que iam e vinham da margem.

– Lindos – comentou Grey, e eram mesmo. – Mas eles não estão fazendo nada, estão? – Todas as velas estavam enroladas, todas as vigias fechadas. Os navios ancorados se balançavam suavemente ao vento, e seus mastros e vergas ondulavam, distintos e negros, em contraste com o azul do mar e do céu.

– Sim – respondeu Malcolm, seco. – Particularmente lindos quando não estão fazendo nada. É por isso que eu sei que a declaração de guerra ainda não foi recebida. Caso houvesse sido, os conveses estariam cheios de marinheiros e as velas estariam enrizadas, não enroladas. E é por isso que eu venho aqui de manhã, de tarde e de noite.

– Sim – disse Grey devagar. – Mas, se De Prado... é esse o comandante das forças daqui? Se ele *não sabe* que a guerra foi declarada... por que esses navios já estão aqui? Quero dizer, eles são navios de guerra, não mercantes. Até eu posso ver isso.

Malcolm riu, embora sem muito humor.

– Sim, os canhões meio que denunciam esse fato, não é? Os espanhóis estão esperando há seis meses a guerra ser declarada. O general Hevia trouxe esses navios em novembro passado, e eles estão aqui aguardando desde então.

– Ah!

Malcolm arqueou a sobrancelha.

– De fato, ahn... De Prado está esperando uma declaração a qualquer momento. Foi por isso que eu mandei Olivia e as crianças para o campo. Todos os subordinados de De Prado me tratam com a mais extrema cortesia... – os lábios dele esboçaram um sorriso – ... mas posso ver que estão tirando as minhas medidas para as correntes e a cela.

– Certamente não, Malcolm – disse Grey, brando. – Você é um diplomata, não um combatente inimigo. Eles provavelmente vão deportá-lo ou prendê-lo, mas não imagino que cheguem a usar correntes.

– Sim – concordou Malcolm com os olhos mais uma vez pregados nos navios, como se temesse que eles houvessem começado a se mover nos últimos instantes. – Mas se eles descobrirem sobre a revolta... e realmente não vejo como isso pode ser evitado... talvez mudem de opinião em relação ao meu direito à imunidade diplomática.

Isso foi dito com uma espécie de distanciamento calmo que impressionou Grey – com relutância, mas ainda assim. Ele olhou em volta para se certificar de que ninguém os estava escutando.

Havia muitos soldados ali, mas nenhum perto de onde eles estavam. A pedra cinzenta do telhado se estendia por 100 metros em cada direção. Grey pôde ouvir gritos indistintos entre um oficial no outro extremo da muralha e alguém na torre de observação mais acima. Um pequeno grupo de marinheiros sem camisa – a maioria negra, percebeu – que suava apesar do vento consertava um rombo na muralha com cestos de pedras. Também havia guardas. Quatro em cada canto da muralha, muito eretos, mosquetes pendurados nos ombros. A fortaleza de La Punta estava preparada.

Um destacamento de doze homens passou marchando aos pares sob o comando de um jovem cabo que gritava o equivalente em espanhol de "avante!" enquanto eles iriam passando pela torre de observação larga e atarracada. O cabo bateu uma continência marcada. Malcolm se curvou e tornou a se virar para a vasta área do porto. O dia estava claro. Com algum esforço, John podia distinguir a grande corrente que impedia a entrada na boca do porto, uma fina marca escura na água, parecendo uma cobra.

– Foi Inocencia quem me contou – disse Malcolm ao mesmo tempo que os soldados desapareciam por uma escada abaixo no outro extremo do telhado.

Dirigiu o olhar para Grey, que nada disse. Então tornou a virar o rosto para o porto e começou a falar. A revolta estava sendo planejada por escravos de dois dos maiores engenhos de açúcar perto de Havana. O plano original, de acordo com Inocencia – cuja prima era criada na Hacienda Mendez, mas estava tendo um caso com um dos criados de casa, cujo irmão era um dos chefes do complô – era se unir e matar os fazendeiros, saquear as sedes das fazendas, que eram muito ricas, e então fugir pela zona rural até o golfo de Xaguas, do outro lado da ilha.

– Achando que os soldados não fossem persegui-los, pois estariam distraídos com a chegada iminente dos ingleses deste lado aqui, entende? – Malcolm parecia bem pouco sensibilizado pelo assassinato generalizado dos fazendeiros. – Não era um plano ruim, se escolhessem o momento certo e esperassem os ingleses chegarem *mesmo*. Há dezenas de pequenas ilhas no golfo. Eles poderiam ter ficado escondidos por tempo indeterminado.

– Mas você descobriu esse plano e, em vez de avisar ao comandante...

Malcolm deu de ombros.

– Bem, estamos em guerra contra os espanhóis, não estamos? Ou, se não estivéssemos, era claro que estaríamos a qualquer momento. Eu me encontrei com os dois líderes da revolta e, ahn, convenci-os de que havia um jeito melhor de alcançar seus objetivos.

– Sozinho? Quero dizer... você foi encontrar esses homens sozinho?

– Claro – respondeu Malcolm. – Não teria chegado nem perto deles caso tivesse aparecido com uma tropa. Enfim, eu não tinha mesmo uma tropa para levar – acrescentou, virando-se para Grey com um sorriso tímido que de repente fez o seu semblante preocupado remoçar vários anos.

– Encontrei-me com a prima de Inocencia numa das divisas do engenho Saavedra, e ela me levou até um grande barracão de tabaco – continuou ele, e o sorriso se apagou. – Como a noite estava quase caindo, estava meio escuro lá dentro. Muitas sombras, e eu não soube dizer quantos homens havia. Era como se o espaço inteiro estivesse se movendo e fazendo barulhos, mas provavelmente deviam ser só as folhas de tabaco secando... são bem grandes, sabe? Um pé de tabaco tem quase a mesma altura de um homem. Eles os penduram nas vigas, e as plantas ficam roçando umas nas outras com uma espécie de farfalhar seco, quase como se estivessem dando risadinhas entre si... Fiquei um pouco assustado.

Grey tentou imaginar o encontro e, surpreendentemente, conseguiu visualizá-lo: Malcolm, com pé artificial e tudo, entrando mancando e sozinho num barracão escuro para convencer homens perigosos a desistirem de um plano assassino em prol do seu. Em espanhol.

– Você não morreu, então eles o escutaram – falou, devagar. – O que ofereceu?

– A liberdade – respondeu Malcolm apenas. – Quero dizer... o Exército liberta os escravos que se alistam... Por que a Marinha não poderia se mostrar igualmente esclarecida?

– Não tenho certeza de que a vida de um marinheiro seja melhor do que a de um escravo – disse Grey, em tom de quem duvida. – Em termos de comida, talvez estejam melhor onde estão.

– Não quis dizer que eles deveriam se alistar, seu bobo – falou Malcolm. – Mas estou certo de que consigo convencer Albemarle ou o almirante Pocock de que eles deveriam ser libertados em reconhecimento aos serviços prestados. Se sobreviverem – concluiu ele, após pensar um pouco.

Grey estava começando a achar que Malcolm talvez fosse um diplomata decente. No entanto…

– Já que falou em serviços prestados… o que está propondo que esses homens façam?

– Bem, minha primeira ideia foi que eles talvez pudessem se esgueirar pela margem depois do anoitecer e afundar a corrente que impede a entrada no porto.

– Uma boa ideia – disse Grey, ainda cético. – Mas…

– As baterias. Sim, exato. Eu não poderia ir lá e pedir para inspecionar as baterias, mas… – Ele levou a mão até dentro do casaco e pegou um pequeno telescópio de latão. – Dê uma olhada – falou, passando o instrumento para Grey. – Mova-o um pouco, para não parecer que está espionando especialmente as baterias.

Grey pegou o telescópio. Suas mãos estavam frias e o metal, aquecido pelo corpo de Malcolm, provocou-lhe um estranho arrepio.

Tinha visto uma das baterias de perto ao entrar. Aquela situada do lado oposto do porto estava equipada de maneira semelhante: seis canhões com balas de 2 quilos e dois morteiros.

– Não é só isso, claro – disse Grey, devolvendo o telescópio. – É também o…

– A sincronização – concluiu Malcolm. – Sim. Mesmo que os homens conseguissem chegar nadando de mais abaixo na costa, em vez de passar pela bateria, isso teria que ser feito quando a frota britânica estivesse de fato visível. Caso contrário, os espanhóis teriam tempo de levantar a corrente outra vez. – Ele balançou a cabeça com pesar. – Não. Mas o que estou pensando é que talvez nós consigamos tomar El Morro. Se tiver uma ideia melhor, diga-me…

– O quê?

Grey olhou para o imenso vulto de Castillo del Morro, do outro lado do canal. Situado no alto de um promontório rochoso, ele se erguia a uma altura consideravelmente maior do que La Punta e dominava todo o canal, a maior parte do porto, e boa parte da cidade também.

– Como, exatamente?

Malcolm mordeu o lábio, não de preocupação, mas de tão concentrado. Meneou a cabeça para o castelo.

– Já estive lá dentro várias vezes. E posso criar uma oportunidade para entrarmos outra vez. Você iria comigo, lógico… É uma bênção você ter aparecido, John – acrescentou ele, virando a cabeça para Grey. – Isso torna as coisas bem mais fáceis.

– Torna mesmo? – murmurou Grey.

Uma leve inquietação começou a surgir na base da sua coluna. Uma gaivota aterrissou no parapeito junto ao seu cotovelo e lhe lançou um olhar miúdo e amarelo que não ajudou.

– O governador no momento está de cama com febre, mas pode ser que esteja melhor amanhã. Vou solicitar um encontro para apresentar você. Enquanto estiver entretido com de Prado... ou com seu vice, caso de Prado continue indisposto... eu vou dar alguma desculpa, sair e arrumar um jeito de esboçar a planta baixa, as entradas e saídas, essas coisas... – Ele se interrompeu de repente. – Você disse duas semanas?

– Por volta de. Mas não há como saber, não é? E se a Martinica não se render com facilidade, ou se houver um tufão quando eles estiverem saindo de lá? *Poderia* levar um mês ou mais. – Outro pensamento lhe ocorreu. – E há também os voluntários das colônias americanas. Segundo o tenente Rimes, vários transportes têm um encontro marcado com a frota aqui.

Malcolm coçou a cabeça. Os cachos curtos cor de bronze esvoaçaram ao vento como a grama cortada de outono.

O quê?, pensou John, bastante chocado com a imagem poética que o seu cérebro errático havia lhe apresentado. Ele nem *gostava* de Malcolm, quanto mais...

– Não imagino que os transportes vão se aproximar do porto antes de terem se unido à frota – assinalou Malcolm. – Mas duas semanas parece uma estimativa decente... e isso é tempo suficiente para tirar Olivia e sua mãe da ilha com segurança.

– Ah, sim – disse John, aliviado com aquela aparente volta à sanidade. – Mandei minha mãe despachar um recado para trazê-los de volta para... Ah, maldição! Você disse que os tinha mandado embora de propósito.

A gaivota emitiu um ruído de reprovação, defecou no parapeito e se projetou no ar.

– Sim, mandei. Tentei convencer sua mãe a ir com Olivia, mas ela insistiu em ficar. Disse que está escrevendo alguma coisa e queria ser deixada em paz por alguns dias.

Malcolm virou as costas para o porto e fitou com um ar contemplativo as pedras que estava pisando.

– ¡*Adelante!* – Um grito soou atrás de Grey.

Ele se virou ao ouvir passos marchando e armas se entrechocando. Mais um destacamento treinando. Os soldados passaram pisando firme, olhos fixos à frente, mas seu cabo bateu uma continência educada para Malcolm, e incluiu Grey no cumprimento com um breve movimento de cabeça e um olhar de esguelha.

Seria sua imaginação ou os olhos do homem tinham se demorado no seu rosto?

– O fato é que... – disse Malcolm, esperando os soldados desaparecerem ao longe. – Quero dizer...

Ele tossiu e se calou. Grey aguardou.

– John, eu sei que não gosta de mim – disse Malcolm, abrupto. – Nem me respeita.

Para ser sincero, não gosto tanto assim de mim mesmo – acrescentou, olhando para o outro lado. – Mas... vai me ajudar?

– Não acho que eu tenha escolha – respondeu Grey, sem se debruçar sobre a questão da afinidade. – Mas, até onde isso tem algum valor, eu o respeito.

O rosto largo de Malcolm se iluminou quando escutou isso, mas, antes de ele poder responder qualquer coisa, Grey de repente tomou consciência de uma mudança ao seu redor. Os homens que estavam consertando a muralha haviam se levantado de um salto e começado a gesticular e apontar enquanto davam gritos animados.

Todos começaram a gritar e a correr para as muralhas que davam para o porto. Surpreendidos pela agitação, os dois ingleses abriram caminho aos empurrões, o suficiente para verem a embarcação. Era um navio pequeno, uma chalupa espanhola veloz, que avançava depressa como o próprio vento, com as velas brancas feito as asas de uma gaivota, precipitando-se pela água azul na sua direção.

– Ah, meu Deus! – exclamou Grey. – Será que... Será?

– É, sim. Deve ser. – Malcolm o segurou pelo cotovelo e o puxou para longe da multidão de espanhóis animados. – Venha. Agora!

A escadaria estava um breu depois da claridade lá fora, e Grey teve que seguir arrastando a mão pelas paredes de pedra áspera para não cair. Na verdade, ele *caiu* ao escorregar num dos degraus que o tempo havia tornado côncavo quase no pé da escada, mas por sorte se salvou ao agarrar a manga de Malcolm.

– Por aqui.

Havia mais luz lá embaixo, fortes clarões vindos das janelas estreitas no final de corredores compridos, o débil bruxulear de lampiões nas paredes, um forte cheiro de óleo de baleia. Malcolm seguiu na frente até sua sala, onde disse algo num espanhol rápido para o secretário, que, com um ar surpreso, se levantou e saiu. Malcolm fechou a porta e a trancou.

– E agora? – indagou Grey.

Seu coração batia depressa, e ele estava tomado por uma sensação de confusão: um alerta semelhante ao que precedia uma batalha, uma ânsia absurda de fugir, a necessidade urgente de fazer *alguma coisa*... mas o quê? Os ossos da primeira falange da sua mão direita sangravam. Ele a havia arranhado ao escorregar na escada. Levando-a à boca por reflexo, sentiu o gosto metálico de sangue e pó de pedra.

Malcolm estava mais ofegante do que a caminhada acelerada podia explicar. Apoiou-se na escrivaninha com as duas mãos, olhos fixos na madeira escura. Por fim, sacudiu-se feito um cachorro e endireitou as costas.

– Não que eu não tenha pensado no assunto – comentou. – Só não esperava que fosse estar aqui.

– Não permita que eu interfira nos seus planos – retrucou Grey, educado.

Malcolm olhou para ele, espantado, então riu e pareceu recuperar o controle de si.
– Certo – falou. – Bem, tem as duas coisas, não é? Os escravos e Olivia... e a sua mãe, claro – acrescentou ele depressa.

Grey pensou que talvez tivesse invertido esses dois itens conforme a ordem de importância, mas, enfim, não sabia exatamente quão perigosos os escravos poderiam ser. Assentiu.

– Acha mesmo que os espanhóis vão prendê-lo?

– Acho que sim... mas não sei quanto tempo eles poderão levar para fazer isso. Afinal de contas, até onde eles sabem eu não represento nenhum risco em especial.

Ele foi até a pequena janela e espiou lá fora. Grey podia ouvir gritos no pátio mais embaixo, alguém tentando criar ordem no meio de uma ruidosa algaravia de vozes em espanhol.

– O fato é que eles saberão que a guerra foi declarada assim que o capitão daquele navio entregar suas cartas ao governador – disse Malcolm, virando-se de volta da janela com o rosto franzido de concentração. – Mas acha que eles saberão alguma coisa sobre a frota? – Ao ver a sobrancelha erguida de Grey, ele se apressou em emendar. – Quero dizer... o navio que vem trazendo a declaração... se for mesmo disso que se trata... eles podem ter visto a frota ou... ou ouvido falar nela. E nesse caso...

Grey balançou a cabeça.

– O mar é grande, Malcolm – falou. – E você faria alguma coisa diferente se os espanhóis *soubessem* sobre a frota?

Ele estava um tanto impaciente com a explicação meticulosa de Malcolm. Seu sangue fervia, e ele precisava se manter em movimento.

– Na verdade, sim. A primeira seria fugirmos... Se eles pensarem que os ingleses estão prestes a aparecer na sua porta, a segunda coisa que os espanhóis vão fazer, depois de colocar os dois fortes em alerta total, é reunir todos os cidadãos britânicos de Havana, muito provavelmente a começar por mim. Se eles *não* souberem, talvez ainda tenhamos um pouco de tempo.

Grey viu que Malcolm também estava precisando se mexer. Ele havia começado a andar de um lado para o outro atrás da escrivaninha, olhando pela janela sempre que passava por ela. Estava mancando. Era óbvio que caminhar doía, mas ele parecia alheio à dor.

– Os escravos da Hacienda Mendez vão ficar nervosos... bem, eles já estão nervosos... mas vão ficar em polvorosa com essa notícia. Preciso falar com eles o mais rapidamente possível. Para tranquilizá-los, sabe? Caso contrário, eles podem muito bem interpretar a declaração de guerra como um sinal para atacar os fazendeiros e assassiná-los ali mesmo... E isso, além de ser deplorável de modo geral em termos humanos, seria um desperdício completo do valor deles para nós.

– Deplorável, sim.

Grey sentiu apreensão ao pensar nos moradores de Hacienda Mendez e Hacienda

Saavedra, sentados tranquilamente para o jantar naquela noite sem a menor ideia de que poderiam ser assassinados a qualquer momento pelos criados que lhes serviam a comida. Ocorreu-lhe, como talvez tivesse ocorrido a Malcolm, que os escravos dessas fazendas não eram os únicos na ilha de Cuba inclinados a tirar vantagem de uma invasão britânica para resolver suas diferenças. Mas não havia muita coisa que Malcolm ou ele pudessem fazer em relação a isso.

– Então é melhor ir, agora mesmo. Eu cuido das mulheres e das crianças.

Malcolm esfregava a mão freneticamente no rosto, como se isso pudesse ajudá-lo a pensar.

– Sim. Vai ter que tirá-los da ilha antes de a frota chegar. Tome, pegue isto. – Ele abriu uma gaveta e pegou uma bolsinha de couro recheada. – É dinheiro espanhol... assim vai chamar menos atenção. Cojimar... acho que é a sua melhor alternativa.

– O que é Cojimar e onde fica?

Tambores. Agora era possível ouvir tambores no pátio, e o ruído de botas e vozes conforme os homens iam saindo das entranhas da fortaleza. Qual seria o tamanho da força que ocupava El Morro?

Não se deu conta de que tinha feito essa última pergunta em voz alta até Malcolm a responder de modo distraído.

– Uns setecentos soldados, e talvez mais uns trezentos homens de apoio... Ah, e os trabalhadores africanos! Talvez mais uns trezentos homens... mas eles não moram no forte. – Ele cruzou olhares com Grey e aquiesceu, adivinhando seu pensamento seguinte. – Não sei. Pode ser que eles se juntem aos nossos homens, pode ser que não. Se eu tivesse tempo... – Ele fez uma careta. – Mas não tenho. Cojimar fica... Ah, espere.

Ele se virou, pegou a peruca que havia tirado mais cedo e a empurrou para as mãos de Grey.

– Um disfarce – explicou, e deu um sorriso breve. – Você chama a atenção, John. É melhor se as pessoas não repararem em você na rua.

Ele pegou o chapéu e o enfiou sobre a cabeça descoberta. Em seguida, destrancou a porta e a abriu com um puxão, indicando com um gesto impaciente para Grey seguir na frente.

John assim o fez, e por cima do ombro perguntou:

– E Cojimar?

– Uma aldeia de pescadores. – Malcolm lançou um olhar para cada lado do corredor. – Fica a leste de Havana, uns 16 quilômetros. Se a frota não conseguir entrar no porto, é o melhor ponto de ancoragem que eles têm. Uma pequena baía... e um pequeno forte, também. El Castillo de Cojimar. Você não vai querer chegar perto de lá.

– Sim, não chegarei – falou John, seco. – Eu vou...

Ia dizer que mandaria Tom Byrd com qualquer notícia, mas as palavras morreram na sua garganta. Quando tivesse alguma notícia para dar, Malcolm provavelmente estaria em algum lugar da zona rural, cuidando de seus escravos. Ou isso, ou preso. Ou ainda, muito possivelmente, morto.

– Malcolm – chamou.

O outro virou a cabeça com um tranco e viu o seu semblante. Estacou por um instante, então aquiesceu.

– Olivia – disse Malcolm baixinho. – Pode dizer a ela...

Ele se interrompeu e olhou para o outro lado.

– Você sabe que eu direi.

Ele estendeu a mão e Malcolm a segurou com força. Quando soltaram as mãos, Grey sentiu os ossos esfolados arderem, e viu que eles tinham deixado a palma de Malcolm suja de sangue.

Sem dizer mais nada, os dois saíram apressados para o corredor.

A peruca teria ficado grande demais, considerando a semelhança da cabeça redonda de Malcolm com um gigantesco melão, mas os cabelos de Grey – louros e chamativos, como Malcolm observara com tanto tato – eram fartos, e com eles enfiados dentro da peruca o artefato de crina de cavalo ficava firme no lugar, ainda que desconfortável. Ele torceu para Malcolm não ter piolhos, mas se esqueceu dessas preocupações conforme foi avançando por entre as hordas de pessoas na rua em frente a La Punta.

A rua estava tomada por um clima de curiosidade. Todos relanceavam os olhos para o forte ao passar, pressentindo que havia alguma perturbação na sua rotina. Mas a notícia ainda não tinha se espalhado. Grey se perguntou, aliás, se a notícia teria chegado ao gabinete do governador – ou, conforme fosse o caso, ao seu leito de enfermo. Nem ele nem Malcolm tinham tido qualquer dúvida. Apenas a mais urgente das notícias teria conseguido fazer a chalupa passar pela corrente do porto com tamanha celeridade.

O guarda no portão externo da fortaleza lhe lançou apenas um olhar casual antes de fazê-lo passar com um aceno. Como acontecia em tempos de paz, havia quase tantos civis dentro do forte quanto militares, e muitos espanhóis tinham a pele clara e os olhos azuis. O corte do seu traje não era em estilo espanhol, mas as roupas eram discretas e de cor sóbria.

Ele precisaria de um cavalo. Até conseguiria caminhar 16 quilômetros, mas fazer isso calçando sapatos elegantes seria ao mesmo tempo lento e doloroso. E percorrer todos os mais de 30 quilômetros do trajeto de ida e volta a pé... Ele ergueu os olhos para o céu; já passava bastante do meio-dia. Era bem verdade que, naquela latitude, o sol não iria se pôr antes das oito ou nove da noite, mas...

– Por que não perguntei a Stubbs como se diz "cavalo"? – resmungou ele entre dentes, abrindo caminho em zigue-zague por um bairro repleto de barracas de mercado perfumadas cheias de frutas.

Reconheceu as bananas-da-terra, claro, além de mamões, mangas, cocos e abacaxis, mas havia estranhos objetos verde-escuros que ele nunca tinha visto, com a casca rugosa, e outros de um verde mais claro que ele ponderou que *talvez* fossem graviolas. Fossem o que fossem, o cheiro era uma delícia. Sua barriga roncou. Apesar do polvo, ele estava faminto. Mas sua cabeça então girou depressa quando sentiu o cheiro de algo distinto. Estrume fresco.

Já era bem tarde quando finalmente regressou à Casa Hechevarría nessa noite. Uma lua cheia enfeitava o céu, e o ar estava carregado de fumaça, flor de laranjeira, e o cheiro de uma carne assando lentamente. Conseguira comer em Cojimar com relativa facilidade, bastando apontar para coisas na pequenina praça de mercado e oferecer o que pareciam ser as menores moedas da sua bolsa, mas Cojimar não passava de uma lembrança distante queimada de sol, e ele estava outra vez faminto.

Apeou da mula de aluguel, enrolou as rédeas do animal no guarda-corpo em frente à casa e foi esmurrar a porta. Sua chegada fora notada, porém, e a luz suave de um lampião o iluminou lá de dentro quando ele subiu os estreitos degraus de madeira…

– É o senhor, milorde?

Tom Byrd, bendito fosse, estava emoldurado pelo vão da porta aberta, com o lampião na mão e o rosto redondo vincado de preocupação.

– O que sobrou de mim – respondeu Grey.

Pigarreou para desobstruir a garganta congestionada de poeira, escarrou no arbusto que florescia junto à varanda e entrou mancando na casa.

– Mande alguém ir cuidar da mula, sim, Tom?

– Agora mesmo, milorde. Mas o que houve com o seu pé?

Tom mirou um olhar acusatório no pé direito do patrão.

– Nada.

Grey foi até a sala, fracamente iluminada por uma pequena vela em frente a alguma imagem sacra com criaturas aladas que deviam ser anjos, e se sentou com um suspiro de alívio.

– O calcanhar do meu sapato se soltou quando eu estava ajudando a mula a sair de uma vala pedregosa.

– A mula caiu numa vala com o senhor montado, milorde? – Tom ia acendendo com agilidade outras velas usando um pedaço de madeira fino, que então ergueu de modo a examinar Grey mais de perto. – Pensei que as mulas tivessem o passo firme.

– Não há nada errado com o passo dela – garantiu Grey, inclinando-se para trás e fechando os olhos por um instante. A luz das velas criava desenhos vermelhos na parte interna de suas pálpebras. – Tive que parar para urinar, e a mula aproveitou esse momento de desatenção para descer para dentro da tal vala, coisa que fez, aliás, sem a menor dificuldade. Havia algumas destas frutas nos arbustos lá dentro que ela queria comer.

Ele tateou dentro do bolso e sacou três ou quatro frutas lisas.

– Tentei atraí-la para fora com um punhado delas, mas ela estava satisfeita lá dentro. Depois de algum tempo fui obrigado a recorrer à força.

Força essa que fora aplicada por duas jovens negras que estavam passando e tinham rido da situação de Grey, mas depois dado um jeito no problema, uma delas puxando as rédeas enquanto se dirigia à mula no que pareciam ser termos pejorativos enquanto a amiga lhe cutucava com severidade o traseiro usando um galho. Grey deu um enorme bocejo. Pelo menos tinha aprendido a dizer *mula* em espanhol, além de algumas outras coisas que poderiam vir a ser úteis.

– Tem alguma comida, Tom?

– Isso daí são goiabas, milorde – disse Tom, meneando a cabeça para as frutas que Grey depositou sobre uma mesa lateral. – Usa-se para fazer geleia, mas pode comê-las cruas.

Ele havia se ajoelhado e tirado os sapatos do patrão em questão de segundos, depois se levantado e removido com destreza a peruca surrada de sua cabeça, examinando-a com uma expressão de reprovação profunda.

– Quero dizer, se o senhor não puder esperar enquanto vou acordar a cozinheira.

– Não faça isso. Deve passar de meia-noite.

Com um ar duvidoso, ele cutucou uma das goiabas, que lhe pareceu verde: estava dura feito uma bola de golfe.

– Não tem problema, milorde, deve haver algo frio na despensa – garantiu Tom. – Ah! – acrescentou ele, detendo-se junto à porta com a peruca pendurada numa das mãos. – Esqueci de dizer que Sua Graça viajou.

– Sua Gra... o quê? Para onde foi?

Grey se sentou, e qualquer pensamento sobre comida, cama e pés doloridos desapareceu.

– Um recado da señora Valdez chegou hoje de manhã, milorde, avisando que a sra. Stubbs e a filhinha dela estavam ambas adoentadas com febre e pedindo por favor para Sua Graça ir. Então ela foi – arrematou ele de modo desnecessário, e desapareceu por sua vez.

– ¡Chingado huevón! – exclamou Grey, pondo-se de pé.

– O que disse, milorde?

A voz de Tom veio de algum lugar no corredor.

– Eu não sei. Pouco importa. Vá buscar a comida, Tom, por favor. E cerveja, se houver.

Uma débil risada soou e foi interrompida pela batida abafada de uma porta de vaivém. Ele olhou em volta pelo recinto, com vontade de fazer algo violento, mas um gato muito velho enroscado no fundo de uma cadeira estofada abriu os grandes olhos verdes e o fitou com um olhar zangado na penumbra, o que o desconcertou.

– Mas que inferno! – resmungou ele e virou as costas.

Então não apenas Olivia e sua família *não estavam* a caminho de Havana, como sua mãe tinha ido embora... Quanto tempo poderia fazer? Ela não conseguiria ter chegado à fazenda dos Valdez antes de anoitecer. Devia estar em algum ponto da estrada. Quanto a Rodrigo e Azeel, só Deus poderia saber onde *eles* estavam. Será que já tinham chegado ao esconderijo rural de Olivia?

Ficou andando de lá para cá, inquieto, sentindo as lajotas do chão frias através das meias. Não fazia ideia em que direção ficava a fazenda dos Valdez. A que distância poderia estar de Cojimar?

Não que isso tivesse importância se Olivia e a filha estivessem adoentadas demais para viajar. Um segundo antes, sua mente estava tão exaurida quanto seu corpo, sem qualquer pensamento. Agora ele tinha a sensação de estar com a cabeça cheia de formigas, todas correndo em direções diferentes, todas tomadas por uma tremenda determinação.

Poderia arrumar uma carroça. Mas qual seria a gravidade da doença? Não poderia fazer pessoas muito enfermas subirem numa carroça, obrigá-las a percorrer 16, 30, 50 quilômetros por trilhas pedregosas, depois jogá-las num navio que poderia levar sabe-se lá *quanto tempo* para alcançar um porto seguro...

O que fazer em relação a comida e água? O *péon* – era assim que ouvira alguém chamá-lo, mas não tinha ideia do que significava – com quem combinara de alugar um pequeno barco tinha prometido água. Comida ele poderia comprar, mas... Cristo do céu, quantas pessoas conseguiria colocar a bordo? Será que poderia deixar Rodrigo e Azeel para serem resgatados depois? Não, precisaria deles para se comunicar com o marinheiro e para ajudar caso metade dos seus passageiros estivesse prostrada, enjoada e necessitando de cuidados. E se o marinheiro sucumbisse à febre? E se a sua mãe pegasse a febre e morresse no mar?

Podia muito bem se imaginar atracando em algum litoral perdido nas colônias do sul, com uma embarcação cheia de parentes e criados mortos ou em vias de morrer...

– Não – falou em voz alta, cerrando os punhos. – Não, droga, isso não vai acontecer!

– O que não vai acontecer? – Tom quis saber, tornando a entrar na sala empurrando uma pequena mesa com rodinhas abarrotada de comida. – Tem *muita* cerveja, milorde. Daria para tomar banho com ela se o senhor quisesse.

– Não me provoque. – Ele fechou os olhos por alguns segundos e inspirou fundo várias vezes. – Obrigado, Tom.

Estava claro que não poderia fazer nada naquela noite. Seja lá o que fizesse pela manhã, estava claro que o faria melhor se tivesse comido e descansado.

Por maior que fosse a fome sentida meia hora antes, seu apetite agora parecia tê-lo abandonado. Mesmo assim, ele se sentou e se obrigou a comer. Havia uns bolinhos de algum tipo de linguiça de sangue feitos com cebolas e arroz, um queijo duro, o leve pão cubano de casca fina – pensou ter ouvido alguém chamá-lo de *flauta* ou algo parecido. Legumes em conserva de algum tipo. Cerveja. Mais cerveja.

Tom continuava parado ali perto, mudo mas atento.

– Vá para a cama, Tom. Eu ficarei bem.

– Que bom, milorde. – Tom não se deu ao trabalho de fingir acreditar em Grey. Entre as sobrancelhas do lacaio havia um vinco bem marcado. – O capitão Stubbs está bem, milorde?

Grey inspirou fundo e bebeu outro gole de cerveja.

– Estava bastante bem quando nos despedimos hoje à tarde. Quanto a amanhã...

Não pretendia contar nada a Tom *antes* do dia seguinte. De nada adiantava arruinar o sono e a paz de espírito do rapaz. Pela expressão no rosto de seu jovem criado, porém, já era tarde para esse tipo de procrastinação bem-intencionada.

– Sente-se – falou. – Ou melhor, vá pegar outro copo e depois se sente.

Quando ele terminou de explicar a situação para Tom, nada restava de sua refeição a não ser migalhas.

– E o capitão Stubbs pretende fazer esses escravos virem para Havana... para fazerem o quê?

Tom parecia ao mesmo tempo aterrorizado e curioso.

– Isso, felizmente, é problema do capitão Stubbs. Minha mãe disse mais alguma coisa sobre o estado de Olivia e da filha? Quão doentes elas poderiam estar?

Tom fez que não com a cabeça.

– Não, milorde. Mas pela expressão dela... de Sua Graça, quero dizer... a notícia devia ser bem ruim. Lamento muito dizer. Até deixou para trás a história que estava escrevendo.

O semblante de Tom estava grave. Ele havia acendido meia dúzia de velas grossas e, apesar da musselina que protegia as janelas, nuvens de diminutos insetos haviam adentrado o recinto como poeira, e suas minúsculas sombras se moviam frenéticas nas paredes brancas mortiças.

Ver isso fez Grey se coçar. Ele havia passado o dia inteiro ignorando os insetos, e estava com mais de uma dúzia de picadas de mosquito no pescoço e nos braços. Um *zzzzz!* agudo e zombeteiro passou chiando junto ao seu ouvido, e ele reagiu desferindo um tapa inútil. O gesto fez Tom se animar.

– Ah! – exclamou o lacaio. – Espere um pouco, milorde. Tenho algo para o senhor.

Ele voltou quase na mesma hora com um frasco de vidro azul tampado por uma rolha, parecendo muito satisfeito.

– Experimente isto aqui, milorde – falou, estendendo o frasco para o patrão.

Grey tirou a rolha, e um aroma delicioso e forte emanou do frasco.

– Óleo de coco – disse Tom, com orgulho. – A cozinheira usa e me deu um pouco. Misturei a hortelã, para reforçar, mas, segundo ela, os mosquitos não gostam do óleo. As moscas, sim, mas a maioria não pica – acrescentou ele, sensato.

– Obrigado, Tom.

Grey havia tirado o casaco para comer. Arregaçou as mangas da camisa e se besuntou, esfregando o óleo em cada centímetro de pele exposta. Algo lhe ocorreu.

– O que quis dizer, Tom? Sobre a minha mãe ter deixado a história que estava escrevendo para trás... É alguma espécie de livro?

– Bem, eu não sei se *poderia* ser um livro – disse o rapaz num tom de dúvida. – Ainda não é um livro, mas os criados dizem que ela escreve um pouco todos os dias, então mais cedo ou mais tarde...

– Ela está *escrevendo* um livro?

– Assim me informou Dolores, milorde. Está ali dentro.

Ele se virou e ergueu o queixo em direção à escrivaninha que Grey tinha visto a mãe usar... meu Deus, teria sido naquela manhã mesmo?

Consumido pela curiosidade, Grey se levantou e foi abrir a escrivaninha. De fato, havia lá dentro uma pequena pilha de páginas manuscritas, muito bem amarradas com uma fita azul. A página de cima era uma folha de rosto. Ela obviamente tinha *mesmo* a intenção de que aquilo fosse um livro. Estava escrito apenas *Minha vida*.

– Um livro de memórias?

Tom deu de ombros.

– Não sei, milorde. Nenhum dos criados sabe ler inglês.

Grey ficou dividido entre achar graça naquilo, sentir curiosidade ou certo incômodo. Até onde era do seu conhecimento, a mãe tinha levado uma vida um tanto aventuresca. E ele sabia muito bem que o seu conhecimento em relação a essa vida era limitado, por um consentimento mútuo e tácito. Havia muitas coisas que não queria que a mãe soubesse sobre sua vida. Logo, podia respeitar os segredos dela. Mas se ela estava escrevendo a respeito...

Tocou o manuscrito de leve, então fechou a tampa da escrivaninha. Comida, cerveja e o silêncio vivo e iluminado por velas da Casa Hechevarría haviam acalmado tanto seu corpo quanto sua mente. Conseguia pensar em mil possibilidades, mas na verdade havia apenas uma coisa que poderia *fazer*: pegar um cavalo e ir até a fazenda dos Valdez o mais depressa que conseguisse, e avaliar a sensação quando chegasse lá.

Duas semanas mais ou menos antes de a frota britânica chegar. Duas semanas menos uma. Com a ajuda de Deus, esse tempo bastaria para ele resolver as coisas.

– O que disse, Tom?

O criado estava empilhando os pratos sujos sobre a mesa, mas parou para lhe responder:

– Eu perguntei que palavra foi aquela que o senhor falou... *huevón*?

– Ah, sim. Ouvi isso de uma jovem dama que conheci na estrada vindo de Cojimar. Sabe o que significa?

– Bom, eu sei o que Juanito *diz* que significa – respondeu Tom, tentando ser preciso. – Ele diz que significa um sujeito que é preguiçoso porque tem as bolas grandes demais para conseguir se mexer. – Ele encarou Grey com um olhar de esguelha. – Uma dama lhe disse isso, milorde?

– Ela estava falando com a mula... ou pelo menos espero que estivesse falando com a mula. – Grey se espreguiçou e sentiu as articulações dos ombros e dos braços estalarem, convidando a carícia do sono. – Vá para a cama, Tom. Temo que amanhã vá ser um longo dia.

Ao sair, ele se deteve para olhar o quadro das criaturas aladas. Eram anjos retratados de modo grosseiro, mas com uma simplicidade que os tornava estranhamente comoventes. Quatro deles pairavam numa atitude protetora acima de um menino Jesus deitado e adormecido dentro da sua manjedoura de palha. E onde estaria Stubbs dormindo naquela noite? Num campo frio de primavera, num escuro barracão de tabaco?

– Que Deus o abençoe, Malcolm – sussurrou, e foi procurar sua cama.

Um tossido discreto o acordou, bem depois de o sol já ter nascido, e ele deparou com Tom Byrd junto à sua cama, segurando uma bandeja sobre a qual estava seu desjejum, uma xícara de chá e um bilhete de sua mãe.

– Sua Graça encontrou Rodrigo e Azeel ontem à noite – informou Tom. – Como estavam voltando apressados para buscá-la, e por acaso ela parou na mesma hospedaria em que eles tinham parado para dar de beber aos cavalos...

– Ela... minha mãe... ela com certeza não está viajando sozinha, está?

Naquele estágio da vida, Grey não diria que ela seria incapaz de tal coisa, mas...

– Ah, não, milorde – garantiu Tom com um olhar de leve repreensão. – Ela levou Eleana e Fatima, além de três bons rapazes para acompanhá-las. Sua Graça não tem medo das coisas, mas *ela* não é de modo algum temerária, como se poderia dizer.

Grey detectou certa ênfase no "ela". Poderia ter interpretado como uma crítica, mas decidiu ignorá-la. Em vez disso, leu o recado da mãe:

> *Querido John,*
> *Imagino que Tom Byrd tenha lhe dito que Olivia mandou um recado pedindo que eu fosse ao encontro dela em Hacienda Valdez. Cruzei num pardieiro em algum ponto da estrada com seus dois criados, que estavam no caminho de volta com um recado semelhante, embora mais detalhado, escrito pelo padre daqui.*
> *Segundo o padre Cespedes, quase todo mundo na casa está afetado por uma doença. Como já viu muitas ocorrências de febre durante os anos que passou servindo a Deus perto do pântano de Zapata, ele está seguro de não ser uma sezão recorrente, como a febre terçã, mas quase certamente febre amarela.*

Um pequeno choque o percorreu. "Febre" era um termo vago, que podia designar qualquer coisa, desde uma leve insolação até malária. Até mesmo "sezão" podia ser uma enfermidade passageira, da qual a pessoa se curava facilmente. Mas "febre amarela" era tão brutal quanto uma faca no peito.

A maior parte da sua carreira militar envolvera missões em climas setentrionais. O mais perto que ele já havia chegado dessa temida enfermidade fora ao ver, ocasionalmente, os navios no porto de Kingston com a bandeira amarela da quarentena suspensa no mastro. Mas ele também tinha visto os cadáveres sendo desembarcados desses navios.

Suas mãos tinham ficado frias, e ele pôs uma delas em volta da xícara de barro quente enquanto lia o resto:

> *Não venha para cá, a menos que eu escreva informando para vir. A febre amarela tem uma vantagem: é terrivelmente rápida. Tudo decerto estará resolvido, de uma forma ou de outra, daqui a uma semana. Talvez isso deixe tempo suficiente para executar o seu desígnio original. Caso contrário... não.*
>
> *Acho que o verei novamente, mas, se Deus desejar que não, diga a Paul e Edgar, a Hal e à família dele que eu os amo, e diga a George... Bem, ele sabe quais são os sentimentos do meu coração e sabe o que eu lhe diria se estivéssemos juntos. Quanto a você, John... você é meu filho mais querido, e seguirei pensando em você ao longo de tudo que está por vir.*
>
> *Sua afetuosíssima mãe*

John suspirou diversas vezes antes de conseguir pegar a xícara e beber. Se ela houvesse viajado a noite inteira, o que parecia provável, talvez estivesse chegando à fazenda agora. Para encontrar...

Disse algo muito obsceno em alemão entre dentes. Tornou a pôr a xícara em cima da mesa, saiu da cama e empurrou a carta para as mãos de Tom. Não conseguia falar com coerência suficiente para comunicar seu conteúdo.

Precisava urinar, e assim o fez. Esse ato primitivo lhe proporcionou algum arremedo de controle e ele enfiou o recipiente debaixo da cama e se endireitou.

– Tom, vá perguntar onde o médico mais próximo pode ser encontrado. Vou me vestir.

Tom lançou-lhe um olhar, mas não o de profunda dúvida que poderia ter se esperado em reação àquela última frase. Foi um olhar muito paciente e bem mais velho do que a sua idade.

– Milorde... – disse ele com toda a delicadeza, e colocou a carta sobre a cômoda. – Se Sua Graça quisesse que o senhor mandasse um médico, teria dito isso, o senhor não acha?

– Minha mãe tem muito pouca fé em médicos. – Grey também, mas, maldição, o que *mais* ele poderia fazer? – Isso não significa que um médico não possa... ajudar.

Tom o encarou por vários instantes, então meneou a cabeça com gravidade e se retirou.

John podia se vestir sozinho, embora suas mãos tremessem tanto que ele decidiu não se barbear. A horrenda peruca de Malcolm, guardada sobre a cômoda junto à carta de sua mãe, parecia um animal morto. Será que deveria usá-la?

Por quê?, pensou. Não conseguiria esconder do médico o fato de ser inglês. De toda forma, provavelmente poderia mandar Jacinto falar com o médico. Mas não podia suportar ficar naquela casa sem fazer nada. Pegou a xícara agora morna e tomou o restante do conteúdo amargo. Por Deus, *o que* era aquilo?

Esfregou um pouco mais do preparado de óleo de coco de Tom na pele exposta, escovou os cabelos e os prendeu com uma fita simples, então saiu para ver o que Tom conseguira descobrir com os outros criados.

Eles estavam no pátio, que parecia ser o centro da casa. Mas a alegre algazarra habitual havia diminuído, e Ana-Maria, ao vê-lo, fez o sinal da cruz e se abaixou numa mesura.

– *Lo siento mucho, señor* – falou. – *Su madre... su prima y los niños...*

Ela acenou para o exterior da casa com uma das mãos graciosas, e então de novo para o interior, desta vez abarcando todos os criados à sua volta, e colocou a mão no coração, encarando-o com o rosto levemente enrugado tomado por compaixão.

– *Tenemos dolor, señor.*

Ele entendeu o que ela estava dizendo, ainda que não captasse todas as palavras, e se curvou na sua frente numa profunda reverência, meneando a cabeça para os outros criados ao se endireitar.

– *Muchas gracias...* – ¿*Señora*? ¿*Señorita*? Seria ela casada? Como ele não sabia, apenas repetiu a mesma coisa com mais ênfase. – *Muchas gracias.*

Tom não estava entre os criados. Decerto tinha ido falar com Jacinto sobre médicos. John fez outra mesura para os empregados de modo geral e caminhou em direção à casa.

Havia vozes na parte da frente falando espanhol muito rápido, com uma palavra atarantada de Tom se intrometendo de vez em quando na conversa. Curioso, John passou pela sala e foi até o pequeno vestíbulo, onde encontrou Jacinto e Tom impedindo a entrada pela porta da frente e ouviu uma voz de mulher lá fora, alterada de agitação, dizendo seu nome:

– ¡*Necessito hablar con el señor Grey!* ¡*Ahora!*

– O que está acontecendo?

Fez a pergunta num tom incisivo, e os dois homens se viraram para ele e lhe permitiram ver um lenço amarelo e o semblante desesperado de Inocencia.

Ela aproveitou a ocasião para abrir caminho com um empurrão entre o mordomo e Tom, arrancou do corpete do vestido um bilhete amassado e o enfiou na mão de Grey. Então caiu de joelhos e se agarrou à barra do seu casaco.

– *¡Por favor, señor!*

O papel estava desmilinguido com o suor do seu corpo e a tinta havia ficado um pouco borrada, mas continuava legível. Não havia saudação nem assinatura, e o texto era muito curto.

Dancei, meu velho. A bola está com você.

– O que significa isso, *señor*? – Jacinto tinha lido o bilhete por cima do seu ombro, sem o menor esforço para fingir que não o estava fazendo. – Isso... isso não é inglês, é?

– É, sim – garantiu ele ao mordomo, dobrando com cuidado o bilhete e o guardando no bolso.

Tinha a sensação de que alguém lhe dera um soco no peito, com força, e foi difícil recuperar o fôlego. Aquilo era inglês, sim. Mas um inglês que só um inglês entenderia. E nem mesmo um inglês como Tom, que olhava para Inocencia com o cenho franzido de incompreensão, entenderia o significado daquela última e paralisante frase.

A bola está com você.

Grey engoliu em seco, sentindo os últimos vestígios do amargor da bebida que havia tomado no desjejum, e se obrigou a respirar fundo. Então se abaixou e fez Inocencia se levantar. Ela também arquejava para tentar respirar, constatou, e havia marcas de lágrimas secas em seu rosto.

– O cônsul foi preso? – perguntou ele.

Ela olhou alternadamente para Jacinto e para ele com uma expressão impotente, e o mordomo tossiu e traduziu a pergunta de Grey. Ela assentiu, mordendo o lábio inferior.

– *Está en El Morro* – conseguiu dizer, engolindo em seco.

E acrescentou alguma outra coisa que Grey não conseguiu acompanhar. Após um diálogo rápido, Jacinto se virou para Grey com uma expressão muito grave no rosto envelhecido e comprido.

– Essa mulher está dizendo que o seu amigo foi preso nos muros da cidade ontem à noite e levado para El Morro. É lá que o *gobierno*... o governo, perdão... detém os prisioneiros. Esta... esta senhora... – ele inclinou a cabeça, dando a Inocencia o benefício da dúvida – ... viu o senor Stubbs sendo levado para o gabinete do governador pouco depois de o dia raiar, então ficou esperando por perto e os seguiu quando o levaram para a...

Ele se interrompeu para fazer uma pergunta incisiva a Inocencia. Ela balançou a cabeça e disse algo em resposta.

– Ele não está na masmorra – informou Jacinto. – Mas está trancado num recinto em que põem os cavalheiros quando é preciso contê-los. Ela conseguiu ir até lá e falar com ele através da porta depois de os guardas irem embora. Ele escreveu esse bilhete e pediu para trazê-lo imediatamente, antes que o senhor saísse da cidade. – Jacinto lançou um olhar para Grey, mas então tossiu e olhou para o outro lado. – Ele disse que o senhor saberia o que fazer.

Grey sentiu uma tontura se abater sobre si e os pelos se eriçando na nuca. Seus lábios estavam rígidos.

– Disse mesmo?

– O senhor não pode fazer isso, milorde! – Tom o encarava, boquiaberto.

– Infelizmente eu acho que tem razão, Tom – disse ele, esforçando-se para manter a calma. – Mas não vejo alternativa.

Achou que Tom fosse passar mal. O rosto do jovem lacaio estava tão pálido quanto a névoa matinal que havia coberto o pequeno jardim ao qual eles tinham ido para ter um pouco de privacidade.

Grey estava igualmente satisfeito por não ter tido a oportunidade de comer nada no desjejum. Lembrou-se de Jamie Fraser lhe dizendo certa vez, ao inimitável estilo escocês, que a sua "barriga estava contraída feito um punho fechado", expressão que descrevia sem tirar nem pôr o que sentia naquele momento.

Teria dado muita coisa para ter Fraser ao seu lado naquele momento.

Teria dado quase tanto para ter Tom.

Mas a verdade é que ele estava a caminho de uma batalha auxiliado por um ex-zumbi gago, uma africana de temperamento imprevisível e notórias tendências homicidas e uma concubina de Malcolm Stubbs.

– Vai ficar tudo bem – disse a Tom com firmeza. – Inocencia vai me apresentar aos líderes e estabelecer minha *bona fides*.

Caso não conseguisse convencer esses homens de que Grey possuía tais qualificações, todos eles provavelmente seriam mortos em segundos. No dia anterior, a caminho de Cojimar, ele tinha visto machetes brandidos com uma displicência assassina por trabalhadores nos campos... Por Deus, fazia apenas um dia?

– E Rodrigo e Azeel vão estar lá para me ajudar a falar com eles – acrescentou, um pouco mais confiante.

Para sua surpresa, quando lhes expusera a situação, o casal Sanchez havia trocado um demorado olhar marital, meneado a cabeça com seriedade e dito que iriam.

– Rodrigo é um bom rapaz – reconheceu Tom com relutância. – Mas ele não vai servir de nada numa luta, milorde.

Os punhos do próprio lacaio estavam cerrados desde o início da conversa, e estava claro que ele tinha uma opinião mais favorável com relação às próprias capacidades nesse quesito.

Na verdade, ele talvez tivesse razão. Acostumado como estava com a presença constante de Tom, não tinha reparado nisso de forma consciente, mas seu lacaio não era mais o menino de 17 anos que lançara mão do blefe para conseguir trabalhar para ele. Tom havia crescido uns bons centímetros e, embora não fosse da mesma categoria de Malcolm Stubbs em matéria de corpulência, havia encorpado. Tinha os ombros quadrados e seus antebraços sardentos eram bastante musculosos. Mesmo assim...

– Se for necessária uma luta desse tipo, pouco importaria se eu tivesse ao meu lado toda uma companhia de infantaria – falou. Sorriu para seu lacaio com um afeto genuíno. – Além do mais, Tom, não posso confiar em ninguém a não ser em você para cuidar de tudo aqui. Precisa ir com Jacinto arrumar um médico... Não importa o preço. Vou deixar todo o nosso dinheiro inglês com você, e lá tem ouro suficiente para comprar meia Havana... e depois levá-lo até a fazenda dos Valdez, junto com quaisquer remédios que ele julgar pertinentes. Escrevi um recado para minha mãe... – Ele levou a mão ao peito e pegou um quadradinho dobrado, lacrado com cera de vela enfumaçada e gravado com a meia-lua sorridente do seu sinete. – Cuide para que ela receba isto.

– Sim, milorde.

Emburrado, Tom aceitou o papel e o guardou.

– E depois arrume um lugar perto da fazenda para ficar. Não fique na casa. Não quero que se exponha à febre. Mas fique de olho em tudo: faça duas visitas por dia, garanta que o médico esteja fazendo tudo o que pode, dê a Sua Graça qualquer ajuda que ela permitir dar. E mande relatórios todos os dias. Não sei quando os receberei... nem *se* os receberei... mas mande.

Tom deu um suspiro, mas assentiu.

Grey parou, sem conseguir pensar em mais nada. A casa a essa altura já estava toda acordada, e uma sensação de agitação silenciosa vinha do pátio distante, assim como um cheiro cada vez mais forte de feijão cozido e a doçura de bananas-da-terra fritas. Ele não tinha dito nada aos criados sobre sua missão. Eles não poderiam ajudar, e saber qualquer coisa faria tanto ele quanto eles correrem perigo. Mas todos sabiam sobre a situação em Hacienda Valdez, e Grey havia escutado o murmúrio de preces e os estalos das contas dos terços ao passar pelo pátio alguns minutos antes. Era estranhamente reconfortante.

Ele apertou a mão de Tom.

– Confio em você – falou, baixinho.

O pomo de adão de Tom subiu e desceu no pescoço.

– Eu sei, milorde – disse ele. – Pode confiar.

Quatro dias mais tarde – fora preciso mais tempo do que o previsto para encontrar o que era necessário –, lorde John Grey estava nu no meio de um mangueiral num morro com vista para a *hacienda* da família Mendez.

Tinha visto a casa-grande quando adentraram a fazenda a cavalo, uma extensa construção de cômodos acrescentados ao longo dos anos, alas esquisitas a brotar de lugares inesperados e edículas espalhadas por perto numa constelação desordenada.

Uma das constelações complexas, pensou, olhando para lá. *Cassiopeia, quem sabe, ou talvez Aquário. Uma daquelas em que você simplesmente confia na palavra do velho astrônomo para saber o que está vendo.*

As janelas da casa principal tinham sido iluminadas, e criados passavam de lá para cá, feito sombras ao crepúsculo. Até então, ele estivera longe demais para ouvir qualquer dos barulhos do lugar, e ficara com uma sensação esquisita de ter visto algo fantasmagórico que poderia de repente ser tragado pela noite.

Na verdade, tinha sido mesmo, no sentido de que a *hacienda* estava agora invisível do ponto em que se encontrava. Ainda bem. Suas roupas de viagem formavam um montinho sobre o leito de folhas mofadas no qual seus pés descalços estavam afundados, e pequenos insetos tratavam com uma familiaridade impudica as suas partes íntimas. Isso o fez vasculhar a bolsa à procura do elixir de coco com hortelã, e aplicá-lo generosamente antes de se vestir.

Não pela primeira vez – nem pela última –, lamentou a ausência de Tom Byrd. Realmente *conseguia* se vestir sozinho, embora tanto ele quanto Tom agissem segundo a suposição tácita de que não. Mas aquilo de que mais sentia falta agora era a sensação de cerimônia solene que acompanhava o ato de Tom vesti-lo com seu uniforme completo. Era como se ele assumisse uma personalidade diferente paramentado com o casaco vermelho e a renda dourada, e o respeito de Tom o fazia acreditar na própria autoridade, como se ele estivesse revestindo não apenas o uniforme, mas uma armadura e um cargo.

Teria sido muito bom ter essa crença agora. Ele praguejou baixinho entre os dentes enquanto lutava para enfiar a calça de couro e limpava pedacinhos de folha de cada um dos pés antes de calçar as meias de seda e as botas. Era uma aposta arriscada, mas Grey sentia que as chances de aqueles homens o levarem a sério, escutarem-no e confiarem nele aumentariam caso aparentasse ser não apenas um substituto de Malcolm Stubbs, mas a encarnação da Inglaterra. Um verdadeiro representante do rei. Precisavam acreditar que ele fosse fazer por eles o que iria dizer que faria. Caso contrário, tudo estaria perdido. Para os *hacendados* e para ele.

– E também não seria nada bom para a maldita Marinha – resmungou, tateando para amarrar o nó do lenço de pescoço.

Pronto, e com as roupas de viagem emboladas dentro da bolsa, deu um suspiro de alívio e passou alguns instantes parado para recuperar a calma e se acostumar com o uniforme.

Não fazia ideia de que mangueiras pudessem ficar tão altas. Aquele era um mangueiral antigo, com árvores de mais de 30 metros de altura cada uma, cujas folhas que subiam e desciam suavemente à brisa do início da noite faziam lá um barulho que lembrava o mar. Algo rastejou pelas folhas caídas perto dele, e ele gelou. Mas a cobra – se era mesmo uma – seguiu seu caminho, sem se incomodar com sua presença.

Rodrigo, Azeel e Inocencia estavam onde ele os havia deixado, a não mais de 30 metros de distância, mas Grey se sentia só. Sua mente havia ficado vazia, e foi uma trégua bem-vinda. Frutos ainda verdes derrubados por algum temporal jaziam espalhados pelo chão, como bolas de críquete verde-claras em meio às folhas, mas as frutas ainda presas às árvores apresentavam uma tonalidade amarela, começando a adquirir um tom rosado. Agora estava escuro, e ele só adivinhava a presença das mangas quando roçava num galho mais baixo e sentia o balanço pesado das frutas.

Estava andando, impelido por uma sensação de que era hora. Saiu do mangueiral e encontrou Rodrigo e as duas moças de pé, conversando em murmúrios com uma jovem alta e magra – Alejandra, a prima de Inocencia que iria levá-los até o barracão de tabaco.

– *Hijo* – disse ela, admirativa.

– Grato, senhora – disse Grey. – Vamos indo?

Havia imaginado aquilo vividamente a partir do relato de Malcolm. O vulto do grande celeiro de tabaco, a escuridão, os sussurros das folhas secando lá em cima, a sensação de homens à espera…

O que Malcolm não havia mencionado era o cheiro fortíssimo de incenso acima do barracão, a 10 metros de distância. Não era desagradável, mas forte o suficiente para fazê-lo encurtar a respiração por alguns instantes – e ele precisava de todo o ar que pudesse conseguir.

Cano. Era esse o nome do homem que precisava convencer. Cano era o líder dos escravos da fazenda dos Mendez. Havia um líder em Saavedra também, chamado Hamid, mas segundo Alejandra era a opinião de Cano que tinha mais peso entre os cativos.

– Se ele disser sim, todos irão obedecer – garantira ela a Grey.

Havia muito mais no ambiente do barracão do que o forte cheiro de fumo. Ele pôde sentir o travo de um suor constante no mesmo segundo em que pisou lá dentro – e o fedor distinto e escuro de homens com raiva.

Um único lampião estava aceso, pendurado num prego em uma das escoras que sustentava o telhado alto. Produzia uma pequena poça de luz, mas a sua claridade se espalhava até bem mais longe, e lhe mostrou os homens aglomerados nas sombras. Não mais do que a curva de um crânio, um ombro, um brilho de luz sobre pele negra, o branco de olhos vidrados. Abaixo do lampião estavam dois homens, virados para recebê-lo.

Não houve dúvida sobre qual deles era Cano. Um homem negro e alto, vestido apenas com uma calça curta esfarrapada, embora seu companheiro (e a maioria dos homens nas sombras) usasse tanto calça quanto camisa e estivesse com uma bandana amarrada em volta da cabeça.

Tampouco houve dúvida do porquê. Cicatrizes cinzentas marcavam as costas e os braços de Cano, como craca numa velha baleia. Eram marcas de chibata e de faca.

Ele observou Grey se aproximar e sorriu, revelando que não tinha mais os dentes da frente, mas os caninos continuavam lá, afiados e manchados de marrom por causa do fumo.

– *Mucho gusto, señor* – disse ele.

Seu tom foi leve e zombeteiro. Grey se curvou. Alejandra havia entrado atrás dele e fez as apresentações num espanhol suave e rápido. Estava nervosa. Tinha as mãos retorcidas dentro do avental, e Grey pôde ver o suor brilhando nas concavidades abaixo de seus olhos.

Quem seria o seu amante? Aquele homem dali ou Hamid?

– *Mucho gusto* – disse Grey com educação quando ela terminou, e se curvou na sua frente. – Madame, será que a senhora poderia fazer a gentileza de dizer a esses cavalheiros que eu trouxe comigo dois intérpretes, para podermos ter certeza de estarmos nos entendendo?

Com essa deixa, Rodrigo e Azeel entraram. Ela parecia estar pisando numa poça cheia de crocodilos, mas a atitude de Rodrigo foi calma e digna. Usava seu melhor traje preto, com uma camisa branca imaculada que reluzia feito um farol no marrom encardido do barracão.

Houve uma onda palpável de interesse – e igualmente uma hostilidade diante da sua aparição. Grey sentiu aquilo como um soco na barriga. Por Deus, será que iria fazer Rodrigo morrer, além de si mesmo?

E eles ainda nem sabem o que ele é, pensou. Tinham lhe dito, vezes o bastante para ele acreditar, que o medo de zumbis era tão grande que às vezes bastava o simples boato para uma multidão atacar a pessoa suspeita e matá-la de pancada.

Bem, melhor andar logo com isso. Sem contar a adaga regimental no cinto, ele não estava armado. Nada os faria passar por aquilo a não ser palavras, de modo que era melhor começar a falar.

E ele assim o fez, apresentando seus cumprimentos (que causaram risos débeis) e afirmando estar ali como amigo e representante de Malcolm Stubbs, que eles já conheciam. Meneios de cabeça cautelosos. Estava ali (falou) também como representante do rei da Inglaterra, que pretendia derrubar os espanhóis em Cuba e tomar a ilha.

Isso foi bastante ousado, e Azeel gaguejou um pouco ao dizer as palavras para Cano, mas elas foram razoavelmente bem recebidas. Pelo visto, as pessoas ali presentes estavam bastante alinhadas com o rei em relação a esse desejo.

– Meu amigo señor Stubbs solicitou a sua ajuda nessa empreitada – disse Grey, olhando deliberadamente de um lado para outro do barracão de modo a falar com todos. – Eu vim deliberar com vocês para decidir a melhor forma de realizar os seus desejos, para que assim…

– *¿Dónde está el señor Malcolm?* – interrompeu Cano. – *¿Por qué él no está aquí?*

Ele não precisava da tradução, mas, para respeitar o protocolo, deixou Azeel traduzir antes de responder que, infelizmente, o señor Malcolm tinha sido preso e estava detido em Castillo del Morro. Portanto ele, John Grey, tinha ido ali executar o plano do señor Malcolm.

Uma leve agitação de dúvida, pés descalços se arrastando na terra batida.

– Em troca da sua ajuda nessa questão, o señor Malcolm lhes prometeu a liberdade. Eu também prometo isso.

Ele falou do modo mais simples que conseguiu, torcendo para isso transmitir sinceridade. Exalações, murmúrios baixos. Eles estavam preocupados, e tinham todo o direito de estar. O barracão lotado com tantos homens estava quente e úmido devido ao suor e à transpiração das folhas de fumo a secar. O suor começava a encharcar as roupas de Grey.

De repente, o outro homem – que devia ser Hamid – disse algo em tom abrupto e moveu o queixo com um tranco na direção de Grey. O homem usava barba, e ocorreu a Grey que talvez fosse muçulmano.

– Esse cavalheiro quer saber como o senhor vai realizar as coisas que está prometendo – disse Azeel, relanceando os olhos para Grey. – O senhor é um homem só. Dispõe de soldados, de armas?

Grey se perguntou quais seriam as opiniões do Profeta com relação a zumbis... pois estava claro que teria que usar Rodrigo.

Rodrigo estava em pé logo atrás da esposa, com um semblante calmo e tranquilo apesar do peso de tantos olhos voltados para ele, mas Grey o viu endireitar um pouco as costas e inspirar fundo.

– Diga ao señor Hamid... – Grey se curvou para o homem barbado – ... que eu sou de fato um homem só... mas sou inglês. E sou um homem de palavra. Para mostrar que isso é verdade, trouxe o meu criado, Rodrigo Sanchez, que vai lhes dizer por que precisam acreditar em mim e confiar no que eu digo.

Com o coração a bater de modo audível nos próprios ouvidos, ele deu um passo para trás e inclinou a cabeça na direção de Rodrigo. Viu o rapaz apertar de leve a mão de Azeel, largá-la, então dar um passo à frente.

Sem pressa, de um modo controlado e civilizado que aqueles homens jamais haviam conhecido, Rodrigo pegou um balde de madeira que estava perto da parede, levou-o até um ponto central iluminado pela luz do lampião, virou-o de cabeça para baixo, colocou-o no chão e se sentou. Muito devagar, Azeel se moveu até ficar em pé atrás dele, com os olhos fixos nos homens ocultos pelas sombras.

Rodrigo começou a falar, e sua voz soou grave e potente. Ouviu-se um arquejo coletivo audível vindo da plateia, e um estremecimento de horror varreu o barracão. Azeel se virou para Grey.

– Meu marido, ele falou...

A voz dela tremeu, e ela pigarreou. Então endireitou as costas e, colocando a mão no ombro do marido, falou com clareza:

– Ele falou o seguinte: "Eu morri. Morri pelas mãos de um *houngan* e acordei no meu túmulo, sentindo o cheiro de podre do meu cadáver. Não conseguia me mexer… Como poderia me mexer? Eu estava morto. E então, anos depois, senti o ar no rosto e a mão de alguém no meu braço. O *houngan* me tirou do túmulo e me disse que eu estava morto. Mas que eu agora era um zumbi."

Grey sentiu o estremecimento de horror que correu pelo recinto e ouviu o arquejo coletivo e o murmúrio chocado que irrompeu após essas palavras. Mas Azeel pôs as duas mãos nos ombros de Rodrigo e encarou os presentes com raiva por cima da cabeça do marido, movendo os olhos de um lado para outro do barracão.

– Estou lhes dizendo… Escutem! – falou, com violência. – *¡Escuchen!*

Grey viu Cano dar um leve tranco para trás, não soube dizer se ofendido ou chocado. Mas o homem emitiu um muxoxo explosivo e, mais alto do que o murmúrio no barracão, disse bem alto:

– *¡Háblanos!*

O murmúrio cessou abruptamente, e Azeel virou a cabeça para olhar para Cano, com a luz do lampião a cintilar na sua pele e dentro dos seus olhos.

– *Háblame* – pediu ela a Rodrigo, suave. – *Sólo a mí. Háblame.*

A mão de Rodrigo se ergueu devagar e repousou sobre a dela. Ele levantou o queixo e retomou, e Azeel foi traduzindo baixinho para Grey conforme ele falava:

– Eu estava morto e era um zumbi, controlado pelo poder de um homem mau, pelo poder do inferno. Mas esse homem… – Ele moveu um pouco a cabeça para indicar Grey. – Esse homem veio me buscar. Ele veio sozinho, até o alto das montanhas, e entrou na caverna de Damballa, a grande serpente…

Diante disso, exclamações e agitações irromperam numa tal confusão de barulhos que Rodrigo foi obrigado a parar de falar. Ele se calou e continuou sentado ali, imóvel como uma estátua.

Meu Deus, como ele é lindo. O pensamento surgiu por um instante na mente de Grey, então desapareceu quando Rodrigo levantou a mão devagar, com a palma para a frente. Ele aguardou, e o ruído se dissipou abafado por pedidos de silêncio.

– Na caverna das serpentes esse homem entrou… sozinho… através da escuridão e dos demônios. Ele virou a magia do *houngan* contra o próprio, então saiu da caverna e me trouxe de volta. Ele me trouxe de volta dos mortos.

Houve um instante de silêncio enquanto as palavras suaves de Azeel desapareciam entre as folhas escondidas e os corpos escuros. Rodrigo então assentiu, uma única vez, e disse apenas:

– *Es verdad.*

Silêncio total por vários instantes, então um murmúrio, e outro. Assombro. Dúvida. Estupefação. Grey achou que o idioma havia mudado. Não estavam mais todos falando espanhol, mas alguma outra língua, quem sabe línguas africanas. Captou a palavra "*houngan*", e Cano o estava encarando com um olhar incisivo.

Então o homem barbado dirigiu-se rispidamente a Grey em inglês e deu um tranco com o queixo em direção a Rodrigo.

– Mande o seu zumbi sair.

Grey trocou um olhar rápido com Rodrigo, que aquiesceu muito de leve e se levantou.

– Se puder me fazer essa gentileza, señor Sanchez?

Grey se curvou e fez um gesto em direção à porta. Rodrigo se curvou por sua vez, movendo-se muito devagar, e caminhou com igual lentidão até a grande porta aberta. Grey considerou que talvez estivesse exagerando a rigidez do andar, mas talvez fosse a sua imaginação.

Será que tinha dado certo? "O seu zumbi", dissera o homem. Será que acreditavam que ele havia resgatado Rodrigo do *houngan*, da morte, ou será que achavam que ele fosse um tipo de *houngan* inglês, que estava controlando o criado e o havia obrigado a proferir aquele discurso? Porque nesse caso...

A forma negra de Rodrigo se fundiu à noite e desapareceu. Houve um relaxamento perceptível na atmosfera, como se cada homem ali presente houvesse dado um suspiro de alívio.

Cano e o homem barbado trocaram um olhar demorado. Após alguns instantes, Hamid aquiesceu com relutância.

Cano se virou para Grey e disse algo em espanhol. Azeel, que havia ficado quase tão rígida quanto o marido enquanto ele se retirava, desgrudou os olhos da porta aberta e traduziu a pergunta de Cano:

– *Então, como devemos proceder?*

Grey soltou uma longa, demorada exalação.

Por mais simples que fosse o conceito, foi preciso um longo tempo para explicá-lo. Alguns dos escravos já tinham visto um canhão – todos haviam ouvido um ser disparado, quando os canhões das duas fortalezas foram usados nos feriados ou para saudar algum navio que entrasse no porto –, mas quase nenhum tinha noção de como funcionava uma arma de artilharia.

Um espaço no chão foi limpo de pegadas e folhas de fumo pisoteadas, e um segundo lampião foi trazido. Os homens se aproximaram. Com um graveto, Grey desenhou na terra batida avermelhada o contorno de uma peça de artilharia, falando de modo lento e simples conforme ia explicando como se carregava e se disparava um canhão, e apontando repetidas vezes para o buraco na culatra por onde se acendia a pólvora.

– É aqui que eles colocam o fogo. – Ele cutucou o barril. – A pólvora explode... – Houve murmúrios de confusão, e explicações dadas por aqueles que já tinham visto aquilo acontecer. – E BUM!

Todos pareceram atônitos por alguns instantes, então começaram a rir. Uma vez que as repetições de "BUM!" silenciaram, ele tornou a apontar para o buraco.

– Fogo – falou, e aguardou com expectativa.

– Fogo! – responderam alegremente várias vozes.

– *Exactamente* – disse ele e, sorrindo para eles, levou a mão ao bolso. – Olhem.

– *Miren* – traduziu Azeel, mas foi desnecessário.

Todos os olhos estavam pregados na barra de metal de 10 centímetros que Grey segurava. Ele havia trazido na bagagem uma grande bolsa cheia daquelas barras, de tamanhos diferentes, uma vez que precisara pegar o que conseguisse com os diversos ferreiros e fornecedores de material naval de Havana, mas pelo que Inocencia e Azeel tinham conseguido lhe dizer sobre os canhões de Castillo del Morro, pensava que fossem bastar.

Agachou-se acima do desenho que tinha feito e simulou inserir a barra de ferro dentro do buraco na culatra do canhão. Em seguida, sacou do outro bolso um pequeno martelo e bateu vigorosamente na barra até cravá-la no chão de terra batida.

– Sem fogo – falou, erguendo o rosto.

– *¡Bueno!* – disseram diversas vozes, e houve vários murmúrios e cutucões.

Ele sorveu uma profunda inspiração do ar carregado e embriagante. Até ali, tudo bem. Seu coração esbordoava bem alto nos seus ouvidos, e parecia estar batendo bem mais depressa do que de costume.

Foi preciso muito mais tempo para explicar o mapa. Apenas uns poucos tinham visto um mapa ou uma carta náutica antes, e para alguns foi muito difícil estabelecer a conexão mental entre linhas num pedaço de papel e a localização de corredores, portas, cômodos, baterias de canhões e depósitos de pólvora em El Castillo de los Tres Reyes Magos del Morro. Pelo menos todos eles tinham *visto* a fortaleza em si: quando foram tirados dos navios no cais, a caminho dos mercados de escravos da cidade.

O suor escorria pelas costas de Grey sob o casaco do uniforme e seu corpo latejava com os efeitos do calor úmido e da tensão mental, e ele tirou o casaco para não desmaiar.

Por fim, estabeleceu-se uma espécie de consenso. Inocencia, muito corajosamente, disse que entraria na fortaleza junto com os homens e ajudaria a lhes mostrar onde ficavam os canhões. Isso foi recebido com alguns instantes de silêncio, e Hamid então aquiesceu para ela e ergueu uma das sobrancelhas para Cano, que após hesitar uns segundos aquiesceu também, e um murmúrio de aprovação perpassou os homens.

Quase lá. Apesar disso, Grey resistiu ao impulso de ceder ao alívio. O último item da sua lista poderia aumentar o seu poder de persuasão… ou matá-lo. Enrolou os mapas grosseiros que Inocencia havia desenhado e os entregou cerimoniosamente a Cano. Então sacou da bolsa outro papel enrolado, desta vez em branco, um tinteiro fechado e uma pena.

Mais do que girar, sua cabeça flutuava. Ele estava com alguma dificuldade para se concentrar. Fez um esforço, porém, e se dirigiu a Cano com firmeza:

– Vou escrever aqui que o senhor está desempenhando um grande serviço para o rei da Inglaterra e que vai receber sua liberdade por ter feito isso. Eu sou um... *un hombre de gracia*, e vou assinar meu nome.

Hombre de gracia foi o mais próximo que Azeel conseguiu chegar de "nobre".

Ele aguardou, observando o rosto deles enquanto Azeel traduzia. Cautela, curiosidade. Alguns, principalmente os mais jovens, tinham um ar de esperança que lhe comoveu o coração.

– Em seguida precisam colocar seus nomes. Caso não conheçam as letras, podem me dizer como se chamam e eu escrevo, e vocês podem fazer uma marca para dizer que o nome é o seu.

Alarme instantâneo, muitos olhares, o brilho e o clarão de olhos no escuro, agitação, uma algaravia de vozes. Ele ergueu a mão e aguardou com paciência. Foram necessários vários minutos, mas por fim eles se acalmaram o suficiente para Grey tornar a falar.

– Eu também vou entrar com vocês no castelo – assinalou. – E se eu for morto? Nesse caso, não estarei mais aqui para dizer ao rei que vocês devem ser libertados. Mas isto aqui lhe dirá. – Ele bateu com um dedo na página em branco. – E se alguns de vocês se perderem na cidade quando sairmos do castelo? Se mais tarde forem procurar o líder dos marinheiros ingleses e disserem ter feito essa grande coisa, e que agora devem ser livres, como ele vai acreditar em vocês? – Ele tornou a cutucar o papel. – Isto falará por vocês. Vocês dirão seu nome ao líder inglês e ele olhará para este papel e saberá que o que estão dizendo é verdade.

– ... *es verdad.* – Azeel parecia também à beira de um desmaio, tamanha a tensão, o calor, e decerto o medo que a situação lhe causava, mas sua voz soou alta e firme.

Cano e Hamid haviam se aproximado e estavam entretidos numa conversa em voz baixa. O suor pingava do rabo de cavalo de Grey. Ele podia sentir as gotas batendo na base das suas costas por cima da camisa com a mesma regularidade de grãos de areia.

Grãos de areia muito lentos dentro de uma ampulheta, pensou ele com ironia.

Por fim, porém, combinaram as coisas entre si e Cano deu vários passos até ficar de frente para Grey. Quando falou, ficou encarando Grey de uma distância de não mais que 30 centímetros. Grey pôde sentir o cheiro do seu hálito, quente devido ao tabaco e com um leve toque de podridão dos dentes.

– Ele está dizendo... – falou Azeel, e parou para juntar um pouco de saliva na boca. – Está dizendo que eles concordam. Mas o senhor precisa preparar três papéis, um para o senhor, um para ele e um para Hamid, pois se o senhor for morto e tiver apenas um papel, de que vai adiantar?

– Muito sensato – disse Grey, grave. – Sim, farei isso.

A sensação de alívio percorreu seus membros feito água morna. Mas ele ainda não havia acabado de todo.

– Uma coisa – falou, e inspirou fundo. Fundo demais. Ficou tonto e sorveu outra inspiração, mais curta.

Cano inclinou a cabeça, à escuta.

– As pessoas na fazenda… a família Mendez, os Saavedras… Eu sei o que vocês pretendiam, e não vamos mais falar sobre esse assunto. Mas precisam garantir que eles não serão machucados, que eles não serão mortos.

– *… ellos no serán asesinados.* – A voz de Azeel agora estava branda, distante, como se estivesse lendo os termos de um contrato.

O que de fato era o caso, refletiu Grey.

As narinas de Cano inflaram quando ouviu isso e um ruído baixo, não exatamente um rosnado, veio dos homens nas sombras. Ouvir aquilo fez o couro cabeludo de Grey se arrepiar.

O homem aquiesceu para si mesmo, então se virou para olhar as sombras, primeiro um lado, depois outro, devagar, como um advogado poderia olhar para avaliar um júri. Ele então se virou de volta para Grey e tornou a assentir.

– *No los mataremos* – falou.

– Não vamos matá-los – sussurrou Azeel.

O coração de Grey tinha parado de dar pinotes e agora parecia estar batendo com uma lentidão normal. Visualizar um ar puro e limpo tranquilizou sua mente.

Sem pensar, cuspiu na palma da mão, como faziam os soldados e os agricultores, e a estendeu. A expressão de Cano por um segundo foi de total incompreensão, mas ele então compreendeu, emitiu um leve "ahn" entre os dentes, cuspiu na própria mão e apertou a de Grey.

Ele tinha um exército.

Tarde demais. Foi a primeira coisa que pensou ao ouvir os disparos de artilharia ao longe quando estavam se aproximando da cidade. A frota britânica havia chegado e o cerco a Havana tinha começado. Após alguns segundos de respiração pesada, porém, o pânico passou e uma onda de alívio o invadiu.

Desde a primeira vez que Malcolm expusera o plano, a questão da ordem dos acontecimentos não lhe saíra da cabeça: a ideia de que a invasão dos escravos precisava acontecer pouco antes da chegada da frota. Mas a referência de Malcolm ainda era o plano original: mandar os escravos sabotarem a corrente do porto para permitir que a frota entrasse.

Isso, na verdade, não teria dado certo, a menos que a frota estivesse visível quando a corrente fosse afundada. Qualquer atraso e os espanhóis teriam tornado a erguê-la. Mas a sabotagem dos canhões da fortaleza… isso seria útil fosse qual fosse o momento.

Era bem verdade, pensou ele, inclinando a cabeça para tentar avaliar de onde estavam vindo os disparos, *que seria mais perigoso executar uma missão daquelas com os soldados de artilharia em seus postos*. Por outro lado, esses soldados estariam concentrados nas suas tarefas. Era muito provável que os artilheiros fossem pegos desprevenidos.

Seria uma missão sangrenta, para ambos os lados. Ele não gostava dessa ideia, mas ela não o intimidava. Aquilo era uma guerra, e ele era um soldado mais uma vez.

Mesmo assim, não estava tranquilo. Não tinha dúvida quanto à ferocidade dos escravos ou à sua força de vontade, mas lançar homens destreinados e munidos de armas leves contra soldados experientes num combate corpo a corpo...

Espere. Quem sabe um ataque noturno fosse possível? Ele puxou as rédeas da mula para fazê-la diminuir o passo e poder refletir melhor.

Com a Marinha Britânica à sua porta, os canhões de El Morro estariam a postos. No entanto, não estariam necessariamente sendo manejados por uma força completa durante os turnos da noite. Ele tinha visto o suficiente durante sua breve excursão a Cojimar para convencê-lo de que o pequeno porto de lá era a única base possível para um ataque a Castillo del Morro. Quais eram as distâncias?

O general Stanley tinha feito repetidas menções à intenção de sitiar Havana. Era óbvio que a Marinha sabia sobre a corrente que impedia a entrada no porto, e estava claro também que um cerco eficaz precisava ser montado a partir de um ponto em terra, não de embarcações. Sendo assim...

– ¡Señor!

Um grito vindo da fileira de carroças interrompeu seu raciocínio, mas ele guardou aquela ideia com cuidado para analisá-la melhor depois. Não queria que os escravos fossem massacrados. Queria menos ainda sofrer a mesma sina.

Eles agora estavam bem próximos dos muros de Havana. Sob certo aspecto, a chegada da frota era sorte: uma cidade sitiada precisava acima de tudo de comida. Diante do problema de ter que fazer uma centena de escravos passar pela guarda da cidade, Hamid sugerira carregar as carroças do engenho com qualquer coisa que estivesse à mão, e fazer com que cada uma delas fosse escoltada por meia dúzia de homens, presentes supostamente para efetuar o descarregamento e a entrega.

Somando os dois engenhos, eles conseguiram reunir dez carroças. Com os condutores e seus auxiliares, chegava a oitenta homens. Os outros poderiam se esgueirar facilmente sozinhos ou em duplas.

Um plano decente, mas e os donos das fazendas e seus criados?, pensou Grey. Levaria tempo para carregar as carroças e não seria fácil esconder sua partida. Com certeza alguém iria dar o alarme, não?

Garantiram a ele que não. As carroças ficavam guardadas em barracões perto das lavouras. O carregamento seria feito à noite. Quando o dia raiasse, eles já teriam partido. Além disso, acrescentou Cano por intermédio de Azeel, eles podiam confiar nas escravas que trabalhavam nas sedes das fazendas e criariam distrações conforme a necessidade. Essa ideia o fez abrir seu sorriso negro e vazio, e os caninos de lobo reluziram amarelos à luz do lampião.

Até então tinha dado certo, na medida em que ninguém saíra aos gritos da *hacienda* exigindo saber o que estava acontecendo quando os vagões sacolejaram estrada afora sob o luar. Mas o que poderia acontecer quando senhores de engenho e capatazes descobrissem que cem escravos em pleno gozo das suas funções tinham desaparecido?

Fossem quais fossem as distrações inventadas pelas mulheres, obviamente haviam funcionado. Ninguém fora atrás deles.

Ele parou as carroças pouco antes do campo de visão dos portões da cidade, percorreu rapidamente as diversas equipes para tranquilizar os homens e garantir que todos sabiam onde e quando deveriam se encontrar – e que todos os facões estavam escondidos.

Embora houvesse guardado o uniforme e estivesse trajando roupas simples, complementadas pela peruca de Malcolm, achou melhor não entrar em Havana junto com as carroças. Voltaria para a Casa Hechevarría com Rodrigo e Azeel e descobriria com Jacinto quais eram as notícias sobre a invasão. Inocencia tentaria falar com Malcolm em Castillo del Morro e, enquanto isso, descobriria qualquer coisa na atual situação que pudesse ter valor estratégico.

– *Muchas gracias*, minha cara – disse ele, e beijou sua mão. – Azeel, por favor, diga a ela que não poderíamos conceber essa empreitada sem a sua coragem e o seu auxílio. A Marinha Britânica inteira tem uma dívida com ela.

Os lábios de Inocencia formaram um sorriso. Grey notou que ela tremia de tanta exaustão, e seus olhos brilhantes estavam afundados no rosto. Lágrimas estremeceram nos seus cílios.

– Vai ficar tudo bem – disse ele, segurando sua mão. – Nós vamos ter sucesso… e vamos resgatar o señor Stubbs. Eu prometo.

Inocencia engoliu em seco e assentiu, enxugando o rosto na barra do avental imundo. Sua boca tremeu como se tivesse a intenção de dizer alguma coisa, mas ela mudou de ideia, virou as costas e se afastou depressa, perdendo-se na mesma hora em meio à multidão de mulheres no mercado, todas aos empurrões e gritos no esforço de conseguir comida.

– Ela está com medo – disse Azeel baixinho atrás dele.

Ela não é a única… Ele vinha sentindo um frio nos ossos desde que pusera os pés no barracão de fumo e, apesar de o dia estar claro e ensolarado, o frio não tinha ido embora. Mas a perspectiva da ação provocava uma pequena chama de empolgação, e era normal os nervos estarem à flor da pele…

Um disparo forte vindo de El Morro foi logo sucedido por outro, e ele de repente se viu nas planícies de Abraão, em Québec, com os canhões atirando das muralhas e o exército à espera, ali no terreno aberto, à espera na agonia da demora...

– Vai ficar tudo bem – tornou a dizer, com firmeza, e virou na calle Yoenis.

Sentiu na mesma hora que algo tinha acontecido. Não havia cantos nem conversas no pátio, ninguém trabalhando no jardim. Ouviu vozes abafadas. Alguém preparava comida, mas nenhum aroma de especiarias pairava no ar. Apenas o cheiro que lembrava um pouco sopa de feijão cozido por muito tempo e ovos queimados.

Passou rapidamente pelos cômodos vazios, e seu coração parou de bater quando ouviu o choro de um bebê.

– Olivia? – chamou.

As vozes abafadas se calaram, embora o choro do bebê continuasse.

– John?

Sua mãe saiu do salão e espiou a penumbra do corredor escuro. Tinha as roupas em desalinho, os cabelos numa trança meio desfeita, e trazia no colo um minúsculo bebê.

– Mãe!

Ele acorreu até ela, com a súbita sensação de que o coração havia se soltado dentro do peito. Ela deu um passo na sua direção e o rosto dela foi iluminado pelo facho de sol de uma janela.

Bastou uma olhada para ele saber.

– Meu Deus – falou entre dentes.

E estendeu os braços para enlaçá-la e puxá-la para junto de si, como se assim pudesse fixá-la no espaço, impedi-la de falar, adiar saber por mais um minuto. Ela tremia.

– Olivia? – perguntou ele baixinho em meio aos seus cabelos.

Ela assentiu. O bebê havia parado de chorar, mas se mexia entre eles, cutucões canhestros, pequeninos, hesitantes.

– Sim – respondeu a mãe, e ele sorveu uma longa e trêmula inspiração. Soltou-a, e ela deu um passo para trás de modo a encarar seu rosto. – Sim, e a pobrezinha da pequena Ch-Charlotte também. – Ela mordeu o lábio e endireitou as costas. – A febre amarela tem dois estágios – falou, e levantou o bebê até o ombro. A cabeça da criança parecia um pequeno melão, e Grey sentiu um choque ao se lembrar do pai.

– Se você sobrevive ao primeiro estágio, que dura vários dias, às vezes se recupera. Caso contrário, há uma trégua na febre... um dia ou dois em que a pessoa parece estar melhorando, mas depois... a febre volta.

Ela fechou os olhos por um instante, e ele se perguntou quando teria dormido pela última vez. Parecia ter ao mesmo tempo mil anos e idade nenhuma.

– Olivia se recuperou, ou assim parecia – disse ela, e abriu os olhos enquanto dava tapinhas nas costas do bebê. – Então entrou em trabalho de parto e... – Ela levantou o bebê de leve à guisa de ilustração. – No dia seguinte, a febre voltou. Ela morreu em poucas horas. Charlotte foi levada um dia depois... Ela era... tão pequena. Tão frágil.

– Sinto muito – disse Grey baixinho.

Ele gostava da prima, mas sua mãe havia criado Olivia desde os 10 anos, quando a menina perdera o pai e a mãe. Ele pensou numa coisa.

– Cromwell? – perguntou, com medo, mas precisando saber.

Tinha feito o parto do filho de Olivia, em grande parte por acidente, mas consequentemente sempre se sentira próximo do menino.

Sua mãe lhe abriu um sorriso choroso.

– Ele está bem, graças a Deus. Esta pequenininha aqui também. – Ela envolveu a cabeça coberta de penugem da criança com uma das mãos. – O nome dela é Seraphina. Olivia teve tempo de segurá-la no colo e de lhe dar um nome. Nós a batizamos sem demora, para o caso de...

– Me dê ela aqui, mãe – disse Grey, e pegou a menina do seu colo. – Você precisa ir se sentar, e precisa comer alguma coisa.

– Eu não estou... – começou ela, mas ele a interrompeu.

– Não me interessa. Vá se sentar. Vou chamar a cozinheira.

Ela tentou sorrir, e o estremecer de seus lábios o fez pensar com um choque em Inocencia. E em todo o resto. Seu luto teria que esperar.

Se você precisasse atacar uma fortaleza à noite, a pé e com poucas armas, fazê-lo com homens negros era uma boa vantagem, deliberou Grey. A lua que mal tinha nascido era uma nesga, um fio de luz contra o céu escuro. Os homens de Cano haviam tirado a camisa e, usando apenas calças de lona grosseiras, mal passavam de sombras, flutuando descalços e silenciosos pela praça vazia do mercado.

O próprio Cano de repente se materializou atrás do ombro de Grey, prenunciado por uma lufada de mau hálito.

– ¿*Ahora*? – sussurrou ele.

Grey balançou a cabeça. A peruca de Malcolm estava embolada dentro do seu bolso. Em vez dela, preferiu usar um quepe de soldado de infantaria – um acessório feito de placas de aço furadas e presas umas nas outras por fitas, a ser usado sob o chapéu do uniforme – coberto por um gorro de tricô preto. Tinha a sensação de que a sua cabeça estava derretendo, mas aquilo desviaria a lâmina de uma espada... ou de um facão.

– Inocencia – murmurou ele.

Cano respondeu com um grunhido e tornou a se fundir na noite. A moça ainda não estava atrasada. Os sinos da igreja haviam acabado de badalar a meia-noite.

Como qualquer fortaleza que se desse ao respeito, El Castillo de los Tres Reyes

Magos del Morro só tinha uma entrada e uma saída. Tinha também altas muralhas íngremes em todos os lados, para deter tanto escaladores quanto balas de canhão.

Era bem verdade que havia pequenas aberturas na face virada para o mar, usadas para jogar fora o lixo ou cadáveres inconvenientes, ou então para receber provisões ou a entrega secreta de algum convidado ou prisioneiro mantido em sigilo. Não tinham serventia na atual empreitada, porém, já que a única aproximação possível era por barco.

Uma badalada assinalou meia-noite e quinze. Duas assinalaram meia-noite e meia. Grey havia acabado de descobrir a cabeça para não desmaiar quando houve uma movimentação na escuridão próxima.

– *Señor* – disse uma voz suave e baixa junto ao seu cotovelo. – ¡*Venga!*

– *Bueno* – sussurrou ele de volta. – ¿*Señor Cano?*

– *Aquí.*

Cano estava *mesmo* ali, tão depressa que Grey se deu conta de que devia estar em pé a não mais que alguns metros.

– Então *venga.*

Grey moveu a cabeça em direção à fortaleza. Em seguida, fez uma pausa para pôr os dois gorros. Quando conseguiu terminar de fazê-lo, já estavam todos ali, um grupo compacto a respirar feito um rebanho de reses, os olhos brilhando de vez em quando num clarão errante de luz.

Ele segurou Inocencia pelo braço para impedir que se perdesse ou fosse pisoteada, e eles andaram em silêncio até a pequena guarita de pedra que protegia a entrada do castelo, iguaizinhos a um casal de noivos que adentra calmamente uma igreja seguido por uma horda de convidados armados com facões.

Essa imagem absurda desapareceu na mesma hora em que entraram no recinto iluminado por tochas. Havia quatro guardas, um deles caído por sobre uma mesa, os outros no chão.

Inocencia estremeceu. Ao relancear os olhos para ela, à luz bruxuleante, Grey viu que seu vestido escuro estava rasgado no ombro e seu lábio sangrava. Ela havia drogado o vinho dos guardas, mas obviamente o efeito não tinha sido rápido o suficiente.

– *Bueno* – sussurrou ele, e apertou seu braço.

Ela não sorriu, mas aquiesceu e fez um gesto em direção à porta do outro lado da sala dos guardas.

Ali ficava a entrada para a fortaleza propriamente dita, com portão levadiço e tudo. O coração de Grey começou a bater forte conforme passavam por debaixo do portão. O único som era o do roçar de passos e do tilintar dos sacos com as barras de metal.

Ele havia estudado inúmeras vezes as plantas baixas e sabia onde ficavam as baterias. Mas não sabia quais estariam ocupadas por soldados no presente momento. Inocencia o guiou até um largo corredor semi-iluminado por tochas, com portas de ambos os lados. Com o queixo, ela apontou para uma escadaria no final.

Eles subiram. Grey podia ouvir os homens atrás de si ofegarem. Até mesmo descalços, eles faziam muito barulho. Certamente seriam ouvidos.

E foram. Um guarda com uma expressão de surpresa estava postado no alto da escada, ainda com o mosquete no ombro. Grey o atacou e o derrubou no chão. Os homens que vinham atrás o derrubaram e o pisotearam, tamanho seu afã. Houve um gorgolejo e um cheiro de sangue, e algo molhado ensopou o joelho de suas calças.

Em pé outra vez, não mais na frente, seguindo o fluxo dos homens. Havia perdido Inocencia, mas a viu mais à frente sendo puxada por Hamid e outro dos escravos muçulmanos, cujas cabeças estavam cobertas por bandanas escuras. Uma segunda escada, empurrões e cotoveladas, corpos aos grunhidos ávidos por uma luta.

O guarda seguinte estava com o mosquete apontado e atirou neles. Gritos do guarda, embora ele tivesse sido rapidamente derrubado. Gritos de mais adiante, e uma corrente de ar frio.

A primeira bateria, no telhado.

– *¡Primero!* – bradou Grey.

Um bando de escravos correu para cima do primeiro canhão. Ele não esperou para ver como eles se sairiam. Foi logo mergulhando por uma escada na extremidade do telhado, gritando a plenos pulmões:

– *¡Segundo!*

Então abriu caminho a patadas e empurrões por um adensamento de escravos e soldados de artilharia que haviam se despejado atrás dele e colidido, debatendo-se no espaço estreito ao pé da escada.

– *¡Tres! ¡Tres!* – gritou, mas ninguém o escutou.

O ar estava tomado por gritos, palavrões e um cheiro fétido de sangue, suor e fúria.

Ele saiu do bolo aos empurrões e se escorou numa parede, ofegando. Estavam fora do controle de quem quer que fosse. Mas ele ouviu o *tlem* seco de um martelo batendo em ferro. Bom, pelo menos um dos homens tinha se lembrado de seu objetivo... e então os ecos e pancadas de outros soando em meio à confusão. Sim!

De repente, o muçulmano que estava acompanhando Hamid irrompeu do meio dos outros segurando Inocencia pelo braço. Arremessou-a para cima de Grey como um saco de trigo, e ele a segurou de modo bem parecido, grunhindo com o impacto.

– *¡Jesús, María, Jesús, María!* – arquejava ela sem parar.

Estava toda salpicada de sangue, com manchas molhadas a se destacar no preto do vestido, e tinha os olhos brancos em toda a volta das pupilas.

– Está ferida? Ahn... *¿Dolor?* – gritou ele no seu ouvido. Ela o encarou, tonta.

Ele precisava tirá-la dali. Inocencia tinha feito tudo que prometera.

– *¡Venga!* – gritou no seu ouvido e a puxou atrás de si de volta em direção à escada.

– Não! – arfou ela, cravando os calcanhares no chão. – *¡Allí!*

Ele não conhecia aquela palavra, mas ela o estava arrastando em direção ao outro extremo do corredor. Isso significou pular por cima de corpos que se contorciam no chão, mas ele a seguiu sem cerimônia e projetou o corpo entre ela e um canhoneiro armado com uma vareta de limpar armas, que o acertou no ombro e deixou seu braço dormente, mas não o derrubou. Alguém tinha deixado cair um saco de barras de metal e as feito se espalhar pelo chão. Grey quase caiu quando elas rolaram sob seus pés, tilintando sobre as pedras.

Tinham quase chegado ao santuário momentâneo da escada quando algo o acertou na cabeça e ele desabou de joelhos. Sua visão havia ficado preta e seus ouvidos apitavam, mas em meio a tudo isso ele conseguiu ouvir Inocencia guinchar a plenos pulmões, chamando-o.

Cambaleou às cegas, tentando alcançar a parede para poder se levantar, mas um segundo golpe o atingiu pela direita. Era um facão. Ele ouviu o fio rasgar o ar um segundo antes de o *tum* abafado do metal ecoar por sua cabeça.

O choque e a náusea tornaram a arremessá-lo contra a parede, mas Grey estava com a mão na adaga da cintura. Soltou-a às pressas e, agachando-se o máximo que conseguia, girou o corpo de joelhos no chão, desferindo golpes. Acertou alguém. O impacto arrancou a adaga de sua mão.

Outro grito de Inocencia, esse de puro terror. Ele cambaleou até ficar de pé, sua visão voltando finalmente, e pegou a adaga do chão. Costas marcadas por cicatrizes bem na sua frente… Cano desferiu seu facão com uma força assassina, e Inocencia desabou no chão, com sangue a esguichar da cabeça. Sem hesitar um segundo, Grey cravou a adaga num movimento de baixo para cima sob as costelas do escravo, com a maior força de que foi capaz.

Cano se retesou e deixou cair o facão, que retiniu no chão. Ele oscilou, então caiu, mas Grey já estava ao lado de Inocencia, recolhendo-a nos braços.

– Porra, mas que inferno! Ah, que inferno, Deus, por favor…

Cambaleou com ela no colo até a escada e se apoiou na parede por alguns instantes, lutando para conseguir respirar. Ela se mexeu e disse algo que ele não conseguiu escutar por causa do apito em seus ouvidos.

– Não…

Balançou a cabeça para dizer que não entendia, e Inocencia estendeu a mão e apontou para baixo com ênfase, para baixo, *para baixo!*

– Está bem.

Ele a segurou mais firme e desceu a escada estreita ricocheteando nas paredes, escorregando e caindo nas pedras, mas depois tornando a tomar pé. Podia ouvir a batalha acima dele… mas ouviu também, em meio ao zumbido que ia enfraquecendo em seus ouvidos, o barulho de aço e martelos se entrechocando.

Tentou sair no patamar seguinte, mas ela não deixou e o instou a descer, descer mais. Os pontinhos na periferia do seu campo de visão estavam começando a se adensar novamente, e ele sentiu cheiro de umidade e algas marinhas, o odor salobro da maré vazante.

– Meu Deus, onde estamos? – perguntou ele em um arquejo.

Teve que colocá-la no chão, mas tentou sustentá-la com um dos braços.

– Malcolm – arquejou ela. – Malcolm...

Apontou para um corredor torto que fazia uma curva para a direita.

Era como aqueles pesadelos nos quais algo insano se repete incessantemente, pensou ele. Mas o último pesadelo assim não tinha cheiro de polvo morto...

– *¡Aquí!*

Ela de repente se contorceu e escapuliu dos seus braços. Grey cambaleou e se chocou contra uma porta que parecia ter sido deixada ao relento por um ou dois séculos.

Continua bastante sólida, pensou, vagamente.

– Meu Deus, está querendo dizer que eu preciso *derrubá-la*?

Ela o ignorou e cambaleou enquanto tateava no meio das saias. Seu rosto, seus cabelos e seu ombro estavam ensopados de sangue, e suas mãos tremiam tanto que ela deixou cair as chaves assim que as encontrou. Aterrissaram num tilintar de metal, e gotas de sangue desabrocharam sobre as pedras à sua volta.

Grey tateou na manga em busca de um lenço, com alguma esperança de conseguir estancar a hemorragia, e se seguiu uma luta canhestra, ele tentando amarrar o pano em volta da cabeça dela, ela se abaixando para tentar em vão pegar as chaves e caindo toda vez que se curvava.

Por fim, Grey disse alguma coisa em alemão e pegou ele mesmo as chaves. Empurrou o lenço para os dedos trêmulos de Inocencia e enfiou a chave na porta.

– *¿Quién es?* – perguntou a voz de Malcolm, bastante alta, junto ao seu ouvido.

– *¡Soy yo, querido!*

Inocencia desabou de encontro à porta, com as mãos espalmadas na madeira, e deixou rastros de sangue ao escorregar vagarosamente por ela. Grey deixou cair as chaves, caiu de joelhos e arrancou o lenço da sua mão inerte. Encontrou no bolso a peruca de Malcolm, embolou-a, e a prendeu o mais firme que conseguiu na sua cabeça. Havia um corte comprido no couro cabeludo e a orelha esquerda pendia por um fiapo de carne, mas não era tão grave... contanto que ela não morresse de hemorragia.

Inocencia estava cinzenta como uma nuvem de tempestade e arquejava muito, mas tinha os olhos abertos e fixos na porta.

Malcolm já estava gritando havia vários minutos, socando a porta até fazê-la chacoalhar. Grey se levantou e a chutou várias vezes. Os socos e gritos cessaram por um instante.

– Malcolm? – falou Grey, abaixando-se para procurar as chaves. – Vista-se, droga! Nós vamos embora assim que eu conseguir abrir esta maldita porta.

Quando chegaram ao piso principal da fortaleza, a maior parte do barulho lá em cima havia cessado. Grey ainda podia escutar gritos e os ruídos de algum corpo a corpo ocasional. Muita coisa estava sendo dita num espanhol abafado com um tom oficial – os oficiais da fortaleza reunindo os homens, avaliando os estragos, iniciando a limpeza do local.

Tinha dito aos escravos: "Sabotem os canhões e fujam. Não fiquem esperando seus companheiros. Vão para a cidade e se escondam. Quando considerarem seguro, vão para Cojimar, onde estão os navios britânicos. Peçam para falar com o general Stanley ou com o almirante. Digam o meu nome."

Tinha deixado com Tom Byrd uma carta de explicação e o documento assinado pelos cativos, com instruções para ele encontrar o general Stanley. Torcia para Tom ter conseguido chegar às linhas do cerco sem levar um tiro. Tinha mandado o criado por causa do seu rosto. Fosse a que distância fosse, ninguém teria qualquer dúvida de que ele era inglês.

A noite estava silenciosa. Ele inspirou o ar limpo do mar e sentiu seu contato suave no rosto. Então tocou o braço de Malcolm, que carregava a moça, e apontou para a calle Yoenis.

– Vamos para a casa da minha mãe – falou. – Eu contarei tudo quando chegarmos lá.

Pouco tempo depois, irrequieto demais para ficar sentado, ele foi mancando do salão até o jardim e se apoiou num pé de marmelo. Nos seus ouvidos ainda ecoava o barulho do aço, e ele fechou os olhos para tentar encontrar silêncio.

Maricela tinha lhe garantido que Inocencia iria viver. Ela havia costurado a orelha de volta no lugar e aplicado uma *pulpa* de ervas variadas cujos nomes Grey não reconheceu. Malcolm continuava com ela.

Grey ainda não tivera força de contar a Malcolm que ele agora era viúvo, em vez de adúltero. A noite iria desaparecer antes que ele percebesse, mas por enquanto o tempo não tinha significado algum. Nada precisava ser feito.

Não tinha como saber a medida do sucesso dos escravos, mas eles *tiveram* sucesso. Mesmo durante os breves e frenéticos intervalos da luta, Grey vira uma dúzia de canhões sabotados, e ouvira o tilintar dos martelos lá em cima conforme praticamente despencava com Inocencia escada abaixo. Quando Malcolm e ele estavam saindo da fortaleza com ela, ouviram gritos e palavrões em espanhol no telhado.

Ficou parado em meio às pequenas árvores perfumadas por um tempo que pareceu longo demais, sentindo o coração bater, satisfeito pelo simples fato de estar respirando. Moveu-se, porém, ao escutar o ruído do portão do jardim se abrindo e de pessoas falando baixo.

– Tom?

Saiu de baixo do abrigo de seu pé de marmelo e deparou com Tom e Rodrigo... ambos encantados em vê-lo.

– Achamos que o senhor estivesse perdido, milorde – disse Tom pela terceira ou quarta vez ao seguir Grey até a cozinha. – Tem certeza de que está bem?

O tom de dúvida e acusação da pergunta era tão conhecido que Grey sentiu lágrimas lhe subirem aos olhos. Piscou para contê-las, porém, e garantiu a Tom que estava um pouco avariado, mas fundamentalmente ileso.

– *Gracias a Dios* – desabafou Rodrigo, com uma sinceridade vinda tão do fundo do coração que Grey o encarou com surpresa.

O rapaz ainda disse alguma outra coisa em espanhol que ele não entendeu. Grey balançou a cabeça, então se deteve abruptamente e fez uma careta. Tom olhou para Rodrigo, que fez um pequeno gesto de impotência diante da incapacidade de ser compreendido e meneou a cabeça para o criado, que inspirou fundo e encarou o patrão com um ar perscrutador.

– O que foi? – perguntou Grey, um pouco incomodado com aquelas atitudes solenes.

– Bem, milorde – disse Tom, empertigando os ombros. – É o que Rodrigo me contou hoje à tarde depois de o senhor sair. Desde que o senhor voltou das fazendas, ele vem querendo contar algo. Mas não queria que a esposa dele nem Inocencia escutassem. Ele conseguiu que Jacinto viesse traduzir para ele, então pôde me contar.

– Contar o quê?

Grey estava começando a sentir os primeiros sinais de fome e se pôs a vasculhar a despensa, pegando linguiças, queijo e um vidro com alguma espécie de conserva de frutas.

– Bem, ele me contou o que aconteceu quando o senhor falou com os escravos no barracão de tabaco, e quando o tal homem o mandou sair porque ele é um zumbi. – Tom encarou Rodrigo com um ar protetor. Havia perdido praticamente todo o medo em relação a isso. – De modo que ele não quis ficar perto demais… diz que as pessoas às vezes ficam muito perturbadas com ele… e foi andando em direção à sede da fazenda.

Ao chegar perto da casa, Rodrigo havia topado com a mulher chamada Alejandra, a prima de Inocencia, a que tinha revelado a revolta dos escravos na esperança de que o amante inglês de Inocencia pudesse fazer alguma coisa antes de algo terrível acontecer.

– Ela estava preocupada, entende, e falou muito sobre o amante… o tal de Hamid, que Rodrigo diz que o senhor conheceu… e sobre como não queria que ele ou os outros morressem. E, de acordo com ela, eles morreriam se… chegassem perto da grande *hacienda*.

Alejandra tinha ficado ali parada no escuro, e seu vestido branco parecera flutuar feito um fantasma no ar junto a Rodrigo. Ela não tinha dito mais nada, apenas permanecera petrificada pelo que havia parecido um longo tempo, mas decerto não era, com o vento da noite a levantar e revolver suas saias.

– Ela então o pegou pelo braço e disse que eles tinham que voltar, e eles voltaram. Mas… – Tom tossiu, com o semblante aflito, e tornou a olhar para Rodrigo. – Rodrigo

532

disse que Azeel lhe contou no caminho de volta para Havana o que acontecera no barracão. O que o senhor disse para o tal Cano, e o que ele disse ao senhor... sobre as pessoas que eram as donas da fazenda.

– Sim? – Grey se deteve no ato de passar manteiga num pedaço de pão.

Rodrigo disse alguma coisa em voz baixa, e Tom aquiesceu.

– Ele falou que algo não parecia certo quando eles estavam olhando para a casa. Havia criados entrando e saindo, mas aquilo simplesmente não lhe pareceu certo. E quando ele ouviu o que o tal de Cano tinha dito para o senhor...

– *No los mataremos* – disse Grey, subitamente pouco à vontade. – Não vamos matá-los.

Rodrigo aquiesceu e Tom pigarreou.

– Não se pode matar alguém que já está morto, não é mesmo, milorde?

– Que já está...? Não. Não, você não pode estar querendo dizer que os escravos já tinham...? Não.

Mas uma nesga de dúvida já começava a se instalar no seu estômago, e ele largou o pão.

– O... O vento – disse Rodrigo, com a cruciante e costumeira pausa para encontrar uma palavra em inglês. – *Muerto.*

Ele ergueu a mão, uma linda mão esguia, e passou as articulações delicadamente por baixo do nariz.

– Eu... conheço... o cheiro... da morte.

Seria verdade, seria possível? Grey estava exausto demais para sentir mais do que uma sensação distante de horror ao pensar nisso, mas não conseguiu descartar o pensamento. Cano não tinha lhe parecido um homem paciente. Era fácil imaginar que o escravo ficara frustrado quando Malcolm havia demorado a aparecer e decidira executar seu plano original. Mas então, quando Grey *tinha* aparecido... Deus, ele devia ter chegado logo depois do... do massacre...

Lembrou-se de quando tinha visto a *hacienda*: luzes acesas lá dentro, mas muito silêncio. Nenhuma sensação de movimento no interior. Apenas a passagem silenciosa dos escravos de casa do lado de fora. E o fedor de raiva dentro do barracão de tabaco. Ele estremeceu.

Pediu licença a Tom e a Rodrigo, mas, cansado e chocado demais para dormir, foi buscar refúgio no salão, que sempre parecia estar iluminado. Uma das criadas de cozinha, sem dúvida acordada por Tom, entrou com uma jarra de vinho e um prato de queijo. Deu-lhe um sorriso sonolento e murmurou:

– *Buenas noches, señor.* – E cambaleou de volta para a cama.

Ele não conseguiu comer, nem mesmo se sentar. Após hesitar alguns instantes, tornou a sair para o pátio deserto. Ficou parado ali durante algum tempo, com os olhos erguidos para o veludo negro do céu. Que horas seriam? A lua havia se posto, e com certeza a aurora não poderia tardar, mas não havia vestígio de luz salvo as estrelas distantes.

O que deveria fazer? Haveria *alguma coisa* que pudesse fazer? Achava que não. Não havia como saber se Rodrigo estava certo. Mesmo que estivesse (uma leve e fria sensação na nuca de Grey o deixava inclinado a acreditar), não havia nada que pudesse fazer, ninguém a quem contar que pudesse investigar, quanto mais tentar encontrar os assassinos.

A cidade pairava suspensa entre os espanhóis e os invasores britânicos. Não era possível saber quando o cerco teria êxito – embora ele pensasse que fosse ter. A sabotagem dos canhões de El Morro ajudaria, mas a Marinha precisava ser informada para tirar vantagem daquilo.

Quando o dia raiasse, ele tentaria sair da cidade com a mãe, as crianças e seus criados. Considerava que fosse conseguir com relativa facilidade. Afinal, trouxera tanto ouro quanto possível da Jamaica, e ainda restava mais do que suficiente para subornar o guarda no portão da cidade para que os deixasse passar.

E depois? Exausto, apenas observava de modo vago o futuro se desenrolar em pequenas imagens desconexas: um transporte para a mãe, as crianças e Azeel, ele montado na teimosa mula branca, duas outras montarias para Tom e Rodrigo.

O contrato dos escravos. Se algum deles tivesse sobrevivido, liberdade... O general poderia cuidar disso...

Malcolm e a moça... Pensou em Inocencia por um instante. Por que Cano havia tentado matá-la...?

Porque ela o viu tentar matar você, seu imbecil, observou algum espectador isento dentro do seu crânio. *E ele tinha que matar você, por medo de você descobrir o que eles tinham feito na Hacienda Mendez...*

Liberdade? Mesmo que eles...? Mas Cano estava morto, e Grey nunca saberia quem era culpado de quê.

– Não cabe a mim... – murmurou, e fechou os olhos.

Sua mão tocou a frente da camisa e a encontrou dura de sangue seco. Havia deixado o casaco de seu uniforme na cozinha... talvez uma das mulheres pudesse limpá--lo. Precisaria usá-lo outra vez para se aproximar das linhas britânicas em Cojimar... Cojimar. Uma breve visão de areia branca grossa, sol, barcos de pesca... o minúsculo forte de pedra branca, como uma casa de bonecas... Iria encontrar o general Stanley.

Considerar isso fez seus pensamentos fragmentados se unirem, um ímã num punhado de aparas de metal espalhadas. Alguém em quem confiar, um homem com quem dividir o fardo... era isso que ele queria, mais do que tudo.

– Ah, Deus! – sussurrou, e delicadas mariposas tocaram seu rosto no escuro.

• • •

Ele estava ficando com frio. Tornou a entrar, foi até o salão e encontrou a mãe sentada lá dentro. Ela havia tirado o manuscrito de dentro da escrivaninha. O volume se encontrava na mesinha ao seu lado, e ela estava com uma das mãos sobre ele e uma expressão distante no olhar. Grey achou que ela não tivesse reparado na sua chegada.

– O seu... manuscrito – falou, sem jeito.

Sua mãe voltou abruptamente de onde quer que estivesse, os olhos alertas, porém calmos.

– Ah, você leu?

– Não, não – respondeu ele, constrangido. – Apenas fiquei pensando... Por que está escrevendo as suas memórias? Quero dizer, é *isso* que são, não?

– Sim, é isso que são – respondeu ela, com um leve ar de quem acha graça. – Não teria havido problema nenhum você ter lido... Pode ler quando quiser, na verdade, embora talvez seja melhor esperar eu terminar. Se é que eu vou terminar.

Ouvir isso provocou nele uma leve sensação de relaxamento. Sua mãe tinha um temperamento ao mesmo tempo honesto e cru. Quanto mais envelhecia, menos se importava com a opinião de quem quer que fosse exceto a própria. Mas possuía de fato um grau muito profundo de percepção emocional. Estava certa de que o que quer que havia escrito não iria constrangê-lo com qualquer gravidade.

– Ah – fez ele. – Imaginei se a senhora talvez tivesse a intenção de que fossem publicadas. Muitos... – Ele engoliu a palavra "velhos" bem a tempo, e a substituiu. – Muitas pessoas que levaram uma vida interessante decidem, ahn, compartilhar suas aventuras em formato impresso.

Isso a fez rir. Foi apenas uma risada baixa e suave, mas a deixou com lágrimas nos olhos, e ele pensou que fosse porque sem querer havia rompido a barreira por ela erguida ao longo das últimas semanas, e feito os seus sentimentos subirem à tona borbulhando outra vez. Pensar nisso o deixou feliz, mas ele baixou os olhos para esconder esse fato, sacou um lenço limpo da manga e o entregou a ela sem qualquer comentário.

– Obrigada, querido – disse sua mãe e, após secar os olhos, balançou a cabeça. – Pessoas que têm uma vida realmente interessante *nunca* escrevem sobre elas, John... ou pelo menos não com vistas à publicação. A capacidade de pensar por si mesmas é uma das coisas que as torna interessantes, e é também o que faz outras pessoas interessantes confiarem nelas.

– Eu garanto, mãe – retrucou ele, seco. – A senhora é, sem dúvida, a mulher mais interessante que eu já conheci.

Ela deu um breve muxoxo e o encarou.

– Imagino que seja por isso que ainda não se casou?

– Não considerei que uma esposa precisasse ser interessante – respondeu ele, com alguma honestidade. – A maioria das que eu conheço com certeza não é.

– Como isso é verdade – comentou ela apenas. – Tem algum vinho nesta casa, John? Tomei certo gosto pelo vinho espanhol desde que cheguei aqui.

– Sangria serve? Uma das criadas me trouxe uma jarra, mas ainda não bebi.

Ele se levantou e foi buscar a jarra, um belo utensílio liso de pedra cor de amora, e a levou junto com um par de copos até a mesa entre suas cadeiras.

– Será perfeito – disse ela, e se inclinou para a frente com um suspiro, massageando as têmporas. – Ah, Deus. Eu passo o dia inteiro achando que nada disso é real, que tudo está do mesmo jeito que eu deixei. Então, de repente... – Ela se interrompeu e deixou cair as mãos, os traços contraídos de dor e cansaço. – De repente é tudo verdade outra vez.

Ela olhou para a escrivaninha ao dizer isso, e John captou um indício de algo na sua voz. Serviu o vinho com cuidado para não deixar cair nos copos as rodelas de limão e laranja que boiavam lá dentro, e só falou depois de largar a jarra na mesa e retomar seu lugar.

– Quando você escreve, torna mais real... o que quer que seja? Ou o ato de escrever torna a coisa irreal? Algo distinto de nós.

O que havia acontecido em El Morro transcorrera poucas horas antes. Apesar disso, parecia ter ocorrido havia muitos anos. Mas o cheiro de sangue e de armas pairava à sua volta feito uma mortalha, e seus músculos ainda tremiam com a lembrança de um esforço desesperado.

As palavras que acabara de dizer o fizeram pensar nas cartas que havia escrito de vez em quando. Os fantasmas, como as imaginava. As cartas escritas para Jamie Fraser – honestas, coloquiais, sinceras e muito reais. Não menos reais pelo fato de ele as ter queimado todas.

Sua mãe o encarou com surpresa, então tomou um gole do vinho gelado com frutas, pensativa.

– As duas coisas – respondeu, por fim. – É tudo completamente real para mim quando estou escrevendo. E, se por acaso ler de novo depois, é real outra vez. – Ela se calou por alguns instantes. – Eu posso viver dentro das coisas que escrevo.

Terminou o vinho, e se serviu de mais. Os copos eram pequenos, o tipo de copo conhecido como *shot glass*, cuja base grossa permitia que fossem batidos na mesa e produzissem um barulho alto ao final de cada brinde.

– Mas quando acabo de escrever e deixo de lado... – Ela tomou outro gole, e o aroma do vinho tinto com laranjas amenizou o cheiro de viagem e de doença em suas roupas. – Tudo... Tudo parece de algum modo estar separado de mim. Então eu posso deixar tudo de lado na mente, seja lá o que tenha sido, seja lá o que for, da mesma forma que deixo de lado o papel.

– Que útil – murmurou John quase para si mesmo, pensando que precisava experimentar fazer isso.

O vinho ia dissolvendo sua sensação de pesar e exaustão, ainda que temporariamente. A sala à sua volta foi se tornando mais tranquila, a luz das velas cálida sobre as paredes de gesso, como asas de anjos.

– Mas quanto ao porquê... – Sua mãe tornou a encher o copo dele, e o seu próprio. – É um dever. O livro, se é que vai ser um livro, eu mandarei imprimir e encadernar, mas por minha conta. É para você e os outros meninos, para as crianças... para Cromwell e Seraphina – acrescentou ela suavemente, e seus lábios tremeram por um instante.

– Mãe – chamou ele baixinho e pousou a mão sobre a dela.

Ela baixou a cabeça e pôs a mão livre sobre a do filho. Grey reparou como os fios de seus cabelos, ainda grossos, outrora louros como os seus, agora estavam quase inteiramente grisalhos. Eles escapavam da trança e se enroscavam na sua nuca.

– Uma obrigação – disse ela, segurando a mão dele entre as suas. – A obrigação de uma sobrevivente. Nem todo mundo vive até a velhice. Se você vive, acho que tem uma dívida com aqueles que não viveram. De contar as histórias daqueles que compartilharam sua jornada... pelo tempo que puderam.

Ela fechou os olhos e duas lágrimas escorreram por suas faces.

Grey passou o braço em volta da mãe e puxou sua cabeça para cima do ombro dele, e os dois ficaram sentados juntos em silêncio, esperando a luz voltar.

NOTAS DA AUTORA

ÓLEO DE BALEIA

Óleo de baleia *versus* espermacete. Eu li do início ao fim o tristemente célebre capítulo da "lista de baleias" de *Moby Dick*, e achei engraçadíssimo. Mas admito que já fui bióloga marinha (em determinado ponto de uma carreia muito atribulada), de modo que talvez tenha estado ligeiramente mais alinhada com o arcabouço de referências de Melville do que o leitor moderno casual, que talvez esteja inclinado a interpretar óleo de baleia e espermacete como a mesma coisa (supondo que tenha uma leitura suficientemente vasta para ter algum dia deparado com a palavra "espermacete" impressa num livro).

Na verdade, porém, são duas substâncias completamente distintas (embora ambas sejam inflamáveis). O óleo de baleia é obtido a partir da gordura fatiada de baleias mortas. Em outras palavras, é a gordura corporal liquefeita de algo que se alimenta basicamente de pequenos crustáceos. Sendo a química corporal como é, um organismo que armazena energia na gordura do corpo também tem tendência a armazenar no mesmo depositório as substâncias químicas malcheirosas com as quais entra em contato.

Nosso corpo humano, por exemplo, armazena o excesso de hormônios na nossa gordura corporal, bem como diversos componentes tóxicos ou de outra forma suspeitos como PCBs, estrôncio e inseticidas.

A questão é que crustáceos mortos são um tanto malcheirosos. Pense na última vez em que você deixou um pacote de camarões descongelando dentro da geladeira por uma semana. Esses compostos aromáticos ficam armazenados na gordura corporal de coisas que comem o organismo que os fabrica.

A primeira vez que encontrei esse fenômeno foi quando ocupei um cargo de pós--doutorado no qual minha principal tarefa era dissecar gansos-patolas, grandes aves marinhas mergulhadoras (aparentadas aos atobás) que se alimentam de lulas. Sua gordura corporal tem cheiro de lula podre, principalmente quando você a coloca num forno de secagem para desidratá-la. Então, se você estiver queimando óleo de baleia nos seus lampiões, o recinto em que se encontra provavelmente vai ficar com cheiro de crustáceos da semana passada. Além disso, por se tratar de gordura, o óleo produz fumaça ao queimar.

O espermacete, por outro lado, não é propriamente uma gordura corporal. Ele é um óleo secretado e armazenado na caixa craniana (que se torna um recipiente de armazenagem para esse óleo) de um cachalote. A aparência desse líquido (branco, espesso, escorregadio) é o motivo ao qual essas baleias devem seu nome em inglês, *sperm whales*, ou "baleias-esperma". Era isso que os antigos baleeiros achavam que essa porcaria fosse, embora obviamente estivesse ocorrendo no lugar errado...

No entanto, a questão aqui é que o espermacete era também muito valorizado como combustível para lampiões e lubrificantes em geral – porque não fedia. Ele queima de modo muito limpo e é quase inodoro. Mas está disponível em quantidades muito mais limitadas, já que apenas os cachalotes o produzem. Portanto, é muito mais caro do que o óleo de baleia.

Mas para que os cachalotes usam essa substância? Ninguém sabe, embora se especule que esteja relacionada ao sistema sensorial da baleia e funcione talvez como um mecanismo de ecolocalização, auxiliando o cetáceo a encontrar nas profundezas abissais do oceano coisas como lulas-gigantes (um importante componente da sua dieta).

Sinto-me profundamente agradecida pelo fato de que jamais serei chamada para dissecar e analisar os tecidos corporais de um cachalote.

EMBAIXADORES, CÔNSULES E DIPLOMATAS BRITÂNICOS

Um embaixador é um oficial nomeado pelo serviço diplomático britânico e um cargo muito formal. Ele pode receber propostas oficiais da potência estrangeira para a qual foi nomeado – declarações de guerra, declarações de intenção, avisos oficiais de interesse, etc. – e atua de modo geral como o representante (não militar) da autoridade do governo da Grã-Bretanha dentro do seu território (no século XVIII não existiam embaixadores do sexo feminino. O cargo era sempre ocupado por homens).

Um cônsul é um cargo muito menos formal, embora também seja nomeado pelo governo. Seus deveres são cuidar do bem-estar dos cidadãos britânicos no país para o qual for nomeado. Ele auxilia com assuntos como autorizações para conduzir uma atividade comercial, pequenos acordos de comércio, ajuda cidadãos britânicos que tiverem problemas em países estrangeiros, e assim por diante. Um cônsul não tem poderes diplomáticos completos, mas é considerado de modo geral um integrante do serviço diplomático.

A Grã-Bretanha só veio a ter um embaixador em Cuba em algum momento no fim do século XIX. Mas eles tiveram cônsules durante algum tempo antes da nomeação de um embaixador de verdade, e Malcolm Stubbs seria um desses.

O CERCO DE HAVANA

O problema de um cerco é que, com frequência, trata-se de algo demorado. O cerco de Havana de 1762 levou várias semanas, começando com a chegada da frota do duque de Albemarle, sob o comando do almirante George Pocock (uma pessoa de verdade, e não, eu não faço ideia se ele pode ter alguma relação com qualquer outra pessoa que conhecemos mais recentemente...), no dia 6 de junho, e terminando em 14 de agosto, quando os britânicos adentraram a cidade conquistada.

Foi um cerco relativamente tradicional, no sentindo de que os britânicos foram obrigados a construir barreiras que batiam na altura do peito, de trás das quais disparavam. Essa é a forma tradicional de erigir ou escavar barreiras para abrigar as forças sitiantes – e, em alguns casos, é tudo *bem* rápido. Em outros, nem tanto.

Em Havana, a rocha do promontório sobre o qual ficava situada a fortaleza de El Morro não permitia escavações e impediu um avanço frontal. Os britânicos (ou melhor, os voluntários americanos de Connecticut e New Hampshire – embora esses homens na época *ainda* fossem ingleses) tiveram que explodir trincheiras na dura pedra de coral para se aproximar pelos lados e erigir defesas de madeira acima dessas trincheiras para respaldar o avanço. Isso foi naturalmente uma tarefa tediosa, atrapalhada ainda mais pelos mosquitos e pela febre amarela (que matou uma enorme quantidade tanto de sitiantes quanto de moradores da cidade).

Para quem quiser um relato do cerco em si, a internet oferece vários, alguns com detalhes interessantes. No entanto, essa história específica *não é* sobre o cerco (muito menos sobre quantas naus de linha e quantos homens participaram – 21 naus de linha, 24 navios de guerra menores e 168 outras embarcações, a maioria de transporte, levando 14 mil soldados da Marinha e das forças de terra e mar, três mil marinheiros contratados e 12.862 soldados do Exército, se você *realmente* quiser saber), e sim sobre lorde John e sua noção pessoal de honra e responsabilidade.

Assim, decidi encurtar significativamente a duração do cerco, em vez de tentar arrumar um jeito de lorde John passar mais seis semanas sem fazer nada.

Devo observar que, embora a revolta de escravizados dos engenhos Mendez e Saavedra seja fictícia, houve várias em Cuba na segunda metade do século XVIII, e tal acontecimento não teria sido de modo algum improvável.

Da mesma forma, embora eu não tenha encontrado nenhum relato sobre os canhões de El Morro terem sido sabotados, é verdade que o cerco terminou após um bombardeio naval à fortaleza – aproveitando o súbito silêncio da maior parte dos canhões da bateria do castelo.

E existe uma nota histórica de que noventa cativos receberam sua liberdade após a batalha, *em troca de serviços prestados durante o cerco.*

AGRADECIMENTOS

Eu gostaria de agradecer...

As sugestões de valor incalculável relacionadas aos trechos de diálogo em francês feitas por Bev LaFrance (França), Gilbert Sureau (Canadá) e diversas outras pessoas simpáticas cujos nomes infelizmente não anotei na ocasião...

O auxílio de Maria Syzbek em relação à delicada questão dos termos chulos em polonês (quaisquer erros de gramática, ortografia ou acentuação são inteiramente meus) e de Douglas Watkins em relação às descrições técnicas das manobras dos aviões de pequeno porte (e também pela valiosa sugestão do defeito que derrubou o Spitfire de Jerry).

A ajuda de várias pessoas na pesquisa de aspectos da história, do direito e dos costumes judaicos para "Virgens": Elle Druskin (autora de *How to Catch a Cop*), Sarah Meyer (parteira registrada), Carol Krenz, Celia K. e sua mãe Reb, e principalmente Darlene Marshall (autora de *Castaway Dreams*). Tenho uma dívida também para com o utilíssimo livro do rabino Joseph Telushkin, *Jewish Literacy*. Quaisquer erros são meus...

A Eve Ackermann e Elle Druskin por suas úteis observações e referências quanto às tradições e aos rituais matrimoniais sefaraditas...

A Catherine MacGregor e suas sócias francófonas, sobretudo madame Claire Fluet, pela ajuda sem pudores com os trechos lascivos em francês...

A Selina Walker e Cass DiBello pelo gentil auxílio com a geografia londrina do século XVIII...

A Simcha Meijer, pela ajuda com os trechos em holandês, e a diversos leitores holandeses prestativos no Facebook, por sugestões relacionadas aos doces com açúcar de confeiteiro próprios para uma gestante...

E aos meus gentis leitores cubanos no Facebook, pelas úteis observações e sugestões quanto à cor do chão de terra batida de Cuba, ao aspecto do pão cubano, à culinária cubana tradicional e à ortografia correta de "*inocencia*"...

E à maravilhosa equipe da Penguin Random House, que, como sempre, se matou para produzir um livro maravilhoso.

À minha editora Jennifer Hershey, pela percepção e pelas sugestões pertinentes.

A Anne Speyer, que fez a maior parte do trabalho braçal neste aqui.

A Erin Kane, pelas úteis sugestões relacionadas ao espanhol.

À nossa heroicamente rápida e sempre astuta copidesque Kathy Lord e, como sempre, a Virgina Norey, pelo lindo projeto gráfico do livro.

CONHEÇA A COLEÇÃO OUTLANDER

LIVRO 1
A viajante do tempo

LIVRO 2
A libélula no âmbar

LIVRO 3
O resgate no mar

LIVRO 4
Os tambores do outono

LIVRO 5
A cruz de fogo

LIVRO 6
Um sopro de neve e cinzas

LIVRO 7
Ecos do futuro

LIVRO 8
Escrito com o sangue do meu coração

Para saber mais sobre os títulos e autores da Editora Arqueiro,
visite o nosso site e siga as nossas redes sociais.
Além de informações sobre os próximos lançamentos,
você terá acesso a conteúdos exclusivos
e poderá participar de promoções e sorteios.

editoraarqueiro.com.br